U0107497

国家社科基金项目"明清之际骈文研究"（15XZW024）资助

张明强 著

明清之际骈文研究

中华书局

图书在版编目(CIP)数据

明清之际骈文研究/张明强著. —北京:中华书局,2024.5
ISBN 978-7-101-16593-7

Ⅰ.明… Ⅱ.张… Ⅲ.骈文-文学研究-中国-明清时代
Ⅳ.I207.225

中国国家版本馆 CIP 数据核字(2024)第 068808 号

书 名	明清之际骈文研究	
著 者	张明强	
责任编辑	吴爱兰	
责任印制	陈丽娜	
出版发行	中华书局	
	(北京市丰台区太平桥西里38号 100073)	
	http://www.zhbc.com.cn	
	E-mail:zhbc@zhbc.com.cn	
印 刷	三河市中晟雅豪印务有限公司	
版 次	2024年5月第1版	
	2024年5月第1次印刷	
规 格	开本/920×1250毫米 1/32	
	印张 20⅛ 插页2 字数500千字	
国际书号	ISBN 978-7-101-16593-7	
定 价	118.00元	

目 录

文作品都有所论列,将清初骈文研究推进了一步①。吕双伟《清代骈文研究》选取不同视角对陈子龙骈文成就和影响、陈维崧骈文经典地位的形成和消解进行较深入研究②。这些成果都推动了清代骈文研究不断深入。

博士论文方面,昝亮《清代骈文研究》(杭州大学 1997 年)第五章第一节、颜建华《清代乾嘉骈文研究》(浙江大学 2004 年)第二章第一节、吕双伟《清代骈文理论研究》(浙江大学 2006 年)第二章第二节等对清初骈文创作和理论进行了探讨。

目前学界对清代骈文复兴的原因多有分析,王凯符《论清代骈文复兴》从"有清一代,一扫宋元明骈文寂寞的空气,出现了一大批骈文作者""出版了大量骈文著作""清代文人对本朝骈文的繁荣多持肯定态度""有所创新"四方面论证清代骈文的确出现了复兴局面③。马积高《清代骈体文的复兴与考据学》从考据学兴起的角度考察其与清代骈文的关系④。尹恭弘《骈文》则从骈体文创作范围扩大、骈文个性风格的形成、骈文家注重艺术辩证法的运用、文体形式创造四方面讨论了清代骈文兴盛的原因⑤。

个案研究方面,关于陈维崧骈文研究,吴兴华《读〈国朝常州骈体文录〉》(《文学遗产》1988[4]),前揭昝亮《清代骈文研究》第五章第一节《陈维崧骈文试论》、曹虹等《清代常州骈文研究》第三章前三

---

① 杨旭辉《清代骈文史》,人民出版社,2013 年;路海洋《清代江南骈文发展研究》,中国社会科学出版社,2016 年。

② 吕双伟《清代骈文研究》,上海古籍出版社,2018 年。

③ 王凯符《论清代骈文复兴》,《北京师范学院学报(社会科学版)》1990 年第 4 期。

④ 马积高《清代骈体文的复兴与考据学》,《湖南师范大学社会科学学报》1993 年第 5 期。

⑤ 尹恭弘《骈文》,人民文学出版社,1994 年,第 139—148 页。

节,陈曙雯《论陈维崧骈文特征及对清代骈文复兴的意义》(《柳州师专学报》2007[2])、张明强《陈维崧与清代骈文复兴》(《学术论坛》2013[5])、吕双伟《陈维崧骈文经典地位的形成与消解》(《文学遗产》2018[1])等对陈维崧骈文的内容和风格有较详细的论述。吕双伟《〈四六金针〉非陈维崧撰辨》一文在《四库全书总目》论断的基础上进一步证明《四六金针》非陈氏之作①。马银银《〈铜雀瓦赋〉作者考》针对《铜雀瓦赋》同时收入陈维崧《陈迦陵文集》和冒襄《巢民文集》的情况,分析认为该文著作权属于陈维崧②。关于毛奇龄骈文研究,何书勉《毛奇龄骈文研究》主要探讨毛奇龄骈文的内容特色、骈体赋和师法六朝倾向③。在吴绮骈文研究方面,张文静《吴绮骈体文研究》对吴绮骈文内容和艺术特色有所归纳④。关于吴农祥、陆繁弨和章藻功骈文的研究,路海洋《被遗忘的清初骈体名家——吴农祥骈文刍论》《清初俪体名手陆繁弨骈文探论》和《章藻功骈文刍论》,分别论述了吴氏骈体成就和创作特色、陆氏的骈文特点、章氏骈文内容和风格⑤。有关尤侗的骈文研究有杨旭辉《"性情独运"理论主张下的尤侗骈文创作》和路海洋《清代骈文史上的"异类"——论清初名才子尤侗的骈文创作》⑥。

---

① 吕双伟《〈四六金针〉非陈维崧撰辨》,《中国文学研究》2006 年第 4 期。
② 马银银《〈铜雀瓦赋〉作者考》,《文教资料》2013 年第 28 期。
③ 何书勉《毛奇龄骈文研究》,南京师范大学 2011 年硕士论文。
④ 张文静《吴绮骈体文研究》,安徽大学 2013 年硕士论文。
⑤ 路海洋《被遗忘的清初骈体名家——吴农祥骈文刍论》,《江南大学学报(人文社会科学版)》2013 年第 5 期;路海洋《清初俪体名手陆繁弨骈文探论》,《广西师范学院学报(哲学社会科学版)》2016 年第 6 期;路海洋《章藻功骈文刍论》,《广西社会科学》2012 年第 7 期。
⑥ 杨旭辉《"性情独运"理论主张下的尤侗骈文创作》,《苏州大学学报(哲学社会科学版)》2014 年第 2 期;路海洋《清代骈文史上的"异类"——论清初名才子尤侗的骈文创作》,《苏州科技学院学报(社会科学版)》2015 年第 3 期。

有关清初骈文选本的研究在文中涉及处详叙,在此不一一述及。

明清之际骈文由衰蔽转向复兴,并出现诸多骈体名家,前人对此已有一定的探讨,但在诸多方面仍有待开拓。

首先,明清之际骈文文献整理有待开展。明清之际的骈文总集和别集甚夥,但目前对这些文献的整理不足,明末清初骈文名家只有陈子龙、陈维崧、尤侗文集有点校本行世,这一状况影响了对清初骈文的研究。汪超宏《吴绮年谱》所说《林蕙堂全集》之康熙初刻本实是乾隆三十九年(1774)、四十一年刻本①,因此之误,书中与此相关的系年明显不确,所以对清初骈文文献考订整理十分必要。

其次,目前对明清之际骈文背景研究和骈文文本分析过于笼统零碎,缺乏系统性、全面性。前引王凯符《论清代骈文复兴》、马积高《清代骈体文的复兴与考据学》等皆以有清一代为对象,而具体于明末清初的特定环境下,骈文发展的动因是什么、有哪些独特因素、对清代中后期骈文鼎盛有何影响,都需要认真细致的考察。

第三,明清之际骈文家生平行实与交游尚待考索。这方面研究较多的是陈子龙、陈维崧、吴绮,但问题仍不少,如汪超宏《吴绮年谱》云:"季子名或字木华。"②此处未能确定吴绮季子的名字,据康熙刻本署名格式,其季子名威喜,字木华。其他如毛奇龄、陆繁弨、章藻功等人的生平行实都有待认真考证。

鉴于此,本书将明清之际骈文作为研究对象进行整体观照,考察这一时期骈文复兴的背景和过程,从空间展开、科举制度、地域分布、市场导向等角度考察骈文复兴的背景和原因;通过分析骈文辨体、骈文选本和骈文传播等建构明清之际骈文学;呈现明清之际骈文经典化机制和历程,为古典文学现代传承探索路径;全面分析陈子龙、陈

---

① 汪超宏《吴绮年谱》,浙江大学出版社,2011 年,第 13 页。
② 汪超宏《吴绮年谱》,浙江大学出版社,2011 年,第 3 页。

维崧、毛奇龄、吴绮、吴农祥、陆繁弨、章藻功等人的骈文成就、风格和影响，揭示明清之际骈文的革新、创作实绩和传承谱系；重新认识明清之际骈文在清代骈文复兴中的开创之功及其在中国骈文史上的重要地位。

总之，对明清之际骈文系统全面的研究，有助于深入了解明清之际骈文文献的编纂流传，揭示骈文发展动因和明清骈文承传脉络，呈现骈文坛的整体风貌和骈文家的独特风格，抉发其对清代骈文全盛的影响，审视其在中国骈文史上的地位，完善中国骈文发展统系，是中国骈文史和清代文章学的重要部分。

第二节　研究范围和研究方法

一、研究范围

明清之际骈文主要指在明代万历二十年（1592）至清代康熙六十一年（1722）共 130 余年间的骈文活动和骈文创作。在当时已享誉文坛，有骈文集问世，被骈文选本收录，对当时和后世产生重要影响者，视为主要研究对象。如陈维崧的骈文饮誉骈文界甚久，特别是登博学鸿儒科后，社会上掀起骈文热，陈氏卒后次年，即康熙二十二年（1683），同乡蒋景祁刻其骈文集《陈检讨集》十卷行世，之后康熙二十五年至二十八年间，四弟陈宗石刻《陈迦陵文集》五十四卷，包括《陈迦陵俪体文集》十卷。康熙三十三年，程师恭以蒋景祁天藜阁本《陈检讨集》十卷为底本，注释而成《陈检讨集》二十卷，并雕板问世。仅仅十余年间有三种重要版本行世，且是清代第一部清人注清代骈文别集。其后章藻功自注《思绮堂文集》十卷，于康熙六十一年刊行，雍正年间吴自高注陆繁弨《善卷堂四六》十卷，乾隆年间胡浚自注《绿萝山庄文集》二十四卷，清人注清骈现象值得关注。吴绮、陆繁弨、毛奇龄、章藻功、吴兆骞等皆有刻本行世,惟吴农祥骈文以抄本流传,但他们当时皆声名显赫,衣被文坛,亟待研究。

本书分上下两编,上编属专题研究,主要探讨明清之际骈文复兴的背景和主要问题,包括明清之际骈文复兴的动因和过程、骈文学的发展、骈文交际实用功能的拓展以及骈文的经典化历程。下编对明清之际骈文名家进行个案研究,在当时已饮誉文坛、有骈文专集或专卷、对当时和后世产生重要影响者,视为主要研究对象,如陈子龙、陈维崧、吴绮、毛奇龄、吴农祥、陆繁弨、章藻功等。揭示他们对骈文的革新以及独特的骈文风格,以及在清初以至整个清代骈文史上的影响和地位。

二、研究方法

在全面了解明清之际骈文文献的基础上,运用文献学、文体学、美学、文化学、历史学等方法,将文献整理与文学研究相结合,宏观研究与微观研究相促进,以问题为中心,以厘清明清之际骈文复兴的原因、成就和影响为目标,揭示清初骈文文献的存佚和流传情况,以及骈文的整体风貌和独特个性,探讨其对清代骈文复兴的影响,确立其在骈文史上的地位。

第一章　明清之际骈文复兴的背景：时代、地域和学术

　　法国文艺理论家、史学家丹纳《艺术哲学》第四编云："要了解作品，这里比别的场合更需要研究制造作品的民族，启发作品的风俗习惯，产生作品的环境。"①他认为文学艺术的产生受所处种族、环境和时代三要素的影响，即傅雷《译者序》所说："在他看来，物质文明与精神文明的性质面貌都取决于种族，环境，时代三大因素……他关于文学史，艺术史，政治史的著作，都以这个学说为中心思想。"②《文心雕龙·时序》云："时运交移，质文代变，古今情理，如可言乎！……故知文变染乎世情，兴废系乎时序，原始以要终，虽百世可知也。"③刘氏评述自陶唐至宋齐文学之变迁，深受时运影响。作家创制作品受所处精神文化环境和物质环境的限制。今从科举、审美、学术思潮和地理分布四方面分论其对清初骈文复兴的促动和影响。

---

① 丹纳著，傅雷译《艺术哲学》，《傅雷译文集》第十五卷，安徽文艺出版社，1989年，第314页。
② 丹纳著，傅雷译《艺术哲学》卷首，《傅雷译文集》第十五卷，安徽文艺出版社，1989年，第33页。
③ 刘勰著，范文澜注《文心雕龙注》，人民文学出版社，1958年，第671—675页。

第一节　科举与明清之际骈文活动

首先对科举所指作一界定,此处泛指普通科举考试和制举。关于清代科举考试与骈文的关系,前人已有论列,陈耀南《清代骈文通义》第二章第一节《清初骈文之复兴与特质》将科举作为清初骈文复兴的原因之一,以为:

> 自李唐来,左右邦家,取材科目。有明八股,害甚焚书;而清人制艺,则反成斯体。近代骈文名家,类有科名;而翰林清选,尤非少数。本书第三章附表,列作者九十五家,近代以来,名手殆备,而生平可知,登第中举者六十四人,为翰林者二十六人,此其证也。①

陈氏以有清骈文家多有科名,说明科举与骈文创作的相互影响。昝亮《清代骈文研究》第三章第二节《清代科举与骈文复兴》分“博学鸿儒与骈文复兴”和“八股文与骈文”②两部分说明科举、制举与清代骈文复兴的关联,前者主要评述康熙十八年(1679)博学鸿儒科考试经过和应试者对制科的心态,后者引用前人之语阐述八股文与骈文的密切关系,以及两者之间的消极影响。颜建华《清代乾嘉骈文研究》第四章《乾嘉骈文与当时知识分子政策和文化政策》第二节《清代科举考试与乾嘉骈文创作》③论述了科举考试对乾嘉骈文的影响,虽嫌枝蔓,但此一视角实有可取。

---

① 陈耀南《清代骈文通义》,香港永安印务公司,1970 年,第 18 页。
② 昝亮《清代骈文研究》,杭州大学 1997 年博士论文,第 38—43 页。
③ 颜建华《清代乾嘉骈文研究》,光明日报出版社,2011 年,第 96—111 页。

　　陈耀南、昝亮、颜建华三人或从有清一代，或取乾嘉时期，实际上，清代骈文的鼎盛肇始于明末。兹对明清之际这一特定时期加以深入考察，以期揭示科举活动与明清之际骈文复兴的关联。

一、士子举业所习为骈文创作积累基本知识和技巧

　　《明会典》所载明代乡试考试内容甚详①，至清初顺康年间，乡、会试考题袭用明制，《钦定大清会典事例》卷三百三十一载：

> 顺治三年定，第一场，《四子书》三题，《五经》各四题，士子各占一经。第二场，论一篇，诏、诰、表各一通，判五条。第三场，经、史、时务策五道。又定，《四书》第一题用《论语》，第二题用《中庸》，第三题用《孟子》。如第一题用《大学》，第二题用《论语》，第三题仍用《孟子》。②

这种考法持续整个清初，惟康熙二年（1663）议准"停止八股文体，乡、会试以策、论、表、判取士，分为二场，第一场试策五道，第二场《四书》论一篇，经论一篇，表一道，判五条"，而七年定"乡、会试仍以八股文取士"③。清初乡、会试重首场，又以《四书》题为重，体裁用八股文，又称制义、制艺、时文等。顾炎武论之甚详，《日知录集释》卷十六"试文格式"条云：

> 经义之文，流俗谓之"八股"，盖始于成化以后。股者，对偶

---

① 申时行等修《明会典》，中华书局，1989 年，第 448 页。
② 昆冈等修、刘启瑞等纂《钦定大清会典事例》，《续修四库全书》第 803 册，上海古籍出版社，2002 年，第 286 页。
③ 昆冈等修、刘启瑞等纂《钦定大清会典事例》，《续修四库全书》第 803 册，上海古籍出版社，2002 年，第 286 页。

之名也。天顺以前,经义之文不过敷演传注,或对或散,初无定式,其单句题亦甚少。成化二十三年,会试"乐天者保天下"文,起讲先提三句,即讲"乐天"四股,中间过接四句,复讲"保天下"四股,复收四句,再作大结。弘治九年,会试"责难于君谓之恭"文,起讲先提三句,即讲"责难于君"四股,中间过接二句,复讲"谓之恭"四股,复收二句,再作大结。每四股之中,一反一正,一虚一实,一浅一深(原注:亦有联属二句、四句为对,排比十数对成篇,而不止于八股者)。其两扇立格(原注:谓题本两对,文亦两大对)则每扇之中各有四股,其次第之法亦复如之。故今人相传,谓之"八股"。若长题则不拘此。①

顾氏对明代八股源流、特点作一总结,清沿明制,八股试士之法贯之终始。"制义与诗赋代兴,由来尚矣……前明三百年中,奇正醇驳,因时迁流,难以更仆数。我朝文治蔚兴,作者辈出,迄于今,风气亦屡变矣,而设科取士之法,五百年相沿未改"②。

制艺亦非腹笥贫瘠者所能,江国霖云:"故制义者,指事类策,谈理似论,取材如赋之博,持律如诗之严,要其取于心,注于手,出奇翻新,境最无穷。"③儒士欲博科第必习八股文,习八股文必学对偶,且须熟诵《四书》《五经》,以及《资治通鉴纲目》等经史典籍,这些训练和积累同样是制作骈文所必须具备的。

八股文之逐渐定型与骈文之创作渐兴不无联系,明洪武六年

---

① 顾炎武著,黄汝成集释,栾保群、吕宗力校点《日知录集释》(全校本),上海古籍出版社,2006年,第951页。
② 杨东莼《制义丛话》序,载陈水云、陈晓红校注《梁章钜科举文献二种校注》,武汉大学出版社,2009年,第6页。
③ 江国霖《制义丛话》序,载陈水云、陈晓红校注《梁章钜科举文献二种校注》,武汉大学出版社,2009年,第6页。

（1373）"令生员一应文字，皆用散文，不许为四六误后学"①。骈文在明代前期作品寥寥，时文亦如顾炎武所说骈散无定式。沈德符《万历野获编》卷十"四六"条载：

> 本朝（按，指明朝）既废词赋，此道亦置不讲，惟世宗奉玄，一时撰文诸大臣，竭精力为之，如严分宜、徐华亭、李余姚，召募海内名士几遍，争新斗巧，几三十年。其中岂少抽秘骋妍可垂后世者，惜乎鼎成以后，概讳不言。然戊辰庶常诸君尚沿余习，以故陈玉垒、王对南、于谷峰辈，犹以四六擅名，此后遂绝响矣。又嘉靖间倭事旁午，而主上酷喜祥瑞，胡梅林总制南方，每报捷献瑞，辄为四六表，以博天颜一启。上又留心文字，凡俪语奇丽处，皆以御笔点出，别令小内臣录为一册。以故东南才士，缙绅则田汝成、茅坤辈，诸生则徐渭等，咸集幕下，不减罗隐之于钱镠。②

沈氏以为明代在世宗嘉靖年间，因皇帝喜好丽辞，大臣竭力为之，以迎其好。此后四六类书和四六选本渐次流行，杨慎编《谢华启秀》八卷，游日章撰、林世勤注《骈语雕龙》四卷，许之吉辑《丽句集》六卷等都是选录对偶语句的四六类书，而王志坚辑评《四六法海》十二卷，钟惺选注《四六新函》十二卷，李日华辑、鲁仲民补订《四六全书》五种，陆云龙辑《四六俪》二卷等咸是四六选本，或选历代骈文，或选当代骈文，呈现一派繁荣景象。八股文文风与明代后期文坛风气相互激扬，崇尚华丽、新奇的文学思想流行，部分骈文选本直接作为科举考试参考书而编纂出版，这与八股文定型、骈偶化进程相一致，方苞《钦定四

---

① 万斯同《明史》卷七十五《选举五》，《续修四库全书》第 325 册，上海古籍出版社，2002 年，第 319 页。
② 沈德符《万历野获编》，中华书局，1959 年，第 270 页。

康熙四十二年（1703）四月十五日，章藻功参加殿试后之馆选，受到康熙帝垂问，翰林院掌院学士、吏部侍郎吴涵、满族掌院学士揆叙、大学士熊赐履等皆推荐其"四六最好"，得与馆选，官翰林院庶吉士。《思绮堂文集》卷五《上座主掌院吴公陈情启》"荐四六于九重，绘黄组紫"原注：

> 康熙四十二年四月十五日，上御保和殿馆选……至藻功启奏毕，上注视久之，问掌院吴公曰："若何如？"公对曰："是名士，四六最好。"复问："果然？"复奏曰："果然。"又问满掌院揆，又问熊、张两大学士，俱奏对如吴公云云。①

明末陈子龙、李雯等人已重视《文选》，清代选学承明末之绪而光大之。骆鸿凯《文选学》附编二《选学书著录》②所列大部分为清人所撰辑，《文选》不仅有助于时文写作，尤为骈文家所青睐③，被视作六朝文之代表，清初陈维崧等人已受其影响。

从士子应举所读书目亦可窥见科举对骈文创作的影响。因有清一代，自顺治至光绪三十一年（1905）停止岁、科、乡、会等科目，其间二百多年均考传统内容，应考所业书籍相差无多，兹举数人童时所习以见一斑。张澍《六朝文絜笺注》序云：

> 觉人于攻举业暇，辄流览典籍，把卷忘疲。阅数年，就甥馆于望江何氏，侨寓广陵。何氏藏书极富。觉人寝馈其间，凡经史

---

① 章藻功撰注《思绮堂文集》，《清代诗文集汇编》第 198 册，上海古籍出版社，2010 年，第 590 页。
② 骆鸿凯《文选学》，中华书局，1989 年，第 479—486 页。
③ 参见颜建华《清代文选学与清代骈文复兴》，《南京航空航天大学学报（社会科学版）》2004 年第 1 期。

子集,靡不悉心研究,而尤熟精《选》理。因取许氏评辑《六朝文
絜》详加笺释,以作家塾读本。①

张序作于光绪十四年戊子(1888)十月,此时黎经诰(字觉人)馆于望
江何家,将《六朝文絜笺注》作为家塾读本教育家塾学生。《六朝文
絜》乃许梿所编六朝文选本,以之作为家塾教材,虽有黎氏个人喜好
的因素,更因其能帮助儒生练习偶对、熟悉典故,以利于科考。自幼
的骈文阅读和训练无疑利于培养善于制作骈偶的人才。

　　蔡元培先生于光绪十六年(1890)会试中式,成贡士,十八年殿
试,举进士,馆选入翰林任庶吉士。对清代科举深有体会,他自述教
育塾生的经历:

　　　　我自六岁至十七岁,均受教育于私塾;而十八岁至十九岁,
　　即充塾师(民元前二十九年及二十八年)。二十八岁又在李莼客
　　先生京寓中充塾师半年(前十八年)。所教的学生,自六岁至二
　　十余岁不等。教课是练习国文,并没有数学与其他科学。但是
　　教国文的方法,有两件是与现在的教授法相近的:一是对课,二
　　是作八股文。对课与现在的造句法相近。大约由一字到四字,
　　先生出上联,学生想出下联来。不但名词要对名词,静词要对静
　　词,动词要对动词;而且每一种词里面,又要取其品性相近的。
　　例如先生出一山字,是名词,就要用海字或水字来对他,因为都
　　是地理的名词。又如出桃红二字,就要用柳绿或薇紫等词来对
　　他;第一字都用植物的名词,第二字都用颜色的静词。别的可以

----

① 许梿评选,黎经诰笺注《六朝文絜笺注》卷首,上海古籍出版社,1982年,第
　3页。

类推。这一种工具，不但是作文的开始，也是作诗的基础。①

清代最后一位探花商衍鎏对其举业所攻书籍有详细记述：

> 我六岁开蒙，读《三字经》《千字文》，能背诵及将字大半认识后，即读《四书》，《四书》为《论语》《大学》《中庸》《孟子》，因当日功令考试八股文的题目，均在此出题……《四书》读后，继读《五经》，《五经》为《诗经》《书经》《易经》《礼记》《春秋》，背诵之法，与《四书》略同……我幼年于《四书》《五经》外，尚兼读《孝经》《公羊传》《穀梁传》《周礼》《尔雅》，中间尚带读五、七言的唐宋小诗及《声律启蒙》，学作对句，学调平仄与《十七史蒙本》。《蒙本》是每句四字，每两句一韵，句句皆有史事以记典故的……
>
> 我十二岁以后，学作八股文、诗、赋、策、论等，不但要读八股文、古文、律赋、《文选》之类，并要看史书如《通鉴》《四史》，子书如庄、老、韩非各种书籍，俾腹中充实，以备作文的驱遣。②

由蔡元培、商衍鎏的自述，可约略知道清代科考士子幼年读书和学习内容，不仅要阅读背诵《四书》《五经》，同时需要训练对偶、默记典故，读律赋、《文选》等与骈文密切相关的书籍以广知识。清末如此，清初士子所习当不出此范围。

嘉庆六年（1801），阮元于杭州创立诂经精舍，培养了大批人才，课试之法，以淹经博洽、能词章为目标，不以八股为急。梅启照《诂经

---

① 蔡元培《我在教育界的经验》，载《蔡元培全集》第七卷，中华书局，1989年，第193—194页。
② 商衍鎏《科举考试的回忆》，《广东文史资料》第3辑（内部发行），1962年，第2—4页。

精舍文四集序》云:"粤东有学海堂,西湖有诂经精舍,兹二院者皆阮文达公所创也。其程试之法,以经训为先,而诗歌、骈俪之文同时并课,盖韵语天籁,鼻祖牺经,偶对妍词,发源帝典,名为词章,无非经术也。"①诂经精舍考课以经训、诗歌、骈文,与专门应考之敷文等书院不同。张鋆《诂经精舍志初稿·弁言》云:

> 试觇自嘉庆六年以迄光绪癸卯百有三年间,浙江乡试四十有七科,曾有一科无精舍生徒预其选者乎? 奚较计之,每科率占总数百之五六以上;而如光绪壬寅补行庚子、辛丑恩、正并科及癸卯科,且增至全额四之一,其陶育之广,收效之宏,为如何哉?大抵有清中叶以降之两浙学者,固不必皆出诂经,而曾习业精舍者,要多能卓然有以自见,则昭昭然也。②

诂经精舍于文词崇尚诗、赋、骈文,精舍生徒却能在科举中入选,虽有其他重经、博学等汉学影响的因素,但为创作骈文而进行的骈偶训练无疑起了重要作用,可见自幼的偶对训练乃清代士子从事举业的常事,倘其性喜骈体,日后必能以骈文名家。

二、明清之际科举活动中的骈文创作

明代科举考试第二场考试诏、诰、表、判,这四类唐宋以来基本都用骈文来写,明初虽有禁止作四六对偶文字的命令,但至少在嘉靖以后科场四六表、判成为主流,下面以表为例谈谈明代科场骈文写作情

---

① 转引自张鋆《诂经精舍志初稿》之《规制》,浙江省立图书馆编《文澜学报》第2卷第1期,1936年,第35页。
② 张鋆《诂经精舍志初稿》,浙江省立图书馆编《文澜学报》第2卷第1期,1936年,第3页。

况。《明会典》卷七十七云:

> (洪武)十七年定:一,三年大比,八月初九日,第一场,试
> 《四书》义三道……经义四道……十二日,第二场,试论一道,三
> 百字以上;判语五条,诏、诰、表内科一道。十五日,第三场,试经
> 史时务策五道。①

陈建辑《皇明通纪集要》卷六"诏禁四六文辞"条云:"(洪武六年九月)谕群臣曰:……自今凡诰谕臣下之辞,务从简古,凡表笺奏疏,毋用四六对偶,悉从典雅。"②洪武年间规定,唐宋以来常用骈文写作的文体如表笺等皆不用对偶,而用散体,影响到科举考试,主要表现在乡试第二场之表判也基本以散文为主。明太祖的这一规定作为祖训影响着明代前期的文风,崇尚散体,贬抑偶俪。然而到了明代中后期,特别是明末,情况发生了很大变化。

胡松编《唐宋元名表》刻于嘉靖二十年辛丑(1541)前后,《四库全书总目》卷一百八十九《唐宋元名表》提要评云:"自明代二场用表,而表遂变为时文。久而伪体杂出……至于全用成句,每生硬而权桠;间杂俗语,多鄙俚而率易。冠冕堂皇之调,剽袭者陈肤;饾饤割裂之词,小才者纤巧。其弊尤不胜言。松选此编,挽颓波而归之雅,亦可谓有功于骈体者矣。"③所选表文基本都是骈体。其后嘉靖二十六年,陈垲辑《名家表选》八卷④,选唐宋表文作为范本,也是骈体表选

---

① 申时行等修《明会典》,中华书局,1989年,第448页。
② 陈建辑《皇明通纪集要》,《四库禁毁书丛刊》史部第34册,北京出版社,1997年,第87页。
③ 永瑢等《四库全书总目》,中华书局,1965年,第1717页。
④ 陈垲辑《名家表选》,《四库全书存目丛书补编》第13册,齐鲁书社,2001年。

本。陈仁锡辑《皇明表程文选》八卷,崇祯六年(1633)刻本①。该书选录正德至万历年间科场所作表文,是典型的科举骈体表文选。可见,至少从嘉靖年间开始,乡、会试中的表即用骈体写作。

徐师曾辑《文体明辩》八十四卷,刻于万历初年,与刊于明天顺八年(1464)的《文章辨体》比,对骈文作品的选录明显增加,如表类,《文章辨体》仅选录十二篇,以简朴为主,而《文体明辩》则分上、中、下,选文甚多。可知,到明代中后期,作为科举考试文类的表日益骈俪化。李日华《李太仆恬致堂集》卷四十《拟御制〈圣学心法〉书成颁示侍臣谢表(永乐七年)》②,题下注:"壬辰会试。"李日华参加万历二十年壬辰(1592)会试,表作于此时。万历四十三年乙卯(1615),杨守勤为顺天乡试主考官,写作程表一篇,即《宁澹斋全集》卷一"程表"《拟上视朝毕御武英殿与侍臣语及〈礼记·月令〉因谕政贵以时修举与实惠及民谢表(宣德五年)》(万历乙卯科顺天乡试)③。李日华和杨守勤的表都是标准的骈文,对偶精工,到启、祯年间,骈偶之风更盛。

清初沿袭明末科举考试内容和文风,《钦定大清会典事例》卷三百三十一所定乡、会试题目,第二场诏、诰、表、判多用骈体。判例用骈语,顺治十六年(1659)议准:"场中作判,务宜随题剖析,引律明确,不专以骈丽为工。"④申令本身正说明当时科场考试五条判多用

---

① 陈仁锡辑《皇明表程文选》,《四库禁毁书丛刊补编》第51册,北京出版社,2005年。

② 李日华《李太仆恬致堂集》,《四库禁毁书丛刊》集部第65册,北京出版社,1997年,第204—206页。

③ 杨守勤《宁澹斋全集》,《四库禁毁书丛刊》集部第65册,北京出版社,1997年,第242—245页。

④ 昆冈等修,刘启瑞等纂《钦定大清会典事例》,《续修四库全书》第803册,上海古籍出版社,2002年,第296页。

四六。士子应试须研习判文，清初判文犹有作者，蒲松龄《聊斋志异》中有不少判文，堪称杰作。如卷十《席方平》借二郎之笔撰拟判词①，以骈俪之词批判社会的不公、官场的黑暗，同卷《胭脂》所载判文亦如是。蒲氏一生从事举子业，屡落孙山，判为顺康雍间乡、会试必考体裁，自幼修习判文的他对创作《聊斋志异》之判词当有直接影响。其他如尤侗等人文集亦载判文，可见清初此体犹有所为。乾隆二十一年（1756）谕：

> 嗣后乡试，第一场止试以四书文三篇，第二场经文四篇，第三场策五道，其论、表、判概行删省。②

其后判文不作为场屋之文，又不为文人所重，遂至荒废。

表作为场屋之文，清初人多为之，特别是从事中央文书工作者，代朝廷撰拟，多用骈体，如吴绮《林蕙堂全集》卷一录顺治十三年（1656）作的《拟上以董其昌字帖赐内院诸臣谢表》③，尤侗《西堂杂组二集》卷七载《拟上命满洲蒙古乌金超哈一体制举群臣谢表》和《拟上赦免顺治十五年前催征不得钱粮群臣谢表》，《西堂杂组三集》卷六载《玉皇圣诞贺表》和《拟贺太皇太后万寿表》等④皆用四六。而吴农祥《流铅集》卷二、王畤《御赐齐年堂文集》卷四皆载四六表。

"清初策文沿袭明制，多用四六骈体，顺治四年丁亥科令策中勿

---

① 蒲松龄著，张友鹤辑校《聊斋志异》（会校会注会评本），中华书局，1962年，第1345—1347页。
② 昆冈等修，刘启瑞等纂《钦定大清会典事例》卷三百三十一，《续修四库全书》第803册，上海古籍出版社，2002年，第289页。
③ 吴绮《林蕙堂全集》卷一，清康熙三十九年（1700）刻本，第23—25页。
④ 尤侗《西堂文集》，《续修四库全书》第1406册，上海古籍出版社，2002年，第363—366、446—447页。

用四六,不限短长,毋得预用套词、拘泥旧式,六年己丑科再申前禁"①,清初殿试考策文一道,策用骈体,虽屡令禁止却收效不大。《钦定科场条例》卷五十五云:

> 乾隆四年奏准……又奉上谕,向来殿试策中,俱用颂联,以致士子得以预先撰拟,分送请托,致滋弊端。况士子进身之始,而即习为献谀之辞,尤非导之以正,古人对策中无此体裁也。今当殿试之期,朕亲制策问之题,不拘旧式,以免诸生预先揣摩。诸生策内,不许用四六颂联。②

在博取金榜名次的最后一关,清初贡士们必须创制出四六策以角胜,则骈俪之兴实由科举启之。虽屡下禁令,此体不绝,古人以文取士,骈文乃文中之排律,能显示作者的词采和博识,易为考官所取中。

雍正元年(1723),朝考题目有四六,"新科进士于引见之前先行考试,庶人才不至遗漏,将诗、文、四六各体出题,视其所能,或一篇,或二三篇,或各体俱作,悉听其便"③。四六之文乃朝廷所需,在乡、会试、殿试中申以禁令,使应试者以理为主,不务浮华。但国家所用人才各异,朝考时增加四六一体,以备中央文书撰写之储。清代朝廷诏、敕、制、诰命、表等多用骈文。概之,清初科举系列中,骈文占有一席之地,诸生应考须修习以博科名。

---

① 商衍鎏《清代科举考试述录及有关著作》,百花文艺出版社,2004 年,第136 页。
② 杜受田等修,英汇等纂《钦定科场条例》,《续修四库全书》第 830 册,上海古籍出版社,2002 年,第 511 页。
③ 《钦定皇朝通志》卷七十三,影印文渊阁《四库全书》第 645 册,台湾商务印书馆,1986 年,第 92 页。

八股文乃清代试文重中之重,《清代硃卷集成》精装 240 册①,收录文章绝大部分是八股文。八股文与骈文之间是什么关系呢? 理清这个问题对研究清代科举与骈文意义重大。道光年间杨文荪说:"制义与诗赋代兴,由来尚矣。厥后法律益精,体格益备,专门名家代不乏人,稿本、选本之刻汗牛充栋,于经、史、子、集外别立一门。"②杨氏认为制义当于古籍分类中与经、史、子、集并立一门,未免夸张,但这种试文不同于唐宋以来各种文类,是明代兴起的新文样,是无疑义的。嘉道间阮元倡导文言说,推崇《文选》,其《书梁昭明太子文选序后》云:

　　言必有文,专名之曰文者,自孔子《易·文言》始……孔子《文言》实为万世文章之祖……自齐、梁以后,溺于声律,彦和《雕龙》,渐开四六之体。至唐,而四六更卑。然文体不可谓之不卑,而文统不得谓之不正。自唐、宋韩、苏诸大家以奇偶相生之文为八代之衰而矫之,于是昭明所不选者,反皆为诸家所取,故其所著者,非经即子,非子即史,求其合于昭明《序》所谓文者,鲜矣;合于班孟坚《两都赋序》所谓文章者,更鲜矣……明人号唐、宋八家为古文者,为其别于四书文也,为其别于骈偶文也。然四书文之体皆以比偶成文(《明史·选举志》曰:"四子书命题,代古人语气,体用排偶,谓之八股。"),不比不行,是明人终日在偶中而不自觉也。且洪武、永乐时四书文甚短,两比四句,即宋四六之流派。宏治、正德以后,气机始畅,篇幅始长,笔近八家,便于摹取,是以茅坤等知其后而昧于前也。是四书排偶之文,真乃

---

① 顾廷龙主编《清代硃卷集成》,成文出版社,1992 年。
② 杨文荪《制义丛话》序,载陈水云、陈晓红校注《梁章钜科举文献二种校注》,武汉大学出版社,2009 年,第 6 页。

上接唐、宋四六为一脉，为文之正统也。①

阮氏重立文统，四书文上接唐宋四六为文之正统，此说为清末刘师培
等扬州派人士所推展发扬②。民国学者刘麟生甄理骈文史，认为：
"律赋与八股文，皆骈文之支流余裔也。"又云："八股文为骈散混合
之文字，然就其整段作对而论，固应以之隶属于骈文。"③刘氏明确提
出八股文乃骈文之支流，属于骈文文类之一种。香港学者陈耀南《清
代骈文通义》云："是则八股、律股、联语、骈文，同气连枝，孳乳共荣；
今或皆为无用，当时视之，固应用之文也。"④

　　阮元、刘师培、刘麟生、陈耀南等率以为八股文属于骈文⑤。那
么要解决此疑问，首先应界定骈文的含义，骈文"就是基本由对偶的
修辞格句子组成的文章。由此，我们又可以进一步说，骈文是从修辞
学角度划分出的散文分类概念"⑥，据骈文义界，一篇文章是否以骈
偶组成或基本以骈偶组成是判断其归属的主要标志，八股文除了破
题、承题、起讲、领题、收结等或用散句，其他部分皆用偶对，所以商衍
鎏说："夫就制义文体而论，固以八股为主。"⑦准之于骈文定义，八股

---

① 阮元撰，邓经元点校《揅经室集》之《揅经室三集》卷二，中华书局，1993年，第608—609页。

② 参见张明强《〈国粹学报〉与晚清骈文学建构》，《古典文献研究》第16辑，凤凰出版社，2013年。

③ 刘麟生《中国骈文史》，上海商务印书馆，1936年，第111、115页。

④ 陈耀南《清代骈文通义》，香港永安印务公司，1970年，第18页。

⑤ 认为八股文不隶属于骈文者亦不乏其人，如谭家健《关于骈文研究的若干问题》云："有些研究者认为，八股文隶属于骈文，或称之为骈文的余绪，这是不确切的。"（《文学评论》1996年第3期）等，但既然认定骈文本质特征是对偶，那么辞藻、声律等是第二位考虑因素。

⑥ 莫道才《骈文通论》（修订本），齐鲁书社，2010年，第11页。

⑦ 商衍鎏《清代科举考试述录及有关著作》，百花文艺出版社，2004年，第248页。

文属于骈文无疑。惟其题限《四书》《五经》，每股皆须长对，且不尚藻华，士子应举，视作"敲门砖"，过门之后，甚不重视，鲜有收入文集者，以致难以进入研究视野。实则试以八股，使儒生自幼得到良好的训练，有清骈体迈明超元，比肩唐宋，于此有取焉。

三、博学鸿儒科对清初骈文的推动

毛奇龄《制科杂录》云："康熙十七年，吏部奉上谕，特开制科，以天下才学官人文词卓越、才藻瑰丽者召试擢用，备顾问、著作之选，名为博学鸿儒科。"[①]康熙十八年己未（1679）三月一日，在北京举行考试，题是《璇玑玉衡赋》一首和《省耕诗》五言排律二十韵一首。此次临时性的扩招有其特殊的政治原因，但所考之人皆当世名流，且"文词卓越、才藻瑰丽"者始得与荐，应试者多骈体名家，如陈维崧、吴农祥、毛奇龄、尤侗等，是对已有文名的士人的征召选拔，考试内容更体现对辞藻和声律的重视。律赋一首序用四六，沈龙翔《邓征君传》云：

> 戊午春，诏举宏博科，户部郎中谈皆宏宪以先生名应，力辞不获。是年秋，偕三原孙枝蔚应诏入都。己未三月，廷试时，奉旨，赋用四六序方入格，先生未用，遂不录。[②]

时人毛际可亦云："岁戊午，国家以博学宏词[③]征召天下士，其文尚台

---

① 毛奇龄《西河文集》，《清代诗文集汇编》第 88 册，上海古籍出版社，2010 年，第 206 页。

② 夏荃辑《海陵文征》卷十九，清道光二十三年癸卯（1843）刻本，第 5 页。

③ 此处称"博学宏词"，实际上指康熙十八年举行的博学鸿儒科，因博学鸿儒科的考试内容和方式类似于唐宋时期的博学宏词科，故清代学人多以"博学宏词"称之，又谓之为制科，如毛奇龄《制科杂录》详述此次考试始末（可参见张亚权《"博学鸿词"研究的回顾与展望》，《江海学刊》2006 年第 5 期）。

阁,或者以为非骈体不为功。"①此次考试,陈维崧、毛奇龄、尤侗皆入选,可见博学鸿儒科对四六的重视。特科考试待遇优厚,所录或入翰林,纂修史书,或迁升他官。旷世之典吸引士人向慕骈四俪六之文,使清初骈文创作承晚明之势而光大之,不仅有量的增多,更有质的提升。

康熙十八年(1679)博学鸿儒科举办后,社会上掀起骈文热,六朝文代表作家徐陵、庾信的作品受到重视,注本迭出。庾信《哀江南赋》由徐树谷、徐炯兄弟在原五家注的基础上汇集众说,增补而成《哀江南赋注》,刻于康熙二十一年(1682)。康熙二十六年(1687),倪璠注《庾子山集》十六卷问世,此前吴兆宜笺注之《庾子山全集》十卷亦已刻竣,吴氏还注有《徐孝穆全集》六卷,当亦注于此时。倪璠、吴兆宜所注诸本皆收入乾隆时修纂的《四库全书》。

清初骈文家的注本,康熙年间亦陆续刻成,如程师恭注释陈维崧骈文集之《陈检讨集》二十卷,康熙三十三年(1694)刊行。章藻功撰注之《思绮堂文集》十卷则梓行于康熙六十一年(1722),而其早年骈文集《竹深处集》镂于康熙二十四年(1685)。其他骈文家别集刻印者仍多,如陆繁弨《善卷堂集》、吴绮《林蕙堂全集》、毛奇龄《西河合集》等皆雕板于康熙年间。

清初出现笺注前代和当代骈文别集的热潮,显然受到博学鸿儒科的影响,骈文专集和注本的刻印、阅读和模仿又反过来推动了骈文在质和量上的提高。从这一角度考察,博学鸿儒科与骈文的关系尤为密切,所以夏仁虎说:"及于清代,作者辈出,则鸿博之科启之也。"②

---

① 毛际可《安序堂文钞》,《四库全书存目丛书》集部第 229 册,齐鲁书社,1997年,第 548 页。
② 夏仁虎《枝巢四述 旧京琐记》,辽宁教育出版社,1998 年,第 8 页。

第二节　明清之际文坛"六朝转向"与骈文演进

汉语言文字有其独特的民族特性，刘师培云："准声署字，修短揆均，字必单音，所施斯适。远国异人，书违颉诵，翰藻弗殊，侔均斯逊。是则音泮轻轩，象昭明两，比物丑类，泯迹从齐，切响浮声，引同协异，乃禹域所独然，殊方所未有也。"所以称："俪文律诗为诸夏所独有；今与外域文学竞长，惟资斯体。"①骈文文体正是基于汉字单音，且有四声之别的特点，从而形成整齐美和声律协和。凡遇到重视形式美、崇尚华丽的社会风尚，骈文便蔚然兴起，即与其形式特征密切有关，六朝如此，晚明亦如此。

元明以来，骈文呈现程式化和俗化问题，骈文创作处于沉寂期。明末社会形成一股崇尚奢华、追逐侈丽的审美思潮，在这一思潮的鼓荡下，奢华思想浸染士人群体，士人特别是作家在文学思想和文学创作中找寻与奢华世风相适应的文风，骈文这种讲究对偶、辞藻、声律的文学样式受到重视，于是复古的对象由之前前、后七子派尊崇的秦汉、盛唐和唐宋派所标举的唐宋转向六朝。这是新的审美思潮渗透到文学领域的必然选择，"六朝转向"是明末清初骈文兴起的深层次原因。

一、元明以来骈文程式化和俗化

骈文至宋形制体格已大备，元代陈绎曾《文章欧冶》附《四六附

---

① 刘师培《中国中古文学史　汉魏六朝专家文研究》，商务印书馆，2010 年，第 3 页。

说》将"四六"分唐体和宋体①，虽未上溯六朝，但俨然总结了一套骈文创作章法供人模范。元明两代骈文沿着两个方向发展，即程式化和俗化。元明骈文成绩平庸，清末谭莹《论骈体文绝句十六首》序云："骈体文盛于汉魏六朝，洎晚唐以迄两宋已有江河日下之势，至元明两代则等之自郐，无讥可耳。我朝人文崛起，而骈体之佳者亦直接汉魏六朝之坠绪。"②民国学者瞿兑之《中国骈文概论》谓："元明以后，骈文绝响……而骈文只限于一部分的用处。于是骈文成为极狭隘的用途，也就变成极卑陋的风格。"③元明骈文衰微，正是程式化和俗化的结果。

　　朝廷制诰文字多用骈体，因这些文章已形成固定结构，甚至只需改动其中的官衔和姓名即可，出现程式化倾向。元代曾在翰林院负责文秘工作的文人多有此类作品，板滞一律，缺乏个性，延及明初，仍有此习。明太祖朱元璋于洪武六年（1373）九月庚戌"诏禁四六辞"，并谕曰：

　　　　唐虞三代，典谟训诰之辞，质实不华，诚可为十万世法……朕常厌其雕琢，殊异古体，且使事实为浮文所蔽。其自今凡告谕臣下之辞，务从简古，以革弊习。尔中书宜播告中外臣民，凡表笺奏疏，毋用四六对偶，悉从典雅。④

────────────

① 陈绎曾《文章欧冶》，王水照编《历代文话》第 2 册，复旦大学出版社，2007 年，第 1269—1270 页。
② 谭莹《乐志堂诗集》卷十一，《续修四库全书》第 1528 册，上海古籍出版社，2002 年，第 543 页。
③ 瞿兑之《中国骈文概论》，上海世界书局，1934 年，第 111 页。
④ 《明实录》之《明太祖实录》卷八十五，台北"中央"研究院历史语言研究所，1962 年，第 1512—1513 页。

这道上谕针对当时"表笺奏疏"，要求臣民写作此类文体勿用四六骈体，其实是要求天下臣民写作文章率禁四六。罗宗强以为朱元璋具有"尊典谟，重实用，去华饰，求平实的文章观念"①，这种文学观亦要求摒弃讲究对偶、辞藻、格律、用典的骈文。朱元璋皇帝的文学思想直接影响明初文坛，被推举为"开国文臣之首"②的宋濂以理学家自命，认为文章乃道之外发，反对称艳、排偶之文，其《赠梁建中序》云：

> 余自十七八时，辄以古文辞为事，自以为有得也。至三十时，顿觉用心之殊微，悔之。及逾四十，辄大悔。然如猩猩之嗜屐，虽深自惩戒，时复一践之。五十以后，非惟悔之，辄大愧之；非惟愧之，辄大恨之。自以为七尺之躯，参于三才，而与周公、仲尼同一恒性，乃溺于文辞，流荡忘返，不知老之将至，其可乎哉？ 自此焚毁笔研，而游心于沂泗之滨矣。③

很明显，宋濂以道摄文，晚年不但不讲求修辞藻采，最终连文辞都抛弃了。他的文学观是典型的重道轻文，文章只是治政、明道的工具。其《銮坡前集》卷一载《拟诰命起结文》，共十则，包括吏部尚书、吏部侍郎、吏部郎中等十种官职，完全是封赠官员的文字模板，几乎适用于所有任此类职务者。这种程式化的骈文，并无新意，陈陈相因，熟滥雷同，严重阻碍了明代骈文的发展。

　　朱元璋及其文化政策深刻影响明代的文学发展状态和节奏，之

---

① 罗宗强《明代文学思想史》，中华书局，2013 年，第 32 页。
② 张廷玉等《明史》卷一百二十八《宋濂传》，中华书局，1974 年，第 3787—3788 页。
③ 罗月霞主编《宋濂全集》之《銮坡前集》卷十，浙江古籍出版社，1999 年，第558 页。

后文坛上形成质朴之风,使明代前中期骈文无法承续元代官样文字,日益走向沉寂,骈文文脉几乎中断,惟八股文渐趋成型。晚明沈德符《万历野获编》"四六"条详论明代骈文的发展状况,云:"本朝既废词赋,此道亦置不讲。惟世宗奉玄,一时撰文诸大臣竭精力为之,如严分宜、徐华亭、李余姚,召募海内名士几遍……然戊辰庶常诸君尚沿余习,以故陈玉垒、王对南、于谷峰辈犹以四六擅名,此后遂绝响矣。"①沈氏所述基本符合明代骈文发展实际,明初禁止骈文的政策一直影响到明中期,嘉靖时,皇帝喜好骈偶,大臣们开始以骈体上奏,风气渐变。直到万历中期骈文流行,官场公文、私人交际应酬往往用骈体,成为新的时尚,形成与明初文风截然相反的新风气。但此时骈文蹈袭严重,不仅朝廷诰命封赠依样画葫芦,日常交际酬应亦有模板,毛际可云:"尝见某公《赠广陵游子序》,炳曜铿锵,美言可市。适余友有西陵之行,遂戏易广陵为西陵,并稍更其'竹西歌吹'等语,则全篇皆可移赠。因叹此道雷同倚附,盖千手如一律也。"②骈文程式化是元明以来骈文发展的障碍,明末骈文渐兴,重要的一点就是摆脱程式化、创造出富于个性风格的骈文。

　　元明以来骈文另一趋向是俗化,这是元明市民崛起、知识下移、商业繁荣、通俗思潮渗透等相助推的结果。说话、戏曲、白话小说日益兴盛和雅化,而骈文这一贵族文学样式被俗化,构成了雅俗互动态势。以明代而论,瞿兑之云:"明朝人只有笺启上用四六,现在偶然看见一些,都恶劣不堪。"③明人所作骈文当然不限于笺启,若表、书、序等皆有以骈体出之者。但瞿氏指出明代骈文的一个特点,即通俗熟

---

① 沈德符《万历野获编》,中华书局,1959 年,第 270 页。

② 毛际可《安序堂文钞》卷五,《四库全书存目丛书》集部第 229 册,齐鲁书社,1997 年,第 548 页。

③ 瞿兑之《中国骈文概论》,上海世界书局,1934 年,第 111 页。

滑，这是明代后期骈文的基本特征。如杨慎《升庵集》卷一《戏作破蚊阵露布》："窃惟蜎化之孽，元匪贞虫之群。似鸭似鹅，久贻害于羊罗鼠夹；如虎如豹，曾煽虐于羵社淮津。血国三千，睫巢亿万。饥方柳絮，妄学阿香之声；饱类樱桃，借拟炎官之色……如花越女，鼙蛾撩乱锦窗；似柳张郎，挫精傄直灵殿。"①马朴在明代以骈文著称，但入清后其骈文隐没不彰，所著《四六雕虫》卷五《寿阳谷南年伯八秩》："恭惟南极腾祥，弧照上元之节；东山敛福，筹添大耋之年……九转炉中，炼就真人之气；万枝灯里，印来活佛之形……子侄蟠桃，自蓬岛天曹而至；孙曾斑彩，舞琅璈云曲之间。"②皆以俗语、熟调入四六之中。姜书阁《骈文史论》"明清骈余第十五"转录元人陆居仁撰《募缘疏》后，认为这类骈文是"文白相间、句法长短自由、不限于四六的新体徘文"③。又举祝允明《烟花洞天赋》等，评曰："实是雅俗兼用，不拘四六常格的徘体游戏文字，与元人为瓦肆勾栏中歌妓所作之词，取同样或近似的风调。"④从实例中可看出元明时代通俗文学对骈文俗化的渗透，多倾向于徘谐性的游戏娱乐型骈文。叶农、叶幼明《中国骈文发展史论》以为："元明两代是我国戏曲、小说的兴盛期……骈文至此时，除文人所不齿的民俗体之外，已是穷途末路，气息奄奄了。"⑤这或许主要针对元至明中叶骈文而言，但同样指出元明骈文俗化问题。这一格局在明末清初逐步得到改变。

---

① 杨慎《升庵集》，影印文渊阁《四库全书》第 1270 册，台湾商务印书馆，1986年，第 10—11 页。
② 马朴《四六雕虫》卷五，明万历三十六年戊申（1608）刻本，第 7—8 页。
③ 姜书阁《骈文史论》，人民文学出版社，2010 年，第 522 页。
④ 姜书阁《骈文史论》，人民文学出版社，2010 年，第 531 页。
⑤ 叶农、叶幼明《中国骈文发展史论》，澳门文化艺术学会，2010 年，第 142 页。

二、明末崇尚奢华社会思潮与文坛"六朝转向"

明代万历中期之后,社会上形成崇尚奢华的社会思潮,从帝王至庶民皆以华丽为美,这一思潮渗透到文学领域,文士们找寻文章中的华美文体,骈文这一讲究形式和辞藻的文学体裁便受到重视,出现了肯定和学习六朝文的倾向,并迅速形成崇尚六朝文的审美取向,使文坛上继前、后七子师法秦汉文、唐宋派模范唐宋八大家文之后,将复古的对象指向六朝文,呈现"六朝转向"的局面。

明代万历之后,特别是启、祯年间,盗贼横行,夷狄侵犯,民不聊生,而王公贵介、富商巨贾却以奢侈相高,影响所及,市井细民、村野男女亦以奢靡为荣,社会上掀起一股奢华风气,生活于此时的张岱可作为当时社会的一面镜子,其《自为墓志铭》云:

> 蜀人张岱,陶庵其号也。少为纨绮子弟,极爱繁华,好精舍,好美婢,好娈童,好鲜衣,好美食,好骏马,好华灯,好烟火,好梨园,好鼓吹,好古董,好花鸟,兼以茶淫橘虐,书蠹诗魔,劳碌半生,皆成梦幻。①

张岱出身于累世官宦之家,富家赀,居于杭州,其喜好奢丽非为个案,在当时具有一定普遍性。万历时的张瀚《松窗梦语》卷七《风俗纪》记万历时的服饰之绮丽云:

> 秦少游云:"杭俗工巧,羞质朴而尚靡丽,人颇事佛。"今去少游世数百年,而服食器用月异而岁不同已。毋论富豪贵介,纨绮

① 张岱著,栾保群注《嫏嬛文集》卷五《自为墓志铭》,故宫出版社,2012年,第229页。

相望，即贫乏者，强饰华丽，扬扬矜诩，为富贵容。

又云：

> 国朝士女服饰，皆有定制。洪武时律令严明，人遵画一之
> 法。代变风移，人皆志于尊崇富侈，不复知有明禁，群相蹈之。
> 如翡翠珠冠、龙凤服饰，惟皇后、王妃始得为服；命妇礼冠四品以
> 上用金事件，五品以下用抹金银事件；衣大袖衫，五品以上用纻
> 丝绫罗，六品以下用绫罗缎绢。皆有限制。今男子服锦绮，女子
> 饰金珠，是皆僭拟无涯，逾国家之禁者也。①

张瀚卒于万历二十三年（1595），此时杭俗已以奢靡华丽为尚，穿衣戴
帽务取精巧，奢侈品风行全国。表现于房屋建筑方面，土木大兴，园
林之崇侈、布置之巧夺天工、浪费之惊人，令人叹绝。《嫏嬛文集》卷
四记载张岱堂弟张萼（字燕客）建造园林情形云：

> 先是辛未，以住宅之西有奇石，鸠数百人开掘洗刷，搜出石
> 壁数丈，巉峭可喜。人言石壁之下得有深潭映之尤妙，遂于其下
> 掘方池数亩，石不受锸，则使石工凿之，深至丈余，畜水澄靛。人
> 又有言亭池固佳，恨花木不得即大耳。燕客则遍寻古梅、果子
> 松、滇茶、梨花等树，必选极高极大者，拆其墙垣，以数十人异至，
> 种之。种不得活，数日枯槁，则又寻大树补之。始极蓊郁可爱，
> 数日之后，仅堪供爨。古人伐桂为薪，则有过其值数倍矣。恨石
> 壁新开，不得苔藓，多买石青石绿，呼门客善画者以笔皴之。雨

---

① 张瀚撰，盛冬铃点校《松窗梦语》，中华书局，1985 年，第 139、140 页。

过湮没,则又籔之如前。①

辛未即崇祯四年(1631),张萼之行为达到了随心所欲的地步,不惜重金购买珍木异树,侈丽奢华。这种风气不独杭州为然,全国皆染此风,黄承昊是嘉兴人,他于崇祯十年为《(崇祯)嘉兴县志》撰序,于该书卷十五末有一段补述,详叙明末风俗之变:

> 我生之初,俗犹俭朴,民犹淳谨,殷厚之家尚多。不数十年而俗奢荡,人桀傲,钟鸣鼎食之家,指不数屈矣。揆厥所由,奢侈孕其源,浮薄鼓其波,以至于是。请略言其概:家苟温饱,则酒核之设辄罗水陆之珍;室即空虚,而妇女之妆必竞珠翠之巧。市井少藜藿之食,仆隶皆纨裼之衣。梨园青楼,何日得暇;画船箫鼓,无日不闻。比栉崇墉,谁念贫交之无以举火;夸多竞美,反嗤苦节者以为鄙夫。口角习吴下之浇风,俚语对联,动辄谑浪,因而贻害于上官;婆娑多江汉之游女,冶容倩饰,不惮诲淫,甚且日依夫妖秃。务本者少而入身公门者日盛月新,居肆者希而袖手游闲者肩摩踵接。②

黄氏以亲历者的身份讲述崇祯时的社会风气,士民皆尚奢侈,以至竭尽家财而不顾。全社会的审美趣向势必波及文坛,士人找寻与自己奢侈之风相适应的文学样式,于是六朝重形式、辞藻和声律的文学受到青睐,连黄承昊这段描写他所忧虑的奢侈之风的文字亦用骈体,可

---

① 张岱著,栾保群注《娜嬛文集》卷四《五异人传》,故宫出版社,2012年,第214页。
② 《(崇祯)嘉兴县志》,《日本藏中国罕见地方志丛刊》本,书目文献出版社,1991年,第638页。

见四六之风之盛行，人人难免受其影响。当然六朝文学受到明人重视并非始于明末，但万历后期以来骤然形成一股崇尚六朝文的潮流。吴应箕《与刘舆父论古文诗赋书》云："世之无古文也久矣，今天下不独能作，知之者实少。小有才致便趋入六朝，流丽华赡，将不终日而靡矣。"①吴氏所述乃发生于崇祯年间之事，六朝文风炽盛亦可知。文坛上继前、后七子主张师法秦汉、盛唐，以及唐宋派着重学习唐宋文的复古格局又出现一大变迁，复古的对象指向六朝，可以说六朝文在晚明受到重视是其社会审美风尚在文学领域的渗透。

　　明清之际，骈文文献得到大规模整理出版，屠隆、梅鼎祚、张溥、张燮、陈子龙等人重估六朝文，且整理相关文献，为六朝文风的盛行做出了重要贡献。为骈文辩护的言论日渐增多，陈子龙、李雯、夏完淳等创作了不少骈体名篇，而且以陈子龙为首的云间作家群和陆圻、毛奇龄等杭州作家群都开展骈文创作，切磋技艺，积累骈文创作经验，为清初骈文复兴先声。这主要表现在以下三个方面：

　　首先，明代后期逐渐形成肯定和崇尚六朝文学的思想。明朝中叶已有肯定六朝诗文的言论，如杨慎、黄省曾、金陵六朝派等②，但或出于个人喜好，或拘于一时一地，未能形成全国性、持续性的影响。十六世纪后半叶以降，社会风气日趋奢华，文学上产生了重估六朝文的思潮，王文禄《文脉》卷一云：

---

① 吴应箕《楼山堂集》卷十五，《续修四库全书》第 1388 册，上海古籍出版社，2002 年，第 545 页。

② 参见李清宇《明代中期文坛的"四变而六朝"——以黄省曾与李梦阳文学观念之异同为中心》（《北方论丛》2004 年第 2 期）、雷磊《明代六朝派的演进》（《文学评论》2006 年第 2 期）、张燕波《论明代金陵六朝派的发端与发展》（《南京大学学报（哲学·人文科学·社会科学）》2008 年第 3 期）、吴冠文《论六朝诗歌的批评与整理在明代中期的兴盛》（《上海大学学报（社会科学版）》2012 年第 6 期）。

　　《昭明文选》,文统也,恢张经、子、史也。选文不法《文选》,
岂文乎?……皇陵碑文体用六朝,气雄两汉。文华也实见,六朝
后不足法也。夫六朝之文,风骨虽怯,组织甚劳,研覃心精,累积
岁月,非若后代率意疾书,顷刻盈幅,皆俚语也……今变复古,必
选历代之文定其格。夫《文选》尚矣,莫及焉。选诸史之文不可
也,简短不华之文删去可也。①

王氏卒于万历年间,正是文学趋向浮华之时。他明确主张将诸史之
文和不华之文排斥在文之外,以"事出于沉思,义归乎翰藻"②为选文
标准。欣赏六朝文的形式美,以为其"文华也实见",组织工稳,将
《文选》作为总集的标准。他较为系统地阐发了六朝文的地位、价值,
是对长期以来受到贬抑、冷落的六朝文学的反动。何良俊亦云:"六
朝之文,以圆转流便为美。"③
　　稍后的名士屠隆的文学批评有一定的代表性,其《鸿苞》卷十七
《论诗文》云:

　　　秦汉六朝唐文有致,理不足称也;宋文有理,致不足称也。
秦汉六朝唐文近杂而令人爱,宋文近醇而令人不爱。秦汉六朝
唐文有瑕之玉,宋文无瑕之石。
　　　文莫古于《左》《国》、秦、汉,而韩、柳、大苏之得意者亦自不
可废。莫质于西京,而丽如六朝者亦自不可废。莫峭于《左》
《史》,而平雅如二班者亦自不可废。莫简于《道德》,而宏肆如
《南华》《鸿烈》者亦自不可废。诗莫温厚于三百篇,而怨悱如

---

① 王文禄《文脉》,《历代文话》第2册,复旦大学出版社,2007年,第1692页。
② 萧统编,李善注《文选》卷首《文选序》,上海古籍出版社,1986年,第3页。
③ 何良俊《四友斋丛说》卷二十三,中华书局,1959年,第210页。

《离骚》者亦自不可废。赋莫庄于杨、马,而绮艳如江、鲍者亦自不可废……至于不可废而轩轾难论矣。人亦求其不可废而何以袭为也?①

屠氏在《与王元美先生》中又云:"信如于鳞标异,凌厉千古,吞掩前后,则六籍之粹白,汉诏诰之温厚,贾长沙之浩荡,司马子长之疏朗,长卿之词藻,王子渊之才俊,六朝之语丽,不尽废乎?"②他耿耿于怀者,乃不惬于后七子惟学古人之一段而不及其余,所以主张取法秦汉、六朝、唐宋各个时期之长,出以自家面目。其实是为他自己喜爱六朝丽辞找理论根据而已。因当时七子派文必秦汉、诗必盛唐的论调仍有影响力,长卿以各有所长为由间采六朝,实际上是万历时新的审美趣味所致。屠氏又专门评点六朝骈文代表作家徐陵、庾信的文集,以《徐孝穆集》十卷和《庾子山集》十六卷合刻行世,《四部丛刊》初编本收录。

晚明启祯年间四六文字风行宇内,赵南星《废四六启议二首》其一云:

余自万历乙亥,结发薄游,士大夫书札往来,直抒情愫,鲜有用四六者。当司理时,座主为相,亦以散书闻问,亦未尝以为不恭也。至癸巳罢官,乃有以四六来者,余才拙性疏,不能为此,然林下无事,每抗精殚思为之,殊以为苦。今衰朽才尽,偶起一官,

---

① 屠隆《鸿苞》,《四库全书存目丛书》子部第 89 册,齐鲁书社,1995 年,第 252—253 页。
② 屠隆《由拳集》卷十四,《四库全书存目丛书》集部第 180 册,齐鲁书社,1997 年,第 559 页。

营职之外,复有应酬之烦,食事欲废,安能作四六也。①

万历三年乙亥(1575)赵氏尚年少,士大夫之间往来文字尚以散体,四六不多,但万历二十一年癸巳(1593)自己罢官家居时,四六应酬多了起来,至作此议的天启三年癸亥(1623)则率用四六,可知骈体从万历初期到天启年间逐渐流行的大体状况,这与黄承昊所述万历后绮丽之风发展进程相一致。

其次,万历之后,六朝文整理出版成绩卓著。梅鼎祚纂辑唐代以前之文编为《八代文纪》,以副冯惟讷辑《古诗纪》。该书包括《西晋文纪》《宋文纪》《梁文纪》《陈文纪》等十二种,俱收入《四库全书》集部。宋、南齐、梁、陈之文多骈偶,梁、陈尤是骈文全盛之代。故《四库全书总目》卷一百八十九《梁文纪》提要评云:"一代帝王(按,指梁简文帝)持论如是,宜其风靡波荡,文体日趋华缛也。然古文至梁而绝,骈体乃以梁为极盛,残膏剩馥,沾溉无穷,唐代沿流,取材不尽。譬之晚唐五代,其诗无非侧调,而其词乃为正声。寸有所长,四六既不能废,则梁代诸家亦未可屏斥矣。"②

梅氏以总集形式编纂先唐文,张燮则取先唐诗文可单独成集者,人各一集,成《七十二家集》,雕刻行世。张燮勤于搜罗,张溥称其"近见闽刻《七十二家》,更服其搜扬苦心,有功作者"③,以专集形式出版易于士人择取选购,也易于阅读,无疑对明末六朝文的普及有重大影响。

---

① 赵南星《赵忠毅公诗文集》卷十七,《四库禁毁书丛刊》集部第 68 册,北京出版社,1997 年,第 519 页。
② 永瑢等《四库全书总目》,中华书局,1965 年,第 1721 页。
③ 张溥著,殷孟伦注《汉魏六朝百三家集题辞注》,人民文学出版社,1960 年,第 313 页。

张溥是明代整理出版六朝文的集大成者，他受张燮辑刻《七十二家集》的影响，汇辑《汉魏六朝百三家集》，将先唐文人专集网罗殆尽，为先唐文学功臣，不为过矣。其《汉魏六朝百三家集》叙云：

> 余少嗜秦、汉文字，苦不能解，既略上口，遍求义类，断自唐前，目成掌录，编次为集，可得百四十五种……两京风雅，光并日月，一字获留，寿且亿万；魏虽改元，承流未远；晋尚清微，宋矜新巧，南齐雅丽擅长，萧梁英华迈俗；总言其概：椎轮大路，不废雕几，月露风云，无伤骨气，江左名流，得与汉朝大手同立天地者，未有不先质后文、吐华含实者也。人但厌陈季之浮薄而毁颜、谢，恶周、隋之骈衍而罪徐、庾，此数家者，斯文具在，岂肯为后人受过哉？①

张溥是明末文坛领袖，他评价六朝文的语气和方式与前引屠隆等人不同，张氏直接肯定南朝文华之价值，为颜、谢、徐、庾正名，与崇祯年间崇尚靡丽风气和文学上的骈偶思潮相合。在这一文学思想指引下，明末之幼童接受的便是华丽文风，这些人虽经明清换代，人生道路或多或少发生转折，但少年濡染的习气和喜好难以清除。清初骈文家的创作和骈文观承晚明而来，受晚明骈文创作影响甚深，可以说是其自然延续。

第三，晚明骈文创作已趋于个性化，出现了富有内容和个性的作品，陈子龙为其代表。他重视六朝文，为文尚辞藻，陈子龙《吴问》序云："夫敷章夸丽之文，归衰本朝尚矣……吴人袁帙作《七称》，推本

---

① 张溥著，殷孟伦注《汉魏六朝百三家集题辞注》，人民文学出版社，1960 年，第313—314 页。

此意。惜辞太朴袭，子龙爰作《吴问》。"①该文又载《几社壬申合稿》卷二十，当作于崇祯五年壬申（1632），因袁氏所作质朴无文，于是作《吴问》，敷以词采丽章。收录陈子龙、夏允彝、彭宾、李雯等几社诸子作品的《几社壬申合稿》二十卷，即为仿《昭明文选》而作。《明史》称其"骈体尤精妙"②，光绪年间，王先谦编辑《骈文类纂》收录陈子龙骈文 22 首③，包括序、书、铭、赞、诔、吊文、杂文、赋等文类，清初骈文最有成就的亦不过这几种文类。

陈子龙骈文创作早年尚藻采，遭清兵南下，身经战乱，一变而激昂慷慨，义丰词华，如《答赵巡按书》云：

> 夫仁人君子，道非一端：或介石坚贞，洁身以寄名教；或龙见渊跃，濡足以救苍生。易地皆然，各行其志，要归之有益于世而已。况乎楚材晋用，殷士周桢，壮缪托命当涂，子珩远投郢下。岂云识务，弥见精诚。古之忠臣烈士，如此甚众，台台又何疑焉？至如衷性近山麋，质同井鲋，逢萌之冠久挂，中散之虱愈多。且星仅周三，毛已见二。秋零早剥，日戻嗟离。歌遍《五噫》，已易梁生之姓；章成《七发》，难平楚士之心。倘仰藉垂天，得游物外，黄冠自放，白发相依。俾城近青门，颇有种瓜之客；山开白社，常来插柳之人。则春笋秋莼，咸饫明德；晨钟夕梵，悉领湛施矣。

---

① 陈子龙著，王英志编纂校点《陈子龙全集》，人民文学出版社，2011 年，第854—855 页。

② 张廷玉等《明史》卷二百七十七《陈子龙传》，中华书局，1974 年，第7096—7097 页。

③ 王先谦编《骈文类纂》卷首《撰人姓氏》，浙江古籍出版社，1998 年，第33 页。按，《撰人姓氏》下云 21 首，据正文所收实为 22 首。

相见无期，书不尽意。迹遐神迩，曷禁怆然！①

以骈偶之语抒忠义之情，骈文之振实由时运启之。其他如《秋兴赋》《报夏考功书》等皆情辞并茂，显示出雅化倾向。陈氏骈文创作风貌昭示着清初骈文走向，其后陈维崧、吴兆骞、吴农祥、吴绮、毛奇龄等承其绪而起，成为清初骈文名家。

　　晚明文坛崇尚骈偶的文风，特别是对六朝文的重新评价、六朝文集的编纂出版，使当时少年深受六朝风华的浸淫，如陈维崧、吴绮、毛奇龄等人皆如此。遭际明清之变，专事组织之文融入时代风会，便开出绚丽之花。陈维崧不仅喜读徐、庾文，且编《两晋南北集珍》以供骈文创作驱使，他在《与陈际叔书》中云："仆才质疏放，姿制诞逸，颇致蓝田狷忿之讥，时丛平子轻狂之诮，间有侯芭嗜奇之癖，时多吴质好伎之累。每当四节之会，风日闲丽，亲懿稠密，丹轮徐动，华轩遂盈。当斯时也，宾徒迭进，则神思转给；箫笛互激，则酬应弥妙。昔大梁侯方域常作文章，必须声伎，仆不幸遂似之。至于别崇台，入曲房，弛华裳，跕利屣，银灯乍灭，文缨已绝，臣心最欢，才能一石，何论八斗。且夫燥湿之理，各有其宜；动静之性，奚能一致。"②陈氏乃清初最有成就的骈文家，少年曾受到陈子龙的指教，喜欢在歌舞喧哗中即兴创作，反映了明末士习对他的影响，虽经易代，审美取向未有大异，只是身世之感、家国之痛充实了骈文的内容，使之沉博绝丽，避免枯槁堆砌之病。

　　吴绮喜宾客，《今世说》卷四云："喜与宾客游，四方名士，过从无

————————

① 陈子龙著，王英志编纂校点《陈子龙全集》，人民文学出版社，2011 年，第838 页。

② 陈维崧著，陈振鹏标点，李学颖校补《陈维崧集》，上海古籍出版社，2010 年，第204 页。

虚日,卒以是罢官。"①吴氏罢官是否因其游宴无虚日,在此不论,这种频繁宴集、善谈论,虽是晚明士习,但宴会交际、歌舞吟唱为创作骈文提供了土壤。概之,清初骈文正是承晚明追逐骈俪的风尚,并融入时代风会而振兴。

三、重视《文选》与明清之际骈文的雅化

随着晚明以华丽为美的社会思潮流播宇内,重视词藻的《文选》受到前所未有的重视,《文选》删选本、评注本、白文本皆有刊印,推动文学上侈丽之风。《文选》的作品重词章,亦重内容构思,士人学习《文选》,逐步提高四六创作水准,明末清初士人将其视作文料宝库加以开发,如刻于明天启二年(1622)的《孙月峰先生评文选》三十卷,闵齐华《凡例》云:"《文选》选于昭明氏,而盛行于唐。盖唐以诗赋取士,视此书若琼敷玉藻,愈采而愈不尽,以故释之者皆唐时人也。"②康熙十三年(1674),洪若皋为自己辑评之《梁〈昭明文选〉越裁》撰序云:"上自周秦两汉,下至三国六朝,经祀逾千,历卷盈万,翻阅多而取精远,规模大而标举奇。代无远迩,人以文分;文无后先,辞以类聚。诏、册、令、教、表、奏记、笺、骚、赋、诗歌、策……箴、铭、吊、诔、志、状,有美必收,无体不备。倾群言之沥液,漱百氏之芳润,诚文章之师资,艺林之渊薮也。"③

明末清初的《文选》热对骈文复兴的影响,前贤已有述及,陈耀南《清代骈文通义》云:"汉声魏采,既与韩、欧争长;宋明文运,于是乎

---

① 王晫《今世说》,《清代传记丛刊》第18册,明文书局,1985年,第64页。
② 萧统编,孙鑛评,闵齐华注《孙月峰先生评文选》,《四库全书存目丛书》集部第287册,齐鲁书社,1997年,第7页。
③ 洪若皋辑评《梁〈昭明文选〉越裁》,《四库全书存目丛书》集部第287册,齐鲁书社,1997年,第679—680页。

变矣。晚明钱（谦益）、艾（南英），准北宋之矩矱；子龙、天如，撷东京之芳华，各引所长，分庭抗礼；而几（陈子龙、夏允彝）、复（张溥、张采）二社，声应气和，矜尚《选》体；《百三家集》，震耀一时，汉魏六朝之风，遂再扇于江表矣。虽盛名之下，副实或难；而骈体复兴，弥足先导。"①《文选》《汉魏六朝百三家集》的刊布为清代骈文复兴起到导夫先路的作用，诚为有见。马积高对此亦有探讨，其云：

> 明代中叶的复古运动主张散文在格调上复古，语言以古雅为尚，已含有改变语言向平淡化发展的趋向……其影响所及，《文选》日益受到文人的关注……注释和批评《文选》者也多起来，据今所知，嘉、隆以后即有陈与郊《文选章句》、张凤翼《文选纂注》、齐闵华②《文选瀹注》、孙鑛《孙批文选》……张燮所辑《七十二家集》、张溥所辑《汉魏百三名家集》，又为研究、学习先隋骈文名家提供了方便，这些都是骈文复兴的先导。③

马氏和陈耀南一样，以为清代骈文复兴受到《文选》大量刻印的影响。明代后期以来，《文选》选本、注本和续编本大量涌现，如张凤翼《文选纂注》、邹思明《文选尤》、汤绍祖《续文选》等。此时作家模仿《选》体十分明显，吕留良云："明季之文，莫盛于云间，云间之文，莫著于陈大樽。虽师承《文选》，规摹六朝，然其本质超然，不为体调所汩没，且

---

① 陈耀南《清代骈文通义》，香港永安印务公司，1970 年，第 14 页。
② "齐闵华"，误，当作"闵齐华"。见天启二年刻本《孙月峰先生评文选》每卷卷首署名。
③ 马积高《清代学术思想的变迁与文学》，湖南人民出版社，2002 年，第 99—100 页。

运用更见遒逸,此杜少陵自许'齐梁后尘',所谓'转益多师是汝师'也。"①留良指出陈子龙师范六朝,承《文选》之体而得其真精神。此皆《文选》益于骈体之证。

"明末清初是《文选》评点的高潮期"②,不仅评点本《文选》众多,其他选评、补注、纂注等文本亦大量涌现。"有明一代对《文选》及其中诗篇进行批点、选评、纂注、增定的著作,《中国古籍善本书目·集部》共收录十五种,《北京图书馆古籍善本书目》收录二十种。去其重者,计《文选》刻本十八种,《文选》研究著作二十三种"③,其实这些著作绝大部分出现在万历之后,清初承之,不仅有大量《文选》相关著作面世,且产生了何焯、陈景云、邵长蘅、洪若皋等《文选》学家。经过晚明积累,清初《文选》学硕果颇多,与骈文发展进程相似。

受《文选》沾溉,清初骈文家如吴农祥、陈维崧、毛奇龄等能创作高雅的骈文,这是清初骈文雅化的表现。吴农祥曾对明代张凤翼所编《文选纂注》进行批校,朱彝尊亦有相关批校传世④。吴氏是清初著名骈文家,"佳山堂六子"之一,亲自对《文选》加以批评,受其沾溉是不言而喻的。陈维崧、毛奇龄承明末几社余波,受知于陈子龙,对《文选》颇熟精,彭兆荪云:"迦陵、西河,承接几社,《选》学未坠,殊有宗风。"⑤即此谓也。与晚明以应酬为主的骈文相比,清初骈文出现

① 吕留良《吕晚村先生论文汇抄》,《历代文话》第 4 册,复旦大学出版社,2007年,第 3338 页。
② 参见赵俊玲《〈昭明文选〉评点研究》(复旦大学 2008 年博士论文)第一章第二节。
③ 王书才《明清文选学述评》,中国社会科学院研究生院 2003 年博士论文,第18 页。
④ 参见王书才《明清文选学述评》(中国社会科学院研究生院 2003 年博士论文)第四章第一节。
⑤ 彭兆荪《小谟觞馆续集》之《文续集》卷一《答姚春木书》,《续修四库全书》第1492 册,上海古籍出版社,2002 年,第 701 页。

不少典赡博丽的作品，这与相对古雅的《文选》的影响分不开，将明代马朴《四六雕虫》和清初陈维崧《陈迦陵俪体文集》相较，雅俗立判，从中可窥知明清骈文发展不断雅化的动向。

四、明清之际骈文演进理路及其影响

明末崇祯年间，历经各种复古思潮后，出现对明代文学甚至是整个古代文学、文化的反思，随着明清易代，这种反思和批判达到前所未有的广度和深度。就诗学而言，蒋寅云："清初诗学对明代诗歌创作和诗学的反思，对诗歌传统的整合和重构，既是清初文化思潮的反映，也是其中的一个重要组成部分，在某种意义上，它也有力地参与了清初思想、文化和文学传统的重建。"①如清初骈文家陈维崧《吴园次林蕙堂全集序》云：

> 原其流失，厥有二端。纥库干运笔成锥，斛律金署名类屋。宿儒老子，高谈《内则》《归藏》；末学小生，粗识《孝经》《论语》……是则胸无故实，笥鲜缥缃，裸民诮雾縠为太华，矉女憎西施之巧笑。此其为弊一也。或则仅解虫镌，差工獭祭。悔读《南华》之卷，不精《尔雅》之篇。仿兰成碑版之作，只堪借面吊丧；效醴陵离别之言，仅可送人作郡……是则刻云端之木雁，未必能飞；琢箭上之金徒，何曾解舞。成都粉水，弱锦濯而宁鲜；河北花笺，钝笔描而失丽。益成掊撦，劣得揣摩。此其为弊二也。以兹二弊，足概百家。②

---

① 蒋寅《清初诗坛对明代诗学的反思》，《文学遗产》2006 年第 2 期。
② 陈维崧著，陈振鹏标点，李学颖校补《陈维崧集》，上海古籍出版社，2010 年，第 319 页。

　　陈氏反思性批判明末以来骈文存在两种弊病，即疏陋不学者以辞藻华丽为口实反对骈体；骈文创作者率循陈旧格套，沿袭模拟，徒得其表，实失其精神。实际上指出了当时骈文创作存在两种不良倾向：程式化和粗俗化。清初骈文正是矫正这两方面的缺失而走向复兴的。

　　雅俗对立和互渗是中国文学演变的主要方式之一，元明以来文学领域里通俗文学占优势，往往是俗文学向雅文学渗透，俗文学对雅文学的影响多于雅文学对俗文学的改造。但是随着复社、几社倡导复兴古学，古雅文风逐渐获得应有地位，形成雅俗各得其所的清代文学发展新模式。前揭明末陈子龙、夏允彝、李雯等人仿《文选》而撰《几社壬申合稿》二十卷，正是借古雅的《文选》提高骈文的品位。不管怎样，明末以来《文选》学流行有助于骈文的雅化。

　　此外，在对明代学术思想的反思和批判中，清初形成"博通"的学术思想，顾炎武《与友人论学书》谓："愚所谓圣人之道者如之何？曰'博学于文'，曰'行己有耻'。"①清代士人多博学，与这一风气密切相关，而"博通的学术趋尚反映在骈文创作上表现为追求富丽典赡之美"②，在复兴古学的大旗下，享乐媚俗风气收敛、消沉，作家们汲取明代文学派别之争的教训，淡化门户之见，重视《文选》，追求博识，使清初骈文呈现逐渐雅化的轨迹。

　　应用文是骈文的大宗，明末清初骈体书、启、表、序等日益流行，但程式化应酬性骈文充塞骈文界，模拟剽窃之弊丛生，为有识之士所深恶。清初毛际可《陈其年文集序》云：

① 顾炎武著，华忱之点校《顾亭林诗文集》，中华书局，1983 年，第 41 页。
② 张明强《学术思潮与清初骈文的新气象》，《广西师范大学学报（哲学社会科学版）》2015 年第 3 期。

余素不娴骈体之文,以为文者,性情之所发,雕刻愈工则性情愈漓。尝见某公《赠广陵游子序》,炳曜铿锵,美言可市。适余友有西陵之行,遂戏易广陵为西陵,并稍更其"竹西歌吹"等语,则全篇皆可移赠。因叹此道雷同倚附,盖千手如一律也。至若《七启》《七命》,古人已踞其胜,乃复取宫室游猎声色之盛以相踵袭,毋论其不似古人,即似古人矣,古人已往,亦何必复有我耶?遂绝笔不为者十年……居久之,陈子其年访余邸舍,出其全集见示,自赋骚书启以及序记铭诔,皆以四六成文……始悟文之有骈体,犹诗之有排体也……推此意以为文,是骈体中原有真古文辞行乎其间,陈子已先我而擅场,惜余向者之贸贸不察也。①

从毛际可对骈文认识的变化可窥见明清之际骈文由程式化、雷同化向个性化风格演变的过程②。这是清初骈文复兴的主要路径,也是主要成就所在。不论哪种文体,形成个性风格是文体兴盛的重要条件。

受明末崇尚奢华社会思潮的影响,士大夫在文学领域将复古的对象转向华美的六朝文,沉寂已久的骈文开始流行。明末清初文坛的"六朝转向"促使作家重视《文选》、讲究辞藻,在日常应酬和抒发情感方面创制大量的骈文,繁荣了骈文创作,并进而开拓两条骈文发展路径,即由俗趋雅和由程式化向个性化、风格化演变。清代中后期骈文沿着这两个方向继续深化,创造出骈文复兴的新局面。

---

① 毛际可《安序堂文钞》卷五,《四库全书存目丛书》集部第 229 册,齐鲁书社,1997 年,第 548—549 页。
② 清初骈文有自觉的抒情意识,并形成个性风格,在骈文史上具有转折意义。参见张明强《清初骈文的抒情自觉与风格形成——以吴绮骈文创作为中心的考察》,《南京大学学报(哲学·人文科学·社会科学)》2014 年第 1 期。

第三节　学术思潮与明清之际骈文的新气象

　　欲研探清初文学必从晚明入手,何也? 清初文学和文学思想多承晚明而来。蒋寅云:"清初诗学对明代诗歌创作和诗学的反思,对诗歌传统的整合和重构,既是清初文化思潮的反映,也是其中的一个重要组成部分,在某种意义上,它也有力地参与了清初思想、文化和文学传统的重建。"①清初文学和文学思想,以及学术思潮是在对明代的反思、批判中逐步建立起来的,但是这一反思不始于明亡之后的清初,只因明清鼎革,加剧了士人反思的深度和速度。梁启超说:"大反动的成功自然在明亡清兴以后。但晚明最末之二三十年,机兆已经大露。"②搜集、评论明代诗文在有明启、祯年间业已开始,清初诸多有影响的学术思潮和创作趣尚实肇端于明末。就清词而言,张宏生云:"清词发展三百年,其间固然名家辈出,流派迭见,但陈子龙开创的这一传统却绵绵不绝,在不同层面得到接受。"③可见明末陈子龙和云间派对清词发展的影响之大。骈文亦不例外。

　　崇祯十一年(1638),云间陈子龙、徐孚远、宋征璧合编《皇明经世文编》五百余卷,自仲春至仲冬始告藏事。冯明玠《皇明经世文编》序云:"高皇帝百战以洗羶腥,当草昧之初,制科之始,即曰:'我取士,欲得经明行修、博古通今、文质得中、名实相称者而后用之。'旁求所孚,鼓桴交应,文武之业郁然并兴。"④这里冯氏指出"博古通今"的诉求,"博古"和"通今"乃晚明士大夫经常讨论的问题,也是明代

---

① 蒋寅《清代诗学史》第一卷,中国社会科学出版社,2012年,第76页。
② 梁启超《中国近三百年学术史》,中国社会科学出版社,2008年,第7页。
③ 张宏生《清词探微》,上海古籍出版社,2008年,第158页。
④ 陈子龙等辑《皇明经世文编》卷首,《续修四库全书》第1655册,上海古籍出版社,2002年,第30页。

学人治学、用世方法的自我反思。谢国桢《明末清初的学风》云：

> 因之明末学者尤喜欢谈兵，而旁及于天文、舆地、政治、经济、农田、水利之学。他们读书，不是单停留在书本上，而是从实践中体验出来，其目的是在致用。他们治学问的方法，尤在于博古以通今。所谓"博古"，就是"因时制宜"、"引古以筹今"，既不失古人的尺度和矩矱，也要明了其作用。所谓"通今"，顾炎武和刘继庄都主张研究学问不但要知古，更需要知今。刘继庄说："只知今，只算是半个学人。"这种说法是很恰当的。①

谢氏所述甚确，明末清初士大夫有惩于政治腐败、盗贼四起、夷狄挑衅，思鉴古知今，出策以振朝纲。"古"和"今"的关系在经世致用思潮驱动下变得热门起来，时人张国维亦云："夫士大夫之学术，知今而不知古，其蔽也凡陋；知古而不知今，其蔽也迂疏。必欲兼之，则知古易而知今难者，前代之事业有成史，诸儒之所论列，类聚群分，各有典要，学者加岁月之功，固已举其流略矣。"②

陈子龙在诗、词、骈文等方面对清初文学影响至深，作为《皇明经世文编》的主编之一，他的观点颇具代表性，其《经世编序》云：

> 俗儒是古而非今，文士撷华而舍实。夫保残守缺，则训诂之文充栋不厌；寻声设色，则雕绘之作永日以思。至于时王所尚，世务所急，是非得失之际，未之用心。苟能访求其书者盖寡，宜

---

① 谢国桢《明末清初的学风》，上海书店出版社，2006年，第37页。
② 陈子龙等辑《皇明经世文编》卷首，《续修四库全书》第1655册，上海古籍出版社，2002年，第6页。

天下才智日以绌,故曰"士无实学"。①

陈氏喜谈时务,期于用世,云间诸子编纂是书,以"博通"和"经世致用"为主要目的。正如赵园所说:"明清之际的遗民学人学尚'渊综'、'会通',追求阔大的学术以至人生境界,学而经世,学而事功,学而待后王,鄙'僻固狭陋',鄙'腐',鄙'封己守残'之'纤儿细士',鄙天崩地解'无与吾事'之所谓'道学';正是民胞物与的儒者情怀,与救民水火的使命承当,作成了遗民学术的内在生命,焕然于其学术中的人格魅力。"②这是明末清初经世致用思潮和"博通"学术追求的反映,这两种思想深刻影响着清初骈文的内容和气象。

一、经世致用思想与骈文的时代感和重情意识

明末清初经世思想大行,赵园说:"即如被认为与所谓'清学'路向大异的经世之学,在由明末到清初这一时期,就因了时事的刺激,而维持了对士人的特殊吸引力。"③马积高认为:"清初一度盛行的经世致用之学对诗歌、骈文都有影响。"④但他仅谈论"经世致用之学对散文的影响"和"诗风的演变与清诗特点的初步形成"两方面,至于明清之际骈文与经世思想关系则付之阙如。在我看来,影响于骈文者主要有二:一为骈文内容有强烈的现实性,寄寓了作者真情;一为对明末清初骈文文献的有意编辑整理,是骈文领域的文化自救。

陈子龙是明末著名骈文家,对清初骈文的发展影响甚大,他在明

---

① 陈子龙著,王英志编纂校点《陈子龙全集》,人民文学出版社,2011 年,第 812 页。
② 赵园《明清之际士大夫研究》,北京大学出版社,1999 年,第 355 页。
③ 赵园《明清之际士大夫研究》,北京大学出版社,1999 年,第 353 页。
④ 马积高《清代学术思想的变迁与文学》,湖南人民出版社,2002 年,第 19 页。

亡后所作的骈文充溢情感,能感动人。如《答赵巡按书》云:

> 夫仁人君子,道非一端:或介石坚贞,洁身以寄名教;或龙见
> 渊跃,濡足以救苍生。易地皆然,各行其志,要归之有益于世而
> 已。况乎楚材晋用,殷士周桢;壮缪托命当涂,子珩远投邺下。
> 岂云识务,弥见精诚。古之忠臣烈士,如此甚众,台台又何疑焉?
> 至如衷性近山麋,质同井鲋,逢萌之冠久挂,中散之虱愈多。且
> 星仅周三,毛已见二。秋零早剥,日昃嗟离。歌遍《五噫》,已易
> 梁生之姓;章成《七发》,难平楚士之心。倘仰藉垂天,得游物外,
> 黄冠自放,白发相依。俾城近青门,颇有种瓜之客;山开白社,常
> 来插柳之人。则春笋秋莼,咸饫明德;晨钟夕梵,悉领湛施矣。
> 相见无期,书不尽意。迹遐神迩,曷禁怆然![1]

这篇书信表达了自己不会投降以求富贵,甘愿隐居以终,情见乎词。
其他如《秋兴赋》《幽草赋》等皆情辞并茂。明末清初战乱的环境和
朝代鼎革面临的选择促使正直士大夫直面现实,抒写真情。

作家们应抒写真情是这一时期的普遍看法,魏禧说:

> 今夫文章,《六经》《四书》而下,周、秦诸子、两汉百家之书,
> 于体无所不备。后之作者,不之此则之彼。而唐、宋大家,则又
> 取其书之精者,参和杂糅,镕铸古人以自成,其势必不可以更加。
> 故自诸大家后,数百年间未有一人独创格调,出古人之外者。然
> 文章格调有尽,天下事理日出而不穷,识不高于庸众,事理不足
> 关系天下国家之故,则虽有奇文与《左》《史》、韩、欧阳并立无

---

[1] 陈子龙著,王英志编纂校点《陈子龙全集》,人民文学出版社,2011 年,第
　　838 页。

二,亦可无作。古人具在,而吾徒似之,不过古人之再见,顾必多
其篇牍,以劳苦后世耳目,何为也?①

　　魏氏注重作文有益于天下国家,且要表现自我个性,不能模仿古人,
仅得形似,这种文学思想与清初经世之风一致。骈文自宋元明以来,
类多应酬文字,雷同模习,殆同书抄,晚明陈子龙、夏完淳等人起而振
之,赋予骈体以真情,衍及清初,此风大盛。明朝覆亡,满清入主中
原,在明人看来是“天崩地解”②的大劫,震荡着士人的心灵,此时士
大夫虽出处不同,但直面现实则一。
　　陆繁弨是清初著名骈文家之一,生于钱塘大族,父陆培、伯父陆
圻、三叔父陆堦皆当时名流,以意气声华相高,但陆氏十一岁时,杭州
被清兵占领,陆培自缢殉国,繁弨秉父志终身不仕。其别集传播于今
者惟骈文集《善卷堂四六》,其他诗词散篇则存于选本之中。陆繁弨
曾与同里沈叔培(敬修)、徐汾(武令)、徐元亮等人结默社以歌咏,最
初社员持遗民之志,相与砥砺名节,后来徐元亮迫于科役,外出游食,
徐汾入京追求科名,陆氏倡议重立默社,将二人排斥在外。陆氏遗民
之志之坚于此可见端倪,虽友人亦直面批评其折节无操,其《与昭令
重举默社文会书》充满故国之怀和“故人心易变”的感喟:

　　　　仆闻《易》称从虎,感气则生;《诗》咏嘤鸣,同声相召。物犹
　　如此,人亦宜然。仆与足下,谊属通门,情同昆仲。公瑾结友,原
　　自妙龄;孔璋论文,盛推同里。并为南郡之门人,俱作桃源之处

----

① 魏禧著,胡守仁、姚品文、王能宪校点《魏叔子文集》,中华书局,2003 年,第
　 411—412 页。
② 黄宗羲《南雷诗文集》之《留别海昌同学序》,载沈善洪主编《黄宗羲全集》第
　 10 册,浙江古籍出版社,1993 年,第 627 页。

士。行藏既合,恩好日隆。于是与敬修、武令六七人,吊古梅林,定交鹤屿。箕山高隐,执牛耳以相从;艺苑英才,捧珠盘而谁属。竟成高宴,更励文心……风雨靡违,寒暄无间。同在鸡坛,历有年所。

自去岁首春,便从废辍。或习贾市门,或扬帆名域。或开华馆,方问字于元亭;或上珠楼,听吹箫于秦女。遂使花迷曲槛,水涨平池。女萝渐长,公子忘归;芳草初生,王孙未返。梦笔之堂既虚,怀蛟之人都散。顷欲更联旧好,狎主齐盟……笑隐遁之神仙,比文章于郑卫。譬之应龙匿水,徒见薄于游鳞;良骥伏枥,亦负惭于驽马。及其凭天阙而负青云,御金镳而纵柔辔。凌厉九垓,驰驱万里。密雨出其长鳞,飘风随其逸足。然后知梗楠之用大,而燕雀之志小也。

近闻元亮,催科甚急,往役为劳。王哀弟子,尚苦杂徭;范式故人,今为街卒。固不暇精曹氏之书仓,问何家之学海。至于武令,殚心射策,属意制科。山巨源之高旷,何敢绝交;谢客儿之风流,且无入社。①

陆氏《善卷堂四六》卷四《三叔父六十寿序》历述弘光元年(1645)父亲殉难、康熙元年(1662)伯父陆圻受庄廷鑨《明史》案株连致全家被逮下狱等清初重大事件,颂扬三叔父为家族平安所做的努力,从侧面表露陆家在清初所遭遇的祸患。庄氏《明史》案在当时为忌讳,陆氏在骈文中加以陈述,虽为连带而及,亦可备史之证,序文见本书第八章第三节,此不复引。

出身名门世家的陈维崧更深刻地感受到明清之变所带来的精神

---

① 陆繁弨著,吴自高注《善卷堂四六》卷六,清乾隆三十五年(1770)陈明善刻本,第29—33页。

和物质上的冲击,《陈迦陵俪体文集》中有不少描写明末清初战乱和士人生活变迁的文字,如《魏禹平诗序》云:

> 满城柳色,笛声已入阳关;二月花朝,天气渐逢寒食。属文通之赋别,令敬礼以定文。且尽余杯,为谭往事。窃述两家之旧德,聊充四座之新闻。
>
> 昔在前朝,正丁末季。奄人窃柄,普天驰节、甫之门;元子委裘,薄海拜圣、娆之座。时则余祖少保公谔谔东朝,君家忠节公稜稜左掖。腐、滂何罪,同飞告密之章;乔、固奚辜,俱置同文之狱。碧血长埋于牢户,丹书深刻其姓名。不其然乎? 彼一时也! 既而下官难息,孤出袴中;北海冤消,人还璧里。则有余父赠检讨公风度鸿骞,君叔庶常公仪观鹄举。江深故国,相逢石子冈头;花落空宫,并坐瓦官阁下。而乃社犹窜鼠,城尚凭狐。华林半部,多是佃夫之伎人;建业三更,齐唱总持之艳曲。于是筵畔征歌,风前命酒。张髯奋掷,盖宽饶醒后原狂;戟手轰豗,祢正平怒而工骂。宵人籍籍,指为钩党之子孙;异类纷纷,奉以东林之衣钵。仆犹忆此,君岂忘诸? 无何而鹃啼西雒,昔梦宵迷;鹈出东周,旧家晨散。空留先泽,鄙人则远逊孔璋;绰有门风,贤从则群推交让。都缘世讲,欣联袁、灌之交;颇怪时流,谬作曹、刘之目。间燕吴之异路,偶出处之分途。然而故人知我,宁来割席之言? 贱子怀人,长记班荆之日。是则魏里之与荆溪,交非一日;而寒门之于贵族,谊并千秋。
>
> 乃者吾贤,尤为杰出。词场独霸,跌宕于练裙纨扇之场;文阵称雄,激昂于铁拨银筝之队……仆也久从吴会,披异采之缤纷;近在幽燕,捧名篇之络绎。讵意灞桥草碧,遽理归装;何图韦曲花红,难牵别袂。遂题数语,爰集百端。君其姑去,送子在绿

波南浦之前;仆亦遄归,俟我于黄叶西风之后。①

魏坤,字禹平,号水村,乃魏大中从侄魏文煌之子②,序文里叙自己祖
父陈于廷(少保公)、父陈贞慧(赠检讨公)与魏坤从祖魏大中(忠节
公)、从叔魏学濂(庶常公)之间的行事和交往。遭朝代嬗替,前朝之
世家沦落,陈、魏二族之后出处各异,所谓"间燕吴之异路,偶出处之
分途。然而故人知我,宁来割席之言"云云,表露陈氏世代叨光明恩,
自己却仕于清朝的矛盾和尴尬,希望自己朋友若魏氏等能够明了自
己内心并不情愿如此。这一心迹实是清初出仕士大夫较为共有的矛
盾心态。

　　陈氏骈文中有不少关于当时人物和事件的记载,可补史之不足。
吴兴华说:

　　　　在陈维崧的《湖海楼俪体文集》里,纪念明末爱国志士和坚
　　贞不屈的遗民的文字占有相当大的比重,有些材料甚至是其他
　　书中很难找到,或者经常受人忽视的。例如沈德潜在《国朝诗别
　　裁》里收入周肇一首七律,题为《赠陆翼王》,中间有"遗孤袁粲
　　系囚日,亡命王成赁保中"的句子(《国朝诗别裁》卷十四)。沈
　　注只说"翼王为黄陶庵高弟,当日有保全遗孤事,故专及之"。语
　　言含混,几乎令人误认为陆元辅所保全的是他老师黄淳耀的后
　　裔。王昶的《陆元辅传》(《春融堂集》卷六十四)对这件事也只
　　字不提。读陈维崧的《赠陆翼王序》(《湖海楼俪体文集》卷八),
　　我们就知道这里的"遗孤"指一门死难的嘉定侯家的后人,并且

① 陈维崧著,陈振鹏标点,李学颖校补《陈维崧集》,上海古籍出版社,2010 年,
　　第 301—302 页。
② 金一平《柳洲词派》,同济大学出版社,2002 年,第 102 页。

对其后的事情也有所了解。①

吴氏还举了陈维崧之《杨俊三诔》和《董少楹诗集序》说明陈维崧骈文的存史价值。其他如《陈迦陵俪体文集》卷六《方素伯集序》关于方以智和方中履在明清之际兵乱之时的逃难经历和乱后的贫困生活都有真切的揭示,是研究方氏的第一手资料。

陈维崧于康熙十五年丙辰(1676)编纂《两晋南北集珍》六卷,"此书采南北朝故实,各加标目,盖即以备骈体采掇之用"②,故骈文中多用两晋南北朝典故,如《陈迦陵俪体文集》卷五《戴无忝诗序》连用六朝故实抒写戴移孝在明末清初战乱中之流离颠沛,情词并举。吴兴华评云:"陈维崧在叙述明末的抗清活动时,大量引用南北朝的史实,情景切合,宛若天造地设。"③陈氏骈体能自标兴会,融入时代气息,风格沉雄,于清初骈文诸家中最为杰出。

吴绮性格刚直,《林蕙堂全集》卷一《上龚大宗伯书》云:

> 某当受命,誓不与俱;迫及下车,义无反顾。既微行以得其实,爰大创以尽其辜。职匪埋轮,欲殄九头之蜮;威同破柱,宁知百足之虫。除奸而务得根株,去暴而先严线索。遂使兔惊迷窟,鸟丧焚巢。宵人偕遁以求生,戎帅相期以勿犯。千夫并沮,难消口内之衔;一日何容,欲快眼中之拔。流言用布,薄命无援。某之受祸,此其一也。至于中朝显宦,邻郡要人,始则美环不与,已

---

① 吴兴华《读〈国朝常州骈体文录〉》,载《吴兴华诗文集·文卷》,上海人民出版社,2005年,第172页。
② 永瑢等《四库全书总目》卷六十五《两晋南北集珍》提要,中华书局,1965年,第582页。
③ 吴兴华《读〈国朝常州骈体文录〉》,载《吴兴华诗文集·文卷》,上海人民出版社,2005年,第169页。

逢怒于尝鼋；继则赝璞空将，复兴戎于误鼠。无鲁连以排难，有
马申以肆诟。市虎堪疑，何烦蒉苡；营蝇可畏，顿化荃茅。待之
者已疏，中之者甚巧。某之受祸，又其一也。洎乎石重难移，霾
阴莫解。初以细人之言，激怒上官；旋因密戚之威，挟持大吏。
转喉触忌，兼多冯坦之谬言；强项招尤，又乏任延之善事。而鸡
惊鹿骇，同遭不测之机；雷击霜飞，竟有难全之势。某之受祸，于
此烈矣。①

　　吴绮所云"上官"指时任杭嘉湖分巡道的李之粹，"大吏"指浙江巡抚
范承谟②。康熙五年（1666），吴氏出任湖州知府，抑制地方豪强，缉
捕盗贼，百姓乐便。因得罪上官致使罢官，内心深为不平，借给龚鼎
孳写信之机，真实透露自己正道直行而不见容于范承谟等清廷亲信
的怨愤。其他如《林蕙堂全集》卷七《送卢菽浦之戍所序》作于晚年，
劝慰如皋知县卢绖，望其能正确看待人生浮沉，同时，对卢氏遭冤被
遣深表同情。吴氏不避时讳，直面现实和正义。陆繁弨、陈维崧、吴
绮，以及吴兆骞、吴农祥等骈文家皆于其文中融入深情，将时代变迁
和内心震颤谱入骈俪，是经世致用之风对骈文的积极影响。

　　清朝以满族定鼎中原，实行民族压迫政策，原明朝臣民在国亡之
后，掀起了文化救亡运动，明末清初士大夫撰写诗文、野史笔记，举不
胜举，甚至庄廷鑨、万斯同等人自撰《明史》，用文字构建自我的文化
正统，以之存史、存心。在骈文界主要表现为以文存史和结集应世
两类。

　　以文存史者以陈维崧、冒禾书、冒丹书合编《今文选》八卷为代

①　吴绮《林蕙堂全集》卷一，清康熙三十九年（1700）刻本，第61—62页。
②　杨燕《吴绮湖州为官时期文学活动考论》，南京师范大学2007年硕士论文，
　　第13—14页。

表，刻于康熙元年（1662），该选仿《文选》例，陈子龙、吴应箕编《国玮集》虽成而稿藏刘廷鸾家，未能行世，陈、冒等人编是选以继成其志。所选赋、表、书、序、诔、碑等文类中有不少骈文。所选作者夏允彝、陈子龙、张自烈、沈寿民、吴应箕、黄周星、方中通、方中履、李雯、周亮工等七十余人。路工称之为"明末忠烈的'纪念册'"，并云："《今文选》不是'骚人墨客'的'末世哀鸣'，而是疾首挥毫、激奋人心的呼号，是明末一部具有史料价值的文献。"①

　　结集应世者以李渔辑《四六初征》二十卷为代表，该书刊行于康熙十年（1671），广征当时骈文应酬作品，依内容分类，分津要、艺文、笺素、典礼、生辰、乞言、嘉姻、诞儿等二十部，李氏女婿沈心友《凡例》云："四六有二种，一曰垂世之文，一曰应世之文。垂世者字字尖新，言言刻画，如与甲者，一字不可移易于乙是也。若应世者则流利可以通融，英华似乎肆射，其中扼要数联，情深一往，其余始末，得之者信手拈来，头头是道，触类以至，尽可旁通是也。"②此书选文着眼于应酬之文，这类选本在清初甚多，如黄始辑《听嘤堂四六新书》《听嘤堂四六新书广集》和《听嘤堂仕林启隽》《听嘤堂翰苑英华》，陈枚编《凭山阁留青集选》《凭山阁留青二集选》《凭山阁留青广集》，李之泓、汪建封等辑《叩钵斋四六春华》等。这些当代骈文选虽主要为应世而选，但清初许多骈文家的作品赖其保存，亦有史料价值。

二、"博通"学术思潮与明清之际骈文的典赡风格

　　明代中期学者杨慎即主张博学，但自觉追求"博通"在晚明显露其端倪，陈子龙、徐孚远等编纂《皇明经世文编》，虽然旨归在经世，但

① 路工《访书见闻录》，上海古籍出版社，1985年，第135—136页。
② 李渔辑《四六初征》，《四库禁毁书丛刊》集部第134册，北京出版社，1997年，第622—623页。

前提仍是"博古"。崇祯年间，黄道周《博物典汇》刊行，方以智于"崇祯十年（1637 年）至十二年《通雅》初稿撰成"①。《四库全书总目》卷一百一十九《通雅》提要云："惟以智崛起崇祯中，考据精核，迥出其上，风气既开，国初顾炎武、阎若璩、朱彝尊等沿波而起，始一扫悬揣之空谈。"②肯定方氏考据之功对清代考据学的影响。《通雅》自序云：

> 函雅故，通古今，此鼓箧之必有事也。不安其艺，不能乐业，不通古今，何以协艺相传……今以经史为概，遍览所及，辄为要删，古今聚讼，为征考而决之，期于通达……名曰《通雅》。③

方氏博通古今，考镜源流，征实存疑，这种严谨的学术风格，在崇祯年间已经确立，明清之变加速了士林重建中国文化和明代学术的责任，使这一学风迅速成为士大夫共趋。

士大夫为求博识必须多读书，重学之风蔚然兴起。顾炎武《与友人论学书》云："愚所谓圣人之道者如之何？曰'博学于文'，曰'行己有耻'。"④魏禧《答施愚山侍读书》亦云："愚尝以谓为文之道，欲卓然自立于天下，在于积理而练识。积理之说，见禧叙《宗子发文》。所谓练识者，博学于文，而知理之要；练于物务，识时之所宜。"⑤顾、魏二人不约而同地引用《论语》"博学于文"之语强调作文、问道必须博

---

① 李葆嘉《方以智撰刊〈通雅〉年代考述》，《辞书研究》1991 年第 4 期。
② 永瑢等《四库全书总目》，中华书局，1965 年，第 1028 页。
③ 方以智《通雅》卷首，中国书店影印清康熙姚文燮浮山此藏轩刻本，1990 年，第 4—5 页。
④ 顾炎武著，华忱之点校《顾亭林诗文集》，中华书局，1983 年，第 41 页。
⑤ 魏禧著，胡守仁、姚品文、王能宪校点《魏叔子文集》卷六，中华书局，2003 年，第 289 页。

学多识。钱谦益《列朝诗集》丁集卷十二"谭解元元春"条引时人论竟陵派语云:"以一言蔽其病曰:'不学而已。'亦以一言蔽从之者之病曰:'便于不说学而已。'"①冯班《钝吟杂录》卷三《正俗》云:"钟伯敬创革弘、正、嘉、隆之体,自以为得真性情也。人皆病其不学。"②他们皆注重读书问学,批评钟、谭之荒疏。重学而尊师、重师,顾炎武有《广师》,黄宗羲有《广师说》,讨论师从和学习问题。清初士人追求博通,从而产生重学和择师的讨论。

明末清初刻书业发达,虽有商品经济的推动因素,但士人读书热情高涨无疑起了关键作用。梁启超说晚明"藏书及刻书的风气渐盛"③,产生了汲古阁这样著名的藏书和刻书机构,宁波天一阁亦以富藏书而名闻海内。书业发达或有重学尚博之风推动,而大量图书的出版反过来又促进知识的传播和学习氛围的浓厚。

马积高谈论清初士人思想转型云:

　　　　这时的一部分士人却有一点与明代多数士人不同:他们比较注意多读书,熟悉历史掌故,治经的也不确守宋元理学家旧说,而开始注意考求经典产生和传授的历史,辨别真伪,讲究文字、音韵训诂的准确,开始形成一种研究和整理历史文献的新风气。清朝政府和王公大臣也有意识地利用这一点,从康熙到雍正两朝,在大力提倡程朱理学的同时,积极组织大批文人学者编纂《明史》《一统志》《康熙字典》《渊鉴类函》《佩文韵府》《骈字

① 钱谦益辑《列朝诗集》,《四库禁毁书丛刊》集部第 96 册,北京出版社,1997年,第 499 页。
② 冯班著,何焯评,李鹏点校《钝吟杂录》,中华书局,2013 年,第 54 页。按,点校者以康熙十八年冯武作记之《钝吟全集》本为底本,此处"弘、正"之"弘",底本作"弘",而点校作"宏",误。
③ 梁启超《中国近三百年学术史》,中国社会科学出版社,2008 年,第 9 页。

类编》《图书集成》《历代赋汇》以及多种诗文选集，把他们的精力引导到研究、整理历史文献上去。①

　　自康熙十八年(1679)博学鸿儒科举行之后，经世致用思想渐渐淡去，整理古籍的风气日益盛行。士人强调博学多识，康熙二十一年(1682)，徐炯《哀江南赋注》序云："一物不知，君子以为深耻。"②清初硕学阎若璩亦崇尚博通，《清史稿·阎若璩传》云："若璩幼多病，读书阎记不出声，年十五，以商籍补山阳县学生员。研究经史，深造自得。尝集陶弘景、皇甫谧语题其柱云：'一物不知，以为深耻；遭人而问，少有暇日。'其立志如此。"③这在清初是一种较为普遍的现象。

　　博通的学术趋尚反映在骈文创作上表现为追求富丽典赡之美。如陈子龙《陈忠裕公全集》卷二十六《上巳谑集诗序》云：

　　　　盖闻：永晷舒芳，景曆玄华之晓；畅和流秀，影缤韶倩之区。批蓝宇以垂丝，扫葱铺而荐露。洁林放楚，晨气柔鲜；澄泽怀娟，明风新澹。蕙心耽素，展逸叶于温皋；莺羽萦欢，掷轻情于密树。发淑藻之数满，乘冶条之四游。④

这首序颇有六朝风华，富丽典雅，为明末清初骈文指出一个新方向，即典雅化。

　　吴农祥著作宏富，惜其文字未能雕镂，今存诗文作品皆稿本或抄

---

① 马积高《清代学术思想的变迁与文学》，湖南人民出版社，2002年，第13页。
② 徐树谷、徐炯辑注《哀江南赋注》卷首，《丛书集成续编》第183册，新文丰出版公司，1989年，第29页。
③ 赵尔巽等《清史稿》卷四百八十一，中华书局，1977年，第13177页。
④ 陈子龙著，王英志编纂校点《陈子龙全集》，人民文学出版社，2011年，第818页。

本,如稿本《流铅集》卷八《章岂绩花隐亭文集序》云:

> 且夫古文之有俪体也,犹其有散行也……由是射书至壁,服
> 张昭帐下之儿;奉璧旌麾,降魏武幕中之客。画比邻之簪履,刺
> 而即啼;图太傅之衣冠,见者反走。天涯郡县,指陈讶缩地之芦
> 灰;江表人材,雕刻乃诛心之桂蠹。然则调存惊挺,事刍灵者竟
> 迷凤采之华;义主渊深,挈瓶智者卒断龙文之勇。是可哀也,岂
> 不然乎。
>
> 岂绩抱蕴精坚,摅怀宏放……设当旗鼓,喜与阿戎之谈;如
> 遇樽罍,欲下陈群之拜。瞎马险语,咄咄逼人;孔雀微辞,恂恂对
> 客。然而田悭负郭,宅窄面郊;食必兼旬,衣无常主。仓皇藏橘,
> 思进母以含悲;逊让推梨,幸①奉兄而尽敬……邓林不落,森百
> 树之一枝;湘水常寒,汇三江之九派。值元封之雄主,会稽负翁
> 子之薪;当清泰之英朝,平原束孝标之帛。谅居寒士,诸贵恃枯
> 骨相轻;可谓才人,此子举清言窃议。尔者束装北上,负笈东行。
> 借采笔以投珠,假金樽而炫②玉。马头落月,一片离愁;鸦背斜
> 阳,几行清泪……天子登封禅之书,一人下计偕之诏。晋司空之
> 博物,倒屣何难;曹丞相之爱人,扫门知免。必且高攀獭尾,上列
> 螭头。授令史之官寮,费尚书之笔札。而恐秋横一鹗,未登汉殿
> 之中;曙集双凫,或靳燕台之侧。③

该序又见骈文家章藻功《竹深处集》卷首,惟个别文字有出入。所谓

---

① "幸",《流铅集》稿本为空格,据章藻功《竹深处集》(清康熙二十四年乙丑刻
本)卷首吴农祥序补。
② "炫",《流铅集》稿本为空格,据《竹深处集》卷首吴农祥序补。
③ 吴农祥《流铅集》,《清代诗文集汇编》第 127 册,上海古籍出版社,2010 年,第
380 页。

《花隐亭文集》,当指《竹深处集》。吴氏博极群书,学识渊厚,曾"构楼于别业之梧园,储书其上,与弟农复登楼而去其梯,戒不闻世上语,尽发所藏书读之"①。此序全文达一千五百余字,是典型的骈文长篇,且通篇用典频密,自"射书垒壁"至"岂不然乎"连续用刘表致书孙策而祢衡笑之"如是为欲使孙策帐下儿读耶? 将使张子布见乎"等典表达其骈文观,他主张骈文辞藻与精气并重,能使气脉贯通,避免空枯。

陈维崧亦以雄博见长,被推为清代"博丽"派宗主②,《陈迦陵俪体文集》卷一《半茧园赋》云:

> 遂乃性僻萧栖,人躭高蹈,筑室城隈,结庐溪隩。境以窄而弥幽,地当偏而益妙。阮籍则居邻酒垆,嵇康则室余锻灶。牖不饰以何松,梲非雕而臭藻。才充鱼鸭之租,仅足鹤猿之料。羃䍥青袍之草,粗可承袝;姜迷红绶之桃,差能妨帽。森梢馺娑,峥泓坦迤;一瓢日月,十笏山河。参差碉岫,缭绕岩阿;蒙茸芳援,斑驳晴莎。当其运风斤于匠石,宛若抽妙绪于婳娥。鲁般则缫其凤镤,郢人乃经彼龙梭。乍粉糅而绮密,渐襞绩而星罗。名曰茧园,于焉啸歌。③

连缀"阮籍邻垆饮酒""嵇康锻灶"等典故描绘叶奕苞之半茧园之幽美,反衬居于其间者品行之高洁。此段用典密集,用词高华,表现了

---

① 方楘如《集虚斋学古文》卷十二《吴征君传》,《四库全书存目丛书》集部第263册,齐鲁书社,1997年,第806页。

② 永瑢等《四库全书总目》卷一百八十五《玉芝堂集》提要,中华书局,1965年,第1682页。

③ 陈维崧著,陈振鹏标点,李学颖校补《陈维崧集》,上海古籍出版社,2010年,第174—175页。

博丽的特征。其他如《陈迦陵俪体文集》卷一《滕王阁赋》《憺园赋》、卷六《陆丽京文集序》、卷十《嘉定侯掌亭先生诔》等皆博综富健。

第四节　明清之际骈文作家的地理分布及其意义

　　中国自夏商以来逐渐形成疆域广大的政治区域,由于行政系统的影响、交通的发展,人口流徙增多,这一区域有着较为一致的文化和心理诉求,但地理环境的差别并不因此消失,中国境内仍存在或隐或显的地区差异。《诗经》所录十五《国风》即以各地歌诗结集,编者可能出于以诗系地便于整理的考虑。很明显,十五《国风》表现风格各不相同,"《周南》《召南》,正始之道,王化之基"①,孔子称《周南》首篇《关雎》:"乐而不淫,哀而不伤。"②则《周南》和《召南》的乐和诗是典型的"治世之音"。而《郑风》和《卫风》多爱情缠绵之诗,不免溺于情、荡于心,所以孔子称"郑声淫"③,朱熹亦云:"郑卫之乐,皆为淫声……是则郑声之淫,有甚于卫矣。"④可以说《诗经·国风》的编纂是基于文学的地理差异。《楚辞》更体现了江汉地区楚文化的特征,黄伯思《新校〈楚辞〉序》谓:"屈宋诸骚,皆书楚语,作楚声,纪楚地,名楚物,故可谓之'楚辞'。"⑤在用词、声律、名物等方面皆表现出显著的楚地风貌和习俗,与《诗经》的总体风格大异其趣,章培恒《从

---

① 《毛诗正义》卷一,载阮元校刻《十三经注疏》,中华书局影印本,1980年,第273页。
② 杨伯峻译注《论语译注》,中华书局,2009年,第30页。
③ 杨伯峻译注《论语译注》,中华书局,2009年,第162页。
④ 朱熹注,王华宝整理《诗集传》,凤凰出版社,2007年,第66页。
⑤ 吕祖谦《皇朝文鉴》卷九十二,《四部丛刊初编》本。

〈诗经〉〈楚辞〉看我国南北文学的差别》①,刘红红、张玉春《从〈诗经〉、"楚辞"看先秦时代南北文化的差异》②等从不同角度考察两部文集所代表的南北文学的不同性。唐初,修《隋书》,其《文学传序》比较南北文学云:"江左宫商发越,贵于清绮,河朔词义贞刚,重乎气质。气质则理胜其词,清绮则文过其意。理深者便于时用,文华者宜于咏歌。此其南北词人得失之大较也。"③之后宋元明清皆不乏关于文学地理的论述。

　　清代文学的地域性非常突出,蒋寅说:"文学史发展到明清时代,一个最大的特征就是地域性特别显豁起来,对地域文学传统的意识也清晰地凸显出来。理论上表现为对乡贤代表的地域文学传统的理解和尊崇,创作上体现为对乡里先辈作家的接受和模仿,在批评上则呈现为对地域文学特征的自觉意识和强调。"④蒋先生主要针对清代诗学的地域特征加以探讨,申述清代人对地域传统的自觉和建构。给清代文学研究提供新的视野。

　　其实,二十世纪以来学人对文学与地理的关系屡有论及,清末光绪三十一年(1905)刘师培发表《南北学派不同论》⑤,程千帆先生依许文雨《文论讲疏》例,从中析出《南北文学不同论》(论文学与地域)

---

① 章培恒《从〈诗经〉〈楚辞〉看我国南北文学的差别》,《中国文化》1989 年第 1 期。

② 刘红红、张玉春《从〈诗经〉、"楚辞"看先秦时代南北文化的差异》,《广东社会科学》2009 年第 1 期。

③ 魏征、令狐德棻《隋书》卷七十六,中华书局,1973 年,第 1730 页。

④ 蒋寅《清代诗学与地域文学传统的建构》,《中国社会科学》2003 年第 5 期。该文又载蒋寅《清代文学论稿》(凤凰出版社 2009 年版),题名《清代文学与地域文化》。

⑤ 刘师培《南北学派不同论》,《国粹学报》第一年乙巳(1905)第 2、6、7、9 号。

载入《文论十笺》①，汪辟疆于 1934 年以《近代诗派与地域》②为题发表演讲，他们是二十世纪上半叶文学地域研究的代表。改革开放后，单篇论文和论著成果较丰，论著主要有袁行霈《中国文学概论》第三章《中国文学的地域性与文学家的地理分布》（高等教育出版社 1990年版）、曾大兴《中国历代文学家之地理分布》（湖北教育出版社 1995年版）、李浩《唐代三大地域文学士族研究（增订本）》（中华书局 2008 年版）、梅新林《中国古代文学地理形态与演变》（复旦大学出版社 2006 年版）等，其中袁、曾、梅三人著作均涉及清代文学家的地理分布，但都以有清一代为对象。

　　就清代骈文作家而言，张仁青《中国骈文发展史》第九章第一节《缀语》对"清代骈文名家及其作品，作一详细之统计，俾知一代之菁华，犹能供吾人之探讨，至于作家籍贯，亦附见焉"③，此后他又在《骈文学》第九章《历代骈文家之地域分布》④中论列清代骈文作家的籍里分布。颜建华《清代乾嘉骈文研究》第二章《乾嘉骈文发展源流论》第三节载附表二"顺治、康熙、雍正时期骈文作家作品一览表"⑤。这些成果都有利于进一步考察骈文和地域关系。为了解明清之际骈文地域特征，有必要对明末清初骈文作家的地理分布作一详细考索。

一、明清之际骈文作家的地理分布及特点

　　中国骈文到南朝齐梁而极盛，唐宋各有发展，元明二代沉寂不

---

① 程千帆《程千帆全集》第六卷，河北教育出版社，2000 年，第 79—121 页。
② 该文经过作者多次修改，收入程千帆编《汪辟疆文集》，上海古籍出版社，1988 年。
③ 张仁青《中国骈文发展史》，浙江大学出版社，2009 年，第 417 页。按：该书初版由台湾中华书局 1970 年出版。
④ 张仁青《骈文学》，文史哲出版社，1984 年，第 602—635 页。
⑤ 颜建华《清代乾嘉骈文研究》，光明日报出版社，2011 年，第 53—55 页。

彰,至晚明开始复苏,清初承其绪,出现众多骈文作家作品。由于中国疆域辽阔,各地风俗、环境差别较大,文学发展不平衡,包括"地域的不平衡"①,即便是同一文体亦然。兹将明清之际骈文作家的籍里分布情况列表如下〔"明清之际"主要指明万历二十年(1592)至清康熙六十一年(1722)间;"骈文作家"指有骈文专集或骈文专卷,或有骈文名篇传世者;"籍里"指作家出生、成长之地〕:

明清之际骈文作家地理分布表②

作家姓名	生卒年	当时籍里	今籍	作品
孟思	(?—?)	明京师大名府浚县	河南鹤壁市浚县	《龙川骈语》二册
唐文灿	(1525—1603)	福建漳州府镇海卫	福建漳州市东山县	《鉴江四六汇辑》
焦竑	(1540—1620)	南直隶应天府旗手卫	江苏南京市	《焦氏澹园集》四十九卷,《焦氏澹园续集》二十七卷
黄洪宪	(1541—1600)	浙江嘉兴府秀水县	浙江嘉兴市	《碧山学士集》二十一卷,《别集》四卷
梅鼎祚	(1549—1615)	南直隶宁国府宣城县	安徽宣城市宣州区	《鹿裘石室集》六十五卷
赵南星	(1550—1627)	北直隶真定府高邑县	河北石家庄市高邑县	《赵忠毅公诗文集》二十四卷
黄克缵	(1550—1634)	福建泉州府晋江县	福建泉州市石狮市	《数马集》五十一卷

---

① 袁行霈主编《中国文学史》第一卷,高等教育出版社,2005年,第8页。
② 该表个别作家生卒年参考柯愈春《清人诗文集总目提要》(北京古籍出版社2001年版)和江庆柏《清代人物生卒年表》(人民文学出版社2005年版),因出注繁琐,恕不一一注明。

续表

作家姓名	生卒年	当时籍里	今籍	作品
虞淳熙	（1553—1621）	浙江杭州府钱塘县	浙江杭州市	《虞德园先生集》三十三卷
陈懿典	（1554—1638）	浙江嘉兴府秀水县	浙江嘉兴市	《陈学士先生初集》三十六卷
马朴	（1557—1633）	陕西西安府同州	陕西渭南市大荔县	《四六雕虫》三十一卷
董应举	（1557—1639）	福建福州府闽县	福建福州市连江县	《崇相集》十九卷
冯琦	（1559—1603）	山东青州府临朐县	山东潍坊市临朐县	《宗伯集》八十一卷
邢大道	（1559—1617）	山西平阳府洪洞县	山西临汾市洪洞县	《白云巢集》二十四卷
蔡献臣	（？—？）	福建泉州府同安县	台湾金门县	《清白堂稿》十七卷
顾天埈	（1561—？）	南直隶苏州府昆山县	江苏苏州市昆山市	《顾开雍稿》一卷
陶望龄	（1562—1609）	浙江绍兴府会稽县	浙江绍兴市	《陶文简公集》十三卷
连继芳	（1563—1632）	福建漳州府龙岩县	福建龙岩市新罗区	《鸳鸠小启》十七卷
李日华	（1565—1635）	浙江嘉兴府嘉兴县	浙江嘉兴市南湖区	《李太仆恬致堂集》四十卷
张应泰	（？—？）	南直隶宁国府泾县	安徽宣城市泾县	《溪南清墅集草》六卷
刘鸿训	（1565—1634）	山东济南府长山县	山东淄博周村区	《四素山房集》十九卷
杨涟	（1572—1625）	湖广德安府应山县	湖北随州应山县	《杨忠烈公文集》十卷

续表

作家姓名	生卒年	当时籍里	今籍	作品
张燮	（1573—1640）	福建漳州府龙溪县	福建漳州市龙海市	《张燮集》（全4册）
魏大中	（1575—1625）	浙江嘉兴府嘉善县	浙江嘉兴市嘉善县	《藏密斋集》二十四卷
梅之焕	（1575—1641）	湖广黄州府麻城县	湖北黄冈市麻城县	《梅中丞遗稿》八卷
蔡复一	（1576—1625）	福建泉州府同安县	台湾金门县	《遁庵骈语》五卷，《遁庵续骈语》二卷
文翔凤	（1577—1643）	陕西西安府三水县	陕西咸阳市旬邑县	《文太青先生全集》五十三卷
张铨	（1577—1621）	山西泽州沁水县	山西晋城市沁水县	《张忠烈公存集》三十五卷
宋应昇	（1578—1646）	江西南昌府奉新县	江西宜春市奉新县	《方玉堂集》二十九卷
姚康	（1578—1653）	安徽安庆府桐城县	安徽安庆市桐城市	《休那遗稿》十二卷、外集三卷
姚希孟	（1579—1636）	南直隶苏州府吴县	江苏苏州市	《清闲全集》十二集
张凤翼	（？—1636）	山西太原府代州	山西忻州市代州	《句注山房集》二十卷，《启》七卷
蒲秉权	（？—1644）	湖广永州府永明县	湖南永州市江永县	《硕蔼园集》十卷
张明弼	（1584—1652）	南直隶常州府金坛县	江苏常州市金坛区	《琴张子萤芝集》七卷
梁云构	（1584—1649）	河南开封府兰阳县	河南开封市兰考县	《豹陵集》二十六卷
黄道周	（1585—1646）	福建漳州府漳浦县	福建漳州市东山县	《骈枝别集》二十卷

作家姓名	生卒年	当时籍里	今籍	作品
苗胙土	（1589—1646）	山西泽州	山西晋城市	《晋侯文集》八卷
王铎	（1592—1652）	河南河南府孟津县	河南洛阳市孟津县	《拟山园选集》八十二卷
黎元宽	（1597—1676）	江西南昌府	江西南昌市	《进贤堂稿》二十八卷
苏弘祖	（？—1664）	奉天府辽阳州	辽宁辽阳市	《抚虔草》十六卷
陶汝鼐	（1601—1683）	湖南长沙府宁乡县	湖南长沙市宁乡县	《荣木堂合集》三十五卷
徐士俊	（1602—1681）	浙江杭州府仁和县	浙江杭州市	《雁楼集》二十五卷
许楚	（1605—1676）	安徽徽州府歙县	安徽黄山市歙县	《青岩集》十二卷
陈子龙	（1608—1647）	南直隶松江府华亭县	上海市松江区	《陈子龙全集》
李雯	（1608—1647）	南直隶松江府华亭县	上海市松江区	《蓼斋集》五十二卷
陆圻	（1614—？）	浙江杭州府钱塘县	浙江杭州市	《威凤堂文集》八卷
宋琬	（1614—1673）	山东登州府莱阳县	山东烟台市莱阳市	《安雅堂全集》
张宸	（？—1678）	江苏松江府上海县	上海市	《平圃遗稿》十四卷
柴绍炳	（1616—1670）	浙江杭州府仁和县	浙江杭州市	《柴省轩先生文钞》十二卷
余缙	（1617—1689）	浙江绍兴府诸暨县	浙江绍兴市诸暨市	《大观堂文集》二十二卷
尤侗	（1618—1704）	江苏苏州府长洲县	江苏苏州市	《尤侗集》（全三册）

续表

作家姓名	生卒年	当时籍里	今籍	作品
宋征舆	（1618—1667）	江苏松江府华亭县	上海市松江区	《林屋文稿》十六卷
孙治	（1619—1683）①	浙江杭州府仁和县	浙江杭州市	《孙宇台集》四十卷
吴绮	（1619—1694）	江苏扬州府江都县	江苏扬州市	《林蕙堂全集》二十六卷
王嗣槐	（1620—?）	浙江杭州府钱塘县	浙江杭州市	《桂山堂文选》十二卷
顾景星	（1621—1687）	湖广黄州府蕲州	湖北黄冈市蕲春县	《白茅堂集》四十六卷
梁熙	（1622—1692）	河南开封府鄢陵县	河南许昌市鄢陵县	《皙次斋稿》十二卷
毛奇龄	（1623—1713）	浙江绍兴府萧山县	浙江杭州市萧山区	《西河文集》二百五十九卷
魏禧	（1624—1681）	江西赣州府宁都县	江西赣州市宁都县	《魏叔子文集》
陈维崧	（1626—1682）	江苏常州府宜兴县	江苏无锡市宜兴市	《陈迦陵俪体文集》十卷
毛鸣岐	顺康时人	福建福州府侯官县	福建福州市闽侯县	《菜根堂全集》二十八卷
赵吉士	（1628—1706）	浙江杭州府钱塘县	浙江杭州市	《万青阁全集》八卷

---

① 孙治生年，据《孙宇台集》卷三十一《迪躬诗》序云："戊子三月六日为余初度，岁月如驶，倏已立年。"（《四库禁毁书丛刊》集部第 149 册，第 116 页）"戊子"指顺治五年（1648），上推孙氏生于 1619 年。又《中国地方志集成》影印《（康熙）钱塘县志》卷二十二《孙治传》云："卒年六十有五。"知其卒于康熙二十二年（1683）。江庆柏《清代人物生卒年表》云其生于 1618 年，卒年未给出（人民文学出版社，2005 年，第 218 页）。

续表

作家姓名	生卒年	当时籍里	今籍	作品
李念慈	顺康时人	陕西西安府泾阳县	陕西咸阳市泾阳县	《谷口山房文集》六卷
吴兆骞	（1631—1684）	江苏苏州府吴江县	江苏苏州市吴江市	《秋笳集》
吴农祥	（1632—1708）	浙江杭州府钱塘县	浙江杭州市	《流铅集》十六卷
陆繁弨	（1635—1684）	浙江杭州府钱塘县	浙江杭州市	《善卷堂四六》十卷
蒲松龄	（1640—1715）	山东济南府淄川县	山东淄博市淄川区	《聊斋志异》十二卷，《聊斋文集》四卷
王晦	（1646—1719）	江苏苏州府嘉定县	上海市嘉定区	《御赐齐年堂文集》四卷
李兴祖	（1646—？）	汉军正黄旗（奉天铁岭）	辽宁铁岭市	《课慎堂文集（骈体）》六卷
徐瑶①	顺康时人	江苏常州府宜兴县	江苏无锡市宜兴市	《爱古堂俪体文》四卷
俞益谟	（1654—1713）	宁夏中卫广武乡	宁夏吴忠市青铜峡市	《青铜自考》十二卷
章藻功	（1656—？）	浙江杭州府钱塘县	浙江杭州市	《竹深处集》不分卷，《思绮堂文集》十卷
汪士鋐	（1658—1723）	江苏苏州府长洲县	江苏苏州市	《秋泉居士集》十七卷
徐旭旦	（1659—1720）	浙江杭州府钱塘县	浙江杭州市	《世经堂初集》三十卷

---

① 《中国地方志集成》影印《（嘉庆）增修宜兴县旧志》卷八《徐喈凤传》云徐瑶是徐喈凤之子，同卷《徐瑶传》云其有《爱古堂俪体》。南京图书馆藏《爱古堂俪体文》四卷。

续表

作家姓名	生卒年	当时籍里	今籍	作品
张大受	(1660—1723)	江苏苏州府长洲县	江苏苏州市	《匠门书屋文集》三十卷
蔡衍锟	(1661—1724 后)	福建漳州府漳浦县	福建漳州市漳浦县	《操斋集》五十七卷(包括《骈部》二十三卷)
高景芳	康熙后期	汉军镶黄旗	汉军镶黄旗	《红雪轩稿》六卷
曹煐曾	(1664—1730)	江苏松江府上海县	上海市	《长啸轩诗集》四卷,附《杂著》一卷
鲁之裕	(1665—1746)	安徽安庆府太湖县	安徽安庆市太湖县	《式馨堂文集》十五卷
黄之隽	(1668—1748)	江苏松江府华亭县	上海市奉贤区	《唐堂集》五十卷
石庞	(1670—?)	安徽安庆府太湖县	安徽安庆市太湖县	《晦村初集》四卷
汪芳藻	(1674—?)	安徽徽州府休宁县	安徽黄山市休宁县	《春晖楼四六》四卷
谢芳连	(1675—?)	江苏常州府宜兴县	江苏无锡市宜兴市	《风华阁俪体》一册
魏元枢	(1686—1758)	直隶顺天府丰润县①	河北唐山市丰润区	《与我周旋集四六》一卷
胡浚	(1687—?)	浙江绍兴府山阴县	浙江绍兴市	《绿萝山庄文集》二十四卷

---

① 《中国方志丛书》影印光绪年间修《(光绪)丰润县志》卷一《建置沿革》云:
"明仍为丰润县,属顺天府蓟州,本朝因之,康熙十五年改属顺天府遵化,雍正三年改属永平府。"(成文出版社,1968 年,第 59 页)

续表

作家姓名	生卒年	当时籍里	今籍	作品
汪卓	康熙时人	安徽徽州府①	安徽黄山市	《鸿雪斋俪体》六卷

清初骈文作家分布统计表②

地区	江苏	浙江	福建	安徽	山东	山西	河南	江西	陕西	湖北	汉军	直隶	湖南	宁夏③
人数	19	19	10	8	4	4	4	3	3	3	3	2	2	1

从以上两表可知，明清之际骈文作家中江苏省和浙江省所占人数最多，都是19人；福建省位居第三，有10人；安徽居第四，为8人；山东省、山西省和河南省并列第五，各4人；江西、陕西、湖北、汉军旗人并列第八，各有3人。江浙两省占清初骈文作家近一半，是盛产骈文家的区域，而安徽在康熙六年（1667）从江南省析出，但仍与江苏省关系密切，徽商散布江苏扬州府、苏州府等地，且重视文教事业，因此人才辈出。福建在明末经济文化发展很快，出现了蔡复一、连继芳等

---

① 南京图书馆藏《鸿雪斋俪体》六卷，康熙刻本。卷首沈涵序云："彤本谓余曰：'……余有戚友汪子立夫者，新安俊才也，占籍于楚。'"知汪氏乃安徽徽州人，占籍湖北参加考试。据《鸿雪斋俪体》序跋和评语可知，汪卓交往人士以安徽籍为多，其成长当在徽州。而卷一署名云："颍川　汪卓　立夫。"此颍川乃汪氏郡望，非实际籍贯。《中国古籍善本书目》对该书的著录有误，参见崔晓新《〈中国古籍善本书目〉指瑕十二则》（《四川省图书馆学报》2011年第2期）。

② 统计区域不完全按照明末清初时期的行政区划，明末的南直隶，清初改为江南省，后来分为江苏和安徽。而明代湖广在清代分为湖北和湖南，为了便于分析，将江苏、安徽、湖北、湖南单独列出。明代孟思籍隶浚县，在明代属京师（北直隶）大名府，清代雍正三年（1725）划归河南卫辉府，今属河南鹤壁市。为更好地呈现地域性，暂归河南。

③ 俞益谟家在宁夏中卫广武营（今宁夏青铜峡市），此地在明清之际属于陕西管辖，为了与今天的区划照应，单独列出。

一批骈文作家。江西受宋元以来传统文化积淀,在全国占有一席之地。清初有三位籍隶汉军的骈文作家,说明随着清朝政权的稳定,汉八旗的文化水平不断提高,到了清代中后期,不仅是汉八旗,满族人的汉文水平也达到高峰,这与作为皇族的满洲人所得到的各种优待分不开,说明文化水平的提高需要一个积累过程。

这一格局与清代文学家分布有一致性,梅新林《中国古代文学地理形态与演变》第一章《本土文学的地理变迁》第四节第三部分"清代著名文学家的地域分布"云:

> 以此与明代相比较,明代居于前五名的省份依次为:1. 南京(南直隶)467 人;2. 浙江省 318 人;3. 江西省 173 人;4. 福建省 97 人;5. 湖广省 55 人。明代南京(南直隶)地域相当于清代江苏省及安徽省部分地区,湖广省相当于清代湖南、湖北两省。清代这两省分别为 61、36 人,合之为 97 人,比山东省多 1 人,可以跻身于第五名。明清两代前五名中,江苏、浙江、江西不仅重合,而且同列于第一、二、三名,说明这三省的地位无可动摇,非常稳固。尤其是江、浙二省更是遥遥领先于其他诸省。①

梅氏统计清代著名文学家产于江苏、浙江者最多,这与该区域骈文作家的分布相一致,说明江浙地区经济、文化、教育等条件的优越,以及重文风气有利于骈文作家的造就。曾大兴亦云:"有清一代,有籍贯可考的文学家 1740 人,其中江苏 559 人,居第一;浙江 411 人,居第二。"②两广、云贵、东北地区(汉军除外)没有骈文家出现,与当时整

---

① 梅新林《中国古代文学地理形态与演变》,复旦大学出版社,2006 年,第 161 页。

② 曾大兴《中国历代文学家之地理分布》,湖北教育出版社,1995 年,第 454 页。

个文学家分布亦一致,这些地区至清代中叶之后才渐渐活跃起来,特别是清末,广东、广西出了不少有全国性影响的人物,但在清初仍较沉寂。

以各府排序,清初骈文作家占 4 人以上者,依次为:杭州府 11 人,苏州府 7 人,松江府 6 人,漳州府 5 人,常州府 4 人,嘉兴府 4 人,绍兴府 4 人。梅新林云:"清代出现著名文学家的达 164 府州。其中拥有著名文学家 20 人以上为 22 州府,排序依次为:1. 苏州府 178 人;2. 杭州府 173 人;3. 常州府 134 人;4. 嘉兴府 93 人;5. 扬州府 64 人;6. 松江府 60 人;7. 绍兴府 58 人。"①两者相较,苏州府、杭州府、常州府、松江府、嘉兴府之著名文学家与清初骈文家的排序互有参差,盖因统计重点不同所致,不过苏州府、杭州府、常州府仍然在骈文作家排序中名列前茅,松江府骈文作家人数占第三,主要因其承明末陈子龙和云间派余绪,在清初大放光彩。清代初期骈文家主要分布于长三角流域,且以江浙为夥,江浙之中又以苏州、常州、松江、杭州为盛。清后期出现地方骈文总集,如姜兆翀编《国朝松江骈体文见》八卷②、屠寄辑《国朝常州骈体文录》三十一卷③、曹允源辑《苏州骈体文征》二十四卷④,分别是松江府、常州府、苏州府的骈文总汇,说明肇自清初,讫于清末,该地区骈文源流相承,成一代之大观。

清初骈文作家多出现在省治和府治,是其地域分布的又一特点。

---

① 梅新林《中国古代文学地理形态与演变》,复旦大学出版社,2006 年,第 161 页。
② 宋如林修,孙星衍、莫晋纂《(嘉庆)松江府志》卷七十二著录,《续修四库全书》第 689 册,上海古籍出版社,2002 年,第 370 页。
③ 屠寄辑《国朝常州骈体文录》,《续修四库全书》第 1693 册,上海古籍出版社,2002 年。
④ 曹允源辑《苏州骈体文征》,稿本,7 册,苏州图书馆藏。书中又题《苏州文征乙编》《苏州骈体文录》《吴中骈体文录》等,盖为稿本,未最终确定书名。孙德谦《四益宧骈文稿》(民国二十五年铅印本)卷上《吴郡骈体文征序》,即为此书而作,则又名《吴郡骈体文征》。

如陕西西安府、安徽安庆府各有 3 位骈文作家,河南开封府有 2 名骈文家,福建福州府、山东济南府等各有 2 名骈文家。松江府有 6 人,其中 4 人籍隶松江府治所华亭县,这与省治、府治处于经济发达、交通便利、教育文化集中的地方有关。

二、明清之际骈文作家地理分布的成因及其意义

明清之际骈文作家地域分布以江浙为中心,特别集中在杭州府、松江府、苏州府、常州府等地,而云贵、两广无此类人才,有诸多因素,兹从两方面略加申述。

首先,江浙一带为宋元以来经济最发达的地区,水陆交通便利,富饶的经济基础给从事教育、文学提供了物质保障。南宋陈傅良云:"东南财赋之渊薮,惟吴越最为殷富。夫东南财赋之渊薮也,自战国、汉、唐至于今用之。"①明末崇尚繁华,南京、苏州、杭州是奢侈之风最为盛行的城市。这一区域为朝廷财赋重地,本身就反映出当地经济生产之发展、人口之密集。清初沈寓《治苏》云:

> 东南财赋,姑苏最重;东南水利,姑苏最要;东南人士,姑苏最盛……苏为郡,地方方不过五百里,粮三百万有奇,而盐芦关税、颜料杂色之征在外。郡城之户,十万烟火,郊外人民,合之州邑,何啻百万,而缙绅士大夫肩背相望。②

沈氏认为苏州作为江浙一带最富裕的地方,水利工程最为紧要,而苏

---

① 章如愚《群书考索》续集卷四十六《财用门》,影印文渊阁《四库全书》第 938 册,台湾商务印书馆,1986 年,第 573 页。
② 贺长龄、魏源等编《清经世文编》卷二十三,中华书局影印光绪十二年思补楼刻本,1992 年,第 604 页。

州人才甲于东南。经济发达,百姓富足,有了经济基础保证人才培养的质量,大批文学家、学者的产生便是自然而然之事。

康熙南巡,曾撰诗勉励浙江、江南官吏,其《示江南大小诸吏》云:"东南财赋地,江左人文数。"①他首先肯定江南、浙江两地是国家经济根本,财政赖此。此地又是国家人才的主要来源,把两者并列,可见出清初时人注意到江浙经济繁荣和人才涌现的关系,经济与人文相互促进,使这里成为有清一代坚固不易的经济中心和文化中心。

农业、手工业发展的同时,商业也非常活跃。以苏州为例,刘献廷(1648—1695)所撰《广阳杂记》卷四云:"天下有四聚,北则京师,南则佛山,东则苏州,西则汉口。"②苏州作为天下四聚之一,是东部的商品、人才聚集地。沈寓所谓:"山海所产之珍奇,外国所通之货贝,四方往来,千万里之商贾,骈肩辐辏。"③又《(乾隆)吴县志》卷二十三《物产》云:

> 吾吴虽云一邑,而四方万里,海外异域珍奇怪伟、希世难得之宝,罔不毕集,诚宇宙间一大都会也。特非地之所产,犹不足为贵。若地利所生,五谷为民食之首,而昔也涂泥,今供上上之赋,其他物类,如洞庭之橘柚、铜坑之杨梅、白沙之枇杷、龙井之薄荷,亦复甲于天下。地利之美,有非他邑可比者,可勿志乎?④

---

① 清圣祖御制,张玉书等编《圣祖仁皇帝御制文集》卷四十,影印文渊阁《四库全书》第 1298 册,台湾商务印书馆,1986 年,第 317 页。

② 刘献廷撰,汪北平、夏志和点校《广阳杂记》,中华书局,1957 年,第 193 页。

③ 贺长龄、魏源等编《清经世文编》卷二十三,中华书局影印光绪十二年思补楼刻本,1992 年,第 604 页。

④ 姜顺蛟等修,施谦纂《(乾隆)吴县志》卷二十三,清乾隆十年(1745)刻本,第 1 页。

苏州附郭吴县聚集四方货品，海外珍异亦贸易其中，市镇之发达，其他县难以并肩，"当四达之冲，闽商洋贾，燕、齐、楚、秦、晋百货之所聚，则杂处闤阓者，半行旅也。因镇成市，贸迁于是焉"①，四通八达的水陆交通网，各种商品的集散，使苏州富甲天下。伴随着经济增长、人口增多，书籍的流通使当地获取知识更为方便，苏州地区藏书家辈出，与畅通的商业交通不无关联。书籍的流通、人员的交际，促使该地区日益"国际化"，这些都是人才孕育的关键因素。

　　其次，以江浙为中心的东南地区重视文化，士人尊崇文章，读书风气浓厚，形成读书重文的传统。因家族、师友、地域等关系使文学传承得以顺利达成，出现作家的地域集聚。清代常州府是骈文作家最多的地区，刘禺生云："顾常州骈体文派，实足纵横中国……常州骈体文派之殿后者，不能不数屠敬山（寄），真能守常州骈文家法。《常州骈体文录》，本末俱在，敬山死，习骈文者，常州无的派矣。"②常州文人十分重视常州骈文建设，形成常州骈体文派。这与其地士人读书重文风气有关，"士子多以读书世其家，故往往科目蝉联，数代不绝……国朝顺治丁亥会试，武邑取中二十一人，鼎甲吕相国宫与焉。壬辰会试中式巢震林一百六十二名，磨勘钦革，乙未再会试，又中式一百六十二名……凡此皆科名异数也"③，陈耀南云："三国以来，江南繁庶，八代六朝，濡染独深，金陵临安，风流在日，积厚流光，其来有自。近代骈文名家，多产二省。譬如曾燠《骈体正宗》，录四十三人，江占廿二，浙则十三；吴鼒《八家》，浙二江四……常州府中，又以阳湖一县，作手最众；清末武进屠寄，辑《国朝常州骈体文录》，共四十人，

① 姜顺蛟等修，施谦纂《（乾隆）吴县志》卷八，清乾隆十年（1745）刻本，第 1 页。
② 刘禺生撰，钱实甫点校《世载堂杂忆》"大好骈文派"条，中华书局，1960 年，第 301 页。
③ 于昆修，陈玉璂纂《（康熙）常州府志》卷九《风俗》，《中国地方志集成》之《江苏府县志辑》第 36 册，江苏古籍出版社，1991 年，第 183—184 页。

而阳湖居半,燕函粤铸,几于人而能之,实骈家之王都也。"①常州骈体文派实际上是常州骈文作家代代传承而形成的地域骈文群。

常州骈文派的形成与地区文学传承关系密切。曹虹云:"常州的尚文传统至清代,因骈文贤才聚生辈出,持续地表现出整派依源、扬葩振秀的活力。地域机缘一方面带来血缘地脉上天然遇合的怡然共鸣,促成了一些骈文家族和乡邑群落的涌现;另一方面也铺展了择友励志、同气相求的舞台,形成了骈文发展风格上的有心追求,从而能够自觉地占据文学的时代高地。"②地域经济的发达、文学名家的示范和承传,使后学以乡邦前贤为荣,自觉加以传扬和学习。屠寄辑《国朝常州骈体文录》卷三十一《叙录》云:"曰常作州,率唐詹今……人握灵珠,家被文绮。裒采众制,光我桑梓。"③正表达对乡贤的崇敬和珍惜。常州骈文家在先贤的昭示下发奋创作,光耀后先。常州如此,苏州、松江亦如是。

对明末清初骈文家地理分布及其原因的揭示,有助于从一个新的维度审视明清之际骈文的一些问题:明清之际骈文家主要分布在江浙地区是对六朝江南骈文文统的接续;清初骈文家地理分布深刻影响着有清一代地域骈文作家群的生成;清初骈文作家地域特征体现了清代文学浓厚的乡邦意识和文学生产的亲缘集群性。清初骈文作家的地理分布状况直接影响了之后的骈文发展,终清一代形成了以江浙为中心,以常州、苏州、松江、杭州、扬州、绍兴等府为基地的骈文格局,而《国朝松江骈体文见》《国朝常州骈体文录》《苏州骈体文征》等的编纂,体现了骈文创作的地域性和清代地域骈文派的创作实绩。

---

① 陈耀南《清代骈文通义》,香港永安印务公司,1970 年,第 20—21 页。
② 曹虹《清代常州骈文集群形成的地域机缘》,《文学遗产》2010 年第 4 期。
③ 屠寄辑《国朝常州骈体文录》,《续修四库全书》第 1693 册,上海古籍出版社,2002 年,第 711 页。

第二章　士人交游与明清之际骈文的空间展开

明清之际士人依托幕府、园林等空间,在文会、节庆等活动中展开骈文创作,不仅使文人生活艺术化,且在交游和斗艺过程中创制大量骈文,提升了骈文的质量。

第一节　幕府和园林:明清之际骈文展开的两大空间

幕府和园林是清代骈文创作展开的主要场所,对清初骈文复兴起重要作用。陈维崧在《周栎园先生尺牍新钞序》中认为当时书信创作难以兴盛的原因有三,其后二类云:

> 且夫燕函粤铸,各有便安;秋弈僚丸,悉由熟习。鲛纨自丽,不欢北辙之夫;狐罴虽温,难悦南辕之客。今者单门寒畯,缝掖素流,只工制举之书,但慕集贤之院。即使才同孝穆,文类子山,无益身名,徒资嗢噱。加之遭逢踽踽,罕西园北府之游;徒侣寥寥,乏华屋渌池之彦。事迹不足以供铺叙,爵里不足以寄选择,其所为难二也。古者飞书驰檄,尽箧戎旃,记室军咨,雅多才俊。两军相遇,必以辞令为长;一使相将,尤以语言为尚。今则三台大帅,九姓名王,行人无侨札之才,傧介缺向婴之辈。纥库干自

署，不识姓名；曹景宗作歌，难谐竞病。一时风会，殆何如乎；下至闺襜，又可知矣。其所为难三也。然而星移代换，何世无贤；璧坐玑驰，孰云非宝。此新都夫子，既颜丽制以清裁；栎下先生，复选鸿文于赖古矣。①

陈氏指出元明以来士夫不喜俪体，文士仅习制艺，罕有雅集，难以铺陈；幕主长官不喜风雅，幕宾不擅辞令，以致骈体书信久淹不闻。其实正揭示了园林和幕府这两个骈文生成的重要空间未能被利用。这一情形在清初已经改观，兹探讨幕府和园林在清初骈文活动中的作用和地位。

一、幕府文事活动和明清之际骈文的互动

幕府与中国文学的关系密切，特别是在唐代，岑参之入西域幕、杜甫之入严武幕、韩愈之入张建封幕、李商隐之入令狐楚幕等都对唐代文学产生重要影响。戴伟华对唐代幕府与文学的关系有专门研究②。其实在古代中国，幕府与骈文的关系尤为紧密，六朝战乱频仍，幕府人才辈出，如南朝梁文人丘迟，梁天监四年（505）"中军将军临川王宏北伐，迟为谘议参军，领记室。时陈伯之在北，与魏军来距，迟以书喻之，伯之遂降"③，丘迟在萧宏幕下任记室，受命作《与陈伯之书》以降之，该信不仅达到了劝降的目的，且是以骈体写就的名

---

① 陈维崧著，陈振鹏标点，李学颖校补《陈维崧集》之《陈迦陵俪体文集》卷六，上海古籍出版社，2010年，第316页。

② 戴伟华《唐代幕府与文学》（现代出版社1990年版）和《唐代使府与文学研究（修订本）》（广西师范大学出版社2007年版），重点探讨了唐代幕府文人与诗歌、散文、小说的关系。

③ 姚思廉《梁书》卷四十九《丘迟传》，中华书局，1973年，第687页。

篇①。唐代幕府文士甚夥,刘禹锡于贞元十六年(800)入淮南节度使杜佑幕②,景宋本《刘梦得文集》目录卷十五、十六"表"下皆注云:"并代淮南杜相公佑作。"③这两卷及卷十七收录代杜佑所作诸表率是骈文,禹锡幕府期间所作骈文在其文集中占有一定比重。李商隐的骈文成就与入幕直接相关,其《樊南甲集序》云:"樊南生十六能著《才论》《圣论》,以古文出诸公间。后联为郓相国、华太守所怜,居门下时,敕定奏记,始通今体。"④"今体"即骈文,因唐代公文率用骈偶,李氏入令狐楚、崔戎幕,练习偶对,之后作文以骈体为主,可以说入幕是李商隐骈体创作的起点,长期幕府生涯使他娴于该体,遂成大家。

　　幕府之作于宋元明衰落,但亦有名作,如明代后期才子徐渭,一生多次入幕,胡宗宪闻其名,招致幕下,作《代初进白牝鹿表》《代再进白鹿表》等文⑤,受到胡氏优待,《明史》云:"宗宪得白鹿,将献诸朝,令渭草表,并他客草寄所善学士,择其尤上之。学士以渭表进,世宗大悦,益宠异宗宪,宗宪以是益重渭。"⑥明末军事旁午,督抚常自署幕僚以备顾问,也有督抚自撰应酬骈文者,如蔡复一(1576—1625)是明末著名的通俗骈文家,有《遯庵骈语》五卷、《遯庵续骈语》二卷,收录各种启,《遯庵骈语》卷首载蔡复一《爨余骈语引》云:

　　　　逮入楚,酬酢不能废,取办咄嗟,安得从容问代斲? 间以缓

---

① 丘迟《丘中郎集》,《汉魏六朝百三家集》本,明末刻本,第7—8页。
② 瞿蜕园云:"淮南节度使杜佑以讨徐州之乱加同平章事,兼领徐、泗、濠三州,禹锡以素相知,应其请为掌书记。时为贞元十六年(800)。"(《刘禹锡集笺证》附录一《刘禹锡集传》,上海古籍出版社,1989年,第1558页)。
③ 刘禹锡《刘梦得文集》卷首,《四部丛刊初编》本。
④ 刘学锴、余恕诚《李商隐文编年校注》,中华书局,2002年,第1713页。
⑤ 徐渭《徐渭集》之《徐文长三集》卷十三,中华书局,1983年,第430—433页。
⑥ 张廷玉等《明史》卷二百八十八《徐渭传》,中华书局,1974年,第7387页。

者属诸生草创,而其词皆袭也、腐也、谀也。意不能已,复自拈弄,积四年,得五卷,学问、政事之晷,十夺其二。刻之以志苦且志愧,刻成,自覆之,仅能不袭而已,而其腐与谀固自若也。①

天启二年(1622)十一月,蔡复一被授予都察院右副都御史、抚治郧阳,次年二月,升兵部右侍郎、右佥都御史巡抚贵州,天启四年(1624),升云贵总督、湖广辰常等军务兼巡抚贵州。《引》所言入楚后所写应酬公文,起初为幕僚代笔,后来亲自撰写,作为开幕一方的督抚,蔡复一以幕主身份写作应酬公文(收入文集者主要是启类),可见明末幕府骈文写作已经比较流行,且以启类为大宗,如《遁庵骈语》卷三《与同僚午节》《与两司午节》《与部使端午》等②皆是任督抚时所作。

至清代,幕府又一次兴盛起来,尚小明云:

> 明亡清兴,存在两千余年的幕府制度于山重水复之际,忽入柳暗花明的新境界。不仅辟幕之制"复兴",而且发展得非常之盛。士人游幕成为普遍的社会现象。无论政治、经济、军事,还是学术文化,以至整个社会生活,都受到幕府广泛而深刻的影响。③

清初幕府渐盛,徐乾学、吴绮、陆鸣珂、冯溥、龚鼎孳等皆喜文词、尚风雅,其周围常聚集大批文人,佐理政务,交游唱酬,为清代文学创作和

---

① 蔡复一《遁庵全集》,《四库禁毁书丛刊补编》第 60 册,北京出版社,2005 年,第 489 页。
② 蔡复一《遁庵全集》,《四库禁毁书丛刊补编》第 60 册,北京出版社,2005 年,第 609—610 页。
③ 尚小明《学人游幕与清代学术》,社会科学文献出版社,1999 年,第 2 页。

传播做出了重要贡献。尚小明认为:"康熙中期至嘉庆末期的大部分时间……各级官员都将发展学术文化事业作为一项重要工作,所延幕宾的活动自然也以文事为主,与清初侧重佐理政事、参赞戎幕的情况不同。"①清代中期幕府文事活动固然繁兴,但清初已肇其端,且对文学特别是骈文产生重要影响。

吴绮于康熙五年丙午至八年己酉(1666—1669)任湖州知府,即沙张白所说:"丙午出知浙江湖州府事,己酉投劾去。"②在任期间,整顿吏治,百姓便之。公事之暇,与幕宾、文士宴饮赋诗,传为盛事。王方岐《吴园次后传》云:

> 守湖之日,宾至如归,皆海内名士,当时好士者,在内推龚合肥,在外称吴吴兴。尝与宣城唐允甲、黄冈杜濬、山阳稽宗孟、桐城方亨咸、天都吴甲周饮于李公择之六客堂,又与吴学士伟业、张大令芳、吴侍御雯清暨名士修禊于爱山台,又与嘉禾曹司农溶、莱阳宋观察琬、福州谢司李天枢、娄东黄进士与坚集于窣尊亭,皆屏去骑从,解衣盘礴,谑浪歌呼,声迸林薮,观者目为神仙中人,不复知为郡守也。③

吴绮湖州幕中人才济济,唐允甲、江闿(吴绮女婿)都长期随从,四方

---

① 尚小明《学人游幕与清代学术》,社会科学文献出版社,1999 年,第 34 页。
② 沙张白《吴园次传》,载吴绮《林蕙堂全集》卷首,清康熙三十九年(1700)刻本。又吴绮《林蕙堂全集》卷六《太白亭修禊序》云:"予以丙午莅郡,首为剪其蓬蒿;迨及己酉去官,久未将乎蘋藻。"亦可证。本章引用吴绮作品未注明出处者皆来自该版本。
③ 王方岐《吴园次后传》,载吴绮《林蕙堂全集》卷首,清康熙三十九年(1700)刻本。此传又载闵尔昌纂《碑传集补》卷二十一,《清代传记丛刊》第 121 册,明文书局,1985 年,第 340—341 页。

名士络绎不绝①,康熙七年(1668)三月上巳,吴绮在湖州郡署之爱山台举行修禊,参加者有吴伟业、吴雯清、张芳、徐乾学、陈祺芳、茆馥、罗坤、孙继登、宗观及吴绮长子吴参成,共十二人,即王方岐所谓"修禊于爱山台"者,从当日傍晚直到三更,分韵赋诗填词。目前所知,吴伟业成《戊申上巳过吴兴,家园次太守招饮郡圃之爱山台,坐客十人,同修禊事,余分韵得苔字》一首和《沁园春·吴兴爱山台禊饮,分韵得关字》(妍景销愁)一首②,江闿《上巳集爱山台分韵》和《沁园春·上巳集爱山台,时有梅村、方涟两先生,同菊人、原一、子寿、再馨、弘载、坦夫、鹤问、石叶暨园次外父,分得吾字》(芍药秾时)③,徐乾学《憺园文集》卷四《禊日爱山台分韵》④。禊饮后五日,吴伟业撰《爱山台禊饮序》骈文一首,该序现藏上海博物馆,由冯其庸

① 吴绮任湖州知府期间文学活动参见杨燕《吴绮湖州为官时期文学活动考论》,南京师范大学2007年硕士论文。朱丽霞《江南与岭南:从文人游幕看清初文学的传播与文坛生态》(《社会科学》2011年第5期)引用吴绮游幕岭南的诗文,论述其游岭南时对岭南诗词创作的影响,为一新视角,但所述内容与事实多有不合,如云:"康熙二十三年(1684),吴绮到达广东。"误,吴绮《林蕙堂全集》卷三《韩公吉观察〈崧云集〉序》云:"余以癸亥秋杪始至羊城。"癸亥即康熙二十二年,非康熙二十三年。吴氏至广东主要目的是请求两广总督吴兴祚资助,并非入幕。《林蕙堂全集》卷首《听翁自传》云:"癸亥游粤东,制府吴留村赠以买山钱,归得粉妆巷赵氏之废圃而移居焉。"吴绮在广东期间长期居住广州寺庙,非在两广总督吴兴祚驻地肇庆。故从吴兴祚幕府的可能性不大,其漫游粤东,与其说是作幕僚,不如说是游览观光并请求资助。
② 吴伟业著,李学颖集评标校《吴梅村全集》卷十七、卷二十二,上海古籍出版社,1990年,第475、583页。
③ 江闿《江辰六文集》卷十一、卷十四,《四库禁毁书丛刊》集部第130册,北京出版社,1997年,第331、406页。
④ 徐乾学《憺园文集》,《续修四库全书》第1412册,上海古籍出版社,2002年,第367页。

发现,嘱叶君远公之于众①。吴序句式多变,蹑足王羲之《兰亭集序》,吴氏之序不仅以骈体成篇,且以其书法高妙负盛名于后世。湖州修禊,吴绮虽为东道主,而主盟此会者当推吴伟业自己,故吴氏不仅参与"刻烛分题,衔杯索咏"(吴伟业《爱山台禊饮序》),且在各作一诗一词之后五日成《爱山台禊饮序》,并亲自书写成卷轴,由江闿装裱,遍请名流题跋。

　　吴伟业不以骈体名,今传《吴梅村全集》,骈文难觅,何以在六十岁时参加爱山台修禊而撰写骈序? 对此黄语已有所分析②。这也从另一方面说明骈文从晚明以来即受到重视,虽多酬应之文,毕竟文学家例有染指,又因仕宦和猎取名誉的需要,士子早年多有修习。该序在禊饮后五日才完成,可见下了一番功夫,但通读全文仍感觉在组词用典上不够流畅,与其说是吴伟业重视骈体,不如说是其刻意模仿《兰亭集序》的结果③。总之,吴伟业参加康熙七年(1668)上巳修禊活动,并为之撰骈序,本身就说明清初幕府的文事活动与骈文创作的密切关系,这在当时有一定普遍性。

　　康熙十五年(1676)重九日,浙江海宁镇海塔落成,知县许三礼偕幕中诸公、当地知名人士以及县学后生登塔唱和,参加者包括顺治九年(1652)进士邵光尹、陈之遴之弟陈之遴、姜宸英、仇兆鳌等文人学士,许三礼成《丙辰秋镇海塔落成,值重九日,偕群公登高,赋二律》,

---

① 《爱山台禊饮序》全文载叶君远《新发现的吴梅村的一篇佚文》(《文艺研究》2002 年第 5 期),此不复录。序末署:"康熙七年岁次戊申三月上巳后五日娄东吴伟业撰并书。"

② 黄语《爱山台修禊始末及影响》,《厦门教育学院学报》2008 年第 4 期。

③ 吴伟业著,李学颖集评标校《吴梅村全集》卷十七《戊申上巳过吴兴,家园次太守招饮郡圃之爱山台,坐客十人,同修禊事,余分韵得苔字》云:"右军胜集今谁继,仗有吾家季重才。"(上海古籍出版社,1990 年,第 475 页)将此次聚会比作兰亭会。

是为七言律诗二首,邵光尹等人作《奉和许西山邑侯九日登镇海塔,次韵》,或一首,或二首,甚至沈珩连和十首。当然不乏登高活动结束后,闻听此次盛会而作。唱和诗集规模甚大,收入《愿学堂登高倡和诗》者计84人①,卷首载许三礼《愿学堂倡和诗引》,为骈体文,详述此次登高倡和始末:

> 触景言情,登高作赋。古今人敲金戛玉,琢韵和声。大抵以纪胜为盛传,以采风为博雅。诗歌伐木,易著在阴。要使后先唱和,谷响山鸣。步上哲之高躅,咏太平之清风。致足乐矣!镇海塔倡自前朝,丙辰秋鼎新杰构。贤士大者,庶聚沙成果,不两月而金碧辉煌,诚千秋一日之胜也。值此伏莽消萌,间阎清宴。筑场圃者歌帝力,享朋酒者跻公堂,洋洋乎海国之风也。时维九日,序值菊秋。兔赭明而寒潭静,芙蓉紫而江树苍。日丽琳宫,风摇宝铎。旐坛拟于龙象,鹫岭比其龟螭。招胜侣,蹑危梯,跻浮尖之极妙,穷瀚影之濛迷。千门错绣,万井菲烟。载酒林皋,茱萸盈把。余情随景合,兴与会生。吟四韵之两章,纪登高之即事。何幸诸君子瓦鸣不弃,纷来珠玉之投;顿令大法界金粟成章,坐见莲花之涌。唱和成集,门下士请为梓之。障狂澜以砥巍柱,簪彩笔以映星躔。皆于是诗胥匡以协矣,区区觞咏云呼哉!
> 　　相州许三礼题于塔院。②

许三礼该引"时维九日"几句明显模仿王勃《滕王阁诗序》。许氏著

---

① 许三礼等《愿学堂登高倡和诗》,《清代诗文集汇编》第98册,上海古籍出版社,2010年,第347—365页。
② 许三礼等《愿学堂登高倡和诗》卷首,《清代诗文集汇编》第98册,上海古籍出版社,2010年,第348—349页。

述今存有《读礼偶见》二卷(《四库全书存目丛书》经部第 115 册影印清康熙刻本)、《天中许子政学合一集》不分卷(《四库全书存目丛书》子部第 165 册影印清康熙刻本),其子许迪澍《清通议大夫兵部督捕右侍郎显考酉山府君行述》云:"记诵词章之学,府君所不屑也。"①许三礼著述有关文学作品者甚少,其人生重点在于行道讲学,故官海宁时请黄宗羲讲学北寺②。《四库全书总目》卷一百三十四《政学合一集》提要云:"正编自《读礼偶见》外,所自著不过数篇,篇不过数页。若会讲之语,杂录群言,政绩诗颂,俱出他手。《合律全书》《乐只集》《登高唱和诗》三种,乃并有录而无书,盖恆钉凑合,摹印时有佚脱也。"③可知许氏不擅词章,其中《登高唱和诗》即《愿学堂登高倡和诗》,乃单独刻印出版,后刻《政学合一集》时未能刻入。但他在为《愿学堂登高倡和诗》作序时,仍用骈体,未必是追步《兰亭集序》之骈俪,当是清初骈文地位提高和应用广泛使然。故许氏海宁幕府除讲学外,时有文学倡和,该引即是举办大型唱和活动的产物。

　　章藻功一生多次游幕,康熙二十四年乙丑(1685)夏,王廷璧被授浙江宁绍道副使,聘章氏随行,王氏绕道过开封老家,突闻朝廷裁缺,藻功遂辞别归里。《思绮堂文集》卷一《燕台别顾九恒、严簧庵、沈涧芳、查夏重、汪宇昭、查声山、陈叔毅、汤西厓、俞大文南归序》云:"乙丑夏五,仆附王观察归里。"又云:"或云投胶河畔,觞咏经时。"原注:"时从王观察于宁绍幕中,枉道汴梁而南。"④又同卷《大梁别王苍岚

① 见许三礼《政学合一集》之《续集》别录,《四库全书存目丛书》子部第 165 册,齐鲁书社,1995 年,第 730 页。
② 秦瀛《己未词科录》卷十一引周春语云:"黄征君应海宁令许三礼之请讲学北寺,从游甚众。"《清代传记丛刊》第 14 册,明文书局,1985 年,第 704 页。
③ 永瑢等《四库全书总目》,中华书局,1965 年,第 1140 页。
④ 章藻功撰注《思绮堂文集》,《清代诗文集汇编》第 198 册,上海古籍出版社,2010 年,第 369—370 页。本章所引章藻功作品未注明出处者皆来自该版本。

先生归里序》题注云:"先生为顺治壬辰进士,授浙之宁绍副使,忤枭帅去官,后二十年复补是任,偕予出都,枉道汴城,旋又裁缺,予辞以归。"王廷璧,字昆台,一字昆良,号苍岚。河南祥符人①。此次遇裁缺入幕未遂,但这一生活方式仍是章氏所期待的。

章藻功《四十初度自序》云:"芙蓉幕下,许以相依;鹦鹉筵前,居然有作。再游燕北,两过闽南。进退于萧曹丙魏之间,谈笑于严乐渊云之侧。"②自序作于康熙三十四年(1695)九月,回忆两次入京、两次客闽的经历,皆为谋食而起。故作于同一年的《息庐小序》"今者自七闽而返"原注:"癸酉四月,余自福建归,卜居于城东之横河桥。"③章氏在康熙三十年左右入福建学使幕。康熙三十五年夏,章藻功第三次入京,参加顺天乡试,落第,次年丁丑三月入山东提学使陆鸣珂幕府④。

---

① 王廷璧生平详见《己未词科录》卷一和卷七(《清代传记丛刊》本)、《清秘述闻三种》之《清秘述闻》卷十二(中华书局1982年版)。

② 章藻功撰注《思绮堂文集》,《清代诗文集汇编》第198册,上海古籍出版社,2010年,第476页。

③ 章藻功撰注《思绮堂文集》卷二,《清代诗文集汇编》第198册,上海古籍出版社,2010年,第426页。又卷三《紫藤花庵诗抄序》云:"仆者周历七闽,淹留两载。"卷八《题张雪樵抱膝图》"顾一千里外,获通肺腑之交;而二十年前,早播齿牙之论"原注:"辛未岁,予佐八闽学使者之幕。"知康熙三十年辛未,章藻功在福建学使幕。

④ 章藻功撰注《思绮堂文集》卷四《王服尹丙丁诗序》"可怜章子,到处依人;相顾王生,同时作客"原注:"丁丑三月,予两人同出京师,赴山左学使者之幕。"卷六《五十初度自序》云:"过齐鲁以衡文(原注:客山东学使者陆次山之幕),肯迷五色;与原宁而游学(原注:谓史千里、王服尹诸君),便订三生。更从观察之司(原注:客山东按察使王子可之幕),爰佐刑名之任。"《(雍正)浙江通志》卷一百二十一《职官十一》云:"王然,字子可。顺天宛平人。"(影印文渊阁《四库全书》本)。《清诗别裁集》卷四云:"陆鸣珂,字次山。江南华亭人。"(中华书局,1975年,第78页)又《(光绪)山东通志》卷五十一《国朝职官表》,陆鸣珂于康熙三十六年至三十八年任山东提学使,王然于康熙三十八年至四十一年任山东按察使(上海商务印书馆影印民国四年排印本,1934年)。知章氏于康熙三十六年至四十一年客居山东提学使和按察使幕。

陆鸣珂卸任山东学使后，于康熙三十九年（1700）左右入山东按察使王然幕。自康熙二十四年至康熙四十一年，章氏长期过着幕宾生活，其衣食来源主要赖幕主供给，从中可看出清初士人游幕的动机和状态。

康熙三十六年暮春三月，章藻功入山东提学使陆鸣珂幕，陆氏能文，幕下聚纳了一批喜好文词之士，如史骐生、王晦，陆鸣珂女婿赵维炎、子陆瀛蓴等。王晦是清初骈文名家，有《御赐齐年堂文集》四卷，是骈文专集。陆氏幕在康熙中叶是一文学活动中心。康熙三十六年丁丑（1697），自暮春至夏即举行三次唱和。济南是山东学使署驻地，署右有见山亭，是文士聚会之所。《思绮堂文集》卷四《见山亭唱和诗序》"顾萍浮斯聚，金与石交；而槐荫未妨，山因亭见"原注："济南学使者之署右有小亭曰见山，盖面千佛山者，旁古槐一株，高可十余丈，其侧书室，即槐居是也。"章藻功书室即槐居。见山亭唱和，参加者有史骐生、王晦、张起麟、郑涞、赵维炎、陆瀛蓴，共七人①，各赋五古二十韵，章藻功为之序，序用骈体，其云：

> 除是歌闻下里，能属和者数千；若其诗赋临河，不成章者十五。顾萍浮斯聚，金与石交；而槐荫未妨，山因亭见。山自号曰千佛，向岱东跳掷而来；亭可容其七人，当署右叠层而上。于焉登眺，平分齐鲁之青；好在倡酬，高映尘沙之白。体近古而弥峭，韵出险以更新。二百字收览无余，十五删错综过半。此而可数，从游稷下先生；不必多求，压倒济南名士。仆五言已屈，罚金谷

---

① 章藻功撰注《思绮堂文集》卷四《见山亭唱和诗序》"亭可容其七人"原注："史千里、王服尹、张趾肇、郑葭湄、赵丙臣、陆秋谷及予七人，时时眺览其上。"史千里，名骐生；王服尹，名晦；张趾肇，名起麟；郑葭湄，名涞；赵丙臣，名维炎；陆秋谷，名瀛蓴。

以奚辞；一字为褒，序玉台而忝窃。虽辨声辨色，无那聋盲；而见
麤见廥，亦知旆布。

　　高吟未已，寄慨良深。当筵之聚散何常，随地之废兴有数。
王右军千秋巨笔，字集碎金；施侍读一代弘儒，记镌片碣。尚且
颓垣委弃，破瓦湮埋。知后来作者如何，便已目空黄鹤；纵前辈
文名斯在，那能手挽白驹。呜呼！逸兴遄飞，雅怀拓落。可人壹
唱，犹将使石能言；似我三缄，何必此亭不古。①

　　该文首叙唱和地点和参加者，各作五言二十韵古诗一首，后半部分转
入感慨时间流逝，胜迹不永，颇有仿王羲之《兰亭集序》的味道。在时
人看来，文人集会唱和，必冠以骈序方是合格。文中"压倒济南名士"
云云，表明对诗歌创作的自信。

　　见山亭唱和不久，于是年闰三月十四日举行送春唱和，参加者除
史骐生、王晦、张起麟、陆瀛蕚外，有殷誉庆②。《思绮堂文集》卷四
《丁丑送春唱和诗序》云："而琼筵何处，曲水何方。流觞列坐者几
时，秉烛为欢者几夜。王逸少兴怀随化，岂不痛哉；李谪仙感念浮生，
良有以也。"章氏提到王羲之《兰亭集序》和李白《春夜宴从弟桃李园
序》二文，皆是宴集唱和后所作的骈体名序。清人唱和活动序文喜用
骈俪，当与王、李二序的示范效应有关。

　　章藻功与同客陆幕的王晦、史骐生、郑涞、陆瀛蕚、赵维炎、张起
麟皆是失意之士，旅外作幕宾多为衣食之计，吟诗唱和用来相互慰
藉，章氏将自己所作诗结集为《客齐唱和诗》，其《客齐唱和诗序》云：

---

① 章藻功撰注《思绮堂文集》卷四，《清代诗文集汇编》第 198 册，上海古籍出版
　　社，2010 年，第 537—538 页。
② 章藻功撰注《思绮堂文集》卷四《丁丑送春唱和诗序》"每分一韵，各以字行"
　　原注："殷彦来分来字。"殷彦来，名誉庆，江都人。

"风回花落,水聚萍浮。室蚕户蜂,随处是穷途之况;弓鸡杖狗,相逢皆失路之余。盖异客而异乡,销魂欲绝;得同声而同气,逸兴频添。要之无可奈何,则亦聊复尔耳。春风去住,于我何干;夏雨朝昏,关卿甚事。一枝芍药,也标燕赏之题;两颗樱桃,亦等献酬之雅。时时对语,不半刻而相思;各各赠言,且百端之交集。"①此段道出居幕府之下多有唱和之因,缘自穷困无聊的消遣,仕途的困踬恰好给文学创作提供了绝佳机会。章氏作于此年的文章甚多,离开陆幕后,自康熙三十八年至四十年(1699—1701)所作寥寥。

除唱和诗序外,在陆鸣珂山左幕府期间,章藻功和王晦撰写不少其他骈序。章、王二人相互给对方文集作序,王晦《御赐齐年堂文集》卷二《武林章绮堂俪文集序》②,章藻功《思绮堂文集》卷四《王服尹丙丁诗序》,又同为张起麟《无题诗》撰序,即《御赐齐年堂文集》卷二《张趾肇无题诗序》、《思绮堂文集》卷五《张趾肇无题诗序》。章氏归钱塘后,王氏于康熙三十八年寄书于章,即《御赐齐年堂文集》卷三《寄武林章岂绩书》。

陆氏山左幕府是当时一个骈文创作中心,章、王二人于此创作了大量骈体。王晦久客山东,陆鸣珂去任后,又入山东学使徐乾学幕。康熙三十九年庚辰(1700)春,徐乾学于见山亭东建屋六间以供幕僚读书,王为之赋,题《庚辰春杪,山左学使徐公于署之见山亭左编茅六间,余与石门世执吴友鲲,同学云间李若华、贾砚庸、高岩筑,同郡金以时、胡表被读书其中,于其成也,戏挥毫以赋之》(《御赐齐年堂文

---

① 章藻功撰注《思绮堂文集》卷四,《清代诗文集汇编》第 198 册,上海古籍出版社,2010 年,第 544 页。

② 王晦《御赐齐年堂文集》,《四库未收书辑刊》第 8 辑第 25 册,北京出版社,1998 年,第 163—164 页。本节所引王晦作品未注明出处者皆出自该版本。

集》卷一)。《陈迦陵文集》之《迦陵词全集》卷首任玑序①,该文又载《御赐齐年堂文集》卷二《陈其年词集序》,题下注:"代。"则该序是王晫代笔。在学使幕期间,王晫还亲自试作考试题目,如《御赐齐年堂文集》卷一《读书台赋》题下注:"张中丞试题。"当是为某次考试而作。王氏文集中有诸多代作,皆是骈文,不乏像《陈其年词集序》这样有价值的文章。清代骈文复兴,很大程度上是区别了应世之文(如幕宾所写日常公文和应酬之文)和垂世之文(有真情实感和理论价值的作品),王晫《御赐齐年堂文集》四卷,包括这两种骈文,王氏是清初典型的兼具二者的骈文作家,这是他长期幕府生涯的痕迹,他的作品介于四六师爷和骈文专家之间。其他像章藻功、吴绮、陈维崧等人文集极少代作。清初骈文家多从事过幕府生活,如陈维崧、吴绮、章藻功、王晫,或为幕主,或为宾从,可见幕府给骈文家交游和创作提供了广阔的平台,有力地推动了以应用为主的骈文的繁兴。

二、园林雅集:清初骈文家交往和创作的重要方式

园林与中国文学关系密切,汉赋如司马相如《子虚赋》《上林赋》、班固《两都赋》、张衡《二京赋》等,或以园林为铺陈对象,或用大量篇幅描写园林构造。六朝以来,园林的高雅清幽环境吸引文人举办集会,诗酒唱和,产生了大量优秀作品。故陈从周《中国诗文与中国园林艺术》云:"诗文兴情以造园,园成则必有书斋、吟馆,名为园林,实作读书、吟赏、挥毫之所,故苏州网师园有看松读画轩,留园有汲古得绠处,绍兴有青藤书屋等,此有名可征者。还有额虽未名,但实际而能与有额者相同,所以园林雅集文酒之会,成为中国游园的一种特殊方式。"又云:"中国园林与中国文学,盘根错节,难分难离,我

---

① 任玑序末署:"康熙二十九年庚午仲冬长至前十日,泾阳任玑题于上谷衙斋。"见陈维崧《陈迦陵文集》之《迦陵词全集》卷首,清康熙间患立堂刻本。

认为研究中国园林,似应先从中国诗文入手,则必求其本,先究其源,然后有许多问题可迎刃而解。"①关于园林与诗歌的关系已有较多研究,而于骈文则尚需深入探讨。清初名园甚多,若扬州依园、休园,如皋水绘园,北京万柳堂,昆山半茧园等,给清初文人诗酒唱和与骈文创作提供了绝佳舞台。故《四六初征总目》"艺文部"云:"金石鼓吹,风雅倡和,艺文先焉。"②

明末计成是园艺专家,所撰《园冶》三卷是一部园艺理论专著,其内容多为骈文,如卷一《园说》之《相地》《山林地》等都是骈文③,这是园林和骈文结合的佳作。明末文社盛行,一些社集就是在园林中举办,陈子龙《自撰年谱》"崇祯五年"条云:"集同郡诸子治古文辞益盛,率限日程课,今世所传《壬申文选》是也。"④《壬申文选》即《几社壬申合稿》二十卷,此书模仿《文选》,写作大量骈文,为文社同题作文,集会场所多在参与者私家园林中。张明弼创作多种园林题材的骈赋,如《琴张子萤芝集》卷一《怀云林园赋》《留春园赋》⑤分别赋写张氏姻友的别业和苗胙土的私家园林,这是园林与骈文共生和互融的体现。

水绘庵是明末四公子之一冒襄的私家园林,顺康年间,屡纳遗民,成为一个有影响的文人圈。陈维崧于顺治十五年至康熙四年

---

① 陈从周《中国诗文与中国园林艺术》,《扬州师院学报(社会科学版)》1985年第3期。

② 李渔辑《四六初征》卷首,《四库禁毁书丛刊》集部第134册,北京出版社,1997年,第625页。

③ 计成《园冶》,《续修四库全书》第879册,上海古籍出版社,2002年,第29—30页。

④ 陈子龙著,王英志编纂校点《陈子龙全集》之《陈忠裕公全集》卷三十一,人民文学出版社,2011年,第932页。

⑤ 张明弼《琴张子萤芝集》,《四库禁毁书丛刊》集部第108册,北京出版社,1997年,第372—374页。

(1648—1665),大部分时间生活于此,在这里,他结交了大批明遗民,且与冒襄之子冒禾书、冒丹书合编骈散文合选本《今文选》八卷,康熙元年(1662)刻本,陈维崧为之作《今文选序》,是骈序。又如《陈迦陵俪体文集》卷一《白秋海棠赋》①即为铺写冒襄斋中海棠而作。

　　清初冯溥有别业万柳堂,在北京崇文门外,毛奇龄《万柳堂赋》序记建园情形云:"万柳堂者,益都相公冯公之别业也。其地在京师崇文门外,原隰数顷,污莱广广,中有积水,淳潴流潦。既鲜园廛,而又不宜于粱稻。于是用窖钱买为坻场,垣之堲之,又偃而潴之,而封其所出之土以为之山。岩陁块曲,被以杂卉,构堂五楹,文阶碧砌,芘兰薜苢,菽蔓于地。其外则长林弥望,皆种杨柳,重行叠列,不止万树,因名之曰万柳堂。岁时假沐于其中,自王公卿士,下逮编户马医佣隶,并得游燕居处。"②康熙十八年,参加博学鸿儒科的诸名士齐聚京师,冯氏招宴万柳堂,毛奇龄有《万柳堂赋》,陈维崧《陈迦陵俪体文集》卷四《征万柳堂诗文启》或作于此时,皆骈体。康熙二十年辛酉(1681)上巳节,冯溥招集万柳堂修禊,参加者有陈维崧、施闰章、徐釚、方象瑛、毛奇龄、徐嘉炎、严绳孙等③,皆是考中博学鸿儒科者,而此科选拔重视词采,《璇玑玉衡赋》之序要求用骈偶成篇,膺是选者皆娴于骈体。席上冯溥作《三月三日万柳堂修禊倡和诗》七律二首④,陈维崧《湖海楼诗集》卷八有《上巳修禊万柳堂,和益都夫子原韵》二首。诗成,请陈维崧撰序,序用骈俪,其《万柳堂修禊倡和诗序》云:

---

① 陈维崧著,陈振鹏标点,李学颖校补《陈维崧集》,上海古籍出版社,2010 年,第 182—183 页。本章所引陈维崧作品未注明出处者皆来自该版本。
② 毛奇龄《西河文集》,《清代诗文集汇编》第 89 册,上海古籍出版社,2010 年,第 22 页。
③ 参见周绚隆《陈维崧年谱》,人民出版社,2012 年,第 666 页。
④ 冯溥《佳山堂诗集》之《佳山堂诗二集》卷四,《四库全书存目丛书》集部第 215 册,齐鲁书社,1997 年,第 192 页。

盖闻岁纪上除，诗咏秉兰于洧溱；春惟元巳，史标蘿柳于华林。都下盛洛滨之戏，千里安期；山阴流曲水之觞，兴公逸少。颜特进骋华文于刘宋，花在毫端；王宁朔腾逸藻于萧齐，春生楮里。三月三日，水面丽人；一咏一觞，林边名士……时则上阳宫外，积霭初晴；宣曲观前，游氛乍敛。天装卵色，皴成双阙之红；岫抹云蓝，滴作万家之翠。绵羽既蹁跹乎绮陌，新荑亦溶漾夫铜沟。鞭丝帽影，争窥白傅之池台；松韵泉鸣，竞和东山之丝竹。兰肴载蔌，桂醴斯篘，我师爰呼四座而言，此乐实驾千春以上。生民之始，厥有豪雄；自我而前，非无贤达……诗成七律，人各二章，庶几南楼清兴，老子何减于诸君；依稀东鲁高风，狂士偕游乎童冠云尔。①

陈文追溯祓除活动，以王羲之兰亭会饮和《兰亭集序》、颜延之《三月三日曲水诗序》和王融《三月三日曲水诗序》作为代表，由修禊而及园林。后半部分叙述上巳天朗气清，尽情欢饮，各赋诗二章，以志游乐之盛。大凡修禊活动，不管主持者是何人、地点在何处、预会者多寡，皆绕不过六朝兰亭会、华林园曲水宴集的风雅，可以说这一深具文士风流的雅集是在王羲之、颜延之、王融等人所创立的文事活动模式下不断地加以展开的。陈维崧序中特意揭出这三次著名的修禊，以示此次修禊活动之盛大，可上接六朝。清初修禊之盛带来骈序的激增。而园林宴集常常有骈体创作，吴绮《林蕙堂全集》卷三《空翠阁雅集序》《江秋水园居唱和诗序》、章藻功《思绮堂文集》卷八《程蓉槎燕集同人七略书堂看菊，以"采菊东篱下，悠然见南山"分韵，余为之序》等皆是。

① 陈维崧著，陈振鹏标点，李学颖校补《陈维崧集》之《陈迦陵俪体文集》卷五，上海古籍出版社，2010 年，第 266—267 页。

　　园林不仅是雅士挥毫之地,亦是骈文家创作的对象,如吴绮《林蕙堂全集》卷一《杏花春雨楼赋》《休园记》《倚山阁听雨记》《蔬圃记》《娑罗园记》等,特别是描写歙县汪征远之栗亭,融园林景观和主人志趣于一体,其《栗亭赋》云:

　　　　其左则曲巷逶迤,闲房窈窕。照吾槛兮扶桑,有晨光之朗曜。乃藏书而建仓,或煮茶而安灶。鸿妻倚竹以将迎,鹤子争花而欢笑。蒙庄独坐以养生,长统闲游而学道。应须暮史而朝经,宁独山樵而水钓。其右则云横玉几,水带金堤。见芳林于旁舍,寻仙迹于清溪。灌灵均之蕙晦,筑邵平之瓜畦。鸥有沙而皆宿,鹤无松而不栖。槐方春而拂槛,菊将秋而满篱。戴颙之尊未竭,刘伶之锸可携。若乃丹梯前起,佳径横开。荷香曲沼,芰绕崇台,芳流环映,广榭崔嵬。可映芙蓉之镜,还倾芍药之杯。绿淇园而皆竹,芬孤山而尽梅。常对之而爱玩,尤朔滨之异材。至若高柳在后,交让可匹。既梳烟而带雨,复干云而蔽日。感琅琊之十围,羡渤海之百尺。莺啼春而自娇,蜩吟秋而转急。时即霁而恒阴,衣虽素而咸碧。遂枝映于比邻,长花飞于满室。①

　　该赋首叙栗亭地处幽静之区,以上所引为中间部分,铺陈亭之左右建构和四时景色,最后言主人居于园亭,得江山之助,而命运不偶,隐居园林以遂所愿。赋文篇幅短小、层次分明,将园亭之区位、园中之构造和主人之心愿一并托出,文因园亭而起,是骈文和园林结合的佳作。其他如陈维崧《陈迦陵俪体文集》卷一《憺园赋》《半茧园赋》、章藻功《思绮堂文集》卷六《信园赋》等皆是描写园林的名作。园林乃天地之精华,骈文亦是文中之雅品,二者结合,呈现中国园林和骈文

---

① 吴绮《林蕙堂全集》卷一,清康熙三十九年(1700)刻本,第20—21页。

的共生互摄。

第二节　文会、节庆活动中的骈文创作

　　骈文的应用性很强,传播至今者大部分是应用文,明末清初骈文的应用性尤为明显。清初沈心友《四六初征凡例》云:"四六有二种,一曰垂世之文,一曰应世之文……若应世者则流利可以通融,英华似乎肆射,其中扼要数联,情深一往,其余始末,得之者信手拈来,头头是道,触类以至,尽可旁通是也。"①是书分二十部,以类相从,其中生辰部、乞言部、嘉姻部、诞儿部、燕赏部、馈遗部等都关系节庆活动,《四六初征》是专门为社会上撰写酬应骈文而编的范本,由此可略窥明清之际骈文创作繁兴的社会文化背景。晚明文社飚举,文学活动异常活跃,清兵南下,中国大地屡遭战火,文会活动逐渐减少,顺治十七年(1660)"申严植党订盟之禁。礼科右给事中杨雍建疏请,敕部严饬学臣,约束士子,不得妄立社名,纠众盟会。其投刺往来亦不许用'同社''同盟'字样,违者治罪,倘学臣奉行不力,纠参处置。得旨,士习不端,结社订盟,把持衙门……著严行禁止"②,雍正三年(1725)又申严禁。清政府出于统治需要严禁文社,文社遂衰。但文人结社所来远矣,且清政府所禁者,乃以文社为党团干预行政事务和从事反清活动。清初文会仍屡有举行,文会本是高雅行为,与典赡骈文有天然契合,对清初骈文创作有直接推动。

---

① 李渔《四六初征》卷首,《四库禁毁书丛刊》集部第 134 册,北京出版社,1997年,第 622—623 页。
② 清高宗敕撰《清朝文献通考》卷六十九《学校考七》,《万有文库》本,上海商务印书馆,1936 年,第 5488 页。

一、明清之际文会活动中的骈文创作

明末文会活动莫盛于文社,陈子龙、夏允彝等人创立几社,致力于科举技艺的切磋,几社聚会往往有同题骈文创作,如《几社壬申合稿》卷十二载陈子龙、徐孚远和李雯的《皇明成祖功臣年表叙》①,这是典型因文会而生产的骈文。

清初文会仍普遍存在,吴绮于康熙五年(1666)莅临湖州,在任期间,修葺不少古迹名胜,逸老堂便是其一,此地多次举行逸老会。康熙十一年壬子(1672)十二月七日又举行由吴时亮、吴景宣主持的逸老会,邀请已罢官闲居的吴绮参加,并受请为之记,其《岘山逸老会记》云:

> 苕城南五里,有逸老堂焉。云飞画栋,踞岘岭之一峰;水近朱栏,瞰碧湖之千顷。昔为高风堂之遗址,今则逸老会之胜游。会始于唐一庵诸公,凡八举而人皆硕果;堂建于汤楚东别驾,不数传而地有寒榛。予于丙午之春,承乏出守,将谋更始,且暂葺焉……是可志也,顾而乐之。爰属不文,以为之记……时则康熙壬子嘉平上浣之七日,是集也,金吾李君夏器实倡其事,太学韩君昌箕、明经潘君贞□□、沈君□□皆在焉,其自雄邑者,为明经金君镜□□、朱君升、文学沈君□□,而主人则方伯吴君时亮、令嗣仪部景宣,而予则前太守江都吴绮也。先是四举,与会者姓氏俱李君记中,兹不并及。②

---

① 杜骐征等辑《几社壬申合稿》,《四库禁毁书丛刊》集部第 35 册,北京出版社,1997 年,第 12—14 页。

② 吴绮《林蕙堂全集》卷一,清康熙三十九年(1700)刻本,第 26—28 页。引文之"□",在原书中为空格。潘君,原作"潘居",据上下文意改。

吴记先述逸老堂的历史,自己担任知府时对其加以修葺,中间详述之前逸老会的情事,而今又举办此会,自己为之记,最后说明此会的主持者和参加者。岘山逸老会创始于康熙年间,此时虽有政令禁止结社盟会,但小型的诗酒唱和的文会仍不断涌现。据记可知,逸老会在康熙十一年(1672)前已经举办过四次雅集,由李夏器为之记。

吴绮为文会而作的骈文较多,如《林蕙堂全集》卷二《约武林同宗文会启》《吴门诗会启》《同宗雅集启》《澄江诗会启》等。康熙二十二年癸亥(1683),吴绮泛舟南下,经江西入粤东,次年春倡议立珠江诗会以广文事,作《珠江诗会启》,其云:

> 城开五穗,名区久肇仙羊;田种万花,胜地尤传宝鸭……梦得海阳之咏,韵写溪山;昌黎广利之碑,藻浮星日。昔云盛矣,今偶缺如。兹值文运广敷,庆鲸涛之甫靖;更当韶光早换,喜莺谷之方迁。游子善怀,每关心于令序;幽人多暇,岂无意于曩时。僭约如兰,爱谋藉卉。木棉林下,咸倾鹦鹉之杯;卢橘花间,并染凤凰之管。则争裁丽句,其何羡于兰亭;而各得胜情,可有同于栗里。鹤舒台上,尽看硕彦偕游;燕喜亭前,却羡者英再见。至于东林禅侣,何妨共著红楼;若教南国佳人,亦可遥传玉镜。人来金谷,皆可论交;客过玉山,俱能赌酒。诸君共成胜举,吾辈同惬雅怀。①

康熙二十一年(1682),三藩之乱平定,两广、云贵重新纳入清廷版图。吴绮于康熙二十二年从扬州乘舟南下,欲求助于两广总督吴兴祚。吴绮至广州,曾住寺庙,与释大汕往来频多,并和屈大均、梁佩兰、陈恭尹等岭南著名诗人交往唱酬。次年春,吴绮有感于岭南文会沉寂,

---

① 吴绮《林蕙堂全集》卷二,清康熙三十九年(1700)刻本,第27页。

倡议举办珠江诗会,会议详情今已难考,应会集不少当地文人和流寓此地的外籍文士,包括释家和女流。因此会而作的骈启亦为广东文坛带来别样的文学形式。清初岭南文坛的主要成就是诗歌,吴绮作为著名骈文家长期居于此地,必会对岭南骈文有所影响。

清初文社以遗民所立为夥,杨凤苞《书南山草堂遗集后》云:"明社既屋,士之憔悴失职、高蹈而能文者,相率结为诗社,以抒写其旧国旧君之感。大江以南,无地无之。"①在清初遗民文社中,立于浙江杭州的默社便是其中之一。该社成员全部由明遗民组成,据陆繁弨《与昭令重举默社文会书》②,成员有七人,今可知者五人:沈叔培(字敬修)、徐汾(字武令)、陆繁弨、徐元亮、昭令(昭令当是其字,姓名不详)。第二次重组默社时,因徐元亮迫于科役,出外谋食,而"西泠十子"之一的孙治的门人徐汾,入京追逐功名,不安于遗民生活,故将二人摈斥在外,成员为五人。陆繁弨一生坚持遗民气节,是默社的发起者和主持者,他于康熙二十三年(1684)卒后,该社可能随之解散,则默社主要活动于康熙前期。最初,陆氏等七人结为默社,诗酒唱和,以砥砺遗民之志。因徐元亮、徐汾不能遵守约定,致使默社名存实亡,陆氏写信给昭令,重新组建默社,故有《与昭令重举默社文会书》,其云:

> 于是与敬修、武令六七人,吊古梅林,定交鹤屿。箕山高隐,执牛耳以相从;艺苑英才,捧珠盘而谁属。竟成高宴,更励文心……自去岁首春,便从废辍。或习贾市门,或扬帆名域。或开

---

① 杨凤苞《秋室集》卷一,《续修四库全书》第1476册,上海古籍出版社,2002年,第10页。

② 陆繁弨著,吴自高注《善卷堂四六》卷六,《四库全书存目丛书》集部第257册,齐鲁书社,1997年,第503—506页。本节所引陆繁弨作品,未注明出处者皆来自此版本。

华馆,方问字于元亭;或上珠楼,听吹箫于秦女。遂使花迷曲槛,
水涨平池。女萝渐长,公子忘归;芳草初生,王孙未返。梦笔之
堂既虚,怀蛟之人都散……近闻元亮,催科甚急,往役为劳。王
衰弟子,尚苦杂徭;范式故人,今为街卒。固不暇精曹氏之书仓,
问何家之学海。至于武令,殚心射策,属意制科。山巨源之高
旷,何敢绝交;谢客儿之风流,且无入社。唯仆辈数人,重标赤
帜,复茇辞坛。杂座清谈,暂移情于握麈;名贤叠迹,诚无愧于却
车。敢有对子建而辞作,望太冲而辍翰者,锡之梁苑之卮,罚以
兰亭之数。①

繁弨致书昭令表达重举默社的愿望,书信的骈文体制使得文会日常
交际工具的骈文化,也是骈文应用性的表征。清初文会活动主要以
诗词唱和为内容,但举办活动的过程中常常需要骈文,倡议建立诗
会、文会即需要骈启,诗词唱和结集往往需要骈序,而纪雅集之盛则
以骈体记出之,成员间的文书往来又伴随有骈体书信,可以说骈体的
主要文类在文会中都有表现。

二、明清之际骈文与节庆活动的艺术化

每逢节庆,少不了聚会游乐,如重阳节,古之人重之,往往有佳构
播世。生日对于古人来说亦十分重要,遇到大庆,即招集友朋,大摆
筵席,伴之而起诸多征寿启、寿序等,多用骈体。婚礼是历代比较注
重的礼仪,与之相关的有求婚启、答启、催妆诗序等。清初节庆活动
产生了大量骈文作品,繁荣了当时文坛,兹从生日、婚嫁、修禊、九日
四类节庆活动考察其对骈文的影响。

① 陆繁弨著,吴自高注《善卷堂四六》卷六,《四库全书存目丛书》集部第257
册,齐鲁书社,1997年,第503—506页。

生日习俗在中国有一个发展过程,唐宋之后逐渐完备①。据现今文献,明清文人庆祝生日的活动非常频繁,有大量寿序、寿启保存下来。清初创制众多骈体寿序,虽有雷同模袭的弊病②,但寿主的生平事迹赖是以传,可与其他史籍互证,亦不乏名构佳作。因社会需求量大,《四六初征》专门设"生辰部"一卷,并云:"五福首寿,人伦乐事,生辰备焉。"③选录寿序31首、各类启8首、约言1首、俚言1首,合41首④。该卷陆繁弨有6首骈文入选,这与李渔曾生活于杭州有关。该书"津要部""乞言部"等皆选录不少与生辰有关的作品,可见清初此类文字应用之广泛。

明末清初大量的骈体寿序和征祝寿诗文启,都是为了寿庆而作。吴县沈世奕,字韩倬,顺治十二年(1655)进士,授编修,后辞官归里,诗书自娱。沈氏曾请陈维崧为其母周氏撰征寿诗启,流传颇广,《陈迦陵俪体文集》卷三《征沈韩倬太史母周太孺人八十诗启》云:

> 盖闻南岳夫人,玉轴履登真之籍;西池王母,琼扉敞介寿之

---

① 参见侯旭东《秦汉六朝的生日记忆与生日称庆》,《中华文史论丛》2011年第4期。

② 陈维崧《陈维崧集》之《陈迦陵俪体文集》卷八《寿阎再彭先生六十一序》云:"平流祝嘏,专尚铺张;薄俗祈年,惟工颂祷。语夫世德,人人皆七叶双貂;述彼家风,户户悉一门千石。楼台起处,无非阿阁之三休;甲第成时,多是长廊之中宿。金罍玉鲙,荐自蓬池;冰兔霜蟾,来从桂殿。青琴擅舞,矜十五之纤腰;绛树能弹,讶一双之纤手。曾无故实,但涉形容。"(上海古籍出版社,2010年,第412—413页)批评当时寿序空泛、不切实际、雷同模拟。

③ 李渔辑《四六初征》卷首,《四库禁毁书丛刊》集部第134册,北京出版社,1997年,第625页。

④ 此据《四六初征》卷五"生辰部"目录统计,目录之吴彦芳《贺道台太夫人寿序》,正文题《贺道台太夫人寿启》;目录之张世伟《为徐仲容生辰忏病启》,正文题《为徐仲容生辰忏病疏》。参见《四库禁毁书丛刊》集部第135册相关部分。

觞。玫瑰之砧杵千寻，星应字女；翡翠之窗棂十扇，月许称妃。
是知鹤来缑氏，已占瑞叶仙灵；况夫龙出渥洼，复见祥开风雨。
红药秀万年枝上，青鸾歌九子铃中。孺人系本盘龙，门施行马。
施衿结悦，幼工秋菊之铭；说礼敦诗，长善春椒之颂。乃以汝南
之闺秀，归我吴兴之大贤……兹以仲冬，荣登八秩。起居八座，
彩笺赋襞词头；游戏千春，宝柱筝弹曲尾。于焉张融宅后，铁市
铜街之路；李膺门外，朱轮丹毂之宾。莫不户奏笙竽，人持牛酒。
西河女子，供来九节菖蒲；东海妇人，进以三山芝草。某等潘杨
密戚，孔李通门，盖既为陶侃之宾，宜进拜周瑜之母。更望谱以
声诗，镌之琬琰。则筵开天姥，庶能博笑以投壶；酒泛麻姑，用效
为欢于织锦。赓兹高咏，留作美谈。①

启文首云自古寿仙皆应灵瑞，况温顺敦礼者；次述周孺人嫁与沈笏
翁；最后谓今年十一月，周太孺人八十寿辰，请各位贤达赠诗以贺。
该文被选入刻于康熙八年（1669）的《听嘤堂四六新书》卷五和刻于
康熙十年的《四六初征》卷六，皆题《征沈母周太孺人八秩诗引》，《听
嘤堂四六新书》卷五文末评云："灵芝方苗，瑶学难凋。紫鸾西翔，绿
云东降。所聆非尘世之音，所睹皆霙奇之色。仿佛五云阁吏，依稀二
室仙姝。不复见有人间世矣。"②可谓极尽揄扬。康熙间，这两个选
本流行，该启被当时士子和书启师爷奉为模板，影响于世俗甚大。

　　参加生日聚会，不但能展示才华，有时亦能结识新朋，甚至较大
地影响个人命运。康熙三十四年乙亥（1695）三月六日，张尚瑗父子

① 陈维崧著，陈振鹏标点，李学颖校补《陈维崧集》，上海古籍出版社，2010 年，
　第 222—223 页。
② 黄始辑《听嘤堂四六新书》，《四库禁毁书丛刊》集部第 136 册，北京出版社，
　1997 年，第 12 页。

游西湖，翁嵩年主办宴会，招待张尚瑗父子和与会众人，章藻功在聚会上结识张尚瑗，并为张氏之父作寿言，即《思绮堂文集》卷三《张后村先生寿言》，其云："藻功一介浮沉，半生飘泊。于太史则张敏、高惠之神交，每因岐路；于先生则李膺、孔融之仰止，曾未通家。谬采虚声，以期永好；索观鄙作，而欲乞言。"①此年章氏参加浙江督学颜光敩主持的岁试，被置三等，无缘次年之浙江乡试，张尚瑗大为不平，力荐于颜氏，未果。后来藻功采纳张氏之另一建议，入北京通过其他关系参加康熙三十五年的顺天乡试。其《答张弘蘧太史书》云：

> 矧质本迂疏，事难矫饰。苏季子不行其说，别有太公；韩王孙既去而归，呼为国士。贰过之论，冀主试者必收；三败以还，纵劫坛而犹耻。用是兽因困斗，狗以丧累。宁作杨朱，远逐亡羊之路；莫令冯妇，再回搏虎之车。若获听鼓大昕，观碑太学。譬楚材而用晋，似虞贤以入秦。便当抵掌以画机宜，倾心而吐文字。桑榆可望，本无憾乎东隅；桃梗何知，任见讥于西岸。②

从章藻功的复信中可知，张尚瑗打算协助其入京参加顺天乡试，章氏于康熙三十五年夏来京，秋季参加顺天乡试。章氏能够顺利参加顺天乡试与张尚瑗的帮助分不开。

凌焕七十大寿，在杭州的宾朋为之庆贺，陆繁弨和张国泰参与此会，其骈体寿序分别见《善卷堂四六》卷四《凌斐成寿序》和《四六初

---

① 章藻功撰注《思绮堂文集》，《清代诗文集汇编》第 198 册，上海古籍出版社，2010 年，第 472 页。

② 章藻功撰注《思绮堂文集》卷三，《清代诗文集汇编》第 198 册，上海古籍出版社，2010 年，第 484—485 页。

征》卷五《凌斐成寿序》①。清初名流和权贵们非常重视寿庆,有时提前一年即写征寿诗文启,广征寿文,甚至汇集祝寿诗文一并结集刊行,其中骈文寿启、寿序当非少数。庆寿属于社交活动之一种,参与者创制骈文,颂扬寿主美德,增进彼此感情,是骈文承担人际交往功能的表现。

九日即重阳节,在古人看来是非常重要的节日,与之相关的文学作品如王维《九月九日忆山东兄弟》久负盛名。清初士人遇九日往往举行大型宴游,扬州蜀冈平山堂是文士们游赏的宝地,该堂自宋欧阳修始建,后代屡有修葺。某年重阳节,众文士在平山堂雅集,各赋诗为乐,吴绮晚至,为之序,序用骈体,《古重九平山堂燕集诗序》云:

蜀岭斜分,是陆子煎茶之井;平山右峙,有欧公种柳之堂。万字千钟,尚记春风长在;十年三过,忽教明月虚悬。幸逢七叶以钟贤,用乞一麾而守郡。棠阶敷政,何殊召父重来;莲幕论文,无异醉翁再出。五百年而复建,信有前因;二三子以克襄,爰成旧迹。朱甍杰阁,还看栏倚晴空;皂帽扁舟,顿许笏支秋爽……至于辽鹤成仙,还称严藻;汉龙在首,本擅弘才。登玩鸥之亭,谁非妙选;入射雉之里,尤有清风。梦笔再见于少瑜,观灯复推于仲衍。望伟太丘之胄,名雄高密之支。题曹碑而弥见色丝,和郢曲而仍飞白雪。斯则名贤倍于邺苑,胜事迈于梁园者矣。况乎子美分题,少文飞札。元卿振拊节之音,叔度极观成之美也哉。爰濡鼠毫,用题鱼茧。相如后至,何辞梓泽飞觞;逸少先书,实愧

---

① 陆繁弨著,吴自高注《善卷堂四六》,《四库全书存目丛书》集部第 257 册,齐鲁书社,1997 年,第 454 页;李渔辑《四六初征》,《四库禁毁书丛刊》集部第 135 册,北京出版社,1997 年,第 179 页。

兰亭染翰也。①

　　开首叙平山堂之历史,现今山堂重修,颇为壮观,各地名流汇聚于此,登堂访古,极一时之盛,所赋诗什超迈前贤。此次平山堂雅会,群贤赋诗,序以骈体,从而使宴集典雅化。康熙十七年(1678),陈维崧应征晋京,是年九日,赵文畟招应征士子集黑窑厂登高赋诗,诗不限体,人各二首②。维崧未参加聚会,后来为参加者所赋登高诗撰序,成《九日黑窑厂登高诗序》③。

　　修禊活动在本章第一节已有论及,主要集中在地方长官组织的由幕宾和知名人士参加的修禊聚会。而修禊不限于官员主持,民间修禊亦盛况空前。明末陈子龙《上巳谯集诗序》④即是为上巳节聚会而作。康熙四年(1665),冒襄在水绘园举行修禊活动,王士禛、陈维崧、毛师柱等人参加,陈维崧《水绘园修禊诗序》纪其事⑤。康熙十二年癸丑,陈维崧和蒋景祁、潘眉、吴梅鼎等人在宜兴东溪修禊,成《东溪修禊卷》,陈为之跋,其《东溪修禊卷跋》云:"右癸丑东溪修禊图。图后有骚,有赋,有记,有序,有书,有启,有七,有赞,有辞,有曲,有古诗,有七言律,有《浣溪纱》《蓦山溪》《永遇乐》诸词,共一卷。"⑥这次修禊所作文体众多,诗词文皆备,赋、序、启、赞中当有骈文。吴绮罢

---

① 吴绮《林蕙堂全集》卷三,清康熙三十九年(1700)刻本,第22—23页。
② 周绚隆《陈维崧年谱》,人民出版社,2012年,第540页。
③ 陈维崧,陈振鹏标点,李学颖校补《陈维崧集》之《陈迦陵俪体文集》卷五,上海古籍出版社,2010年,第265页。
④ 陈子龙著,王英志编纂校点《陈子龙全集》,人民文学出版社,2011年,第818页。
⑤ 陈维崧,陈振鹏标点,李学颖校补《陈维崧集》之《陈迦陵散体文集》卷一,上海古籍出版社,2010年,第30页。
⑥ 陈维崧,陈振鹏标点,李学颖校补《陈维崧集》之《陈迦陵散体文集》卷六,上海古籍出版社,2010年,第149页。

官后,尝参加湖州道场山麓太白亭修禊,作《太白亭修禊序》①。

　　婚庆是节庆活动的重要一种,由求婚、定婚到结婚都免不了文书往来,求婚启、答婚启、聘启、贺婚启等启文不仅交换彼此意见,且使结婚过程艺术化。江九万(号青园)为子江闳向吴绮求婚,欲聘吴氏之女,吴氏同意婚事,并作《答江青园为子闳求婚启》以应之,其云:

　　伏以天上灵辰,旭日叶凤凰之兆;人间佳侣,春风应鸳鸯之祥。谊重丝萝,荣依乔木。恭惟某文章华胄,孝友清风。江左驰声,种德无殊万石;瑕丘问业,传家惟裕一经。令嗣壮志鹏骞,英年豹蔚。由斗野而发参野(以乡荐于新贵也),不减终军弃繻之奇;易济阳以成晋阳,未改文通梦花之秀。张禄行将作相(以寄姓也),嵇康已是显名。

　　某栖托金门,浮沈粉署。溯潘杨之睦,虽有自来;念齐郑之交,实惭非偶。弱息才乏颂椒,诲疏采苡。贫家操作,固同鲍守之儿;陋室形容,略似黄公之女。乃赤绳系于万里,遂白璧订乎三生。既协蓍占,敬从鸾信。荣承筐实,筐中杂剪彩之花;远荷币将,几上得探官之茧(时人日也)。吴广川之牵犬,愿效清操;越北海之乘龙,自传佳话。殊惭报李,窃比依葭。伏冀尊慈,俯申崇照。②

该启首云佳侣祥应天地,次云江氏诗书传家,令子英年壮志,名声已显,又云自己仕宦京师,贫以养女,最后表示同意这桩婚事。启用四六,行文例多应酬语,这样的整齐文字比单纯的口信要高雅得多。从中亦可了解江闳的生平,即江九万之子,曾入籍贵州新贵,且冒滥他

① 吴绮《林蕙堂全集》卷六,清康熙三十九年(1700)刻本,第1—2页。
② 吴绮《林蕙堂全集》卷二,清康熙三十九年(1700)刻本,第4页。

姓(榜姓越)，显然因明末清初江氏家族遭受迫害而致，至康熙年间才恢复故姓。吴绮十分看重女婿江闿，在湖州为官时，随至幕下，诗酒唱和甚欢，共同参加康熙七年(1668)湖州爱山台禊饮。结为亲家是一个家族维系声望和地位的重要方式，吴氏答应这一婚事时正仕宦北京，前途光明，而江氏家族乃明末清初的大族，通过联姻加深彼此交往的深度，以便在生活中相互支持，骈文充当了必要的中介。《四六初征》卷七"嘉姻部"，专选与婚礼有关的启文，可管窥康熙年间婚启应用的普遍。

第三节 明清之际骈文空间展开的骈文史意义

园林雅集、幕府集会、其他文会等文事活动有力地推动了明清之际骈文创作的繁荣，而骈文的大量创制反过来使得文人生活艺术化，骈文批评日益走向成熟。园林、幕府等是骈文生成场所，有时也作为骈文创作的对象。明末清初是清代骈文复兴的初盛期，园林雅集、幕府集会等文事活动与骈文创作形成共生互动的良好态势，使清初骈文承晚明渐兴之势而振起之。骈文作品涉及社会生活的各种领域，在质和量上都有显著提高，为清代中叶骈文全盛奠定了坚实基础，其骈文史意义主要体现在：

首先，以文会为依托创作骈文是明清之际骈文家求新求变的结果，骈文家在骈文创作中体现了新思维、扩展了新题材、引入了新手法，在骈文史上具有开创性。如吴绮《林蕙堂全集》卷一《娑罗园记》描写游览安徽歙县娑罗园的情形，清新明丽。该文总体分三部分，第一部分叙述自己乘舟回乡，始入娑罗园，第二部分详述娑罗园的结构和布置，第三部分道桑梓之情和聚会之意。该《记》直接以园林为对象展开，题材已别出一格，且第二部分具体缕述娑罗园景观时明显采用汉赋的手法，若：

> 树植庭中,干分檐上。种乃来于梵国,质不类于凡材……再
> 进则为虬山草堂,虬山者,潜虬山也……乃此堂中阔百武,元龙
> 分上下之床;旁列两轩,士衡有东西之廊。丹梯可蹑,紫阁旋登。
> 楼曰横川阁,取三十六峰横一川之意也……右则摩天灵鹫,献阿
> 育之金轮;左则饮涧长虹,偃罗浮之宝渡……乃望谢庭之月,更
> 陟崇台;复披楚国之风,还闻广树。斯则仙人所宿好,而豪士之
> 奇观矣。①

按照作者的参观顺序,从园外之景,而园内,而后则为虬山草堂,草堂
又从左右不同方位写起,最后描写登上横川阁的所见,有近观,有远
望。空间位移和时间顺序相结合,立体展示娑罗园的风貌,让人耳目
一新。其他如吴绮《蔬圃记》、陈维崧《憺园赋》《遂安方氏健松斋记》
等亦借鉴汉赋的创作手法。

　　其次,借助园林、幕府、文会等场所进行骈文活动,使明末清初骈
文创作一改元明以来颓势,由此产生了一批作者和可观的骈文作品,
形成了多种风格②,使骈文从一般应用文字转向个性化创作,预示着
骈文发展的新动向,是明末清初骈文复兴的主要业绩。其中不乏骈
体名家,若马朴、蔡复一、陈子龙、陆圻、尤侗、吴绮、毛奇龄、陈维崧、
吴兆骞、吴农祥、陆繁弨、王晫、章藻功等,皆有骈文专集、专卷,或骈
文名篇传世。清初"选家普遍富于当代意识"③,骈文选本如黄始辑
《听嘤堂四六新书》系列,李渔辑《四六初征》,李之涹、汪建封辑《叩

---

① 吴绮《林蕙堂全集》,《四库提要著录丛书》集部第 286 册,北京出版社,2010
　　年,第 532 页。
② 张明强《清初骈文的抒情自觉与风格形成——以吴绮骈文创作为中心的考
　　察》,《南京大学学报(哲学·人文科学·社会科学)》2014 年第 1 期。
③ 洪伟、曹虹《清代骈文总集编纂述要》,《古典文献研究》第 13 辑,凤凰出版
　　社,2010 年,第 225 页。

钵斋四六春华》,陈枚辑、陈德裕增辑《凭山阁增辑留青新集》等①大量选入当时骈文作者的作品,诗文序、寿序、书、寿启、谢启、请启、表等是创作大宗。这与明代骈文创作沉寂形成鲜明对比,这一时期是骈文由衰微转向兴盛的关键期。

　　第三,文会活动中的骈文展开凸显了交际的实用功能在骈文复兴中的重要作用。流传至今的骈文大多是应用文,骈文的实用价值和审美价值的关联值得关注。清初骈文在交际领域应用广泛,沈荃给胡吉豫编辑之《四六纂组》作序云:"太上贵德,其次务施报,往来赠答间,辞命之不可已也,尚矣! 故或以缔交,或以修好,或以燕会,或以馈贶,或以送迎,或以庆贺,靡不藉有辞焉以通之。"②沈氏把酬应视作仅次于德的地位,肯定骈文的日常交际功能。清初骈文作者将其实用性发挥得淋漓尽致。这一时期,重要的四六选本率因应世而编,如李之涘等辑《叩钵斋四六春华》十二卷,封面左侧题:"骈俪一书,取其事之适用,贵乎种种无遗。"③陈枚辑、陈德裕增辑的《凭山阁增辑留青新集》三十卷,该书书名页之天头题:"应酬全书。"④《四六初征》二十卷,包括津要部、艺文部、笺素部、典礼部、生辰部、乞言部、嘉姻部、诞儿部、燕赏部、感物部、节义部、碑碣部、述哀部、伤逝部、闲情部、馈遗部、祖送部、戏谑部、艳冶部、方外部⑤。无论官场公

① 黄始辑《听嘤堂四六新书》,清康熙八年(1669)刻本;李渔辑《四六初征》,清康熙十年(1671)刻本;李之涘、汪建封辑《叩钵斋四六春华》,清康熙二十九年(1690)刻本;陈枚辑,陈德裕增辑《凭山阁增辑留青新集》,清康熙四十七年(1708)刻本。

② 沈荃《四六纂组》序,载胡吉豫辑《四六纂组》卷首,《四库未收书辑刊》第4辑第30册,北京出版社,1998年,第434页。

③ 李之涘、汪建封辑《叩钵斋四六春华》,清康熙二十九年(1690)刻本。

④ 陈枚辑,陈德裕增辑《凭山阁增辑留青新集》,清康熙四十七年(1708)刻本。

⑤ 李渔辑《四六初征》卷首,《四库禁毁书丛刊》集部第134册,北京出版社,1997年,第625—626页。

务活动,民间宴会节庆,几乎都有骈文的角色。虽然所制骈体类多应酬文字,毕竟拓宽了骈文的应用领域,解放了骈文狭窄的文体范围,使各种文类都有骈文出现,不同主题都可用骈文表达。与此相应,学者对社会上产生的大量骈体文加以总结批评,形成清初骈文批评理论,成为清代骈文理论的先驱。

重视骈文的同时,学者们整理六朝文献,康熙年间,徐陵、庾信这两位被称为骈文集大成者的集子都有较好的注本行世,反过来推动了骈文创作在质和量上的提高。概之,骈文的交际功能使社会上形成重视骈文的风气。性喜骈体者的大力创作不仅使清初骈文有量的增长,且有质的飞跃。

第四,明清之际园林、幕府等场所进行的文事活动激发了作家的骈文创作热情,促进骈文繁荣,骈文创作反过来又提升了园林品位和幕府声誉,形成良性互动。园林游宴、诗酒雅集以及幕府聚会副以典雅的骈体使文事活动艺术化,契合士人追求高雅的心境。比如前揭吴绮举办爱山台禊饮、许三礼九日海宁镇海塔唱和以及陈维崧为沈世奕母周氏作征寿诗启(《陈迦陵俪体文集》卷三《征沈韩倬太史母周太孺人八十诗启》)等,都极力表现为一种高雅的文人交际活动,试图再现兰亭集会、华林园曲水宴集的风流盛事。

清初这类活动较多,陈维崧才大气雄,顺治年间,于宴饮聚会之时创作骈文,获取声誉。储欣代蒋永修所作《陈检讨传》云:“辛卯、壬辰间,吴门、云间、常、润大兴文会,四郡名士毕集,觞酌未引,髯索笔赋诗,数十韵立就,或时作记、序,用六朝俳体,顷刻千言,钜丽无与比,诸名士惊叹以为神。”[1]时常的文会、宴游对陈氏骈文技巧和风格有重要影响。康熙年间万柳堂举行宴会,列位赋诗作文,争奇斗艳,

---

① 储欣《在陆草堂文集》卷三,《四库全书存目丛书》集部第 259 册,齐鲁书社,1997 年,第 440 页。

毛奇龄《自为墓志铭》云：

> 城东万柳园，冯公休沐地也。择日开宴，遍请诸应召者来，
> 令赋诗，予为作《万柳园赋》，时同赋者十余人，独以予赋与宜兴
> 陈生文并称之（原注：生名维崧）。①

毛氏津津乐道于自己所作的骈赋《万柳堂赋》被与会者交口称赞，可
知骈体创作对个人声誉提升的重要性，从另一方面透视文人宴集中
常常有骈文产生的原因。社交活动中的骈文创作对清代骈文发展关
联甚大，这种展开方式直至晚清民国持续不断②。

尹恭弘说："清人打破了宋代骈体仅有表奏制启的狭隘的写作范
围，重新使骈体文创作走向多样化，从而使骈文有了一个广阔的创作
天地……总之，清人使骈体文这种文体的各种功能又放出异彩，有的
方面还有所拓展。"③清人充分利用园林、幕府、其他文会等场所文事
活动不遗余力地创作骈文，大大地拓展了骈体的叙事、抒情功能，使
骈文在经历元明衰落之后重新焕发活力，实现中兴。

---

① 毛奇龄《西河文集》之《墓志铭》卷十一，《清代诗文集汇编》第 88 册，上海古
籍出版社，2010 年，第 69 页。
② 启功《夫子循循然善诱人——陈垣先生诞生百年纪念》云："老师六十岁寿辰
时，老师的几位老朋友领头送一堂寿屏，内容是要全面叙述老师在学术上的
成就和贡献，但用什么文体呢？……于是公推高步瀛先生用骈体文作寿序，
请余嘉锡先生用隶书来写。陈老师得到这份贵重寿礼，极其满意。"（《启功
全集》第 4 卷，北京师范大学出版社，2010 年，第 161 页）从启功的叙述可知，
高步瀛的骈体寿序因陈垣六十大寿而作，该序给陈氏庆寿活动增添一份高雅
和融洽。
③ 尹恭弘《骈文》，人民文学出版社，1994 年，第 139—140 页。

第三章　明清之际骈文批评
与骈文学建构

明清之际出现大量的骈文选本,亦有为数可观的骈文别集,这些选本和别集中往往载有关于骈文批评的文字,对这些骈文批评资料的研究,能够比较全面地认识这一时期骈文文类的范围,辨析骈文与赋、骈文与八股文的关系,呈现明末清初骈文选本和骈文观念的演变,以及市场导向下明清之际骈文的出版和传播景况。

第一节　明清之际的骈文辨体及其意义

从魏晋到宋代,骈文的文类大备,宋代的文章选本如《圣宋名贤五百家播芳大全文粹》所选之文"骈体居十之六七"①,卷首《播芳大全杂文之目》胪列三十五种文类②,虽有一些文类可以归并,但每类

---

① 永瑢等《四库全书总目》,中华书局,1965年,第1698页。
② 叶棻、魏齐贤编《圣宋名贤五百家播芳大全文粹》,《中华再造善本·唐宋编》第426种,北京图书馆出版社,2006年。按,三十五种文类中之"朱表",在其后的《目录》与正文中皆未见,而《目录》卷五十二"画一禀目"不见于《播芳大全杂文之目》。《播芳大全杂文之目》之"封事",在《目录》中题为"万言书",《播芳大全杂文之目》"生辰赋颂诗"包括赋、颂和诗,此处"生辰颂"与后面"颂"类有重合,或许在编者看来,寿颂与普通颂有差别,故分为二。又卷九十二至卷九十四挽词,所选实际上是挽诗。

在当时具有独立的功用和文类特点。所选文章以骈文居多，且基本都是仕宦和日常应酬之文，由此显示宋代骈文与古文有大致的分工，不管是在文类上，还是在应用场合上。宋代骈文所涉及的文类在后世鲜有增新，清代中后期流行的摺子中有不少骈文，虽名称不同，实际上可归入表奏等文类。

孙梅云：“四六至南宋之末，菁华已竭。元朝作者寥寥，仅沿余波。至明代，经义兴而声偶不讲，其时所用书启表联，多门面习套，无复作家风韵。”①孙梅从文类的新变上评价宋元明之骈文，元明两代骈文创作仅限于表、启等少数文类，且并没有形成写作风气，然到明代后期，特别是万历之后，社会上逐渐流行通俗骈文②的写作，在仕宦和日常应酬上往往用骈文来表达，骈文文类不断拓展，骈文应用日益广泛，明末清初的骈文文类的数量和功用堪与南宋相比。王应麟《辞学指南》引南宋倪正父曰：“文章以体制为先，精工次之。失其体制，虽浮声切响、抽黄对白，极其精工，不可谓之文矣。”③则全面辨析明清之际骈文文体尤为重要，由此可以理清骈文的应用范围、骈文与其他文类的关系。

一、骈文选本与明清之际骈文文类的互渗和界分

（一）通俗骈文：骈散合选到骈文总集

骈文文类至南宋而备，叶棻和魏齐贤编辑的《圣宋名贤五百家播

---

① 孙梅《四六丛话》，《历代文话》第 5 册，复旦大学出版社，2007 年，第 4232 页。
② 所谓通俗骈文，主要指在仕宦和日常交际中写作的骈文作品，这些作品往往是根据当时流行的骈文词汇和结构，借助已出版的骈文素材进行加工而成，写作的目的是出于公务和交际需要，即应世之文，而不是经过精心构思、抒写真情实感、富于个性的骈文。当然，通俗骈文也有佳作传世。
③ 王应麟《（合璧本）玉海》卷二百二《辞学指南》，京都中文出版社，1977 年，第3805 页。

芳大全文粹》一百卷，今存宋刻本①，此集虽非骈文选本，然揆其所选，骈文居十之六七，是实用文的选集。卷首载绍熙元年（1190）许开《序》云："凡世用之文，靡所不备。"②所选文类包括表、启、制辞、奏状、奏劄、万言书、长书、叠幅小简、四六劄子、叠幅劄子、画一禀目、尺牍、慰书、青词、释疏、祝文、婚启、生辰赋颂诗、乐语、劝农文、檄文、杂文、上梁文、祭文、挽词、记、序、碑、铭、赞、箴、颂、题跋，若将生辰赋颂诗分为三类，共计三十五类，总体上说所选的每类（生辰诗、挽词除外）基本都有骈文，可以见出南宋比较流行的骈文文类。

在宋代，骈文与散文有大致分工，即骈文偏重应用文，而散文在抒情、叙事上使用更普遍。《圣宋名贤五百家播芳大全文粹》卷一至卷十四皆表，包括贺表、贺笺、起居表、陈情表、进文字表、进贡表、慰表、辞免表、谢除授表、谢到任表、谢迁秩表、谢表、陈乞表、遗表；卷十五至卷三十九为启，包括贺启、谢除授启、谢到任启、谢满解启、谢启、上启、回启；卷四十二至卷六十皆书劄，包括万言书、长书、叠幅小简、劄子（四六）、叠幅劄子、画一禀目、尺牍、慰书。其他文类如青词、释疏、祝文、乐语、上梁文、祭文、挽词等所选篇目皆在三卷以上。由此可知，首先，表、启、书劄是宋代使用比较广泛的文类，在仕宦、日常交际等方面普遍加以采用。其次，宗教仪式上多使用骈文书写，如道教仪式所用之青词，佛教界广泛使用释疏。第三，日常生活中娱乐、建造、丧葬仪式等多有骈文文类出现，如葬礼中所用祭文和挽词（类似

---

① 全十一妹《〈五百家播芳大全文粹〉编纂流传考》（北京大学 2013 年硕士论文）第三章第一节在傅增湘研究的基础上，考证国家图书馆所藏宋刻本《五百家播芳大全文粹》一百卷为残本，缺失一些篇目，据其附表一所录，此本所选文类并无缺少，所少者为某些卷数的骈文篇目，此宋刻本为《中华再造善本》收录。故以此本来说明南宋骈文的主要文类是适宜的。

② 叶棻、魏齐贤编《圣宋名贤五百家播芳大全文粹》，《中华再造善本·唐宋编》第 426 种第 1 册，北京图书馆出版社，2006 年。

今之挽联），建造房屋上梁仪式上所用的上梁文等。骈文与仪式关系密切,很多骈文都是为某种仪式而作,盖典雅的骈文能与规范的仪式相匹配。

　　王应麟《辞学指南序》云:"绍兴三年……七月,诏以博学宏辞为名,凡十二体,曰制、诰、诏书、表、露布、檄、箴、铭、记、赞、颂、序……朱文公谓是科习诡谀夸大之辞,竞骈俪刻雕之巧。"①南宋博学宏词科所试十二种文体虽然有古今体之分,但所取偏重辞藻华丽者,仍以能写骈文者为主,所以朱熹批评其"竞于骈俪刻雕之巧"②。

　　元明时期专门的骈文选本鲜少,兹以骈散文合选的文章总集为例考察骈文文类的选录情况。明初庆王朱㰱主持编选《文章类选》四十卷,有洪武三十一年(1398)序刻本,各卷选文分布如下:卷一、二赋类,卷三、四记类,卷五、六序类,卷七传类,卷八骚类、辞类、文类,卷九说类,卷十、十一论类,卷十二论类、辩类、议类,卷十三谥议类,卷十四、十五书类,卷十六颂类,卷十七赞类,卷十八铭类、箴类,卷十九解类、原类,卷二十论谏类,卷二十一封事类、疏类,卷二十二策类,卷二十三檄文类、状类,卷二十四诏类,卷二十五制类、口宣类,卷二十六符命类、册文类、赦类、奏类、教类,卷二十七表类、笺类,卷二十八启类,卷二十九碑类,卷三十行状类、神道碑,卷三十一墓志类,卷三十二墓表类、诔类、哀册、谥册文,卷三十三祭文类、哀辞类,卷三十四弹事类、劾类,卷三十五序事类,卷三十六判类,卷三十七问对类、规类、言语类、曲操类、乐章类、露布类,卷三十八题跋类,卷三十九、四十杂著类。该书卷首载凝真子《文章类选序》云:"凡五十八体,厘

---

① 王应麟《(合璧本)玉海》卷二百二《辞学指南》,京都中文出版社,1977 年,第3783 页。

② 朱熹撰,朱杰人等主编《朱子全书》第 23 册,上海古籍出版社、安徽教育出版社,2002 年,第 3363 页。

为四十卷,名曰《文章类选》。"①所选文章包括骈文和散文,各种文类大多有骈文篇目。

与《圣宋名贤五百家播芳大全文粹》选文比较,宋代比较流行的文类如表、启、释疏、上梁文、祭文等,在《文章类选》中的比重明显降低,青词、祝文、乐语、挽词等未出现在《文章类选》中,《文章类选》新增骈文文类有诏、册文、赦、笺、谍、哀辞、弹事、判、露布等,哀辞在唐代已有之,宋代虽有所写作,但未能普遍使用,露布、诏书等是博学宏词科考试内容,宋人作者亦多,然并不常用。文类的增减反映了南宋与明初文类的使用情况,也从编选目标上呈现出两部书的差别,即《圣宋名贤五百家播芳大全文粹》更重仕宦和日常应用,而《文章类选》则选录历代文章以便学习,故在所选文类注重实用的同时,也兼顾文类的丰富性。

成化年间成书的《文翰类选大成》由淮王府左长史李伯玙编辑,卷首载作于成化八年(1472)的颐仙《文翰类选大成序》云:"始自唐虞,至于我朝……凡六十四类,总一百六十三卷。"②该书诗文合选,参考了《文选》《文章类选》等书,在骈文文类上增加了引、连珠等。据卷首坦仙《重订文翰类选序》,此书于嘉靖二十五年丙午(1546)进行修补刻印,则该书基本反映了明代中期士大夫对文类的需求和认识。

文体至宋而大备,明代学者面对浩繁的文章,亟待厘定,出现了两部文体学专著,即吴讷编《文章辨体》和徐师曾编《文体明辩》,这两部著作对我们认识骈文文类有莫大助益。

---

① 朱樗编选《文章类选》,《四库全书存目丛书》集部第 290 册,齐鲁书社,1997 年,第 160 页。
② 李伯玙编辑《文翰类选大成》,《四库全书存目丛书》集部第 293 册,齐鲁书社,1997 年,第 1—2 页。

　　《文章辨体》有明天顺八年(1464)刻本,共五十五卷,包括诗和文。在文体分类上,内集分五十一体,外集分九体,总六十体①。是书前五十卷主要依据宋代真德秀《文章正宗》加以分类考辨,而外集五卷则"复辑四六对偶,及律诗、歌曲,共五卷"②,所谓"四六对偶"指外集卷一所录连珠、判、律赋。和前揭《文章类选》相比,骈文文类增益连珠类,成书于成化八年(1472)的《文翰类选大成》选录连珠,或受《文章辨体》的影响。该书不录启类,表和露布合为一卷,即卷十九,可知明代前期士大夫对表、启的认识。此时表、启文类不甚实用。

　　《文体明辩》八十四卷,刻于万历初年,卷首徐师曾《文体明辩序》云:"《文体明辩》……撰述始嘉靖三十三年甲寅春,迄隆庆四年庚午秋,凡十有七年而后成。其书大抵以同郡常熟吴文恪公讷所纂《文章辨体》为主而损益之。"③则是书编成于隆庆四年(1570),徐师曾《文体明辩序》作于万历元年(1573),正是明代阳明心学流行和社会思潮转变的时期。《文体明辩》所收文类一百二十一,较之《文章辨体》的分类更加细密和全面,一些分类与众不同,宋代以来,启作为独立的文类来看待,然此书分隶于奏疏(奏启)和书记(启)之下。启类不见于《文章辨体》,《文体明辩》虽未将之独立立类,但选录众多启类作品,而表类分上、中、下。明代后期,表、启日益重要,表为科举考试文类,而启在仕宦和日常交际中开始使用。从《文章辨体》到《文体明辩》,文类增益的同时,也表明更多的文类在社会上开始使用并逐渐流行。

---

① 仲晓婷《〈文章辨体〉的文体分类数目考》,《上饶师范学院学报》2005年第5期。

② 吴讷编《文章辨体》卷首《凡例》,《四库全书存目丛书》集部第291册,齐鲁书社,1997年,第7页。

③ 徐师曾编《文体明辩》,《四库全书存目丛书》集部第310册,齐鲁书社,1997年,第359页。

　　明末骈文盛行域内，骈文选本陡然增多，"存世的有近50种"①，若加上为骈文写作提供素材而编的骈偶摘联选本，如明章斐然辑《新刻分类摘联四六积玉》二十卷②之类，归入骈文选本系列，其数量更为可观。这些骈文选本中比较有代表性的是王志坚（1576—1633）编选的《四六法海》十二卷，刊于明天启七年（1627），卷首王氏门人陆符《四六法海序》云："至于四六则更为一书，上自魏晋，下迄宋元，诠类综奇，搜揽悉备，题曰'法海'。"③又卷首《编辑大意》："是编虽自为一书，然大抵为举业而作，故入选宁约无滥。"④则该书虽是为科举考试作参考，然持择甚严，力排俗学末流，其友钱谦益谓："盖淑士深痛嘉、隆来俗学之弊，与近代士子苟简迷谬之习，而又耻于插齿牙，树坛墠，以明与之争，务以编摩绳削为易世之质的。"⑤所选录魏晋至元代骈文都颇具代表性，故"四六之源流正变具于是编矣"⑥。

　　兹将《四六法海》收录各类文体情况列出：卷一敕五首（目录和正文皆六首）、诏四首（目录和正文皆六首）、册文二首、赦文一首、制十九首、手书一首、令四首、教五首、策问二首，卷二表之一：六十一首，卷三表之二：六十一首（目录和正文皆六十三首），卷四表之三：六十五首（目录列六十四首），卷五章二首、剳子一首、状五首、弹事二首、笺二首、启之一：六十二首，卷六启之二：六十首（目录六十一首），

---

① 苗民《王世茂四六选本八种考论》，《图书馆理论与实践》2013年第3期。
② 章斐然辑《新刻分类摘联四六积玉》二十卷，国家图书馆藏，明万历间刻本。
③ 王志坚编《四六法海》，《四库提要著录丛书》集部第170册，北京出版社，2010年，第11页。
④ 王志坚编《四六法海》，《四库提要著录丛书》集部第170册，北京出版社，2010年，第13页。
⑤ 钱谦益著，钱曾笺注，钱仲联标校《牧斋初学集》卷五十四《王淑士墓志铭》，上海古籍出版社，1985年，第1352页。
⑥ 永瑢等《四库全书总目》卷一百八十九，中华书局，1965年，第1719页。

卷七书之一：五十四首，卷八书之二：二十二首、颂五首、移文二首、檄六首，卷九露布三首、牒一首、诗文序二十三首，卷十宴集序二十六首、赠别序十六首、记四首、史论三首、论十三首，卷十一碑文十九首、墓志七首，卷十二行状一首、铭八首、赞一首、七：二首、连珠五十二首（演连珠二十二首，为人作连珠二首，拟连珠二十四首，连珠二首，总计五十首，非五十二首）、志一首、哀册文一首、吊祭文七首、判八首、杂著二首。所录文类四十，入选较多的文类为表、启、书、连珠、序，表是当时科举考试所用文体，而启、书则广泛用于仕宦和日常应酬，这三种文类在前揭宋刻本《圣宋名贤五百家播芳大全文粹》中也选录得比较多，而《四六法海》选录连珠五十首，或是为了展示连珠的流变。序分为诗文序、宴集序、赠别序，可知较之南宋，骈序在明末比较流行。判是明末科举文类，但仅选入八首，并未过多选录，知此书并非一味地为科举考试作准备，而是有其编纂标准。《四六法海》所选文类反映了明末骈文的需求，与南宋时期流行的骈文文类基本相合。以表、书、启为大宗的通俗骈文（应世骈文）经历元明衰微后再度盛行。

　　清初虽然经历朝代鼎革，文学写作习惯和文风并未像政权改变那样干脆和直接，而是沿着明末的风气和惯性。通俗骈文仍流行于社会各个阶层，骈文选本不断涌现。经过明末的积累，这时期的骈文创作在质量上有较大提高，产生了像陈维崧、吴绮、陆繁弨、吴农祥等骈文名家，骈文选本的选文质量和对骈文的认识都有很大提高。

　　清初比较有代表性的骈文选本有黄始辑评《听嘤堂四六新书》八卷，康熙八年（1669）刻本①，所选作者乃明末清初人，非常注重当代作品的选录，为士林写作提供了当时标准的范本。这种选录当代人

---

① 黄始辑评《听嘤堂四六新书》八卷，《四库禁毁书丛刊》集部第 135—136 册，北京出版社，1997 年。

作品的风气从明末已肇其端,如明末朱锦选《恕铭朱先生汇选当代名公四六新函》十二卷①,即为当代启类选本。盖选录通俗骈文选本与编纂传世性的前代骈文选本不同,通俗骈文更注重时效性,一个时期流行的骈文格式、样貌,过一段时间就会过时,类似时尚服装,过了时尚期就不被人们重视和喜爱。基于此,明末清初的通俗骈文选本大多以选录当代骈文为主。《听嘤堂四六新书》八卷,分八集,即卷一启集、卷二表集、卷三诗文序集、卷四文集、卷五疏引集、卷六书集、卷七杂文集、卷八赋集。从这个选本的收录可以看出,启、表、书乃专卷选录,为传统选本所重视,而诗文序在八卷中占一卷,其比重远高于前揭宋刻本《圣宋名贤五百家播芳大全文粹》之序所占比重,亦多于明末《四六法海》之序之比重,则诗文序在清初更为普遍和流行,逐渐发展成和启、书等并列的骈文大宗。卷八赋集为一卷,黄始将赋视为骈文,与表、启、书、序并列,可见骈赋在清初蔚然兴盛,至于赋与骈文的关系,后面会专门探讨。

清初另一骈文选本《叩钵斋应酬全书》十六卷,仁和李之澎和汪建封辑,清康熙二十八年(1689)刻本②。此书多选启类,亦有祭文、尺牍、寿序,另有摘联和联匾,将骈文和对偶句合选,卷十六是诗,包括赠诗、贺诗、寿诗、挽诗,正文实际上是四卷,都是日用应酬之诗。其后李之澎和汪建封在《叩钵斋应酬全书》基础上增补而成《叩钵斋纂行厨集》十七卷,卷首《叩钵斋增补应酬全书行厨集凡例》云:"原集专取骈体,散文不载。但韩苏大家,风气所宗,兹集增添,以公同

---

① 朱锦选《恕铭朱先生汇选当代名公四六新函》十二卷,天津图书馆藏,明末沈御相等刻本。
② 李之澎、汪建封辑《叩钵斋应酬全书》,《四库禁毁书丛刊补编》第 38 册,北京出版社,2005 年。

好。"①此选是骈散合选,且有应酬诗选在内,与前揭宋刻本《圣宋名贤五百家播芳大全文粹》极为相似,南宋与明末清初虽时代不同,但就骈文应用之广泛而言,有过之而无不及。这与词的发展进程基本同步。

(二)骈文文类的演变及意义

以上是对宋代至清初有代表性的骈文选本加以简略考述,现结合明清之际其他骈文选本和别集的情况,考察这一时期骈文文类的演变以及骈文史意义。

首先,明末清初表、启、书等曾经在南宋非常流行的骈文文类重新开始盛行,以仕宦和日用为主的通俗骈文得到推重。从南宋到清初,骈文经历了由南宋时期的兴盛,到元明时期的衰微,进而到明清之际的复兴,与词的变化情况类似。这一演变进程固然有许多表征,但从骈文文类分合和传播的角度来考察,不失为一个视角。

从南宋刻本《圣宋名贤五百家播芳大全文粹》到明初庆王朱㮵编选的《文章类选》、明代前期的《文章辨体》和后期的《文体明辩》,以及明末以降出现的《四六法海》《听嘤堂四六新书》《叩钵斋应酬全书》等,骈文作品在选本中的选录情况,由南宋和明代前中期的骈散合选,到明末清初的骈文选集,且选本众多,出版时间集中,表明骈文在明清之际受到社会各层的欢迎,并在实际仕宦和日常交际中得到广泛应用。从选文分类和数量上很明显地看出,南宋流行的表、启、书等骈文文类在明末重新受到重视,《四六法海》所选文类即以表、启、书为主,《听嘤堂四六新书》将表、启、书作为专卷进行选录,占比甚大。明清之际是继宋代之后又一次通俗骈文流行的时期。

其次,明清之际对骈文文类进行重新选择,宋代流行的骈文文类

---

① 李之泌、汪建封辑《叩钵斋纂行厨集》,《四库禁毁书丛刊补编》第38册,北京出版社,2005年,第655页。

如青词、乐语等,在明清之际鲜有写作,处于边缘状态。

宋刻本《圣宋名贤五百家播芳大全文粹》卷六十一至六十四收录青词,用四卷选录青词,而相应的铭、赞、箴合在一起为一卷,序也仅占一卷,可见青词是当时比较重要的骈文文类。查检明清之际骈文选本未见有选录青词者,目前所见这一时期别集所收亦鲜,如王铎《拟山园选集》卷五十九有青词一首①,黎元宽《进贤堂稿》卷二十有青词一卷,共二十七首,其中七首为代作②。明清之际青词已经不是流行骈文文类,作者寥寥。

乐语有固定的格式,主要在重要节庆时候使用。徐师曾《文体明辩》附录卷十三"乐语"条云:"按,乐语者,优伶献伎之词,亦名致语……宋制,正旦、春秋、兴龙、坤成诸节皆设大宴……于是命词臣撰致语以畀教坊,习而诵之。而吏民宴会,虽无杂戏,亦有首章,皆谓之乐语。"③这是宋代形成的宴会佐欢的娱乐方式,乐语包括诸多关节,是一个完整的节目表演,在娱乐宾客方面类似宋词的功能。宋刻本《圣宋名贤五百家播芳大全文粹》卷七十八至八十登录乐语,占三卷,可见其在南宋受到普遍的重视和使用。清代乾隆年间编的《宋四六选》是宋代骈文的选集,该书"上梁文、乐语,作者每工。右所辑六体,凡七百六十六首"④,共选录六种骈文文类,其中一体即是乐语,乐语在宋代有独特地位。宋亡后,这种节庆宴会的活动没有延续下来,伴

---

① 王铎《拟山园选集》,《四库禁毁书丛刊》集部第 88 册,北京出版社,1997 年,第 102—103 页。

② 黎元宽《进贤堂稿》,《四库禁毁书丛刊》集部第 146 册,北京出版社,1997 年,第 415—429 页。

③ 徐师曾编《文体明辩》,《四库全书存目丛书》集部第 312 册,齐鲁书社,1997 年,第 727 页。

④ 彭元瑞、曹振镛编《宋四六选》卷首目录附曹振镛《识》,清乾隆四十一年(1776)刻本。

随而起的乐语写作也就衰微了。

　　明代翰林院庶吉士实习期间有诸多考核,馆课便是日常考核内容,包括写作致语,这里的致语即把宋代乐语的开头部分致语独立出来,作为一种文类加以考核。王锡爵、沈一贯辑《增定国朝馆课经世宏辞》十五卷,万历十八年(1590)周曰校万卷楼刊行,卷二包括致语类五首①。沈一贯《喙鸣文集》卷十三载致语一首,即《庆成宴致语》,题下注"馆课"②。明代隆、万时期的王祖嫡(1531—1591)《师竹堂集》卷三十载致语一首,即《拟万寿圣节请两宫圣母宴致语》③,当是任翰林院庶吉士时所作馆课。总体上说,乐语到了明代简省为致语,且不再作为节庆宴会表演的内容,只是翰林院庶吉士馆课的一种文类,远没有宋代实用和受到重视。故黄始辑《听嘤堂翰苑英华》前四卷选录诏、诰命、敕命、制、序、书等④,没有选致语类。

　　第三,从选本选录文类看,明清之际新增了一些骈文文类,并发展为骈文大宗。如寿序是在明中叶以后才开始出现的新品类,骈体寿序却在明末清初十分流行。哀辞虽始于唐代,至明末清初始大量使用骈体创作。

　　寿序约于明代嘉靖年间开始流行,《郎潜纪闻初笔》卷七"亭林

---

① 王锡爵、沈一贯辑《增定国朝馆课经世宏辞》,《四库全书存目丛书补编》第 18 册,齐鲁书社,2001 年,第 154 页。

② 沈一贯《喙鸣文集》,《四库禁毁书丛刊》集部第 176 册,北京出版社,1997 年,第 203 页。

③ 王祖嫡《师竹堂集》,《四库未收书辑刊》第 5 辑第 23 册,北京出版社,1998 年,第 331 页。

④ 黄始辑《听嘤堂翰苑英华》,《四库禁毁书丛刊补编》第 52 册,北京出版社,2005 年。按,此书共六卷,《四库禁毁书丛刊补编》影印中国人民大学图书馆藏本为四卷本,缺后二卷,后二卷所选文类亦无致语。

先生寿序”条云：“寿序谀词，自前明归震川始入文稿。”①然万历中叶以前多以散文撰写，归有光《震川先生集》卷十二至卷十四皆寿序，率为散体②。又如万历时的蔡献臣《清白堂稿》卷六载寿序甚多③，皆散文。到万历后期，骈体寿序逐渐增多，马朴《四六雕虫》卷四《双寿叙》为典型的骈体寿序④，此文作于万历二十一年癸巳（1593），当时骈体寿序尚少，马氏是较早用骈文写寿序的骈文家。清初骈文选本《听嘤堂四六新书》（康熙八年刻本）卷四选录寿序十四首⑤，包括徐渭、钱谦益、李维桢、陆圻等明末清初作家。而《叩钵斋应酬全书》（康熙二十八年刻本）卷十三“精选祭寿名文”，选录寿序和祭文，寿序共三十首⑥，包括陆圻、陆繁弨、吴绮、汪光被、王嗣槐、章藻功等清初名家作品。其后李之涉、汪建封辑《叩钵斋四六春华》卷一仍选录陆圻、陆繁弨、陆堦、汪光被、吴绮等人寿序⑦，数量较多。《四六初

---

① 陈康祺撰，晋石点校《郎潜纪闻初笔二笔三笔》，中华书局，1984 年，第 146 页。按，吴曾祺《涵芬楼文谈》附录《文体刍言》“赠序类第五”之“寿序二”条云：“此体元时偶一见，至明中叶以后，乃盛行于时。”（《历代文话》第 7 册，复旦大学出版社，2007 年，第 6646 页）目前尚未见元代所作寿序，陈氏说归有光所作寿序是比较早被文集收录的。吴曾祺之说或误。

② 归有光著，周本淳校点《震川先生集》，上海古籍出版社，1981 年，第 277—368 页。

③ 蔡献臣《清白堂稿》，《明别集丛刊》第 4 辑第 56 册，黄山书社，2016 年，第 144—174 页。

④ 马朴《四六雕虫》，明万历三十六年戊申（1608）刻本。

⑤ 黄始辑评《听嘤堂四六新书》，《四库禁毁书丛刊》集部第 135 册，北京出版社，1997 年，第 525—526 页。按，卷四录钱谦益《贺詹京兆七十寿序》，《牧斋初学集》卷八十题作《永丰詹京兆七十帐词》（上海古籍出版社，1985 年，第 1716—1717 页），选本删去钱氏文集中末尾所附《瑞龙吟》词。

⑥ 李之涉、汪建封辑《叩钵斋应酬全书》，《四库禁毁书丛刊补编》第 38 册，北京出版社，2005 年，第 524 页。

⑦ 李之涉、汪建封辑《叩钵斋四六春华》十二卷，清康熙二十九年（1690）刻本。

征》刻于康熙十年(1671),卷五"生辰部"多数为寿序,有三十一首,包括陆圻、陆繁弨、王嗣槐、钱谦益、张国泰、顾豹文等人作品①。可见清初骈体寿序已经成为流行的骈文文类,一些名家骈体寿序被多次选入选本,供写作寿序者学习参考。

　　寿序的流行不仅表现在通俗骈文选本的采录上,随着骈体寿序的流行,骈文家普遍写作寿序,不仅增加了骈体寿序的数量,也提高了骈体寿序的质量。陈维崧《陈维崧集》之《陈迦陵俪体文集》卷八收录寿序八首,又《陈维崧集补遗》收录陈维崧骈体寿序一首,总计有九首②。吴绮《林蕙堂全集》卷八和卷九为寿序,共四十四首③,数量很大。吴农祥《流铅集》卷十一和卷十二是骈体寿序,计有十首④,《流铅集》共十六卷,有两卷为寿序,占比较大,与所收书类作品数量相当。陆繁弨《善卷堂四六》十卷,卷四、卷五是寿序,总二十一首,而其各类骈文才九十一首⑤。章藻功《思绮堂文集》十卷,寿序有七首⑥,其早年的《竹深处集》收录寿序二首⑦,章氏所作寿序在其骈文集中所占比重不算很大,但有九首骈体寿序,在数量上很可观。王晫《御赐齐年堂文集》四卷,卷三收录寿序六篇,另外一篇为《恭祝圣寿

---

① 李渔辑《四六初征》,《四库禁毁书丛刊》集部第 135 册,北京出版社,1997 年,第 161—207 页。

② 陈维崧著,陈振鹏标点,李学颖校补《陈维崧集》,上海古籍出版社,2010 年,第 155、1627 页。

③ 吴绮《林蕙堂全集》二十六卷,清康熙三十九年(1700)刻本。

④ 吴农祥《流铅集》,《清代诗文集汇编》第 127 册,上海古籍出版社,2010 年,第 331—334 页。

⑤ 陆繁弨著,吴自高注《善卷堂四六》,《四库全书存目丛书》集部第 257 册,齐鲁书社,1997 年,第 445—488 页。

⑥ 章藻功撰注《思绮堂文集》,《清代诗文集汇编》第 198 册,上海古籍出版社,2010 年。

⑦ 章藻功《竹深处集》不分卷,清康熙二十四年(1685)刻本。

榜文稿》实际上亦是寿序①。其他如顾景星《白茅堂集》(清康熙间刻本)卷四十四《四六体一》、魏元枢《与我周旋集四六》(清乾隆五十八年清祜堂刻本)一卷、蔡衍锟《操斋集·骈部》(清康熙间刻本)二十三卷、陈兆仑《紫竹山房文集》(清乾隆间刻本)卷二十骈体等皆载骈体寿序。清初著名骈文家加入寿序撰写行列,他们的作品被选入各种选本,提高了寿序的质量,扩大了寿序的影响,使明末兴起的骈体寿序在清初更加成熟。

　　哀辞(一作哀词)在明末之前多为散体,吴讷《文章辨体》卷五十和徐师曾《文体明辩》卷六十皆列哀辞类,所选文章基本是散文。明初《文章类选》卷三十三所选哀辞亦皆散文。明末以来用骈文写作哀辞才逐渐增多,《听嘤堂翰苑英华》卷三选录许纳陛《同邑吴子哀词》等三首②,《四六初征》卷十四"伤逝部"选录宋琬《张扣之哀词》③,李之涉、汪建封辑《叩钵斋四六春华》(清康熙二十九年刻本)卷一、《凭山阁增辑留青新集》卷三④等皆选入哀辞。康熙年间的骈文选本将哀辞作为一类选入,表明这一文类在社会上有其使用的场合,登入选本以供写作者学习和参考。而清初陈维崧《陈迦陵俪体文集》卷十、吴农祥《流铅集》卷十五、陆繁弨《善卷堂四六》卷八皆载哀辞,骈体哀辞已经成为当时比较认可的骈文文类。

---

① 王晫《御赐齐年堂文集》,《四库未收书辑刊》第 8 辑第 25 册,北京出版社,1998 年,第 186—191 页。

② 黄始辑《听嘤堂翰苑英华》,《四库禁毁书丛刊补编》第 52 册,北京出版社,2005 年,第 88 页。

③ 李渔辑《四六初征》,《四库禁毁书丛刊》集部第 135 册,北京出版社,1997 年,第 360 页。

④ 陈枚辑,陈德裕增辑《凭山阁增辑留青新集》,《四库禁毁书丛刊》集部第 54 册,北京出版社,1997 年,第 119—121 页。

　　第四,明清之际书、尺牍与启有大体的分工,启基本都是骈文,往往用于官方的祝贺、迎候、答谢等场合,较为正式,具有程式化的特点;书和尺牍有骈体和散体之别,两者相较,书更显正式,内容丰富,尺牍则形制短小,内容更私人化。选集和别集中书(尺牍)和启并列者,书(尺牍)一般为散文,启为骈文,表现出明确的骈散分工。骈体尺牍被视作启,两者只是名称不同,内容则一。

　　关于书和尺牍、劄子的关系,宋代已有分工,总体上说,这三种文类皆可归入书,但细分之下又有区别,前揭《圣宋名贤五百家播芳大全文粹》并列有四六劄子、尺牍、长书等,这些细分文类有其大致的功能和适用范围,四六劄子多用于正式的祝贺,尺牍则用于日常往来,长书基本用于官方上书言事。骈文用于注重形式化的祝贺场合,而尺牍和长书则偏重给上官讲明事情等,骈体重仪式感,而散体擅长言事说理。

　　明末清初,时人对书与尺牍的异同有所认识,清初李骥《虹峰文集》卷首《自述》云:"书、尺牍虽同一卷,然微有别,故先书而尺牍次之,其有书次于尺牍者,作在后也。"①检《虹峰文集》卷十七所载书和尺牍,多是散体,大凡是李氏认为归入书类的题名后面加"书"字,尺牍则无此字,如该卷第一首《与胡康侯论滕书子书》,尺牍则如《复黄仲宾》等②。清初遗民严首升《濑园文集》卷七书,卷八、卷九尺牍③,卷七所载书信都是给尊者、官员的,形式比较正式,内容多谈论国计民生和战争等事宜;卷八、卷九所录尺牍,除第一首《答江陵诗社八子

① 李骥《虹峰文集》,《四库禁毁书丛刊》集部第 131 册,北京出版社,1997 年,第 5 页。
② 李骥《虹峰文集》,《四库禁毁书丛刊》集部第 131 册,北京出版社,1997 年,第 526 页。
③ 严首升《濑园文集》,《四库禁毁书丛刊》集部第 147 册,北京出版社,1997 年,第 233—290 页。

书》中的题目用"书"字外,其余基本都是只写收信人的姓名,如第二首题《周彝仲》等,这些尺牍内容多是与朋友、晚辈讨论诗文、聚会、日常事务等。两者比较,书一般文字较多,内容较正式与丰富,尺牍则比较短小,类似短札,较私人化,内容相对单薄。此处虽针对的主要是散文①,亦大体显示出时人对书和尺牍异同的认识。

关于书和启的关系,清代前中期沈维材《四六枝谈》云:"书与启不同。书以序事言情,贵于条畅,属对之工则在运笔之妙也。"②以清代康熙年间李渔辑《四六初征》二十卷③为例,此书分为二十部,第一部"津要部"又分上中下三部分,细分小类有王公、宰辅、宫僚、词林、六部、都宪、侍御、九卿、给谏、国雍、京府、典试主考、座师、三司、运使、各道、知府、同知、通判、司理、知州、知县、学博、武职、科第、封翁、杂文等,除杂文中有四篇其他文类外皆启文,主要是贺启、迎启、上启、候启等与官员交际密切相关者。卷三"笺素部"选录书类作品,所选作品包括一篇启,即徐汾的《与汪幼安启》,而《上总宪龚公书》是尤侗致书左都御史龚鼎孳的骈体书信,可归入启类,然或许具有私人化性质,或许作者题名有"书"字,《四六初征》便把此书归入"笺素部",非"津要部"。属于"津要部"的启类作品更具有公文性质,程式化和官方性更显著,而归入"笺素部"的书类多友朋或官员之间的私人化信函。在启文流行的时代,启文突破边界渗透到其他文类,卷三"笺素部"收录启文和可以归入启文的书信,说明启类在向书类领域渗透和扩展。

---

① 亦有将尺牍列入骈文者,如清初梁熙《皙次斋稿》卷八、卷九尺牍(四六),这两卷皆为骈体尺牍。但这种情况在清初较少。见《清代诗文集汇编》第79册,上海古籍出版社,2010年,第685—705页。

② 沈维材《四六枝谈》,清乾隆四年(1739)刻本,第132页。

③ 李渔辑《四六初征》,《四库禁毁书丛刊》集部第134—135册,北京出版社,1997年。按,本节所引《四六初征》未注明出处者,皆据此版本。

　　上面针对骈体书和启来说,在应用上有分工。明末以来,书启并列,则书为散文,启为骈文。明末骈文选本《四六狐白》卷首王兆云《书启狐白序》说:"书则奇之属,而启则以耦用者也。"①明确书、启的不同。从别集编辑情况看亦有此别。明末吴道南《吴文恪公文集》卷二十三启,皆骈体,卷二十四书,皆散体②。文德翼的《求是堂文集》卷十五载书、启③,其中书为散体,启是骈体。清初尤侗《尤侗集》之《西堂杂组二集》收书十首,其中《上龚总宪书》《上曹通政书》《寄王大宗伯书》《公留剖公住山书》《公请物外禅师书》五首为骈文④。由以上文集所收书启的情况可知,在明末清初,书与启并列编排时,书一般指散体的书信,而启则是骈体,有骈散的分工,而单独列出书类的时候,则可以包括骈体和散体。其实很多时候启的功能与骈体的书类似,可以互通。

　　尺牍与启也有明确的分工,其关系颇有意思。明末许以忠辑《精选分注当代名公启牍琅函》六卷,明末刻本,此书专选启和尺牍,卷一至卷四为启类,包括招饮、新任、科第、贺寿、通候、答谢、节令、迎任、谢荐、馈遗、婚媾、杂谢等小类,都是骈文,卷五和卷六则是牍类,皆散文⑤。这部选本属于骈散合选,启和尺牍分别代表了骈文和散文,这是对启和尺牍分工的有意识遴选的结果。张铨《张忠烈公存集》(明末刻本)则直接将骈牍视作启,可见《精选分注当代名公启牍琅函》

①　瞿九思等撰,李少渠辑《四六狐白》,明万历间李少渠刻本。
②　吴道南《吴文恪公文集》,《明别集丛刊》第4辑第13册,黄山书社,2016年,第545—571页。
③　文德翼《求是堂文集》,《四库禁毁书丛刊》集部第141册,北京出版社,1997年,第612—636页。
④　尤侗著,杨旭辉点校《尤侗集》,上海古籍出版社,2015年,第209—218页。
⑤　许以忠辑,虞邦誉注《精选分注当代名公启牍琅函》,明末金陵书坊王凤翔刻本。

实际上是尺牍选本,不过前四卷是骈牍,即启,后四卷是尺牍,为散体。

　　明末张铨《张忠烈公存集》①卷十一至卷十八共八卷,每卷卷首目录前题"骈牍",其后正文则题"启",包括迎送、赠答、酬谢、寿、婚等,每首标题不署"启"字。卷十九至卷二十六亦共八卷,每卷卷首目录和正文皆题"尺牍",所选均散文。《明别集丛刊》第五辑影印《张忠烈公存集》存后三十卷,明末刻本,在编者看来,骈体尺牍与启是一样的,称名不同,内容则一。张铨文集关于尺牍和启的界定和分类在明末清初具有一定的普遍性,或许是当时的一种共识。蔡献臣《清白堂稿》卷九、卷十尺牍,皆散文,卷十一四六启,一百一十四首,皆骈文,也是将尺牍归入散文,而启则全为骈文②。其他如王祖嫡《师竹堂集》(明天启间刻本)、姚希孟《公槐集》(明崇祯间刻本)之《文远集》等的编排方法皆如此。则尺牍与启并列,往往尺牍为散体,启为骈体,有些时候,骈体尺牍与启只是称名不同,内容一样。

　　第五,明代兴盛的帐词有固定的体制,有的只有诗或词,有的序后系诗或词,后来把只有序而无诗词的"帐词序"亦称帐词。帐词主要用于生辰、诞子、升迁等庆祝场合。通过考察明代后期和清初的骈文选本,帐词(这里专指帐词序)有时与贺序、寿序互换题名,表明帐词在明代中叶流行,明清之际则骈体寿序流行而帐词逐渐被边缘化。

---

① 张铨《张忠烈公存集》,《明别集丛刊》第5辑第26册,黄山书社,2016年。按,本节所据《张忠烈公存集》皆出自该版本,不一一注明。
② 蔡献臣《清白堂稿》,《明别集丛刊》第4辑第56册,黄山书社,2016年,第224—329页。

帐词①或起源于元代②，盛行于明代。其体制多样，有的只有诗歌。有的惟有一首词。有的只有序或引，无诗词（实则是帐词序）。更多的是诗或词前载引或序，帐词的引或序率用骈体，故准确点讲，惟带有引或序的帐词方可归入骈文文类。刘湘兰《论明代的幛词》说："（明代幛词）其文体结构分为两部分，前为四六文，以叙事、议论为主，后作词一首，主于抒情。"③此文所述之帐词仅仅是带有序和词的帐词体制，显然不够准确。其实明代帐词有的文末系以诗歌。帐词的"词"未必就一定指诗词之"词"，也可以指诗，这里的帐词可表述为写在帐子上的庆贺文词。犹如宋刻本《圣宋名贤五百家播芳大全文粹》所收的"挽词"实际上全是诗歌，不能仅仅依据题名有"词"字，就认为里面一定包含诗词之"词"。如徐渭《徐文长三集》卷二十九《寿中军某侯帐词》和《寿中军陈侯帐词》的文末都是七言诗④。《寿中军陈侯帐词》说："言之不足，缀之以诗。"⑤徐氏帐词包括序和诗，这种以诗作为帐词的形式应该是帐词的较早形态。现存帐词以序系词的形式居多，较早的有李东阳《怀麓堂集》之《怀麓堂文稿》卷

---

① 帐词，一作"幛词"，亦写作"障词"。帐词序又作"幛语"，如明代冒日乾《存笥小草》卷四《赠王大还父母简擢京兆别驾幛语并引》（《四库禁毁书丛刊》集部第 60 册，北京出版社，1997 年，第 630 页），将前面的序称为"幛语"，后面《喜迁莺》称"词"。关于明代帐词的情况可参见刘湘兰《论明代的幛词》（《学术研究》2009 年第 7 期），此文有些地方引用文献有误，今从骈文的视角梳理帐词的文类特点和流变。

② 李存《鄱阳仲公李先生文集》卷三《庆吴宗师降香南归帐词》（《北京图书馆古籍珍本丛刊》第 92 册，书目文献出版社，1988 年，第 556 页）是一首七言古诗，这是目前所见到的最早的一首帐词，没有序，当是帐词的最初形态。

③ 刘湘兰《论明代的幛词》，《学术研究》2009 年第 7 期。

④ 徐渭《徐渭集》，中华书局，1983 年，第 667—669 页。

⑤ 徐渭《徐渭集》，中华书局，1983 年，第 669 页。

二十《柳通判考满旗帐词》（代广平府作）①，该文前面有序，后面有词《御街行》。嘉靖年间的孟思《孟龙川文集》卷七载帐词二十六首，前二十首有引有词，后六首只有词，没有序或引②。这一卷帐词编排在诗歌后面，当时整理这部书者有可能将之视作词类。

　　明万历年间张应泰辑《古今四六今集》卷六录帐词六首，包括朱应登一首、杨慎二首、徐渭一首、侯一元二首③，选文皆将原作帐词序保留，删除末尾的诗词。如杨慎《贺昆明尹升守帐词》《亨衢陟明帐词》④，杨慎《升庵文集》卷十一分别题《昆明邝尹升万州守歌障词》《亨衢陟明歌障词》⑤，帐词包括序和词，在《古今四六今集》中这两首帐词的"词"被删除，只有序。清初尤侗《西堂杂组二集》卷七《贺佟少宰生子帐词》，《西堂杂组三集》卷五《纪太守生日帐词》《保先民双寿帐词》，《艮斋倦稿文集》卷四《施梅士七十帐词》、卷九《石岫云七十帐词》、卷十二《余曼翁八十帐词》等六首帐词⑥只有序，末尾并无诗或词。或尤氏当时在序后写了诗词而在编入文集时删去，不得而知。据其帐词末尾所言，其后当有诗或词以示庆贺，这一现象与前揭

---

① 李东阳《怀麓堂集》，《明别集丛刊》第 1 辑第 64 册，黄山书社，2013 年，第 423—424 页。按，前引刘湘兰《论明代的幛词》以为"《怀麓堂集》将幛词归入'文稿'类，并删除了词体部分"。这种表述不准确。《明别集丛刊》影印清抄本《怀麓堂集》所载此文附有词，文渊阁《四库全书》所收《怀麓堂集》卷四十此文后没有词，则删除者当是编纂文渊阁《四库全书》的大臣。
② 孟思《孟龙川集》，《四库未收书辑刊》第 6 辑第 21 册，北京出版社，1998 年，第 34—35 页。
③ 张应泰辑《古今四六古集》七卷、《今集》六卷，明万历四十六年（1618）刻本。
④ 《亨衢陟明帐词》，《古今四六今集》卷六目录该题下无署名，正文题目下署名被抹去，此文实为杨慎之作（见杨慎《升庵文集》卷十一，明万历间刻本）。
⑤ 杨慎《升庵文集》，《明别集丛刊》第 2 辑第 30 册，黄山书社，2016 年，第 145—146 页。
⑥ 尤侗著，杨旭辉点校《尤侗集》，上海古籍出版社，2015 年，第 266—267、366—367、1187—1188、1254、1327 页。

《古今四六今集》的编纂情况相似，或许这种只有序的帐词放在文集或骈文选本中才更纯粹，更有文的特质。张应泰和尤侗所标"帐词"实则是帐词序，因选本和文集收录已如此，暂沿用其名，列为帐词一种形制。则帐词的体制或者单独的诗或词，或者序后有诗或词，后来把只有序而无诗词的"帐词序"亦称"帐词"。

　　明了帐词的形制，现在辨析帐词①与启、贺序、寿序的关系。帐词于明代盛行，与骈体寿序一样，在日常交际和仕宦中扮演重要角色，文人士夫多有撰作。前揭张应泰辑《古今四六今集》卷六选录帐词作者有朱应登、杨慎、徐渭、侯一元等当时名流。贺复征辑《文章辨体汇选》卷六百三十二收录帐词两篇，即明代徐渭《寿中军某侯帐词》和蔡复一《贺檀密云帐词》②，前者有序和诗，后者只有序而无诗词。贺氏虽列帐词为一类，但并未对帐词加以解释。明清之际学者和文人虽多有写作，但并未将这一文类作为重点加以研究。

　　帐词与序的功用有所重叠，帐词多用于庆贺，不管是祝贺生日、生子，抑或庆祝升迁、褒奖，贺序和寿序具有同样功能，只是两者体制稍有差异而已，其实帐词序与寿序、贺序基本可以互换。如明代侯一元《二谷山人集》卷十载《贺郡侯叶公膺召叙》和《贺郡伯龚公述职叙》③，这两文在《古今四六今集》卷六中分别题《贺叶郡侯膺召帐词》和《贺龚郡伯述职帐词》，侯氏的这两文内容一样，只是文集中有序有词，而选本中删去了序后的词。说明在当时，贺序和帐词只是体制稍别，功能基本一样，同一文在不同地方名称可互换。又如《牧斋

---

① 本文将帐词作为骈文文类探讨时，专指有序（引）有词（诗）或者仅有序（引）的帐词。

② 贺复征辑《文章辨体汇选》，影印文渊阁《四库全书》第 1409 册，台湾商务印书馆，1986 年，第 598—600 页。

③ 侯一元《二谷山人集》，《明别集丛刊》第 2 辑第 91 册，黄山书社，2016 年，第 416—417 页。

初学集》卷八十《永丰詹京兆七十寿帐词》①，《听嘤堂四六新书》卷四收入该文，题《贺詹京兆七十寿序》，且删去末尾《瑞龙吟》词②。则帐词序与寿序内容完全相同，名称可以换用。张应泰于万历年间选录贺序，更名为帐词，间接表明帐词在万历时期仍比较流行，而骈体寿序在明代后期才逐渐兴盛，明末清初虽然仍有帐词写作，但帐词的功能逐步为寿序所取代。《听嘤堂四六新书》选录钱谦益帐词，删除末尾词部分，更名为寿序，正反映了寿序的流行和帐词的逐渐边缘化。

　　第六，南宋启文流行，频繁用于日常生活和仕宦，到明清之际，启再次广泛使用。启作为骈文文类，渗透到与之功能相近的尺牍和帐词等文类中。

　　杨慎辑、孙镰增辑《古今翰苑琼琚》十二卷，明天启刻本，卷首《古今翰苑琼琚凡例》云："诸名公尺牍……手录入集，盖博观而约取云尔。"③则该书所收当为尺牍，然前十卷为尺牍，都是散文，后二卷是四六启，皆骈文。孙镰等人将启选入尺牍选本中，后二卷选录的启基本都是明人所作④，题目中署"启"字者甚少，这些骈体书信被一概归入启类。明末张铨《张忠烈公存集》卷十一至卷十八共八卷⑤，每卷卷首目录前题"骈牍"，其后正文则题"启"，包括迎送、赠答、酬谢、寿、婚等。从文类的角度来看，体现了明末启类盛行，将本来属于骈

---

① 钱谦益著，钱曾笺注，钱仲联标校《牧斋初学集》，上海古籍出版社，1985 年，第 1716—1717 页。

② 黄始辑评《听嘤堂四六新书》，《四库禁毁书丛刊》集部第 135 册，北京出版社，1997 年，第 675 页。

③ 杨慎辑，孙镰增辑《古今翰苑琼琚》，《四库全书存目丛书补编》第 4 册，齐鲁书社，2001 年，第 359 页。

④ 《古今翰苑琼琚》卷十一李刘《贺黄安抚除大理少卿》一首为宋人作品，其余皆明人作品。

⑤ 张铨《张忠烈公存集》，《明别集丛刊》第 5 辑第 26 册，黄山书社，2016 年，第 347—450 页。

体尺牍的文类也归入了启类。

启和帐词的功能比较相近,《唐寅集》卷六有《送廖通府帐词启(代)》①,清初所编《听嘤堂四六新书》卷四选录唐寅此文,惟个别文字有出入,题《贺廖通府帐词序》②,并删去了文末的《鹧鸪天》词。《唐寅集》的"帐词启"和《听嘤堂四六新书》的"帐词序"都反映了帐词、启、序之间的密切关系,特别是"帐词启"这种不伦不类的题目,正说明明清之际骈文文类极为丰富,这三种文类相互渗透,互有消长,推动骈文逐渐繁荣。

第七,有些骈文文类的涵盖范围随着时代变迁有所变化,杂著(专指骈文类)便是典型的一种文类。明清之际骈文类杂著涉及文类比南宋更广泛,从侧面说明骈文流行之下,各种文类无不受其影响,甚至官方告示、呈文也有用骈体者。到了乾隆年间,文集中收录通俗骈文减少,沈维材长期作幕宾,然其文集收录的启只有一首,列入杂著,通俗骈文在乾隆年间已经不受重视,大多作为应世公文,作而旋弃。

杂著所涵盖的范围比较复杂,不能归入一般文类的杂文或者篇数较少的文章都可能编入杂著。徐师曾《文体明辩》卷四十六"杂著"条云:"按,杂著者,词人所著之杂文也。以其随事命名,不落体格,故谓之杂著。"③以下针对归入骈文文类的杂著加以考察,并揭示其意义。南宋《圣宋名贤五百家播芳大全文粹》卷八十一录杂文类,

---

① 唐寅著,周道振、张月尊辑校《唐寅集》,上海古籍出版社,2013 年,第 264—265 页。

② 黄始辑评《听嘤堂四六新书》,《四库禁毁书丛刊》集部第 135 册,北京出版社,1997 年,第 673 页。该书卷四目录此文题《贺廖通府考满帐词序》。

③ 徐师曾编《文体明辩》,《四库全书存目丛书》集部第 312 册,齐鲁书社,1997 年,第 70 页。

包括拟书、吊文、榜、文、檄、诫、字说等①，其中拟书、榜、檄有骈文。天启年间王志坚编《四六法海》卷十二有杂著，选录索靖《草书状》和萧大圜《言志》②。明末李日华辑，鲁重民增定《四六类编》卷十六杂著，载录表、诰命、拟教、呈、序、檄、约、疏、引等③，清初黄始辑《听嘤堂四六新书》卷七杂文集，收录告文、弹文、乞文、上梁文、记、文、碑记、墓志铭序、拟序、檄、约言等④。从选本来看，南宋归入杂著的有拟书、榜、檄等骈文作品，明末清初则有拟教、呈、序、檄、约、疏、引、告文、弹文、乞文、上梁文、拟序、约言等，《圣宋名贤五百家播芳大全文粹》卷八十一载拟书如王元之《拟留侯与四皓书》，《听嘤堂四六新书》选唐德亮《拟张季鹰秋风思归自序》，虽所拟内容不同，所作的书和序都是和普通的书信、诗文序、赠序等不同，这类作品可归为一大类。南宋的榜文与明末清初的告文类似，都是纯粹的官方文告，南宋的拟书、榜、檄，在明末清初的选本都有相类似的文章。明末清初，杂著的范围明显扩大了，比宋代应用更广泛。

从别集角度亦可考察明末清初杂著所涵盖骈文文类的范围。比如明末左光斗所著《左忠毅公集》卷四为"杂著"，包括序文、祭文、

① 叶棻、魏齐贤编《圣宋名贤五百家播芳大全文粹》，《中华再造善本·唐宋编》第 426 种第 4 册，北京图书馆出版社，2006 年，第 13 页。

② 王志坚编《四六法海》，《四库提要著录丛书》集部第 170 册，北京出版社，2010 年，第 33 页。

③ 李日华辑，鲁重民增定《四六全书》之《四六类编》，《四库禁毁书丛刊补编》第 36 册，北京出版社，2005 年，第 97—98 页。

④ 黄始辑评《听嘤堂四六新书》，《四库禁毁书丛刊》集部第 136 册，北京出版社，1997 年，第 62 页。按，该书卷七汤显祖《豫章揽秀楼赋记》，汤显祖著，徐朔方笺校《汤显祖诗文集》卷二十七题《豫章揽秀楼赋（有序）》（上海古籍出版社，1982 年，第 983—991 页），选本将此赋的序文单独摘出，改"序"为"记"。

启、乞言行略、誓辞、誓状①，其中祭文（部分）、启、誓辞、誓状为骈文而归入杂著。明末梅之焕《梅中丞遗稿》卷六包括序、募疏、杂著，杂著包含有骈体的赋二首、引二首②。清初詹贤《詹铁牛文集》卷十五"杂著"，有说、示、看语、纪事，其中《会课德化县学示》《前府宪陶云杨公请祀名宦看语》《公举生员李蔚乡饮看语》等皆骈文③，将公牍示和看语这两种文类列入杂著，且用骈文撰写。清初王晫《御赐齐年堂文集》是骈文集，卷四载诔辞、祭文、引、杂著，杂著包括示稿、呈稿、表④。从明清之际别集的编纂情况可以看出，杂著包括祭文（部分）、启、誓辞、誓状、赋、引、示、看语、呈稿、表等，这与总集收录的杂著文类有同有异，比较大的不同是个别别集里将赋、表、启也归入杂著，盖作者所作此类文字甚少，编者将数量较少的文类集合在一起，统称杂著。

　　清代雍乾时骈文家沈维材《樗庄文稿》卷十杂著，包括公呈、告示、会约、启等，启只有聘启一首⑤，而清初陈维崧、吴农祥、吴绮等骈文家的文集皆把启作为一类，收录大量启，《樗庄文稿》却只收录一首⑥，编入杂著。反映了清代雍乾之时，启已经不像明末清初那么流行。

---

① 左光斗《左忠毅公集》，《四库禁毁书丛刊》集部第 46 册，北京出版社，1997 年，第 282—295 页。

② 梅之焕《梅中丞遗稿》，《明别集丛刊》第 5 辑第 23 册，黄山书社，2016 年，第 605—608 页。

③ 詹贤《詹铁牛文集》，《四库禁毁书丛刊》集部第 167 册，北京出版社，1997 年，第 376—380 页。

④ 王晫《御赐齐年堂文集》，《清代诗文集汇编》第 169 册，上海古籍出版社，2010 年，第 626—628 页。

⑤ 沈维材《樗庄文稿》，《四库未收书辑刊》第 10 辑第 21 册，北京出版社，1998 年，第 284—296 页。

⑥ 胡天游《石笥山房文集》卷三亦仅录启一首（《续修四库全书》第 1425 册，上海古籍出版社，2002 年，第 324 页）。沈维材录启一首并非偶然现象，而是乾隆年间对启类通俗骈文的价值判断发生变化的结果。

二、骈赋与骈文关系辨析

赋与诗的关系密切，东汉班固《班兰台集》之《两都赋序》云："赋者，古诗之流也。"①刘勰《文心雕龙》卷二《诠赋第八》云："诗有六义，其二曰赋……爰锡名号，与诗画境。"②班固和刘勰都从渊源上提出赋由诗歌演变而来，赋后来发扬壮大，与诗并列为一种文体，成为汉魏六朝非常流行的文学样式。赋在六朝发生新变，形成骈赋，则骈赋、诗、骈文的关系值得我们探讨。南朝梁萧统编《文选》首赋，次诗，次骚、七、诏、册等，将赋与诗并列，这种编排体例对后来的总集和别集影响甚大，如明末杜骐征等辑《几社壬申合稿》二十卷③就是模仿《文选》而作，文体编排顺序为赋、骚、诗、文。清乾隆四十一年（1776）刻本《宋四六选》选录诏、制、表、启、上梁文、乐语等六类，以为"赋乃有韵之文"④，不选入，体现了将赋（骈赋）与诗并列的文体观。

清初李骥《虬峰文集》卷首《自述》云："先赋，次诗，次杂文，亦仿《文选》也。"⑤李氏将自己文集的编排顺序依照《文选》体例，该集卷一赋八首，皆骈赋，以为骈赋与文有所区别，与骈文不相类属。宋代以来，《文选》在文体编排方法上的影响不仅仅在于总集，其影响于别集亦深远。

---

① 班固《班兰台集》，《汉魏六朝百三家集》本，《四库提要著录丛书》集部第 174 册，北京出版社，2010 年，第 563 页。
② 刘勰著，范文澜注《文心雕龙注》，人民文学出版社，1958 年，第 134 页。
③ 杜骐征等辑《几社壬申合稿》，明崇祯五年（1632）刻本。
④ 曹振镛《宋四六选目录前识》，载彭元瑞、曹振镛编《宋四六选》卷首，清乾隆四十一年（1776）刻本。
⑤ 李骥《虬峰文集》，《四库禁毁书丛刊》集部第 131 册，北京出版社，1997 年，第 5 页。

　　明代费元禄《甲秀园集》刊于万历三十六年（1608），卷一、卷二赋部，卷三至卷二十三为诗部，卷二十四至卷四十七为文部①。明末李日华《李太仆恬致堂集》四十卷，明崇祯刻本，该书卷一载赋、乐府、五言古、七言古，所收四首赋皆骈赋，将骈赋和诗列在同一卷，其后的卷二十九至卷三十一所收的引、启皆骈文②。清初黎景义《二丸居集选》卷一载赋、古诗风雅、古歌谣，仍然按照赋、诗、文的顺序，将赋和诗列在一卷，黎氏的赋大多是骈赋③。以上所举明清之际的总集和别集对赋的编排方法反映出当时的一种观念，即赋是与文不同、与诗更为接近的文体，骈赋同样是与诗相近，而与骈文不相类属。

　　明清之际，另一种观点认为骈赋属于骈文文类的一种，两者是隶属关系。如明末陈翼飞辑《文俪》十四卷，收录赋、诏、册、判、表、启等24种文类④，《四库全书总目》卷一百九十三《文俪》提要云："是书所录，自汉及唐，皆以骈俪为主，略依《文选》之例，惟不载诗，与《文选》稍异耳。"⑤《文俪》不选诗，只选文，把赋作为骈俪文之一类，表现为骈赋属于骈文的文体观。清康熙年间刊行的《听嘤堂四六新书》卷八为赋集，此书共八卷，赋占一卷⑥，编者黄始将骈赋作为骈文来收录。

① 费元禄《甲秀园集》，《四库禁毁书丛刊》集部第 62 册，北京出版社，1997 年，第 187—210 页。
② 李日华《李太仆恬致堂集》，《明别集丛刊》第 4 辑第 85 册，黄山书社，2016 年，第 31—84 页。
③ 黎景义《二丸居集选》，《四库禁毁书丛刊》集部第 16 册，北京出版社，1997 年，第 538—553 页。
④ 陈翼飞辑《文俪》，《四库全书存目丛书补编》第 25 册，齐鲁书社，2001 年，第 6 页。
⑤ 永瑢等《四库全书总目》，中华书局，1965 年，第 1759 页。
⑥ 黄始辑评《听嘤堂四六新书》，《四库禁毁书丛刊》集部第 135 册，北京出版社，1997 年，第 530—531 页。

清初陈维崧、冒禾书、冒丹书同辑的《今文选》八卷，为骈散文合集，该选本所录多为明末清初抗清志士和明遗民之文，路工称之为："明末忠烈的'纪念册'。"①此书卷一、卷二选录包括骈赋，其他为表、书、序、启等，在陈维崧等人看来，骈文包括骈赋。

从别集的编纂体例来看，清初王嗣槐《桂山堂文选》卷首目录在卷八下注"俪体"，卷八至卷十皆骈文②。《桂山堂文选》整体上按照散文、骈文、诗歌的顺序，其卷十载赋一卷，皆骈赋，则其视骈赋为骈文无疑。吴绮《林蕙堂全集》二十六卷，其编排顺序是文、诗、词、曲，前十二卷是"文"部分，皆骈文。该书卷一载赋、表、记、书③。吴绮是清初著名骈文家，《林蕙堂全集》所收文皆骈文，将赋与表、记、书列为一卷，显然是把赋（骈赋）作为骈文来看待。其他清初骈文家如吴农祥《流铅集》、王晦《御赐齐年堂文集》、章藻功《竹深处集》《思绮堂文集》等皆于骈文集中收录骈赋。

由上可知，明清之际一直存在两种观点：其一，将骈赋视为骈文，持这一观点的主要是骈文家和骈文选家；其二，将骈赋与诗并列，与骈文处于互不隶属关系。这一派则主要受传统《文选》体例影响，代表人物多是不以骈文名家者。从骈文本质特征对偶来说，骈赋通篇对偶，应视为骈文文类。

三、八股文与骈文考辨

八股文在明代逐渐形成并兴盛，作为一种新的考试文体，受到明清两代的重视。清代焦循《易余籥录》卷十五云："夫一代有一代之

① 路工《访书见闻录》，上海古籍出版社，1985年，第135—136页。

② 王嗣槐《桂山堂文选》，《清代诗文集汇编》第73册，上海古籍出版社，2010年，第8页。

③ 吴绮《林蕙堂全集》，清康熙三十九年（1700）刻本。

所胜……余尝欲自楚骚以下至明八股,撰为一集,汉则专取其赋……元专录其曲,明专录其八股,一代还其一代之所胜。"①焦循把八股文与汉赋、元曲等并列为一代文学之胜,从创新的角度肯定八股文体制。

孙维祺《明文得序》云:"八股者,诗之遗也……大都为文之道以和平为主,单行之文难于和,而排偶之文易于和。"②孙氏认为八股文是诗之流变,归于诗歌系统,他从八股文之"八股"对偶方面来说,类之为律诗之四偶。然从八股文的实际写作情况看,八股文跟骈文关系更密切,金克木谓:"具体说结构,八股规定的是要有'破题''小讲',然后一股和另一股对比,共'八比'成四对……种种花样只是以对偶分解题意。有的题本为'两扇'或两方面。这既训练文才,又训练思路,注意分两点立论。"③《明史》卷七十《选举二》云:"科目者,沿唐宋之旧,而稍变其试士之法……其文略仿宋经义,然代古人语气为之,体用排偶,谓之八股,通谓之制义。"④《明史》撰修者认为,八股文的文体使用排偶,即对偶句式,也是抓住了八股文的核心要素。八股文的对偶在字数上大多数是一致的,然不如近体诗和标准的骈文那么严格,有的对偶句式的字数甚至不同,而是义对。这种情况与八股文的内容有关,这种文体主要用来阐明事理,属于议论说理的文字,既用对偶,又要说理完整,富有逻辑性,有时很难保证两股之间字数完全相同,但都保持义对。

八股文作为一种科举考试文体,有多种称谓,如制义、制艺、时

---

① 焦循《易余籥录》,《丛书集成续编》第 29 册,新文丰出版公司,1989 年,第 369 页。
② 孙维祺辑评《明文得》,《四库禁毁书丛刊》经部第 10 册,北京出版社,1997 年,第 3 页。
③ 启功、张中行、金克木《说八股》,中华书局,2000 年,第 106 页。
④ 张廷玉等《明史》,中华书局,1974 年,第 1693 页。

文、时艺等,这一文体最重要的特征或者最突出的地方就是"八股",当时士子练习八股文的重点亦在如何写好"八股"上,梁章钜《制义丛话》卷十七载:"余主蒲城书院讲席……清如专工时艺……余最爱其'百有余岁'一句文中后四比,云'……',似此征实翻空,为集中变格之作,而实为清如有数之文。"①梁章钜在书中屡屡称引八股文之"八比"精彩段落,从侧面说明"八股"部分在这一文体中的核心地位。

　　八股文的主要特征就是"八股"段落,故将之归入骈文是合适的。刘麟生《中国骈文史》云:"八股文为骈散混合之文字,然就其整段作对而论,固应以之隶属于骈文。"②所说甚确。明清之际的士子多通过学习骈文提高八股文的写作水准,如明末邹思明辑《文选尤》十四卷,天启二年(1622)刊行。《文选》被视为骈偶、华藻的代表,《文选尤》乃从《文选》中选录"意致委婉、词气渊含、才情奇宕"③者,编为一书,教授子弟。朱国桢《镌文选尤叙》:"一日出箧中《文选尤》示余,盖先生暇日,诸郎君所趋庭而相授受者也……方今操觚而工六籍者,率借《文选》为资。苦未得其要领,先生是编一出,并得游而习焉,以之扬芬萐藻,共登作者之坛,则先生不越庭训而成人材,敷文教,其功加于士林者滋宏远矣。"④邹思明用《文选尤》教育子弟进行应试训练,参加科举考试,可知修习骈文有裨于八股文写作。

　　王志坚编《四六法海》刻于天启七年(1627),卷首《编辑大意》

---

① 梁章钜著,陈居渊校点《制义丛话　试律丛话》,上海书店出版社,2001年,第347页。
② 刘麟生《中国骈文史》,上海商务印书馆,1936年,第115页。
③ 邹思明辑评《文选尤》卷首,《四库全书存目丛书》集部第286册,齐鲁书社,1997年,第401页。
④ 邹思明辑评《文选尤》卷首,《四库全书存目丛书》集部第286册,齐鲁书社,1997年,第396—397页。

云:"是编虽自为一书,然大抵为举业而作,故入选宁约无滥……不知今人所规摹之程墨皆从古人陶铸而出,熟读古人书,不知有几许程墨在也。"又云:"骚、赋及诗于举业不甚切用,兹概未入,窃自负于阙如之义。"①王氏明确说《四六法海》这部骈文集是为科举考试而编,熟读这部骈文集能够为写作程墨(八股文)提供裨益。则骈文学习对科举制义之助非浅鲜。

　　学习骈文有补于写作八股文,而学习古文是否有益于提高八股文写作水平呢? 周之夔《弃草文序》:"成童,小试论、表,先君击节称善,遂命予知宾客,司笔札,间及酬应文启,然皆六朝骈偶,且志切举业,每觉时文、古文格格不合,年将二十,乃始博览百家及仙佛书。"②周之夔自幼修习科举文,包括诸多用骈偶文体,善于写作骈文。他在学习时文(包括八股文)时觉得时文和古文格格不入,难以融通。又明末祝以豳《诒美堂集》卷首李维桢《诒美堂集序》云:"尚书有古文、今文之别,盖以其出有先后耳,若夫同一时而分古今,则惟今代为然。恒言举业时文者,今文也,而以诗、赋及他作为古文。今文以取士,能者不乏,即科名魁天下而古文不必著声,于是以古文妨举子业,父兄之教子弟、师之教门人,一意时文,屏他书不观,其以古今兼长,百不得一焉。今文若土龙刍狗,事已,弃不省矣。"③李氏批评当时为科举考试而只学时文,不涉及诗赋及他作的现象,认为学习其他方面的内容会妨碍写好时文,这是一种急功近利的时文(包括八股文)的教育方法,犹如今日高中生学习作文,只让其学习高考试题有关的文章,

① 王志坚编《四六法海》,《四库提要著录丛书》集部第 170 册,北京出版社,2010 年,第 13、14 页。
② 周之夔《弃草文集》卷首,《四库禁毁书丛刊》集部第 112 册,北京出版社,1997 年,第 539 页。
③ 祝以豳《诒美堂集》,《明别集丛刊》第 4 辑第 32 册,黄山书社,2016 年,第 105 页。

不能广泛阅读，最终也很难写好高考作文。

实际上，学习古文有利于写出高质量的八股文。清初储欣《唐宋大家全集录总序》云："虽然，尝即其选与其所评论以窥其所用心，大抵为经义计耳。其标间架，喜排叠，若曰此可悟经义之章法也……经义以阐圣贤之微言，诸大家之文以佐学者之经义，所以之书一出，天下向风，历二百年。至于梨枣腐败而学者犹购读不已，有以也。"①储欣鉴于茅坤编《唐宋八大家文钞》选文缺漏甚多，在茅选基础上重新增删成《唐宋十大家全集录》五十二卷。储氏认为《唐宋八大家文钞》是为写作经义（八股文）而编，因其有助于科举时文，遂成为流行的古文选本。储氏不满这种做法，选录十大家古文加以评点，让学者真正学到古人作文要义，写出高质量文章，而非仅仅通过学习古文来写作时文。

八股文是以"八股"为核心、兼具散文句式的一种议论文体，在文体上属于骈文。明清时期，写出高质量的八股文首先要具备高明的见识和较好的逻辑思维，在具体的学习中，除了掌握八股文写作技术外，需要大量模仿八股文范本如《钦定四书文》《明文得》《可仪堂一百二十名家制义》等，同时学习《文选》《四六法海》等骈文选文和《唐宋八大家文钞》等古文选本以积累素材，从根本上提高写作水平。

总之，明清之际是通俗骈文再度流行的时代，各种骈文文类重新焕发生机，并产生新的文类，使以应用为主的骈文得到广泛普及。本书通过对这一时期的骈文文类加以考察，揭示其在骈文史上的演变及独特的地位和价值。

---

① 储欣辑《唐宋十大家全集录》卷首，《四库全书存目丛书》集部第 404 册，齐鲁书社，1997 年，第 237 页。

第二节　明清之际骈文选本与骈文思想的演变

　　明清之际的文坛盛行骈文,在日常交际和仕宦中往往使用骈文,从晚明开始,骈文这种注重形式美且偏重应用的文学样式契合了当时各阶层人士重视仪式感的需要,这一时期,当代骈文选本众多,并有诸多为写作骈文提供基础材料的书籍问世,这是明代后期随着市民阶层壮大和商品经济发展而兴起的通俗文学思潮的一部分,这些当代骈文选本表现出强烈的应世、适用的特点,在骈文思想上肯定骈文的应用性和通俗性,而另一方面,一些士人不满当时骈文选本的俗化以及作者的因袭拼凑、粗制滥造,主张向前代高雅骈文作品学习,以救治日益庸俗的骈文写作,于是产生了以典雅为主的骈文选本。故清初骈文选本表现为通俗性和典雅性两种审美,而与之对应地,出现了应世之文和传世之文的分野。

一、当代骈文选本:骈文的实用思想与通俗审美意识

　　自宋代散文创作繁盛后,骈文和散文形成了大致明确的畛域,即散文多用于叙事、议论、抒情,而骈文则广泛用于应酬、仪式等应用方面。《圣宋名贤五百家播芳大全文粹》卷首载绍熙元年(1190)许开《序》云:"凡世用之文,靡所不备。"①就指出这部以骈文居多的当代文选本的应用文特质。历元明之代,骈文沉寂不显,明末清初骈文再度繁荣,在通俗骈文方面,主要表现在"适用为美"的骈文实用思想和通俗审美意识。

　　首先,明清之际应酬、应世类的骈文选本大量问世,兴起了以"适

---

① 叶菜、魏齐贤编《圣宋名贤五百家播芳大全文粹》,《中华再造善本·唐宋编》第426种第1册,北京图书馆出版社,2006年。

用为美"的骈文思想。俞安期等编《启隽类函》卷首载邓渼《启隽类函序》云:"夫芝桂虽芳,不适烹饪之用;缟綦虽贱,而叶嫷婉之欢。苟以适用为美,奚必是古而非今哉。"①序末署"万历丁巳中秋日萧曲山人邓渼撰",序文作于万历四十五年丁巳(1617)。在万历末年,邓渼已经提出骈文"适用为美"的思想,这是对当时日益流行的通俗骈文的一种总结和认可。

　　明末李日华辑《(李君实先生类编)四六全书》之《时物典汇》卷首载来集之《时物典汇序》,其云:"然由博归约,有适于用,斯足贵耳。"②《四六全书》包括《四六类编》十六卷,为骈文选本,而其他内容则主要是关于各种知识的介绍和对偶句、散联等,这是为写作骈文而编,主要针对当时的四六师爷,应世性很明显,来集之认为此书对读者写作骈文来说非常实用,这是最可贵的。毛应翔等辑《(张梦泽先生评选)四六灿花》十二卷刻于明末,所选文章全是书启,卷首《四六灿花凡例》云:"四六之用,上自金门紫闼,下迄冷局散官,抒彼我之怀,申庆吊之悃,均所必藉。"③指出骈文在仕宦、日常交际中的广泛应用,推阐骈文的实用价值。

　　《四六鸳鸯谱》十二卷有明崇祯间刻本,为对偶句选本,是给写作骈文者提供专门材料的参考书,阴化阳《鸳鸯谱序》云:"四六者,通人己之情,缙绅家事上答下,尤为急用。"④《四六鸳鸯谱新集》十二卷

---

① 俞安期等编《启隽类函》,《四库全书存目丛书》集部第 349 册,齐鲁书社,1997 年,第 3 页。

② 李日华辑,鲁重民增定《(李君实先生类编)四六全书》,《四库禁毁书丛刊补编》第 36 册,北京出版社,2005 年,第 3 页。

③ 毛应翔等辑《(张梦泽先生评选)四六灿花》,《故宫珍本丛刊》第 620 册,海南出版社,2000 年,第 4 页。

④ 阴化阳、苏太初辑《四六鸳鸯谱》,《四库禁毁书丛刊补编》第 39 册,北京出版社,2005 年,第 592 页。

则选录通问启类骈文,目录称《四六鸳鸯谱启集目录》①,亦着眼于日用。

由于当时对骈文需求量甚大,急需大量的骈文范文供作者模仿和参考,沈心友《四六初征凡例》云:"是集凡二十部,惟津要一部二美兼收,篇帙独繁。以此种文字,系身民社者政事殷繁,既不及拈毫穷索,即代庖幕府者,应酬纷杂,亦不暇逐字推敲。若非司选政者别开一径,使之便于采摘,不几蹙额呕心,以奚囊为苦海欤?另辟康衢,用资广揽。"②《四六初征》刊于康熙十年(1671),共分二十部,津要部分上、中、下三部分,选录大量各级官员常用的骈文供幕僚和官员"采摘",所选作品亦是明末清初人所作,实用性非常明显。

清初,李之泶、汪建封辑《叩钵斋应酬全书》卷首《凡例》云:"应酬诗文,坊刻虽多,然皆就文选文,不分门类,究无补于应酬也。是集通用文外,列有《月令》《舆图》《姓氏》《人事》《物类》各类摘联。作者以通用文为经而以摘联为纬,典确不易,俨然全璧。"③该书刻于康熙二十八年己巳(1689),次年刊行增补本,题《叩钵斋纂行厨集》,又称《叩钵斋增补应酬全书行厨集》,卷首《凡例》载:"尺牍,坊刻甚夥……其间无关应酬以及坊刻者概不入选。至于末幅附有当事禀帖,所以资幕客者不浅。"④这部选本明确表示,与应酬无关的尺牍一概不选,与书名之"应酬"契合。在通俗骈文流行的时代,骈文的应世

---

① 阴化阳、苏太初辑《四六鸳鸯谱新集》,《四库禁毁书丛刊补编》第40册,北京出版社,2005年,第25页。

② 李渔辑《四六初征》卷首,《四库禁毁书丛刊》集部第134册,北京出版社,1997年,第623页。

③ 李之泶、汪建封辑《叩钵斋应酬全书》,《四库禁毁书丛刊补编》第38册,北京出版社,2005年,第6页。

④ 李之泶、汪建封辑《叩钵斋纂行厨集》,《四库禁毁书丛刊补编》第38册,北京出版社,2005年,第655页。

功能得到最大程度的拓展。康熙二十九年（1690），李之涤、汪建封又辑骈文选本《叩钵斋四六春华》十二卷，此书封面左侧题："骈俪一书，取其事之适用，贵乎种种无遗，若一类自成一刻，约收则得此漏彼，博收则难置行囊，此坊刻都无善本，是集分类备载，悉皆海内名家新构，识者珍之。"①这则有浓厚宣传广告意味的文字表明，骈文应该以"适用"为主，强调骈文的实用功能，表现出对骈文实用性的认可。

　　其次，骈偶选本编纂上日趋实用。大量对偶句选本（骈偶类书）的编纂出版进一步推动了应世和实用的骈文思想的传播。

　　凡是通俗骈文流行的时代，都需要相应的骈文类书供作者参考、选取。南宋叶蕡编《圣宋名贤四六丛珠》一百卷，卷首吴兖然《四六丛珠序》云："然施之著述，则古文可尚；求诸适用，非骈俪不可也。"②与古文相比，对骈文的实用价值给予了肯定。该书分类详细，每类目下都叙述该名称之源流和相应的四六对偶句等，属于对偶句选本，是专门供骈文作者使用的材料。由于此书的实用特点，明代万历十七年至二十年（1589—1592）间，王明嶅、黄金玺从《圣宋名贤四六丛珠》中辑录对偶句，编成《宋四六丛珠汇选》十卷，"可为操觚含豪者之一助"③。其他对偶句选本则有章斐然辑《新刻分类摘联四六积玉》二十卷（明万历间刻本），游日章纂《骈语雕龙》四卷（明万历间刻宝颜堂秘笈本），蒋一葵辑《尧山堂偶隽》七卷（明末刻本），蒋一葵原纂、茅元铭重订《木石居精校八朝偶隽》七卷（明木石居刻本），许之吉辑《丽句集》六卷（明天启间刻本），何伟然汇纂《四六霞肆》十六卷（明胡正言十竹斋刻本），胡吉豫辑《四六纂组》十卷（清康熙十八年

---

①　李之涤、汪建封辑《叩钵斋四六春华》十二卷，清康熙二十九年（1690）刻本。

②　叶蕡编《圣宋名贤四六丛珠》，《续修四库全书》第1213册，上海古籍出版社，2002年，第196页。

③　王明嶅、黄金玺辑《宋四六丛珠汇选》卷首王明嶅《宋四六丛珠汇选叙》，《四库全书存目丛书》子部第172册，齐鲁书社，1995年，第619页。

刻本）等。

杨慎编《谢华启秀》八卷，是明代比较早的对偶句选本，《四库全书总目》卷一百三十七评云："盖偶然札记，以备骈体之用。"①正因为骈文写作的需要才催生了大量对偶句选本的出版，而对偶句选本的出版传播反过来推动了通俗骈文创作的日益流行。题钟惺辑注《四六新函》十二卷，封面左上题："一名篇，一佳联，一择段，一典故。"②这部书采取《启隽类函》的编纂方法，不仅选录骈文，还选录散联（对偶句）和对偶段，是将骈偶句选本和骈文选本糅合在一起，成为明清之际除骈文选本和骈偶句选本外的第三种骈文选本类型，更便于作者模仿范文和使用对偶材料。这一时期，不仅骈文本身实用功能扩大，编纂的骈文（骈偶）选本的实用性同样显著。

第三，交际和生活的礼仪性与骈文的形式美相契合，骈文作为"礼之文"，是骈文实用思想的重要表征。题钟惺辑注《四六新函》十二卷，卷首钟惺《四六新函序》云："又事君使臣、朋友相遗，礼之文，不可废者也。故诰、表、笺、启，至今用之。"③"礼之文"的确伴随着诸多骈文文类，制诰用于君对臣，表则用于臣对君，具有明确的礼仪特点。与礼仪活动更加密切的如启类，启是明末清初最为流行的骈文文类之一，举凡官员迁转、晋爵封赠、友朋馈赠、庆吊、诞子等都可以用启以表达。其他如帐词多用于庆祝场合，骈体寿序用于祝寿，而上梁文则在房屋建造方面例有使用，明清总集和别集中存有大量骈体帐词、骈体寿序、上梁文等。南宋吴兊然《四六丛珠序》云："盖自鳌扉之腾奏，鳞幅之往来，宾嘉之成礼，释老之余用，凡百僚之冗，万绪

---

① 永瑢等《四库全书总目》，中华书局，1965 年，第 1166 页。
② 钟惺辑注《四六新函》，《四库禁毁书丛刊补编》第 44 册，北京出版社，2005 年，第 2 页。
③ 钟惺辑注《四六新函》，《四库禁毁书丛刊补编》第 44 册，北京出版社，2005 年，第 4—5 页。

之繁,莫不班班具在。"①吴氏所列君臣间、友朋间、宾客间的往来以及宗教活动都需要骈文以润饰,让仪式变得更庄重和典雅。就佛教而言,建立寺庙需要筹资,则用募疏;迎接住持需要迎启。道教仪式亦用骈体,最著名的莫过于青词,青词盛行于宋代,而明末清初亦有写作。

总之,古代仪式活动中常常伴随骈文创作,骈文被称为"礼之文",充分反映了其实用性的一面。

明末清初骈文领域普遍存在通俗化审美意识,这与当时以"应世"为主的骈文选本的实用编纂思想一致。前揭《(李君实先生类编)四六全书》《四六鸳鸯谱新集》《叩钵斋应酬全书》《叩钵斋四六春华》等都是选录当代骈文,编选的目的就是为当时作者写作骈文提供范本,面向的主要读者群是四六师爷,所选骈文本身虽有可观,然经过众多人模仿后就会出现千篇一律的弊端,且有大量对偶句和对偶段供作者因袭和抄录,故日常交际的骈文很快就通俗化,而这一动向与明末以来的俗文学流行和市民群体扩大基本同步。

这一时期所编的骈文选本虽然也标榜"精选",但其编纂理念都是应世和酬酢。如明末刻本《启隽类函》卷首《启隽类函凡例十一则》谓:"近体自宰相部以下,各列其目……举其切用者,群分类聚,以便采择。"又云:"婚书通肺腑之情,募缘疏起檀越之信,亦最切于用,二部附之以终焉。"又云:"诸王以下启中有隽语可爱者,而通篇或不切用,止摘其一二联以次编之,命为'隽语摘句',附于各官之末。"②这部大型启类骈文选本采取骈文和骈偶句合选方式,编纂方法本身

① 叶蕡编《圣宋名贤四六丛珠》,《续修四库全书》第 1213 册,上海古籍出版社,2002 年,第 196 页。
② 俞安期等编《启隽类函》,《四库全书存目丛书》集部第 349 册,齐鲁书社,1997 年,第 6 页。

就从实用出发。《启隽类函凡例十一则》多次阐述"切用"的选录原则,《四库全书总目》卷一百九十三《启隽类函》提要云:"大旨皆为应俗设也。"①《启隽类函》没有标举"通俗"的选文追求,实际上以"切用"为目标的选文原则的结果就是应世和通俗,由于当时士大夫正统观念仍然以高雅为尚,直接标举通俗势必与传统标准直接矛盾,故这些通俗骈文选本以"切用""应世"等词来表达通俗的审美意识。

　　李之涘、汪建封辑《叩钵斋应酬全书》卷首《凡例》云:"是集体制原期雅俗共赏,故诗取庾、鲍,文搜潘、陆,启、序、尺牍,只收骈体,散文不与。"②虽然提出"雅俗共赏"的期望,而书中所选皆当时人的文章,且基本都是通俗应酬骈文。清初沈心友《四六初征凡例》的说法很有代表性,其云:"四六有二种,一曰垂世之文,一曰应世之文……若应世者则流利可以通融,英华似乎肆射,其中扼要数联,情深一往,其余始末,得之者信手拈来,头头是道,触类以至,尽可旁通是也。"③沈氏将应世骈文讲得非常透彻,要"通融""触类旁通",即通俗化。这一时期骈文选家编选当代骈文选本,肯定通俗骈文的作用和价值,审视骈文的通俗化问题,阐释了骈文之应世和通俗之美。

二、前代骈文选本:骈文复古思想与典雅批评

　　明末通俗骈文盛行之时,骈文的复古思想则展现了骈文批评的另一面向。万历年间李天麟辑《词致录》十六卷,万历十五年(1587)刻本,选录晋、宋至唐、宋之文。卷首载李天麟《词致录序》云:"以为世道江河,愈趋愈下,夫既不能使天下尽无雕镂其枝叶,与三五比隆,

---

① 永瑢等《四库全书总目》,中华书局,1965 年,第 1761 页。
② 李之涘、汪建封辑《叩钵斋应酬全书》,《四库禁毁书丛刊补编》第 38 册,北京出版社,2005 年,第 6 页。
③ 李渔辑《四六初征》,《四库禁毁书丛刊》集部第 134 册,北京出版社,1997 年,第 622—623 页。

但使之少存本根,不失四六之初意,则末流之滥觞,犹或可维十一于千百乎? ……嗟乎! 孔子之言'词达'也,将欲复乎三五之旧;而余之刻《词致录》也,至欲复乎四六之旧。"①李氏提倡恢复"四六之旧",选录晋至宋之骈文供人学习,是当时骈文复古思想的表现。

明末王志坚编《四六法海》十二卷,选文从魏晋至元代,卷首陆符《四六法海序》云:"至于四六则更为一书,上自魏晋,下迄宋元,诠类综奇,搜揽悉备,题曰《法海》。"②这是部典型的前代骈文选本,与前揭当代骈文选本不同,此书主张向古人学习,反对俗学,不满于应世之文。其《编辑大意》云:

> 是编虽自为一书,然大抵为举业而作,故入选宁约无滥。凡文体题目不甚相远者,但存其尤,余不得不忍情割爱。惟是俗学相传,有一种议论谓"无用之书不必读,无用之文不必看",果尔,则腐烂后场之外,皆可束高阁乎? 不知今人所规摹之程墨皆从古人陶铸而出,熟读古人书,不知有几许程墨在也……
>
> 是编务在兼收,虽经名家掊击,如所谓"元无文"者,不废搜采。惟应酬滥套之文,概置不录。③

王氏力主学习举业、研习骈文应该从古代骈文中学习写作技巧和知识,反对俗学流传,对当时流行的通俗骈文一概不录,这是明末骈文复古思想的代表,提倡典雅的骈文风格。

---

① 李天麟辑《词致录》,《四库全书存目丛书》集部第 327 册,齐鲁书社,1997 年,第 171 页。
② 王志坚编《四六法海》,《四库提要著录丛书》集部第 170 册,北京出版社,2010 年,第 11 页。
③ 王志坚编《四六法海》,《四库提要著录丛书》集部第 170 册,北京出版社,2010 年,第 13 页。

　　其实,骈文之俗和雅本来就是可以互动的,且随着时间推移,本来通俗的骈文也会变成典雅的,如宋代人所作的表、启在当时的文化环境、用词习惯下显得比较通俗,但是经过几百年的变迁,到明代后期,《四六法海》选录宋人表、启类作品就因为精选(篇数有限)和陌生(词汇和文化环境变化)而表现出典雅的特点。

　　明清之际骈文的典雅批评预示着骈文审美的新动向,追求作品的典雅是古代文学批评的普遍审美,这一时期出现的对骈文典雅美的审视,是提高骈文质量和骈文文体价值的根本手段,为清代骈文尊体和骈文本质的认识开启了道路。李天麟辑《词致录》卷首温纯《词致录序》云:"所谓取材于经、叶律以雅,非与? 四六又何可少之……允矣作述无前,孰云四六非古……不然,存莭去实,语怪志诙,或涉说铃,终成画饼。雅道伤矣,文体谓何? 皆是录之所不取也。"①温氏明确指出骈文中存有"雅道",《词致录》所选者基于此。

　　《古今四六濡削选章》成书于万历二十九年(1601),选录唐宋启类文章("古"之部分),增补明代启类文章("今"部分),是以前代为主、兼顾当代的骈文选本,实际上兼容了雅和俗两方面。卷首李国祥《古今四六濡削选章叙》云:"彼唐宋词人聚精专力于启也,非一日矣。不佞就其工者登之选,以迄于今,犹然取材于经、叶律以雅也……不佞窃窃禀经酌雅,复有兹选。"②李国祥此叙作于万历二十九年,比温纯序晚出,然诸多观点甚至词句袭用温纯序。李氏仍然强调选文以"雅"为标准,追求骈文的典雅美。

　　清初沈心友提出骈文典雅清新的审美追求,沈心友《四六初征凡

① 李天麟辑《词致录》,《四库全书存目丛书》集部第 327 册,齐鲁书社,1997 年,第 173—174 页。按,词序又见温纯《温恭毅公文集》卷七,个别文字有出入,见《明别集丛刊》第 3 辑第 79 册,黄山书社,2016 年,第 328—329 页。
② 李国祥辑《古今四六濡削选章》,《四库全书存目丛书补编》第 29 册,齐鲁书社,2001 年,第 3 页。

潮在日常生活中体现在追求物质华丽和时尚,在文坛上表现为作文讲究词藻和声律,于是讲究形式美的通俗骈文迅速流行并成为官员仕宦和日常交际的必备文学形式。社会对骈文写作的大量需求刺激了骈文市场,这一时期的骈文批评和骈文生产有着市场的影子。另外,科举考试和馆课都有骈文文类,应试市场需要大量的骈文范本和骈文写作指南。交际日用和应试考试的市场需求是这一时期骈文生产、编纂和评论的主要动力,也形成骈文批评的主要形式——选本批评。

　　首先,明清之际诸多骈文选本、骈偶句选本以及骈文写作指南问世,形成市场化的骈文选本编排方式和评点方法。清初沈荃《四六纂组序》云:"太上贵德,其次务施报,往来赠答间,辞命之不可已也,尚矣! 故或以缔交,或以修好,或以燕会,或以馈赆,或以送迎,或以庆贺,靡不藉有辞焉以通之。"①沈氏肯定骈文(四六)在交际中的重要地位和实用功能,应酬性骈文已经渗透到日常生活和交际的各个领域。正是这种广泛的需求,催生了大量骈文选本、骈偶句选本以及骈文写作指南。李日华辑,鲁重民增定《(李君实先生类编)四六全书》刻于崇祯十三年(1640),卷首李景廉《四六全书序》云:"(李君实先生)所集《四六类编》,佐以《官制》《舆图》《姓氏》《时物》诸考,而武林孔式、蠛明二子复为增补订定焉。"又六有堂主人《四六全书凡例》载:"各类之后,更附散联,皆搜撷鸿章,捃摭佳语。"②《四六全书》可谓集大成者,其中《四六类编》是骈文选集,每类之后附有对偶句选(散联),其他包括《官制备考》《舆图摘要》《姓氏谱纂》《时物典汇》

① 沈荃《四六纂组》序,载胡吉豫《四六纂组》卷首,《四库未收书辑刊》第4辑第30册,北京出版社,1998年,第434页。
② 李日华辑,鲁重民增定《(李君实先生类编)四六全书》,《四库禁毁书丛刊补编》第35册,北京出版社,2005年,第449、456页。

四种介绍骈文写作必备知识的书。《四六全书》是一部综合性的骈文图书,包含骈文、对偶句、基本知识介绍等。这种编排方式体现出实用特征,是因应市场需求的结果。与之前的选本批评或阐发某种主张,或倡导审美规范不同,这类选本是适应市场需求而编选的。

清初骈文评点也有创新,如用骈文评语来评论骈文。清初黄始辑评《听嘤堂四六新书》八卷,每篇后有评语,评语亦多用骈体,如卷一载姚希孟《谢马使君仲良启》,末评曰:"冰花作剪,三尺鲛人;秋水为裳,五铢姑射。绝去人间机杼,织成无缝天衣。可以药顽锦而扫尘花,铲粉丝而驱俗艳。"①这部书的评语多以骈体出之,有的评语较长,类似骈文短篇,别开生面,在中国古代选本批评里比较少见,可称为艺术化的评点,反映了当时社会对文词华丽的崇尚。

骈文市场的大量需求也产生了一些伪书,如康熙年间编辑《学海类编》之《集余三(文词)》收录《四六金针》一卷,卷首题"宜兴陈维崧其年撰"②。前揭吕双伟文已辨此书为伪。虽然此书非陈氏撰著,然在康熙年间编成此书,且收录到《学海类编》,绝非偶然。当时"骈文热",急需骈文写作指南,而又无相应书籍,故割裂元代陈绎曾之书,拼凑为之以应世。

其次,明清之际应试的骈文文类较多,产生了大量用于应试的骈文选本和八股文选本,并多有评点。这是一种新型的骈文评点方法,即应试性骈文批评。比较典型的有明末王志坚编《四六法海》十二卷,卷首《编辑大意》曰:"是编虽自为一书,然大抵为举业而作,故入

---

① 黄始辑评《听嘤堂四六新书》,《四库禁毁书丛刊》集部第 135 册,北京出版社,1997 年,第 568 页。姚氏此文又见《清閟全集》之《文远集》卷一《答马使君仲良》(《明别集丛刊》第 5 辑第 34 册,黄山书社,2016 年,第 3—4 页)。

② 题陈维崧《四六金针》,上海涵芬楼影印道光十一年(1831)六安晁氏木活字《学海类编》本,1920 年。按,《四库全书存目丛书》集部第 420 册收录《四六金针》,据上海涵芬楼本影印。

第一节　骈文选本与明清之际骈文经典的建构

这里所说的"明清之际骈文经典"指明末清初所写作的骈文作品在当时和后世被作为经典对待。当然这一时期的骈文经典作品随着时间的推移不断地变化,骈文经典的生成和消解是动态的过程,蕴含着骈文思想、骈文文统和审美观念的变迁。骈文选本是古代骈文批评的主要形式,也是骈文经典生成的重要依托,而骈文话作为骈文批评的专著,具有系统性和专门性,两者是骈文经典认定和传播的主要媒介。

一、明清之际骈文选本与通俗骈文经典的确立

从万历后期开始,社会上对骈文的需求骤然增加,涌现出大量的骈文选本,通过考察这些选本,可以窥探通俗骈文经典作家和作品的建构和解构、南宋骈文文风的复归,以及骈文风格的变迁。

首先,明清之际骈文选本编选者大多把自己的作品选入,将自己的骈文作品作为典范,表现出自觉的自我经典化意识。李国祥辑《古今四六濡削选章》四十卷,明万历二十九年(1601)序刻本。这部启类选本包括《古今四六濡削选章》和《古今四六濡削选章增补》,所增补者绝大多数为明人骈文作品。这部书的编排方式具有典型的明清之际骈文选本的特征,即按照当时职官的设置情况分类选文,从宰执到儒学,每类之前有官职的说明,即"官制考",最后面附带婚姻、遗赠等日常应用骈文①。这种选本编排思路和方法便于读者模仿和借鉴选文进行写作,选文以仕宦应酬为主,兼顾日用。收录作品较多的作

① 李国祥辑《古今四六濡削选章》,《四库全书存目丛书补编》第29册,齐鲁书社,2001年,第5—64页。

者有李国祥、李鼎、张应泰、朱锦、连继芳、林世吉、屠隆、徐渭等，李国祥是此书的辑录者，李鼎等人是该书参编者，他们亦将自己的作品大量选入，单从卷首目录统计，署名李国祥的骈文有二百二十六首，是入选作品最多的作家。李国祥等将自己的作品作为范本供时人学习，原因有多方面，一方面，李氏擅长通俗应酬性骈文写作，另一方面，所搜集的骈文作品在门类细分上存在缺失，需要相关作品进行补充，在这种情况下李氏就自己创作以求完备。英国约翰逊博士说："除了傻瓜，无人不是为钱写作。"①从这一意义上说，编选者创作骈文放入选本，更多是利益驱使。总之，李国祥、李鼎选入自己作品，把自己作品当作经典，是一种典型的自我经典化方式，这种情形在明末清初的骈文选本中极为普遍。

启是明末最为流行的骈文文类，这一情况与南宋类似，《四库全书总目》卷一百六十三《四六标准》提要云："自六代以来，笺启即多骈偶，然其时文体皆然，非以是别为一格也。至宋而岁时通候、仕宦迁除、吉凶庆吊，无一事不用启，无一人不用启，其启必以四六，遂于四六之内别有专门。"②明末社会启文流行程度一如南宋，俞安期等编《启隽类函》达一百七卷，刻于万历四十五年（1617），参编者有李国祥、林世吉、曹学佺等，而此书选录了李国祥、林世吉、曹学佺、朱锦、张应泰、王煒、许以忠、孙鑛等人作品③，李国祥、林世吉、曹学佺等是此书的参编者，同时也是选文的作者。

万历年间刻张应泰辑《古今四六集》之《今集》六卷，卷一首页题"泾上东山张应泰大来父选集，侄求如张一卿次公父参订，婿赵选德

① 转引自哈罗德·布鲁姆著，江宁康译《西方正典：伟大作家和不朽作品》，译林出版社，2011年，第20页。
② 永瑢等《四库全书总目》，中华书局，1965年，第1396页。
③ 俞安期等编《启隽类函》，《四库全书存目丛书》集部第349册，齐鲁书社，1997年，第7—152页。

先甫、叶天眷德因甫，侄赵迪景哲甫、张一熊幼飞甫，男张一唯、张一耀、张一雏、张一瑾全校"①，张应泰和张一卿是此书的编者，书中同样选录这两人的作品。《（张梦泽先生评选）四六灿花》十二卷，刻于天启三年（1623）②，据每卷卷首题署，编纂人员包括张师绎（号梦泽）、毛应翔、卜豫吉、冯化等，而张师绎等人的骈文作品亦收录在该书。更为典型的是《车书楼纂注四六逢源》六卷，曾汝鲁辑注，明天启七年（1627）刻本。此书每卷卷首题名"麻城曾汝鲁得卿甫纂注，金溪王世茂尔培甫参阅，友人邓茂林仲翔甫鉴定，仲男曾若凤子鸣甫编次，金陵周四达誉吾甫督梓"③，曾汝鲁和王世茂作为编选者将自己作品选入，其中卷一所录都是曾汝鲁所作，卷二至卷六所选作品大部分也为曾氏所作。这部骈文选本基本上是曾汝鲁自己的作品，增补一部分他人作品。将自己骈文作品大量选录书中作为典范，虽有追求利润的因素，但自我经典化的意识是很明确的。

　　清初骈文选本仍明末之风，黄始辑评《听嘤堂四六新书》八卷，康熙八年（1669）刻本④，该书选录不少黄始自己的作品，末尾有评语。其后黄始编刊《听嘤堂四六新书广集》八卷⑤，仍选入自己的作品。李渔辑《四六初征》二十卷，刻于康熙十年（1671）⑥，此书李渔主持选

---

① 张应泰辑《古今四六古集》七卷、《今集》六卷，明万历四十六年（1618）序刻本。

② 毛应翔等辑《（张梦泽先生评选）四六灿花》，《故宫珍本丛刊》第 620 册，海南出版社，2000 年。

③ 曾汝鲁辑注《车书楼纂注四六逢源》，《四库禁毁书丛刊补编》第 43 册，北京出版社，2005 年。

④ 黄始辑评《听嘤堂四六新书》，《四库禁毁书丛刊》集部第 135—136 册，北京出版社，1997 年。

⑤ 黄始辑评《听嘤堂四六新书广集》，清康熙九年（1670）刻本。

⑥ 李渔辑《四六初征》，《四库禁毁书丛刊》集部第 134—135 册，北京出版社，1997 年。

辑,其女婿沈心友亦参与其中,两人作品皆有选入。康熙二十八年
(1689),李之渱、汪建封辑《叩钵斋应酬全书》十六卷①,康熙二十九
年(1690),李之渱、汪建封又辑骈文选本《叩钵斋四六春华》十二
卷②,这两部骈文选本都收录李之渱、汪建封的作品。这与清代中
后期的选本编选方法和原则很不同,二十世纪三四十年代修《续修四
库全书总目提要(稿本)》集部之总集类收录了清代乾嘉时期陈云程
编选的《四六清丽集》,该书选录陈氏自己的作品,提要云:"以云操
乎选政,则有未当者在。凡操选政者必不录自作,更不录生存
人作。"③

　　明末清初骈文选本普遍存在编选者选录自己作品的现象,编者
有意将自己的作品作为典范,是这一时期通俗骈文经典化的重要模
式。由此产生了李国祥、许以忠、朱锦、黄始、李之渱、汪建封等一批
当时知名的通俗骈文家和骈文经典。以李国祥为例,《古今四六濡削
选章》选录了他二百二十六首骈文,在明清之际的骈文选本中选录数
量最多,其后俞安期编《启隽类函》,明杨慎辑、孙鑛增辑《古今翰苑
琼琚》④,毛应翔等辑《(张梦泽先生评选)四六灿花》,曾汝鲁辑注
《车书楼纂注四六逢源》,题钟惺辑注《四六新函》,李日华辑、鲁重民
增定《四六全书》之《四六类编》⑤等皆选录李氏骈文甚多,可见在明
末李国祥是公认的著名通俗骈文家,是学习写作通俗应酬骈文者主

① 李之渱、汪建封辑《叩钵斋应酬全书》,《四库禁毁书丛刊补编》第 38 册,北京
　　出版社,2005 年。
② 李之渱、汪建封辑《叩钵斋四六春华》,清康熙二十九年(1690)刻本。
③ 中国科学院图书馆整理《续修四库全书总目提要(稿本)》第 27 册,齐鲁书
　　社,1996 年,第 233 页。
④ 杨慎辑,孙鑛增辑《古今翰苑琼琚》,《四库全书存目丛书补编》第 4 册,齐鲁
　　书社,2001 年。
⑤ 李日华辑,鲁重民增定《四六全书》之《四六类编》,《四库禁毁书丛刊补编》第
　　36 册,北京出版社,2005 年。

鲁重民增定《四六全书》之《四六类编》刊行于崇祯末年,卷二选录徐渭《谢李相公》(东南重镇)一首①。其他如张应泰辑《古今四六今集》卷二选录徐渭此类骈文甚多。

　　由以上对徐渭骈文选录情况的揭示可知,仅与宰相有关的骈文,明末重要的骈文选本多有收录,其中《启隽类函》收录最多,达十三首,其中《谢李相公》(东南重镇)、《谢徐相公》(伏念抚臣角立)、《谢李相公》(伏念某叨秉节钺)等骈文出现频率甚高,是当时公认的这方面作品的典范。其他如徐渭《上新乐王》等也是登录主要骈文选本的名作。

　　屠隆作为当时名人,与徐渭不同。徐渭游幕期间,代人写作应酬骈文,表现出卓越才华,成为当时幕僚学习的对象,而屠隆考中进士后经历仕宦,写作应酬性通俗骈文,其骈文作品多选入明末清初骈文选本。屠隆本人对骈文持肯定和欣赏的态度,并编刊《徐孝穆集》十卷和《庾子山集》十六卷。他的骈文被当时骈文选本如《古今濡削选章》《启隽类函》《古今翰苑琼琚》《四六类编》《车书楼纂注四六逢源》《四六新函》(题钟惺辑注)、《古今四六今集》《(张梦泽先生评选)四六灿花》《听嘤堂四六新书》等收录。屠氏虽不以骈文名家,然其仅有的骈文作品被频繁收入骈文选集中,成为当时名副其实的骈文经典作家。

　　万历年间,俞安期等编《启隽类函》卷一百"婚姻部二"之"奉诏归娶"条,选录屠隆《贺陈进士奉诏归启》,题目下小字注"失粘改定"②,则该文据屠隆原文修改而成,其原文载《屠长卿集》之《文集》

---

① 李日华辑,鲁重民增定《四六全书》之《四六类编》,《四库禁毁书丛刊补编》第36册,北京出版社,2005年,第116页。

② 俞安期等编《启隽类函》,《四库全书存目丛书》集部第351册,齐鲁书社,1997年,第280页。按,该书卷首《启隽类函目录》卷九题《贺陈进士奉诏归娶启》。

卷七,题《锦帐词赠陈伯符奉诏归娶》①,这是一首帐词,前面为骈文,文末附一首词。经过编选者修改,屠氏原文的骈文部分的字句合乎骈文格律要求,文末的词也被删去。其他骈文选本如万历间的《古今四六濡削选章》卷四十"婚姻"条、《学余园类选名公四六风采》卷三、天启间《古今翰苑琼琚》卷十一、明末《简远堂辑选名公四六金声》卷八、清初《听嘤堂四六新书》卷一等②选录该文时,对文字都有删订。《贺陈进士奉诏归娶启》被明清之际的主要骈文选本选录并修改,成为当时长久不衰的经典之作。类似例子甚多,不一一缕举。

第四,清初骈文选本延续明末骈文选本的编纂方法,然亦有变化。清初骈文选本注重"征文",选录了大量新创作的骈文,产生了新的骈文家群体。这一时期的骈文选本仍然选录了大量通俗的通用型骈文,确立以黄始、宋琬、姚希孟、尤侗、陆繁弨、章藻功等人为代表的新的通俗骈文经典作家。

以宋琬为例,宋氏的诸多骈文都被选入骈文选本作为范文来学习。黄始辑评《听嘤堂四六新书》刊于康熙八年(1669),卷一宋琬《约同人登高启》③,其后李渔辑《四六初征》卷九载《约友九日登高启》④、

---

① 屠隆《屠隆集》第 1 册,浙江古籍出版社,2012 年,第 359—360 页。
② 李国祥辑《古今四六濡削选章》,《四库全书存目丛书补编》第 30 册,齐鲁书社,2001 年,第 241 页;丘兆麟选注《学余园类选名公四六风采》卷三,明万历四十二年(1614)刘大易刻本,第 1 页;杨慎辑,孙鑛增辑《古今翰苑琼琚》,《四库全书存目丛书补编》第 4 册,齐鲁书社,2001 年,第 653—654 页;谭元春辑《简远堂辑选名公四六金声》卷八,明崇祯间刻本,第 15—16 页;黄始辑评《听嘤堂四六新书》,《四库禁毁书丛刊》集部第 135 册,北京出版社,1997 年,第 573 页。
③ 黄始辑评《听嘤堂四六新书》,《四库禁毁书丛刊》集部第 135 册,北京出版社,1997 年,第 580 页。
④ 李渔辑《四六初征》,《四库禁毁书丛刊》集部第 135 册,北京出版社,1997 年,第 287 页。

陈枚辑《凭山阁留青广集》卷七《约友九日登高启》①等皆登录此文。
宋琬《安雅堂书启》一卷，其中有《请同寅看海棠启》（旭日载阳）一
文②、黄始辑《听嘤堂四六新书》卷一《请同官看海棠启》③、李渔辑
《四六初征》卷十《请同寅看海棠启》④、陈枚辑《凭山阁留青广集》卷
七《请同寅看海棠启》⑤等皆为宋氏此启。

　　宋琬的骈文在当时十分流行，《听嘤堂四六新书》《听嘤堂四六
新书广集》《听嘤堂翰苑英华》《四六初征》《叩钵斋应酬全书》《叩钵
斋四六春华》《凭山阁留青广集》等清初骈文选本都选录其文。前面
以具体作品为例说明宋琬的骈文被作为当时经典之作加以采录，他
的骈文被选登的数量也是比较多的，如《四六初征》共选其文十七首，
仅津要部就选七首，包括《贺某亲王寿》（正文题《贺某亲王寿启》）、
《冬至贺浙省中丞启》《贺沈蕴公先生典试启》《贺于苑马升山东方伯
启》《贺靖远道启》（正文题《贺靖远道新任启》）、《寄宁波崔郡守启》
（正文题《寄宁波崔郡守书》）、《候新令万公启》（正文作《候新令万
公书》）。刊行于康熙二十八年（1689）的《叩钵斋应酬全书》卷一"津
要启"选录宋琬骈文三首，即《贺典试启》《贺靖远道新任启》《候新令
万公启》等，这三首都曾选入《四六初征》。

　　陆繁弨是南明行人司行人陆培之子，陆培自杀后，繁弨由叔父抚

①　陈枚辑《凭山阁留青广集》，《四库禁毁书丛刊补编》第 53 册，北京出版社，
　　2005 年，第 570 页。
②　宋琬《安雅堂书启》，《四库全书存目丛书补编》第 2 册，齐鲁书社，2001 年，第
　　199—200 页。
③　黄始辑评《听嘤堂四六新书》，《四库禁毁书丛刊》集部第 135 册，北京出版
　　社，1997 年，第 580 页。
④　李渔辑《四六初征》，《四库禁毁书丛刊》集部第 135 册，北京出版社，1997 年，
　　第 294 页。
⑤　陈枚辑《凭山阁留青广集》，《四库禁毁书丛刊补编》第 53 册，北京出版社，
　　2005 年，第 574 页。

养成人,他秉持遗民节操,受到时人尊重,为文长于骈体。撰有《善卷堂集》四卷、《集外文》一卷,有康熙间刻本。或许缘于地域因素,《四六初征》《叩钵斋应酬全书》《叩钵斋四六春华》、陈枚辑《凭山阁留青二集选》《凭山阁留青广集》等书皆是居住杭州的人所编,陆氏系浙江钱塘人,这几部选本大量选入陆氏著作,《四六初征》选录陆繁弨文最多,达二十九首,而陆氏家族其他成员亦入选甚多,陆繁弨季叔父陆堦文入选十七首,伯父陆圻文入选十首,由此可见编者李渔等人与陆家关系较为密切。《叩钵斋四六春华》十二卷①,选录陆繁弨文最多,其他陆堦、陆圻之文亦较多。

清初比较流行的骈文选本的出版和传播推动了骈文经典作家和经典骈文作品的生成,使得当时骈文界公认的通俗骈文经典作家和经典作品得以呈现,黄始、宋琬、姚希孟、尤侗、陆繁弨、章藻功等人的通俗骈文不断被学习、模仿,取代了明末以徐渭、马朴、屠隆、蔡复一、李国祥、曾汝鲁、许以忠等为代表的骈文作家群。

第五,明清之际是通俗骈文盛行的时代,作家们在骈文形式上讲究工整对偶之美,通篇严格对偶(四六句式更为普遍)的骈文最受欢迎,与宋四六一脉相承。这一时期与南宋相似,是南宋骈文文风的复归。《启隽类函》《古今濡削选章》《听嘤堂四六新书》《四六初征》等选本所选骈文都是通篇严格对偶的作品。在这些选本中又有区别,与明末骈文选本相比,清初选本所选骈文除了便于模仿的通用型作品之外,还有富有个性的骈文作品,这是清初骈文复兴的重要标志。明末陈子龙与清初陈维崧、毛奇龄、吴绮、吴农祥、尤侗、陆繁弨、章藻功等骈文家不仅写作了大量通俗应酬类骈文,也创作了富有个性风格的骈文作品,开始由通俗骈文向典雅骈文转变,开辟了清代骈文复兴的路径。

---

① 李之澎、汪建封辑《叩钵斋四六春华》,清康熙二十九年(1690)刻本。

屠隆《屠长卿集》之《文集》卷七《锦帐词赠陈伯符奉诏归娶》①是一首帐词，前面为骈文，文末是一首词。此文被俞安期等编《启隽类函》选录，题《贺陈进士奉诏归启》，题目下小字注"失粘改定"②，该文据屠隆原文修改而成，经过编选者修改，屠氏原文的骈文部分字句合乎了骈文格律要求，且没有了文末的词。屠隆原文不严格对偶，且有不合格律处，经过编选者修改，成为形式上严格遵守对偶规范的骈文，这一做法很能反映当时人的骈文观念。

彭兆荪《答姚春木书》云：

> 间尝盱衡当代，作者数人，迦陵、西河，承接几社，《选》学未坠，殊有宗风。然迦陵佳制，多在《湖海楼集》，世传《检讨四六》本属外篇，类牵酬应。西河《平滇颂》《与秦留仙书》诸首，风格远过齐梁，而自所矜许，乃在《花烛词序》，可谓弃周鼎、宝康瓠矣……至于西堂、羡门、拒石、菌次，以及岂绩、希张诸君，繁音靡格，古法荡然，无足论已。③

彭氏生活于乾嘉时期，他用新的骈文审美标准对清初骈文家和骈文重新加以评估，肯定了陈维崧、毛奇龄的骈文，但其骈文佳作则发生了变化。彭氏所说《湖海楼集》当指清乾隆六十年（1795）陈维崧从孙陈淮所刻《湖海楼全集》五十一卷，此书主要据康熙间陈宗石刻《陈迦陵文集》五十四卷编刊；《检讨四六》当指《陈检讨集》二十卷，

① 屠隆《屠隆集》第1册，浙江古籍出版社，2012年，第359—360页。
② 俞安期等编《启隽类函》，《四库全书存目丛书》集部第351册，齐鲁书社，1997年，第280页。
③ 彭兆荪《小谟觞馆续集》之《文续集》卷一，《续修四库全书》第1492册，上海古籍出版社，2002年，第701页。

程师恭注,清康熙三十三年(1694)刻本。程注本《陈检讨集》以蒋景祁刻天藜阁本骈文集《陈检讨集》十二卷为底本。在康熙年间备受重视且当时已有注本的骈文集,到了嘉庆年间只能属于"外篇",而陈氏佳作在《湖海楼全集》。《国朝骈体正宗》卷一选陈维崧文八首①,其中《刘沛元诗古文序》《上龚芝麓先生书》《与张苣山先生书》三首来自《湖海楼全集》之《湖海楼文集》②,这是古文集,在清初被认为是古文,但到了嘉庆年间则归入骈文,成为骈文佳作。而清初非常受推重的通俗骈文家如尤侗(号西堂)、陆繁弨(字拒石)、章藻功(字岂绩)等已不受重视,评价甚低。

　　总之,明清之际崇尚通篇严格对偶(多四六句式)的骈文,欣赏骈文的形式美和格律美,注重骈文之应世功能。通俗骈文的流行是对南宋通俗骈文的一种复归或回应,同时开启了清代中期骈文由通俗向典雅的转向,具有承上启下的意义。

二、清代中期骈文选本与骈文文统的建立

　　清代中期主要指清代乾隆、嘉庆时期,简称乾嘉时期。这一时期出现了杰出的骈文家,如汪中、洪亮吉、袁枚、孔广森、邵齐焘等。高质量的骈文作品问世引起了学者的注意,他们开始审视清代骈文的特点和地位,除了应世性的骈文选本外,还编纂了诸多富有特色的骈文选本,这些选本按照编选者的审美标准加以遴选,推动了新的骈文审美的传播,掀起了肯定六朝骈文美学风格的文学思潮。这是对古代骈文的属性、本质和形式深入认识的结果。

　　乾嘉时期的骈文选本仍有继承清初风气者,如陈云程辑《四六清

---

① 曾燠辑《国朝骈体正宗》,《续修四库全书》第 1668 册,上海古籍出版社,2002年,第 10—17 页。
② 陈维崧《湖海楼全集》,《清代诗文集汇编》第 96 册,上海古籍出版社,2010 年。

丽集》四卷,刻于嘉庆二年(1797)①,这部书与清初《听嘤堂四六新书》《四六初征》等类似,选文以仕宦和日常应酬为主,且选录了自己的作品,选录吴绮、章藻功、陈维崧、尤侗等清初骈文家的作品为多。但单纯应酬性的通俗骈文在此时已经不受重视,文人别集一般不再收录此类作品,故此书流传不广。

明末清初流行的通俗应酬型骈文,在乾嘉时期不再受到推重,而四六奏章类文字开始流行,这种骈文比较典雅,与皇帝有直接关系,称为奏进之文,属于清代台阁骈文。典型的选本是马俊良辑《丽体金膏》八卷,收入《龙威秘书》第六集。《丽体金膏》封面右上方题"名臣四六奏章",卷一至卷五选载清代骈文,每卷卷首题"国朝丽体金膏"②。卷一录有清初骈文,包括吴绮《拟上以董其昌字帖赐内院诸臣谢表》《拟浙江大兵平大兰山土寇舟山逆贼捷报露布》、尤侗《平蜀颂(有序)》《平滇颂(有序)》、章藻功《康熙四十四年四月初九日皇上南巡驻跸西湖行宫恩赐御书恭记》、陈维崧《瀛台赐宴诗序》等。这些骈文都是与皇帝和朝廷大事有关者,写作之后多打算呈奏给皇帝阅览。由于此书选与皇帝、朝廷密切相关之文,故对清初骈文家只选入吴绮、尤侗、陈维崧三家,所选文章总计六首,这也反映了新的社会需求和审美标准下对清初骈文家和骈文的重新建构。后来汪传懿辑《骈体南针》则专门登录乾嘉之后的奏章,卷首汪传懿《骈体南针序》云:"视《龙威秘书》梓行《丽体金膏》,门类不分,翻阅未便,且篇目不多,此则较为全备。"③该书入选最多的是摺子,为当时大臣写作提供范本。这两部书都体现了当代选本的应世

---

① 陈云程辑《四六清丽集》,清嘉庆二年(1797)刻本。
② 马俊良辑《丽体金膏》,清乾隆五十九年甲寅(1794)石门马氏大酉山房刻《龙威秘书》本。
③ 汪传懿辑《骈体南针》卷首,清同治五年(1866)重刻本。

特征,与乾隆年间彭元瑞辑《宋四六选》大量登录诏、制、表等朝廷制作文类相一致①。

　　最值得重视的是曾燠辑《国朝骈体正宗》十二卷,刻于嘉庆十一年丙寅(1806),该书由彭兆荪协助编选,彭氏《小谟觞馆文集》卷三《与姚春木书》云:"近佐辑《骈体正宗》一书,欲以矫俳俗、式浮靡,中间进退权衡皆系所主裁断……然意恉所存,盖可略述大要。立准于元嘉、永明,而极才于咸亨、调露。文匪一格,以远俗为工;体无定程,以法古为尚……尤、陆、吴、章诸家则别裁汰之。"②以南朝宋齐和初唐骈文作为标准,不满于宋四六的滑熟和浮靡,追求"远俗""法古"的骈文规范,以此选文,排除清初著名通俗骈文家尤侗、陆繁弨、吴绮、章藻功的骈文。

　　从《国朝骈体正宗》卷一所选清初骈文家的骈文看,入选者有毛奇龄、陈维崧、毛先舒、陆圻、吴兆骞、吴农祥六人,六人之中惟陈维崧有骈文专集刻本问世,在清初影响甚大;吴农祥虽有《流铅集》十六卷,然直到今天仍以稿本、抄本传世,未能刊刻,流传甚稀,影响较小。在清初骈文选本中,大多选录陈维崧作品,但选文数量不多,其他五位作家的骈文入选较少,他们的骈文风格与当时风尚不甚切合。但到了乾嘉时期就不同了,前引彭兆荪《答姚春木书》指出毛奇龄自己满意的骈文《花烛词序》并不出色,佳作乃是《平滇颂》《与秦留仙书》等。《国朝骈体正宗》对陈维崧的骈文进行了重新选择,卷一录陈维崧文八首,为清初入选作品最多者,其中《刘沛元诗古文序》《上龚芝麓先生书》《与张芑山先生书》三首又载康熙间患立堂刻本《陈迦陵

<hr />

① 彭元瑞、曹振镛编《宋四六选》,清乾隆四十一年(1776)刻本。
② 彭兆荪《小谟觞馆文集》,《续修四库全书》第1492册,上海古籍出版社,2002年,第646—647页。

文集》卷一和卷四①，《陈迦陵文集》六卷是古文集，《陈迦陵俪体文集》十卷为骈文集。

对毛奇龄和陈维崧骈文的不同评价反映了清初与清代中期骈文审美标准的变迁，也是对骈文认识的深化。当然，从另一方面说，清初崇尚通俗骈文，以"适用"为美，与宋代骈文为近，讲究通篇严格对偶的骈文形式；清代中期则不屑于通俗骈文，崇尚典雅、浑古的审美风格，与六朝骈文为近，在骈文结构和语言上强调不必处处对偶，以气韵流畅为高。

曾燠《国朝骈体正宗序》云："有如骈体之文，以六朝为极则……岂知古文丧真，反逊骈体；骈体脱俗，即是古文。"②倡导六朝骈文风格，推崇典雅的骈文。《国朝骈体正宗》是在新的审美思想引领下编选而成，比较全面地选录了从清初到清代中期的骈文，建构了新的骈文文统谱系，与古文争正宗。

三、晚清骈文选本与骈文风格的多重交响

清初以通俗骈文为主，崇尚通篇严格对偶的骈文形式，以"适用"为美，延至清中期，则普遍以六朝骈文为极则，追求骈文的典雅之美，在语言组织上注重骈散错落的形式。晚清骈文出现了新的变化，骈文坛不再仅仅以一种审美标准或风格为主导，而是出现了六朝派、三唐派、宋四六派等，形成了多种骈文风格并存争胜的局面，这是骈文繁荣的表现，也是清代骈文由某种风格为主到多种风格并荣的发展过程。通过骈文选本能够比较深入认识晚清骈文的多样风格和繁荣

---

① 陈维崧《陈迦陵文集》，《四部丛刊初编》本，上海商务印书馆，1922年。
② 曾燠辑《国朝骈体正宗》卷首，《续修四库全书》第1668册，上海古籍出版社，2002年，第1—2页。此序又载曾燠《赏雨茅屋外集》，《续修四库全书》第1484册，上海古籍出版社，2002年，第232页。

局面。

　　姚燮选、张寿荣校刊《皇朝骈文类苑》十四卷,由姚燮初编于道光、咸丰年间,刻于光绪七年(1881)。作为晚清的骈文选本,有清代前中期诸多骈文选本作为参照,有感于之前的清代骈文选本"人系以文,未析为类"①之缺憾,姚氏按类选文,分为十五类。以清初而言,《皇朝骈文类苑》选录毛奇龄《平滇颂》《故明特授游击将军道州守备列女沈氏云英墓志铭》《复沈九康成书》《与秦留仙翰林书》四首,选陈维崧《周栎园先生尺牍新钞序》《与张芑山先生书》《答周寿王书》《与陈际叔书》四首,又选录毛先舒、陆圻、吴兆骞三人骈文各一首,此书所选毛奇龄等五位骈文家的作品皆见于《国朝骈体正宗》卷一,说明姚燮编选此书参考了《国朝骈体正宗》,选入了大量具有六朝骈文风格的作品。然所选顺康间的骈文作品不止于此,以入选作家作品而论,《国朝骈体正宗》选录毛奇龄、陈维崧、毛先舒、陆圻、吴兆骞、吴农祥六人,《皇朝骈文类苑》则选取了十一人,未选吴农祥《画图梧园记》一文,增加了陆繁弨《吴山伍公庙碑文》、高士奇《登岱颂》、朱彝尊《春蒐赋》《醉司命辞》、尤侗《平滇颂序》、汪琬《丑女赋》《反招隐辞》、姜宸英《数贼文》。

　　由上面的分析可知,《皇朝骈文类苑》不仅选入作家数量远超《国朝骈体正宗》,且入选文类有所扩大,《国朝骈体正宗》不选赋类,而《皇朝骈文类苑》载录朱彝尊《春蒐赋》、汪琬《丑女赋》。选文风格兼容并蓄,如选录汪琬《反招隐辞》等骚体风格的作品。审美上雅俗兼备,不仅选入具有六朝风格的典雅之作,亦选入朱彝尊《醉司命辞》、汪琬《丑女赋》、姜宸英《数贼文》等诙谐、通俗作品。从作家而论,不仅选录骈文名家如陈维崧、陆圻等,亦选入汪琬、姜宸英等当时

① 姚燮选《皇朝骈文类苑》卷首郭传璞《皇朝骈文类苑序》,清光绪七年(1881)张寿荣刻本。

以古文著称者。兹仅据顺康年间的作家而论,若对整部书综合观之,
更能显示兼容并蓄的选本特质。晚清骈文风格多样化和骈文批评多
样化,影响到了骈文选本的选录标准,而骈文选本的编纂出版反过来
又推动骈文多种风格的争胜角立。

　　清末王先谦编《骈文类纂》是一部通代骈文选本,刻于光绪二十
八年壬寅(1902)。王氏有感于王志坚编《四六法海》和李兆洛辑《骈
体文钞》"不足综古今之蓄变,究人文之终始,美犹有憾",于是"辄复
甄录尤异,剖析条流。推宾谷《正宗》之悑,更溯其原;取姬传《类纂》
之名,稍广其例"①,该书选录楚汉至清代骈文,分类条流,用以呈现
骈文之流别。就所选的明末清初骈文作品而言,选录了陈子龙文
二十二首、谷应泰文二首、顾炎武文二首、毛奇龄文一首、陈维崧文七
首。清代中期后骈文选本少见选录陈子龙作品,王氏此选选载陈子
龙作品二十二首,并给予高度评价,将陈子龙对清代骈文复兴的贡献
充分展示出来。所选陈维崧《湘筠阁诗集序》《林玉岩诗集序》《孙赤
崖沈西草堂诗序》《戴无忝诗序》《家皇士望远曲序》《王良辅百首宫
词序》《与芝麓先生书》等七首,全部来自《陈迦陵俪体文集》②,与之
前《皇朝骈文类苑》《国朝骈体正宗》等选文来自康熙年间《陈迦陵文
集》和《陈迦陵俪体文集》不同,因《国朝骈体正宗》是为了倡导六朝
文风,《皇朝骈文类苑》着眼于兼容并蓄,而《骈文类纂》主要用于呈
现骈文发展的源流正变,故从陈维崧《陈迦陵俪体文集》选录其骈文
展示清初骈文的特征和风格。

　　《骈文类纂》虽然秉承《国朝骈体正宗》的编纂旨趣,但其有关选

---

① 王先谦编《骈文类纂》卷首《骈文类纂序目》,浙江古籍出版社,1998年,第
　3页。
② 陈维崧著,陈振鹏标点,李学颖校补《陈维崧集》,上海古籍出版社,2010年,
　第151—154页。

文的具体标准和审美风格并不一致,而是重新构建新的骈文文统,且不是以人系文,而是按类选文,更加注重文类的流变。故而增加了明末陈子龙和清初谷应泰、顾炎武的作品,建构起新的骈文传承谱系。由于此书的目的是揭示骈文的源流正变,故于清代骈文采取多种风格并收,客观上反映了清代骈文的多种风格和卓越成就。

这一时期地域骈文选本陆续出现,比较有代表性的是《国朝常州骈体文录》三十一卷,这是对清代常州府骈文的大规模的搜集,卷一收录陈维崧文二十一首,题《湖海楼文》①,当据乾隆六十年(1795)陈维崧从孙陈准所刻《湖海楼全集》之《湖海楼俪体文集》。这种地域骈文集虽然不偏重审美标准和文章风格,主要用来展示地方骈文创作成就和宣传乡贤,然客观上也将陈维崧不同风格的作品公布于世,有利于让读者认识到清初骈文的多样风格以及在清代骈文史上的承启贡献。

四、二十世纪以来骈文选本与明清之际骈文的现代建构

1905年,清政府废除科举考试制度,改革学校教育制度和学习内容,建立新式学校。这些举措改变了古代传统的科举应试教育内容,骈文和古文的学习和写作受到极大影响。1912年,清朝皇帝逊位,民国建立,其后掀起了五四新文化运动,从文化上改变原有观念,骈文这种典雅的文学样式受到严厉批评,确立了白话文的主流地位。然传统的文学有着自身的生命力,新文化与旧文化并不能截然分离,骈文在二十世纪一直经历着现代转型,清代骈文经典作品在不断的选择和阅读中固定下来,成为古代文学经典的一部分。

二十世纪上半叶,骈文选本众多,比较有代表性的选录明清之际

---

① 屠寄辑《国朝常州骈体文录》,《续修四库全书》第1693册,上海古籍出版社,2002年,第376页。

骈文的选本主要有王文濡评选《清代骈文评注读本》、王仁溥评选《（评注）骈文笔法百篇》、张廷华编《（广注）骈文自修读本》等。清代骈文取得了巨大成就，堪与唐宋骈文并列，谭莹（1842—1926）的《论骈体文绝句十六首》序云："骈体文盛于汉魏六朝，洎晚唐以迄两宋已有江河日下之势，至元明两代则等之自郐，无讥可耳。我朝人文崛起，而骈体之佳者亦直接汉魏六朝之坠绪，故诸君子持论，实远轶于宋人王铚《四六话》、谢伋《四六谈麈》等书。"①《书目答问补正》附录二《国朝著述诸家姓名略总目》"骈体文家"条云："国朝工此体者甚多。"②可见清人对本朝骈文的自信。

王文濡对清代骈文评价甚高，其《南北朝文评注读本》卷首《编辑大意》云："骈文虽权舆六朝，而集其大成，允推清代，康雍乾嘉，名家辈出。坊间选本虽多，颇不适用，当另编骈文读本以为后继。"③《清代骈文评注读本》四册就是王氏所说的继《南北朝文评注读本》者，卷首王氏《清代骈文评注读本序》云："觉罗突起，顺康两朝，通流接踵，傀辞异采，时见一斑，乾嘉以来，于斯为盛。"④该书卷一选顺康间吴兆骞、陈维崧、毛奇龄、蒲松龄、陆繁弨五人的骈文。《国朝骈体正宗》选毛奇龄、陈维崧、毛先舒、陆圻、吴兆骞、吴农祥六人，《皇朝骈文类苑》选毛奇龄、陈维崧、毛先舒、陆圻、吴兆骞五人，《骈文类纂》则选顾炎武、谷应泰、毛奇龄、陈维崧四人。清代中后期的骈文选本大多都选录毛奇龄、陈维崧、吴兆骞的作品，王文濡继承了这一点，但对具体作品进行了重新选择，《清代骈文评注读本》选陈维崧《陆悬

① 谭莹《乐志堂诗集》卷十一，《续修四库全书》第1528册，上海古籍出版社，2002年，第543页。
② 张之洞撰，范希曾补正《书目答问补正》，上海古籍出版社，2001年，第270页。
③ 王文濡评选《南北朝文评注读本》，上海进步书局，1916年。
④ 王文濡评选《清代骈文评注读本》，上海文明书局，1917年。

圃文集序》《三芝集序》《娄东顾商尹集序》《归田倡和序》《寿徐健庵先生序》《征田太翁八秩寿言启》《请周翼微篆刻图章启》七首，这些骈文不见于《国朝骈体正宗》等清代中叶以来的选本。此书选录了蒲松龄《志异自序》、陆繁弨《晋游草序》《小青焚余序》《洪卫武双寿序》《遥寿汪母陈太孺人序》，也是雍乾以来骈文选本中新增的篇目。王氏此选中的清初骈文，除了吴兆骞《孙赤崖诗序》和毛奇龄《复沈九康成书》外，其他十二首（一共选录十四首）都是雍乾以来骈文选本中新增篇目。

　　这部初版于 1917 年的《清代骈文评注读本》对清初骈文的经典选择影响深远。其后张廷华辑《（广注）骈文自修读本》卷四"清文"，选录了清初陈维崧《娄东顾商尹集序》《请周翼微篆刻图章启》、蒲松龄《志异自序》、陆繁弨《晋游草序》共四首骈文①，全部在《清代骈文评注读本》中。萧山王仁溥编《（评注）骈文笔法百篇》初版于 1922 年②，共四册，第三册和第四册录清文，计三十六首，选录了清初毛奇龄《复沈九康成书》、陈维崧《阎牛叟贯花词序》、陆繁弨《毛母孙孺人寿序》、章藻功《为友人焚后构居启》《吴鹿柴桐江口号跋》、吴绮《祭四安石神文》《空翠阁倡和诗序》等清初骈文七首，王仁溥所选作家多为浙江人或与浙江有关联者，选文惟毛奇龄《复沈九康成书》一篇与《清代骈文评注读本》相同。

　　经过二十世纪前二十年骈文选本对清初骈文的重新评估，毛奇龄、陈维崧、吴兆骞、蒲松龄、陆繁弨成为代表作家，毛奇龄《复沈九康成书》、陈维崧《请周翼微篆刻图章启》、吴兆骞《孙赤崖诗序》、蒲松龄《志异自序》等成为经典骈文。与此同时，谢无量《骈文指南》、钱基博《骈文通义》、刘麟生《骈文学》《中国骈文史》、瞿兑之《中国骈文

---

① 张廷华辑《（广注）骈文自修读本》卷首目录，上海世界书局，1921 年。
② 王仁溥编《（评注）骈文笔法百篇》，上海进化书局，1922 年。

概论》等骈文专著于清初骈文的评价赓续《国朝骈体正宗》的观点，以毛奇龄和陈维崧为清初代表。综合观之，这一时期骈文坛建构的清初著名骈文经典作家，即毛奇龄和陈维崧。

二十世纪下半叶以来，虽然骈文未受到足够重视，但这期间的骈文选本和综合性文学作品选中亦收录明清之际骈文。兹将二十世纪以来主要的骈文选本（包括个别清文选本）所选明清之际骈文列表统计如下：

二十世纪以来主要骈文选本选录明清之际骈文篇目表①

编者和题名	版本	入选作者和篇目	备注
1. 王文濡评选《清代骈文评注读本》	上海文明书局 1917 年版	吴兆骞《孙赤崖诗序》（1 首）；陈维崧《陆悬圃文集序》《三芝集序》《娄东顾商尹集序》《归田倡和序》《寿徐健庵先生序》《征田太翁八秩寿言启》《请周翼微篆刻图章启》（7 首）；毛奇龄《复沈九康成书》（1 首）；蒲松龄《志异自序》（1 首）②；陆繁弨《晋游草序》《小青焚余序》《洪卫武双寿序》《遥寿汪母陈太孺人序》（4 首）	总计 14 首
2. 张廷华辑《（广注）骈文自修读本》	上海世界书局 1921 年版	黄淳耀《上座师王登水先生启》（1 首）；陈维崧《娄东顾商尹集序》《请周翼微篆刻图章启》（2 首）；蒲松龄《志异自序》（1 首）；陆繁弨《晋游草序》（1 首）	总计 5 首

① 此表收录骈文选本，也包括个别的综合性诗文和清代骈散文合选本，如此，可更好地考察骈文的选录情况。

② 按，此文即蒲松龄《聊斋志异》（会校会注会评本）卷首《聊斋自志》，中华书局，1962 年。

续表

编者和题名	版本	入选作者和篇目	备注
3. 王仁溥编《(评注)骈文笔法百篇》	上海进化书局 1922 年版	毛奇龄《复沈九康成书》(1首); 陈维崧《阎牛叟贯花词序》(1首); 陆繁弨《毛母孙孺人寿序》(1首); 章藻功《为友人焚后构居启》《吴鹿柴桐江口号跋》(2首); 吴绮《祭四安石神文》《空翠阁倡和诗序》(2首)	总计 7 首
4. 王文濡选《续古文观止》	上海文明书局 1924 年版	顾炎武《与王虹友书》(1首)	总计 1 首,《骈文类纂》选录顾炎武该文
5. 金熙章编选《言文清文观止》①	上海三民图书公司 1944 年版	陈维崧《上龚芝麓先生书》(1首); 尤侗《反恨赋》(1首)	总计 2 首
6. 黄钧、贝远辰、叶幼明选注《历代骈文选》	湖南文艺出版社 1986 年版	黄淳耀《上座师王登水先生启》(1首); 张煌言《答赵安抚书》(1首); 顾炎武《答原一公肃两甥书》(1首); 吴兆骞《孙赤崖诗序》(1首); 陆繁弨《晋游草序》(1首); 蒲松龄《聊斋自志》(1首)	总计 6 首,《骈文类纂》选录顾炎武该文
7. 张仁青编撰《骈文观止》	台北文史哲出版社 1986 年版	蒲松龄《聊斋志异自序》(1首)	总计 1 首,此书选文 20 首

---

① 此书内页又题"增订古文观止",乃将吴楚材、吴调侯编《古文观止》(选文止于明代)编排为七卷,增补清文为第八卷,包括清文甲、清文乙、清文丙、清文丁。

续表

编者和题名	版本	入选作者和篇目	备注
8. 谭家健主编《历代骈文名篇注析》	黄山书社1988年版	黄淳耀《上座师王登水先生启》（1首）；陈子龙《讪蜂文》（1首）；牛金星《讨明檄》（1首）	总计3首
9. 许逸民选注《古代骈文精华》	人民文学出版社1992年版	汤显祖《游罗浮山赋序》（1首）；陈维崧《请周翼微篆刻图章启》（1首）	总计2首
10. 朱洪国选注《中国骈文选》	四川文艺出版社1996年版	李贽《杂说》（1首）；屠隆《与王元美先生书》（1首）；张溥《东方大中集题辞》（1首）；张煌言《复郎廷佐书》（1首）；毛奇龄《复沈九康成书》（1首）；陈维崧《上龚芝麓先生书》《三芝集序》（2首）；蒲松龄《聊斋自志》《席方平·判词》（2首）	总计9首
11. 周振甫编选《骈文精萃》	山西古籍出版社1996年版	张溥《刘中山集题辞》（1首）	总计1首
12. 莫道才主编《骈文观止》	文化艺术出版社1997年版	牛金星《讨明檄》（1首）；朱鹤龄《枯桔赋》《诛蚊赋》《宫人入道赋》《烂溪会咏序》《送计甫草北游序》（5首）；尤侗《反恨赋》（1首）；王夫之《霜赋》（1首）；吴绮《邓尉山游记》《倚山阁听雨记》（2首）；毛奇龄《鸣鸡赋》《复沈九康成书》（2首）；	总计24首，所选骈赋11首

续表

编者和题名	版本	入选作者和篇目	备注
12. 莫道才主编《骈文观止》	文化艺术出版社 1997 年版	陈维崧《看弈轩赋》《白丁香花赋》《三芝集序》《陆悬圃文集序》《归田倡和诗序》《征万柳堂诗文启》(6 首); 陆繁弨《晋游草序》《小青焚余序》(2 首); 吴兆骞《秋雪赋》(1 首); 蒲松龄《酒人赋》《聊斋志异自序》(2 首); 纳兰性德《五色蝴蝶赋》(1 首)	
13. 来新夏、江晓敏选注《历代文选·清文》	河北教育出版社 2001 年版	蒲松龄《聊斋志异自序》(1 首)	总计 1 首
14. 袁世硕主编《中国古代文学作品选》(四)	人民文学出版社 2002 年版	蒲松龄《聊斋自志》(1 首)	总计 1 首
15. 吴云主编《历代骈文精华注译评》	长春出版社 2010 年版	袁中道《西山十记(记一)》(1 首); 牛金星《讨明檄》(1 首)	总计 2 首
16.《清文观止》编委会编《清文观止》	学林出版社 2015 年版	陈维崧《陆悬圃文集序》(1 首); 吴兆骞《孙赤崖诗序》(1 首); 陆繁弨《小青焚余序》(1 首); 蒲松龄《聊斋自志》(1 首)	总计 4 首

从上表可以看出,明清之际骈文现代转型过程是其在不断被选录、阅读、评价中的经典化过程。主要表现在以下几方面:

首先,蒲松龄、陈维崧、陆繁弨、吴兆骞、毛奇龄等成为明清之际骈文经典作家。据上表统计,出现作家次数较多的骈文家依次为蒲松龄(9 次)、陈维崧(8 次)、陆繁弨(6 次)、吴兆骞(4 次)、毛奇龄(4 次)五人,这些骈文作家都是清初人,出生于明末。除了蒲松龄以外,陈维崧等四人在清初以来的骈文选本中多有入选,经过二十世纪以来选本的选录,他们成为明清之际骈文家中的经典作家。

其次,蒲松龄《聊斋自志》、陆繁弨《晋游草序》、毛奇龄《复沈九康成书》、陈维崧《陆悬圃文集序》《三芝集序》《请周翼微篆刻图章启》、吴兆骞《孙赤崖诗序》、黄淳耀《上座师王登水先生启》、牛金星《讨明檄》等视作明清之际骈文经典。从表中统计可知,选录比较多的骈文作品为蒲松龄《聊斋自志》(又称《聊斋志异自序》,9次)、陆繁弨《晋游草序》(4次)、毛奇龄《复沈九康成书》(4次)、陈维崧《陆悬圃文集序》《三芝集序》《请周翼微篆刻图章启》(各3次)、吴兆骞《孙赤崖诗序》(3次)、黄淳耀《上座师王登水先生启》(3次)、牛金星《讨明檄》(3次)。选录单个作家作品的数量最多的作家是陈维崧,共有十二首骈文被选入各种骈文选本(包括综合性选本)。

第三,二十世纪以来的骈文选本选目主要借资清代骈文选本和别集。优秀骈文选本的选目,会影响后来选本的选目,从而形成经典。《清代骈文评注读本》对明清之际骈文经典作家和骈文经典的产生具有决定性影响。王文濡评选《清代骈文评注读本》共四册①,选文来源主要是清代选本和别集,就清初选目而言,主要来自曾燠辑《国朝骈体正宗》,如王氏所录吴兆骞《孙赤崖诗序》、毛奇龄《复沈九康成书》两文皆载《国朝骈体正宗》。作为重要的骈文选本,《清代骈文评注读本》不仅继承了清代选本的精华,亦适应新时代的需求选录了新的篇目,主要表现在对陈维崧、陆繁弨和蒲松龄骈文的选择上,所录陈维崧文七首,有三首成为经典作品;选陆繁弨文四首,其中一首成为经典作品;录蒲松龄一首,成为其后选录次数最多的骈文。概之,此书所选毛奇龄、吴兆骞、陈维崧、陆繁弨、蒲松龄五位清初作家皆成为二十世纪以来公认的骈文经典作家,其经典作品也不出此书

---

① 王文濡评选《清代骈文评注读本》,上海文明书局,1917年。

所选篇目。王先谦编《骈文类纂》卷二十一下录顾炎武《答原一公肃两甥书》《与王虹友书》①，这两文分别被王文濡选《续古文观止》和黄钧、贝远辰、叶幼明选注《历代骈文选》收录。

《清代骈文评注读本》所录陈维崧、陆繁弨的作品多不见于清代中叶以来的骈文选本，当是王文濡从陈维崧《陈检讨集》二十卷②、陆繁弨《善卷堂四六》十卷③中检出。从别集选出新的篇目来创新骈文选本是一种普遍做法。

明末黄淳耀《上座师王登水先生启》在二十世纪以来骈文选本中选入次数较多，清初《听嘤堂四六新书》卷一④选录该文，乾隆二十六年（1761）刻本《黄陶庵先生全集》之《陶庵文集》卷一⑤也选录该文。二十世纪以来，张廷华辑《（广注）骈文自修读本》首次载入此启，或据黄淳耀别集迻录。其后又载入黄钧、贝远辰、叶幼明选注《历代骈文选》和谭家健主编《历代骈文名篇注析》，遂成为经典作品。出版于1988年的《历代骈文名篇注析》首次选录牛金星《讨明檄》，其后莫道才主编的《骈文观止》、吴云主编的《历代骈文精华注译评》皆选此文，遂成这一时期的名作。

第四，扩大骈文作家和作品的选录范围。改革开放以来，骈文选本逐渐增多，编选者按照自己的审美标准和各种需要在拟定选目时，不仅参考之前的骈文选本，亦会增删选目以求创新，比较有代表性的

---

① 王先谦编《骈文类纂》，浙江古籍出版社，1998年，第447页。
② 陈维崧撰，程师恭注《陈检讨集》，《四库提要著录丛书》集部第358册，北京出版社，2010年。按，王文濡所选亦可能据《陈检讨集》的翻刻本。
③ 陆繁弨著，吴自高注《善卷堂四六》，《四库全书存目丛书》集部第257册，齐鲁书社，1997年。
④ 黄始辑评《听嘤堂四六新书》，《四库禁毁书丛刊》集部第135册，北京出版社，1997年，第546页。
⑤ 黄淳耀《黄陶庵先生全集》，《明别集丛刊》第5辑第80册，黄山书社，2016年，第289页。

是朱洪国选注的《中国骈文选》选录了李贽、张溥的作品,莫道才主编的《骈文观止》选录了朱鹤龄文五首、王夫之文一首和纳兰性德文一首,这几位作家都不以骈文称,之前骈文选本一般不选他们的骈文。另外,《骈文观止》选录了明清之际骈文二十四首,骈赋有十一首,占比甚大。选录较少受人关注的作家作品不仅有利于扩大骈文视野,也便于研究者通过选本进一步了解明清之际骈文,对深入研究这一时期骈文形态以及开发新的骈文经典作家和作品意义重大。

从明末到当代,明清之际骈文经典作家和作品在不断的选择和建构中,从崇尚通俗骈文经典到建立骈文文统,再到兼容多种风格,人们对骈文的认识逐渐深化。二十世纪以来,骈文经历了现代转型,不断生成新的经典作家和作品,动态建构了明清之际骈文的文学史地位。

第二节　骈文话、模拟、评点与明清之际骈文的典范效应

文话是古代文学批评的重要形式,两宋之际,王铚撰《王公四六话》二卷,是目前所见最早的文话著作,也是最早的一部骈文话。清代以降,散文话作品不断涌现,然骈文话则不多见。清初《学海类编》本《四六金针》乃据元代陈绎曾《文筌》附《四六附说》编辑而成,学者吕双伟辨之甚详,可归入伪书。清代比较有代表性的骈文话有《四六余话补》《四六枝谈》《四六丛话》等,对明清之际骈文皆有论说。明清之际骈文选本和别集多有评点,评点者从读者角度评论文章,反过来用于指导读者阅读和写作,编者和读者都把入选骈文作为典范加以学习。模拟是从作者角度进行骈文创作,不仅是学习骈文的一种入门方法,模拟对象也被典范化。兹从骈文话、评点、模拟三方面分析明清之际骈文的典范性。

一、骈文话:明末清初名家名作的选择和示范

清初成芸约于康熙末年编成《四六余话补》,书中辑录了一些明人骈文对偶句,以为示范。如"明徐渭草《进白鹿表》"条引文云:"奇毛洒雪,岛中银浪生辉;妙体搏冰,天上瑶星应瑞。且地当宁波、定海之间,况时值阳长阴消之候。"①将徐渭的骈文名句作为典范。清代雍乾间骈文家沈维材(1697—?)撰《四六枝谈》一卷,这是继成芸撰汇编型骈文话《四六余话补》后清人所撰首部自撰型骈文话。该书卷首有高纲乾隆四年(1739)所撰序,末署"乾隆四年岁在己未中秋前五日,同学世弟高密高纲拜题于韶阳郡署之养恬精舍"②,卷首题"海昌沈维材著"。《四六枝谈》与宋代王铚《四六话》、谢伋《四六谈麈》等书体例类似,主要是有关骈文的评论、典故和作者的所见所闻,由于所谈论内容大多关乎明末清初骈文家,故对认识明清之际骈文的接受情形非常有助益。

沈维材长期游幕,代幕主写作应酬性的通俗骈文,故对明末清初的通俗骈文选本非常熟悉,应该专门模仿学习过。因此,他对明代后期的骈文有自己的认识。对于明末通俗骈文选本和严嵩的启文,他评云:"《四六凤采》以明人选明文,而芜俗浅陋,了无足观。有严分宜《聘陈氏婚启》一篇,启云:'缔姻盟于二姓,永系天缘;际道泰于三阳,肇称吉礼……恭惟台下,五等崇阶……' 陈世袭平江伯,故云'五等崇阶' 也。"③沈氏引用严嵩(分宜人)启文,称赞用典贴切。《四六凤采》即明代丘兆麟选注《新刻学余园类选名公四六凤采》四

① 成芸《四六余话补》,《雪岩五种》本,《山东文献集成》第 2 辑第 32 册,山东大学出版社,2007 年,第 272—273 页。
② 沈维材《四六枝谈》卷首,清乾隆四年(1739)刻本。按,本节所引《四六枝谈》内容,未注明出处者,皆出自此版本。
③ 沈维材《四六枝谈》,清乾隆四年(1739)刻本,第 43—44 页。

卷,万历间刻本,浙江图书馆有藏①,这是一部通俗骈文选本,沈氏说它"芜俗浅陋"。

徐渭是明末著名的通俗骈文家,曾作《代初进白牝鹿表》《代再进白鹿表》等文②,《明史》云:"宗宪得白鹿,将献诸朝,令渭草表,并他客草寄所善学士,择其尤上之。学士以渭表进,世宗大悦,益宠异宗宪,宗宪以是益重渭。"③沈维材十分欣赏徐渭的这两篇表,其云:"嘉靖时,绩溪少保胡公督师浙江,招徐文长管书记。海上获白鹿,文长为草表进贺,永陵览之大悦,益宠异少保,少保亦因是益重文长。其《初进表》云:……《再进表》云:……徐固有明一代奇才也。高拱亦有《贺表》云:……"④对徐渭和高拱的表评价较高,而接着引用明代王应选为张居正母贺寿启,以为"通体陈腐,不足观也"。

《四六枝谈》也评价了于慎行、汤显祖、马朴和清初陈维崧的骈文,如:"于文定公慎行,东阿人。著有《谷城集》及《笔麈》,网罗搜抉,足资考辨。其骈体之文,有《寿鲁王元旦千秋启》云:'伏以内三成泰……南极呈辉。'中一联云:'日躔初度,十二月成物以周天;帝与仙龄,八千岁为春而始旦。'著称切题,未见作意。"⑤《寿鲁王元旦千秋启》即《谷城山馆文集》卷二十九《上鲁王元旦千秋启》,但沈氏所说的"日躔初度"四句,此文作:"日躔初度,十二月而成岁功;天锡华封,五百里而称侯服。"⑥当是沈氏所记有误。因所引文字与原文出

---

① 浙江图书馆古籍部编《浙江图书馆古籍善本书目》,浙江教育出版社,2002年,第438页。

② 见徐渭《徐渭集》之《徐文长三集》卷十三,中华书局,1983年,第430—433页。

③ 张廷玉等《明史》卷二百八十八《徐渭传》,中华书局,1974年,第7387页。

④ 沈维材《四六枝谈》,清乾隆四年(1739)刻本,第45—46页。

⑤ 沈维材《四六枝谈》,清乾隆四年(1739)刻本,第49页。

⑥ 于慎行《谷城山馆文集》,《四库全书存目丛书》集部第148册,齐鲁书社,1997年,第107页。

入很大,故评价亦不足据。其后又征引汤显祖《候同年启》和马朴《贺王辰玉翰编启》的一些对偶句,称赞汤氏,而对马氏此文则评价不高。总体上,沈维材通过征引徐渭、王应选、于慎行、马朴等人的骈文对偶句进行批评,并叙述引文涉及的人事,形成资闲谈的功能。

沈维材把自己的骈文作为范文加以征引评价,是一种自觉的自我经典化。如云:"姜田太守四十寿辰,余为副相杨公撰文称祝,有云'画鹿辐以作饼,贫官之头压有薪;借鱼釜以调羹,巧妇之手炊无米'。又云⋯⋯"①沈氏此文见《樗庄文稿》卷二《高姜田太守四十寿序》(代副相杨公)②。《四六枝谈》第四册所言大部分与自己有关,征引自己的骈文对偶句以示人,展现自己的骈文妙对,将自我作品当作范本。

沈维材对清初骈文比较欣赏,他说:"国朝前辈如尤展成、陈其年、钱葆酚、叶元礼、陆拒石、李分虎、汪紫沧、章岂绩诸君,皆工于四六。此外名家文集亦间有骈体,顾宁人先生所著《日知录》为不朽之书,其集中有骈体数篇,雅洁工秀,真不可及也。"③沈氏历数清初骈文家尤侗、陈维崧、钱芳标、叶舒崇、陆繁弨、李符、汪灏、章藻功,特别揭出顾炎武的骈文,称为"雅洁工秀"。

沈维材《四六枝谈》所征引和称道的明清之际骈文家如徐渭、马朴、尤侗、陆繁弨、章藻功等,也是这一时期代表性的通俗骈文家,该书通过征引这些作家作品,进而达到示范的效果,为后学指示骈文写作门径和标准。从基本的审美取向和骈文功能上看,《四六枝谈》宣扬以适用为美的思想,主要谈论仕宦应酬骈文的典故和写作技术,是

① 沈维材《四六枝谈》,清乾隆四年(1739)刻本,第99页。
② 沈维材《樗庄文稿》,《四库未收书辑刊》第10辑第21册,北京出版社,1998年,第170—171页。
③ 沈维材《四六枝谈》,清乾隆四年(1739)刻本,第135页。

一部有关通俗骈文的文学批评著作。

孙梅《四六丛话》成书于乾隆末年,主要辑录宋元以前有关骈文的评论,《四六丛话凡例》云:"圣朝文治聿兴……秀才词贤,先后辈出,迥越前古,而擅四六之长者,自彭羡门、尤悔庵、陈迦陵诸先生后,迄今指不胜屈。"①孙氏以彭孙遹、尤侗、陈维崧作为清初骈文家的代表。

王承治(即王文濡)编《骈体文作法》由上海大东书局出版于1924 年,是书辑录历代有关骈文的论述,加以己意,对认识和指导骈文写作十分有益。该书分为八章,最后两章《骈文之评论》《骈文摘句》涉及明清之际骈文批评,《骈文之评论》主要选录历代有关骈文的评论资料,分类汇辑。《骈文摘句》则多出自王氏本人所录,如《清文摘句》云:

> 骈文至清,无体不备,无美不具,绝迹飞行,超前绝后。兹摘其传诵者如下:《孙赤崖诗序》云:"揽泪痕于河上,空诉箜篌;郁愁气于车前,宁消杯酒。"……陆繁弨《小青焚余序》云:"长堤杨柳,飘零京兆之眉;秋水芙蓉,憔悴文君之面。"②

王承治列举了清初吴兆骞、陈维崧、毛奇龄、陆繁弨的骈文佳句,所引骈文篇目大多来自《清代骈文评注读本》。

1934 年出版的钱基博撰《骈文通义》亦是骈文话之属,其《流变第三》历叙骈文发展③,继承《国朝骈体正宗》的选录标准,于清初标

① 孙梅《四六丛话》,《历代文话》第 5 册,复旦大学出版社,2007 年,第 4232 页。
② 王承治编《骈体文作法》,《历代文话续编》中册,凤凰出版社,2013 年,第 1239—1240 页。
③ 钱基博《近百年湖南学风　骈文通义》,上海古籍出版社,2012 年,第 111—114 页。

举毛奇龄和陈维崧,其评价则多沿用谢无量《骈文指南》①。

总之,清代以来骈文话著作虽然不多,但对骈文的传播和骈文名篇的选择具有重要影响,所征引和称赞的骈文篇目和语句往往成为典范,为人所学习模仿。

二、模拟:骈文经典的标准化和审美化

中国古代文学作品在形成经典之后,往往具有审美标准的作用,如《诗经》和《离骚》是中国文学的经典之作,这两部书的内容和风格逐渐成为诗歌标准,即风骚传统。明清之际的骈文也是如此,陈维崧是当时骈文名家,毛奇龄受其影响创作标准的四六文。《西河文集》之《史馆拟判》卷首载瑛曰:

> 西河尝云:予不工为四六,独故友陈迦陵妇死,索予为四六志墓,以迦陵极妙四六,故相属时予亦矜持应之,生平惟是篇足存。②

瑛即毛奇龄门人邵瑛,邵氏所记当是亲聆。陈维崧骈文基本都是全篇对偶,故毛奇龄为陈维崧妻子储氏撰墓志铭时就有意模仿陈氏骈文,文为《陈翰林孺人储氏墓志铭》③,此文鲜少散句,基本是标准的对偶句,与毛氏其他骈文风格不同。

陈维崧以骈文著称,程师恭注《陈检讨集》刊行后,模拟者甚多,

---

① 谢无量《骈文指南》,上海中华书局,1918年。
② 毛奇龄《西河文集》,《清代诗文集汇编》第87册,上海古籍出版社,2010年,第111页。
③ 毛奇龄《西河文集》之《墓志铭》卷七,《清代诗文集汇编》第88册,上海古籍出版社,2010年,第38—39页。

《四库全书总目》卷一百七十三云："徒以传诵者太广,摹拟者太众,
论者遂以肤廓为疑,如明代之诟北地。实则才力富健,风骨浑成,在
诸家之中,独不失六朝四杰之旧格。要不能以拇撦玉溪归咎于三十
六体也。"①在四库馆臣看来,陈维崧骈文被广泛模拟学习,以致给人
感觉肤廓。康雍时期的骈文家汪芳藻就是学习陈维崧骈文而有成就
者,汪芳藻,号蓉洲,毛际可门人,有《春晖楼四六》八卷,清雍正七年
(1729)刻本。他创制骈体从学习模拟陈维崧骈文开始,毛际可《汪
蓉洲骈体序》云:

> 汪子蓉洲执贽于余,以制举艺得名,近复研摩诗赋,而骈体
> 雅称擅场……昭代人文化成,骈体之工,无美不备。自陈检讨其
> 年一出,觉此中别有天地。比来模拟相寻,久习生厌。譬若桃源
> 仙境,以渔人舣舟一见为奇,若人人问津,几于秦淮竞渡矣。蓉
> 洲虽师范检讨,而起复顿宕皆有浑灏之气相为回旋,亦使人摩挲
> 于神骨间而得之者也。②

汪蓉洲模范陈氏骈体,又能避免干枯乏味之弊,良为难得。由此亦可
略知陈维崧骈文在康、雍、乾间成为典范和标准,被后生学习和模拟。
　　康熙后期骈文家汪卓有《鸿雪斋俪体》六卷,汪氏不单纯规模陈
维崧和吴绮,而能得其意,该书末有孙凤鸣跋云:"昭代四六名家如其
年、园次诸公最为显著,选集所载,名作如林,以渊博之才行钜丽之
笔,篇章一出,人争传诵。余极愿学,而才庸笔钝,都无是处。今读汪
子立夫之文,盖爽然自失也。立夫,名家子,有俊才,方用力于制艺,

---

① 永瑢等《四库全书总目》,中华书局,1965 年,第 1524 页。
② 毛际可《会侯先生文钞一集》卷八,《四库全书存目丛书》集部第 229 册,齐鲁
　书社,1997 年,第 790 页。

出其绪余为四六……格调高华,不规规于其年、园次两先生,而纵横浩瀚,能得两先生之意,谓非渊博钜丽而能之乎?"①孙氏评价汪卓之骈文能够自出手眼,但参考标准依然是陈维崧和吴绮,将陈、吴作为评价标准来审视汪文。

清末民国时,杨寿枏学陈维崧骈文为其后人作序。杨寿枏《云在山房骈文诗词选》之《陈葆生诗序》末附有丁传靖(闇公)评语云:"清新富艳又似迦陵,而无其俗调。葆生为其年检讨之后,故君文亦变格学迦陵。"②葆生乃陈实铭之字,号踽公,是陈维崧四弟陈宗石六世孙③。杨氏给陈维崧的后人作序,故特意模仿陈维崧骈文风格,亦视为其骈文影响的又一形式。

三、评点:读者视角和创作门径

评点自南宋创始,到明清发扬光大,成为中国古代文学批评的重要方式。骈文评点主要包括选本和别集,明清之际诗文选本的评语虽署名他人,然多出自编选者之手,毛奇龄《何毅庵墓志铭》云:"乃曰:评选汝诗者,谁也? 曰:一徐缄,死矣;一毛某,见为侍从官,恐非此所能诘者。况行文旧习,评与选皆身为之,并未尝出二人也。"④骈文选本当亦存在这种现象。

明末《古今翰苑琼琚》卷十一和卷十二选录申时行、孙鑛、汪道

---

① 汪卓《鸿雪斋俪体》,清康熙间黄惟恭刻本。
② 杨寿枏《苓泉居士自订年谱》附《云在山房骈文诗词选》,《近代中国史料丛刊续编》第17辑,文海出版社,1975年,第84—85页。
③ 参见叶嘉莹《记南开大学图书馆所藏手抄稿本〈迦陵词〉(代序)》附考,载《迦陵词》(上下册)卷首,南开大学出版社,2009年。
④ 毛奇龄《西河文集》之《墓志铭》卷十四,《清代诗文集汇编》第88册,上海古籍出版社,2010年,第100页。

昆、屠隆、徐渭、李国祥、蔡复一等启文①,文中有注释和圈点,圈点处一般是比较精彩的句子,用来提示读者。

　　清初黄始辑评《听嘤堂四六新书》八卷,选文每行旁边有圆圈,用来标示断句处和佳句,指导后学文章的精彩地方和学习重点。此书每篇后皆有评论,评语多采用骈文形式,非常有特点。如卷一姚安《谳大鸿胪二峰周公启》末附评语:"文如蜃楼午结,宝阁层叠,奇光异彩,顷刻变易,不可拟似,皆从灵气所聚耳。若徒以绚丽求之,则尽屏织锦矣。岂足喻斯文之神理?"②从读者角度,把阅读感受用一种意境呈现,肯定了骈俪文字的价值。《听嘤堂四六新书》也有对内容加以对比和评价的,如卷三龚鼎孳《何敬舆悼亡诗叙》末载两则评语,吴梅村先生云:"缠绵凄楚,令我神伤,言情之文,以此为至。"又黄始评:"怪底霜风,暗凋香玉;何来寒雨,轻葬嫣红。微之悼惠丛之词,珊珊欲泣;山谷挽邢君之什,渺渺增悲矣。"③吴伟业评语主要从叙文的情感风格出发,以为"缠绵凄楚",黄始评价则用骈文形式,比较元稹和黄庭坚悼亡诗的悲伤情绪,说明悼亡诗文所展现的悲戚特征。

　　《听嘤堂四六新书》卷八黄始《三春游览赋》末有王昊(王惟夏)评语云:

　　　　古人登高作赋,不过假物托情、借端寓讽。读"鸾舆迥出"一诗,通首风流旖旎,却结到"为乘阳气行时令,不是宸游玩物华",

---

① 杨慎辑,孙镶增辑《古今翰苑琼琚》,《四库全书存目丛书补编》第4册,齐鲁书社,2001年。

② 黄始辑评《听嘤堂四六新书》,《四库禁毁书丛刊》集部第135册,北京出版社,1997年,第560页。

③ 黄始辑评《听嘤堂四六新书》,《四库禁毁书丛刊》集部第135册,北京出版社,1997年,第650—651页。

所谓寓意深远、不徒藻丽为工也。读斯文,亦可悟其用意之所存矣。①

黄始将自己的赋选入自编选本中,评语落款署名"王惟夏",未审是王氏自作,还是黄始代作。这则评语认为作赋的目的就是"假物托情、借端寓讽",又举王维诗歌的例子说明写诗文要寓意深远,隐指《三春游览赋》不仅寓意深远,且用词藻丽,文质彬彬。

　　黄始辑评《听嘤堂翰苑英华》亦载诸多评语,如卷三录缪肜《寿江念翁二府序》,末评云:"《西清诗话》称柳子厚文'雄深简淡、迥拔流俗'。盖惟雄深最难于简淡,非老笔不能副之。此文序事则雄深,而措词复简淡,可谓兼擅其能。"②用评价柳宗元文的特征类比缪肜寿序。明清之际产生了大量寿序,是骈文大宗,然这种文类很难出新,往往模拟蹈袭,而缪氏寿序能够达到"雄深简淡"的风格,一新耳目,提供给读者,以示典范。

　　八股文作为骈文的特殊文类,是士子学习的主要内容,明清之际产生了诸多八股文选本,著名者如方苞编《钦定四书文》等。康熙四十七年(1708)刻孙维祺辑评《明文得》即是选录八股文的总集③,该书选有归有光、茅坤、陈子龙、吴伟业、汤显祖等人八股文,文末有诸多评语,指导士子学习和写作八股文技术。

　　《国朝骈体正宗》的评本很多,如光绪十年(1884)花雨楼刻朱墨套印本《国朝骈体正宗评本》,每卷卷首题"南城曾燠宾谷原选,镇海

① 黄始辑评《听嘤堂四六新书》,《四库禁毁书丛刊》集部第 136 册,北京出版社,1997 年,第 118 页。
② 黄始辑评《听嘤堂翰苑英华》,《四库禁毁书丛刊补编》第 52 册,北京出版社,2005 年,第 90 页。
③ 孙维祺辑评《明文得》,《四库禁毁书丛刊》经部第 10 册,北京出版社,1997 年。

姚燮某伯评,张寿荣菊龄参"①,该书于所选清初毛奇龄、陈维崧、吴兆骞等骈文有眉评,于文字旁有圆圈,评语和圈点主要叙述选文的用字、典故、结构、风格等,便于后学掌握骈文的写作方法。

　　二十世纪以来骈文选本的评点仍有,如前揭王文濡选《清代骈文评注读本》每篇有尾评,王仁溥评选《(评注)骈文笔法百篇》和张廷华编《(广注)骈文自修读本》则每篇有眉评,这些评论与清代骈文选本的评点类似,用以指导后学学习骈文。当代骈文选本如朱洪国选注《中国骈文选》和吴云主编《历代骈文精华注译评》等也有评论。

　　明清之际别集中亦多有对骈文的评语,明末沈承撰《毛孺初先生评选即山集》六卷,毛孺初辑评,卷四《拟上冠婚贺表》尾评云:"风流都雅,似一通致语,可咏可歌。"②该书卷四和卷五多有眉评、夹评、尾评。清初王晫《霞举堂集》之《南窗文略》卷六《讨旱魃檄》尾评载:"吴蔼次先生曰:历数罪案,辞严义正,方之宾王《讨武》,有此体裁,无此典赡。"又《讨鼠檄》尾评:"陆拒石曰:博雅不必言,笔端遒劲,字挟风霜,真作露布手也。"③这两则檄文后有吴绮(字蔼次)和陆繁弨(字拒石)的评语,清初骈文家评价清初骈文,对王晫檄文做了高度评价。任源祥《鸣鹤堂文集》卷九《会业引言》有尾评云:"六朝之工,宋人之秀,兼而有之。储同人。"④储欣,字同人,宜兴人,与任源祥是同乡。这些别集中的骈文评语或言其风格,或谈其工拙,或比较分析,

① 曾燠选,姚燮评,张寿荣参《国朝骈体正宗评本》,清光绪十年(1884)花雨楼刻本。

② 沈承撰,毛孺初辑评《毛孺初先生评选即山集》,《四库禁毁书丛刊》集部第41册,北京出版社,1997年,第643页。

③ 王晫《霞举堂集》,《清代诗文集汇编》第144册,上海古籍出版社,2010年,第51、52页。

④ 任源祥《鸣鹤堂文集》,《清代诗文集汇编》第63册,上海古籍出版社,2010年,第176页。

是认识骈文技巧和风格的重要资料。

骈文集亦多含评语,如汪芳藻《春晖楼四六》一卷,包括序、送序、题辞、记、赞、启、跋等,每篇后有评语,有的评语用骈体写成。如《松竹之间图题词》尾评:"布局宏阔,琢句工秀,胸有万卷,笔无点尘,洵可前拟徐庾,后驾陈吴。程姬田。"又《君山高会图记》尾评:"敷华染干,妙有章程,换步移形,节节取胜。自迦陵先生后复见斯文,真绝调也。徐息滨。"《征节孝诗文启》尾评云:"情文悱恻,可以慰孝妇于九京,可以维风教于百世。叔紫沧。"①汪芳藻是康熙后期骈文家,《春晖楼四六》的骈文附载时人评语,这些评语以陈维崧为榜样,所云"后驾陈吴""自迦陵先生后复见斯文"可知。评者汪灏(字紫沧)也是骈文家,《四六枝谈》将之列为清初前辈工四六者。清初不少文集载有时人评语,这是一种宣传自己作品的方式,也是自我作品经典化的途径。清初骈文集有评语者还有汪卓《鸿雪斋俪体》六卷②,包括赋、序、启、记、引、约言、题辞、像赞、祭文、跋等,文后有评语,评者包括汪洪度、吴寿潜、吴菘(绮园)、孙庭筠、汪文治、孙希声等。谢芳连《风华阁俪体》③载沈德潜、黄之隽、袁枚等评语。

不论骈文选本还是别集,骈文评点都以读者视角分析骈文风格和内容,阐述骈文写作方法、标示骈文佳句,使骈文在不断阅读和解释中产生典范效应,塑造骈文经典,鼓扬骈文文风。

第三节　清人注清骈:清初骈文
经典化的路径创新

清代人编选诸多本朝的骈文选本,即清人选清骈。关于清代骈

---

① 汪芳藻《春晖楼四六》,清联萼堂刻本,第38、49、60页。
② 汪卓《鸿雪斋俪体》,清康熙间黄惟恭刻本。
③ 谢芳连《风华阁俪体》,清光绪二十四年(1898)任光奇刻本。

文选本对明清之际骈文经典和经典作家的建构在本章第一节已详细
论述,兹主要考察清代骈文经典化的另一种路径选择:清人注清骈。

　　清人有强烈的经典化意识,把本朝或自己的作品置于整个诗文
体(文类)发展史中,构建诗文谱系或统系。随着骈文创作的增多和
质量的提高,出现了清人注清代骈文别集和清人自注所撰骈文集的
现象,这是清代骈文注释的显著特征①。单篇骈文注释和自注在西
晋即有,左思《三都赋》有张载和刘逵注,刘孝标认为《三都赋》皇甫
谧序和注释都是左思自己所为,《世说新语》卷上之下《文学第四》
"左太冲作《三都赋》初成"条末尾刘注引《思别传》曰:"皇甫谧西州
高士,挚仲治宿儒知名,非思伦匹。刘渊林、卫伯舆并蚤终,皆不为思
赋序注也。凡诸注解皆思自为,欲重其文,故假时人名姓也。"②《陈
检讨集》卷首张英《序》云:

　　　　左太冲之《三都》追配平子,为《六经》鼓吹。于时乃有孟
　　阳、渊林分为之注,刘孝标则谓"注即太冲自为,姑托胜流张其光
　　价"。今读太冲《赋》序,其末亦云"聊举一隅,摄其体统,归诸诂
　　训",则以注为出自一人,理或然欤?岂不薄今人,固难厚望于斯
　　世欤?③

---

① 本朝人注本朝骈文别集始于明代,目前所知,惟连继芳著、陈于京等注《鸳鸯
　　小启》十七卷(明万历三十七年粤中袁三余等刻本),此书乃明人注明骈,全
　　为启文,是通俗骈文别集注本。清人注清骈别集则广收文类,雅俗并举,体例
　　完备,注释详实,注本众多,达到成熟阶段。
② 刘义庆著,刘孝标注,余嘉锡笺疏《世说新语笺疏》,中华书局,2007 年,第
　　292 页。
③ 陈维崧撰,程师恭注《陈检讨集》,《四库提要著录丛书》集部第 358 册,北京
　　出版社,2010 年,第 339 页。

张氏举左思之例主要推明程师恭注《陈检讨集》的难能可贵,但也认为左思自注《三都赋》并非无据,清代何焯亦持此论。不论是他注还是自注,《三都赋》这首骈赋都有代表性,即通过当代人注当代作品,使作品经典化,清人注清骈便是骈文经典化的一种路径。

清代骈文别集的注释有两种方法,一种是他注,如程师恭注《陈检讨集》二十卷,吴自高注《善卷堂四六》十卷;一种是自注,如章藻功撰注《思绮堂文集》十卷,胡浚撰注《绿萝山庄文集》二十四卷,自注是典型的自我经典化。

清初他注的骈文别集最早的有陈维崧《陈检讨集》二十卷,系安徽安庆府怀宁县人程师恭注,程氏生平见《(康熙)安庆府志》卷十九《程师恭传》①。《陈检讨集》刊行于康熙三十三年甲戌(1694),以蒋景祁刻天藜阁本骈文集《陈检讨集》十二卷为底本。这个注本虽然有一些讹误,但瑕不掩瑜,被收入《四库全书》,成为清人注清骈的发轫之作,对其后的清代骈文注本影响甚大。

乾隆七年壬戌(1742),吴自高作《善卷堂四六注缘起》云:"三崧欣然谓曰:'足下盍仿迦陵四六,为斯集郑笺乎?'"②姚孔铖,号三崧,雍正十一年(1733)进士,官翰林院编修。姚氏以程师恭注《陈检讨集》为例,鼓励吴自高给《善卷堂四六》作注。吴自高《例言》亦提到程师恭注《陈检讨集》之事,吴氏注《善卷堂四六》参考了程注本的体例。吴自高为安徽安庆府桐城县人③,与程师恭都属安庆府,程师恭曾入在京任职的张英家里担任家庭教师,吴氏则在张英之子张廷玉

---

① 张楷纂订《(康熙)安庆府志》,《中国地方志集成》之《安徽府县志辑》第10册,江苏古籍出版社,1998年,第466页。

② 陆繁弨撰,吴自高注《善卷堂四六》,《四库全书存目丛书》集部第257册,齐鲁书社,1997年,第375页。

③ 廖大闻等主修《(道光)桐城续修县志》卷十六《吴自高传》,《中国地方志集成》之《安徽府县志辑》第12册,江苏古籍出版社,1998年,第560页。

门下协助处理公务。程、吴二人不仅同乡,且都曾在朝中高级官员家里协助做事,从这一层面来讲,当时朝中的公文与骈文密切关联,两人擅长朝廷公文,撰写公文需要大量与骈文有关的典故、语句等,为骈文集作注是长期写作公文的副产品。

自注单篇文章较早即有,然自注骈文集则清初章藻功首创,其《注释思绮堂文集凡例》云:"从来无有自注文集者,余既为友人怂恿,又见注书家,如李善'释事而忘意',不惟负作者本心,且贻误后来不少。余之注是集也,非敢自炫,祇是引据处于文义确切,庶免错谬而已。"①章藻功《思绮堂文集》卷首许汝霖《序》云:

> 章子岂绩以四六擅名于时久矣,《思绮堂》一集不胫而走者三十年……顾有读其辞而不解其义,亦或泥其义而未尽伸缩变化之妙。甚矣,注释之功所宜亟亟也。然而,注书之难,倍难于作者,而注四六之难,又复难于他书十倍……尝观古今来注四六者有矣,若徐、庾,若李义山、李梅亭、橘山诸集,备极淹博,详核靡遗,而其间不无一二渗漏纰缪之处,似是而非,毫厘千里,不特贻误后来,亦大失作者之本旨。顾安所得徐、庾、义山诸公之自注乎哉?②

又《善卷堂四六》卷首吴自高《例言》云:

> 注家之难,难于考据精确,若释典故而忘文义,则引证未免

---

① 章藻功撰注《思绮堂文集》,《清代诗文集汇编》第 198 册,上海古籍出版社,2010 年,第 347 页。
② 章藻功撰注《思绮堂文集》,《清代诗文集汇编》第 198 册,上海古籍出版社,2010 年,第 345 页。

诐舛，不惟负作者本心，且贻误后来不少。近时注四六者，徐庾
则有吴氏（讳兆宜），李义山则有徐氏（讳炯），陈检讨则有程氏
（讳师恭），称详赡焉，要不如《思绮堂》自注为尽善。以其旁引
曲证，于作者本意犹未尽吻合也。①

　　许汝霖、章藻功和吴自高都认为自注骈文集更能契合"作者之本
旨"，能避免他注带来的用典不确、释义不准的弊端。其后胡浚自注
《绿萝山庄文集》二十四卷②，鲁曾煜《胡希张四六文集序》云："今迦
陵四六善本行世，而希张文亦绣诸板……自为注者，仿《韩非子》有经
有传之例也。"③鲁氏认为胡浚文集自注的体例仿自《韩非子》，《四库
全书总目》卷一百八十四《绿萝山房文集》提要云："是编文皆骈体，
浚自为之注。前有鲁曾煜《序》称'仿《韩非子》有经有传例'，然《韩
非子》经传各自为条。其著书句下自注者始班固《汉书·艺文志》，
作文句下自注者始谢灵运《山居赋》。浚盖用灵运例也。"④四库馆臣
则以为《绿萝山庄文集》仿谢灵运句下自注例。其实早在胡浚之前，
章藻功撰注《思绮堂文集》于康熙六十一年（1722）刊行，与以前自注
单篇作品不同，章藻功自注的是一部完整的文集，具有非常自觉的为
自己文集作注释的意识。胡浚继承了这一体例。
　　清初人注清骈是一种自觉的经典化方式的创新，这与明末以来
对文学的认识有关，当时的诗文集多有评点，诗文选本也是如此。另

---

① 陆繁弨撰，吴自高注《善卷堂四六》，《四库全书存目丛书》集部第 257 册，齐
　鲁书社，1997 年，第 372 页。
② 胡浚撰注《绿萝山庄文集》，《清代诗文集汇编》第 242 册，上海古籍出版社，
　2010 年。
③ 鲁曾煜《秋塍文钞》，《四库全书存目丛书》集部第 270 册，齐鲁书社，1997 年，
　第 197 页。按，《绿萝山庄文集》卷首亦载此文，题《绿萝山庄文集序》。
④ 永瑢等《四库全书总目》，中华书局，1965 年，第 1672 页。

外,戏剧、小说的评点十分兴盛,且多为自撰自评,这些都启发着骈文家自注文集。除了清初人注清初骈文别集外,还有清初的骈文选本的注释,此处不赘述。概之,清人注清骈将当时人和自己的骈文作为典范,加以注释、圈点和评论,刊行于世,供人阅读,传播了骈文家的作品,提高了骈文家的名气,清代中叶至今的骈文选本选录陈维崧、陆繁弨、章藻功、胡浚的骈文较多便是明证。清人注清骈不仅可以将自己的骈文提供给文人模仿学习,也是建构经典作品的一种方式,并且比较成功。

第四节　明清之际骈文经典化的启示

在中国骈文史上,明清之际属于骈文的复兴初期,处于接续久已隐伏的骈文文统、开启清代中叶骈文兴盛的转折阶段。这一时期的骈文取得了独特成就,得到后世的认可并形成骈文经典作品,虽然经典作品和经典作家的数量比清代中后期少,但其经典化的历程及其伴随文学思想的变迁能够提供诸多启示。

首先,骈文选本是骈文经典和骈文经典作家产生的主要载体。纵观明清之际骈文经典和骈文经典作家的选择和调整,基本都是缘于骈文选本的选录,凡是入选的骈文家和骈文作品都会迅速起到典范作用,并对后来的骈文选本的选择有所影响。如曾燠辑《国朝骈体正宗》所选作家在后来的骈文选本中多有选录。

其次,骈文经典和经典骈文家的确立和消除的深层次原因是骈文思想发生了变化。如明清之际普遍流行通俗骈文,骈文思想则以适用为美,徐渭、马朴、蔡复一、黄始、宋琬、尤侗、陆繁弨、章藻功等通俗骈文家作为经典作家,受到时人的推崇和学习。到了清代中期,以六朝骈文为审美追求,《国朝骈体正宗》以此标准建构骈文文统,毛奇龄、陈维崧等成为清初经典骈文作家。到了清代后期,骈文坛不再仅仅以一种审美标准或风格占主导，而是出现了六朝派、三唐派、宋四六派等，形成了各种骈文风格并存争胜的局面。《皇朝骈文类苑》着眼于兼容并蓄，《骈文类纂》主要用于呈现骈文发展的源流正变，陈子龙、毛奇龄、陈维崧等成为经典作家。二十世纪以来，随着白话文成为正式的书面语，文学观念发生了质的变化，骈文和其他古典文体一样经历着现代转型，据骈文选本选录情况统计，蒲松龄、陈维崧、陆繁弨、吴兆骞、毛奇龄等成为明清之际骈文经典作家。

　　第三，骈文话、模拟、评点是骈文经典化的有效路径。骈文话侧重骈文本事、句式的分析，模拟则从作者角度固化经典的地位，评点从读者(欣赏者)视角解读作品并指示门径。

　　第四，清人注清骈是清代骈文显著的特征，表明清代骈文家具有对本朝和自己骈文的自信，将之视作经典进行注释，供读者阅读。这是清代骈文应用广泛且具有创作实绩的表现。

　　第五，明清之际骈文经典化存在一些不足，值得深入思考。虽然清代骈文别集较多，但一直以来的文学观念，将骈文置于散文之下，清人诸多文集大多收录散文，将零星的骈文篇章置于散文之内，直到今天还有不少学者将骈文隶属于散文，不少《中国散文史》类著作将骈文纳入其中。骈文的独立地位仍没有得到广泛认可，必须经过深入研究和持续的文献整理，提高骈文的独立地位，并以兼容的态度和开放的观念来处理骈文和散文的关系。

　　对明清之际骈文的成就和特质研究需要进一步深入，这一时期的骈文以通俗为美，着眼于应用，这与传统中国高雅的文学标准不同。如何更好地评价这种通俗文学观念和作品成为今后必须面对的问题。不能简单地说这些通俗作品因袭重复，其实通俗骈文包含着丰富的现实生活和礼仪内容，是文人生活艺术化的重要表征。

　　明清之际骈文文献整理出版者很少，大多数还处于影印出版阶段，另有不少骈文选本和别集存藏于个别图书馆，阅览甚难，十分不利于全面研究。所以文献整理出版亟待进行。

　　虽然有一些不足，但总体上说，明清之际骈文研究取得了较大进展，骈文家如陈子龙、陈维崧、吴兆骞等的别集已经出版，其他如马朴、吴农祥、吴绮、陆繁弨等人的别集也在计划出版中，这一时期的骈文选本也在陆续影印。近十年来研究骈文者多涉及这一时期骈文选本和别集，大部分文献能够找到。相信经过当代学人的努力，定能将明清之际甚至清代骈文文献和骈文成就整理和揭示出来，使我们能全面认识明清之际骈文的内涵和意义。

第五章 陈子龙的骈文风格
与明清之际骈文递嬗

第一节 陈子龙籍里与世系考辨

陈子龙(1608—1647),初名介,后更今名,字卧子、人中,号大樽、於陵孟公。子龙生当明代末年,濡染江浙士大夫关心国事、追逐功名的品格,其人慷慨凛然,注重名节气谊,弘光元年(1645),南京被清军占领,闰六月,南方各地义兵四起,子龙亦从事抗清战争,但发现所招之兵多市井中人,没有经过军事训练,且军饷无从筹措,面对此种情形,他说:"兵虽众,固知其不堪,而义不可止。"①这种"知其不可为而为之"的精神正是古代中国精英士人的高尚品质,陈氏最终被捕殉国,也是这种精神的表现。其生平见于《陈子龙年谱》(自撰)和门人王沄所续撰的《陈子龙年谱》②,前者为陈氏自撰,后者乃与其关系密切的门人所写,较为可信。至今,有关陈子龙的生平事迹、文学成就、历史地位、军事思想等的研究成果较多,但仍有一些问题,如陈子龙

① 陈子龙著,王英志编纂校点《陈子龙全集》之《陈忠裕公全集》卷三十一,人民文学出版社,2011年,第983页。
② 陈子龙著,王英志编纂校点《陈子龙全集》之《陈忠裕公全集》卷三十一,人民文学出版社,2011年,第916—1008页。

的籍贯问题、其后代世系问题等存在分歧和疑问,现对此进行梳理辨析。

一、陈子龙籍里辨析

陈子龙的先祖世代居住华亭莘村(今上海闵行区莘庄镇),而子龙长期居住的华亭县城和祖茔所在的广富林皆属今上海松江区,当以陈子龙是华亭(今上海松江区)人为宜。

关于陈子龙的籍贯,清代后期陈其元《庸闲斋笔记》卷七载:"《明史》于公《传》书华亭人,而崇正三年,南国贤书所列,解元杨廷枢,吴县人,而公则署青浦县学生,青浦于嘉靖时割华亭、上海县地所置,史特仍其旧贯而书之耳。"①1910 年,上海金山学者高燮发表《明末陈卧子先生传》云:"陈先生子龙,字卧子……先世颍川人,宋中叶,有仕于康王幕府者,从渡江,遂为华亭人。(按先生父所闻及先生,皆入青浦学,应为青浦人,《国史列传》及《年谱》皆云华亭人,当系称松江为华亭也。)"②这是较早关注陈子龙籍里问题的文章,高先生认为陈子龙学籍在青浦,应当是青浦人。而《明史》本传和自撰《年谱》皆言华亭人,以为是用华亭代指松江府而言。其后二十世纪八十年代,朱东润先生在《陈子龙及其时代》中云:"陈子龙,明松江府华亭县莘村人……关于子龙的祖籍,有不同的说法,有人说他是青浦人。明代的松江府领县三:华亭、上海、青浦,其中华亭是附郭县,所以称他为

---

① 陈其元《庸闲斋笔记》,《续修四库全书》第 1142 册,上海古籍出版社,2002 年,第 109 页。

② 高燮《明末陈卧子先生传》,《申报》1910 年 7 月 1 日第 1 张第 6 版。此传后收入《国学丛选》第 12 集,题《陈卧子先生传》,上海有正书局,1920 年。高铦、高锌、谷文娟编《高燮集》据《国学丛选》本收录,中国人民大学出版社,1999 年,第 142—153 页。按,《高燮集》此传文末标注出版年为 1920 年,实际上此传首先连载于 1910 年之《申报》。

松江人,也是正确的。莘村在华亭县的东北,接近青浦县,称他为青浦人,不能说没有理由,但是正因为他在自撰《年谱》,称为'宋南渡徙居华亭之莘村',按名从主人之例,我们应当称他为华亭人……我们称他为松江人,无论从明代的或是从近代的制度看,都是正确的。"①21世纪以来亦有学者对此有所讨论,如姚蓉《明末云间三子研究》第二章讲到:"陈子龙家在松江府华亭县的莘村……而且陈子龙和他的父亲陈所闻都是以青浦县的学籍参加科举考试的,所以也有人说他们是青浦人。"②该书前言仍署陈子龙为松江华亭人。张亭立《陈子龙研究》综合前面几位学者观点,说:"陈子龙所出生的莘村在华亭县的东北边,临近青浦县……但不管是青浦还是华亭,不管是明代还是现在,都包括在松江的地域范围之内,所以说他是松江人都是正确的。"③王守稼、缪振鹏《词赋才高一代雄　千秋青史见孤忠——明末名士陈子龙》认为子龙是青浦人,其第4条注释云:"青浦,明嘉靖万历间从华亭县分出,故郭延弼《松江府志》称陈子龙之父陈所闻为华亭人。"④其他如魏振东《陈子龙年谱》⑤等亦有所涉及,兹不一一缕述。概之,目前学界关于陈子龙籍贯问题主要有三个地方,即华亭、青浦、莘村,下面对这三个地方一一考察。

　　首先,有关陈子龙是华亭县人的说法甚多,陈子龙常常自称为华亭人,如《先考绣林府君行述》:"其先豫人,自宋之中叶,有仕于康王幕府者,从渡江,遂为华亭人……是时先王父以好施,且困于践更,产

① 朱东润《朱东润传记作品全集》第三卷,东方出版中心,1999年,第6页。
② 姚蓉《明末云间三子研究》,广东高等教育出版社,2004年,第25页。按,该书2011年版此处文字同。
③ 张亭立《陈子龙研究》,华东师范大学2007年博士论文,第29页。
④ 王守稼、缪振鹏《词赋才高一代雄　千秋青史见孤忠——明末名士陈子龙》,《上海社会科学院学术季刊》1986年第1期。
⑤ 魏振东《陈子龙年谱》,广西师范大学2007年硕士论文。

仅过中人，又世事农，田园在野，而先王父与家大母训子甚力，相与谋曰：'乡曲间安得有良师友以成德器？'乃迁之城中。"①《陈子龙年谱》（自撰）云："予以季夏朔日，生于郡城。"②可知，在其父陈所闻十余岁时，陈子龙祖父陈善谟携全家从乡村迁居松江府城。《（乾隆）华亭县志》卷十二《陈所闻传》载："陈所闻，字无声，求忠书院西人。"③同书卷二："求忠书院在普照寺西，即鹤城书院故址。"④卷七："平露堂，陈忠裕子龙宅，在普照寺西……普照讲寺在县治西。"⑤据此可知，陈子龙祖父将家迁到城中普照寺西边，在明清皆隶属华亭县，松江府与华亭县同城，故子龙说生于郡城。陈子龙《夏邑县新甃砖城记》末署："华亭陈子龙记。"⑥陈子龙好友宋征舆《林屋文稿》卷八《於陵孟公传》云："於陵孟公者，江南松江华亭县人也。姓陈氏，名子龙。"⑦华亭县城居所是从陈子龙祖父开始居住，而陈子龙从出生到殉国，一生绝大部分时间在华亭县城（也是松江府城）居住，他自己以华亭人自居，同时代人多称其为华亭人，其华亭居所当在今上海松江区普照路和中山中路附近。

再考察华亭莘村这个地方，《陈子龙年谱》（自撰）载："予先世颍

---

① 陈子龙著，王英志编纂校点《陈子龙全集》之《陈忠裕公全集》卷二十九，人民文学出版社，2011年，第892—893页。

② 陈子龙著，王英志编纂校点《陈子龙全集》，人民文学出版社，2011年，第916页。

③ 冯鼎高等修，王显曾等纂《（乾隆）华亭县志》，《中国方志丛书》"华中地方"第462号，成文出版社，1983年，第536页。

④ 冯鼎高等修，王显曾等纂《（乾隆）华亭县志》，《中国方志丛书》"华中地方"第462号，成文出版社，1983年，第133页。

⑤ 冯鼎高等修，王显曾等纂《（乾隆）华亭县志》，《中国方志丛书》"华中地方"第462号，成文出版社，1983年，第341—348页。

⑥ 陈子龙《安雅堂稿》卷七，明崇祯间刻本，第27页。

⑦ 宋征舆《林屋文稿》，《四库全书存目丛书》集部第215册，齐鲁书社，1997年，第334页。

川人也，宋南渡，徙居华亭之莘村。"又陈子龙《三慨·邬氏之犬》云：
"余少时，有苍头尤愚者语余：'曩尝从先王父刑部公居莘村别
墅。'"①陈子龙祖父陈善谟迁居华亭县城之前世代居住于华亭莘村，
此莘村在何处呢？张乃清《莘庄历史谜题》之《莘庄南面有莘村？》
云："有史料称，明末松江名士陈子龙的祖上南宋时迁居到'华亭莘
村'，这'莘村'在华亭县三十六保……这个'莘村'是指莘庄吗？莘
庄当时属华亭县三十六保，而且这里人称莘溪，说是村不错，称以庄
也罢，似乎可以说得通。但是莘庄镇南部有条春申塘，而春申塘原名
莘村塘。这莘村塘因何得名呢？似乎莘庄之外还会有个叫莘村的地
方。"②在《陈忠裕公全集》里，陈子龙两次提到莘村，这是其家搬到华
亭县城之前世代居住的地方，其祖父（即文中先王父）就曾居住在那
里。这个莘村到底位于何处？《（崇祯）松江府志》卷三："莘庄镇，一
名莘溪，在三十六保。"③《（光绪）重修华亭县志》卷三云："莘村塘，
三十六保二十八图、三十二图。"④从方志记载看，张乃清先生所言与
历史情形吻合，但陈子龙所言的莘村，是否就是莘村塘或者莘庄，难
以确指。但明清华亭县辖区以"莘"为名的地方除了这两处外不多
见。故陈子龙祖辈居住地不管是莘庄镇还是莘村塘，都在今上海市
闵行区莘庄镇范围⑤。

　　关于陈子龙与青浦的关系，《陈子龙年谱》（自撰）"天启三年癸

---

① 陈子龙著，王英志编纂校点《陈子龙全集》，人民文学出版社，2011年，第916、
　907页。

② 张乃清《春申潮》，上海人民出版社，2009年，第126页。

③ 方岳贡等修《（崇祯）松江府志》，《日本藏中国罕见地方志丛刊》本，书目文献
　出版社，1991年，第59页。

④ 龚寿图等修《（光绪）重修华亭县志》，《中国地方志集成》之《上海府县志辑》
　第4册，上海书店出版社，2010年，第402页。

⑤ 《上海地名志》编纂委员会编《上海地名志》（上海社会科学院出版社1998年
　版）第二章载，莘庄镇1992年为闵行区人民政府驻地。

亥"条云："就童子试于青溪。"①据屠隆《由拳集》卷十二《〈青溪集〉叙》："青溪者何？青浦也。"②《(康熙)松江府志》卷三十六载陈所闻和陈子龙乡试科名,名下皆注为"青浦学"③。则陈子龙学籍隶青浦县,所以去青浦参加童子试。《陈子龙年谱》(自撰)"崇祯十七年甲申"条："十二月,始克葬祖考、皇考、两先妣于青浦之富林东阡。"④王沄《陈子龙年谱》记述,陈子龙于顺治三年(1646)葬祖母高氏于广富林东阡,遂庐居于此,其后陈子龙亦葬于此处⑤。《(光绪)青浦县志》卷二："广富林镇,在三十八保一区三十图,县治南二十八里……陈子龙继之,地益增重。嘉庆间,王昶、陈廷庆建陈、夏二公祠于此。"⑥陈其元《庸闲斋笔记》卷七云："少时读明陈卧子先生制艺,心即仪其人,同治戊辰,摄宰青浦县,县境所辖之广富林,则公墓道在焉。"⑦据此,陈子龙祖茔在青浦县广富林,广富林到清代同治年间仍属青浦,此地今属松江区佘山镇,陈子龙墓仍在。

　　由以上考证,华亭莘村乃陈氏先祖南迁后居住地,从陈善谟开始,陈家迁居华亭县城,这里是陈子龙长期生活和从事交游、课艺的

① 陈子龙著,王英志编纂校点《陈子龙全集》,人民文学出版社,2011年,第921页。
② 屠隆《由拳集》,《四库全书存目丛书》集部第180册,齐鲁书社,1997年,第536页。
③ 郭廷弼修《(康熙)松江府志》卷三十六,清康熙间刻本,第39、42页。
④ 陈子龙著,王英志编纂校点《陈子龙全集》,人民文学出版社,2011年,第979页。
⑤ 陈子龙著,王英志编纂校点《陈子龙全集》,人民文学出版社,2011年,第990—1000页。
⑥ 陈其元等主修《(光绪)青浦县志》卷二,清光绪五年己卯(1879)尊经阁刻本,第2页。
⑦ 陈其元《庸闲斋笔记》,《续修四库全书》第1142册,上海古籍出版社,2002年,第108页。

场所,青浦县乃陈子龙学籍所在,而青浦广富林则是陈家祖坟所在。纵观陈子龙一生,除了参加科举考试外,很少有关于青浦的活动,而原祖居地莘村则关注得更少。陈子龙的先祖世代居住莘村(今上海闵行区莘庄镇),子龙长期居住的华亭县城和祖茔所在的广富林今皆归上海松江区管辖,当以陈子龙是华亭(今上海松江区)人为妥。

二、陈子龙后代世系考

施蛰存、马祖熙两先生标校《陈子龙诗集》附录二载《陈子龙世系表》①,其后王英志编《陈子龙全集》将此表列入附录二《施校本附录》②。魏振东《陈子龙年谱》之"世系"部分,基本沿用该表内容③。该表列出从陈子龙高祖陈绶至陈子龙六世孙陈后昆的世系次序,为研究陈子龙家世提供了直观的资料,有功学界,但是有些地方存在疑问,兹予以辩证。

《陈子龙世系表》以为陈子龙曾孙(三世孙)陈世贵所娶王氏,即王沄(字胜时)女孙,王沄子王柊女。按,这种说法不确,王沄《三世苦节传》云:"(孺人)既举曾孙……孺人因使人下问曾孙当何名,因忆先生丁丑登第时,方望举子,尝镌世贵名于齿录,若有先兆,请即以名曾孙,可乎?……岁在癸酉仲春之吉,孺人命从侄倬来,知予子柊有女孙同岁生,请问名,予额手曰:'此小子宿心也,敬闻命矣。'乃告于先祠,以女孙字世贵焉。"又其《陈子龙年谱》载:"遗腹生曾孙世贵,今岁癸酉,孺人知予子柊有女孙,命从侄来问名,予承命,以女孙

---

① 陈子龙著,施蛰存、马祖熙标校《陈子龙诗集》,上海古籍出版社,1983年,第742—744页。
② 陈子龙著,王英志编纂校点《陈子龙全集》,人民文学出版社,2011年,第1683—1685页。
③ 魏振东《陈子龙年谱》,广西师范大学2007年硕士论文,第6页。

字焉。"①根据王沄记述，陈世贵所娶乃王沄之曾孙女，即王沄之子王移之孙女，"以女孙字焉"之女孙应理解为"予子移有女孙"中之"女孙"，即前面的文字省略了"予子移"。王沄之于陈子龙虽执弟子礼，但是王沄仅比陈子龙小11岁，陈子龙于崇祯十七年（1644）生男丁陈巖，此时子龙已经三十七岁，可以说是得子比较晚的。从这一层面上说，两家的后代年岁相仿，相互婚姻也是可能的。但王沄《陈子龙年谱》末附"考证"云："黄门玄孙女之子金山诸生王君锡瓒，胜时先生玄孙也，述陈氏世系如是。"②若王锡瓒是王沄玄孙，则陈世贵之女陈氏嫁与王沄曾孙，上推陈氏之母王氏只能是王沄孙女，乃合常俗，而王沄却说"予子移有女孙"，这一表述很难将此王氏理解为王沄的孙女。一为王沄本人所述，一为王锡瓒所讲，未知孰是。

第二节　陈子龙骈文思想及其
参错疏畅的骈文风格

明代天启、崇祯年间，社会上出现复兴古学的风气，复兴古学的内容广泛，包含了文学复古，廖可斌说："明代文学复古运动的第三次高潮兴起于天启末、崇祯初，主要表现为复社、几社等社团的文学活动。"③古代中国文学改革通常以复古面目出现，而"明代万历中期之后，社会上形成崇尚奢华的社会思潮，从帝王至庶民皆以华丽为美，这一思潮渗透到文学领域，文士们找寻文章中的华美文体……出现

---

① 陈子龙著，王英志编纂校点《陈子龙全集》，人民文学出版社，2011年，第1637—1638、1000页。
② 陈子龙著，王英志编纂校点《陈子龙全集》，人民文学出版社，2011年，第1001页。
③ 廖可斌《明代文学复古运动研究》，上海古籍出版社，1994年，第341页。

了肯定和学习六朝文的倾向，并迅速形成崇尚六朝文的审美取向，使文坛上继前、后七子师法秦汉文、唐宋派模范唐宋八大家文之后，将复古的对象指向六朝文，呈现'六朝转向'的局面"①。明末骈文的流行、公安派文学风尚的波及、王阳明心学的兴盛以及商品经济发展和市民阶层的壮大等共同促动了明末俗文学流行，诗文创作趋向俗化，复古六朝文的结果是通俗骈文（主要是应酬性骈文）的创作充斥文坛，而高雅骈文作品罕见，模拟古代骈文徒具外形，未得真精神，明末大量骈文创作实际上是延续了宋代以来骈文俗化的方向，而更加地通俗和冗滥。有识之士惩于此，对这种风气加以反拨，再次倡导复兴古学，使诗文逐渐走向雅化的轨道。可以说陈子龙的文章思想与启、祯间的复兴古学思潮密切关联。而他的学习、交游经历对其骈文创作影响甚大，陈子龙以其独特的性情，创造出参错疏畅的骈文风格，为清初骈文复兴起了导夫先路的作用。

一、陈子龙与明末古学复兴思潮

明末社会动荡，内部农民武装四起，东北方向满洲政权不断威胁首都北京，风俗上崇尚奢华，士庶皆沉浸在享乐氛围中，诗文、学术同样流于肤廓，赵南星《废四六启议二首》（其二）云："今之人亦可谓颠倒矣。房侵地削，群盗纵横，至危也，而更忧渴；困窔空虚，间阎萧索，至窘也，而更奢侈；夫戍妇寡，人号鬼哭，至惨也，而更淫乐；此皆甚可骇异，即四六启之事，亦足以见其一端矣。"②面对种种弊病，才俊之士以古学相号召，推崇学古人、学古文，鄙弃浮华文风，以此来重振士

---

① 张明强《明末清初文坛"六朝转向"与骈文演进》，《苏州大学学报（哲学社会科学版）》2018 年第 4 期。
② 赵南星《赵忠毅公诗文集》卷十七，《四库禁毁书丛刊》集部第 68 册，北京出版社，1997 年，第 520 页。

风,求本务实,以期明朝中兴,从而形成古学复兴思潮。以下从几方分别言之。

首先,明代末年,当时名流注重提倡古学。吴伟业说:"当先皇帝(指崇祯帝)初年,海内方乡古学,一二通人儒者,将以表章《六经》、修明先王之道为务。"①钱谦益于崇祯十五年壬午(1642)为周时雍所辑《古学汇纂》作《古学汇纂题辞》,其云:"古之人,其制行也重本,而端趋也务实。故其为学非原始经术、根极理要,不以垂训而立教……古学不讲久矣。"②其《赠别方子玄进士序》云:"夫今世学者,师法之不古,盖已久矣。经义之敝,流而为帖括;道学之弊,流而为语录。是二者,源流不同,皆所谓俗学也。俗学之弊,能使人穷经而不知经、学古而不知古,穷老尽气,盘旋于章句占毕之中,此南宋以来之通弊也……务华绝根,数典而忘其祖,彼之所谓复古者,盖亦与俗学相下上而已。驯至于今,人自为学,家自为师,以鄙俚为平易,以杜撰为新奇,如见鬼物,如听鸟语,无论古学不可得见,且并其俗学而失之矣。"③《古学汇纂》封面左侧云:"凡裨举业诸书,靡不分汇采辑。"④则该书是为学习举业而编,但其学习的范围上溯《五经》、诸史等,目录包括君道、治典、臣道、儒术、民行、法象、稽古、博物等,可见钱氏所说古学包括了治政、经史、博物、天文等各方面的知识,且与当时俗学相对应。钱氏多次感慨古学久废,力倡复兴古学。

---

① 吴伟业著,李学颖集评标校《吴梅村全集》卷二十七《黄陶庵文集序》,上海古籍出版社,1990 年,第 653 页。

② 周时雍辑《古学汇纂》卷首,《四库禁毁书丛刊补编》第 40 册,北京出版社,2005 年,第 369 页。

③ 钱谦益著,钱曾笺注,钱仲联标校《牧斋初学集》卷三十五,上海古籍出版社,1985 年,第 992—993 页。

④ 周时雍辑《古学汇纂》,《四库禁毁书丛刊补编》第 40 册,北京出版社,2005 年,第 368 页。

　　吴伟业受业于张溥，其《志衍传》云："当是时，天如师以古学振东南，海内能文家闻其风者靡然而至。"①张溥大力提倡古学，研读经史，对古学复兴产生了巨大影响。提倡古学是不满于俗学肤浅鄙陋，吴氏《古文汇钞序》云：

　　　　自魏、晋、六朝工于四六骈偶，唐宋巨儒始为黜浮崇雅之学，将力挽斯世之颓靡而轨之于正，古文之名乃大行，盖以自名其文之学于古耳，其于古人之曰经曰史者，未敢遽以文名之。南宋后，经生习科举之业，三百年来以帖括为时文，人皆趋今而去古，间有援古以入今，古文时文或离或合，离者病于空疏，合者病于剽窃，彼其所谓古文，与时文对待而言者也。盖古学之亡久矣。吴郡蒋新又，吾友韬仲佥宪公之孙也，刻其《古文汇钞》成，问序于余，曰："此吾祖所以教于家者也，愿得一言以识勿忘。"余取其目观之，则自《周礼》《檀弓》《家语》以下，《左》《国》《公》《穀》《国策》、三史、八家之言皆在，而其书不过数帙。②

吴伟业把古代经典作为古文，并与时文对比，这与钱谦益的观点一致。

　　陈子龙自幼研读古学，《陈子龙年谱》（自撰）"万历四十七年己未"条云："秋，先君从京师归，益励以古学。"《安雅堂稿》卷十八《答宋中彭茂才》云："子龙历落疏蹇之士也，艳情古学。"③其后他大力提

---

① 吴伟业著，李学颖集评标校《吴梅村全集》卷五十二，上海古籍出版社，1990年，第1052页。

② 吴伟业著，李学颖集评标校《吴梅村全集》卷三十二，上海古籍出版社，1990年，第716—717页。

③ 陈子龙著，王英志编纂校点《陈子龙全集》，人民文学出版社，2011年，第919、1406页。

稊,大雅不道,吾知免夫。"①其所学习的对象主要在汉魏六朝和唐代,《几社壬申合稿》模拟《文选》的作品甚多,从中可以看出当时文学复古的内容宽泛,就文章而言,既包括古雅的散体文,也包括骈文。张溥《汉魏六朝百名家集总题》云:

> 两京风雅,光并日月,一字获留,寿且亿万;魏虽改元,承流未远;晋尚清微,宋矜新巧,南齐雅丽擅长,萧梁英华迈俗;总言其概:椎轮大路,不废雕几,月露风云,无伤骨气,江左名流,得与汉朝大手同立天地者,未有不先质后文、吐华含实者也。人但厌陈季之浮薄而毁颜、谢,恶周、隋之骈衍而罪徐、庾,此数家者,斯文具在,岂肯为后人受过哉?②

张溥还为《〈广文选〉删》和《〈文选〉删》作序,可见其对《文选》一书进行研读,十分熟悉这部书的内容,并对齐梁骈文加以辩护,认为这一时期的文章华而有骨。为了弘扬古学、发掘汉魏六朝文字,张溥继张燮辑《七十二家集》后,编辑汉魏六朝人的专集,成《汉魏六朝百三家集》,唐前文集网罗殆尽,对六朝文的推广发挥了巨大作用。

古学复兴包含着六朝文,六朝文不再被视为雕虫小技,而是华而有实,值得模范。六朝文的出版和学习,使当时庸俗文风为之稍稍改变,受其沾溉,陈子龙、李雯等人创作诸多模仿南朝骈文的作品,这些作品明显具有古雅的特点,在仕宦和日常交际中,仍然不得不从俗,写作通俗骈文,但是陈子龙等人的骈文与当时仅仅依靠《四六全书》来撰写的应酬骈文有很大不同,即应酬骈文不再是千篇一律,而是拥

---

① 杜骐征等辑《几社壬申合稿》卷首,《四库禁毁书丛刊》集部第 34 册,北京出版社,1997 年,第 489 页。
② 张溥撰,曾肖点校《七录斋合集》,齐鲁书社,2015 年,第 451 页。

有个性风格,不再陈词蹈袭,而是富有创造。这都为清初骈文复兴指
出向上一路。

　　第三,复社和几社是明末古学复兴的主要组织依托。明末文社
的成立多是为切磋科举时文,谢国桢《明清之际党社运动考》"复社
始末上"云:"结社这件事本来是明代士大夫以文会友很清雅的故事。
他们一方面学习时艺来揣摩风气,一方面来择选很知已的朋友。"①
几社也不例外,不过随着社会形势和思潮的变化,几社在学习内容上
更注重古学,通过模拟古典,进而提高时文的水平。杜登春《社事始
末》说:

　　　　于是天如、介生有复社《国表》之刻,复者,兴复绝学之意也;
　　先君子与彝仲有几社六子《会义》之刻,几者,绝学有再生之几而
　　得知几其神之义也……几社《会义》则止于六子,尘封坊间,未能
　　大显。至庚午,榜发,卧子、燕又两先生并隽,而江右、福建、湖广
　　三省贾人以重资请翻刻矣。六子者何? 先君子与彝仲两孝廉主
　　其事,其四人则周勒卣先生立勋、徐闇公先生孚远、彭燕又先生
　　宾、陈卧子先生子龙是也……先君子与彝仲谋曰:"我两人老困
　　公车,不得一二时髦新采共为薰陶,恐举业无动人处。"遂敦请文
　　会……时先王父延燕又先生于家塾,授我诸叔古学。②

可见复兴古学的努力是从练习时艺开始的,从准备科举考试就已经
浸淫在古代经典中,心摹手追,这是古学复兴的重要途径。古代士子
刻苦攻读,为的就是谋得科名,若能够通过学习古学而写出符合要求

---

① 谢国桢《谢国桢全集》第 5 册,北京出版社,2013 年,第 111 页。
② 杜登春《社事始末》,《丛书集成新编》第 26 册,新文丰出版公司,1985 年,第
　　458—459 页。

的时艺,势必会让众多士子趋向古学,则古学复兴计日程功。崇祯年间,几社主要成员彭宾在杜家坐馆,为杜氏兄弟授古学,而杜麟征(即杜登春之父,文中称"先君子")与夏允彝为了练习科举时艺,举办文会,请年轻人入会,相互学习,目的是为了博取功名。所以崇祯三年庚午(1630),陈子龙和彭宾考中举人,几社《会义》便受到追捧,大量刻印。

　　杜登春云:"自辛未先君子举进士后,次年有《壬申文选》之刻……仿《昭明文选》体,与宋子建先生存标刻成此选,先君子为之弁言,海内争传,古学复兴矣。"①几社通过社员聚会课艺,仿《文选》进行创作,成《几社壬申合稿》,于崇祯五年壬申由小樊堂刊行,该书学习古雅的汉魏六朝文,刊行后古学逐渐复兴。杜登春又云:"六子之刻,每人六十首,俱是面会制义,凡三百六十首,各成一家,开《史》《汉》风气,不趋时畦者。"②几社诸子通过模拟古学、创作制义,不求时髦,而能够博得科第,不仅逐渐改变了时文风气,亦有避空疏、崇古学的导向。

　　陆世仪《复社纪略》卷一云:"天如乃合诸社为一,而为之立规条,定程课,曰:自世教衰,士子不通经术,但剽耳佣目,几倖弋获于有司,登明堂不能致君,长郡邑不知泽民,人材日下,吏治日偷,皆由于此。溥不度德、不量力,期与庶方多士共兴复古学,将使异日者务为有用,因名曰复社。"③张溥合并诸社为复社,以兴复古学相号召,仍然主要着眼于科举时文的研习,与之前不同的是,学习的内容不仅是

①　杜登春《社事始末》,《丛书集成新编》第 26 册,新文丰出版公司,1985 年,第 460 页。

②　杜登春《社事始末》,《昭代丛书》戊集续编卷十六,清道光间沈氏世楷堂刻本,第 13 页。

③　陆世仪《复社纪略》,《续修四库全书》第 438 册,上海古籍出版社,2002 年,第 485 页。

科举规定的一部分,而是广泛的古代经典。但后来复社成员多有中进士者,士子课艺为求功名,士子辗转依附复社以求一第,且编辑社员制义,成《国表》,张溥《七录斋合集》卷八《国表序》,卷十五有《国表四选序》,其云:"《国表》之文,凡更四选,其名不易。"①《国表》的刊刻有利于扩大复社影响。士子议论皇皇,逐渐对政治产生影响。但通过复社让士子在学习上广泛涉猎古代经典,间接影响了当时学风,是促成古学复兴的重要路径。

二、陈子龙的骈文思想

陈子龙很少对骈文进行直接评论,但他对诗歌发展的看法可以窥探其骈文观念,《安雅堂稿》卷二《熊伯甘〈初盛唐律诗选〉序》云:

> 律诗之作何昉乎? 自爻画之兴,一必生二,奇必配耦,文字相错,然后成章。假使一句之中两字并行,已非单只,扩充引申,即有对句。故《风》《雅》之篇,或二字骈连,或四言遥匹,不可胜数。如《柏舟》之"觏闵孔多,受侮不少"……两语正对者,可得而指也。下至汉代,最为近古……不独骈比,更谐声韵。曹刘而降,益多俪辞,颜谢以还,竟流排体。至于有唐,更加整截,遂号律诗。盖前人尚质,意趣适至,偶成合璧;后人尚文,追琢所就,必求中伦。气机渐开,裁制日巧,断为八言,分为五七,其势然也……必使才足以振逴而不伤其体,学足以敷绘而不累其情,词足以发意而境若浑成,色足以扬声而气无浮露。字必妥贴,无迹可寻;句必沉着,无巧可按。对必精切,有若自然;韵必平稳,绝

---

① 张溥撰,曾肖点校《七录斋合集》,齐鲁书社,2015 年,第 289 页。

无凑响。①

　　子龙在这里主要谈到律诗的演变过程,但是对骈偶的看法同样适用于骈文,盖律诗讲究对偶,而骈文同样如此。所说"曹刘而降,益多俪辞,颜谢以还,竟流排体。至于有唐,更加整截,遂号律诗",移评骈文也是符合骈文发展实际的,魏晋以来各种文类皆逐步骈化,这是当时文字写作的趋势。陈子龙认为对偶精切、押韵平稳乃是高妙。他对对偶的出现和使用持肯定态度,这是他大量写作骈文的重要原因。

　　陈子龙对骈散并没有特别的褒贬,只是实际使用中,这两种文章体式有所分工,骈文更重视仪式感,表现出典雅和庄重,但在陈述事情原委上难以达到精细,而散文则较为自由,可以详细阐述事件来龙去脉,故更适合用于叙事。当然骈文和散文在高明作家手中能够达到叙事、抒情的精细,上面只是对大多数人而言。陈子龙即有这种骈散分工意识,如《陈忠裕公全集》收录陈子龙两篇檄,《拟军府檄谕登海反者》以散句为主,兼有对偶,而《为安乐公主五月五日斗草檄》则为骈文,显然,前篇需要陈述事件经过,仅仅用骈偶铺陈难以准确讲明原委,故用散文。而后一篇为节日游戏而作,不需要长篇的叙事,用骈偶结构全篇,能更好地呈现节日的仪式感和典雅性。

三、陈子龙的学习经历和骈文创作

　　首先,陈子龙的学习内容和学习方式深受其父陈所闻的影响,前揭黄道周《陈绣林墓志》说所闻嗜好《左传》《史记》《文选》,这都是古代经典著作,也是当时所推崇的古学,并且所闻能够默诵《史记》《文选》,表明对这两部书何等喜爱。陈所闻也加入文社,切磋时艺、

———————————————

① 陈子龙著,王英志编纂校点《陈子龙全集》,人民文学出版社,2011 年,第1053—1054 页。

研习古学，《社事始末》云："先是，吾松文会有昙花五子，先王父与张侗初先生鼐、李素我先生凌云……同砚席，齐名一时，为松人所矜式。涵甫子寅虔先生偁皋与先君子有小昙花之约，陈无声先生所闻，即卧子之父……王默公先生元一，皆出侗初宗伯之门，并以课业称祭酒……无声尝延默公为卧子师。"①陈所闻在两个方面对陈子龙骈文创作产生直接影响，其一是熟精《文选》，其二是参加文社。不仅如此，所闻还延请王元一（又名王元玄、王元圆）作为陈子龙的老师，王氏虽未能取得功名，但与所闻同为小昙花社的成员，且文名颇著。

　　其次，陈子龙早年即阅读大量古代经典，精通经史，熟悉《文选》，见识卓越。有其父的指导和名师的教诲，陈子龙早年阅读了大量古代经典，从小的阅读训练奠定了古学功底，促成他日后进行复兴古学的努力和崇尚汉魏六朝的思想。《陈子龙年谱》（自撰）"万历四十四年丙辰"条载："师李先生。先君试春官罢归，以秋八月迁居北城冯氏宅。宅后有古冢，茂林篱落之外，构一椽焉。予诵读其中，治毛氏《诗》。"又"万历四十六年戊午"条："（先君）并教以《春秋三传》《庄》《列》《管》《韩》《战国短长》之书，意气差广矣。"又"万历四十七年己未"条云："事沈先生……是岁，予读书舍旁佛寺中，始专治举子业，兼通《三礼》《史》《汉》诸书。"②宋征舆《林屋文稿》卷八《於陵孟公传》云："十余岁训《毛诗》，兼通《春秋三传》《三礼》及《庄》《列》《管》《韩》《战国短长言》，皆能举其大意……因使纵学，竟《史》《汉》后诸史书及他古文辞，日数千言。"③《陈子龙年谱》（自撰）"崇祯五年壬

---

① 杜登春《社事始末》，《丛书集成新编》第 26 册，新文丰出版公司，1985 年，第459 页。
② 陈子龙著，王英志编纂校点《陈子龙全集》，人民文学出版社，2011 年，第918—919 页。
③ 宋征舆《林屋文稿》，《四库全书存目丛书》集部第 215 册，齐鲁书社，1997 年，第 334 页。

申"条云:"集同郡诸子治古文辞益盛,率限日程课,今世所传《壬申文选》是也。"①杜登春云:"自辛未先君子举进士后,次年有《壬申文选》之刻……仿《昭明文选》体,与宋子建先生存标刻成此选,先君子为之弁言,海内争传,古学复兴矣。"②《壬申文选》即《几社壬申合稿》二十卷,该书包括诗文,在体裁选择和文章选录方面与《文选》近似。能够模仿《文选》,亦可知其对《文选》的熟悉。陈氏所说的"古文辞"当包括《文选》。

第三,转益多师,参加文社,在竞争中锻炼高超的写作技术,所作文章多含骈偶。据《陈子龙年谱》(自撰)记载,陈子龙六岁曾师从沈先生学习经传,八岁时,师从张先生学习对偶,九岁即万历四十四年(1616),师从李先生学习《毛诗》,万历四十七年,十二岁,师从沈鸿卿先生治举子业,通章句之学。天启二年(1622),十五岁,"予事默公王先生,始学诗赋,日诵数千言"③,王先生即王元一,为松江名师。天启五年,十八岁,师从陈威玉先生。从六岁到十八岁,从游受业的老师就有五位,特别是学习对偶和诗赋,为在名誉场中竞逐做了准备。

陈子龙于天启五年之后,陆续与夏允彝、周立勋、宋存标、宋征璧、周钟、李雯等名流交往,声名大显。参加几社,与同社诸子取长补短,共同致力于时文和古文辞创作,故有《几社壬申合稿》和《几社会义》之刻。

---

① 陈子龙著,王英志编纂校点《陈子龙全集》,人民文学出版社,2011 年,第932 页。
② 杜登春《社事始末》,《丛书集成新编》第 26 册,新文丰出版公司,1985 年,第460 页。
③ 陈子龙著,王英志编纂校点《陈子龙全集》,人民文学出版社,2011 年,第921 页。

陈子龙刻苦自励,勤于撰述①,自觉发扬古学,复古而不泥古。阅览群书,博采众长,先秦、汉魏六朝皆有采择,为文华实兼备,骈偶和散体并蓄,这种骈散兼备的特点,常常体现在一篇之中,这是陈子龙骈文独特风格形成的重要因素。如《陈忠裕公全集》卷一所载骈赋,《红梅花赋》《蚊赋》作于天启七年(1627)、《秋望赋(并序)》作于崇祯五年(1632),这三首皆见于《几社壬申合稿》,可见其举业学习和古文辞训练的相辅相成关系。《秋兴赋(并序)》作于崇祯十二年(1639),情词兼具。

四、参错疏畅的骈文风格

陈子龙诗歌和词的成就与影响甚大,研究陈子龙和云间派多偏重诗词,较少涉及骈文,目前有关陈子龙骈文的研究包括著作和论文,杨旭辉《清代骈文史》第一编第一章讨论陈子龙骈文所表达的思想内容等②。解国旺《陈子龙的骈文书写及其文学史意义》③主要讨论陈子龙的骈文修辞策略和书写方式,以及其骈文创作对清初毛先舒等人的影响。吕双伟、丁莹的《陈子龙的骈文成就及其对清初影响》则认为陈子龙的赋、书、论等文章具有"汉魏体"骈文特征,表、启等具有"齐梁体"特征,其骈文对清初陈维崧等影响较大④。吕双伟《清代骈文研究》第一章第二节"陈子龙骈文的突出成就",以为:"除

---

① 吴伟业《彭燕又五十寿序》云:"每置酒相与为欢……而卧子独据胡床,燃巨烛,刻韵赋诗,中夜不肯休。"(《吴梅村全集》,上海古籍出版社,1990 年,第766 页)

② 杨旭辉《清代骈文史》,人民出版社,2013 年,第 56—69 页。

③ 解国旺《陈子龙的骈文书写及其文学史意义》,《甘肃社会科学》2015 年第4 期。

④ 吕双伟、丁莹《陈子龙的骈文成就及其对清初影响》,《中国文学研究》2018 年第 4 期。

了表、序多为齐梁体外,陈子龙的其他各类文体偏于汉魏体。骈散兼容,形式灵活,情感真挚,文气流畅,是其骈文的主要特征。"①这些成果为进一步研究陈子龙的骈文奠定了基础。实际上,他的骈文在当时即饮誉文坛,受到瞩目,如吴伟业《梅村诗话》云:"卧子负旷世逸才,年二十,与临川艾千子论文不合,面斥之。其四六跨徐、庾,论策视二苏,诗特高华雄浑,睥睨一世。"②《明史》卷二百七十七《陈子龙传》云:"生有异才,工举子业,兼治诗赋古文,取法魏、晋,骈体尤精妙。"③清光绪二十七年(1901),王先谦作《骈文类纂序目》云:"华亭崛起晚末,抗志追摹,词藻既富,气体特高,《明史》称工,非溢美矣。"④朱彝尊编《明诗综》卷七十五选录陈子龙《杂诗六首》,末尾载魏楚白评云:"大樽《杂诗》融铸晋魏,自成一家,得力又在景阳。"⑤这里虽然就杂诗而论,然其骈文亦有此特点。陈子龙的骈文取法魏晋,且富于词采。

　　目前,陈子龙的作品以王英志编《陈子龙全集》比较完备,包括《陈忠裕公全集》《安雅堂稿》等。今据《陈子龙全集》初步统计,陈子龙文章中可称为骈文者约49首,总体数量在明末骈文作者中属于比较多的,他的骈文有相当一部分为社员同题而作,有模拟的特征,这些作品主要是练习写作的艺术,很大程度上是为了科举考试而准备,与同时前辈马朴《四六雕虫》和蔡复一《遁庵骈语》《遁庵续骈语》的

① 吕双伟《清代骈文研究》,上海古籍出版社,2018 年,第 68 页。
② 吴伟业《梅村诗话》,《清诗话》本,上海古籍出版社,1978 年,第 68 页。
③ 张廷玉等《明史》,中华书局,1974 年,第 7096—7097 页。
④ 王先谦编《骈文类纂》卷首《骈文类纂序目》,影印光绪二十八年(1902)思贤书局刻本,浙江古籍出版社,1998 年,第 26 页。按,该文又见王先谦《虚受堂文集》卷十五《骈文类纂序例》,《续修四库全书》第 1570 册,上海古籍出版社,2002 年,第 502—508 页。惟"词藻"作"词采"。
⑤ 朱彝尊编《明诗综》卷七十五,清康熙四十四年(1705)序刻本,第 4—5 页。

内容分布很不同,马朴和蔡复一的骈文绝大多数是仕宦和日常应酬骈文,而陈子龙的骈文一部分是为举业练习而作,另一部分则是有感而发的作品,其他一小部分为应酬骈文,总体上,这些骈文都蕴含着丰富的感情,故其骈文风格迥异时侪。陈子龙骈文风格可概括为:四言为主,句式参差,长短相间,疏脱流畅,感情充沛。

首先,形式对偶和标准对偶错见互出,整体上具备句式整齐、气韵流畅的特点。《陈忠裕公全集》卷末附录《酿川偶笔》云:"黄门五言古,从《选》体入手,后复自为雄丽之作。其大旨宁整毋散,宁实毋虚,宁重毋挑,截然自防。"①这是针对陈子龙五言古诗说的,而其骈文亦具有此特点。所谓形式对偶,即两句之间或对应句子之间只是字数相同,对应的字词不是严格的对偶关系。标准对偶则是通常所讲的对偶情形。陈子龙骈文追求句式齐整和变化错出,即王先谦所说的"词藻既富,气体特高"。如作于崇祯四年(1631)的《求自试表》云:

> 臣闻:俗丑自媒之女,朝羞自荐之士,故贞妇表孤特之行,处子著耿介之节。以臣观之,诚非通论。夫固执藩篱,殁解光明,不汲汲于世者,岂忘功效而乐沉锢哉!诚悲夫生值讳朝,而时当蔽主也。是以营炫适婴其咎,峻厉犹全其本,故隐伏深持,倨绝上贵,使当开贤之君,急士之世,虽履及而投诚,放手而输策,又何枉己之可疑哉!……臣生二十有四年矣……一举礼部而勿用……臣今幸当盛隆,年岁壮茂,沐浴《诗》《书》,玩心虚无。又有朋侪之乐,文笔之娱,处于世者,可谓盛矣。而急急于陛下,欲以捐无忧之躯,授不羁之命者,诚以志士忘身以徇主,忠臣竭能以延祚也……方今冠冕布列,组绂塞路,委蛇华盖之下,挥咤紫

---

① 陈子龙《陈忠裕公全集》卷末,清嘉庆八年(1803)簳山草堂刻本,第5页。

阑之侧者,不可胜数。臣以羁旅之臣,微介之末,高自夸能,矜动
陛下,臣岂自为绝人哉。以当今之公卿,臣以为过之矣。陛下诚
能用臣,以待伊、吕之流,臣必脱屣风云,推引轮毂,敢如今人,久
窃贤路。①

《陈子龙年谱》(自撰)"崇祯四年辛未"条云:"试春官,罢归……又作
《江南父老难中原子弟》《中州灾异对》《拟汉有司核张京兆奏》《求自
试表》诸篇。"②而文中说"臣生二十有四年矣……一举礼部而勿用",
则此表作于崇祯四年(1631)参加会试落第后,此年子龙二十四岁,此
表乃模仿曹植《求自试表》而作,曹氏文载《文选》卷三十七,题名下
注:"《魏志》曰:'太和二年,植还雍丘。植常自愤怨,抱利器而无所
施,上疏求自试。'"③李兆洛《骈体文钞》选录此文,题下有清末谭献
评语:"忧危愤懑,喷薄而成,言在于此,意在于彼。"④则此表是因曹
植心中有所不平和愤怨而作。而陈子龙于题名后注云:"不可有其事
以存行也,不必无其言以见志也。"也是感慨于自己参加会试未中而
心中有所不平,故有此作,可谓有感而发矣。

此文明显袭用曹植的用语和句式,如曹植《求自试表》云:"夫自
炫自媒者,士女之丑行也;干时求进者,道家之明忌也。而臣敢陈闻
于陛下者,诚与国分形同气、忧患共之者也。冀以尘露之微,补益山
海;萤烛末光,增辉日月。"⑤陈文开首便说"俗丑自媒之女,朝羞自荐

① 陈子龙著,王英志编纂校点《陈子龙全集》,人民文学出版社,2011 年,第
　 753—754 页。
② 陈子龙著,王英志编纂校点《陈子龙全集》,人民文学出版社,2011 年,第
　 932 页。
③ 萧统编,李善注《文选》,上海古籍出版社,1986 年,第 1675 页。
④ 李兆洛选辑《骈体文钞》卷十六,上海书店,1988 年,第 258 页。
⑤ 萧统编,李善注《文选》,上海古籍出版社,1986 年,第 1682 页。

之士"，可见两文的关系。曹文的句式亦与陈文有很多类似之处，皆可看出两文的因袭关系。此文有诸多句子不是标准的对偶，如前引："臣今幸当盛隆，年岁壮茂，沐浴《诗》《书》，玩心虚无。又有朋侪之乐，文笔之娱，处于世者，可谓盛矣。""臣以羁旅之臣，微介之末，高自夸能，矜动陛下，臣岂自为绝人哉。以当今之公卿，臣以为过之矣。陛下诚能用臣，以待伊、吕之流，臣必脱屣风云，推引轮毂，敢如今人，久窃贤路。"上下句或对应句子之间多是字数相同，非标准对偶。

又如陈子龙《皇明成祖功臣年表叙》云：

> 夫宗英摄会，运移天业者，方之开物，斯有间矣。建武奋功，事同徒步，内向之举，多于季朝。执瑕肘腋，则寄谋贱竖；拥势上流，则属功朝贵。要之几事之用多端，而战克之勋每绌也。文皇帝拥燕山一旅之师，掠沿边数郡之卒，劫驱藩卫，杂用华戎，搴旗崩云，扬锋激电，遂能五年之间，渡大江以清宫阙，服衮冕而朝高庙。近古以来，未之有也。诸将被不顺之名，居摇足之势，而能协心厉威，襄定弘业。战虽十数，皆仰攻之兵、击众之举也，可谓艰哉！天子于是即位之二月，开明堂，列群后，论功次，定爵赏。应景风之期，厉黄河之誓。嗣后续封，侯者络绎，过于高帝之世矣。建业若彼，报功若此，岂非皎然哉！独尝纵历二都，涉览记籍，蝉冠横玉，胤是从龙，东第棘门，功多靖难。而高帝布衣起事之人，存者无几，失其氏望，子孙死为转尸，丘墓鞠为茂草。方之于此，不可同年而语矣。①

---

① 杜骐征等辑《几社壬申合稿》，《四库禁毁书丛刊》集部第 35 册，北京出版社，1997 年，第 12 页。该文又见于陈子龙著，王英志编纂校点《陈子龙全集》之《陈忠裕公全集》卷二十五（人民文学出版社，2011 年，第 770—771 页），个别文字有出入。

这篇叙载《几社壬申合稿》卷十二,该叙之后收录徐孚远和李雯的同题之作,此题是陈子龙等三人集会时共同创作,属于限日程课的文章。上引《皇明成祖功臣年表叙》为该文的前部分,其开头"夫宗英摄会"以下八句都是四言句(除了"夫"和"者"两个助词),但是这八句并不是两两对偶的句式,而是形式对偶。这种组句方式有利于表达完整的含义,文气流畅,句式整齐,修辞典雅,后面连续使用多组标准对偶句式,使文章形式整饬,句子长短间出,体现出气势。接着"诸将被不顺之名"八句则标准对偶和形式对偶交互出现,充分利用对偶和散行句式的各自优长,让句式、词采和文意达到较高水平的整合,体现了陈子龙骈文风格的独特审美,即句式整齐而不失错落、文气流畅而不失蕴含。一篇论史的序文若全用骈偶,很难把对历史的认识表述出来,而仅仅使用散句则气势稍弱,整合骈散,以骈文形式融会散句,则能更好地抒写作者对历史的看法,做到辞达而已。

陈子龙赞文不多,如《郭林宗先生赞》序是典型的卧子风格的骈文,他说:

> 夫偏鉴写容,仅一貌之晰;引绳裁木,来累黍之差。反照者犹阻智于当前,托物者尚穷明于既积。盖细每失形,而众多遗算也。矧乎人伦糅异,理所不通,时运变迁,天不先定。而欲甄情冥冥,投测茫茫。斯《小雅》戒于予:圣咎繇难,其则哲也。东汉郭林宗,无卿相之位、十筮之术,徒以道能触类,遇物皆通。遂使流俗矜其遐智,贤哲鼓其余名,即合符所繇然,昧从来于理绝,识辨性明,固无论已……乃为颂焉。其辞曰:斤斤哲人,其明赞幽。静不设机,物如我酬。内朗外辉,开微辨稠。式彼群象,源此众流。①

---

① 陈子龙著,王英志编纂校点《陈子龙全集》,人民文学出版社,2011年,第866页。

这首赞的序与前揭《皇明成祖功臣年表叙》一样，都是句式整齐、形式对偶和标准对偶相间而行，充分表达了作者的思想。而赞的正文全用四言句，但多是形式对偶。而《横云山石壁铭》云："横云山者，松之屏蔽。其山偃卧凭隆，平冈削麓，含泉窟石，气理顽秀，凿山消精，岁积齿齿。盖僻迥残坏，远寄者绝其盘游，荒荒莫纪……辨隔浦之归鱼，习空山之啸鬼。横览凄恻，悲凉莫馨。壁立嶒屼，颓分千古。乃作铭曰：石髓凝风，云堆乾雨。穴锁龙符，壁开灵斧。萝篆玄文，薜留青妩。滑磴疑猿，颓峰碍羽。"①《横云山石壁铭》的序和正文基本都是用四字句写成，但都是形式对偶和标准对偶交错于其中，形成句式整齐、气韵流畅的文风。这种骈文风格与六朝骈文为近，如南朝梁简文帝《与刘孝绰书》、刘峻《追答刘秣陵沼书》、江淹《恨赋》等都是形式对偶和标准对偶相间而行，与陈子龙《复张郡侯书》《答赵巡按书》《上巳谦集诗序》《昆山吊二陆文》等同一风格。

　　其次，陈子龙仪式类骈文体现出严格对偶的特点，这是六朝骈文的另一趋向（至徐、庾而成熟，宋代达到高峰）。这里所说的仪式类骈文指为婚礼、节令、庆贺等场所而作的骈文。因骈文独特的用词、组句和联句方式，这种文章具备典雅、整齐、蕴藉、注重形式美等特点，在重大仪式上常常使用骈文来烘托气氛、宣读事宜。陈子龙这类骈文往往采用比较标准的对偶来组织全篇，因为这种举办仪式的场合，大多不需要阐述深奥道理和讲述复杂故事，即便是全用标准对偶亦能阐明所要表达的内容。

　　这类骈文多以表、启、册的文类出现，这三种文类多与仪式有关，可以说是以形式美为主，兼顾事情本末。如《安雅堂稿》卷八《拟诏

---

① 陈子龙著，王英志编纂校点《陈子龙全集》，人民文学出版社，2011 年，第871 页。

复建文纪号廷臣谢表(万历十年)》①云：

> 伏以圣笃懿亲，隆号备一朝之典；天怀大度，纪年昭万世之公。同为覆鸟之宗，入蛮中而不返；共是断蛇之裔，俟代邸而更昌。盖帝德无私，知废兴皆繇于天命；而史书布信，以岁月必系于王朝。锡类之仁，久宏于烈祖；正名之义，有待于文孙。聿追孝思，宁维达识。臣等诚惶诚恐，稽首顿首上言。窃惟披图戴玉，自然神器所归；依相居巢，亦有人君之号。曾登凤宸之上，历数在躬；虽遇龙兴之期，名称不改。昭华应授，固已刻璧而沉河；龟鼎既迁，犹且析珪而建社。燕祭临淄之庙，周崇景亳②之封。虽在胜国仇方，有此隆恩懋典。③

这里所引为此表前部分，全用对偶，而四字句、五字句、六字句、七字句、八字句等交错出现，或上下句对偶，或隔句对偶，与宋以后骈文多四六句式有所不同。该文又收录于《听嘤堂四六新书》卷二表集，题为《拟追复建文纪号谢表》，个别文字有出入，其后有评语云："一则阐励幽贞，一则表扬盛德。有体有则，穆乎晋魏以上。"④该表在称颂明成祖功业的同时，也肯定了建文帝的帝位合法性，虽用骈文写成，

---

① 陈子龙著，王英志编纂校点《陈子龙全集》之《安雅堂稿》卷八该文校①云："本文署'万历十年'(1582)作，而作者生于万历三十六年(1608)，当为误入，或作年有误。"(人民文学出版社，2011年，第1192页)按，这里的题注"万历十年"是原来此表的创作时间，陈子龙只是拟万历十年的同题表而作，故题注不应作为陈文作年依据。

② "景亳"，当作"景亳"，为商汤会盟之地。

③ 陈子龙著，王英志编纂校点《陈子龙全集》，人民文学出版社，2011年，第1190页。

④ 黄始辑《听嘤堂四六新书》，《四库禁毁书丛刊》集部第135册，北京出版社，1997年，第616页。

但仍然内容丰富，逻辑井然，讲究词藻声律，激荡着忠贞气度，具有魏晋文的特点。又如《安雅堂稿》卷八《拟北虏降附封俺答为顺义王廷臣贺表（隆庆五年）》亦全用对偶，如开首部分云："伏以王威远畅，玉关归朔野之臣；圣德覃施，金玺宠虞廷之赐。列四门之外，周家重译来朝；叩五原之边，汉治与天合意。百年逋寇，靖烽火于三陲；万里咸宾，通管弦于九塞。统兹殊俗，冠裳加日逐之封；沐我华风，缯縠满单于之邸。民生胥庆，国势常尊。臣等诚欢①诚忭，稽首顿首上言。"②这篇拟隆庆五年（1571）的谢表同样是标准对偶的骈文。其他如《陈子龙全集》之《陈忠裕公全集》卷二十四《七夕戏上天孙表》等亦如此。

　　婚礼在普通平民家庭亦是重要事件，皆重视礼仪的完备，皇家婚礼更具仪式感。陈子龙《拟上册立皇太子大婚》便是有关婚礼之文，其云：

> 窃惟乐风诞圣，长琴著《山海》之经；玄微分□，火帝定中华之界。歌维城于宗子，万里长城；发威震于东君，百男首震。周发犹称太子，秉黄钺而渡河；夏启克号长君，法玄宫而征扈。读《周书》之大旨，天生万民作之君；聆汉诏之德音，母为后妃立其子。故成王早谕，德怀驯雉之飞；突厥来朝，礼绝合龟之制。讵曰止戈为武，皆因定冢成家……伏愿恢弘四学，养清液于山泉；安抚三方，慎危机于池水。勿以兵刑一体，乱已定而杀方张；勿以父子同源，刚相兼而柔相济。质虽岐嶷，人心已属太子乎？兵

极张皇,事后犹烦圣虑耳。①

皇太子指崇祯帝所立太子朱慈烺,其直到明朝覆亡也未有正式的婚礼,这篇文章为拟作,乃代拟之词。这篇册立虽然为结婚而作,但全文内容还是聚焦于明朝兴亡问题,特别是在当时内有农民武装、外有清兵威胁的情况下,如何维持明朝政权、消除内忧外患,是陈子龙关心的问题,这些都体现在这篇册立文章中。该文全篇对偶,能够将作者心中所思所想通过对偶句子展示出来,表现出高超的艺术技巧。

启为明末日常交际文类,应用广泛,陈子龙练习启文,曾与宋存标、徐孚远、朱灏、顾开雍等同题而作《谢赉古镜薰笼启》,相互争胜,颇为工巧,这五首启首载《几社壬申合稿》卷十七,其后《媚幽阁文娱二集》卷八选录五人之启,末尾评曰:“各竞新笔,不拾徐庾剩馥,能使赵鞅魂惊、安丰目瞬。”②陈启云:

> 锁丽清朝,绣囊乾影;歇芳玄夜,黼帐消烟。窗未解于承花,被难温而帖玉。巫神梦月,石照妆楼;江妾怀香,鑪巍浣濑。未有土花蚀断,光积娇魂,缥节婵娟,器含芬泽。台增碧玉,床伴郁金。明静盘龙,钓蟾蜍于秋落;神寒餐凤,笼鸳鸯之夜焚。小䰀入而菱愁,残烬飞而竹润。画眉刷翠,颇见初欢;倚袖垂红,时迷

① 陈子龙著,王英志编纂校点《陈子龙全集》,人民文学出版社,2011 年,第 755—756 页。
② 郑元勋辑《媚幽阁文娱二集》,《四库禁毁书丛刊》集部第 172 册,北京出版社,1997 年,第 543 页。按,该书第 542 页上半页录陈子龙《谢赉古镜薰笼启》一部分,下半页所影印为二集之“书”的内容,第 543 页上半页才是陈子龙启文的后半部分,则第 542 页下半页内容为影印时误入。

薄醉。幸非神鹊,剖半面而难飞;本愧兰膏,卷三年而不寝。①

这首启通过典故烘托房间里面使用古镜和薰笼的情形,使用华丽的词语和工整的对偶句式呈现出镜和笼的品质和作用,表达答谢之义。并且全文不用"镜"和"笼"字,通过典故和环境烘托来隐喻这两种物品,属于白战体骈文。《听嘤堂四六新书》卷一选录该启和宋存标同题启,末尾评云:"行间珠落,盘蚀珊花;字里香生,窗明柏叶。合众香以成圆,宝双珠之在掌,将令石黛失其芳馨,鲛泪逊其光泽。"②同样指出这篇启词藻华美,能感动人。此启在句式上较多四字句,间杂六字句,且多"四四—四四"句式。

陈子龙在实际交际中所作的启文亦有传于今者,崇祯十年(1637),陈子龙考中进士,座师为黄道周,为此写启文以请其师,即《安雅堂稿》卷八《同门公请黄石斋座师启》,开首云:"伏以鼎铉有喜,夜光呈冠珥之符;泰茹初升,少微开黄泽之气。引绳墨于公输之手,材并栋梁;执诗书于阙里之堂,人成圭璧。润能千里,惊稗海之分波;树以十年,愁邓林之非秀。托骏蹄而历块,行地无疆;附大翮以升云,负天何力。"③称颂选拔杰出人才,自己能够干附青云。四字句、六字句、七字句、八字句相间而出,句对偶而气舒畅,无滞碍之感。其他如《陈忠裕公全集》卷二十七《贺南吏科给谏启》《候周给谏主试启》等皆如此。

第三,陈子龙的骈赋能于铺陈模物之中蕴含沉挚感情,虽早年模

① 陈子龙著,王英志编纂校点《陈子龙全集》,人民文学出版社,2011年,第838页。
② 黄始辑《听嘤堂四六新书》,《四库禁毁书丛刊》集部第135册,北京出版社,1997年,第583页。
③ 陈子龙著,王英志编纂校点《陈子龙全集》,人民文学出版社,2011年,第1196页。

拟之作无不如是。陈子龙流传到今天的赋较多,共 20 首,约有 15 首可归入骈赋。陈子龙性情慷慨、多愁善感,约作于崇祯五年(1632)的《幽草赋》,是与周立勋、夏允彝、彭宾、王元玄、宋存楠等人同题而作,六首赋均载《几社壬申合稿》卷三,但陈氏《幽草赋》却能在铺陈之中贯穿充沛情感,其云:

> 至若漳水荒台,骊山废殿。泡温泉以丰滋,膏红粉而葱倩。歇雄姿兮青芜,闭玉颜兮绿胃。当艳阳兮昼放,恣登临兮怀恋。没文砌而藏蜂,触绮窗而巢燕。拨玄丛之化衣,拾翠围之遗钿。伤故国兮荒莽深,追歌舞兮空睚眦。又若小院春闭,莺闺晚思。感秀条之闲静,揽连心之依垂。落流苏而萦带,堕小鬟而腻枝。当其蔓连妆阁,色刺锦帷。鹦鹉空啄,蝴蝶频移。注清眸之别妇,留飘裾之怨姬。①

这是中间一段文字,通过陈述与幽草有关的典故渲染衬托,表达种种幽怨和伤感。清初陆葇《历朝赋格》卷下“骈赋格”之五选录此赋,评云:“无语不幽,无心不萃,既渐殷墟之黍,遂漂楚畹之兰,益无疑于铁心石肠者之赋梅花矣。”②正看出所蕴含的兴亡之感和生死之慨。《媚幽阁文娱二集》卷十载该赋,有评语谓:“尽态极妍,一茎何啻丈六。”③《幽草赋》通过对草的各种典故和环境烘托,将草的特征和意象全方位呈现出来,表达了深刻的思理。

---

① 陈子龙著,王英志编纂校点《陈子龙全集》,人民文学出版社,2011 年,第 72 页。
② 陆葇评选《历朝赋格》,《四库全书存目丛书》集部第 399 册,齐鲁书社,1997 年,第 865 页。
③ 郑元勋辑《媚幽阁文娱二集》,《四库禁毁书丛刊》集部第 172 册,北京出版社,1997 年,第 622 页。

天启七年丁卯(1627),陈子龙二十岁,"是岁作《梅花赋》"①,即《红梅花赋》云:

> 若夫霁瓣分英,冰纹解画;冻魄初还,春娇骤邂。踏文砌而破月,望瑶林而吸瀩。扣蓁蓁之翠俦,逗殷殷之芳派。扑嫩霞而渍粉,攀雄蝃而缠肌。琢轻红于玫瑰,衔小的于胭脂。窄连心以春护,隈丽魂以烟持。纷白晓于剪玉,螭朱施而弄姿。丹绣户之纤腕,照碧窗之怨眉……冶月魅于昏黄,斗素娥于清雾……湘娥梦里,夜引绛仙;陇客魂归,早逢妖媛。玉鳞零藉,种是丹鱼,素手缠绵,缕挑红线。尽栽茅蒐,或传苏氏之园;略捣蟾蜍,又变寿阳之钿。愿点染于春罗,裁舞衣之婉变。已矣哉!小蓝柔绿自然亲,巧割倡桃一半春。谁怜红粉歇,风雨伴幽人。②

该赋从"若夫霁瓣分英"至"斗素娥于清雾"主要铺陈梅花的各种形态,后面部分则通过典故抒发梅花零落的幽情。《听嘤堂四六新书》卷八载此赋,评云:"幽姿媚态,楚楚臻臻,罗浮道中,翠羽啁啾,不若寿阳宫高烧银烛,此因与月明林下,风致都殊。"③这篇虽为少作,但已经展示了不凡的才华,把梅花的形态和作者的伤感情绪较好地表达了出来,是咏物赋中的佳品。崇祯十二年(1639),陈子龙感于年岁老大,有终老田园之意,遂作《秋兴赋(并序)》,其云:"昔潘安仁为虎贲中郎将,春秋三十有二,始见二毛。悼年岁之变衰,思江湖之休

---

① 陈子龙著,王英志编纂校点《陈子龙全集》之《陈子龙年谱》(自撰),人民文学出版社,2011年,第927页。
② 陈子龙著,王英志编纂校点《陈子龙全集》,人民文学出版社,2011年,第73—74页。
③ 黄始辑《听嘤堂四六新书》,《四库禁毁书丛刊》集部第136册,北京出版社,1997年,第102—103页。

逸……余才虽不逮,年与之齐……触物抒情,援笔续赋。"①这篇赋把自己对人生世相的感受用骈偶表达出来,堪与潘岳《秋兴赋》前后辉映。

第三节　陈子龙骈文地位的确立

　　陈子龙骈文的成就可以从多方面来考察,兹从其骈文在清代选本选录情况来看其经典化过程,分析其骈文地位的确立。从《清代选本收录陈子龙骈文分布表》可知,陈子龙的骈文在清初和清末受到较多关注,以清康熙八年(1669)刻本《听嘤堂四六新书》②为例,这部书主要是为应世而编,当时社会上需要大量骈文进行交际应酬,一些达官贵人未必有足够时间和才华来撰写骈体文字,这些应酬骈文需要幕僚(四六师爷)代作,这部书提供了当时比较典范的骈文给时人写作参考。该书选录陈子龙《红梅花赋》《拟追复建文年号谢表》《谢赉古镜薰笼启》三首,赋在明末清初创作甚多,这是一种展示才华的文类,而表、启是当时非常流行的骈文文类,前者是为了仕宦需要,后者是日常交际必备。黄始编《听嘤堂四六新书》选录这三首骈文体现了应世的特点。清末王先谦编《骈文类纂》对《听嘤堂四六新书》所选三首概不收录,共选录陈子龙骈文 22 首③,更多选录了序、书、诔、吊文等,如《复张郡侯书》和《答赵巡按书》是陈子龙在清初与清朝新任地方官员的书信,阐述自己不仕清廷的立场,这种行为在清初不受官

① 陈子龙著,王英志编纂校点《陈子龙全集》,人民文学出版社,2011 年,第 80 页。
② 黄始辑《听嘤堂四六新书》,《四库禁毁书丛刊》集部第 135—136 册,北京出版社,1997 年。
③ 王先谦编《骈文类纂》卷首《撰人姓氏》,浙江古籍出版社,1998 年,第 33 页。按,《撰人姓氏》下云 21 首,正文所收实为 22 首。

方重视,但到了清末,就显得很重要了。选录这两首书信除了其本身
是骈体外,其内容也契合了清末忠于清廷的士大夫的心理。王先谦
所选录的骈文更多地从垂世的角度来评判,由这两部选本亦可看出
时代风尚的迁移和骈文思想的演变。从《骈文类纂》选录的陈子龙骈
文篇目亦可觇见其在骈文史上的地位。陈子龙是明代大力创作骈文
的人,在明清之际骈文复兴过程中起到了起衰兴后的作用。陈子龙
以当时文坛领袖的地位指出骈文创作的向上一路,形成了独特的个
性风格。清初骈文沿着他所开创的雅化和风格化两个方面振兴
骈文。

清代选本收录陈子龙骈文分布表①

篇名	选本和卷数							
	《几社壬申合稿》	《媚幽阁文娱二集》	《听嘤堂四六新书》	《尺牍初征》	《历朝赋格》	《历朝赋楷》	《历代赋汇》	《骈文类纂》
《秋望赋（并序）》	卷一							
《采莲赋》	卷三							
《幽草赋》	卷三	卷十			卷下五		卷一百二十	
《红梅花赋》	卷三		卷八					
《垂丝海棠赋》	卷四						卷一百二十五	
《蚊赋》	卷四	卷十						

① 表中涉及若干选本目前皆有影印本,恕不一一注明出处。

篇名	选本和卷数							
	《几社壬申合稿》	《媚幽阁文娱二集》	《听嘤堂四六新书》	《尺牍初征》	《历朝赋格》	《历朝赋楷》	《历代赋汇》	《骈文类纂》
《仓庚赋》							卷一百三十一	
《拟别赋》						卷六(题《别赋》)	外集卷八(题《别赋》)	
《歌赋》《秋兴赋（并序）》								卷四十六中
《拟修淮阴侯庙教》《七夕戏上天孙表》	卷十七							
《拟追复建文年号谢表》			卷二					
《皇明同姓诸侯王年表叙》《高帝功臣年表序》《皇明成祖功臣年表序》《仁宣以来侯者年表序》	卷十二							卷四
《上巳禊集诗序》	卷十三							

续表

篇名	选本和卷数							
	《几社壬申合稿》	《媚幽阁文娱二集》	《听嘤堂四六新书》	《尺牍初征》	《历朝赋格》	《历朝赋楷》	《历代赋汇》	《骈文类纂》
《答万年少》				卷一				
《复张郡侯书》《答赵巡按书》								卷二十一下
《谢赉古镜薰笼启》	卷十七	卷八	卷一					
《横云山石壁铭》								卷三十六
《汉世宗名臣颂（并序）》《班定远西域铭（并序）》	卷二十							
《郭林宗先生赞（并序）》								卷三十八下
《张邵阳诔》								卷三十九上
《昆山吊二陆文》								卷四十一
《吴问》	卷二十							卷四十三

职浙江的经历直接影响了西陵派诸子继承云间派文学思想①。

　　陈子龙是松江府人，与同郡夏允彝、宋征舆、李雯等成立几社，切磋文艺。其后将课艺所作结集为《几社壬申合稿》，于崇祯五年（1632）出版，随着该书的流布，陈子龙获得巨大声誉，崇祯十年登进士第，十三年，选绍兴府推官，崇祯十七年迁兵科给事中，巡视两浙兵马城池，弘光帝监国南京，以兵科给事中召入南京。子龙从崇祯十三年至十七年皆在浙江任职，在这期间，不仅展现了卓越的政治和军事才能，且培养和选拔了一批人才。可以说，正是这段仕宦经历，将云间派和西陵派密切联系起来，成为明清之际文学承传的重要一维。

　　"西陵十子"多受陈子龙指点和揄扬，对毛先舒的影响最深，毛奇龄《毛稚黄墓志铭》云：

　　　　当甲乙之际，士君子弃置今学，学古人为文辞，往往萃一二指名者，互相标许。维时临安诸君则有所谓"西泠十子"者，实以稚黄为项领云……十八岁著《白榆堂诗》，镂之版，华亭陈子龙为绍兴推官，见而咨嗟。于其赴行省，特诣君，君感其知己，师之。时复有《歗景楼诗》质子龙，子龙为之序。后因过绍兴，谒子龙官署。②

①　杨旭辉《清代骈文史》第一章第二节云："西泠（亦作'西陵'，今浙江杭州）乃至附近的绍兴，俨然成为能够承云间流风的骈文创作重镇。"（人民出版社，2013年，第86页）指出云间派与西陵派在骈文方面的关系，着重分析了柴绍炳、陆圻、毛先舒的骈文创作。兹在其基础上主要揭示陈子龙在云间派和西陵派传承中所起的关键作用。在通俗骈文盛行的明清之际，陈子龙引领典雅骈文创作，典雅骈文逐渐兴起，并在乾隆年间成为骈文主流，在骈文史上具有重要地位。

②　毛奇龄《西河文集》之《墓志铭》卷九，《清代诗文集汇编》第88册，上海古籍出版社，2010年，第52—53页。

　　陈子龙善于奖掖后进，见到毛先舒的诗集，非常欣赏，特意与之见，两人遂订师生关系。毛先舒亦时时以子龙门人自居，其《陈其年骈体序》云："昔者，黄门夫子振起吴松，四六之工，语妙天下，余与其年皆及师事。悠悠摆落，仆复何云。乃其年则群推领袖，直接宗风。"①又《呈卧子先生书》云："某不肖，幸以薄技待罪门下。"②

　　陈子龙与钱塘陆圻、陆培兄弟关系密切。陈子龙曾受到陆圻父陆运昌的赏识，陈子龙《安雅堂稿》卷十三《吉水令梦鹤陆公传》云："予为童子时，公见予文于给事中李公坐，叹赏过实，此亦公千虑之一失矣。故予交陆氏父子，如孔融在纪、群之间也。"③陈子龙在浙江仕宦期间，屡屡与陆氏兄弟往来，曾为陆培《旖凤堂偶集》作序，序云："其才沉博绝丽，无所不洽。"末署："华亭社盟弟陈子龙海士甫撰。"④该序又见于陈子龙《安雅堂稿》卷二，题《陆鲲庭〈旖凤堂文稿〉序》。陈鼎《东林列传》卷十一《陆培王道焜合传》云："陆培，字鲲庭……培自少好客，长益喜自负，与其兄弟收召文士，日夜为贤豪欢，称诗角艺，一时号'西陵体'。"⑤可知培之才沉博绝丽，并非虚誉。

　　陆圻诗文受陈子龙较大影响，陆圻《威凤堂文集》之《诗部》载《哭骧武九首（有小引）》末附犹子拒石《家谱论》："于是录为《威凤堂诗集》，远追汉唐，近则李历下、王司寇及华亭陈黄门诸公，风调渊

① 毛先舒《思古堂集》卷三，《四库全书存目丛书》集部第 210 册，齐鲁书社，1997 年，第 810 页。

② 毛先舒《濮书》卷五，《四库全书存目丛书》集部第 210 册，齐鲁书社，1997 年，第 714 页。

③ 陈子龙著，王英志编纂校点《陈子龙全集》，人民文学出版社，2011 年，第 1284 页。

④ 陆培《旖凤堂偶集》卷首，明崇祯十六年（1643）刻本。

⑤ 陈鼎《东林列传》，影印文渊阁《四库全书》第 458 册，台湾商务印书馆，1986 年，第 307 页。

洁最高,飒飒乎大雅之音也。"①陆繁弨(字拒石)是陆圻侄子,所论当
为有据。陆圻对骈文颇为重视,不仅将其收录文集,还作为骈文专卷
标出,《威凤堂文集》专设俪语部,其热衷骈文创作虽受时代风气的感
染,也与陈子龙的影响分不开。

　　柴绍炳是"西陵十子"的佼佼者,文名藉甚,陈子龙对其多有奖
披,为其《青凤集》作序,孙治《孙宇台集》卷十五《亡友柴汪陈沈四先
生合传》:"柴绍炳,字虎臣……独与陆大行培兄弟、陈廷会辈友善,善
为诗,云间陈子龙理绍兴时,见而奇之,为序其《青凤集》行世。"②《陈
忠裕公全集》卷二十七《寄柴虎臣》为陈子龙寄给柴氏书信,称赞柴
氏才华。陈子龙继承前后七子,倡导复古,对宋元诗文多有不屑,柴
绍炳继承这种文学观念,并在清初的杭州发扬光大,号"西陵体"。毛
奇龄《柴征君墓状》载:

　　　　海宁吴太常、山阴刘掌宪、漳浦王宗伯、华亭陈黄门皆东林
　　君子,千里驰书请为友……先是君赡古今,学自《九经》、诸史以
　　及秦汉、魏晋、六朝诸家文,不及唐以后,故其所著书亦往往以秦
　　汉、六朝为指归,而宋元以后不及焉。时同社吴君锦雯、丁君飞
　　涛、张君用霖、孙君宇台、陆君丽京、陈君际叔皆以古文词名世,
　　而君为倡始。自前朝启祯以迄今顺康之间,别有体裁,为远近所
　　称,名"西泠体"。故终君之世,不敢以宋元诗文入西泠界者,君
　　之力也。③

①　陆圻《威凤堂文集》,《四库未收书辑刊》第 7 辑第 20 册,北京出版社,1998
　　年,第 58 页。
②　孙治《孙宇台集》,《四库禁毁书丛刊》集部第 149 册,北京出版社,1997 年,第
　　17—18 页。
③　毛奇龄《西河文集》之《事状》卷三,《清代诗文集汇编》第 88 册,上海古籍出
　　版社,2010 年,第 162 页。

　　柴绍炳的文学理论很大程度上继承了云间派,冯景《解春集文钞》卷十二《柴处士传》:"柴处士,名绍炳,字虎臣,仁和诸生……处士隐居授徒,以实学开群蒙,为诗高浑雅健,方驾三唐,不落宋格,当时效之,号'西陵体'。"①这与陈子龙在《几社壬申合稿凡例》中所说的"若晚宋之庸沓,近日之俚秽,大雅不道,吾知免夫"②是一致的。

　　吴百朋,字锦雯,为"西陵十子"之一,其乡试中式实为陈子龙所取,孙治《孙宇台集》卷二十四《亡友吴锦雯行状》云:"壬午举于乡,受知莱阳宋玉仲先生之门,而云间陈卧子先生实暗中揣摩为名士,本房得士七人,君为殿,而实以君为国士也,君自此益抱击楫中原之志矣。"③

　　丁澎,字飞涛,少有才名,与陈子龙一样,参与复社活动,与云间派成员有所往来,丁氏《扶荔堂文集选》卷首有宋征舆和彭宾的序④,丁澎《扶荔词》卷二有《蓦山溪·春闺和陈大樽韵》⑤,这首词是和《陈忠裕公全集》卷二十《蓦山溪·寒食》(碧云芳草)。

　　毛奇龄不属于西陵派中人,但与西陵派关系密切,一并及之。他是浙江萧山人,在明代属于绍兴府,陈子龙为绍兴推官,对其多有提

① 冯景《解春集文钞》,《清代诗文集汇编》第 182 册,上海古籍出版社,2010 年,第 427—428 页。

② 杜骐征等辑《几社壬申合稿》卷首,《四库禁毁书丛刊》集部第 34 册,北京出版社,1997 年,第 489 页。

③ 孙治《孙宇台集》,《四库禁毁书丛刊》集部第 149 册,北京出版社,1997 年,第 73 页。

④ 丁澎《扶荔堂文集选》,《清代诗文集汇编》第 78 册,上海古籍出版社,2010 年,第 449—454 页。

⑤ 丁澎《扶荔词》,《续修四库全书》第 1724 册,上海古籍出版社,2002 年,第 632 页。

携。毛奇龄《自为墓志铭》云："祗予所为文偶见于世,则世多称之。少时,华亭陈子龙评予文曰:'才子之文。'"①又毛奇龄《云间杂诗》其五云:

> 尳憨横云麓,还浮上海滨。三江开夏后,别浦念春申。吹笛难归楚,无衣尚在秦。西州当日路,恸哭是何人。(华商源曰:"西河兄弟俱少为陈大樽先生所知,故有落句。")②

按,华长发,字商源(一作商原),为明末清初人。所说当可信。

清初文坛上,云间派诗享誉东南,对西陵派诗歌影响甚大。毛奇龄《苏子传胥山诗序》:"西泠古才地,于文争六季,于诗争汉、魏、三唐以上。曩者顺治之末,会十郡名士于檇李之东塔寺,惟时太仓吴学士尚在坐也,榜文式于墙,并推西泠之诗,与云间陈黄门、李舍人功出禹上……特是西泠为诗,向能式靡挽之于钟、谭既行之后,与黄门、舍人争相后先。"③王昶《春融堂集》卷二十四《长夏怀人绝句》之《钱塘朱贡生青湖》载:

> 浙江诗派近难论,独有青湖迥绝伦。传得旧闻教后进,西泠十子本湘真。(青湖云:陈卧子先生司李绍兴,诗名既盛,浙东西人士无不遵其指授,故张纲孙等所撰《西泠十子诗》,皆云间派

---

① 毛奇龄《西河文集》之《墓志铭》卷十一,《清代诗文集汇编》第 88 册,上海古籍出版社,2010 年,第 71 页。
② 毛奇龄《西河文集》之《五言律诗》卷二,《清代诗文集汇编》第 89 册,上海古籍出版社,2010 年,第 439 页。
③ 毛奇龄《西河文集》之《序》卷二十,《清代诗文集汇编》第 87 册,上海古籍出版社,2010 年,第 343 页。

也。毛西河幼为卧子激赏,故诗俱法唐音。)①

"西泠十子本湘真",王昶的说法虽有些夸张,但以陈子龙为代表的云间派对西陵派的影响确实存在,且不仅仅在诗歌,时艺、骈文等通过交游、师生关系、诗文品评等方式多维度地达致云间派和西陵派的承传。

二、云间派和娄东派关系考

云间派和娄东派渊源可溯,陈子龙本来推崇后七子之王世贞,王即太仓人。其后张溥组织复社,名声震天下,陈子龙参加复社活动,对张溥甚为尊重,汪学金《娄东诗派》卷八"张溥"条载:"陈卧子云:天如忠爱,诵《孟门行》可见一斑。"②张溥卒后,陈子龙作《愍昧三》,云:"愍昧者,吊友人吴郡张溥而作也。溥才资广赡,泛爱好贤,有济世之量。"③张溥亦称赞陈氏才华,张溥《二三场合钞序》云:

> 云间陈卧子当世绝才,其所谈二三场如人衣食事,寻常切实,初无影响,虞山杨子常、娄东顾麟士经学纯儒,其论议与卧子同。④

---

① 王昶《春融堂集》,《清代诗文集汇编》第358册,上海古籍出版社,2010年,第285页。按,陈子龙著,王英志编纂校点《陈子龙全集》之《陈子龙年谱》(自撰)之"崇祯十四年"条有附录引《白榆集·小传》云:"先舒著《白榆集》,流传山阴祁中丞之座,适陈卧子于祁公座上见之,称赏,遂投分引欢,即成师友。其后西泠十子各以诗章就正,故十子皆出卧子先生之门。国初西泠派,即云间派也。"(人民文学出版社,2011年,第950—951页)
② 汪学金辑《娄东诗派》,《四库未收书辑刊》第9辑第30册,北京出版社,1998年,第126页。
③ 陈子龙著,王英志编纂校点《陈子龙全集》,人民文学出版社,2011年,第1036页。
④ 张溥撰,曾肖点校《七录斋合集》,齐鲁书社,2015年,第318页。

娄东派和云间派在时文、诗歌、复古等方面都持近似观点，相互之间声应气求，受王世贞等后七子、张溥等复社领袖的影响，陈子龙和吴伟业各开流派，振兴文坛。

宋长白《柳亭诗话》卷二十八"梅村"条云："汪钝翁与计甫草诗曰：天下几人称作者，翰林独数吴梅村。又曰：黄门得名三十载，体势皆与梅村同。"①虽然明显地褒吴抑陈，但是可以看出，在明末，陈子龙与吴伟业诗名并高，分别为云间派和娄东派的代表。云间派有诗文集《几社壬申合稿》二十卷刊行于崇祯五年（1632），吴伟业编选《太仓十子诗选》，于顺治十七年（1660）作序，序云："今此十人者，自子俶以下，皆与云间、西泠诸子上下其可否？"②吴氏编辑此书就是为了宣传娄东诗派的诗歌，与云间派和西陵派竞争，有很自觉的地域派别意识。

"娄东十子"之一的王昊等编选《两郡名文》，盖指吴下和松江，两郡虽相邻，文风皆盛，但若无相近的文学思想，难以将两郡之文选为一书。吴伟业《吴梅村全集》卷三十四《两郡名文序》云："余唯吾州自西铭先生以教化兴起，云间夏彝仲、陈卧子从而和之，两郡之文遂称述于天下。"③吴氏所言，正是明末由张溥等人发起的复兴古学思潮影响下的文坛状况，也说明娄东派和云间派的渊源关系，所谓同源而异派。其后清初两派成员政治立场、诗文创作则有所不同。

其他与云间派、西陵派、娄东派并称的还有龙眠派，云间派和龙眠派关系容日后进一步探讨，兹不多述。

---

① 宋长白《柳亭诗话》，《续修四库全书》第 1700 册，上海古籍出版社，2002 年，第 383 页。

② 吴伟业著，李学颖集评标校《吴梅村全集》卷三十《太仓十子诗序》，上海古籍出版社，1990 年，第 694 页。

③ 吴伟业著，李学颖集评标校《吴梅村全集》，上海古籍出版社，1990 年，第 741 页。

第五节 陈子龙佚文辑补与辨伪

陈子龙生前即刻有文集多种,如《属玉堂集》《平露堂集》《安雅堂稿》等,顺治四年丁亥(1647),他被清廷逮捕,在押解途中乘间投水殉国。陈子龙卒后,慑于清廷威严,又因其抗清身份,所作文字亦时有违碍,很长一段时间他的文集一直由其后人秘藏。清乾隆四十一年(1776),特褒奖清初殉国的明代大臣,给陈子龙谥号"忠裕",至此,传播其文集有了合法的保障,经过多人努力,《陈忠裕公全集》三十卷于嘉庆八年(1803)由簳山草堂刊行,这是清代首次出版陈氏比较完整的全集本,其后他的作品亦陆续有出版。21世纪以来,已有学者对陈子龙诗词进行补遗,如刘勇刚《陈子龙词补辑八首》系从《幽兰草》中辑出八首词①,叶石健《陈子龙十八首佚诗辑存》则从《天启崇祯两朝遗诗》中辑录十八首佚诗②,张亭立《陈子龙研究》附录二《陈子龙诗词补遗》③辑录诗歌除《舟月散想》三首外,其他诗歌不出叶石健《陈子龙十八首佚诗辑存》所补范围。

目前收录陈作比较完备的是王英志先生整理的《陈子龙全集》(全三册),2011年由人民文学出版社发行,为陈子龙的相关研究提供基础文本,有功学林。但该书未充分吸收已有补遗成果,且仍有一些作品散存他处,难以搜罗完备,今新辑得佚文七首,未收入《陈子龙全集》和各家补遗论文。经考证,发现署名陈子龙的伪作四首,包括

---

① 刘勇刚《陈子龙词补辑八首》,《中国典籍与文化》2002年第2期。
② 叶石健《陈子龙十八首佚诗辑存》,《古籍研究》2002年第3期。
③ 张亭立《陈子龙研究》,华东师范大学2007年博士论文,第282—283页。此外吴思增《陈子龙新诗风研究》(华东师范大学2006年博士论文)附录二《近圣居三刻参补四书燃犀解》辑录的陈子龙参补之语等对陈子龙集外文字皆有增补。

《凭山阁留青新集》选录署名陈子龙的一封尺牍,系伪托,非陈子龙之文;《陈子龙全集》所收《诗词曲文补辑》增补的作品中有三首非陈氏所作(包括诗一首、文二首),乃以他人之文误入者,已收入其文集而误作佚文者三首(词二首、文一首)。

一、陈子龙佚文七篇辑补

陈子龙以诗词为后世所称,然其骈文和八股文(时文)亦甚佳,明末几社之成立最初主要为科举考试做准备,而几社诸君能够引领风尚,与时文成就分不开。其后陈子龙、夏允彝等登进士第,名声鼓噪,更让士子们追随其后。然陈子龙的八股文仅有方苞辑《钦定四书文选》所收录的十一篇,见《陈子龙全集》之《诗词曲文补辑》。清初孙维祺辑评《明文得》,刊于康熙四十七年(1708),封面题"金陵两衡堂梓",版心下面有"爱吾庐选"四字,《四库禁毁书丛刊》经部第 10 册收录,该书之"晚集"部分选录了陈子龙六首八股文,每首正文题下署"陈子龙",都是陈子龙之作。其中《能尽人之性　二句》一文载清乾隆五年(1740)武英殿刻本方苞辑《钦定四书文选》之《钦定启祯四书文》①,已收入《陈子龙全集》之《诗词曲文补辑》。其余五首为佚文,现逐录于此并标点如下:

生财有大　二节
陈子龙

极生财之道,而仁者固有所用之也。夫得生财之大道,则上下皆足,仁者将以此发其身耳。岂若世主所为乎? 且夫财者,末也,而国家废兴强弱之际,未有不由于贫富之间,则其事重矣。

---

① 方苞辑《钦定四书文选》,《四库提要著录丛书》集部第 208 册,北京出版社,2010 年,第 404 页。

天下未尝无财,而人主之患,在于平居既不能节俭以开不穷之源,而临事又不能广大以作有为之气,卒致国以衰耗,而身与俱困,良可悼也。

夫言天下之财用之不竭者,固诡谀之说也,而言天下之财止有此数者,亦不达时变之论也。

盖论夫取之之术,则愈巧而愈不足;求夫生之之道,则愈多而愈有余。此平天下之大道,而仁人之所经营者也。一人生之而数人食之,则力有不能给;终岁为之而一朝用之,则时有不能继。要之致殷阜之业者,必藉于民之力勤;而来虚耗之患者,必起于国之经费。是以先王之政,损上而益下,严吏而宽民。禁游惰,黜逐末,一也。省冗员,祛□①役,一也。谨将令,勤功作,一也。节浮费,多蓄积,一也。此四法者立,则公私皆可赡给,而上下复相灌输,安有不足之忧哉!

然而世之论者,或以人主一本道德,而不宜较货财之事,又或以人主患不广大,而不宜计纤啬之微。

而非然也,欲人主之不言利,莫若使其国富,欲国家之成大功,莫若先惜小费。夫财者,大利大害之所在也,虽至圣仁人,非此无以结天下之心而据人民之上,岂可置而不道乎?

是故仁者之阜民财也,不狥群生之欲,而为之劝其勤□、□其华靡,以为如是,则虽有数年之灾、一旦之变,而民心素定,则明廷之势常尊。

仁者之制国用也,不慕蠲税之名,而为之充其仓廪、通其钱币,以为如是,则虽兴十万之兵、数岁之役,而财力不匮,则操纵之权在我。

不然,则人主以眇然之身,而令无不行、求无不得,所云发身

---

① □,表示所据底本文字漫漶模糊,难以辨识,下面例此,不一一说明。

者,是操何术也哉?

若夫世主以身敛怨而为人积财,始焉见锱铢而必取,惟患财少;既焉求编珉而不得,更患财多。岂非以身发财而不讲于大道耶?《易》称"大宝",必重聚人之财;《书》叹"永终",每因困穷而革。是又安可忽也。

文末评语:

大家笔力,任地甚样题目,结构完密,□□无一缺陷,筋节无一支离。如此题,前节若不相联,后节又不曾住,卧子为之,笔之所至,精神奔会,肌理凑合,其寝食于古者厚也。①

由之瑟奚　全章
陈子龙

圣人以音论人,而贤者在浅深之际矣。夫乐本性情,则子路之瑟,未至于中和耳。堂室之间,非圣人孰知之。且夫今之论人,于形迹之间;而古之论人,每于性情之际。故或赋诗而知其志,弹琴而见其人。此非人意之所□,而亦非深有所得者,不可□□论也。

夫古者神灵之君、事功之臣,必以乐为高下,是固寄于无形,托于无用,而学者深浅之故,亦可以有验也。吾夫子秉中和之德,闲居无事,尝与弟子鼓琴击磬,非以为欢,此亦圣人之学矣。

一日者,子路鼓瑟,夫子惊焉。若曰:此幽燕之声也。音慷慨而善决,气激楚而不平,抑何似壮士耶! 烈烈乎其有武□,凛凛乎其若耿介,又岂有兵事兴而□□在丘之门也? 盖圣人之门

---

① 孙维祺辑评《明文得》,《四库禁毁书丛刊》经部第 10 册,北京出版社,1997年,第 277—278 页。

大矣,不可无刚柔之器;而圣人之德盛矣,不能化未和之心,岂非性之所为,不可强哉!

　　而及门之士未必皆审音而知乐也,不□子□所由来矣。虽然,子路亦何可轻耶? 大凡声音之道,其上者可以格天神而降风雨,和之至也,若夫靡靡之声,曼长幻杳,使人遗忘者,亡国之音也。自夔伦不作,而郑卫相尚,君子忧其风之淫也,故凡峻厉之士,有壮凉之节、勇烈之□,抚商激之奏,君子犹取焉,以为虽不足□于至妙,而足以振颓世而救衰俗,使抚之者□□,而闻之者勇哉! 固不可尚□。

　　盖乐有得其广大者,内无所惑于心,外无所□于律,如堂焉,戋戋不可犯矣;乐有得其幽微者,劲正而不伤其气,□□而不伤其心,如室焉,杳杳不可即矣。彼子路所谓升堂而未入室者也。

　　夫广大则寥廓,寥廓之间,易生哀怨,故以武激始者,必以悲怒终也;幽微则清静,清静之人,易兴平适,故以和顺为体者,必以条畅为□也。

　　夫民性之偏久矣,而声音之道微矣。商音刚大,而师乙称之;秦声雄大,而季札美之。世无仲由而天下多桑濮之音,且曰此中和也,是夫子之所放也。

文末评语:

　　悲凉亢壮则《箜篌引》,至于远慕长思,则中敬之赋、白云之谣矣。(夏彝仲)

　　升堂入室,从乐上发明,先生特解也,然确不可易矣。其议论如蕴生之宏博,而其节奏兼宜□之宕逸,殆所谓丰玉荒谷,无人不宝耶。①

举直错诸　二句

陈子龙

以举错言智，而权行其间矣。夫枉直有相使之机，而举错之权大也。夫子亦言夫智之用耳，且天下之事甚繁，而必重夫用人之权者，不独以成天下之务，而将以动天下之心也。下之人莫不翘翘然有望于上，而上无以动之，亦何以为操术之明乎？是非所论于知人者矣。

天下之人，非直则枉，用人之权，非举则错，此其大端已。

人之不能无枉者，势也，而往往轻于弃绝，君子伤之，教之以善，未必从也，岂舍我所能行，而他有所致与？人之不能皆直者，亦势也，而往往无所兴起，君子耻之，感之以化，未必兴也，岂舍彼之甚慕，而别有所动与？于是举错行，而使枉者直在其中矣。

天下虽大，得其情而驭之，不难制也。人独何恶于直乎？为直而无以自见，则废然反矣。苟游于至明之途，而贤愚无所混杂，以是表正人伦，至亟也。彼枉者纵不能尽知其美，而独无竞心乎？夫亦使之至神矣。

气质虽远，乘其动而易之，不难变也。人岂无慕于直乎？为直而不免枉名，则愤然激矣。苟断于不爽之鉴，而贞淫不得并陈，以是崇起教化，至顺也。彼枉者岂不亦甚难其行，而能缘他途以进乎？夫亦使之极易矣。

盖下之得与上相抗者，无以大服其心也，上之所令在乎此，而所取在乎彼，则不得不从其所取之实，而弃其所令之名。苟举错得当，则人将乐其名实之既一，而皆有孜孜不已之意。

---

① 孙维祺辑评《明文得》，《四库禁毁书丛刊》经部第 10 册，北京出版社，1997年，第 363 页。

　　上之不能齐其下者，无从叩发其事也，我以为礼义之途，而彼以为功名之门，则不能不乐其功名之易，而忘其礼义之难。苟举错各正，则人将喜其难易之可信，而各有循循共赴之志。

　　以是知用人之权不可轻，而知人之明不可学也。①

文末评语：

　　一顿一挫，乍起乍伏，象外峰峦，非尘中物色。（韩求仲）

　　玩下文朱注"迟以夫子之言专为知者之事，又未达所以能使枉者直之理"。可见此处，不但"仁"字说不出，并诠"能使"二字，亦须有含蓄不□之意为妙。然有意含蓄，便似土木偶矣，尽力发挥，而仍不失浑成语气，的的可传。②

　　按，该文版心中间右侧有"崇祯庚午应天　墨"若干字，则为崇祯三年（1630）陈子龙参加应天乡试所作，此次乡试陈子龙中式，为举人。

孔子成春　子惧
陈子龙

　　乱贼之惧《春秋》，畏其大义之既明也。夫乱贼之人未尝不畏其名也，非《春秋》谁与明告之，乌得不惧耶？且夫篡叛之人，每曰：我为其实矣，遑惜其名。此强辞自饰耳。其心实甚畏人之

---

① 龚笃清《八股文鉴赏》（岳麓书社 2006 年版）第 374—375 页亦录此文，文字有出入。
② 孙维祺辑评《明文得》，《四库禁毁书丛刊》经部第 10 册，北京出版社，1997年，第 371 页。

议之也，其议之而不畏者，必未得其实也。或议之而反被其祸者，必其人非圣人也。独不观孔子乎？

盖春秋之时，去古未远，何以二百余年之间，篡杀多有，反过于后世者，亦未尝有乱臣贼子之名也。

彼既不知君父之不可弑，而与之较其是非、论其得失，则君父之罪，每不可胜诛矣。天下亦不知弑君父之为非，而或为之追彼暴德，称此善政，则臣子之功似不可揜矣。

孔子不患乎天下之多乱贼，而患乎不知乱贼之罪也，故《春秋》之书，不在诛其实，而在著其名，不在定其罪，而在明其义。

著其名者何？ 所以孤其党也。天下处心积虑以行弑逆者常少，而附和者常多，无此附和者，则其事亦不成也。然彼其人岂曰：彼，乱贼也，而吾从之哉。方且以为一时之杰、顺天之举，舜禹汤武之所为，不过是矣。《春秋》大彰明而告之曰：彼，乱贼之人也，汝从之，则亦乱贼也。如是，苟非天下之至凶，恐必洒然退矣。

明其义者何？ 所以折其萌也。天下反戈操刃以加诸君父者尚少，而近似者常多。有此近似者，则其机甚可畏也。然彼其人岂曰：此，乱贼也，而吾行之耶？ 方且以为极忠之心，至孝之行，伊周参□之所怀，必若是矣。《春秋》分义例而教之曰：此，乱贼之事也，汝行之，则亦乱贼也。如是，苟为天下之良人，恐必翻然改矣。虽欲不惧，岂可得哉。

然则定、哀之际多微辞者，何也？ 此人臣之事也。若为人君，则尽诛之而已，我既不能尽诛之，而明被以乱臣贼子之名，则彼将无所顾忌，而益肆恶于天下，孔子不为也。故姑宽其近者，而严诛其远者，使彼退而知惧曰：我于后世亦若□而已，岂非圣人之微意哉！

文末评语：

　　丢去不得已大旨，将题面极力发挥，亦一匡天下手。○王、唐诸公，王道也；金、陈诸公，霸道也。雅颂降而国风，而诗将亡矣，于斯时也，八股亦岌岌乎。○燕会之揖让，可恨也，故宁取桓、文。①

武王不泄　二句
陈子龙

　　周乎远迩之际，王道之至要也。夫迩不可泄，远不可忘，百王不易之道也。而武王以此特闻，岂无谓哉。且夫禹汤文王之德，其载于《诗》《书》者，可考而知也。至于武王，为本朝创业之主、受命之王，《诗》称之曰"执竞"矣，《书》称之曰"丕承"矣，而吾独举其德之大者，在于不泄迩、不忘远，是德也，岂禹汤文王之所未备乎？而我以为至武王而始著，此何故哉？

　　夏之兴也，以勤劳俭约为本，故细事毕举，近而畿甸，远而海隅，人主皆躬亲而为之经理，方周流于三涂、四岳之间，安有所谓迩与远乎？至于我周，而天子简出矣，此远迩之势所由分也。

　　商之治也，以纪纲法度为本，故大纲既举，则近而朝廷，远而四海，人主亦拱手而听之号令，俱整齐于尚严、先罚之中，乌得有所谓泄与忘乎？至于我周，而君臣道通矣，此泄忘之情所由见也。

　　夫人主惟常与天下相见，而后迩者无日亲之势。今周之腹心大臣，则其子弟也，而又盛自饰卫，有虎贲之士，有执御之官，

① 孙维祺辑评《明文得》，《四库禁毁书丛刊》经部第 10 册，北京出版社，1997年，第 442—443 页。

玩狎之渐必自此起矣。而武王不然，无论其子弟皆贤圣也，而下至左右近习，皆端人正士以为之，故以耄耋之年而未尝一失容于燕私，岂非躬盛德以抚多士乎？

人主惟不与天下自异，而后远者无日疏之患。今周之列国友邦，则故等夷也，而累为阶级，有五等之爵，有三等之土，疏逖之臣无以自达矣。而武王不然，无论其诸侯皆辑睦也，而外至于荒服君长，皆厚往薄来以□之，故履盛大之势而未尝一轶惰于远物，岂非秉小心以御诸夏乎？

盖其神明周密，而不牵私暱之惰，不遗幽隐之际，天下所以服圣人之心。亦其制作精核，而亲近无相逼之嫌，微贱无阻隔之患，后世所以守王者之法。

故是德也，帝王无不尚之，而独称武王，亦其时势之所难而后世之所不及欤？

文末评语：

作史人定要世代相近人为之，如以周人作周史，汉人作汉史，是也。或采之典章明备，或得之父老传闻，相距未远，必无谬误。即如武王之事，数千载而下，谁不知之，然必无敢以“不泄迩、不忘远”六字新之者，又况其行事琐微、万万不及武王者乎？今日作文，亦要引周之诗书，考周之时势，以探其所以“不泄不忘”者而为之说，然后可以有合于子舆尚论之心，而亦以见吾儒读书之非苟焉而已也。①

① 孙维祺辑评《明文得》，《四库禁毁书丛刊》经部第 10 册，北京出版社，1997年，第 451—452 页。

　　清代乾隆年间高嵣编《明文钞》共六编,清乾隆五十一年(1786)刻本,《明文钞六编》收录陈子龙八股文十一首,题下皆署"陈子龙",为陈氏之作。惟《孟子之平陆　全章》不见于《陈子龙全集》和各家补遗论文,今录出标点如下:

孟子之平陆　全章①

陈子龙

　　观大贤之责齐君臣,而知救荒之弊政矣。夫君臣之间,一推诿,一往覆,而民已死矣,故孟子并责之与! 且夫与人主共此民者,良郡邑吏耳,而人主每以疏贱视之。既多阘冗之夫,复鲜事权之寄,我民一旦有急,告之于君,君曰:问吾有司。告之于臣,臣曰:是有君命。于是遂无一人任其责,而民愈穷矣。

　　昔者孟子以失伍之罚例平陆大夫,议者以为太重,非也。夫失伍者诛,岂非以一人乱行致多杀人哉? 而何以行军则网密,课吏则法宽,夫亦不较其杀人之多寡而按之也。

　　夫水旱之时,饥馑载道,流移满山,此时为长吏者,苟非大贪恶,亦当蒿目而叹,以为可伤;扼腕而思,以为无策。然此非大夫之职也。又以为我主藏之臣、筦钥之吏,岂能涣德音而大丰泽,使国人嗷嗷归怨于上,又不忠之大者也。不能自主矣,何以不入告? 告而不听矣,何以不去官? 嗟乎! 立而视其死,牧牛羊尚不可,况牧民乎? 人之无良,何至于此。

　　此皆人主好自佚乐、不恤民隐,言丰穰则喜,言灾伤则厌,巧催科则有庆,勤抚字则多罚。以故有司承旨,上下相蒙,人民涂炭而君不觉,盗贼攻劫而君不知。岁月益深,势成瓦解。此固人主之罪也。

---

① 此据原刻本正文题目,《明文钞六编》目录题"孟子之平　一章"。

　　然吾以为其本在于不能择良吏与假事权也。夫饥困之民，迟食一日则立致枯槁，而灾祲之章，非至不堪，则孰敢先报？无论吏不上闻、君不省察，即朝上夕发，而使者冠盖，岂得遄行？县官仓庾，非可时启。及至其境，而死者十二三矣。又况郊甸之广，尽遍为难；渔蠹之奸，澄清匪易。及散之民，而死者过半矣。故赈恤者，救灾之末策也。

　　惟人主于平时慎选循良，假之事柄，使之勤心于田畴耕稼以阜其源，而又精计于贵贱盈缩以制其变，虽遇凶岁，可无饥民矣。何必远恃人主之帑哉！

　　然则孟子何以不言也？夫齐之君臣，方将牺牢其民而不顾，何暇与之计长久哉？失伍之卒，难与论兵；害羊之吏，难与言治。数其罪而责之可也。

文末评语：

　　五人仅一知罪，当时有司可知。齐王之罪，不在不赈贷，而在不择良吏，扼要之论，尤为切题。不然，移粟发棠，孟子不屑道，顾以望齐君臣也。洗发末世苟且弊政，真足痛心疾首。（俞宁世）

　　长吏为亲民之官，不慎选贤良，则膜视民命；不假以事柄，则掣肘无能为。而巧宦之徒，缘此殃民，寖成误国。篇中所见，千古同慨。然确是紧对齐君臣痛下针砭，绝非横发议论，有文无题。其驱驾剪裁，扼题命脉，法度亦何尝不井井。（王己山）

　　是一则名臣奏议，莫作文字观。（曹声喈）①

---

① 高塘编《明文钞六编》，《华东师范大学图书馆藏稀见丛书汇刊》第 31 册，北京图书馆出版社，2006 年，第 177—180 页。

清代康熙年间,陈枚辑,陈德裕增辑《凭山阁留青新集》三十卷,有康熙四十七年(1708)序刻本,该书卷十三《尺牍琼华》载署名陈子龙尺牍二篇,其中第一篇系伪作,考辨见后。此录出第二篇,并标点如下:

与吴舟庵

陈子龙　　卧子

弟陋居下邑,自稍知志学以来,即思师友一道为我辈身世极大关系。然无如学久不明,声气横流于名利之场,心窃伤之,不敢以昧心向人,堕交游云雾中,而介居一室,寤寐亦良苦矣。往岁,驾临敝邑,弟时于俦辈中式瞻风度、侧聆德音,遂不禁其仰止心切,而兄亦若忘其为倾盖新知也。此中神理,岂可言喻?古人亲师必本之博习,取友必本之论学,言至此,始能知言知人,而亲不违于尊道,取有当于转仁也。五年、七年,盖重视之耳,弟何幸以志学之初而遂与舟庵有针芥之好乎!顾自愧尔时知识浅陋,负诲良多。无何,兄翁有京江之行,东郊抗手一别,至今黯然,蒹葭秋水,有长喟耳。①

陈文中之"吴舟庵"具体名字不详,《凭山阁留青新集》卷十三《与吴舟庵》前隔一首为《与舟庵》,署名"失名",乃不知作者姓名。康熙、雍正年间,有吴舟庵者,厉鹗《樊榭山房集》之《文集》卷五《舟庵记》云:"舟庵者,吾友吴可堂比部颜其钱唐城东侨居西偏之屋,盖本其尊甫先生生平所自号也……先生讳某,字云襄,县学生,赠刑部

---

① 陈枚辑,陈德裕增辑《凭山阁留青新集》,《四库禁毁书丛刊》集部第54册,北京出版社,1997年,第597页。

贵州司主事。"①杭世骏《道古堂文集》卷四十五《朝议大夫刑部贵州司主事吴君墓表》云："乾隆岁在己丑,君年七十五矣,末疾不慎,遂至不起……君讳震生,字长公,可堂其号也,姓吴氏……父讳之骖,明经,乡饮大宾,封朝议大夫。"②据此,吴震生乃生于康熙三十四年(1695),卒于乾隆三十四年(1769),则其父亲吴之骖(号舟庵)的生年应在陈子龙之后,至少小二十岁。尺牍中陈子龙对吴舟庵称扬有加,视为尊长,此吴之骖定非陈文所指舟庵者。若此信所言舟庵为吴之骖,则该信系伪托。尚无证据表明该信非陈文,视为陈子龙佚文为宜。

二、陈子龙佚文四首辨伪、三首重出辨误

下面考证陈子龙的四首伪作,并辨析《陈子龙全集》之《诗词曲文补辑》之三首佚文为重出,提示学界在利用电子古籍和影印古籍辑佚时注意年代和版本问题。

(一)《与某友》

清初陈枚辑,陈德裕增辑的《凭山阁留青新集》卷十三《尺牍琼华》载陈子龙尺牍二篇,第一篇题为《与某友》:

> 扇头诗妙,益重别思,兼以茶仪,感念何能已已。翘首南望,时聆德音,更闻转履括苍,又成勋业,焕然前声,喜可知也。徐中颐兄自燕来,备道汪叔度兄雅意,不吝培植,其自皆出翁台,此岂寻常交情也哉! 虽在木石,犹生苔芽,况血气之伦乎? 顾弟又以

① 厉鹗著,董兆熊注,陈九思标校《樊榭山房集》,上海古籍出版社,1992年,第777页。
② 杭世骏著,蔡锦芳、唐宸点校《杭世骏集》第3册,浙江古籍出版社,2015年,第651—652页。

自揣矣,生平检束,未敢后人,北山之北,南山之南,何分早晚,况出世之学,微有闻焉,冥冥之中成就人者,讵一辙哉！一男已婚,生孙八龄,弟世事完矣。一肩行李,遍走青山,子平独非人也乎哉？吾兄翁有意,或以山中片石松相待,龙湫、雁荡皆尊赐之余矣。此实生平之愿,非世情中事也,翁台以为何如？①

此尺牍题目下署"陈子龙　卧子",且该卷首目录在此题下亦署名"陈子龙",目录的顺序和正文同,并非影印装订错简。信中说:"一男已婚,生孙八龄,弟世事完矣。"这与陈子龙经历不合。陈子龙婚后一直没有男性后代,直到崇祯十七年(1644)十一月,姜沈氏生一男,名陈巚。《陈子龙年谱》(自撰)"崇祯十七年"条云:"十一月,举一子,姜沈氏出也。"②又王沄《三世苦节传》:"陈氏五世一子,旁无期功之属,孺人屡举子女不育,为置侧室,亦不宜子,孺人心忧之。乃自越遣人至吴,纳良家子沈氏以归。甲申春,崇祯帝召先生入谏垣,携家还里,至冬始举子。先生时年三十有七,喜而名之曰巚。"③可知陈子龙在崇祯十七年十一月才生一男,而在顺治四年(1647)投水殉国时,其子才四岁,遑论结婚生子。故《与某友》的作者非陈子龙,《凭山阁留青新集》收录作品,凡是代作者皆于题名下注"代"字,此信题下无"代"字,当非子龙代人而作。

此信中提到"徐中颐""汪叔度"皆明末人,汪伟,字叔度,上元籍,休宁人,崇祯元年(1628)进士。崇祯十七年,北京被李自成部队

---

① 陈枚辑,陈德裕增辑《凭山阁留青新集》,《四库禁毁书丛刊》集部第54册,北京出版社,1997年,第597页。
② 陈子龙著,王英志编纂校点《陈子龙全集》,人民文学出版社,2011年,第979页。
③ 陈子龙著,王英志编纂校点《陈子龙全集》附录一,人民文学出版社,2011年,第1636页。

占领,汪伟自经殉国,生平详见《明史》卷二百六十六《汪伟传》①。则此信作于崇祯十七年前。

(二)《论学绳尺·王道之端如何》

《陈子龙全集》之《诗词曲文补辑》收录此文,文末注云:"以上辑自四库全书本《论学绳尺》。"②认为是陈子龙的集外佚文,原文较长,暂不录出。然此文非明末陈子龙所作,乃宋末陈文龙(原名陈子龙)作③。

影印文渊阁《四库全书》第1358册收录宋末魏天应辑、林子长笺解的《论学绳尺》一书,卷九载"顺题发意格",其下有"与陈介石《礼所损益论》同意",后面一列是《王道之端如何》,题目下署"陈子龙"④,《诗词曲文补辑》即据此版本辑出。该文下一篇即陈介石《礼所损益如何论》,格下面有"与前篇陈文龙《王道之端论》同意",显然,这里所说"陈文龙《王道之端论》",即指署名陈子龙的《王道之端如何》,此陈子龙和陈文龙当系同一人。该版本卷九又载署名陈文龙的《理本国华如何论》,属"原题立意格",格下云"与高应松《听言接下之规论》同意",而后一篇是高应松《听言接下之规如何论》,"原题立意格"下云"与陈文龙《理本国华论》同意",纵观文渊阁《四库全书》所收该书,三处出现陈文龙,一处署陈子龙,中国基本古籍库据此本配文津阁《四库全书》本收入。

---

① 张廷玉等《明史》,中华书局,1974年,第6860—6861页。

② 陈子龙著,王英志编纂校点《陈子龙全集》,人民文学出版社,2011年,第1621—1624页。

③ 陈文龙此文不见于《全宋文》(上海辞书出版社、安徽教育出版社2006年版),当补入。

④ 魏天应编选,林子长笺解《论学绳尺》,影印文渊阁《四库全书》第1358册,台湾商务印书馆,1986年,第528页。

　　文渊阁《四库全书》本《论学绳尺》之底本为明成化初刻本①，检明成化五年（1469）游明刻本《批点分格类意句解论学绳尺》十集，该书从甲至癸分十集，壬集收录《王道之端如何》一文，与文渊阁《四库全书》本内容一致，题目下署"陈子龙"，其上注云："御笔改名文龙。"其下有："戊辰状元，太学公魁。"②文津阁《四库全书》收录此书，于此文题下署"陈文龙"③，亦删除了注释信息，可知作者为宋末陈文龙，子龙乃其原名，宋度宗咸淳四年戊辰（1268）考中状元，度宗为改名文龙。《昭忠录》之《陈文龙传》云："陈文龙，字德刚，兴化军人。祖俊卿，事孝宗为名宰相……文龙有文章，负气节，理宗朝为太学生，名子龙。咸淳戊辰，度宗初试进士，对策称旨，擢第一，御笔改今名。"④《宋史》卷四百五十一《陈文龙传》云："陈文龙，字君贲。福州兴化人。丞相俊卿之后也。能文章，负气节。初名子龙，咸淳五年，廷对第一，度宗易其名文龙。"⑤皆可证。

　　由此可知，文渊阁《四库全书》之《论学绳尺》系据明成化初刻本收录，但收录时删去了诸多原书信息，如题目下面作者的字号、科举、生平等信息皆略去，所以出现署名宋代陈子龙的文章，却被人误认为是明末陈子龙，进而作为其佚文辑录入全集。另外《论学绳尺》为明成化刻本，显然不可能收入明末人作品，这也提醒科研工作者在利用中国基本古籍库和《四库全书》进行辑佚工作时，注意版本和年代

---

① 慈波《〈论学绳尺〉版本问题再探》，《文学遗产》2015 年第 4 期。

② 魏天应辑，林子长笺解《批点分格类意句解论学绳尺》，《四库提要著录丛书》集部第 141 册，北京出版社，2010 年，第 395 页。

③ 魏天应编选，林子长笺解《论学绳尺》，影印文津阁《四库全书》第 1362 册，商务印书馆，2006 年，第 760 页。

④《昭忠录》，《丛书集成新编》第 100 册，新文丰出版公司，1985 年，第 480 页。

⑤ 脱脱等《宋史》，中华书局，1977 年，第 13278 页。按，此处说"咸淳五年，廷对第一"，误，当为咸淳四年戊辰（1268）。

问题。

（三）《贺任提刑启》

《陈子龙全集》之《诗词曲文补辑》收录此启，云："辑自四库全书本《五百家播芳大全文粹》。"①然该启作者为宋代陈子飞，非明末陈子龙。

影印文渊阁《四库全书》第1352册收入《五百家播芳大全文粹》（以下简称四库本），该书卷二十一有《贺任提刑启》，题下署名"陈子龙"②，中国基本古籍库据该版本收入。然检宋刻本《圣宋名贤五百家播芳大全文粹》一百卷，其卷二十一载《贺任提刑启》，题下署"陈子飞"③，两本对勘，有三个字不同，另有两个字互乙，其余内容皆同。四库本所据为抄本，当为因传抄而产生的不同。再者，该书的署名多据字号，较少直接书名，即便是陈子龙作，也非名子龙者，当是字子龙者才是。此启作者当以宋刻本为准，定为陈子飞所作。且启文末之"式副倚毗"为南宋常用语，明代鲜有用此者。宋刻本卷首许开序末落款署"绍熙改元庚戌八月朔"④，则此书编成于宋光宗绍熙元年（1190）前后，所选皆南宋初年之前的文章。

郑方坤《全闽诗话》卷四"陈翔"条云："陈翔，字子飞，建阳人。七岁时，刘子翚命赋灯诗，援笔立成，曰：……坐客皆奖叹。绍兴中，

---

① 陈子龙著，王英志编纂校点《陈子龙全集》，人民文学出版社，2011年，第1625页。

② 魏齐贤、叶棻同编《五百家播芳大全文粹》，影印文渊阁《四库全书》第1352册，台湾商务印书馆，1986年，第457页。

③ 魏齐贤、叶棻辑《圣宋名贤五百家播芳大全文粹》卷二十一，《中华再造善本》，北京图书馆出版社，2006年，第5页。

④ 影印文渊阁《四库全书》第1352册《五百家播芳大全文粹》卷首《提要》云："首载绍兴庚戌南徐许开序。""绍兴"，当为"绍熙"之误。武英殿本《四库全书总目》卷一百八十七《五百家播芳大全文粹》提要作"绍熙"，是。

由童选进士,累官国子监簿。"①陆心源《宋诗纪事补遗》卷四十六"陈翔"条:"字子飞,建阳人。绍兴中,童子科登进士,国子监簿。"②可知,南宋绍兴年间陈翔,字子飞,由童子科登进士第。《圣宋名贤五百家播芳大全文粹》大部分文章为日常应酬之文,具有很强的时代性,除了北宋名公之文外,其余不少为绍兴时人所作,则该启作者为陈翔③。

　　考此文致误之由,与上一文类似。《贺任提刑启》本是南宋人陈翔作品,在传抄过程中署名发生讹误,补辑者利用中国基本古籍库和文渊阁《四库全书》检索到此文署名陈子龙,但未能进一步考察图书的编辑和刊刻年代,误为明末陈子龙之文。

(四)《伤春》(香离粉破甚春惭)

　　《陈子龙全集》之《诗词曲文补辑》收录此诗,诗后注云:"案:《陈忠裕公全集》卷十五与《几社壬申合稿》卷十,皆收《伤春》二首,但两者所收第二首却非同一首诗,因此《伤春》实有三首诗。此诗《陈忠裕公全集》未收。"④然该诗作者实为明末几社成员朱灏。

　　《四库禁毁书丛刊》集部第 34 册收录《几社壬申合稿》,为崇祯五年(1632)刻本,其目录卷十《伤春》分别载周立勋(二首)、李雯(二首)、朱灏(二首)、夏允彝(二首)、宋存标(一首)、宋存楠(一首)、徐孚远(三首)、陈子龙(二首)之诗,然卷十正文在李雯的第二首诗标题"其二"后紧接着是"其三","其二"没有诗歌的内容,且影印本第

---

① 郑方坤编《全闽诗话》,福建人民出版社,2006 年,第 181 页。

② 陆心源《宋诗纪事补遗》,《续修四库全书》第 1709 册,上海古籍出版社,2002 年,第 99 页。

③ 陈翔此启不见于《全宋文》(上海辞书出版社、安徽教育出版社 2006 年版),当补入。

④ 陈子龙著,王英志编纂校点《陈子龙全集》,人民文学出版社,2011 年,第 1579 页。

681页朱灏第二首标题后只有一行诗，接着就是徐孚远的诗歌。第680页下和第681页上题名夏允彝诗"其二"共四行，其中后三行实为李雯诗，见《蓼斋集》卷二十三《伤春》第二首①，惟有若干异文。另外核对卷首目录的顺序和正文顺序亦不一致，这种编排顺序显然存在问题。国家图书馆藏同是崇祯五年（1632）刻本的《几社壬申合稿》，其正文顺序和目录一致，且正文诗歌内容没有脱节和矛盾处，系善本，据此本，《伤春》（香离粉破甚春惭）为朱灏《伤春》之第二首，非陈子龙之诗。而署名陈子龙《伤春》（深愁柳叶护烟湄）在《四库禁毁书丛刊》本标在宋存楠名下，亦误。可以确定，《四库禁毁书丛刊》扫描中国科学院图书馆藏《几社壬申合稿》刻本时，在制版环节出现了错简，页码混乱，导致原来是朱灏的诗变更到陈子龙名下，其他诗歌作者署名也相应出现了错误。此错简的电子版又被收录到中国基本古籍库，很容易给人误导，亟需纠正，防学者误引。

据以上分析，《陈忠裕公全集》所收录的《伤春》二首，正是《几社壬申合稿》卷十所载，而《伤春》（香离粉破甚春惭）非陈子龙作品，是朱灏之诗。

（五）《经义考序》

《陈子龙全集》之《诗词曲文补辑》收录此序，云："辑自四库全书本《经义考》。"②然此序又载《安雅堂稿》卷二，为《方正学先生逊志斋集序》的一部分（惟个别文字有出入），非佚文。

朱彝尊《经义考》卷一百二十六"方氏孝孺《周礼考次目录》一卷"后，有陈子龙曰："或谓先生……岂尽谋臣之过哉。"③盖朱彝尊从

---

① 李雯撰，王启元整理《李雯集》，复旦大学出版社，2017年，第447页。
② 陈子龙著，王英志编纂校点《陈子龙全集》，人民文学出版社，2011年，第1624—1625页。
③ 朱彝尊《经义考》，影印文渊阁《四库全书》第678册，台湾商务印书馆，1986年，第589—590页。

陈子龙《安雅堂稿》卷二《方正学先生逊志斋集序》①中辑出一段,作为与方氏有关的资料排列于后。

(六)《望江梅》二首

《陈子龙全集》之《诗词曲文补辑》收录这两首词,云:"以上辑自《湘真阁存稿》。"②然这两首词又见于《陈忠裕公全集》卷二十《双调望江南·感旧》③,此处将《望江梅》二首合成一首,分上下阕。《望江梅》之"画""无",《双调望江南》作"绣""何",其余文字同。

---

① 陈子龙著,王英志编纂校点《陈子龙全集》,人民文学出版社,2011年,第1042—1043页。
② 陈子龙著,王英志编纂校点《陈子龙全集》,人民文学出版社,2011年,第1581—1582页。
③ 陈子龙著,王英志编纂校点《陈子龙全集》之《陈忠裕公全集》卷二十,人民文学出版社,2011年,第662页。

第六章　毛奇龄的骈文渊源和骈文风格

　　毛奇龄是明末清初富有争议的学者、作家,一生著述丰赡,《四库全书总目》卷一百七十三《西河文集》提要称其"著述之富,甲于近代"①,康熙五十九年庚子(1720)所刻的《西河合集》,包括经集二百三十六卷、文集二百五十七卷,去除有目无文者,计有近五百卷。李天馥《西河合集领词》云:"今《西河合集》刻卷四百余,其未刻者夥夥也。"②天馥所序之《西河合集》乃为康熙三十八年初刻本。毛奇龄不仅著述浩博,以学者兼善创作,且有三不可及,李天馥云:"因回思当日,西河不可及者三,身不挟一书册,所至籯笥无片纸,而下笔蓬勃,胸有千万卷,言论滔滔,其不可及一;少小避人,盛年在道路,得怔忪疾,遇疾发,求文者在门,扪胸腹四应,顷刻付去无误者,其不可及二;读书务精核,自《九经》《四子》《六艺》诸大文外,旁及礼乐、经曲、钟吕诸琐屑事,皆极其根抵而贯其枝叶,偶一论及,辄能使汉宋儒者悉挂口不敢辨,其不可及三……然且才不能相兼,杜歉于文,韩逊于诗,而才又不能兼学,韩、杜、欧、苏典籍稍疏,而孔、陆、刘、马辈则又徒事博洽而无所于著作,而西河皆有以兼之。"③毛奇龄是一位特立独行

---

① 永瑢等《四库全书总目》,中华书局,1965 年,第 1524 页。
② 毛奇龄《西河文集》卷首,《清代诗文集汇编》第 87 册,上海古籍出版社,2010年,第 3 页。
③ 毛奇龄《西河文集》卷首,《清代诗文集汇编》第 87 册,上海古籍出版社,2010年,第 2—3 页。

者,在当时影响甚大。目前有关毛奇龄的研究主要集中在经学方面。本书在已有研究成果的基础上,进一步考证毛奇龄的家世、生平和著述的一些问题,考察其交游、仕宦与骈文创作的关系,分析其骈文渊源和疏俊排宕的骈文风格,并探讨毛氏骈文在骈文史上的地位以及对后世的影响。

第一节　毛奇龄家世、生平与著述补考

一、毛奇龄家世考述

张贺《毛奇龄学术简论》①第一章第一节《世系与家学》、胡春丽《毛奇龄与清初〈四书〉学》②第一章第一节《毛奇龄生平考述》和下编《毛奇龄年谱》之"谱系图"、周怀文《毛奇龄研究》③第二章《毛奇龄家世与生平》等都对毛奇龄家世有较为详细的考索,这些成果对了解毛奇龄家族的传承和迁移情况甚有裨益。但毛奇龄世系情况存在一些错误亟待理清,兹加以考证。

毛奇龄的家世情况各处记载颇有歧异,其《自为墓志铭》云:

> 予族自周王子围分封于毛,遂以此受姓,然未详其继也。相传魏时仆射玠曾家陈留,而其后宋靖康末,有侍御叔度从陈留南迁,谪居余姚,为余姚毛氏。逮明而福建都转盐运司同知贞偶治别业于萧山,家焉。先是,九世忠襄公吉当明正统间以兵备副使殉广东云岫山贼,与其子云南参政科、从子刑部郎杰各有成绩纪

---

① 张贺《毛奇龄学术简论》,华东师范大学 2008 年硕士论文。
② 胡春丽《毛奇龄与清初〈四书〉学》,复旦大学 2010 年博士论文。
③ 周怀文《毛奇龄研究》,山东大学 2010 年博士论文。

史册,余姚毛氏称一时极盛。自刑部公一传为湖广按察使副使宪、湖广道监察御史、巡按广东复,再传为顺天府治中文炳、河南荥泽县知县梦龙,三传为云南布政使绍元、福建兴化府同知子翼,嘉靖己未榜眼、翰林院编修惇元,而高祖贵州石阡府教授渊剿许龙保苗贼有功,祀贵州名宦,高从祖福建汀州府同知公毅与参政、编修皆一门群从。当是时,毛氏以科目登仕版者,自顺成以后,嘉隆以前,约二十七人。至祖岐山公,讳应凤,其从兄凤鸣举万历丙子余姚乡试,凤起借嘉兴籍,举万历辛卯乡试第一,从弟汧借秀水籍,举崇祯丙子乡试。而余姚仕籍至是亦衰。先检讨竟山公,讳秉镜,以邦贤崇祀学官(《浙江通志》《学官崇祀志》皆有传,余见本集《事状》卷)。与先太孺人张太君生子四,其季予也(长万龄,辛卯拔贡,授推官,改仁和教谕;次锡龄,高隐不仕;又次慧龄,早世)。①

毛奇龄门人盛唐《西河先生传》载:“八世祖吉以广东按察司兵备副使殉云岫山贼,谥忠襄……从弟渊,贵州石阡府教授,平龙保苗贼有功,加四品服俸,从祀名宦,则先生高祖也。渊居萧山,与从弟公毅,福建汀州府同知,俱以萧山籍通仕。”②毛氏《自为墓志铭》说毛吉为九世祖,而盛唐《西河先生传》则谓是八世祖,检道光年间毛黼亭所纂修《萧山毛氏宗谱》卷一有《历世名宦》③,所录名宦乃包括隶籍余姚、萧山和通州卫等,此处记述,毛贞为第一世,而毛吉为第三世,毛奇龄为毛贞之后第十世,由此推之,毛吉为八世祖,且毛吉不属于萧山一

---

① 毛奇龄《西河文集》之《墓志铭》卷十一,《清代诗文集汇编》第88册,上海古籍出版社,2010年,第70页。
② 毛奇龄《西河文集》卷首,《清代诗文集汇编》第87册,上海古籍出版社,2010年,第6页。
③ 毛黼亭纂修《萧山毛氏宗谱》,清道光二十六年(1846)爵德堂刻本。

系,乃余姚人。《自为墓志铭》和《西河先生传》所述世系在毛渊之前者皆余姚世次,非毛贞萧山一系。

　　毛奇龄和盛唐所记世系容易让人误解,以为毛吉等人乃毛贞之后。实际上,毛吉为余姚人,毛贞萧山世系虽为余姚毛氏一分支,但非毛贞后人,仅仅从辈分上论为相应世系而已。从《萧山毛氏宗谱》卷二、卷三的世系图亦可证明,此谱除了卷一《历世名宦》和若干传记有余姚毛氏名人事迹外,其他地方皆萧山毛氏的世系和事迹。盖族谱多为自我标榜,萧山毛氏至毛奇龄时仕宦通达的名人甚少,可知者,有毛渊为贵州石阡府教授,其他皆未入仕籍,而余姚毛氏有科名、有功绩者多,故援余姚毛氏以自重。毛奇龄《重修族谱序》谓:"自明正统、景泰后,迄今康熙,凡一百五十年间,其登仕版者世世有之,而在姚则丁多而族繁,在萧则丁匮而族复不充。"①落款为"康熙三十七年秋七月裔孙奇龄谨书"。《西河文集》之《序》卷二十六亦载该序②,无落款,文字略有出入。

　　盛唐《西河先生传》所载毛奇龄的八世祖吉、七世祖科云云,皆非毛奇龄的直系祖先,而是同辈的余姚毛氏的族人而已。张贺《毛奇龄学术简论》第一章第一节《世系与家学》第一小节标题云"累世官宦",这种说法甚不准确,毛奇龄和盛唐所述乃余姚毛氏及其分支的仕宦情况,从毛贞至毛奇龄之萧山毛氏,有科目、有宦绩者寥寥可数,而毛奇龄直系祖上(自毛贞而下)仅毛渊曾任贵州石阡府教授,其余皆无仕宦,毛黼亭《萧山毛氏宗谱》记载可按。张贺所论毛奇龄家世情况将余姚毛氏和萧山毛氏混为一谈,其云"序以下,吉为广东按察

---

① 毛黼亭纂修《萧山毛氏宗谱》卷一,清道光二十六年(1846)爵德堂刻本。
② 毛奇龄《西河文集》,《清代诗文集汇编》第 87 册,上海古籍出版社,2010 年,第 382—383 页。

司兵备副使……"①未理清毛奇龄世系承传。而胡春丽《毛奇龄与清初〈四书〉学》第一章第一节《毛奇龄生平考述》云："毛贞以下，八世祖吉，明景泰间为广东按察司兵务副使，殉云岫山贼，谥忠襄。七世祖科……六世祖宪……五世祖绍元。"②这里所说的毛奇龄祖上世系亦不准确，八世祖吉、七世祖科、六世祖宪、五世祖绍元等，皆非毛氏直系祖上，而应该是远支族祖，即称八世族祖吉才是。而周怀文《毛奇龄研究》第二章第二节《家世》考证毛氏世系，谓八世祖毛吉、七世祖毛科云云③，也不确切。

　　下面对萧山毛氏几位重要成员作一考述。《萧山毛氏宗谱》卷二《世系图》（大房派）和卷四《行传》对毛奇龄的世系记载甚详，卷四《毛渊传》云：

> 行三，字本深，号静庵。生于明宣德甲寅二月二十六日，由成化庚寅拔贡授山东城武县学教谕，升贵州石阡府学教授，以征龙保苗有功，加四品服俸，崇祀名宦，配何氏，诰封孺人，子四：瑞、印、贵、璘。卒于正德丙寅七月初六日，年七十三，葬北园。《老谱》云"有子居石阡不归，今子姓繁衍显达"。④

查清赵嗣晋编次《（康熙）城武县志》（康熙四十一年刻本）卷三《职官志》和《（道光）城武县志》卷六《职官志》⑤的记载，其教谕人员在明

①　张贺《毛奇龄学术简论》，华东师范大学2008年硕士论文，第6—7页。
②　胡春丽《毛奇龄与清初〈四书〉学》，复旦大学2010年博士论文，第30页。
③　周怀文《毛奇龄研究》，山东大学2010年博士论文，第37页。
④　毛黼亭纂修《萧山毛氏宗谱》卷四《大房世系纪》，清道光二十六年（1846）爵德堂刻本，第2页。
⑤　袁章华主修《（道光）城武县志》，《中国地方志集成》之《山东府县志辑》第82册，凤凰出版社，2004年。

代前期皆无毛姓者,或为漏载。罗文思修《(乾隆)石阡府志》卷三"教授"条载:"毛洞,□□□□任,浙江萧山。"①明代前期,无其他毛姓者担任此职。毛洞前面一人王宣清乃正统间担任教授一职,则毛洞当在正统后任府学教授,与上引《萧山毛氏宗谱》所载毛渊生平接近,且都是籍贯萧山,则毛渊或即《(乾隆)石阡府志》卷三所载之毛洞,亦可能"渊"是谱名,而"洞"是出仕通籍之名。但前揭《自为墓志铭》《西河先生传》以及《萧山毛氏宗谱》皆无毛渊与毛洞关联的记载。罗文思修《(乾隆)石阡府志》卷四云:"正统十四年,草塘苗龙惟保、王占田等叛,陷石阡府,知府胡信死焉。"②则前揭毛黼亭纂修《萧山毛氏宗谱》卷四《毛渊传》云:"(渊)升贵州石阡府学教授,以征龙保苗有功,加四品服俸。"这里的"龙保",当是龙惟保。

《萧山毛氏宗谱》卷四《毛公毅传》云:"行明三,初名侗,字远夫,后入仕,以字行,更字达夫,号听斋。生于明天顺辛巳九月十二日。以儒士赴科举,中宏治戊午浙江乡试举人,乙丑,中副榜,授广东潮州府海阳县学教谕,升湖广永州府通判,丁父忧,嘉靖壬午,改授福建汀州府同知,致仕……卒于嘉靖甲辰三月初八日,年八十四。"③《萧山毛氏宗谱》卷一载刘栋《听斋公传》,对毛公毅仕履有详细的记述。毛公毅是毛贞第五子毛谌之孙,与毛奇龄很多活动有关,特别是与《连厢词》关系密切,其真伪至今仍有聚讼。

《萧山毛氏宗谱》卷四《大房世系纪》之《毛秉镜传》云:

① 罗文思修《(乾隆)石阡府志》,《故宫珍本丛刊》第 222 册,海南出版社,2001年,第 325 页。
② 罗文思修《(乾隆)石阡府志》,《故宫珍本丛刊》第 222 册,海南出版社,2001年,第 334 页。
③ 毛黼亭纂修《萧山毛氏宗谱》卷四《五房派世系纪》,清道光二十六年(1846)爵德堂刻本,第 2 页。

　　行太七,字汝明,号敬山,生于明万历丙戌十一月十七日,诰赠征仕郎、翰林院检讨,以乡贤崇祀学官,《浙江通志》入《孝行传》。配张氏,诰封孺人。子四:万龄、锡龄、慧龄、奇龄,女一,适田东源解元元孙。卒于康熙乙巳十二月十九日,年八十。葬钱塘六和塔大环山。有诰命二道,礼部给事姜希辙有寿序,男万龄赞像。①

　　《萧山毛氏宗谱》卷一有毛秉镜诰敕云:"奉天承运,皇帝制曰:资父事君,臣子笃匪躬之谊;作忠以孝,国家宏锡类之恩。尔毛秉镜,乃翰林院检讨毛奇龄之父……兹以覃恩,赠尔为征仕郎、翰林院检讨。锡之敕命……康熙二十年十二月二十四日。"②毛秉镜并未有科名,也未出仕,其官衔,因子毛奇龄官翰林院检讨,覃恩而封赠。而张贺《毛奇龄学术简论》第一章第一节《世系与家学》云:"其父名秉镜,明末官至翰林院检讨……毛氏父子,两代翰林(毛奇龄为康熙年间翰林院检讨),一时为后世传为佳话。"③此处误解了《萧山毛氏宗谱》所说的"诰赠征仕郎、翰林院检讨"的含义,毛奇龄官翰林院检讨,推恩至其父毛秉镜,而秉镜并未担任此职,不存在毛秉镜在明末任翰林院检讨之事。

　　毛奇龄的世系承传仍有一些问题,考索比较详细者如胡春丽《毛奇龄与清初〈四书〉学》之下编《毛奇龄年谱》列了"谱系图",比较直观地呈现了毛奇龄的家世情况,但一些地方需要修正,如认为毛度是两浙始祖④,而据《萧山毛氏宗谱》卷一《毛氏家乘通纪》所述,毛度之

① 毛黼亭纂修《萧山毛氏宗谱》卷四《大房世系纪》,清道光二十六年(1846)爵德堂刻本,第5—6页。
② 毛黼亭纂修《萧山毛氏宗谱》,清道光二十六年(1846)爵德堂刻本。
③ 张贺《毛奇龄学术简论》,华东师范大学2008年硕士论文,第7页。
④ 胡春丽《毛奇龄与清初〈四书〉学》,复旦大学2010年博士论文,第144页。

兄毛权任衢州知府,因家衢州江山,为浙江衢严派之祖。毛度只是余姚毛氏始祖,非两浙始祖。兹据毛鬴亭纂修《萧山毛氏宗谱》、康熙刻本《西河文集》卷首盛唐《西河先生传》和毛奇龄《自为墓志铭》将毛奇龄世系用图表形式标出,萧山毛氏家族成员颇多,仅列出与毛奇龄关系较大的成员,成"毛奇龄世系表"于后。

　　毛奇龄《自为墓志铭》云:"而高祖贵州石阡府教授渊剿许龙保苗贼有功,祀贵州名宦,高从祖福建汀州府同知公毅与参政、编修皆一门群从。"①根据"毛奇龄世系表",毛渊是毛奇龄七世祖,非高祖,毛奇龄曾经参与家谱修订,且作《重修族谱序》一文,不会对自己家族世系如此陌生,以致搞错辈分。显然,毛奇龄是有意模糊家族世系传承。盛唐《西河先生传》云:"至五世而宪子绍元,江西按察司使;惇元,嘉靖己未榜眼,翰林院编修;从弟渊,贵州石阡府教授,平龙保苗贼有功,加四品服俸,从祀名宦,则先生高祖也。"②盛唐不仅把毛渊辈分写错,且将毛绍元、毛惇元和毛渊放在同一辈分,这些世系叙写都是经过现实考量的,毛奇龄以为这些模糊的混乱的世系能够凸显自己家族的鼎盛,实际上毛奇龄直系祖上并未有显宦,亦未有成进士者。这种混乱的家世书写很容易给人误会,以致影响对毛奇龄的理解,如胡春丽《毛奇龄与清初〈四书〉学》之下编《毛奇龄年谱》云:"渊四传至应凤,万历礼部儒士,诏赐粟帛,加赠朝请大夫,渊为毛奇龄祖父。"③毛渊非毛奇龄祖父,而是毛奇龄之七世祖。

---

① 毛奇龄《西河文集》之《墓志铭》卷十一,《清代诗文集汇编》第 88 册,上海古籍出版社,2010 年,第 70 页。
② 毛奇龄《西河文集》卷首,《清代诗文集汇编》第 87 册,上海古籍出版社,2010 年,第 6 页。
③ 胡春丽《毛奇龄与清初〈四书〉学》,复旦大学 2010 年博士论文,第 146 页。

毛奇龄世系表

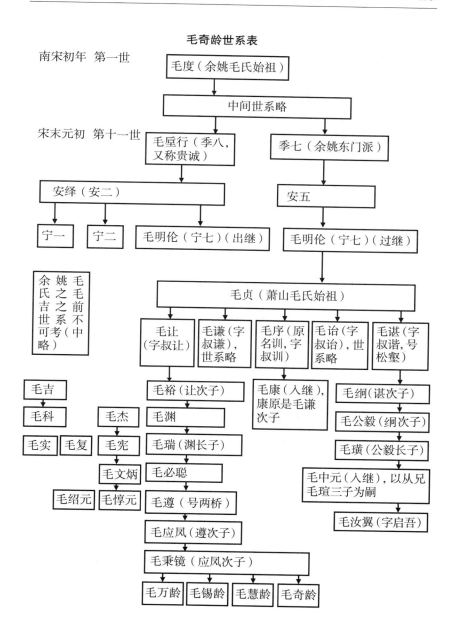

二、毛奇龄若干生平问题辨析

首先,毛奇龄出仕清朝问题。是否出仕清朝,在清初是关乎名节的大事,毛奇龄兄弟选择不同,命运各异。清初,曾仕宦于明朝的士大夫面临一个艰难选择,即是否在清朝出仕,这在当时是关乎一个人品质和气节的大事,不愿出仕者形成一个群体为明遗民,而那些在明朝有科名、职官者,倘若在清朝出仕为官,相当于投降清朝,被遗民群体和没有在明朝取得科第和官职的人视为两节人,气节有亏,政治污点难以自湔,钱谦益、吴伟业、龚鼎孳等人都面临这样的问题。

顺治二年(1645),随着南明政权的覆亡,毛奇龄兄弟四人做出了不同选择,伯兄毛万龄在明代已取得诸生资格,据《萧山毛氏宗谱》卷四《毛万龄传》载:"字大千,号东壶,生于明万历乙巳八月二十三日,顺治辛卯拔贡生,廷试第一,初授推官,改授知县,又改仁和县学教谕……以弟锡龄长子文辉为嗣……副室田氏,子一:远辉……卒于康熙庚申十二月二十一日,年七十六。"①《(康熙)杭州府志》卷二十一"仁和县"之"教谕"条云:"毛万龄,九年任,萧山人。"②知万龄于康熙九年(1670)任仁和县学教谕。毛万龄在清初顺治八年辛卯(1651)即取得拔贡③,随后参加廷试,进入仕途。

---

① 毛黼亭纂修《萧山毛氏宗谱》卷四《大房世系纪》,清道光二十六年(1846)爵德堂刻本,第7—8页。

② 马如龙编纂《(康熙)杭州府志》卷二十一,清康熙二十五年(1686)刻本,第13页。

③ 平恕等总修《(乾隆)绍兴府志》卷三十四"贡生",在"顺治年"条下,萧山籍有"毛万龄,七年,教授"(《中国地方志集成》之《浙江府县志辑》第39册,上海书店,1993年,第819页),则毛万龄为顺治七年岁贡。邹勷、留俨纂修《(康熙)萧山县志》卷十七亦载毛万龄为顺治七年岁贡(《中国地方志集成》之《浙江府县志辑》第11册,上海书店,1993年,第158页),与《萧山毛氏宗谱》所记不符,抑或顺治七年岁贡,八年获得拔贡。

　　毛奇龄《敕赠征仕郎翰林院检讨先君竟山公崇祀乡贤事状》云：
"本贤长子、仁和教谕,为推官陈卧子先生试取第一。"①而《自为墓志
铭》云："总角,举诸生,一月中,取小试第一者四。尔时先兄万龄先在
学,有名,人呼予'小毛生'。"②陈子龙于崇祯十三年(1640)官绍兴推
官③,而毛奇龄于崇祯十年即补诸生④,毛奇龄说自己入学时,伯兄万
龄已经在学,以此推之,万龄入县学时间在崇祯十年之前,而陈子龙
于崇祯十三年赴任绍兴推官,不可能拔之入学。又据鲁燮光辑《萧山
茂材录》"天启三年癸亥"条云："孙宗师考取入学。"小字注："讳昌
裔,号凤林,闽县人。"⑤所列名单有毛万龄(岁贡),则万龄于天启三
年(1623)入县学,为诸生,是时任浙江提学副使孙昌裔所取士。毛万
龄生于万历三十三年(1605),天启三年入学时已经19岁。则毛奇龄
所说"为推官陈卧子先生试取第一",可能是陈子龙任推官后,在某次
诸生考试中拔万龄卷为第一,非入学考试之时。万龄于天启三年考
取诸生,其后在明末应该参加了多次乡试而未中,万龄的诸生资格在
清初得到继承,并于顺治八年拔贡,进而仕宦清朝。毛万龄是非常积
极参与清朝的科举和仕宦者。

　　毛奇龄仲兄毛锡龄则与万龄不同,毛奇龄《自为墓志铭》自注云：

① 毛奇龄《西河文集》之《事状》卷一,《清代诗文集汇编》第88册,上海古籍出
　版社,2010年,第150页。
② 毛奇龄《西河文集》之《墓志铭》卷十一,《清代诗文集汇编》第88册,上海古
　籍出版社,2010年,第64页。
③ 陈子龙著,王英志编纂校点《陈子龙全集》之《陈忠裕公全集》卷三十一,人民
　文学出版社,2011年,第945页。
④ 毛奇龄《西河文集》之《墓志铭》卷十四《何毅庵墓志铭》云："毅庵长于予二
　岁,崇祯十年,与予同入学为诸生。"(《清代诗文集汇编》第88册,上海古籍
　出版社,2010年,第98页)
⑤ 鲁燮光辑《萧山茂材录》,《萧山丛书》第3册,清鲁氏壶隐居抄本。

"与三,名锡龄。明亡时,自沉泮河,救免,终身不出试。"①《萧山毛氏宗谱》卷四《毛锡龄传》云:"字与三,生于明万历丙辰十二月初五日,隐居不仕。著《六经辨误》二十卷,并《仲氏易》……卒于康熙壬戌九月初十日,年六十七。"②毛锡龄善《易》,他的易学思想对毛奇龄影响甚大。锡龄终身不仕清,为明遗民。

三兄毛慧龄,据《萧山毛氏宗谱》卷四《毛慧龄传》云:"字大愚,生于明万历己未十一月二十二日,隐居不仕,好黄老之学……卒于康熙己酉十月初五日,年五十一。"③慧龄亦为明遗民。

毛奇龄的生平与其三位兄长不同,他在明崇祯十年(1637)成为诸生,连续参加两次乡试,未中,鼎革后,因故被革去诸生资格,顺治八年(1651),曾经恢复诸生资格,重新入学籍,其后在顺治十一年或稍后,因仇家所构,提学使张安茂夺其学籍。康熙年间,毛奇龄因姜希辙输赀为廪监生,康熙十七年(1678)应召参加博学鸿儒科考试,于康熙十八年三月正式考试,试列二等十九名,授翰林院检讨④。纵观毛奇龄一生,一直有比较强烈的出仕愿望,不管是出于自保,还是为了功名的实现,都需要一官半职来稳定自己的生活,特别是清初避难期间,或许只有在清朝做官才能摆脱仇家的迫害,这也是他得到博学鸿儒科举荐时,虽然三辞征辟,但推辞并不坚决,更多的是一种欲就还推的姿态。可以说,经历了清初长时间的流落他乡、避难隐名的生活,他意

① 毛奇龄《西河文集》之《墓志铭》卷十一,《清代诗文集汇编》第88册,上海古籍出版社,2010年,第73页。
② 毛黼亭纂修《萧山毛氏宗谱》卷四《大房世系纪》,清道光二十六年(1846)爵德堂刻本,第8页。
③ 毛黼亭纂修《萧山毛氏宗谱》卷四《大房世系纪》,清道光二十六年(1846)爵德堂刻本,第8页。
④ 毛奇龄经历参考胡春丽《毛奇龄与清初〈四书〉学》之下编《毛奇龄年谱》,复旦大学2010年博士论文。

识到只有仕宦才能根本上改变被仇人迫害的境况。这与陈维崧饥驱四方的经历,以及积极参加博鸿考试,极为相似①。他们此时面对的更多的是现实的冷酷,而气节大义早已被改变自身现实生活处境的追求所替代,在长期漂泊之后,惟有出仕清廷才能改变自身困境。

其次,毛奇龄在清康熙年间为诸生的时间问题。毛奇龄《自为墓志铭》云:"值顺治辛卯……提学翟君是其言,立还旧籍,令辫顶待试。而怨家汹汹……提学张君阿伺君意指,仍夺予籍……会赦屡下,而救予者日益至,黄门姜君慨然谓当事者曰:毛生几尝与族忤,特以无所用落落,故谗得轻入耳。今年四十余,老死可惜,幸学籍有名,吾当以原廪生籍上之成均,使知爱羽毛愿效,则谣诼自免,乃以奇龄名援旧廪籍例输赀入国子,谓之廪监。"②顺治八年辛卯(1651),浙江提学副使翟文贲恢复毛奇龄学籍,但不久,约顺治十一年,提学使张安茂夺其学籍。至于康熙年间何时恢复学籍,毛奇龄《自为墓志铭》和盛唐《西河先生传》均未言明时间,胡春丽《毛奇龄与清初〈四书〉学》之下编《毛奇龄年谱》以为康熙十六年(1677)前获得廪监生身份③,亦未明确其时间,鲁燮光辑《萧山茂材录》"康熙十六年"条载此年入学人员,包括毛奇龄,则毛奇龄是康熙十六年入县学,拥有学籍,当时浙江提学使为程汝璞④,在毛奇龄恢复学籍之事上,姜希辙帮助其多。其

---

① 陈维崧的经历可参看周绚隆《陈维崧年谱》,人民出版社,2012 年。
② 毛奇龄《西河文集》之《墓志铭》卷十一,《清代诗文集汇编》第 88 册,上海古籍出版社,2010 年,第 65—68 页。
③ 胡春丽《毛奇龄与清初〈四书〉学》之下编《毛奇龄年谱》,复旦大学 2010 年博士论文,第 214 页。
④ 鲁燮光辑《萧山茂材录》,《萧山丛书》第 3 册,清鲁氏壶隐居抄本。然毛万龄《采衣堂集》(康熙间刻本)卷首陆舜《序》:"癸丑之夏,予捧敕督学三浙而驻节于武林……闻其间有老成人焉,其足以领袖人士而登东南之坛坫,则咸推萧然二毛,顾季子诸生,而阿大俨然首蓿皋比矣……时康熙癸丑仲冬之吉浙江等处提刑按察使司佥事提督学政陆舜题。"康熙癸丑即康熙(转下页注)

后康熙十七年,毛奇龄应征博学鸿儒科入京候试。这次考试彻底改变了毛奇龄之前四处漂泊的生活状态,开始仕宦京师,他于康熙二十五年(1686)南归浙江,授徒著述终老,晚年名气大增,为士林所重。

　　第三,毛奇龄是否典试湖广乡试问题。按,毛奇龄于康熙二十三年并未出任湖广乡试考官,《清实录》之《圣祖实录》卷一百一十五云:"康熙二十三年甲子……六月乙未朔……丁未……工科给事中任辰旦为湖广乡试正考官,内阁中书崔征璧为副考官。"①康熙二十三年,典试湖广的主考官为任辰旦、副考官为崔征璧,无毛奇龄。胡春丽《毛奇龄与清初〈四书〉学》下编《毛奇龄年谱》之"康熙二十三年"条云:"毛奇龄奉命典试三楚,作《馆拟甲子科湖广乡试录序》以记之。"②实误,有关毛奇龄生平的记载未有涉及典试湖广者,若毛氏真有此任,当是其一生重要事件,不可能在《自为墓志铭》和相关传记中缺失,而康熙二十三年典试考官为任辰旦和崔征璧,毛奇龄并未预此。毛氏此序题《馆拟甲子科湖广乡试录序》,所谓"馆拟",当是代人所作。任辰旦是萧山人,曾与毛奇龄一起从学于毛万龄③,康熙年间官上海知县,毛奇龄曾至上海访之,两人关系密切,毛奇龄担任翰林院检讨时,任辰旦亦在北京任职。此序当是任辰旦典试湖广乡试回京后请毛奇龄代作。

　　(接上页注)十二年(1673),所言"季子诸生",若此诸生为在籍诸生,则毛奇龄在康熙十二年已恢复学籍,当然亦有可能泛称毛奇龄曾经是诸生。

① 《清实录》第5册,中华书局,1985年,第190—201页。
② 胡春丽《毛奇龄与清初〈四书〉学》,复旦大学2010年博士论文,第258页。
③ 毛奇龄《大理寺寺丞前兵科掌印给事中任君行状》云:"中书舍人王先吉、举人韩日昌尝偕君与予同受书于予伯兄仁和教谕东壶公。"(《西河文集》之《事状》卷二,《清代诗文集汇编》第88册,上海古籍出版社,2010年,第156页)"伯兄仁和教谕东壶公"即毛奇龄长兄毛万龄,毛万龄《采衣堂集》之"七言古诗"卷首题署"门人任辰旦　字千之　吴文灿　字云章　仝阅"(清康熙间刻本)。

第四,毛奇龄的卒年有多种说法,以目前所发现的证据来看,以卒于康熙五十二年癸巳(1713)、享年九十一之说较为可信。吴通福《晚出〈古文尚书〉公案与清代学术》第五章《毛奇龄与清初学术》云:"两遭大病,于四十四年乙酉重返故里萧山城东草堂,又九年卒。"此处下注④援引两条证据,即《西河合集》目录卷末门人蒋枢的《识》和仇兆鳌为章大来(毛奇龄门人)《后甲集》所作的《〈后甲集〉序》,认为毛氏卒于康熙五十二年癸巳,年九十一①。胡春丽《毛奇龄与清初〈四书〉学》第一章第一节对毛奇龄生卒年有详细考辨,罗列众说,亦认为毛氏卒于康熙五十二年,享年九十一,所列证据除了吴通福揭诸的两条外,增加了《萧山毛氏宗谱》卷四《毛奇龄传》所载的生卒年②。而周怀文《毛奇龄研究》则认为"当以卒年为康熙五十五年之说较为可信"③。所列有证据力的证据是传世的署名毛奇龄的书法作品落款有康熙五十二年冬和康熙五十三年者,不知这些书法是否是毛氏真迹。

三、毛奇龄著述补考

毛奇龄著述甚夥,理清其全部著述对于全面认识毛奇龄其人其事,以及经学、文学成就有莫大助益。目前,已有学者对毛奇龄著述进行搜集整理,并加以考辨,取得了可观的成果,如胡春丽《毛奇龄与清初〈四书〉学》附录二"毛奇龄著作目录及流传状况表"④将《西河

---

① 吴通福《晚出〈古文尚书〉公案与清代学术》,上海古籍出版社,2007 年,第 111 页。
② 胡春丽《毛奇龄与清初〈四书〉学》,复旦大学 2010 年博士论文,第 40—42 页。
③ 周怀文《毛奇龄研究》,山东大学 2010 年博士论文,第 247 页。
④ 胡春丽《毛奇龄与清初〈四书〉学》,复旦大学 2010 年博士论文,第 343—353 页。

合集》所收各种作品进行详细列表,并列出《西河合集》之外的毛氏著作。周怀文《毛奇龄研究》第四章《毛奇龄著述考》①将毛氏著作分为经史子集四部分,分别加以考述,并列出版本,对认识毛奇龄著作提供了诸多便利。其后胡春丽《毛奇龄著述考略》一文将毛奇龄著述分为经、史、子、集和其他五类加以考察②,在《毛奇龄与清初〈四书〉学》的基础上对毛奇龄著述进行了更细致的辨析,所考著述多与周怀文《毛奇龄研究》第四章《毛奇龄著述考》同。胡、周二人都对毛奇龄著述详细考索,为今后研究毛奇龄奠定了基础,但毛奇龄著述甚丰,仍有部分著述以及与毛奇龄关系甚大的图书未能揭出,且二人所考亦偶有错误,兹对毛奇龄著述作进一步考辨,凡是胡、周二人已经考辨清楚、无所补充者,不在其列,主要包括毛奇龄所著、所编之书,具体如下:

1.《西河合集》,毛奇龄撰,清康熙五十九年(1720)萧山城东书留草堂刻本。

《西河合集》③版本情况不算复杂,但是仍有诸多问题,据卷首《西河合集总目录》后李庚星《附识》云:"而是集之成讫于康熙三十八年。"又蒋枢《识》云:"《经集》如干卷,《文集》如干卷,既经镂刻,而原目未载者,今悉补入,汇为成书,部署一遵旧式,但《全集》原板残缺颇多,先生之从孙圣临氏,充有先生之长嗣也,重检遗稿,较辑付梓,间有无从补辑者,阙而有待,不敢以赝本窜入云。康熙庚子腊月中浣同里门人蒋枢识。"又据卷首李塨《西河合集总序》、李天馥《西河合集领词》和盛唐《西河先生传》所载有关信息,知《西河合集》在

---

① 周怀文《毛奇龄研究》,山东大学 2010 年博士论文,第 98—159 页。
② 胡春丽《毛奇龄著述考略》,《文津学志》第 9 辑,国家图书馆出版社,2016 年。
③ 此小节引用的《西河合集》皆据康熙五十九年(1720)萧山城东书留草堂刻本,不一一出注。

康熙三十八年（1699）初次刻印，为康熙初刻本，分为《经集》和《文集》两类刊刻，总四百余卷，由门人李塨等人编校。这一版本不知是否尚存。其后有康熙五十九年庚子（1720）萧山城东书留草堂刻本，由毛万龄长子毛文辉之子毛雍、蒋枢等人编校，在康熙初刻本基础上增加部分内容，但初刻本部分缺失未能补足，个别目录下注"缺"，故此版本与初刻本有较大差别。这一版本流传至今，且是乾隆、嘉庆年间所补刻之《西河合集》本之原本。

　　乾隆十年乙丑（1745）毛奇龄之孙毛健和毛伟校正重印，是为乾隆十年书留草堂重印本。南京图书馆藏，索书号为 GJ/761。该书封面有"书留草堂藏板"，中间署"毛西河先生全集"，左下有小字云："先祖《全集》，经学攸关，镌板梓行四十余载，为世珍宝，但多历年所，不无剥蚀模糊，愚兄弟遵照旧集，校雠亥鲁，仍行核实订定，庶几仰体我祖□著撰苦心，为子孙恪守遗编意也。时乾隆乙丑端阳后五日，孙健、伟谨识。"其后有乾隆三十五年（1770）萧山陆体元补修本，嘉庆元年（1796）陆凝瑞堂补刻本，与康熙五十九年（1720）刻本属于同一系统，惟各本校雠者不同，个别卷端署名有变动而已。

　　若对《西河合集》版本情况了解不深入，会造成误解，周怀文云："《西河合集》初刻于康熙三十八年，据李塨所撰总序，本分经、史、文、杂著四集，与今之以史及杂著同隶文集者不同。"①这种说法不确切，李塨参与康熙初刻本的编校工作，但是其序文只是说《西河合集》包括四类文章，并没有说以四类来刻印，按蒋枢《识》所说，是以《经集》《文集》两类进行雕版印制。

　　2.《兼本杂录》四卷，毛甡撰，清康熙间刻本。

　　该书为文集，包括传、碑记、祠记、墓志铭等，每卷卷首题"毛甡"，《西河合集》卷首《西河合集总目录》有小字注："旧刻……《兼本杂

---

① 周怀文《毛奇龄研究》，山东大学 2010 年博士论文，第 98 页。

录》……诸已刻,不在目内。"①可知此书在《西河合集》刻印时已经单行,当是康熙间刻本。毛奇龄《自为墓志铭》云:"先是,予在淮,淮人有知予毛生者,予曰:虽然,予毛甡也(即所更名)。"②毛奇龄在避难时,曾用名"毛甡",故部分图书署名"毛甡"。《兼本杂录》所选篇目可参看《毛奇龄〈兼本杂录〉述略》③,该书所选篇目都收录到《西河合集》中,但一些篇目内容和文字有较大差别,可作校勘。国家图书馆藏该书,共4册。

3.《西河前后集》一卷,毛奇龄撰,聂先编《百名家诗钞》五十九卷本,清康熙间刻本。

《西河前后集》一卷,是毛氏诗集,《中国古籍善本书目》集部中册著录该书,其云:"《百名家诗钞》五十九卷,清聂先编,清康熙刻本。"其后分目有"《西河前后集》一卷,清毛奇龄撰"④。《中国古籍总目·集部》第6册亦有著录。该丛书国家图书馆有藏,共20册。

4.《濑中集》十四卷,毛甡撰,清康熙间文芸馆刻本。

是书为单行本诗集,不列入《西河合集》,《西河合集》卷首《西河合集总目录》后小字注:"旧刻……《濑中集》《当楼集》……诸已刻,不在目内。"⑤《毛奇龄研究》谓"《濑中集》1卷"⑥,并引董含《三冈识

---

① 毛奇龄《西河合集》卷首,清康熙五十九年(1720)萧山城东书留草堂刻本,第37页。

② 毛奇龄《西河文集》之《墓志铭》卷十一,《清代诗文集汇编》第88册,上海古籍出版社,2010年,第68页。

③ 谢冬荣《毛奇龄〈兼本杂录〉述略》,《文津学志》第3辑,国家图书馆出版社,2010年,第96—99页。

④ 中国古籍善本书目编辑委员会编《中国古籍善本书目》(集部),上海古籍出版社,1998年,第1537—1539页。

⑤ 毛奇龄《西河合集》卷首,清康熙五十九年(1720)萧山城东书留草堂刻本,第37页。

⑥ 周怀文《毛奇龄研究》,山东大学2010年博士论文,第157页。

略》为证。出版该书时,毛氏尚未恢复奇龄之名,故题"毛甡"。毛奇
龄好友蔡仲光《谦斋遗集》卷七载《毛西河〈濑中集〉序》云:"与大可
交二十有五年矣……大可性恢奇,与予交年二十。"①毛奇龄生于天
启三年(1623),据蔡序推之,序文约作于康熙六年(1667),该书当刊
行于此年或其后不久。是书为毛氏早年诗集,国家图书馆和上海图
书馆等有藏。《中国古籍善本书目》集部著录此书。

5.《当楼集》不分卷,毛甡撰,清抄本。又二卷,康熙间文芸馆
刻本。

此书与《濑中集》一样,是单行本,见"《濑中集》"条所述。上海
图书馆藏本为清抄本,1 册。而国家图书馆藏刻本为二卷,乃与《濑
中集》十四卷和《桂枝集》□□卷合刻。《中国古籍善本书目》(集部)
中册著录此书,云:"《濑中集》十四卷,《当楼集》二卷,《桂枝集》□
卷,清毛奇龄撰,清康熙文芸馆刻本。存十七卷,《桂枝集》存卷二,
余全。"②

6.《当楼词》一卷,毛奇龄撰,《百名家词钞》本,清康熙间绿荫堂
刻本。

康熙年间聂先、曾王孙选刻名家词,毛奇龄《当楼词》为其中一
种,卷首题署"萧山毛奇龄大可",卷末有姜埈和曾王孙的评语两则。
《续修四库全书》第 1722 册影印上海图书馆藏清康熙绿荫堂刻《百名
家词钞》本。《四库全书存目丛书补编》第 46 册影印湖北省图书馆藏
康熙绿荫堂刻本《名家词钞》本。两个影印本《当楼词》内容和款式
皆同。

---

① 蔡仲光《谦斋遗集》,《清代诗文集汇编》第 43 册影印清咸丰三年癸丑(1853)
　　笃庆堂刻本,上海古籍出版社,2010 年,第 298 页。
② 中国古籍善本书目编辑委员会编《中国古籍善本书目》(集部),上海古籍出
　　版社,1998 年,第 1037 页。

　　《毛奇龄研究》载"《当楼集》1 卷",云:"版本:康熙文芸馆刻本、金闾绿荫堂康熙刻聂先、曾王孙编《百名家词钞》初集甲集本。"①《百名家词钞》所录毛奇龄词集为《当楼词》,当与康熙间文芸馆刻本《当楼集》不同。

　　7.《桂坡词》一卷,毛奇龄撰,清孔传铎辑《名家词抄》本,清抄本。

　　是书为清代孔传铎辑《名家词钞》之一种,卷首题"余暨毛奇龄大可",选录毛氏词计 19 首。《桂坡词》前一词集为毛远公《琼枝词》,远公乃毛奇龄族侄。孔传铎辑《名家词钞》共六十种,有清抄本,国家图书馆藏,是郑振铎旧藏。《中国古籍善本书目》集部著录该书。

　　嵇曾筠等监修《(乾隆)浙江通志》卷二百五十二云:"《桂枝词》,《草堂嗣响》,毛奇龄著。"②清初顾彩编辑《草堂嗣响》四卷,刊行于康熙四十八年己丑(1709),该书每卷卷端署名"锡山顾彩天石编辑,阙里孔传铎振路、孔传志西铭全定"③,该书卷首载《词家姓氏》,云:"毛大可,奇龄,浙江萧山人,《桂坡词》。"可知《草堂嗣响》所载毛奇龄词为《桂坡词》,非《桂枝词》。该书同定者孔传铎辑《名家词钞》,于毛奇龄词集亦题《桂坡词》。《(乾隆)浙江通志》依据《草堂嗣响》所列毛氏词集著录有误,实际上,毛奇龄有赋集《桂枝集》,无《桂枝词》。

　　8.《桂枝集》□卷,存卷二,毛奇龄撰,清康熙间文芸馆刻本。

　　《桂枝集》三卷,是毛奇龄的赋集,《西河文集》之《赋》卷三《皇京

---

① 周怀文《毛奇龄研究》,山东大学 2010 年博士论文,第 156 页。

② 嵇曾筠等监修《(乾隆)浙江通志》,影印文渊阁《四库全书》第 525 册,台湾商务印书馆,1986 年,第 724 页。

③ 顾彩编辑《草堂嗣响》四卷,清康熙四十八年己丑(1709)辟疆园刻本。

赋(有序)》题注云:"此西河《二畿赋》之一也……及出游后,有何人者窃《北畿》一赋,改名《皇京》,梓之而传于长安……今《南畿赋》已亡,旧所刻《桂枝集赋》三卷,亦亡二卷,即是赋有被窜处,或与旧本有同异,亦不可考。"又《赋》卷四之卷首小字注:"此《桂枝赋集》之第三卷也,西河出游后,《桂枝集》已亡失,不可得矣。惟吴江顾茂伦家藏此第三卷。"①据此,《西河文集》之《赋》卷四前 7 首赋为《桂枝集》卷三内容,前两卷已经亡佚。《中国古籍善本书目》集部中册著录云:"《濑中集》十四卷,《当楼集》二卷,《桂枝集》□卷,清毛奇龄传,清康熙文芸馆刻本。存十七卷,《桂枝集》存卷二,余全。"②此《桂枝集》是与《濑中集》十四卷、《当楼集》二卷合刻,存卷二,为康熙间文芸馆刻本,国家图书馆藏。

　　周怀文《毛奇龄研究》之"《桂枝集》"条云其版本有"清抄孔传铎编《名家词钞六十种》本"③,误,孔传铎辑《名家词钞》乃词集丛书,非赋集,《名家词钞》选录毛奇龄词集名《桂坡词》④。

　　9.《暻城陆生三弦谱记》一卷,毛奇龄撰,清嘉庆八年(1803)刻本。

　　《中国古籍总目·子部》第 3 册云:"《暻城陆生三弦谱记》一卷,清毛奇龄撰,清嘉庆八年刻本,国图。"⑤《暻城陆生三弦谱记》是毛奇龄的一篇有关音乐的文章,载于《广虞初新志》卷三,题目下署名"毛

① 毛奇龄《西河文集》之《赋》,《清代诗文集汇编》第 89 册,上海古籍出版社,2010 年,第 16、25 页。

② 中国古籍善本书目编辑委员会编《中国古籍善本书目》(集部),上海古籍出版社,1998 年,第 1037 页。

③ 周怀文《毛奇龄研究》,山东大学 2010 年博士论文,第 156 页。

④ 毛奇龄《桂坡词》一卷,孔传铎辑《名家词钞》本,清抄本。

⑤ 中国古籍总目编纂委员会编《中国古籍总目·子部》,上海古籍出版社,2010 年,第 1483 页。

奇龄大可"。清黄承增编《广虞初新志》四十卷,有嘉庆八年(1803)
刻本,国家图书馆、天津图书馆、福建省图书馆等藏。《中国古籍总
目》将此文作为一卷著录,当是从《广虞初新志》析出,其刊行时间亦
一致。该书民国间有上海扫叶山房石印本,柯愈春据此版本点校,收
入《说海》①。

　　10.《毛西河太史评点〈西厢记〉》五卷,首一卷,末一卷,毛甡论
定并参释,清康熙间学者堂刻本。

　　是书乃毛奇龄对《西厢记》所作评点,与当时评点戏曲小说风气
一致。周怀文《毛奇龄研究》著录该书,版本为"民国20年董氏诵芬
室石印本"②,此书有康熙间学者堂刻本,卷一首页署名"西河毛甡字
大可论定并参释,山阴叶维侯屏侯,邵炳赤文较订",国家图书馆藏,
《中国古籍善本书目》集部有著录,今补录于此。

　　毛奇龄论释《西厢记》甚有名气,琉球使者入贡北京,欲购买该书
与《濑中集》,毛奇龄《诗话》卷二云:"琉球中山王遣使入贡,于还京
时,护送官福建侯官县五县寨巡检胡奉至杭州,为使者买丝布什器,
兼觅毛初晴论释《西厢记》及《濑中集》诗于书林,不得。有言予寓杭
州盐桥,遂访予。"③

　　11.《唐人试帖》四卷,毛奇龄论定,王锡、田易参释,清康熙间刻本。

　　毛奇龄《唐人试帖序》云:"当予出走时,从顾茂伦家得《唐人试
帖》一本,携之以随,每旅闷,辄效为之,或邀人共为之,今予诗卷中犹

①　毛奇龄《暴城陆生三弦谱记》,《广虞初新志》卷三,《说海》本,人民日报出版
　　社,1997年,第1012—1013页。
②　周怀文《毛奇龄研究》,山东大学2010年博士论文,第157页。
③　毛奇龄《西河文集·诗话》,《清代诗文集汇编》第89册,上海古籍出版社,
　　2010年,第56页。按,秦瀛《己未词科录》卷九引用毛奇龄这段话,注其出自
　　《西河诗话》,见《清代传记丛刊》第14册,明文书局,1985年,第587—
　　588页。

存试律及诸联句诗,皆是也……康熙庚辰,士子下第后相矜为诗,曰:吾独不得于试,事已矣,安见外此之无足以见吾志者。必欲就声律谘询可否,不得已,出向所携《唐试帖》一本,汰去其半,授同侪之有学者,稍与之相订而间以示人……旧本杂列无伦次,且科年爵里多不可考,会先教谕兄有《唐人试题》写本,略见次第,因依其所列而周胪之,并分其帖为四卷,而附途次所拟者缀诸诗后。"①则《唐人试帖》虽以顾茂伦家藏《唐人试帖》为基础,但经过毛奇龄的增删加工,且在其主持下编选,由门人王锡、田易参释。序说"康熙庚辰",即康熙三十九年(1700),此书当编于此时,刊刻于康熙三十九年后不久,有康熙间刻本,国家图书馆、南京图书馆、复旦大学图书馆等有藏。

12.《唐七律选》四卷,毛奇龄论定,王锡等辑,清康熙四十一年(1702)刻本。

毛奇龄《唐七律选序》云:"宣城侍读施君与扬州汪主事论诗不合,自选唐人长句律一百首以示指趋,题曰《馆选》……既而侍读死,其手写选本,同邑高检讨受而藏之,增入百余首,仍曰《馆选》……康熙廿五年,予请急南归,将选古今文作《还町杂录》,检讨濒行,写一本授予曰'此侍读志也'。其逮今已十六年矣……因就侍读所选本而大为增损,约录若干首,去'馆选'之名而题之曰'选',既不必与主事校,而同馆出入并无得失,侍读、检讨抑亦可以自慰矣。"②据毛序,《唐七律选》四卷是在施闰章(侍读施君)的《馆选》基础上损益而成的,与施书差别比较大,此书由毛奇龄主持、门人王锡等具体负责编选而成,体现了毛奇龄的诗学思想。且该书所选诗后多有毛奇龄评

---

① 毛奇龄《西河文集》之《序》卷二十九,《清代诗文集汇编》第87册,上海古籍出版社,2010年,第406—407页。

② 毛奇龄《西河文集》之《序》卷三十,《清代诗文集汇编》第87册,上海古籍出版社,2010年,第421—422页。

语,是研究毛奇龄诗学批评的重要文献。毛奇龄康熙二十五年
(1686)南归浙江,序说"逮今已十六年矣",则该书编选于康熙四十
一年(1702),刻于编成后不久。该书康熙四十一年刻本现藏国家图
书馆、南京图书馆、复旦大学图书馆等。

13.《越郡诗选》四卷,清黄运泰、毛奇龄辑,清初刻本。

《西河合集》卷首盛唐《西河先生传》云:"先是,崇祯末,士林好为
社……先生品目过严峻,人忌之。至是,遍辑郡人诗,作《越郡诗
选》。"①毛奇龄《自为墓志铭》云:"予品目过峻,且好甲乙人所为文,会
选郡人诗,镂板行,会稽王庶常从贼中归,投予以十诗,予录其四。"②

《(乾隆)浙江通志》卷二百五十四云:"《越郡诗选》八卷,萧山黄
运泰开平、毛奇龄大可辑。"③则《越郡诗选》由黄运泰和毛奇龄同辑,
刊行于明清之际,书中有黄氏和毛氏评论。《西河文集》之《墓表》卷
三《故明兵部车驾司郎中黄君墓表》④是为黄运泰所写墓表,叙述了
黄氏生平。《中国古籍善本书目》集部著录该书,《中国古籍总目》集
部第6册著录云:"《越郡诗选》四卷,清黄运泰、清毛奇龄辑,清初刻
本,天一阁。"⑤原书当有八卷,现存四卷,共4册,藏于宁波市天一阁
博物院。天一阁藏本卷首载叶襄、陆圻和祁鸿孙序,所选四卷为风雅
体、四言古诗、古乐府、五言古诗、六言古诗、七言古诗。毛奇龄和黄

① 毛奇龄《西河文集》卷首,《清代诗文集汇编》第87册,上海古籍出版社,2010年,第7页。
② 毛奇龄《西河文集》之《墓志铭》卷十一,《清代诗文集汇编》第88册,上海古籍出版社,2010年,第65页。
③ 嵇曾筠等监修《(乾隆)浙江通志》,影印文渊阁《四库全书》第525册,台湾商务印书馆,1986年,第765页。
④ 毛奇龄《西河文集》,《清代诗文集汇编》第87册,上海古籍出版社,2010年,第722—724页。
⑤ 中国古籍总目编纂委员会编《中国古籍总目·集部》,中华书局,上海古籍出版社,2012年,第3091页。

运泰的诗歌亦入选。

　14.《毛西河先生曼殊留视图册遗迹》一卷,毛奇龄编,鲁燮光编《萧山丛书》十一种本,清鲁氏壶隐居抄本。

　毛奇龄长期避难四方,至康熙十七年(1678)应征入京,参加博学鸿儒科考试,次年考中,官翰林院检讨,而其妻陈氏性颇妒,居萧山老家,未随入北京。奇龄于康熙十八年纳侧室张氏,即曼殊,此时曼殊虽只有十八岁,但是两人关系密切,感情融洽,其后陈氏来京,曼殊不得不搬到右安门居住,于康熙二十四年患病去世,奇龄十分悲恸,遂于同年底请急南归,不再入京居官。《西河文集》之《墓志铭》卷六收录《曼殊葬铭》《金绒儿从葬铭》《曼殊别志书砖》三文,都与曼殊有关,这三文亦载《毛西河先生曼殊留视图册遗迹》。《曼殊葬铭》云:"曼殊,小妻,张姓,京师丰台人。十八归予,能食贫,人谓之糟糠之妾。既而大妇至,徙居右安门坟园,累病不可解,尝梦邻庙阿母唤之去,牵予衣不忍,醒而恶之,饰桃梗貌己,送庙间若代己者,乃复图其影于幛而自题之,名'留视图'。观者哀焉。"①曼殊卒后,毛奇龄十分悲伤,请当时名流友朋为曼殊留视图题赠,成《曼殊留视图册》,毛氏南归后,珍藏于家,此册当为毛奇龄编定,不知此图册是否尚存人间。

　清末萧山鲁燮光编《萧山丛书》,将此册内容收录其中,题名《毛西河先生曼殊留视图册遗迹》(以下简称《图册遗迹》)。《萧山丛书》今藏国家图书馆,第1册收录《图册遗迹》,主要内容包括梁清标、张英、朱彝尊、任辰旦、赵执信等人所题诗词,以及毛奇龄《曼殊葬铭》《金绒儿从葬铭》《曼殊别传》《又识》等,最后有王宗炎《跋后》,叙述《图册遗迹》的流传情况,其云:"乾隆己亥,宗炎买得西河残稿一束,内有《曼殊别传》定本……蔡丈荪若见而乞去。明年冬,抄以赠其宗

① 毛奇龄《西河文集》之《墓志铭》卷六,《清代诗文集汇编》第88册,上海古籍出版社,2010年,第33页。

人养堂,珍如球璧。养堂逝世后,东山光禄以厚直得之。嘉庆乙亥八月,携过十万卷楼,开卷怃然,距炎得是本时三十七年,是物已四易主矣……晚闻居士王宗炎并书。"①

15.《唐书猎俎》十六卷,题毛奇龄撰,清顾纯校并跋,清元和顾氏道光七年(1827)抄本,16册。

该书现藏上海图书馆,该馆尚藏《唐书猎俎》二十四卷,题徐孚远纂,清抄本。又《唐书猎俎》六卷,题徐燉撰,清抄本。徐孚远曾与陈子龙撰《史记测议》一百三十卷,参与《左氏兵法测要》等书的编纂,故编辑《唐书猎俎》亦有可能。此书又题毛奇龄,则该书具体由何人编纂,尚需进一步考索。

16.《古今乐府》,毛奇龄撰,清初刻本。

《西河文集》之《毛翰林诗集》目录后有蠹吾李塨曰:"先生诗已刻未刻合一万余首……曾刻《古今乐府》于淮西,亦不存。"②《古今乐府》是毛奇龄避难淮西时所刻,或为诗集,具体内容不详。此书未见相关著录,或已失传。

17.《越州三子诗选》,毛奇龄等撰,清初刻本。

毛奇龄与徐缄、何之杰并称"越州三子",并选录三人诗为《越州三子诗选》刊行于世。毛奇龄《西河文集》之《序》卷二《何伯兴北游瞻云二草序》:"初伯兴行《三子诗》,一徐君伯调,其一,予也。"又卷三十二《盛玉符诗序》:"少选越诗,越无多诗人也,既而作《越州三子诗》,三子之外,往来倡和者,仍寥寥也。"③王士禛辑《渔洋山人感旧

---

① 王宗炎《跋后》,《毛西河先生曼殊留视图册遗迹》卷末,《萧山丛书》第1册,清鲁氏壶隐居抄本。
② 毛奇龄《西河文集》之《毛翰林诗集》卷首,《清代诗文集汇编》第89册,上海古籍出版社,2010年,第182—183页。
③ 毛奇龄《西河文集》之《序》,《清代诗文集汇编》第87册,上海古籍出版社,2010年,第206、438页。

集》卷十三"徐缄"条云："缄，字伯调，浙江山阴人。有《岁星堂集》。"①阮元、杨秉初等辑《两浙轺轩录补遗》卷三"何之杰"条云："俞宝华曰：毅庵初与徐伯调、毛大可号'越中三子'，刻有合稿，今已散佚。"②可知毛奇龄少时曾与徐、何并称"越州三子"，并选刻《越州三子诗》。该书不知是否尚存，或已亡佚。

毛奇龄与何之杰自小同砚席，关系密切，毛奇龄《何毅庵墓志铭》云：

> 及见毅庵诗，爱之，大抵其诗，在崇祯之季，曾作赘婿于留都京兆王盘峙公之幕，与留都知名士往来唱酬，故有诗。因出己所剩，与徐缄，与君合为一集，名《越州三子》，实不知其诗之有避忌与否也……有言毅庵作诗刺当官者，州县官得其诗无如何，乃搜其旧稿，深文其词字而指摘之，谓犯国禁，死罪，系累之，押以官兵，渡江，赴军门，下杭、绍二府，会勘于吴山之城隍庙，毅庵对簿无所诎……诘者无以应，乃曰：评选汝诗者，谁也？曰：一徐缄，死矣；一毛某，见为侍从官，恐非此所能诘者。况行文旧习，评与选皆身为之，并未尝出二人也……而毅庵竟免……毅庵，讳之杰，字伯兴，又字毅庵，邑人。③

毛氏此文不仅说明与何之杰等人合刻《越州三子诗》，且叙述了刻本

---

① 王士禛辑《渔洋山人感旧集》，上海古籍出版社，2014 年，第 922 页。

② 阮元、杨秉初等辑《两浙轺轩录补遗》，《续修四库全书》第 1684 册，上海古籍出版社，2002 年，第 566 页。

③ 毛奇龄《西河文集》之《墓志铭》卷十四，《清代诗文集汇编》第 88 册，上海古籍出版社，2010 年，第 99—100 页。按，此处所讲何之杰文字狱案，徐珂编撰《清稗类钞》第 3 册之"狱讼类"有"何之杰诗狱"条（中华书局，1984 年，第 1025—1026 页），其内容即本之《何毅庵墓志铭》。

中何之杰之诗被怨家告发之事,是清初典型的文字狱案。与清代其他文字狱案不同的是,何之杰并未获罪,这与当时处于平定三藩之战争有关,也可见当时文字狱案,除了个别的确有讥讽朝廷之语外,也是仇家打击对方的一种手段。毛奇龄在康熙三十八年(1699)刻《西河合集》时将之前诸多单行刻本弃而不录,或许不仅仅是因作品艺术标准发生了改变而删去,也可能是因为里面有敏感词而有意弃置。

18.《空居日抄》,毛奇龄撰,清刻本。

《西河文集》之《毛翰林诗集》目录后蠹吾李塨曰:"先生诗已刻未刻合一万余首……旧刻《越州三子诗选》《越郡诗选》《空居日抄》诸集,一概不录。"①按,《越州三子诗选》《越郡诗选》是毛奇龄参与编选的诗歌选集,而《西河文集·毛翰林诗集》之《排律》卷首云:"西河自抄稿名《空居日抄》,盖取《长卿传》'时时著书,人又取去,即空居也'。"②《空居日抄》是毛奇龄所撰诗集,该书或已亡佚。李塨所说毛奇龄诗集不录《空居日抄》的诗,当非,《西河文集》之《二韵》卷首云:"绝句刻本惟《越选》数章而已,其他悉从《空居日抄》与《鸿路堂》本。"③

《西河文集》之《毛翰林诗集》目录后有蠹吾李塨曰:

先生诗已刻未刻合一万余首,嗣君远宗与学人同收存五千零首,共五十四卷,然尚多非先生意也……且旧有《夏歌》《濑

① 毛奇龄《西河文集》之《毛翰林诗集》卷首,《清代诗文集汇编》第89册,上海古籍出版社,2010年,第182—183页。

② 毛奇龄《西河文集》,《清代诗文集汇编》第89册,上海古籍出版社,2010年,第276页。

③ 毛奇龄《西河文集》,《清代诗文集汇编》第89册,上海古籍出版社,2010年,第186页。

中》二集行世,世争购之,既而《夏歌》无存者。曾刻《古今乐府》
于淮西,亦不存……因私取《瀬中》所剩者,杂以《鸿路堂诗抄》
《丹攦杂诗》,合诸筥所剩而汇为斯集。旧刻《越州三子诗选》
《越郡诗选》《空居日抄》诸集,一概不录。①

《夏歌集》为单行本诗集,当时已经不存,目前无其踪迹,或已失传。
《古今乐府》《瀬中集》已见前面考证。又《西河合集》卷首《西河合集
总目录》有注云:"旧刻《夏歌集》《瀬中集》《当楼集》《鸿路堂诗抄》
《西河文选》《兼本杂录》《丹攦杂编》《还町杂录》《桂枝集》《越郡诗
选》《古今通韵》诸已刻,不在目内。"②则《鸿路堂诗抄》《丹攦杂编》
(当即《丹攦杂诗》)今亦不知存否,但其内容与《瀬中集》部分诗歌皆
编入《毛翰林诗集》五十四卷。

　　《还町杂录》当是毛奇龄选时人诗文选本,或已遗失。而胡春丽
《毛奇龄与清初〈四书〉学》附录二"三、《毛西河先生全集》外的毛奇
龄著述",以为《瀬中集》《当楼集》《兼本杂录》《桂枝集》《越郡诗选》
皆亡③,不确。

　　毛奇龄一些作品不收录于《西河合集》,如《桂枝集》《夏歌集》
《瀬中集》部分内容、《越州三子诗选》《越郡诗选》《空居日抄》等选
本所载毛氏诗歌。除了个别不成熟作品外,一些不被收入的作品可
能存在避忌或违碍字眼,当是为了避祸而有意为之,只是在编辑《西
河合集》时不宜明说而已。

---

① 毛奇龄《西河文集》之《毛翰林诗集》卷首,《清代诗文集汇编》第 89 册,上海
　古籍出版社,2010 年,第 182—183 页。
② 毛奇龄《西河合集》卷首,清康熙五十九年(1720)萧山城东书留草堂刻本。
③ 胡春丽《毛奇龄与清初〈四书〉学》,复旦大学 2010 年博士论文,第 353 页。

第二节　毛奇龄骈文渊源与骈文创作活动

一、毛奇龄骈文渊源

毛奇龄的诗文不拘格套,诚如《四库全书总目》卷一百七十三《西河文集》提要所说"奇龄之文,纵横博辨,傲睨一世,与其经说相表里,不古不今,自成一格,不可以绳尺求之……其诗又次于文,不免伤于猥杂,而要亦我用我法,不屑随人步趋者"①。蔡仲光《谦斋遗集》卷七《毛大千诗序》云:"大约大可以奇,大千以正,大可之诗以无法胜者也,而大千则斤斤自信,守其法不少变。"②毛奇龄无论为文还是作诗,都不刻意模仿别人,或者恪守一定法则,而是按照自己的风格来写作,形成独特的文学特征。

毛奇龄生于天启三年(1623),正是通俗骈文盛行之时,社会上崇尚奢华思潮,文坛标举骈偶藻丽风尚,这一切都给少年的毛奇龄极大的影响,为其日后骈文活动和骈文创作奠定了基础。兹从模仿六朝文及取法江、庾,师法《楚辞》,谙熟八股文技法,师友影响等四方面探讨其骈文渊源。

首先,模仿六朝文,取法江淹、庾信。六朝文是毛奇龄骈文研习的主要对象,对毛奇龄骈文风格的形成影响甚大。《西河文集》卷首莫春园曰:"而若书、若判、若揭劄、若笺牍,又皆咀汉魏六朝之华、漱

---

① 永瑢等《四库全书总目》,中华书局,1965年,第1524页。
② 蔡仲光《谦斋遗集》,《清代诗文集汇编》第43册影印清咸丰三年癸丑(1853)
　　笃庆堂刻本,上海古籍出版社,2010年,第293页。按,该序又载毛万龄《采
　　衣堂集》卷首,清康熙间刻本。

唐宋大家之润。"①

　　毛奇龄继承几社陈子龙等人的文学观念,对六朝文持肯定态度。其《王西园偶言序》云:"虽然,亦唯六季为非是焉耳,浸假庾、徐、沈、鲍仍行人间,则庐陵、南丰未必不望而却足,曾是区区者,而敢与之絜寡多、较细大哉。然则今之不为六季者,非为之者少,而为之而能者之少也……人即欲夸八家而抑六季,而必谓丝麻之不如菅②蒯、珠玉之不如砂�,夫亦孰得而眯之。"③

　　奇龄模仿或续作六朝文,取得了较高成就。毛奇龄《复沈九康臣书》是一首颇具南朝齐梁风格的骈文,骈偶之中杂以散句,情感真挚,意思流畅,有疏宕之气。其云:"陡接来示,乃知秣陵之书,未经栖目;山阳之笛,居然在耳。"④信中言为人写序,序主未见到序而人已亡,此中情景与刘峻《追答刘秣陵沼书》类似,故该书多有模仿刘峻《追答刘秣陵沼书》之处。文末沈康臣《复书》有云:"从前寄序,兴似士衡;兹者来书,哀逾刘峻。故知慈恩得句,心在凉州;人日题诗,泪萦峡里。"彭爱琴曰:"已胜孝标《答秣陵书》。"⑤孝标即南朝梁刘峻,字孝标,是当时有名的学者、作家,他的名篇《答秣陵书》,《文选》卷四十三题《重答刘秣陵沼书》⑥、《六朝文絜》卷三题《追答刘秣陵沼

①　毛奇龄《西河文集》卷首,《清代诗文集汇编》第87册,上海古籍出版社,2010年,第20页。
②　"菅",原作"管",据文义改。
③　毛奇龄《西河文集》之《序》卷十二,《清代诗文集汇编》第87册,上海古籍出版社,2010年,第280—281页。
④　毛奇龄《西河文集》之《序》卷一,《清代诗文集汇编》第87册,上海古籍出版社,2010年,第122页。
⑤　毛奇龄《西河文集》之《书》卷一,《清代诗文集汇编》第87册,上海古籍出版社,2010年,第122页。
⑥　萧统编,李善注《文选》,上海古籍出版社,1986年,第1950—1951页。

书》,许梿在天头评云:"属词特凄楚缠绵,俯仰裴回,无限痛切。"①刘氏此书是用骈体表达缠绵情意,与毛奇龄《复沈九康臣书》表达沉挚情感同。

毛奇龄有《续哀江南赋》一卷,在《西河文集》中只存目录,内容遗失。《续哀江南赋》是模仿庾信《哀江南赋》而作,深受庾信文风和境遇的感染,故《西河文集》之《赋》卷一载蔡大敬曰:"西河赋大约度取江淹,而江无其形似;思规庾信,而庾逊其宕曳。"②蔡仲光(字大敬)与毛奇龄关系密切,他以为毛奇龄骈赋取法江淹、庾信,江、庾为齐梁时期代表作家,也是中国文学史上著名的骈文家。毛氏取法二位,可知其骈文的六朝渊源。

毛奇龄研习《文选》,提升骈文创作水准。陈子龙十分重视《文选》,尝与李雯、徐孚远等人仿《文选》而作《几社壬申合稿》。毛奇龄少年时代曾受到陈子龙的奖誉,其兄毛万龄又是陈子龙在某次诸生试中拔取第一者,毛氏兄弟对陈子龙的文学思想定不陌生。其《存心堂藏书序》云:"外此,则足迹所至,篇帙罕焉。尝于吉州觅《文选》不得。"③彭兆荪云:"迦陵、西河,承接几社,《选》学未坠,殊有宗风……西河《平滇颂》《与秦留仙书》诸首,风格远过齐梁。"④亦指出毛氏与几社、《文选》的关系。

其次,以《楚辞》为代表的骚体赋是毛奇龄骈赋取法对象之一,毛奇龄赋作融入骚体特征。《楚辞》与骈文的关系,清代孙梅有所论列:

① 许梿评选《六朝文絜》卷三,清道光五年(1825)享金宝石斋刻本,第5页。
② 毛奇龄《西河文集》之《赋》,《清代诗文集汇编》第89册,上海古籍出版社,2010年,第2页。
③ 毛奇龄《西河文集》之《序》卷一,《清代诗文集汇编》第87册,上海古籍出版社,2010年,第196页。
④ 彭兆荪《小谟觞馆续集》之《文续集》卷一,《续修四库全书》第1492册,上海古籍出版社,2002年,第701页。

"诗人之作,情胜于文;赋家之心,文胜于情……屈子之词,其殆诗之流、赋之祖,古文之极致,俪体之先声乎!"①其后刘师培承接这一说法,其《文说·宗骚篇第五》云:"粤自风诗不作,文体屡迁,屈宋继兴,爰创骚体,撷六艺之精英,括九流之奥旨,信夫骈体之先声,文章之极则矣。"②孙、刘皆阐明《楚辞》对骈文形成的影响,而学习《楚辞》对创作骈文亦有裨益。《西河文集》之《赋》卷一载旧评曰:"况赋体原分楚汉、魏晋、六朝为三截,惟唐宋无赋耳,西河以六朝新体为楚汉妙裁,真是辟门凿山之技。"③《西河文集》收录赋四卷,共26首,其中25首是骈赋④,这25首骈赋有18首包含骚体片段(兮字句)的内容。可见这是毛奇龄骈赋创作的一大特色,对其骈文风格影响甚大(具体在本章第三节展开)。

毛奇龄的避难经历,使他深刻领会到世间冷暖,对屈原的遭遇报以深切同情,避难崇仁时,模仿屈原《九歌》作《九怀词》,序云:"予避人之崇仁,寄宿于巴山之民家者……定词九章,以远附于《九歌》之末。纵词不逮原,歌声间奏,必不及仲御,而忧思纡郁,前后一辙。"⑤《西河文集》收录其《天问补注》一卷,可见奇龄对《楚辞》达到熟精的程度。

第三,毛奇龄幼攻八股,八股文是其骈文的又一源头。毛奇龄和明末诸多士子一样攻读八股文,其《又奉史馆总裁刬子》云:"某幼攻

---

① 孙梅《四六丛话》卷三,《历代文话》第5册,复旦大学出版社,2007年,第4284页。
② 刘师培《刘申叔先生遗书》之《文说》,宁武南氏刻本,1936年,第15页。
③ 毛奇龄《西河文集》之《赋》,《清代诗文集汇编》第89册,上海古籍出版社,2010年,第2页。
④ 何书勉《毛奇龄骈文研究》云:"赋四卷二十五篇,中有二十四篇为骈体。"(南京师范大学2011年硕士论文,第17页)非是。
⑤ 毛奇龄《西河文集》,《清代诗文集汇编》第89册,上海古籍出版社,2010年,第33—34页。

八比,自十五为诸生后,稍习经史,即遭逢鼎革之际,其于前代掌故并未窥见。"①又《傅生时义一刻序》云:

> 予随兄大千读书于傅元升之草堂,裁弱冠耳。元升每谯会,辄抱子出,偶旅歌古人诗。予见之,私曰:"巍巍者后来之秀耶!"然不料其能从游如今日也。自变迁以来,予焚弃笔墨者已八九年,夙昔攻举子业已矣,即郡邑为举子业者,亦曰:是家已放废,不复甘为时义,为时义亦不当。②

毛奇龄自小治举子业,练习八股文,崇祯十年(1637)入县学,为诸生,才涉猎经史,早年的八股文训练为其日后的文学创作积累了基本的写作技术,同时这种写作方法深刻影响着他的骈文创作,是毛奇龄骈文创作自觉或不自觉取法的对象。如《上宋大司马论婚姻书》中一些长对句即是八股文作法③。

第四,师友的影响。毛奇龄自幼聪慧,颇具声誉,十五岁即入学为诸生。崇祯十三年,陈子龙任绍兴推官,评毛奇龄之文为"才子之文"。毛奇龄《自为墓志铭》云:

> 祗予所为文,偶见于世,则世多称之。少时,华亭陈子龙评

---

① 毛奇龄《西河文集》之《劄子》卷二,《清代诗文集汇编》第87册,上海古籍出版社,2010年,第101页。
② 毛奇龄《西河文集》之《序》卷八,《清代诗文集汇编》第87册,上海古籍出版社,2010年,第246页。
③ 毛奇龄《西河文集》之《书》卷四,《清代诗文集汇编》第87册,上海古籍出版社,2010年,第139—141页。

予文曰："才子之文。"①

陈子龙是当时名流,年未弱冠的毛奇龄受到陈子龙的称赞,毛氏对陈子龙和云间派的文学思想十分熟悉,在《西河文集》中多次提到陈子龙和云间派的影响,到晚年作《自为墓志铭》时,仍然将这一评价写入,可见毛奇龄对陈子龙的服膺,陈子龙的骈文风格与毛奇龄十分近似,不知是巧合,还是毛氏有意为之。不管怎样,毛奇龄受到陈子龙文章思想的影响,其骈文创作亦有云间派的影子。

　　陈维崧和毛奇龄同时参加博学鸿儒科考试,都考中并任翰林院检讨,纂修《明史》,陈维崧是当时骈文名家,毛奇龄受其影响也创作标准的四六文。《西河文集》之《史馆拟判》卷首载瑛曰:

　　　西河尝云:予不工为四六,独故友陈迦陵妇死,索予为四六志墓,以迦陵极妙四六,故相属时予亦矜持应之,生平惟是篇足存。②

瑛即毛奇龄门人邵瑛,邵氏所记当是亲聆。因朋友陈维崧骈文写得精妙,故为陈维崧妻子储氏撰墓志铭时就用标准的骈文,文为《陈翰林孺人储氏墓志铭》③,此文鲜少散句,基本是标准的对偶句,与毛氏其他骈文风格不同。可见友朋对毛奇龄骈文创作的影响。

---

① 毛奇龄《西河文集》之《墓志铭》卷十一,《清代诗文集汇编》第 88 册,上海古籍出版社,2010 年,第 71 页。
② 毛奇龄《西河文集》,《清代诗文集汇编》第 87 册,上海古籍出版社,2010 年,第 111 页。
③ 毛奇龄《西河文集》之《墓志铭》卷七,《清代诗文集汇编》第 88 册,上海古籍出版社,2010 年,第 38—39 页。

二、毛奇龄骈文创作活动

骈文是与仪式密切关联的文体,仪式活动需要一定的空间,骈文的创作往往凭借这些空间或环境而展开,毛奇龄的骈文即如此,他的骈文包括诰、颂、主客辞、揭子、判、书、序、弁首、题词、墓志铭、赋、诔等。兹探讨毛奇龄的骈文创作开展的场所和缘起,呈现清初骈文生产的方式和机制,以期深入理解骈文文体与政治、仕宦、交游和声誉的关系。

毛奇龄的骈文创作活动可分为四类,即与皇帝密切相关的制作、友朋宴集、重要事件和避难的感思,骈文创作的展开或依托空间场所,具有很强的空间感和仪式性,或因前人骈文篇章有感而作,具有异代知己味道。

首先,毛奇龄一些骈文创作与康熙皇帝直接相关。如毛奇龄《圣恩颂(并序)》即是因康熙帝祖母上谥号并升祔而创作的一首骈文,序云:

> 康熙二十七年十月日,恭遇太皇太后上谥、升祔,伏读恩诏,深感我皇上推恩之广……诗云"孝子不匮,永锡尔类",以云"永锡",则真永锡;以云"不匮",则真不匮矣。微臣无状,调疴里门,亲蒙浩荡之恩,上戴如天之德,欢忻抃舞,可无颂言?前者圣孝格天,遍传下土,曾偕诸里巷臣民竞为词赋,以当谣诵。今鸿恩覃敷,沦肌浃骨,敢制《圣恩颂》一章,以续前烈。匪云报献,亦以身备史职,谊应纪实,将以使后之考德者可按焉尔。①

康熙二十六年(1687)十二月二十五日,孝庄太后病卒,康熙帝十分悲

---

① 毛奇龄《西河文集》之《颂》,《清代诗文集汇编》第87册,上海古籍出版社,2010年,第32页。

恸,毛奇龄听闻此消息,与浙江官员一同悼念,并将当时众人所写颂、赋、诗词等编订成册进呈皇帝。其《翰林院检讨今在籍臣毛奇龄谨奏为恭进〈圣孝合录〉事》云:"臣自本年正月十日接得府县官吏传帖,恭迎太皇太后《哀诏》,即随将军、巡抚各衙门以下暨在籍乡官一同设位叩头发哀,礼毕,臣复于草次俯伏哭问皇帝陛下起居,备知圣孝无涯,求医步祷,感动天地。尔时即有里巷人民北向号泣、恭纪其事者……因胪次诸词,去其草野媟嫚者,合得颂若干首、赋若干首、诗文若干首、杂体词若干首,汇成一书,窃名《圣孝合录》。谨抄誊装潢共若干册,丐两浙巡抚部院臣代为呈进,伏惟睿鉴,采择施行。"①《圣孝合录》当时有刊本行世。不管毛氏出于真心还是顺应皇帝行孝之意,他虽然退居浙江,但仍对国家大事甚为关心。

康熙二十七年(1688)十月十六日,康熙帝率领群臣正式给孝庄太后上谥号,并升祔,《清圣祖实录》卷一百三十七云:"(朕)于康熙二十七年十月十六日,率诸王、贝勒、文武群臣恭奉册宝,上尊谥曰'孝庄仁宣诚宪恭懿翊天启圣文皇后'。二十二日,升祔太庙。既展追崇之报,宜弘锡类之仁。"②毛奇龄听到消息,即作《圣恩颂(并序)》一文,对皇帝恩德孝心推崇备至、揄扬有加。这篇颂文与康熙皇帝直接相关,《圣孝合录》中当亦有骈文。

《西河文集》有一卷《诰词》,卷首云:"本朝诰敕率以品级为等差……康熙乙酉,特命词臣更撰诸词。"③康熙二十四年乙酉(1685),康熙帝命词臣重新撰写《诰词》,毛奇龄分得若干,诰词是程式化的官员任命、封赠等公用骈文,此卷登录毛氏《吏部侍郎并妻》等十二首诰词,

---

① 毛奇龄《西河文集》之《奏疏》,《清代诗文集汇编》第87册,上海古籍出版社,2010年,第55—56页。

② 《清实录》第5册之《清圣祖实录》,中华书局,1985年,第496页。

③ 毛奇龄《西河文集》之《诰词》,《清代诗文集汇编》第87册,上海古籍出版社,2010年,第21页。

虽然只是所拟的部分内容,但亦可见皇帝与骈文书写的关系。其他如《敬制仁孝皇后、孝昭皇后挽歌词十四章(有序)》①的序文亦是骈文。

康熙二十年(1681)七月二十一日,康熙帝在瀛台避暑,召诸大臣宴集,《清圣祖实录》卷九十六云:

> (康熙二十年辛酉)秋七月壬子朔……壬申……召大学士以下、各部院衙门员外郎以上官员至瀛台,命内大臣佟国维等传谕,曰:内阁及部院各衙门诸臣比年以来办事勤劳,今特召集尔等赐宴,因朕方驻瀛台,即以太液池中鱼藕等物赐诸臣共食之,又赐彩缎、表里,大学士率诸臣叩谢,各依次坐,上命内大臣等以金尊赐饮一巡,宴毕,诸臣各谢恩出。②

这次瀛台赐宴的规模很大,参加者众多,产生了不少骈文作品。如毛奇龄《瀛台赐宴赋(应制有序)》即为其中骈文名作,其序云:"皇帝御极之二十年,六幕既熙,万象咸晣……当此金昊乘秋之际,玉衡指兑之时,九龙门外,梧树长阴;百子池头,荷花初落。蓬台万顷,沧波与帐殿俱开;阆苑千重,紫水共楼船并转。画桡齐举,还看水面凫鹥;锦缆同牵,原是班中鹓鹭。挂长绡于汾水,不待为歌;泛碧盏于昆明,非关习战。"③描述了宴会上所见到的太液池的环境和泛龙舟情形。

① 毛奇龄《西河文集》之《毛翰林诗集》,《清代诗文集汇编》第89册,上海古籍出版社,2010年,第254页。
② 《清实录》第4册之《清圣祖实录》,中华书局,1985年,第1215—1219页。
③ 毛奇龄《西河文集》之《赋》卷二,《清代诗文集汇编》第89册,上海古籍出版社,2010年,第9—10页。按,何书勉《毛奇龄骈文研究》云"康熙十四年(1675)瀛台宴上"(南京师范大学2011年硕士论文,第29页),似不确。康熙年间瀛台宴会,且大臣有诗文赋以记者,惟康熙二十年,云康熙十四年瀛台宴,不知何据。

　　参加这次宴会而创作骈文的有陈维崧《陈迦陵俪体文集》卷五《瀛台赐宴诗序》①、潘耒《遂初堂诗集》卷四《瀛台赐宴诗（有序）》之《序》、《遂初堂文集》卷一《瀛台赋（有序）》②、王嗣槐《桂山堂文选》卷九《午日瀛台泛龙舟赐宴群臣谢表》③、尤侗《西堂诗集》之《于京集》卷四《七月二十一日上御瀛台，召满汉诸臣泛舟赐宴，兼颁彩币有差，宴毕，仍赐莲藕，恭纪诗三十首（有序）》之《序》④等，其他参加而有骈文作品者仍有，不一一罗列。康熙二十年（1681）的瀛台赐宴活动为文士提供了创作骈文的舞台，催生了大量骈文作品，这是帝王活动与骈文制作的重要方式。

　　康熙二十年辛酉（1681），康熙帝至遵化，命随从大臣仰瞻汤泉并赋诗，毛奇龄作《汤泉赋（应制有序）》，即为骈文，其云："今皇上纯孝，曾迎奉太皇太后养涤圣躬。会康熙辛酉以仁孝、孝昭两皇后山陵之役，敕扈从诸臣仰瞻其下并令赋诗，勒之岩户。"⑤毛氏还有《西苑试武进士马步射赋（应制有序）》等应制骈文。

　　在帝制时代，皇帝的想法和理念决定着治下大臣的命运，特别是明清时期，皇权加强，大臣们对皇帝十分敬畏。在这种情况下，大臣们为了富贵亦或自保，大多会歌颂帝王功德，特别是王朝初创时期，更需要颂扬神德圣功者来润色鸿业，毛奇龄便是其中一位，他对康熙帝的知遇之恩和行孝之德极尽歌颂，与陈维崧、潘耒等人一道充当侍

①　陈维崧著，陈振鹏标点，李学颖校补《陈维崧集》，上海古籍出版社，2010年，第262—264页。
②　潘耒《遂初堂诗集》卷四、《遂初堂文集》卷一，《四库全书存目丛书》集部第249册，齐鲁书社，1997年，第542—544、708—709页。
③　王嗣槐《桂山堂文选》，《清代诗文集汇编》第73册，上海古籍出版社，2010年，第416页。
④　尤侗著，杨旭辉点校《尤侗集》，上海古籍出版社，2015年，第745—747页。
⑤　毛奇龄《西河文集》之《赋》卷三，《清代诗文集汇编》第89册，上海古籍出版社，2010年，第12页。

从文人角色。颂扬的文章用典雅的骈文更易表达,也更容易接受。在与皇帝交往中,颂圣的需要是骈文产生的重要因素,也是君臣艺术化交往和互动的重要形式。

其次,宴集聚会是毛奇龄骈文生产的重要环境。毛奇龄十五岁补诸生,与伯兄毛万龄合称"二毛",宴集聚会之时往往需要诗文以助兴,东晋王羲之参加兰亭集会并撰《兰亭集序》,南朝颜延之《三月三日曲水诗序》和王融《三月三日曲水诗序》等皆是举行聚会而作的骈文名篇。清初这种文人聚会仍然流行,幕府和园林是当时文士聚会的主要场所,也是骈文产生的重要空间。

毛奇龄在避难流浪期间,曾客汝宁知府金镇幕府、江西湖西道参议施闰章幕等。清代各地大员可以自置幕僚,形成游幕风气,清初陈维崧、章藻功、王晫等人都有游幕经历,在做幕僚时,通常与同为幕僚的同事朝夕相处,参与幕主举办的一些聚会,为骈文产生提供了基本的空间环境。毛氏《木芙蓉赋》即是在湖西道参议施闰章幕府时所作,其序云:"湖西节镇,幕府之庭。有木芙蓉,倚乎东楹……座客抽觞,与之相对。于是翠竹群扶,丹蕉互倚,当晚霞之明墙,恍丛条之临水……使君顾之,翩然以喜。遂属毛甡为之赋。"①

园林是清初骈文展开的另一个重要空间,康熙十七年(1678)诏开博学鸿儒科,其年秋,应征者陆续抵京,身居高官的冯溥爱才纳士,有别业在北京城东之万柳堂,时常约请名士聚会其中。约康熙十八年,冯溥曾广请应征者赴万柳堂参加聚会,毛奇龄骈赋《万柳堂赋(有序)》作于此时,题注云:"西河征车赴京时,益都相公大开阁,请召诸门下士共集于城东之万柳堂,即席为赋。时作者三十人,益都以是篇

①　毛奇龄《西河文集》之《赋》卷一,《清代诗文集汇编》第 89 册,上海古籍出版社,2010 年,第 3 页。

压卷。"①其《自为墓志铭》云：

> 城东万柳园，冯公休沐地也。择日开宴，遍请诸应召者来，
> 令赋诗，予为作《万柳园赋》，时同赋者十余人，独以予赋与宜兴
> 陈生文并称之（生名维崧）。②

《万柳园赋》即毛奇龄《万柳堂赋》，当时同赋者有十余人，皆有诗文
作品。陈维崧有《征万柳堂诗文启》③，徐釚《南州草堂集》卷十七收
录赋一首，即《万柳堂赋》④，而徐旭旦《世经堂初集》卷二载《万柳堂
赋》⑤，皆骈赋。毛奇龄与徐釚、徐旭旦等名流宴集角艺，虽同为名
士，但集体写作仍然具有竞争性，毕竟所写诗文是要进行品评的，若
所作得到好评，必然会提高声誉，对作者来说也是展示才华的机会，
而骈文很适合表现一个人的腹笥的丰厚和才思的敏捷，故园林聚会
成为清初骈文写作的重要场所。

　　第三，国家和自身圈子里的重要事件是毛奇龄骈文创作的又一
指向。康熙二十年（1681）十月二十九日，清军攻占昆明，平定吴三桂
等势力，十一月十四日癸亥，"四鼓奏报：云南大捷，全省荡平。王以

---

① 毛奇龄《西河文集》之《赋》卷三，《清代诗文集汇编》第 89 册，上海古籍出版
社，2010 年，第 22 页。
② 毛奇龄《西河文集》之《墓志铭》卷十一，《清代诗文集汇编》第 88 册，上海古
籍出版社，2010 年，第 69 页。
③ 陈维崧著，陈振鹏标点，李学颖校补《陈维崧集》，上海古籍出版社，2010 年，
第 247—250 页。
④ 徐釚《南州草堂集》，《续修四库全书》第 1415 册，上海古籍出版社，2002 年，
第 354—356 页。
⑤ 徐旭旦《世经堂初集》，《四库未收书辑刊》第 7 辑第 29 册，北京出版社，1998
年，第 133—135 页。

下及文武官员俱于乾清门庆贺行礼"①。三藩之乱是清初朝廷大事，能否平定三藩关系到清朝政权的存亡，故康熙二十年十一月听到云南荡平的消息，在朝大臣十分高兴，对于如此大事，用骈文表达歌颂十分合宜。毛奇龄《平滇颂(有序)》记其事，其序云："因于康熙二十年十一月十有八日，宣捷之次，谨簪笔稽首，忭抃舞蹈，乃为之颂。"②康熙二十年(1681)十一月十八日朝廷向臣民宣布平定云南的消息，大臣们率有歌颂，除毛奇龄外，陈维崧有《平滇颂》③、潘耒《遂初堂文集》卷一有《平滇赋》④等。毛奇龄《拟为司宾答问辞(有序)》则是针对当时康熙南巡礼仪问题的讨论，康熙二十三年(1684)，康熙帝首次南巡，毛氏参与讨论南巡礼仪问题，遂有这篇主客辞。

　　毛奇龄自身日常生活中的重大事件也是其骈文创作的重要对象。康熙十八年己未(1679)，毛奇龄创作十首判，这是与同馆陈维崧等人一起创作的，属于工作中的集体活动。《史馆拟判》卷首璚曰："西河于己未秋充明史馆官，客有以唐判体拟制者，适贻至，遂与同馆陈迦陵辈并取其题效为之，共十首。"⑤毛奇龄所作的十首判，《西河文集》只收录六首，乃模仿唐代判文而作，皆骈文。

　　康熙二十年三月六日，毛际可之女毛孟跳楼殉夫，后获救。此事在北京成为士人议论感叹的重要事件，王士禛、施闰章、徐嘉炎、袁佑

① 章开沅主编《清通鉴》，岳麓书社，2000年，第807页。

② 毛奇龄《西河文集》之《颂》，《清代诗文集汇编》第87册，上海古籍出版社，2010年，第31页。

③ 陈维崧著，陈振鹏标点，李学颖校补《陈维崧集》，上海古籍出版社，2010年，第186—188页。

④ 潘耒《遂初堂文集》，《四库全书存目丛书》集部第249册，齐鲁书社，1997年，第705—707页。

⑤ 毛奇龄《西河文集》，《清代诗文集汇编》第87册，上海古籍出版社，2010年，第111页。

等有诗咏其事。康熙二十九年(1690),毛孟殉夫。毛奇龄是毛际可的好友,为之作诔,是一篇骈文,题《家烈妇诔文(有序)》,其云:"康熙二十九年十二月二十七日,遂安方公子妻毛氏以殉夫身死……某忝居下史,遍阅前文。范蔚宗之新书,刘更生之旧传,懿行美节,代不乏人。如烈妇者,诚亦罕有。"①记述此事者甚多,陈维崧《陈迦陵俪体文集》卷六《毛贞女堕楼诗序》②、吴农祥《流铅集》卷十四《方母毛烈妇诔》③、章藻功《思绮堂文集》卷一《毛贞女坠楼诗序》④等皆是与毛贞女有关的骈文。

举办婚礼是当时名族权贵的重要事件,毛奇龄参与其中,并写作骈文。康熙十八年,毛奇龄、钱中谐、陈维崧等作为李天馥聘请的亲友团成员,一同为李天馥之子李孚青聘婚宋德宜之女,次年,准备举办婚礼之时,宋德宜得知之前李孚青已与王君女订娃娃亲,很气愤,至于如何处理此事,众人各持意见,莫衷一是。毛奇龄作为李天馥门人,又是直接参与聘婚的成员,觉得有必要从礼法上找到一个方案来解决此事,于是写了《上宋大司马论婚姻书》,题注云:

> 李丹壑庶常,内阁学士容斋公之子也。儿时曾聘公同年生王君女,未娶,会三藩兵变,王君仕西川,阻绝有年。丹壑年十六,于己未科成进士,馆选出宋大司马廖天公门下,遂乞司马公

① 毛奇龄《西河文集》之《诔文》,《清代诗文集汇编》第89册,上海古籍出版社,2010年,第42—43页。

② 陈维崧著,陈振鹏标点,李学颖校补《陈维崧集》,上海古籍出版社,2010年,第349—351页。

③ 吴农祥《流铅集》,《清代诗文集汇编》第127册,上海古籍出版社,2010年,第409—410页。

④ 章藻功撰注《思绮堂文集》,《清代诗文集汇编》第198册,上海古籍出版社,2010年,第355—358页。

息女为配。临娶,而王师收复滇南,西川先辟,王君已归命,还朝籍,奏兵部,于是始纷纷追道前事,司马公大憾……且日夕聚议不决,西河乃上书自明,后亦究用西河书中语定长次焉。①

毛氏该书为身边发生的有关婚姻礼仪问题而作。其他如《毛翰林诗集》之《七言律诗》卷二《祁湘君催妆(有序)》之序文亦是为婚礼而作的骈文。

第四,毛奇龄诸多骈文作于避难期间,在漂泊他乡、寄人篱下之时,特别是生命时时受到威胁的情况下,感慨人生、忧伤飘零成为骈文的主题。如《西河文集》之《赋》卷一《涪沤赋》《木芙蓉赋》《弹筝赋》《鸣鸡赋》《秋菊赋》《秦淮吹笛赋》等皆蕴含羁旅之感、孤寂之情。《秦淮吹笛赋》云:

> 若夫毛牲,久当曳尾,无假山樆;来因避风,岂思钟鼓……况夫牲者,本堕泥中,枉来幕里。惜燕河之远别,过而生哀;类楚老之相逢,因之下泪。又且身非孝章,长为不乐;时无季重,多有愁思。题翟门而贵贱殊情,畏谢公之出处异致。是故中山王有听乐之悲,孟尝君无闻琴之喜。尔乃逢督邮于平阳,值伯通于吴市,忆故事于当年,眇言情之甚旨。居然濠上之风流,仿佛洛中之倚徙。岂知闻歌辄唤,仍来谯邑桓郎;登山而哭,有似琅琊王子。②

---

① 毛奇龄《西河文集》之《书》卷四,《清代诗文集汇编》第87册,上海古籍出版社,2010年,第139—140页。
② 毛奇龄《西河文集》之《赋》卷一,《清代诗文集汇编》第89册,上海古籍出版社,2010年,第8—9页。

赋中表达了毛氏避难的境况,以及所思所感。

《西河文集》之《赋》卷四《松声赋》有模仿欧阳修《秋声赋》之意,但融入了毛氏自己的亲身体验。他在河南禹州避难之时,从身边的一颗巨大松树引发孤单无助之感,末云:"又况……商山之路既赊,泰岱之封难接。缅九州之遥遥,望百川之溁溁。恍西陵之上潮,听未终而呜咽。"①以咏物赋的形式,通过对松声的描绘,表达了思乡之情和漂泊之感。《秋菊赋》序云:"予于秋节重当远行,蔡子大敬作《秋菊赋》赠予,其辞哀焉。越一年,又遇斯节,萦河之后,怆而和之。"②亦表达了飘零之意。

毛奇龄的骈文创作活动主要发生在避难出游和官翰林院检讨时期,通过对其骈文创作活动的考察,可深入了解毛氏骈文创作的主题和特点,有利于全面考察其骈文风格和成就。

第三节　毛奇龄疏俊排宕的骈文风格

《西河文集》中没有毛奇龄的骈文专卷或专集,但其《赋》四卷,除了卷四《抽思赋》为骚体赋外,其余皆骈赋③。据初步统计,其骈文作品有 80 首,包括诰命 12 首,颂 2 首,主客辞 1 首,揭子 1 首,判 7首,书 5 首,序 1 首,引、弁首 2 首,题、题词、题端 10 首,墓志铭 1 首,赋 25 首,谋 1 首,词序 1 首,诗序 11 首,散存于多种文体(包括诗词

---

① 毛奇龄《西河文集》之《赋》卷四,《清代诗文集汇编》第 89 册,上海古籍出版社,2010 年,第 28 页。

② 毛奇龄《西河文集》之《赋》卷一,《清代诗文集汇编》第 89 册,上海古籍出版社,2010 年,第 6 页。

③ 骈赋为骈文之一类,毛奇龄的骈赋皆归入骈文。

部分的骈序)之中①。关于毛奇龄骈文的研究相对较少,民国时期,一些著作中涉及有关毛奇龄骈文的评论,谢无量在《骈文指南》中认为:"清初四六之工者,必推西河与其年也……大抵西河之文,整散间行,气味甚近六朝。"②钱基博《骈文通义》云:"《曾选》之首毛奇龄,盖以时代为次,而读其文章,颇合六朝矩矱,整散兼行,并非钩棘……毛体疏俊,陈文绮密。仗气爱奇,陈不如毛;典丽新声,毛则逊陈。"③二十世纪中叶以来,特别是近十年来对清初骈文开始了较专门的研究。陈耀南《清代骈文通义》云:"及毛奇龄出,疏宕遒练,整散兼行,虽所作未多,故让其年独步;而量长较短,殆在伯仲之间。"④张仁青《中国骈文发展史》第九章参考刘麟生划清代骈文为五派的作法,将毛奇龄归入六朝派⑤。何书勉《毛奇龄骈文研究》主要分析毛奇龄骈赋观和骈赋转折问题,并与陈维崧骈文进行比较⑥。这些研究成果有助于了解毛奇龄骈文的特征和成就,为进一步研究提供参照和启示。

　　毛奇龄的诗文极具个性风格,不肯依傍他人,"不可以绳尺求

---

① 何书勉《毛奇龄骈文研究》云:"《西河文集》中的骈文,据笔者统计,共有七十二篇。"并列出具体篇目(南京师范大学 2011 年硕士论文,第 17—18 页)。按,《毛奇龄骈文研究》所列篇目中《填词一》序的作者非毛奇龄,而是姜垓;《毛翰林诗集》之《七言律诗》卷九《拟馆课四首》中的四首诗皆有序,都是骈序,故为四首骈文,非仅《召见(有序)》一首。认定某文是否为骈文,不同的人所持标准不同,结果也不一样,但基本的篇目应该没有差别。具体骈文篇目罗列过于繁琐,不一一录出。

② 谢无量《骈文指南》,上海中华书局,1918 年,第 79—82 页。

③ 钱基博《近百年湖南学风　骈文通义》,上海古籍出版社,2012 年,第 112 页。

④ 陈耀南《清代骈文通义》,香港永安印务公司,1970 年,第 22—23 页。

⑤ 张仁青《中国骈文发展史》,浙江大学出版社,2009 年,第 416—424 页。按,该书初版于台北,由台湾中华书局 1970 年出版。

⑥ 何书勉《毛奇龄骈文研究》,南京师范大学 2011 年硕士论文。

之"①。但并不表明毛氏写作毫无准则,他只是在写作中不自觉地形成自我风格。就骈文而言,谢无量、钱基博等人以为整散兼行,具有六朝文特点,这是毛奇龄骈文很重要的成就,即大部分骈文都是骈偶和散句间错互出,较少篇章是纯粹的对偶句式,这与陈维崧、吴绮、章藻功、陆繁弨等骈文家不同。本书通过对毛奇龄骈文句式构成,以及骈散句式与叙事、抒情、议论的分工关系的考察,探讨其疏俊排宕的骈文风格形成机制和主要特点。他对组句方式和章法结构的巧妙安排使其骈文能够将叙事、抒情、议论融于一体。

第一,毛奇龄骈文句式多变,长短不等句式错落其间,形成了疏宕的风格。《西河文集》之《赋》卷一《白石榴花赋》云:

> 其友毛甡,泪下如泗。况夫石榴者,本王母白云之根,为汉使银河之载。同蒟酱而来归,异蒲萄之可采。固蜀都之饶奇制兮,亦涂林之有变彩。将移缃的于东园兮,发青房于西海。虽夏侯所不得赋兮,孰傅玄之能解。若夫春阳初谢之时,暄风乍来之际,嗟青幡之转天,笑红英之堕地。林鹊无改调之思,山蜩有高吟之意。陌上之桑自求,墓门之梅如弃。逢大夫而麾之,惜使君之多事。于是绿萼已拆,碧叶方吐,翠葺成帏,缥蒂如乳,条柯渐苞,敷蕊众夥,冰绡细叠,雾縠漫裹。缅霜姿之皎皎兮,美玉质之瑳瑳,垂皓带之连蜷兮,披练裳之婀娜……至若大麦小麦,妇姑未收;采苤采苢,夫婿焉求……献武陵而六实皆虚,荐赵郡而百子未合。②

---

① 永瑢等《四库全书总目》,中华书局,1965 年,第 1524 页。
② 毛奇龄《西河文集》之《赋》卷一,《清代诗文集汇编》第 89 册,上海古籍出版社,2010 年,第 7—8 页。

此为该赋的中间部分,包括七七、六六、八七、八六、四四、七六、四四-四四、八八等句式,这些句式交互排列,构成形式上长短相间而疏宕有致,内容上意义连属而气韵流畅,连用典故不仅刻画了白石榴花的洁白纯贞,且隐喻了蔡氏姑、妇守节之风范,叙事清晰,较好地解决了连续骈偶句式容易产生板滞的问题。

又如《姜肩吾〈效金元乐府〉题词》云:

> 姜子肩吾,思缓声之当续,假丽唱以相宣。《郁轮袍》不作,纵耻王维;《醉蓬莱》未传,亦怀柳七……熊湘张乐,将寄"洞庭青草"之思;帝渚吹笙,愿发"澧浦红兰"之咏。遂使空舲峡内,两度闻歌;岳麓山前,一时诡语。夫羁臣善讽,引唱巴人,明审声矣;嫠妇沉冤,急呼都护,扬妙节矣。惟公瑾之谅曲多方,故李煜之制乐有本。肩吾辨定钟律,别有成书;厘晰官调,尽破习论。解赵人之牛铎以谐钟,取蜀中之鱼桐而击鼓。宜其寻声按节,穷极微渺。况乎学满辞山,才通曲海。边城画李益之诗,官袚绣元稹之句。机边红锦,久藉鲛人;酒肆乌衣,已随龙女。则其高唐荐枕,何必假房中太傅之名;玉笋为歌,谁得进曲子相公之目。固已骋星渚之幽欢,揽妃岩而咸媾矣。①

姜肩吾是清初遗民姜埰之孙,通医术,与毛奇龄有交往。毛奇龄用骈文为肩吾之《效金元乐府》题词。这篇题词很有特点,全篇由四四、六四、七七、六六、四四复式、五四、四八、四四四复式、八八、九九、四九等句式错综构成,在如此短篇中,从四字句到九字句交错布置,使文章在形式上错落有致,虽为标准的对偶句式,却有散文的气韵,这不

---

① 毛奇龄《西河文集》之《题词》,《清代诗文集汇编》第87册,上海古籍出版社,2010年,第471—472页。

能不归功于多样的组句方式。而且在组句上鲜少使用宋代骈文常用的"四六"句式,这也给读者一定的陌生感。

毛奇龄其他骈文如《刻〈姜左翊文稿〉题词》《阿莲〈琼枝集〉题词》《皇京赋》《宝鉴赋》《拟为司宾答问辞(有序)》等皆用多样化的组句方式来结构篇章,形成疏宕文风。毛氏大多骈文具有类似特点,只是长短句子变化力度有所不同而已。

第二,四字句、六字句、七字句等组句方式能让句子本身缓促有序,富有节奏。刘勰《文心雕龙·章句第三十四》云:"若夫笔句无常,而字有条数,四字密而不促,六字格而非缓,或变之以三五,盖应机之权节也。"①在骈文创作时,选用长短不同字数的句子也是有讲究的,不同的骈文家会有自己的用句习惯,这种习惯或者是自觉的剪裁,抑或是不自觉的写成,而作出的骈文都体现了作者的匠心和风格。

毛奇龄骈文用句长短间出,从组句方面来看,对偶句和散句并行,所谓"整散兼行"者也。毛氏在骈文中能够将四言、六言、七言、八言等句子合理安排,在语气和节奏上呈现缓促有度的格调。如《千顷楼藏书赋》叙写自己到居住在南京的黄虞稷(字俞邰)家观赏藏书的情形,在句式选择上很有特点,其云:

　　于是挍用铅黄,题分朱紫。旁置巾箱,中装罗绮。饰铁椠与金铰,炙湘兰与沉芷。郝隆之晒皆厨,蔡亮之观如市。王仲壬多户牖之标,张司空无米盐之徒。发金帛而采于淮王,贯丘索而知为楚史。虽复一噆二噆,四部五部,咸阳之火未焚,天禄之藏如故。史策有一家之成,易象无九师之蠹。得总龟于秘府之余,辩亥豕于渡河之误。犹且睹兹殷繁,逊为极盛。幽经不传,怪篆自

① 刘勰著,范文澜注《文心雕龙注》,人民文学出版社,1958年,第571页。

剩……岂况议郎练达,征君雅量。豫州之辨慧非常,江夏之博闻
无恙。①

这一部分叙述了黄虞稷藏书楼藏书的情况,首先连用四句四言句说
明藏书的校勘和装帧,四句意义连贯,一气呵成,节奏促迫;接下来连
用四句六字句来述说藏书的摆放和收藏,用两个典故巧妙地比喻藏
书之盛;而后连用四句八字句将节奏舒缓下来。从"于是挍用铅黄"
至"贯丘索而知为楚史",从四字句到八字句,声音节奏从急促逐渐转
到舒缓,而全用对偶,从不同角度叙说黄氏藏书的精心和盛大。从
"虽复一噇二噇"至"辩亥豕于渡河之误",则遵循"四四—六六—七
七—八八"的句式组合,将声音节奏由促到缓,颇具顿挫。而"犹且睹
兹殷繁"以下也基本按照由促迫到舒缓的模式来组织句子。这种句
子组合方式有利于使文意流畅,产生抑扬顿挫之效,并适合抒发起伏
的情感。

又如《秋雨初晴赋》云:

又况三载淮西,两年江介。前月洲边,今朝浦外。恨王孙之
不归,怅美人兮安在。过江州而太守难依,入西川恐使君不待。
天涯酒保,那便知音;复壁饼师,著书可怪。吟下叶之诗,思湘蒫
之菜。竿未曙而衣纰,河过涅而桥坏。惜牛渚之穷游,辜幔亭之
雅会。②

---

① 毛奇龄《西河文集》之《赋》卷四,《清代诗文集汇编》第 89 册,上海古籍出版
　社,2010 年,第 25—26 页。
② 毛奇龄《西河文集》之《赋》卷四,《清代诗文集汇编》第 89 册,上海古籍出版
　社,2010 年,第 29 页。

这是该赋的一小段,慨叹自己避难在外、孤苦无依的窘况。采用"四四—八八—四四—五五—六六"句子组合,从节奏上看,由四言而八言而四言,最后到六言句,由促到缓,又转向促而缓。连续短句表达较为急切的情思,而长句则表达了悠长绵渺的惆怅,在情感交替抑扬中呈现旅途的况味和无奈。

第三,毛奇龄采用连排骈偶句式形成排宕的气势,所谓连排句式指运用连续相同字数的对偶句子排列,类似修辞手法之排比。钱基博《骈文通义》云:"毛奇龄尚势而不取悦泽。"①正指出毛奇龄的骈文具有气势的特点,而这种特点的形成缘于连排的骈偶句式。

毛奇龄《汤泉赋(应制有序)》在使用连排句式上非常典型,其云:

> 祛醴泉于建武之朝,决神水于咸康之世。浮纹而彩缯扬其华,拾级而雁鸿张其翅。恍咸池之自温,非神鼎而长沸。固井冽之能春,抑滋泉之多瑞⋯⋯沙白而星榆坠荚,波赪则山桃落英。永信驭金根之辇,中安驾紫屬之辋⋯⋯遂使上谷流银之窟,渔阳灼水之潭,炎质藏晖之墅,蒙情出险之岩⋯⋯经冰雪而弥和,汰泥沙而愈净。能历坎而守冲,自虚中而外映。②

这段文字中包含连排句式,"祛醴泉于建武之朝"以下八句就包含四句八字句连排和四句六字句连排;"沙白而星榆坠荚"以下四句则是四句七字句连排,"遂使上谷流银之窟"以下至最后,包含二十句的六言句连排、四句四言句连排和十句六言句连排。从这一部分的句式

---

① 钱基博《近百年湖南学风　骈文通义》,上海古籍出版社,2012 年,第 113 页。
② 毛奇龄《西河文集》之《赋》卷二,《清代诗文集汇编》第 89 册,上海古籍出版社,2010 年,第 13—14 页。

构成可以看出,四字句和六字句占很大比例,但是并不是通常的"四六"句式,而是连排式的组句方式,这种连排句式更能展现出一种气势,在叙写宏大场面和歌颂功德上更容易渲染气氛,表现才华。不仅如此,《汤泉赋》的后部分同样采取长篇连排方式来展开,且更集中,排比句子更多,其云:

> 瞻上陵而临幸,诏侍臣其观之。搴五花之藻井,挹三露于莲池……岂长汤之十六,可得而尽其涟漪。尔乃接浪云川,通神员峤,屯转三河,卫连五校。彩仗常悬,红旗远照。瀵沸一泉,永无旱涝。土蜍鲜跃,天马未蹈,春风乍来,人迹罕到……又况温汤扈从,不是离宫;宝慈临御,全非濯龙……麟游凤至,山高泽容。捧大安之辇,听长乐之钟。漱琼浆于薝葡,采甘露于芙蓉,搜铜井于幽薄,驾漆船于远峰。嶂启万年之碧,花开千岁之红,纪岣嵝之沐浴,欲箝笔而安庸。①

这部分除了"捧大安之辇,听长乐之钟"两句为四言连排句至六言连排句的过渡句外,其他都是连排句式。"瞻上陵而临幸"至"可得而尽其涟漪"是二十句六言句连排,"尔乃接浪云川"至"人迹罕到"则是十二句四言句连排,"又况温汤扈从"至结尾,则是二十四句四言排句式和八句六言连排句式。由此可见,毛奇龄有意使用连排句式来增强文章气势,且同样长度的句式可以连续使用二十四次之多,这需要腹笥丰赡者才能组织得当,否则就会显得堆砌而滞涩。

毛奇龄在其他骈文中使用连排句式亦较多,《九月九日观戏马赋》云:

① 毛奇龄《西河文集》之《赋》卷二,《清代诗文集汇编》第89册,上海古籍出版社,2010年,第14页。

于是望者傈俿，趍者绎络。左右燕昕，前后鸥顾。人既圜墙，车亦辐辏……乃释辔而纵缰，顿撒踠而掷胯，郁跳踚之未追，迅漂腾而骤去，俨风雨之乍来，怳波涛之急下……尔乃红游顿掣，郁怒未息，骧首浮云，蹋足西极。膺门生风，汗沟出血。怵心摇神，惊魂堕魄。熊经其观，鹿骇而格。回视婉娈，眉有微泽。扬镳擗摛，怳飞翾者；跐地未几，复将蓦者。①

这篇赋主要描写戏马场景，"于是望者傈俿"以下六句四字句连排，把众人观看戏马的盛况烘托了出来，"乃释辔而纵缰"以下六句六言句连排将戏马的惊魂动魄的景象呈现于眼前，"尔乃红游顿掣"以下用十六句四言句连排将马的飞奔疾驰、回首等情状全方位地展示出来，十分逼真，受到时人称赞。任千之评曰："戏马如画，使《舞赋》失其丽。"陆荩思曰："怔魂动魄，中细按之，仍是目接神授，西河艳情乃尔。"②

毛奇龄《千顷楼藏书赋》连用十句七字句，称赞黄氏千顷楼藏书丰富，饶有气势，其云："筐衣分董仲之帷，书带有郑玄之草。隔墙之灯影难明，绕屋之月光初晓。既已抄文竭北海之螺，雕木罄东家之枣。白驴以负箧成疲，黄犊因挂犄而老。小史之掌故多年，太乙之星精在卯。"③其他如《宝鉴赋》《陆荩思新曲题词》等亦采用连排句式，蓄积气势，交互使用，使文章排宕有力。

第四，毛奇龄骈文受八股文的影响，有些句式明显具有八股文句

① 毛奇龄《西河文集》之《赋》卷四，《清代诗文集汇编》第89册，上海古籍出版社，2010年，第26—27页。
② 毛奇龄《西河文集》之《赋》卷四，《清代诗文集汇编》第89册，上海古籍出版社，2010年，第27页。
③ 毛奇龄《西河文集》之《赋》卷四，《清代诗文集汇编》第89册，上海古籍出版社，2010年，第25页。

式的特征。毛奇龄自幼攻八股文,其《又奉史馆总裁劄子》云:"某幼攻八比,自十五为诸生后,稍习经史。"①毛氏精于八股写作,十五岁即考为诸生,早年的八股文写作训练影响日后的骈文写作风格,将八股文写作技法不自觉地渗透到骈文之中。

毛奇龄《〈吹香词〉弁首》云:"屈平、宋玉不为散文也,假为散文,必能为子长之史、贾谊之策;平原与康乐不为词也,假为词,必能为温、韦之小曲,周、秦之曼调。盖才不必其兼通,而亦无所于偏致,东不责之西,方不弃以规也。"②这段文字分两厢来说理,其句式和逻辑与八股文近似。又如《画赋序》谓:

> 不见宋人之为画者乎,儃儃焉而进,而蕴其巧也;施施而退,而逞其神明也。非衣冠之严而裸袒之适,非趋速坐作之勤而从容俯仰之为得。由斯以观,进乎技矣。又况于进几微而以简淡为归,会形神而妙转移之用乎哉!③

这段同样是两扇分说,用八股文技法组织句子,阐明道理。毛奇龄《与王绚论勿正心书》云:"夫仆所谓正心者,岂真把血肉之藏、梏神明之动哉! 流水之直也,非手指所能揉而绳刀所能削也,然而尝直者,绝其枝而已;火之炎上,而无所于曲也,非能扶持之矫茀之也,定

① 毛奇龄《西河文集》之《劄子》卷二,《清代诗文集汇编》第87册,上海古籍出版社,2010年,第101页。
② 毛奇龄《西河文集》之《引弁首》,《清代诗文集汇编》第87册,上海古籍出版社,2010年,第462页。
③ 毛奇龄《西河文集》之《序》卷八,《清代诗文集汇编》第87册,上海古籍出版社,2010年,第252页。

其摇之者而已。"①句法亦类似。

康熙十九年(1680),毛奇龄作《上宋大司马论婚姻书》,此信主要辨析当时作为重要事件的李天馥之子李孚青婚礼之事,李孚青本与王君之女有婚约,但其后又与宋德宜(宋大司马)之女订婚,临近举办婚礼时,王君从战乱的西南地区回到北京,揭出之前已有婚约之事,宋氏之前不知有此事,感觉非常尴尬。这种情况之前没有遇到过,到底该如何处理王氏女和宋氏女的地位问题,在婚礼上怎么办才符合礼仪,诸多人提出不同观点,莫衷一是。毛氏向宋德宜上书,提出自己观点,这封信有诸多八股文句法,如云"假令两大耦嫡,不妨并建,则尊卑不别,安丰久有遗议;左右夫人,贾充岂可为法。假使公私中外,互为长少,则李繁有姊,不肯暂降于乱离;毋丘异居,岂能抑之于别室"②等,皆分两扇说开,阐发道理。其他如《解赋》《拟为司宾答问辞(有序)》等皆有八股文句法。

从以上例举可知,毛奇龄往往在需要论析、说理之处使用八股文句法,其实这与八股文本身的功能相一致,八股文代圣人立言,属于说理议论文,方苞说:"伏读圣谕,国家以经义取士……而况经义之体,以代圣人贤人之言,自非明于义理,挹经史古文之精华,虽勉焉以袭其形貌,而识者能辨其伪,过时而淹没无存矣。"③毛氏不喜欢循规蹈矩,所以他的骈文大多夹杂散句,在遇到需要讲明道理之时,单纯的骈偶句式很难把道理讲透彻,故而信手拈来八股文技法穿插到骈文之中,形成骈文中有八股文句式的特征。

---

① 毛奇龄《西河文集》之《书》卷一,《清代诗文集汇编》第87册,上海古籍出版社,2010年,第121页。
② 毛奇龄《西河文集》之《书》卷四,《清代诗文集汇编》第87册,上海古籍出版社,2010年,第140—141页。
③ 方苞等编《钦定四书文》卷首《奏》,影印文渊阁《四库全书》第1451册,台湾商务印书馆,1986年,第2页。

　　第五,毛奇龄骈文句法力避轻熟,不以清初流行的四六句式为主,而鲜少使用四六句式,以四言句、六言句、七言句为多,客观上显示陌生化的效果。这种选句方式与毛奇龄本人的性格有关,毛氏喜欢标新立异,与他人辩论,《四库全书总目》卷十二《古文尚书冤词》提要云:"其学淹贯群书,而好为驳辨以求胜。凡他人所已言者,必力反其辞。"①他不仅在经学方面与众不同,在文学方面也如此。前揭蔡仲光说"大可之诗以无法胜者也",指出毛氏诗歌不拘成法的特质,其骈文亦如此。

　　毛奇龄的80首骈文中,用四六句式较多者惟《申请覃封俞太孺人旌表事状揭子》和《家烈妇诔文(有序)》,而针对这两篇本身来讲,其四六或六四句式所占比重并不大,仅仅若干例而已。可以说,毛氏骈文使用四六句式普遍甚少,不少篇章不用四六句式,如《阿莲〈琼枝集〉题词》《续本事诗题词》等,《续本事诗题词》云:

　　　　自《圻招》止王,左丘志始;墓门负子,屈氏更端。于是韩婴有记实之文,刘向得征情之序。此即后人本事之所自昉矣。顾汉魏以来,代有踪迹;而旁引曲述,迄无成本。都尉录别,附见史文;郡掾赠言,彰于《诗品》……特录事之文,藏于篇什;本始遗轶,徒具讽叹。而近且大雅不作,载述未闻。吴江徐子电发因有《续本事诗》之选,所以备辑题序,媲诸记事。②

所引为该题词之前部分,叙述诗歌本事的源流和价值,以及辑录诗歌本事的必要性,以为徐釚(字电发)所辑《续本事诗》填补当时诗歌本

① 永瑢等《四库全书总目》,中华书局,1965年,第102页。
② 毛奇龄《西河文集》之《题词》,《清代诗文集汇编》第87册,上海古籍出版社,2010年,第469—470页。

事缺失的问题。这首题词皆无四六句式，而七七句式、四四句式、六六句式、五四句式等较多，显然对于当时十分流行的四六文，毛奇龄是有意回避的。清初四六选本较多，著名者有李渔辑《四六初征》十二卷（清康熙十年刻本）和黄始辑评《听嘤堂四六新书》八卷（清康熙八年刻本）等，这些选本都以四六句式为主，实际上是为当时通俗骈文写作提供的范本。毛氏不随流俗，选句和组句自出机杼，别立一格。

第六，骈赋是毛奇龄骈文成就最高的文类，其骈赋在篇章语句组织上颇见特色，他常常把"兮"字段穿插于骈赋之中，将骚体赋的抒情特长与普通赋的铺叙手法相结合，具有浓厚的艳情丽思。所谓"兮"字段，指带有"兮"字的句子组成的段落。《楚辞》所选作品特别是《离骚》中的句子多带"兮"字，汉以后赋中多带"兮"字者，归入骚体赋，故带"兮"字的段落往往具有骚体赋的特征，即善于抒发幽渺之情和怨艾之感。

毛奇龄 25 首骈赋中只有 4 首没有"兮"字句，其他则包含一段或多段"兮"字句，可见他的骈赋受骚体赋的影响之深。如《弹筝赋》云：

> 被轻袿之浅碧兮，曳修裳之薄红……藉周游之余日兮，于真州吾以逢……无不哀气含商，清音流徵。怨入霜脾，声萦皓齿。裁欲进而复留，甫将行而乍止。右甲钑钑自摧，左指条条不掎。曲以挫而难连，音以悲而善徙。听哀歌之久绝兮，弹正繁而未已，歌已绝而徐续兮，又相和而好理。歌有绝而弹终不绝兮，视条条之五指……况乎家本秦川，生同赵里。人比金珠，颜如花绮。因遭乱离，自伤流滞。视此迢遥，有同捐弃。效张女之哀弹

　　兮,顾荆王而喟气;任操缦之成文兮,潜抚心而陨涕。①

　　《弹筝赋》较长,此处只引用与"兮"字段关系密切者,全篇有四处"兮"字段,从"被轻袿之浅碧兮"至"于真州吾以逢"共 20 句连续带"兮"字的段落。"无不哀气含商"至"视条条之五指"包括"兮"字段和普通对偶段落,前面普通对偶段叙写弹筝的具体情形,后面"兮"字段则抒发听歌感受,饱含哀戚。"况乎家本秦川"至"潜抚心而陨涕",和前面一样,先叙写弹筝者的身份和遭遇,"兮"字段部分抒发流落感伤之情。故卷末张南士评曰:"既妙抒写,复工形似,附物婉转,缘情绮靡,真惊才绝艳之作也。"②张杉,字南士,是毛奇龄好友,评语虽有吹捧之嫌,但道出了毛氏骈赋的基本特征。毛氏骈赋普遍将骚体赋抒情特长和普通赋的铺叙手法结合起来,形成了富于艳情哀感的新式赋。

　　康熙二十年(1681)七月,康熙帝召在京大臣于瀛台宴集,毛奇龄参加,并作《瀛台赐宴赋(应制有序)》,此赋有两处"兮"字段,表达了对所赐宴席和莲藕的感激之情,其云:

　　　　瞻上林之垍堨兮,睹太液之沧茫;迤三洲之藻薄兮,扬万顷之波光。石鲸偃而低掉兮,湖雁飞而南翔。顾隰荷之施翕兮,喜皋兰之正芳。媿千叶于华井兮,滋九畹于江湘。佳人掩其翠盖兮,君子发乎幽香。杂凫茨而暎蔚兮,拔藏莨而独存⋯⋯乃企渊沦之深广兮,叹沧波之不测。被翠幔与碧衣兮,想瑶池之所植。

----

① 毛奇龄《西河文集》之《赋》卷一,《清代诗文集汇编》第 89 册,上海古籍出版社,2010 年,第 4—5 页。
② 毛奇龄《西河文集》之《赋》卷一,《清代诗文集汇编》第 89 册,上海古籍出版社,2010 年,第 5 页。

渺秋风之飕飗兮,澹晓露之霏霡……谨捆载而亲捧持兮,慢缩滋而破薏。念此涓滴之难嗛嗛兮,于眇忽乎何力。乃锡予之有加而无已兮,仁沧瀛而曷极。①

　　"瞻上林之埴堨兮"至"拔藏茛而独存"为"兮"字段,以骚体形式描写了宴集时所见太液池泛舟的景象,与普通铺陈在音律节奏和情感倾向上有所不同。"乃企渊沦之深广兮"至最后,则通过骚体形式抒写对皇帝赐予莲藕的感激,有杳渺之致。

　　又如《宝鉴赋》云:"又况广陵素书,赫连墨篆。冰华有纹,雪色如练。五日是成,千秋可鉴。历试台阁,时荷顾眷。既不疲于御物,复不昧于自见。遭妍得妍兮,遭蚩得蚩,我独何心兮,惟物之来。巨以见巨兮,秒以见秒,我独何心兮,唯物之照。"②"又况广陵素书"以下十句引用典故铺陈镜子的模样和功能,"遭妍得妍兮"以下八句则用长对偶的"兮"字段表达镜子的特殊之处,充溢情感。而《九月九日观戏马赋》有三处"兮"字段,骚体句式与普通句式各占一半,虽为描画戏马之场景,却处处有观赏之情。

　　毛奇龄能够综合运用骈句、散句、八股句式、"兮"字段来组织篇章,纵横辨博,集铺陈、叙事、说理、抒情于一炉,形成疏俊排宕的骈文风格。骈句易于铺陈,散句长于记事,八股句式则善于说理、辩驳,"兮"字段则长于抒情。毛氏能自觉地将各种句式的优长融于骈文之中,如《千顷楼藏书赋》云:

① 毛奇龄《西河文集》之《赋》卷二,《清代诗文集汇编》第 89 册,上海古籍出版社,2010 年,第 11—12 页。
② 毛奇龄《西河文集》之《赋》卷四,《清代诗文集汇编》第 89 册,上海古籍出版社,2010 年,第 27 页。

乃诣温陵黄子俞邰于秣陵之故城,登千顷之巍楼,观其先人
海鹤先生所藏之书六万余卷,判为六部。旷然兴怀,惕焉有悟。
夫其经史异林,官私殊列,堆垛盈廛,稛载连辙……拟客作之去
无门兮,鲜官书之可择。任流浪而闷所遇兮,徒望名山而求索。
何期偃蹇此南邦兮,竟徘徊于东壁。世无仲宣可语兮,觅桓谭而
不值。苟闭户其在何年兮,抚横栏而叹息。①

康熙年间,毛奇龄出游至南京,登黄虞稷家千顷楼,观其藏书,遂有此
赋。赋之开头"乃诣温陵黄子俞邰"以下四句为散句,用来记叙所参
观的藏书楼名称和主人等信息,这些信息用对偶句式不易说清楚,采
用散句描写。"旷然兴怀"以下十二句则用四言连排对偶句称赞黄氏
藏书之多且精美,颇具气势。"拟客作之去无门兮"至结尾,则以
"兮"字段的骚体形式抒写自己常年客居他乡、漂泊不遇的凄凉境况。
此赋集记叙、铺陈、抒情于一体,采用多样化句式、连排式偶句等组句
方式,借观看藏书抒发漂泊不遇之情,疏俊排宕,具有感染力。

　　毛奇龄其他作品如《平滇颂(有序)》《觯赋》《黄洲桥落日赋》
《健松亭赋》等皆采用多种组句成章方式,显示出毛氏骈文独特的
美质。

第四节　毛奇龄与清代六朝派

　　清初骈文家著作之富无过萧山毛奇龄,康熙五十九年(1720)萧
山城东书留草堂刻本《西河合集》包括《经集》和《文集》,封面题计
493卷。作为"佳山堂六子"之一,康熙十八年(1679)毛奇龄登博学

----

① 毛奇龄《西河文集》,《清代诗文集汇编》第89册,上海古籍出版社,2010年,
第25—26页。

鸿儒科,授翰林院检讨,负才气,善辩论,为文富有气势,《四库全书总目》卷一百七十三《西河文集》提要云:"奇龄之文,纵横博辨,傲睨一世,与其经说相表里,不古不今,自成一格,不可以绳尺求之。"①他虽不专力于骈文,但骈文成就在清初堪与陈维崧并称。谢无量云:"独毛西河不以骈文著称,偶一为之,辄斐然可观。是以清初四六之工者,必推西河与其年也。"②毛氏不汲汲于工对的创作风格暗合于六朝骈散并举的特征,故受清代嘉道以降倡导骈散相间者的推崇。民国时,钱基博《骈文通义》称赞说:"《曾选》之首毛奇龄,盖以时代为次;而读其文章,颇合六朝矩矱。"③刘麟生将毛奇龄归入自然派,六朝文多以气运词,表现出整散兼行的特质,即清人所追求之骈体之自然者。由是观之,六朝派所梦寐之境界乃偶俪之极反归自然耳。毛氏之文以气为主,辅之偶句,是典型的六朝作派,如《复沈九康臣书》云:

　　累接来章,并讽妙句。知文衣在御,犹恋乌裘;炙毂争先,不遗穷辙。所恃子云待诏,笔札为好;东方执戟,阻饥无恙。是为慰耳!昨者子长漫游长安,寓情赋物,登楼四望,雅似仲宣;研精十年,乃思元宴。推其意旨,非谓藉此标榜,当有所过。只以游子流离远道,同兹颠沛,曲借遐讯,慰我沦落……曩时延陵贻剑,失之生前;今者西河赠篇,迟于身后。死而有知,古今同痛。兹丐足下焚前寄序,复诵是书。非敢云巨卿之信,能绍前期;庶几效栾公之哭,犹为反命而已。④

① 永瑢等《四库全书总目》,中华书局,1965年,第1524页。
② 谢无量《骈文指南》,上海中华书局,1918年,第79页。
③ 钱基博《近百年湖南学风　骈文通义》,上海古籍出版社,2012年,第112页。
④ 毛奇龄《西河文集》之《书》卷一,《清代诗文集汇编》第87册,上海古籍出版社,2010年,第122页。

文末有彭桂(字爱琴)评语:"已胜孝标《答秣陵书》。"彭氏认为此文可与南朝刘孝标《重答刘秣陵书》媲美,有六朝风格。曾燠编《国朝骈体正宗》卷一选此文,姚燮(某伯)评谓:"立言真挚,而笔意亦疏宕入古。"①陈耀南评云:"疏宕亲切。"②骈散相间,无句句偶对之板滞,有疏朗之美。

毛氏墓志铭称颂人口,其《故明特授游击将军道州守备列女沈氏云英墓志铭》为历来研究清代骈文者所赏,而《陈翰林孺人储氏墓志铭》亦不减前文功力,其云:

> 孺人姓储氏,翰林院检讨陈君妻也。齐国相臣,基开青土;开元才子,家住丹阳。祖,江西按察使,著绩南州;父,太学生,垂声东序。孺人生而矮婧,性兼明慧。刺朱袆于帐里,弄粉絮于栏边。学书操管篆,略作丹黄;杂技按楸纹,便知横直……其奈家世仕宦,不事生产;作客穷归,门巷迷失。孺人好慰之,使毋废歌咏。百尺楼陈氏,剧厌求田;三十岁王郎,安知问米。但驱饥于彭泽,恍失路于天台。柴门月色,不辨谁家;荻港烟生,全迷旧径。锦文当户织,自下机来;翠裯出帘迎,刚逢带解。庭能漂麦,直须把卷房中;爨有樵苏,何必行歌市上……当春末夏初,窗前黄杏树,为君从祖殿元君手植,子熟将脱,夜半讴吟时,听触地一声,孺人辄令婢启扉,拾以啖君。金门未入,有谁从西母偷桃;银扇尝关,无复向东家扑枣。③

① 曾燠选,姚燮评,张寿荣参《国朝骈体正宗评本》卷一,清光绪十年(1884)花雨楼刻本,第 8 页。
② 陈耀南《清代骈文通义》,香港永安印务公司,1970 年,第 48 页。
③ 毛奇龄《西河文集》之《墓志铭》卷七,《清代诗文集汇编》第 88 册,上海古籍出版社,2010 年,第 38 页。

陈翰林即陈维崧,陈氏与毛奇龄同举博学鸿儒,又同官翰林院检讨,擅长骈体,两人感情甚笃。康熙十九年(1680)十二月六日陈维崧妻子储氏卒于宜兴老家,次年春接到储氏讣讯,在京朋旧咸为之伤悼,陈氏请奇龄为之撰墓志铭。该文呈现毛氏一贯风格,不刻意追求工对而工于自然,深于情愫,有疏宕之气,其文末旧评曰:"庾子山有数之文,必如是方能洗尽初唐以来四六习气。"

继毛奇龄之后者,有邵齐焘、孔广森、汪中、王闿运等人,他们希风汉魏六朝,形成清代六朝派。今举汪中、王闿运为例略加申论。汪中是乾嘉时期的骈文大家,也是扬州派骈文的早期代表,《哀盐船文》被杭世骏誉为:"惊心动魄,一字千金者。"[1]传诵遍宇内。《广陵对》《经旧苑吊马守真文》《吊黄祖文》《狐父之盗颂》等皆称名篇。其《自序》云:

> 昔刘孝标自序平生,以为比迹敬通,三同四异。后世诵其言而悲之。尝综平原之遗轨,喻我生之靡乐,异同之故,犹可言焉。夫亮节慷慨,率性而行。博极群书,文藻秀出。斯惟天至,非由人力。虽情符曩哲,未足多矜。余玄发未艾,野性难驯。麋鹿同游,不嫌摈斥。商瞿生子,一经可遗。凡此四科,无劳举例。孝标婴年失怙,覼是流离,托足桑门,栖寻刘宝。余幼罹穷罚,多能鄙事,赁春牧豕,一饱无时。此一同也……孝标夙婴羸疾,虑损天年。余药里关心,负薪永旷。鳏鱼嗟其不瞑,桐枝惟余半生。鬼伯在门,四序非我。此四同也。[2]

① 杭世骏《道古堂文集》之《集外文》,《续修四库全书》第1427册,上海古籍出版社,2002年,第238页。
② 汪中著,田汉云点校《新编汪中集》,广陵书社,2005年,第446—447页。

汪中一生贫困不遇，道途维艰，发为文章多悲苦之音。此文感叹自己不遇于时，有"贫士失职而不平"意。李详《汪容甫文笺》计划笺注八篇，第一篇即《自序》，其《与钱基博四函》其二评汪中文云："容甫先生之文，熟于范蔚宗书，而陈承祚之《国志》在前，裴松之注所采魏晋之文最佳，华而不艳，质而不俚，朴而实腴，淡而弥永。容甫窥得此秘，于单复奇耦间，音节遒亮，意味深长。又甚会沈休文、任彦升之树义遣词，不敢轻涉鲍明远、江文通之藩篱。此其所以独高一代，而谭复堂先生推为绝学也。"①汪中骈文最肖六朝，非专以模范为工，而有自家精神，故能感动人。

　　骈文发展至清末已是众体皆备、流派纷呈，王闿运崛起于湖湘，不仅是六朝派的高手，亦是清代骈文的结穴。瞿兑之云："作骈体的，没有不以六朝为依归的，然而别人尽管依傍六朝，总不免有些驳杂，惟有王氏简直是六朝人的脱胎，六朝人的返魂，而没有一些杂血搀和在内。"②在瞿氏看来，王闿运简直是六朝人再生。《湘绮楼全集》中不少名篇杰构，如《嘲哈密瓜赋》《吊旧赋》《上张侍讲启》等，其《秋醒词序》云：

　　　　戊午中秋，既望之次夕，余以微倦，假寐以休。怀衿无温，憬焉而寤，方醒之际，意谓初夜，倾听已久，乃绝声闻。揽衣出房，星汉照我，北斗摇摇，庭院垂光。芳桂一株，自然胜露；秋竹数茎，依其向月。青扉半开，知薄寒之已入；垩墙如练，映苔地以逾阴……嗟乎！镜非辞照，真性在不照之间；川无舍流，静因有不流之体。然则屡照足以疲镜，长流足以损川。推移之时，微乎其难测也。且齐有穿石之水，吴有风磨之铜。油不漏而炷焦，毫不

<hr />

①　李详著，李稚甫编校《李审言文集》，江苏古籍出版社，1989年，第1050页。
②　瞿兑之《中国骈文概论》，上海世界书局，1934年，第117页。

坠而颖秃，积渐之势也；笋一旬而成竹，松百年而参天，迟速之效也。人或以百年为促，而不知积损之已久；或以耄期为寿，而不悟佚我之无多。是犹夏虫之疑冰，冬鹬之忌雪矣。一年已来，偶有斯觉，未觉之顷，相习为安。①

戊午即咸丰八年（1858），此时王氏二十六岁，以秋夕惊醒而起着笔，面对四围月光，联想种种，人生修短，仕隐殊途，以淡淡哀愁出之，以散行之气运之，尽显感伤情调，遂造绝诣。该文在当时已是名篇，后屡为人称颂，今人朱洪国评价云："行文抑扬开阖，委婉曲折；构思超乎象外，得其环中，不愧晚清骈家之巨擘。今人有诋其'主要摹拟汉魏六朝，而取其形似'（见《骈文史论》），参证此作，则不确矣！"②

第五节　毛奇龄集外文辑考

毛奇龄著述甚富，清康熙五十九年（1720）刻本《西河合集》之《西河合集总目录》后有李庚星《附识》和蒋枢《识》，述其刊刻取舍情况甚悉，毛氏辞归浙江后，专力于经学，不甚关心诗文搜集保存工作，康熙三十八年刻本《西河合集》所收，在康熙五十九年重新修订时已经有部分无法寻觅，只能存目，蒋枢云："但《全集》原板残缺颇多……间有无从补辑者，阙而有待，不敢以赝本窜入云。"③毛奇龄某些著作未收入《西河合集》。毛氏一些作品有忌讳、敏感词、违碍字眼

---

① 王闿运《湘绮楼全集·文集》卷三，《续修四库全书》第 1568 册，上海古籍出版社，2002 年，第 591—592 页。
② 朱洪国《中国骈文选》，四川文艺出版社，1996 年，第 865 页。
③ 毛奇龄《西河合集》卷首，清康熙五十九年萧山城东书留草堂刻本，第 44 页。

等,如其《答马山公论戴烈妇书》云:"仆少不戒口,壮罹大隙,老年镝闭远过。"又《答南士》云:"予生二十九年矣,自三年不能言外,能言者已二十六年,吾言亦久矣,家人愤吾言并毁及吾所为文与诗。"①毛奇龄《何毅庵墓志铭》所述何之杰诗狱案②,让他自己不得不更加谨慎对待早年作品,这是《西河合集》摈弃一些作品的原因之一。毛奇龄晚年重视经学,轻视诗文,不专意搜集,致使散佚,这也是《西河合集》不收一些作品的原因。不管何种原因,《西河合集》外仍有不少毛奇龄的诗文有待辑录,搜集整理完整的毛奇龄全集才有利于全面认识其人、评价其得失。

目前,清代某些全集对毛奇龄作品有所辑补,如《全清词·顺康卷》第六册收录《毛翰林集》六卷,即为《西河文集》之"填词"部分,从《百名家词钞》辑录《小重山》二首,从《今词初集》录《小重山》一首③。《全清词·顺康卷补编》第二册辑补毛奇龄《少年游·题迦陵先生填词图》一首④。《全清散曲》录毛奇龄套数《上元观灯曲》一首⑤。《清词序跋汇编》录毛奇龄词序跋十一首(其中三首题署"毛甡"),其中《棠村词题词》(或问香严之妙)和《峡流词题词》(《峡流》长调)不见于《西河文集》⑥。有关毛奇龄的辑佚论文有胡春丽《毛奇龄佚文佚诗辑考》《毛奇龄佚文佚诗续考》《毛奇龄佚文考释》《新辑

① 毛奇龄《西河文集》,《清代诗文集汇编》第87册,上海古籍出版社,2010年,第136、180页。
② 毛奇龄《西河文集》之《墓志铭》卷十四,《清代诗文集汇编》第88册,上海古籍出版社,2010年,第98—100页。
③ 南京大学中国语言文学系《全清词》编纂研究室编《全清词·顺康卷》,中华书局,2002年,第3678—3747页。
④ 张宏生主编《全清词·顺康卷补编》,南京大学出版社,2008年,第689页。
⑤ 凌景埏、谢伯阳编《全清散曲》,齐鲁书社,1985年,第422—423页。
⑥ 冯乾编校《清词序跋汇编》,凤凰出版社,2013年,第150、312页。

毛奇龄佚作考释》等①,这些成果有助于深入推进毛奇龄研究。但毛氏著作丰富,散存他处者仍有,兹新辑得其佚文十三首,包括三首骈文,分别考释之。

一、《志姜堂赠言册序》②

　　予邑饶节妇,而其最著者,一徐司训妻李氏,一周成吾先生德配徐太君,即今所称志姜堂者。两家皆前朝著声,相传靖、历间,接踵而起,嵬然若泰华之相对峙,曰徐节妇、周节妇云(此里巷所称,若记传例,称母姓,见予书辨卷)。

　　予入史馆,撰《明史》记传,已于嘉靖十四年传节妇李氏,因之求徐太君名,自隆庆至万历,遍查《实录》不可得。周石公先生者,太君之悬孙也③,由学士出转补太常卿(后进通政司使)。予以同馆后进造其第,谘之,先生曰:此先节之所以为不可及也。先节幼知书,能文章。尝痛先高诀别时不立影帧,每执笔仿佛,必不得似,忽瞑坐见高来,信手图之,而生平宛然。因题二诗于其端,其词甚哀,尔乃远近闻之,争相传写,且有踵其韵以来赠者,先节大悔恨,废笔墨焉。若夫题旌,则台史、部使旌门者屡

①　胡春丽《毛奇龄佚文佚诗辑考》,《文津学志》第 7 辑,国家图书馆出版社,2014 年。胡春丽《毛奇龄佚文佚诗续考》,《玉溪师范学院学报》2015 年第 6 期。胡春丽《毛奇龄佚文考释》,《古籍研究》(总第 68 卷)第 2 期,凤凰出版社,2018 年。胡春丽《新辑毛奇龄佚作考释》,《薪火学刊》第六卷,复旦大学出版社,2019 年。胡春丽《新辑毛奇龄佚文佚诗考释》,《新经学》第 6 辑,上海人民出版社,2020 年。

②　胡春丽《新辑毛奇龄佚文佚诗考释》(《新经学》第 6 辑,上海人民出版社,2020 年)已指出此序为毛奇龄佚文,然本书完成于 2019 年,尚未见到胡文,而胡文仅列序文,此处所录序文在文字上与胡文有出入,且解释序中涉及的人物,有资考证,故暂存之。

③　悬孙,即玄孙,或因避讳改。

矣,每欲请于廷而哀辞之。尝曰:是吾以身市名也,《诗》云"不
谅人",此不谅矣,吾"之死矢"矣。以故九旌门而不敢请。然而
名者,实之宾,实在而名卒归之。世之投赠者溢方幅焉,兄子鼎
泰(字子铉,系文伯先生喆嗣)已汇成一册,藏于家。他日,先生
归,为我序诸。而曰"然"。

　　今归来有年,特过子铉,索其册,且拜且读,曰:於乎! 有大
节如是而名不彰,非天道矣。天监其实而人予以名,遏之而愈
显,抑之而倍扬,闾里称之,远近从而响应之,沃州冢宰题其堂,
嘉禾翰林记其事,临安观察铭其墓,凡浙之东西、江之南北,上自
相国,下逮韦布,一时能挈笔者,无不会萃于斯册。渊乎盛哉!
以视予传李,寥寥片竹间,相距何等? 然则太君超然矣。予尝较
两节,李苦于奔丧而不苦于侍疾,太君侍瘵已三载,而瘵变为疡,
首痛刺骨,鼻毒秽臭达□①外,尔乃以体藉首、以口吸鼻者越一
年;李艰于抚孤而不艰于养老,太君抚孤外,日役十指,市肥甘进
膳,亦已苦矣。然犹以赘家故,隔巷寒暖不切,数数请迎养而未
之许,太君曰:得毋翁老□发秃与? 乃薰丝作假鬈,覆以乌巾,翁
照而忻然就之。读传至此,虽进节于孝,而又何愧焉?

　　康熙庚寅嘉平月邑后学史官毛奇龄秋晴氏拜题并书,时年
八十有八。

　　该序载清末鲁燮光辑《萧山丛书》第1册《周节妇志姜诗遗迹》卷
末②,落款署"康熙庚寅嘉平月",即康熙四十九年庚寅(1710)十二月③,

---

① □,此处原文空格。按,本节凡所录原文空格处,皆用"□"表示。
② 鲁燮光辑《周节妇志姜诗遗迹》,鲁燮光辑《萧山丛书》本,清鲁氏壶隐居抄本。
③ 检张培瑜编《三千五百年历日天象》(大象出版社,1997年,第380页),康熙
　四十九年(1710)十二月一日对应公历为1711年1月19日,则该序作于公历
　1711年。

序作于此时,当时毛奇龄已经八十八岁。

《周节妇志姜诗遗迹》一册,为徐清源(徐太君)之子周有科编辑,见有科所撰《跋》。鲁燮光所辑该书之名有"遗迹"二字,或周氏后代所藏乃投赠诗文的书法原文,鲁氏据原本抄录。该册周氏曾孙周维熹《志姜堂帧后辞(并诗及记事)》云:"时先王父暨两叔王父茕茕孤子,无以自立……夫此《志姜》遗帧,昔伯叔兄长什袭而藏,不炫于世,即子若孙亦罕见者,后传于六世孙鼎泰子铉房……康熙四十二年岁次癸未孟夏上浣之吉曾孙维熹熏沐百拜谨录以识。"周维熹系周有科曾孙,则该册最后传藏于六世孙周鼎泰,毛奇龄曾在鼎泰处观阅。

该书卷末有明代杨廷筠撰《儒士成吾周先生配贞节徐氏合葬墓志铭》,其云:"盖始令成安而稔其事于冢子有科……及其仲子有为、季子有志,雍雍礼度……厥子科持状踵请志铭……仲补博士员,孟、季不偶有司。"据该文所述,周节妇即周大器(1524—1553)之妻徐太君,徐氏名清源(1528—1590),在周氏卒后,抚养三个儿子周有科、周有为、周有志长大成人,周有为后补诸生。

毛氏《志姜堂赠言册序》所云"周石公先生者,太君之悬孙也",据《萧山县志稿》卷十六《周之麟传》:"周之麟,字石公,号简斋。顺治己亥进士,改庶吉士,授编修……迁太常卿,晋通政使,卒于官。"又同卷《周维屏传》:"周维屏,字自求……维屏命长子之冕躬督修葺,十余年无水患。子之麟,皆有传。"又同卷《周之冕传》:"周之冕,字文伯,号贞西,维屏长子……子鼎泰。"①又毛氏《志姜堂赠言册序》云"兄子鼎泰(字子铉,系文伯先生喆嗣)",可知,周石公即周之麟,与周之冕(字文伯)为胞兄弟,其父是周维屏。收藏《志姜堂赠言册》

者,正是周之冕之子周鼎泰,鼎泰是徐太君之六世孙。

毛序云"此里巷所称,若记传例,称母姓,见予书辨卷",此辨析文章即《答马山公论戴烈妇书》①,毛序又云"已于嘉靖十四年传节妇李氏",此传见《晋江训导徐繡妻李氏传》②。

二、《曼殊留视图册又识》一则

长安多赠曼殊诗,曼殊手书之成帙,及死,或窃之去,则手书误之也。曾记袁编修(杜少)四诗,中一云"薄饮梨花春,微弄兰香苣。不逢燕赵姿,但夸东南秀"。京师酤酒最下名"梨花春",予曰③酤八文,佐以苣,此实录也。又邱学士(曙戒)四诗,又记二句"湘帘一控春如海,万朵花光入座东",余俱忘之。如王舍人(冒闻)两世兄俱有诗,但觅不可得矣。书毕怅然……奇龄又识。

此《曼殊留视图册又识》(以下简称《又识》)录自《萧山丛书》第1册《毛西河先生曼殊留视图册遗迹》(以下简称《曼殊留视图册》)之第二十六幅之第一则④,国家图书馆藏清末鲁氏壶隐居抄本。题目为作者所拟。这一则与毛奇龄《诗话》卷三"予娶曼殊"条有部分内容相同⑤,而《曼殊留视图册又识》第二则,即《曼殊留视图册》之第

---

① 毛奇龄《西河文集》之《书》卷四,《清代诗文集汇编》第87册,上海古籍出版社,2010年,第136—139页。
② 毛奇龄《西河文集》之《传》卷五,《清代诗文集汇编》第87册,上海古籍出版社,2010年,第623—624页。
③ "曰",原文作"曰",《西河文集》之《诗话》卷三作"曰",据改。
④ 鲁燮光辑《毛西河先生曼殊留视图册遗迹》,鲁燮光辑《萧山丛书》本,清鲁氏壶隐居抄本。
⑤ 毛奇龄《西河文集》之《诗话》,《清代诗文集汇编》第89册,上海古籍出版社,2010年,第61页。

二十六幅之第二则,与《诗话》卷三"陈检讨孺人"条①同,个别文字有出入,特别是避讳和违碍字眼,在《诗话》中已经没有痕迹,而在《留视图册》中仍有踪迹,是校勘的重要参考。

《曼殊留视图册》原件未知是否留存,清末鲁燮光据原件抄录,编入《萧山丛书》。该书第十八幅至第二十四幅为毛奇龄《曼殊葬铭》《金绒儿从葬铭》《曼殊别传》,这三篇又见《西河文集》之《墓志铭》卷六,惟《曼殊别传》题《曼殊别志书砖》,个别文字有出入②。这三篇墓志铭对毛奇龄在京师为官时所纳妾曼殊的身世和经历有详细的记叙。留视图是曼殊自画像,康熙二十四年(1685),曼殊卒后,毛奇龄十分悲痛,请名流题词,编成《曼殊留视图册》,珍藏于家。据该书卷末王宗炎《跋后》,《留视图册》在流传过程中几经易主。

三、《鄤城陆生三弦谱记》　　　　毛奇龄

予游邘关,饮祁兵宪寓亭,座客援三弦而弹,其声动心。询之,则鄤城陆生也。当是时,吴门有徐生者,以南曲擅于人,与陆齐名。三弦故北曲,人尝称之曰"南徐北陆"云。或曰:"陆生弦索虽有名,然知之者少。"初尝学吴弦于吴门范生昆白,尽得其技,已而尽弃不用。以为三弦,北音也,自金元以降,曲分北南,今则有南音而无北音。然而三弦犹笊羊也,然而自吴人歌之,而只为南曲之出调之半,吾将返于北,使撩捺之曼引而离迤者尽归激决。故其为学,尝有近于今之为三弦者,而今之为三弦者非之。

---

① 毛奇龄《西河文集》之《诗话》,《清代诗文集汇编》第89册,上海古籍出版社,2010年,第61页。

② 毛奇龄《西河文集》之《墓志铭》卷六,《清代诗文集汇编》第88册,上海古籍出版社,2010年,第33—37页。

　　生尝谱金词《董解元曲》,又自谱所为《两鸽姻缘》新曲,变其故宫,独为刺促逼剥之音,名《幽州吟》,骇然于人。然其时故有知者,初宜兴相公请与游,累致千金散去,后涿州相公、吴桥相公皆前后相善,每称陆先生。陆先生终自以不知于时,尝著《三弦谱》,欲传后。会清师入吴,遁于三江之浒者若干年。世祖皇帝闻生名,御书红纸曰"召清客陆君旸来",既入,御便殿赐坐,令弹,生乃弹元词《龙虎风云会》曲,称旨,赐之金。时松江提督马君以锴首下狱,人不敢问。马故善生,生任侠,直入狱具饷,台臣闻①者乃大骇,各起谋劾生。华亭张法曹急告之,生慷忾曰:"吾何难?仍遁之三江间耶!至尊若问我,道我病死。"言讫竟行,后上果问及,如其言,上为叹息。当是时,陆生名藉甚。生本名曜,君旸者,生字。至是,以上称"君旸",遂用字行。凡长安门剌往来奏记,皆得直书"陆君旸"以为荣云。

　　后复不得志,尝过上海,上海名家子张均②渌慕其技,生亦独奇君渌,谓君渌知己,尽授其技,作《传弦序》一篇。然君渌年与生等,既传其技,人之知与不知者半。生死,均渌亦颓然老。予过上海,与均渌饮,尝惜君渌技未有传后,而均渌亦惟恐其技之或蔑没,因索为《谱记》以志其概。其后亦有得生授者,皆不及君渌。

　　予赴张中宪宏轩襫集,听婺源杨生弹,疑其有异,傍一女妓谓予曰:"此故王稚卿弟子也(吴中三王生,稚卿其一)。后师陆

----

① "闻",《清朝野史大观》下册卷十一"毛奇龄陆生三弦谱记"条亦作"闻"(江苏广陵古籍刻印社,1994年,第64页),柯愈春编纂《说海》本作"闲"(人民日报出版社,1997年,第1012页),误。

② "均",《清朝野史大观》卷十一"毛奇龄陆生三弦谱记"条亦作"均"(江苏广陵古籍刻印社,1994年,第65页),柯愈春编纂《说海》本作"君"(人民日报出版社,1997年,第1013页)。

生君旸，颇有所授。"然以视坐客，客无称焉。其后有云先生，云先生者，盲女，善弹。时妓之以盲擅名者，长洲顾桂、上海云先生。云先生自恃以为能吴弦，主朱监郡服万家，愿邀予奏其技，自辰迄申，客有摘数曲以为未善者，曰："此何人授耶？"曰："陆先生也。"生尝来云间，值云先生少艾，爱之，为授数曲去，顾人鲜知之。此外无传之者。

> 陆生所著《宫谱》，西河尝辨之入《词话》中，但其人才技故自无敌，使世有知音，万宝常岂难到耶？　汪东川

　　此记载清黄承增辑《广虞初新志》卷三，题目下署"毛奇龄大可"。黄承增为歙县人，是清初辑《虞初新志》二十卷的张潮的同乡，黄氏编辑此书乃有继承乡贤之意，《广虞初新志》四十卷，有嘉庆八年癸亥（1803）寄鸥闲舫刻本，其后有民国上海扫叶山房石印本，《说海》据之收入并标点①，今据上海扫叶山房石印本录出标点②。毛奇龄《嫏嬛城陆生三弦谱记》为艺人陆生立传，其中也隐含着自己漂泊不偶的情绪。该记又收录于《清朝野史大观》卷十一"清代述异"之"音乐类"，题《毛奇龄陆生三弦谱记》③，当据《广虞初新志》卷三抄录。《清稗类钞》"音乐类"亦收录该记，题"陆君旸善三弦"④，节录部分内容。

　　毛奇龄颇通音律，其《词话》卷二"三弦起于秦"条⑤，叙述了三弦源流。

---

① 黄承增辑《广虞初新志》，柯愈春编纂《说海》本，人民日报出版社，1997 年，第 1012—1013 页。
② 黄承增辑《广虞初新志》卷三，民国上海扫叶山房石印本，第 4 页。
③ 《清朝野史大观》卷十一，江苏广陵古籍刻印社影印上海中华书局 1936 年版，1994 年，第 64—65 页。
④ 徐珂编撰《清稗类钞》第 10 册，中华书局，1986 年，第 4994—4995 页。
⑤ 毛奇龄《西河文集》之《词话》，《清代诗文集汇编》第 89 册，上海古籍出版社，2010 年，第 119 页。

四、《崔娘遗照跋》

　　莺像,前不可考。宋画院陈居中为《唐崔丽人图》,则始事也。然详其图跋,大抵泰和中,有赵愚轩者宦经蒲东,得崔氏遗照于蒲之僧舍,因购摹之,则居中实摹旧者。其后陶九成又得居中画于临安,而赵待制雍倩禾中画师盛懋重临,即今所传刻本耳。若明唐六如改为之像,见吴趋坊本《西厢》,而近年吾越陈老莲又改为之,则皆非旧矣。

　　予论《西厢》成,客有携居中刻画,强予临此,予曰:花无成艳,叶无定影,取滕王所图,为东园之蝶;得杨子华所为画,以当谢监阶前之药,亦无不可。特尤物难拟,每趣愈下。予恐今兹所传,欲比之“为郎憔悴”之后而犹未得焉。丙辰上巳齐于氏跋。(后有“大可氏”“毛奇龄印”两枚印章)

　　此跋载《西河毛太史评点西厢记》卷首,清康熙十五年(1676)学者堂刻本,国家图书馆藏。题目为作者所拟。毛奇龄,字齐于,跋文为毛奇龄所作。毛奇龄于康熙年间校定《西厢记》,共五卷。其《词话》云:“《西厢》久为人更窜,予求其原本正之,逐字核实,其书颇行。”①毛氏对绣像持肯定态度,其《〈西厢记〉杂论十则》曰:“世谓绘像为谐俗,不知正复古也。不见赵宜之跋双莺图乎?”②《西河毛太史评点西厢记》卷首录《崔娘遗照》图一幅,落款谓:“宋画院待诏陈居中摹本,西河僧开重临。”毛奇龄,一字僧开,故崔莺莺图像是毛奇龄

①　毛奇龄《西河文集》之《词话》卷一,《清代诗文集汇编》第89册,上海古籍出版社,2010年,第112页。
②　毛奇龄论定参释《西河毛太史评点西厢记》卷首,清康熙十五年(1676)学者堂刻本。

亲自临摹①,临摹后,作《崔娘遗照跋》。跋文落款"丙辰上巳",知作于康熙十五年(1676)上巳日。

"为郎憔悴"为元稹《莺莺传》中崔莺莺赠张生诗中语,其云:"崔知之,潜赋一章,词曰:'……不为傍人羞不起,为郎憔悴却羞郎。'"②

五、《〈西厢记〉杂论十则》

该文录自《西河毛太史评点西厢记》卷首,清康熙十五年(1676)学者堂刻本,国家图书馆藏。《〈西厢记〉杂论十则》末署"西河氏",西河氏即毛奇龄,该文为毛奇龄作。国家图书馆藏。文较长,不迻录。

六、《〈会真记〉辨证》

此文载《西河毛太史评点西厢记》卷首《会真记》后,清康熙十五年(1676)学者堂刻本,国家图书馆藏。题目据卷首目录拟定。《〈会真记〉辨证》末署"西河氏识",西河氏即毛奇龄,该文为毛奇龄作。文较长,不迻录。

七、《〈西厢记〉识》

从来赋《西厢》辞,自唐人数诗后,宋有词,金元有曲,金为董解元《西厢》,元即是本也。《董西厢》为是本由历,本宜并观,今

---

① 有关崔莺莺画像问题可参考董捷《秋波临去——〈西厢记〉莺莺像考》(《饰》2009 年第 2 期)和陈研《莺莺像的历史与纪念——版画莺莺像与"托名"考》(《荣宝斋》2012 年第 6 期)。

② 元稹撰,冀勤点校《元稹集》之《外集》卷六,中华书局,1982 年,第 677 页。

卷繁,不能载矣。且其中相同处,亦约略引证入论定内,无可赘者。特旧刻卷末有无名氏诗,凡百余首,从夫人自叙、借居、寄柩,以至张生衣锦,皆纪一律,其词最俚浅,明系俗子谱入,且徒费梨枣,无裨考核,概从删去。祗附唐宋迄今诗词二十四首,以备余览。尚有唐伯虎题像一首,并徐文长和题一首,以本阕二句,不便补录。西河氏识。

　　此识录自《西河毛太史评点西厢记》卷末之首,清康熙十五年(1676)学者堂刻本,国家图书馆藏。题目为作者所拟。末署"西河氏",即毛奇龄。《西河毛太史评点西厢记》卷末一卷,附录自唐宋至明代与《西厢记》故事有关的诗词若干首。

八、《柴士容七十序》　　　　毛奇龄

　　余与柴士容交垂五十年矣。曩于故明崇祯之季,先获交其仲父虎臣先生,因得遍识其群从,如莲生、式谷、云倩诸昆季,先后成进士。时士容齿最少,肩随诸兄,从虎臣先生游,乌衣玉树,一门甚盛,正不第如嗣宗、始平称"二阮"也。未几,余避人江淮间,而士容亦以抱才不遇,挟策四方,计去今已四十年。及余乞假归里,访士容于吴山里第,而发已皤皤白矣。

　　今年春,为其七十悬弧之辰。先是,策蹇走汴梁,游灵源、广武之胜,为邑令所挽留,至是,不果归。其二三同好,咸谋所以寄祝者,而属余择言。余惟士容以名家子承尊人仲朗公后,出其才具,何遽不与诸兄连翩鹊起,而顾老其才于羁旅游览中,夫岂其志欤?不知人世惟文章之寿不穷,而诗书传家之业为久而可恃。向令士容置身通显,王事鞅掌,吾知纵有所作,必不能如穷愁著述,自名一家。今者岸帻风幕,所至之地,台司百城交礼为上客,而短吟醉墨争相传写,已与金石俱永,而令子若孙文采气谊俱足

光大前猷，龙腾豹变，正未测其所至。他日，倦游归里，投老西湖，杖履优游，使余得追随于两峰三竺间，其乐固未有艾。较之名位声势，其所得于天者孰多？独是回思与虎臣先生及诸昆季订交时，忽忽如昨日事，曾几何时，君则垂老，而余固已衰髦也，此则所当各浮大白也。是为序。

此序载清陈枚辑，陈德裕增辑《凭山阁留青新集》卷一①，清康熙四十七年（1708）刻本。该卷目录《柴士容七十序》题名下署"毛奇龄"，正文题名下署"毛奇龄大可"，则序为毛奇龄作。

柴世疆，字士容，柴祥之曾孙，柴应槐之孙，柴绍灿之子。柴绍炳《太学生端所公传》云："太学公者讳应槐……有子男二人，长绍煐……次绍灿，侧室王出，少而文秀，天性孝友，多类公……有子世疆，才思藻发，尤束修自爱。公积善，宜有后矣。"②《两浙輶轩续录》卷四载："柴世疆，字士容。仁和诸生。著《先月楼诗集》。"③

文中"虎臣先生"指柴绍炳，字虎臣，详见毛奇龄《柴征君墓状》④。又"莲生"指柴世埏，字莲生；"式谷"，即柴世基，字式谷，皆柴祥曾孙，柴应椿之孙，柴绍辉之子，柴绍炳之堂侄（柴绍炳是柴祥之子柴应权次子）。两人生平详见柴绍炳《福建按察使兼光禄寺少卿莲

① 陈枚辑，陈德裕增辑《凭山阁留青新集》，《四库禁毁书丛刊》集部第54册，北京出版社，1997年，第40—41页。
② 柴绍炳《柴省轩先生文钞》卷八，《四库全书存目丛书》集部第210册，齐鲁书社，1997年，第319—320页。
③ 潘衍桐辑《两浙輶轩续录》，《续修四库全书》第1685册，上海古籍出版社，2002年，第124页。
④ 毛奇龄《西河文集》之《事状》卷三，《清代诗文集汇编》第88册，上海古籍出版社，2010年，第161—163页。

生君传》《举人署平湖县儒学教谕式谷君传》①。序文之"云倩"指柴世尧,字云倩。柴绍炳《淮扬道兵备湖广布政司参议延喜公传》:"少参公者,讳绍勋,字鸿生,别号延喜……有子世尧,举戊午乡试,崇祯间以特征不赴,今称征君。"②《(康熙)浙江通志》卷三十六《柴世尧传》云:"字云倩,号逸休。仁和人。"③

九、《新安汪烈女征诗启》　　　毛奇龄

　　盖闻星名婺女,并日月以经天;竹号湘妃,凛冰霜而照地。黄鹄孤飞之曲,直写贞心;青鸾独舞之篇,尚存乐府。永惟慕义,人以文传;藉是扬徽,言为德旨。恭惟汪烈女者,候补州司马秦伯年翁之女也。英钟江左,秀毓婺源,质本端庄,不待母仪之教;性成婉娩,无烦女训之颁。亲色笑于堂前,因心孝友;辨声音于弦上,绝世明聪。语彼幼稺之年,便异寻常之志。丈夫自命,绝嫌巾帼之妆;名节素矜,大有须眉之气。盈盈十五,不事花钿;粲粲玄黄,唯娴机杼。此其概也,抑又难焉。假若勿罹颠危,其孰见殉亲之孝子;不遭板荡,末由彰许国之忠臣。尔其早遭鞠凶,酷遭惨罚。甫经许字,俄伤玉树之摧;未迫结褵,遽悼薰砧之逝。仰天一恸,城欲全崩;指日长号,玉思立碎。惟时慈亲洒泪,幼弟牵衣。爰饮血而踌躇,终旌心而慷慨。身既为女,色养之谊无关;人曰未亡,殉夫之志已决。遂乃长辞炫服,屏弃铅华,暂设像形,礼瞻朝夕。江郎遗笔,空生梦里之花(许配江姓);季女怀人,

① 柴绍炳《柴省轩先生文钞》卷八,《四库全书存目丛书》集部第210册,齐鲁书社,1997年,第339—343页。
② 柴绍炳《柴省轩先生文钞》卷八,《四库全书存目丛书》集部第210册,齐鲁书社,1997年,第331—332页。
③ 施维翰等总裁《(康熙)浙江通志》,《中国地方志集成》之《省志辑·浙江》第2册,凤凰出版社,2010年,第408页。

羞化望中之石。溯三生之有订,未绾同心;誓九死而不移,愿成
比翼。桃花水暖,门前之泛涨方深;柳絮风轻,阁内之吟声遂绝。
于是衣裳密缝,抱石轻沉;髻发坚盘,望波一跃。虽复苍梧返旆,
谁回湘水之深深;即令华表鹤归,莫救佳人之泛泛。节烈罕闻于
往古,清贞可厉夫风声。更可异者,遗尸拱立,迅湍渟蓄而不流;
香雾氤氲,居舍经旬而未散。是则鬼神于焉呵护,天地为之感怆
者矣。其尊人秦伯,来我浙右,术效陶朱;寄籍武林,行同高士。
有兹令女,想见家风。行见庙貌祠宫,缄蜡丸而上请;金书录字,
偕凤诏以来旌。夫被服诗书,犹有近名之念;深居闺阁,孰非至
性所为。刘子敬执策而书,重编列女;张茂先杀青以志,应补史
箴。欲垂不朽篇章,敢恳立言君子。被诸金石,允堪砥俗之型;
协彼宫商,用俟采风之献。谨启。

　　此启载清陈枚辑,陈德裕增辑《凭山阁留青新集》卷九"四六粹
言"①,清康熙四十七年(1708)刻本。该卷目录《新安汪烈女征诗启》
题名下署"毛奇龄",正文题名下署"毛奇龄大可",则启为毛奇龄作。
　　毛奇龄《西河合集》没有收录启类文章,这与毛奇龄晚年对启类
应酬文字的看法有关。毛氏骈文中用"四六"句式者甚少,此篇骈文
启则多用"四六""六四"句式,具有当时流行的骈体启文风,乃随俗
应世之文。
　　启文提到的"汪烈女",为汪宫兰,十六岁时,许配与同县庠生江
一举季男富国,未婚而富国病死,汪氏殉节。其父汪秦伯在浙江经
商,请浙江缙绅为作征诗文启。"《目录十六条》中另有浙水绅士全

---

① 陈枚辑,陈德裕增辑《凭山阁留青新集》,《四库禁毁书丛刊》集部第54册,北
　　京出版社,1997年,第415页。

启的《新安汪烈女征诗启》"①,《目录十六条》抄本,是徽州民间日用文书,录这篇启文,以为浙江绅士同作,实际上当是毛奇龄代浙江绅士执笔。

十、《与丁勖庵》　　　　毛奇龄

　　合离分并,都忘岁月。今则年近八十,成废人矣。夏至后,避暑南山,家信罕通,昨始得触热出候,又恨不相值。先生揭来旧乡,贤昆故友俱无存者,得无有"城郭如故"之嗟乎?太平四十年,人事都变,即诗文一道,亦复细腰高髻,时出时幻,老年不耐趋逐,弃若雠寇。今日殚心经学,恨日暮途远,《六经》晦蚀,悉力洗发,十得五六,惟恐崦嵫不待,揎此蕴隆后弩②钝卒业,是以不敢他顾。拜读尊制,又不能无酒庸踯躅之感。其大选是自千秋之业,惜拙著不曾收拾,兹检架上残帙数种,呈藉一笑。总之未能免俗,聊复尔尔,甚不足道,仍弃之可也。敝寓无设榻一椽,无有树之土数丈,良友至此,乏请教之地。此来定过凉月,容再图握手,暂还山陲。匆匆布意,不尽愿言。

　　此书载清陈枚辑,陈德裕增辑《凭山阁留青新集》卷十四"尺牍琼华"③,清康熙四十七年(1708)刻本。该卷目录《与丁勖庵》题名下署"毛奇龄",正文题名下署"毛奇龄大可",则此书为毛奇龄作。

　　丁勖庵,即丁灏,字勖庵。《两浙輶轩续录》卷一"丁灏"条云:

---

① 王振忠《清代前期徽州民间的日常生活——以婺源民间日用类书〈目录十六条〉为例》,《明清以来长江流域社会发展史论》,武汉大学出版社,2006年,第686页。

② "弩",原文作"努",据文义改。

③ 陈枚辑,陈德裕增辑《凭山阁留青新集》,《四库禁毁书丛刊》集部第54册,北京出版社,1997年,第644页。

"丁灏,字勖庵,号皋亭。仁和人。著《鼓枻集》《北游草》。"①顾景星《白茅堂集》卷三十五《丁勖庵诗词序》云:"钱塘丁药园与其弟勖庵,海内谓之'二丁',比于建安仪廙云。勖庵有《鼓枻集》,属予论定。"②则丁灏是"西陵十子"之一丁澎(号药园)之弟,两人合称"二丁"。据毛奇龄此信,丁灏要编纂选本,向毛奇龄索要作品。

十一、《寄郡佐罗周师书》　　　毛甡

　　诏下西清,座分北冀。殊龙笺凤楮之掌,香染图书;指龟山鹿洞之麾,光兼昂毕。闻风喜而不寐,鼓掌奋欲难前。不奉寒温,已逾六载;遥思动定,大抵万安。会稽之云树生妍,椿高萱茂;■③下之棣棠起色,豹变鹰扬。君既庆乎弹冠,我预期夫按辔。山形松盖,风雨笙簧;溪势雷鸣,阴晴鼓角。临滹沱以溯海,关门秋色巉岩;蹑星月以穿岑,石镈仙经福地。百花屿阜,蜂王之香迹缤纷;八角凳阴,龙母之碑文剥落。汉刘梁倡教于此,儒术风高;晋允济统郡当年,吏民化洽。迄李琼著迹于五代,更知白奏最乎宋廷。斯皆善政之遗规,敢冀新猷之绍武。讲学而崇书院,缵郝经之撰文;治图而摭仪型,修韩琦之绘壁。念慷慨悲歌之习,岁转而月移;兴礼义廉耻之风,上行则下效。卓哉良吏,勉矣故人。他时泽播范阳,何必祷甘霖于姥洞;此际声澄清苑,还应挈冰魄于莲池。凭楮神劳,布音谊亮。

---

① 潘衍桐辑《两浙輶轩续录》,《续修四库全书》第 1685 册,上海古籍出版社,2002 年,第 58 页。
② 顾景星《白茅堂集》,《清代诗文集汇编》第 76 册,上海古籍出版社,2010 年,第 566 页。
③ 此处原本文字模糊,本节凡遇文字模糊、漫漶不清者,皆用"■"表示。

　　此书信录自黄始辑评《听嘤堂选翰苑英华》卷二①,清康熙二十三年甲子(1684)宝翰楼刻本。中国人民大学图书馆藏四卷本,《四库禁毁书丛刊补编》第52册据以影印。《听嘤堂选翰苑英华》,又名《听嘤堂翰苑英华》(每卷正文首页题"听嘤堂翰苑英华",而每卷目录首页题"听嘤堂选翰苑英华"),有六卷,国家图书馆和南京图书馆等有藏,四卷本乃缺失后两卷。

　　《听嘤堂选翰苑英华》卷二目录和正文《寄郡佐罗周师书》题下皆署"毛甡",毛甡,即毛奇龄避难出游时所用名。罗周师,即罗京,字周师,与毛奇龄为同郡,两人少年时有交往。彭士望《耻躬堂文钞》卷四《与周伯衡观察书》云:"又望久交为秘书院中书罗京,字周师,山阴人。年才三十,亦一时侨胖。"②嵇永仁《抱犊山房集》卷二《旧游》诗后注云:"少时同罗周师读书会稽之伧塘,束发知心,惟此一人。罗子由中翰出为佐郡,余且沉沦为难人矣。"③《(光绪)永平府志》卷五十三《罗京传》:"罗京,字周师,浙江会稽人。贡生。康熙九年,任永平同知……以丁外艰去,补升直隶顺德知府。"④可知,罗京曾经和嵇永仁一同在会稽之伧塘读书,其后由秘书院中书出为永平府同知,丁外艰归,服除,升直隶顺德府知府。

　　《寄郡佐罗周师书》是骈文,毛奇龄骈体书信大多骈散兼行,此篇则全用骈偶,辑补此类篇目能更全面地认识毛氏骈文的形态和

---

① 黄始辑评《听嘤堂选翰苑英华》,《四库禁毁书丛刊补编》第52册,北京出版社,2005年,第58页。

② 彭士望《耻躬堂文钞》,《清代诗文集汇编》第32册,上海古籍出版社,2010年,第62页。

③ 嵇永仁《抱犊山房集》,《清代诗文集汇编》第145册,上海古籍出版社,2010年,第79页。

④ 游智开纂修《(光绪)永平府志》(二),《中国地方志集成》之《河北府县志辑》第19册,上海书店出版社,2006年,第316页。

发展演变。

十二、《郡文序》　　　毛甡

窃闻禹书既成，藏之宛委；史乘将作，爰来会稽。盖珪长日月，原产秘图；气满东南，自生竹箭。菁英所钟，华采毕发。是故黄绢新辞，著于汉代；彩舟高唱，荣于《晋书》。芙蓉出水，谢家发始宁之章；修竹临岩，王氏倡永和之句。宝林山下，石驾凌空；梦笔桥头，花开满座。自夫范氏帅已成之卒，计倪为未然之谋。王官九乘，危崎江滨；《越绝》一书，孤行海内。是用文采繁多，风流较著。虽两晋之季，尚义三康；六代之衰，犹称五绝。故夫章句始兴，制义斯举，一时人望，屡推于越。故藏山之学，较胜鹅湖；石匮之文，争驰龙驭。登赤标于曲水，集乌衣于兰亭。华文灿罗壁之藏，响应发云门之鼓。无如西京奄乱，江左流亡，横槊来前，投笔故去。仿陈琳之倚马，从翟公而卖牛。亦或高拥羊裘，厌闻蛙吹。蔷薇洞口，捉鼻而吟；兰渚山前，掩眶欲遁。藉陈嚣为卜筑，随贺监以归来。然而声华久传，流风未绝。爰通呫哔，已经振兴。岂无世南行秘，农师秭官。会稽兆飞翼之符，山阴起发石之咏。雪夜舟移，载吟剡水；月明楼迥，还忆萧山。仲翔居舜水，著《易》来东海之称；王壬起虞官，衡论入中郎之嗜。放沃洲之两鹤，溯浣浦于双流。书开杏箧，骛林麓之飞花；画动梅梁，驾风云而入水。是用遍搜二酉，汇成一书，爰溯始源，将光前睹。土风入洛，遂传八邑之华；霸气凌秦，再振千岩之秀。

文末评语：

奇光四射，天响九英，如珍珠船，触目皆宝，当于琅环石室中觅之。

　　此序录自黄始辑评《听嘤堂选翰苑英华》卷四①,清康熙二十三年甲子(1684)宝翰楼刻本。中国人民大学图书馆藏四卷本,《四库禁毁书丛刊补编》第52册据以影印。《听嘤堂选翰苑英华》卷四目录和正文此题下皆署"毛甡",毛甡乃毛奇龄避难出游时所用名,故该序作者为毛奇龄。

　　《郡文序》当是为某本绍兴府文选所作的序文,文用骈体,多四言句,与《西河合集》所载骈文风格相近。

十三、《张孺人像赞》

　　　　贤哉孺人,赋质温良。咸和妯娌,善事姑嫜。相厥夫子,俾嘉俾臧。鸡鸣克诚,蚕绩有筐。丰于馈食,洁尔烝尝。恤及闾里,恩施梓桑。嗣徽缵绪,比之周姜。承前嬗后,庶冀永昌。觌兹遗幛,千载难忘。侄奇龄拜题。

　　《张孺人像赞》录自毛蕴亭纂修《萧山毛氏宗谱》卷一②。毛奇龄曾于康熙年间参与修纂《萧山毛氏宗谱》,有《重修族谱序》载该谱卷一,又载《西河文集》之《序》卷二十六③。毛蕴亭于道光二十六年(1846)再次重修族谱,成《萧山毛氏宗谱》四卷,上海图书馆藏。

第七章 陈维崧对骈文体式的革新及其影响

　　清初承晚明追逐骈俪的风气,涌现出一批著名骈文家和优秀骈文作品,为清代骈文复兴奠定了良好基础。谢无量云:"清初之为骈文者,其影响被于一代,不为小也。"①肯定清初骈文对清代骈文的贡献。在众多骈文作手中,陈维崧无疑是清初第一人,《四库全书总目》卷一百七十三《陈检讨四六》提要云:"平心而论,要当以维崧为冠。"②和陈维崧同时的友人汪琬《说铃》云:"陈处士(维崧)排偶之文,芊绵凄恻,几于凌徐扳庾。予致书王十一曰:'唐以前,某所不知,盖自开宝以后七百余年,无此等作矣。'"③王十一即王士禛,汪琬对当时作家很少肯定,却对陈维崧骈文推崇备至,认为其可与唐代诸骈文家相并肩。他如陈康祺《郎潜纪闻初笔》卷八谓:"国朝骈体自以陈检讨为开山。"④民国学者刘麟生亦曰:"迦陵才气奔放,实为清初第一人。"⑤

---

① 谢无量《骈文指南》,上海中华书局,1918 年,第 79 页。
② 永瑢等《四库全书总目》,中华书局,1965 年,第 1524 页。
③ 汪琬著,李圣华笺校《汪琬全集笺校》,人民文学出版社,2010 年,第 2229 页。
④ 陈康祺撰,晋石点校《郎潜纪闻初笔二笔三笔》,中华书局,1984 年,第 171 页。
⑤ 刘麟生《骈文学》,瞿兑之《骈文概论(外一种)》本,海南出版社,1994 年,第 93 页。

　　清代号称骈文复兴期,而清初又是清代骈文的开端,陈维崧则是这一开端中的最富创造力的作家。那么他的骈文有哪些独特成就?其骈文思想对后世有何影响? 骈文地位在有清一代如何一步步被确认? 兹从以下三方面加以探讨。

第一节　"迦陵范式"与"对话体"骈序

　　陈维崧(1626—1682),字其年,号迦陵,别号陈髯。江南宜兴人。康熙十八年(1679)登博学鸿儒科,授翰林院检讨,卒于任。他一生创作了大量骈文,但因对偶、用典、藻饰、声律的限制,骈文创作遵循一些模式(元陈绎曾《文筌》附《四六附说》对骈文之"制"有所总结),又因每个人的知识结构、性情才气的差异性和稳定性,骈文家易形成富于个性的创作程式,形成个人风格。王兆鹏先生引入"范式"概念,指"作家在他的作品中所建立或遵从的一种审美规范、一种惯例性的艺术表现的范型"①,今借用之以概括陈维崧骈文独特的结构模型和审美追求,即"迦陵范式"。

一、"入题—叙事—自述—明旨"范式

　　2010 年整理出版的《陈维崧集》②,以康熙二十六年至二十八年(1687—1689)患立堂刻本《陈迦陵文集》为底本,并作了补遗,虽仍有遗漏③,但是目前陈维崧作品的唯一整理本。该书收录《陈迦陵俪体文集》十卷,包括赋、颂、书、启、序、碑、记、疏、墓志铭、跋、题后、祭

---

① 王兆鹏《宋南渡词人群体研究》,凤凰出版社,2009 年,第 129 页。
② 陈维崧著,陈振鹏标点,李学颖校补《陈维崧集》,上海古籍出版社,2010 年。本章所引陈维崧作品未注明出处者,皆来自此版本。
③ 陈维崧集的补遗情况参见张明强、张钊伟《陈维崧佚文十篇辑考》,《古籍整理研究学刊》2014 年第 1 期。

文、诔、哀辞、像赞十五类，总167篇。这些作品基本遵从"入题—叙事—自述—明旨"范式，有时自述和明旨合二为一。如《陈迦陵俪体文集》卷三《征毛太母黄太孺人八十寿言启》云：

> 汉殿传经，苌乃笺诗之客；赵家养士，遂为脱颖之宾。留连碣石之宫，论心雪后；邂逅黄金之馆，握手花前。言偶及夫家门，用获详其乡国……乃知遂安毛母黄太孺人者，实某先生之生母，而友人允大之大母也。孺人族著燕都，望齐江夏。敦诗习礼，幼夸季女之风；赋菊铭椒，长擅大家之誉……历稽前媛，遂览囊编。虽饁耕陇畔，贤哉冀缺之妻；设馔堂前，籍甚伯仁之母。乌能媲此芳华，均其憔悴者乎？仆也凤附通门，新承把袂。跻堂介寿，知八秩之旋登；上国抢英，况群贤之毕集。五十载蓁葹之草，心缘屡摘而多伤；三千年松柏之枝，节以后凋而益茂。伫希编贝，莫辜良友之心；伏冀瑶珠，遍拜仁人之赐，谨启。①

"汉殿传经"至"而友人允大之大母也"乃"入题"之文，首先铺陈典故以切"毛"姓，接着说明与毛升芳（字允大）在北京相遇，言及毛太母的情况，为下面详述毛太母行事作铺垫。该文自"孺人族著燕都，望齐江夏"至"乌能媲此芳华，均其憔悴者乎"属于叙事部分，历述毛母生平，黄孺人嫁与毛家，丈夫在毛升芳父出生之年即去世，面对艰难生活，黄孺人勤于供养，后来毛父结婚生子，儿媳又在生子毛升芳后不久离世，于是黄孺人亲自抚养其孙毛升芳。黄太孺人不但吃苦耐劳，且智慧过人，三藩乱起，波及家乡浙江遂安，黄氏镇定处之，全家得以免祸。陈维崧以骈俪之文曲折有序地叙述黄氏出处大节，正如

---

① 陈维崧著，陈振鹏标点，李学颖校补《陈维崧集》，上海古籍出版社，2010年，第214—216页。

李澄中所言："其年少与陈卧子、李舒章游,其持论多祖述历下。中年始穷极变化,复以专攻徐庾骈丽之文……然其天才高逸,每序一事,委曲详尽,巨细毕臻,疑近于烦碎者之所为,不知其原本《史》《汉》,盖得物之情而肆之于心者也。虽片语单词,不乏丽藻,大抵长卿《喻蜀》《谏猎》之遗耳。"①正道出其年骈文叙事之特点。

　　自"仆也凤附通门,新承把袂"至"伫希编贝,莫辜良友之心;伏冀瑶珠,遍拜仁人之赐"部分包括作者自述和点明题旨,最后四句即明旨句,请各位名公贤达赠寿言以庆黄太孺人生日。《征毛太母黄太孺人八十寿言启》的结构布置完全遵从"入题—叙事—自述—明旨"范型。

　　又如《征大银台柯素培先生六十寿言启》云:

　　　　盖闻绛阙岧峣,鸟篆注桂阳之籍……恭惟素培柯老先生,武水名家,魏塘右族……缘兹隐德,遂兆绿蛇蟠笥之征;惟厥高闳,爰呈彩燕投怀之瑞。先生凤誉凤毛,长夸犀角。神姿轩异,同赵昶之在众中;进止雍闲,类裴休之来座上……乃者节届青阳,筵开绛县,属新岁履端之候,为先生周甲之辰。在银台公入侍鱼轩,敬谢引年之礜;在内翰孝廉君辈出扶鸠杖,愿持介寿之觞。某等幸列通门,欣叨犹子。千春兰谱,聿藉鸣钟馔玉之文;十赍芝函,式逢驾鹤骖鸾之会。伏祈早惠琼瑶,更望广征珠玉。椒觞湛碧,飞来缥碧之笺;火树舒红,唱去小红之曲。谨启。②

　　该启为柯耸(字素培)征集六十寿言而作,从"盖闻绛阙岧峣"至"爰

①　李澄中《序》,《陈维崧集》附录二,上海古籍出版社,2010年,第1801页。
②　陈维崧著,陈振鹏标点,李学颖校补《陈维崧集》,上海古籍出版社,2010年,第226—228页。

呈彩燕投怀之瑞"为入题部分,言长寿之人居形胜之地。柯氏是世家大族,父亲柯楚蘅考中进士,仕宦有德,引出柯耸生平的叙事部分。"先生夙誉凤毛"至"愿持介寿之觞"为叙事部分,详述柯耸神姿英发,登进士第,筮仕枣阳,佐治有方。后被荐入朝,官给事中,敢于揭露弊政,关心民苦。因母年近八十辞官奉养,而今年正月又逢柯氏六十寿辰。自"某等幸列通门"至"唱去小红之曲"为自述和明旨部分,表明自己是柯氏通家晚辈,最后阐明主旨,即请各位名公惠赠祝寿诗文。

　　启是陈维崧骈文重要文类,在社会交往中运用广泛,用骈体撰写启文,使日常交往艺术化,也使得颂扬文字能够正大光明地流行于士人阶层,因其大量用典、藻饰等,避免了散文过于直露的缺点,铺陈颂扬深藏于相对晦涩的骈偶之中,故启类骈文在清代长盛不衰。其他如《征淮安张鞠存年伯双寿诗文启》《为丁太公征八十寿言启》《征沈韩倬太史母周太孺人八十诗启》《征吴老年伯母六秩诗文启》《谢柯翰周惠炉扇启》《谢友人赉安石榴启》等皆循此范式。

　　序是陈维崧骈文中数量最多的文类,在患立堂本《陈迦陵俪体文集》中占四卷,共90首,即骈文集中超过一半是序文(包括诗文词序、赠序、寿序等),陈维崧序文的结构模式亦具有特色。

　　陈维崧《陈迦陵俪体文集》卷八《叶母李太夫人六十寿序》云:

　　　　盖闻玉衡散彩,天边竞说李星;凫舄升仙,世上偏夸叶县。西河女子,名已注于银台;南岳夫人,位自班乎绛阙……兹者时逢设帨,礼属加笾。星连婺女之津,海涌麻姑之宅。幸通门能知大概,为寿母略缀俚词。铺扬畴昔,资皇娥拊瑟之欢;诠次艰难,博天姥投壶之笑。今夫秾矣王姬,多陈谱牒;烂其韩姞,每托篇章……夫人则回环往劫,绣佛青氍;感慨前尘,饭僧白雀。从此雍州无量之寺,定现双花;嗣今石头弥勒之碑,还来四鹤。仆也

> 昔与苍生,情深谢范;今偕廷玉,交在纪群。居叨孟母之邻,门接
> 延乡之里。遂含毫而制序,爰洒墨以摛词。昔日士行宅畔,曾分
> 刈荼之餐;他时公瑾堂前,长效承筐之祝。①

此为叶振琏(字廷玉)母李太夫人六十寿辰所撰寿序,从"盖闻玉衡
散彩"至"为寿母略缀俚词"为入题部分,长寿成仙未必皆在廖家、郦
县,李氏出身仕宦大家,幼有徽音,备具女仪。自己与其家有通家之
谊,故略叙其生平行实。自"铺扬畴昔"至"嗣今石头弥勒之碑,还来
四鹤"是叙事部分,铺叙李氏生平事迹,嫁与叶苍生后不久即遭遇明
清之变,叶氏抗清而败,意志消沉。李氏秉持门户,富裕其家,且李氏
知书达理,处事公允,教育子女成才。今逢李氏六十大寿。"仆也昔
与苍生"到"长效承筐之祝"属自述和明旨部分,指出自己与寿主之
间的关系,最后点明祝寿之意。寿序是清初骈文大宗,祝颂文字若用
散体,不易写好,往往陷于谄媚、谀颂的境地,用骈偶之语则可以达到
典雅而得体的效果,大量用典和藻饰,使得祝颂之语在"反常化"的文
字中易于让人接受。陈氏此寿序完全遵从"入题—叙事—自述—明
旨"的结构模式。

又如《陈迦陵俪体文集》卷七《苍梧词序》云:

> 若使人间罢长恨之歌,天上少销魂之曲。井公多暇,惟解投
> 壶;彭老无愁,未尝观井。则秦缶不弹,燕歌遂歇……凡兹抹月
> 批风之作,悉类诅神骂鬼之章。达者喻之空花,愚夫求之楮叶。
> 今有夵龙华胄,绣虎雄才,名已动于春官,身甫偕夫计吏……信
> 陵君醇酒妇人而外,他何知乎;卢思道白掷剧饮之风,君其是矣。

---

① 陈维崧著,陈振鹏标点,李学颖校补《陈维崧集》,上海古籍出版社,2010年,
　第423—426页。

仆也老而失学,雅好填词;壮不如人,仅专顾曲。慨自邹(讦士)董(文友)既亡之后,泪满蝉钿;况复曹(顾庵)王(西樵)久别以来,心灰兔管。见吾友之一编,动鄙人之三叹。啼成绀碧,不让江潭红豆之思;泣化琼瑰,何殊风雨苍梧之恨。永传乐府,长播词林。①

该序是陈维崧为董元恺《苍梧词》而作,又载《苍梧词》卷首,末署:"阳羡同学弟陈维崧撰。"②从"若使人间罢长恨之歌"至"愚夫求之楮叶"是入题部分,谓古来愁情痛事不能用言语直接表达,须借助文词发之,暗指董元恺词善写愁恨。自"今有夈龙华冑"至"卢思道白掷剧饮之风,君其是矣"为叙事部分,感慨董氏才华出众而仕进无门,漂泊于陕西、河南等地,将哀乐寄之于词。讲述董氏词主要作地和董氏本人的怀才不遇。"仆也老而失学"一段是该文之自述和明旨部分,自谓喜好填词,精通音乐,有感于邹祇谟、董以宁之去世,曹尔堪、王士禄之久别。见董氏《苍梧词》而感慨颇多,言明为序之意。

《陈迦陵俪体文集》卷五《汪季青诗稿序》(简称汪序)首曰:"波喧江浙,绿绕千家;山界常湖,青连两县。则有蓝溪仙客,旧籍桐川;黄海文豪,新家顾渚。尤耽诗赋,雅事交游,以余近百里之间,为我命三秋之驾。褰裳谯国,只访嵇康;担簦陈留,惟寻阮瑀。"③此为汪序"入题"文字,首叙自己与汪文柏(字季青,号柯庭,汪森之弟,占籍浙江桐乡)都家于太湖流域,以地名点出"汪季青"。又说汪文柏喜欢

---

① 陈维崧著,陈振鹏标点,李学颖校补《陈维崧集》,上海古籍出版社,2010 年,第 379—381 页。
② 董元恺《苍梧词》卷首,《续修四库全书》第 1725 册,上海古籍出版社,2002 年,第 111—112 页。
③ 陈维崧著,陈振鹏标点,李学颖校补《陈维崧集》,上海古籍出版社,2010 年,第 297 页。

创作诗赋,应题之"诗稿"二字。从"然而云时出岫,鸟善离巢"至"播之辇下,足当《骚》《雅》之称;弄以帐中,不忝风流之目"为叙事部分,详述自己常年客居他乡,汪氏访之而不遇,后来汪氏寄彩扇和圆镜,并赠以诗。两人多年不通消息,在燕台忽接汪氏信函,阅其诗篇,颇为惊喜。不仅说明两人的交往始末,且品评汪氏诗稿,为下面收束全文作准备。接着"仆也一官落拓,恨与年增……宦况聊萧,甘让尔五湖之长"是自述部分,该序作于康熙二十年(1681),陈氏在翰林院检讨任上,自言一官落拓,可知其仕宦北京并未如意,次年即卒于任上。这段文字可作为他此时景况的写照。从"乃犹膏唇拭舌,序王裴辋水之诗;舐墨含毫,弁皮陆松陵之集"至"谓余不信,姑留息壤之盟;于我何求,敢订菟裘之约"是明旨部分,点出为汪文柏的诗稿作序,并申归隐江湖之约。陈氏此时居官不得意,乃萌生归隐之念。

　　以上分析可知,《叶母李太夫人六十寿序》《苍梧词序》和《汪季青诗稿序》等序都遵从比较典型的"入题—叙事—自述—明旨"范式。其他如《戴无忝诗序》《胡智修诗序》《续瞿庵诗序》《宋楚鸿文集序》《钱宝汾词序》《吴曹三子叠韵词序》《南耕席上送潘纯庵入都序》等亦如是。

　　这一结构模式在陈维崧其他文类中亦有体现,跋类如《益都冯相国寿诗跋》云:

　　　　粤以著雍敦牂之岁,月在玄枵,日躔北陆。益都冯夫子以三台之上佐,跻七秩之遐龄……传之辇下,播在艺林。亦曰盛哉,猗欤伟矣。在昔槐厅重相,鹤禁元僚。西京则爵埒萧曹,北宋则名齐韩富。当其齿届期颐,年逾艾耊……赓扬莫罄,并及于丈人屋上之乌;爱戴何穷,兼咏夫刘尹当时之树。不学青牛关上,仅侈诙词;非如朱鸟窗前,徒夸撝说。崧以菲才,获承盛事……长笺短幅,收之此帙而还羸;妙染高文,概以斯编而未备。人思借录,如披河间之碑;客尽传观,似玩秦庭之璧。倘缄箧底,蠹鱼食此而长生;设在船中,蛟龙守之而不去。①

陈维崧为冯溥七十岁生朝寿诗作跋,从"粤以著雍敦牂之岁"至"亦曰盛哉,猗欤伟矣"是入题部分,简述冯溥于康熙十七年戊午(1678)在京举办生日聚会,门人陈玉璂汇为一函,传播文坛。自"在昔槐厅重相,鹤禁元僚"至"非如朱鸟窗前,徒夸撅说"属于叙事部分,叙述冯氏乃朝廷重臣,受到礼遇。今年恰逢七十大寿,群士为之祝贺。详叙寿主经历和祝寿情事。"崧以菲才,获承盛事"到"设在船中,蛟龙守之而不去"属自述和明旨部分,言陈氏自己参加寿宴,并点明为寿诗作跋。

哀辞类如《王母张孺人哀辞》云:

> 孺人姓张氏,家世由大同徙长安,遂为长安人,余友给事中王黄湄先生继室也。扶风城下,凤传织锦之乡;京兆街中,本是画眉之里……人夸彩笔,弥工伤逝之篇;官是黄门,惯作悼亡之赋。缘余同病,属以序哀。仆也曾经此恨,甫当除服之时;何以为情,况届营斋之日……辞曰:鄙人逋峭,瑟居尠欢……讵意斯悲,我躬渐及,犹有余波,助君沾臆。陇水苍茫,秦山突兀,勒此哀辞,视兹镌刻。②

王又旦(黄湄)继妻张孺人卒,请陈维崧撰哀辞。"孺人姓张氏"四句

---

① 陈维崧著,陈振鹏标点,李学颖校补《陈维崧集》,上海古籍出版社,2010年,第459—461页。
② 陈维崧著,陈振鹏标点,李学颖校补《陈维崧集》,上海古籍出版社,2010年,第498—499页。

为入题部分,介绍张氏的家乡和婚姻。"扶风城下,夙传织锦之乡"至"缘余同病,属以序哀"属叙事部分,铺陈张氏与王又旦婚后同往柳州,又转官江陵等地,不意张氏亡故。自"仆也曾经此恨"到"勒此哀辞,视兹镵刻"属于自述和明旨部分,陈氏自己亦刚遭遇丧妻之痛,同病相怜,故为之撰哀辞。

陈维崧其他骈文如《滕王阁赋》《宣城文学施公诔》等皆符合"入题—叙事—自述—明旨"的结构模式,不一一例举。

遵循"入题—叙事—自述—明旨"这一范式谋篇布局会不会造成千篇一律、僵化板滞呢?这一范式的价值何在?按照同一模式布置篇章的确有可能出现烂熟、油滑的缺失,但"遵从同一范式进行创作的作家,并不意味着自我个性的消融。他只是运用已有的创作范式,来抒发自我的性灵、表达自我对人生、社会、自然的感受和理解"①,因此同一范式下的作品亦丰富多彩,毫无千人一面的感觉。关键是如何运用这一范式。陈维崧能够在一定范式下,根据具体对象采用不同的思路和布局,如《陈迦陵俪体文集》卷六《太史五叔祖集唐序》的入题即首述家风和传承,卷七《苍梧词序》的入题则表达人间愁苦须以风月、诙谐出之的观点。读陈维崧文集并无千篇一律之感,他能于规矩之中富于变化。毛际可对此深有体认,其《陈其年文集序》云:

> 余素不娴骈体之文,以为文者,性情之所发,雕刻愈工则性情愈漓。尝见某公《赠广陵游子序》,炳曜铿锵,美言可市。适余友有西陵之行,遂戏易广陵为西陵,并稍更其"竹西歌吹"等语,则全篇皆可移赠。因叹此道雷同倚附,盖千手如一律也……居久之,陈子其年访余邸舍,出其全集见示,自赋骚书启以及序记铭诔,皆以四六成文。余偶披阅篇首,已见其稜稜露爽,继讽咏

---

① 王兆鹏《宋南渡词人群体研究》,凤凰出版社,2009 年,第 129 页。

缠绵,穷宵达昼。言情则歌泣忽生,叙事则本末皆见……推此意以为文,是骈体中原有真古文辞行乎其间,陈子已先我而擅场,惜余向者之贸贸不察也。[①]

　　毛际可意识到骈文创作易走入千人一面的窘境,遂弃而不作。但毛氏读了陈文后,对骈文的认识有所改变,将文中之骈文与诗中之排律对比,意识到"是骈体中原有真古文辞行乎其间……昔余向者之贸贸不察也"。

　　毛际可由认为骈文千篇一律,到后来意识到"骈体中原有真古文辞",其关键在于如何处理骈文范式的问题,在陈氏骈文作品中,大部分遵从迦陵范式,但并未让人有重复或似曾相识之感,说明这一范式有其独特价值。"入题—叙事—自述—明旨"范式符合人们常规思维,易于接受。其次,骈文用典频密,阅读起来往往需要反复琢磨以探其深意,遵从这一范式易于读者理解文意,不至于过于陌生化。倘若起首便点明题旨,会让读者堕入云雾,不知所云。第三,戴着镣铐跳舞本来就是文学写作中所应有的,如近体诗和词。以应用文体为主的骈文更是如此。使用该范式,并能在谋篇布局上推陈出新,乃为高手,乃是当行。陈维崧便是众多作手中的佼佼者,他遵从迦陵范式,并有意识地变化开新。

二、骈文体式的创新:"对话体"骈序

　　作品中以对话形式表情达意,先秦已有之。《诗经·齐风·鸡鸣》:"'鸡既鸣矣,朝既盈矣。''匪鸡则鸣,苍蝇之声。'"又《郑风·

---

① 毛际可《安序堂文钞》卷五,《四库全书存目丛书》集部第 229 册,齐鲁书社,1997 年,第 548—549 页。

女曰鸡鸣》：“女曰鸡鸣，士曰昧旦。”①《论语·先进第十一》“子路、曾晳、冉有、公西华侍坐”章以孔子和弟子对话展开情节。《孟子·滕文公章句上》“有为神农之言者”部分完全以对话体展开论说，阐发自己的观点。《左传》“庄公十年”曹刿与鲁庄公关于战和的论辩、“僖公五年”之宫之奇向虞君进谏皆采用对话体，《战国策·楚策四》“庄辛对楚顷襄王的劝诫”即全部采用对话体记述。“对话体”在辞赋中最常见，可以说是辞赋的一种重要形式。宋玉《风赋》以自己和楚王的对话阐发道理，《文心雕龙·杂文》认为：“宋玉含才，颇亦负俗，始造对问，以申其志。”②《楚辞》之《卜居》《渔父》皆以主客对话形式抒发愁思愤懑。这种形式在汉赋中表现尤为突出，《汉书·艺文志》载：“《客主赋》十八篇。”③如枚乘《七发》、司马相如《子虚赋》《上林赋》、东方朔《答客难》、扬雄《解嘲》、王褒《僮约》、班固《答宾戏》、张衡《应间》等，后世赋亦多用之，如韩愈《进学解》、苏轼《赤壁赋》等。“对话体”作为一种文章布局模式，多用于辞赋中，而在其他文类鲜见。这种在同一文章中有两种声音，且其中一方以作者在场的方式出现，无疑更有利于表达观点、辨析事理。“优秀的作家在一定程度上遵守已有的类型，而在一定程度上又扩张了它”④，陈维崧不仅在骈赋⑤中使用对话体，而且创新性地在诗文序和赠序中采用“对话

① 分别见程俊英、蒋见元《诗经注析》，中华书局，1991 年，第 264、236 页。

② 刘勰著，范文澜注《文心雕龙注》，人民文学出版社，1958 年，第 254 页。

③ 班固《汉书》卷三十，中华书局，1962 年，第 1752 页。

④ 勒内·韦勒克、奥斯汀·沃伦著，刘象愚等译《文学理论》，文化艺术出版社，2010 年，第 271 页。

⑤ 骈文是否包括赋类，在清代有不同看法，清初骈文选本《听嘤堂四六新书》和清中叶的《六朝文絜》等皆录骈赋，陈维崧骈文集《陈迦陵俪体文集》卷一即收录赋。莫道才《骈文通论（修订本）》（齐鲁书社 2010 年版）认为包括骈赋。本处所论骈文即包括骈赋。

体"结构,增强了骈文的表现力,表明清初时人对骈文的重视和求新求变的追求。

　　陈维崧赋多采用对话体,如《陈迦陵俪体文集》卷一《璿玑玉衡赋》以天子和小臣答问的方式展开情节,同卷《滕王阁赋》以蔡公和邹枚(自比)对话收束,《半茧园赋》《看弈轩赋》《白秋海棠赋》皆以自己在场的形式与客对话。这一制作方式明显继承了前代赋的结构布局,只不过融入新的时代风会,赋予了新内容,可以说是旧瓶装新酒。但在序类骈文中运用对话体,且能娴熟自如,则是对序类结构的有意创新。如《陈迦陵俪体文集》卷五《徐昭华诗集序》虚构濑中夫子和毛颖先生对话,以介绍徐昭华的生平才华。其云:

　　　　濑中夫子,偕游细柳之仓,毛颖先生,并辔长楸之馆。铜沟清泚,啸咏方道;绮陌轻阴,谈谐甫畅。相与数朋游于故国,抑且论人物于当年。顾谓毛君,卿家于越。学扬雄之奇字,定有侯芭;传正则之《离骚》,宁无唐勒?君笑而言:居,吾语汝,频年濩落,比岁幽忧……爰缀俚言,用题新咏。问其桑梓,千春西子之乡;询彼丝萝,四杰骆丞之婿。①

　　该序将"对话体"赋的布局和行文方式移入序中,濑中夫子似指自己,而毛颖先生(毛君)当指毛奇龄。因徐昭华曾从毛奇龄学诗,称女弟子。陈维崧和毛奇龄相善,在京师多有诗酒往来。此序用"对话体"赋格式谋篇构思,虚构两个人物,通过对话展示徐氏生平和诗歌成就,仰慕之意贯穿首尾,隐含陈氏自己和毛氏的不平人生和客居仕宦的拘束,别具一格。阅读此文,隐去标题,误以为是赋体,但细绎内

————————

① 陈维崧著,陈振鹏标点,李学颖校补《陈维崧集》,上海古籍出版社,2010年,第285—288页。

容,对话后面自然顺承为序之意,可谓序类之新格,构思新巧,不落
窠臼。

又如《陈迦陵俪体文集》卷六《闺秀商嗣音诗序》云:

> 从来福命,大抵相妨;自昔身名,何常俱泰。有我友之高才,
> 际兴朝之盛典……爰于酒半,自说生平;并倚风前,为言乡里。
> 乃知高柔室内,正有贤妻;荀粲房中,非无令妇。示我玉台之咏,
> 玩其锦瑟之章。盖嗣音商夫人者,即君之德配,而前太傅商公之
> 季女也……因语故人,君真奇福。假令淇泉无巧笑之人,鲁国有
> 宿瘤之女……还乡甚乐,去国何伤。君曰有诸,斯言良是。藉卿
> 弁语,纵倚马以奚辞;贻我细君,遂扬鞭而竟去。①

此乃陈氏为徐咸清夫人商景徽诗集所作序。康熙十八年(1679)徐咸
清举鸿博报罢南归,陈维崧为之饯行,陈、徐二人在宴席上谈及商氏
诗歌,全文以陈、徐对话的形式展开,赞赏商氏之诗歌,感慨徐氏之遭
遇,安慰其归家之乐。序或为临别之时所作,故兼有送别之意。

陈维崧和冒禾书、冒丹书编选了一部骈散文合选集《今文选》八
卷,卷首载陈维崧序,该文不见于陈维崧各种文集,是其佚文。序文
通篇用对话体,通过陈维崧与上客的问答,表述编选该集的缘起、原
则和意义。其云:

> 或谓维崧曰:"子之为《今文选》也,庶几萧选之遗裔欤?"维
> 崧曰:"主臣仆则奚敢? 夫萧统以明两之尊,挟维城之势,践青
> 宫,履紫闼,渔畋艺苑,挥斥墨林……仆之大指,盖在数公。上客

---

① 陈维崧著,陈振鹏标点,李学颖校补《陈维崧集》,上海古籍出版社,2010年,
第351—353页。

之谈,毋乃刺谬耶?"客退,书以为序。①

　　该序骈散交互,以骈为主,是骈散合一的佳作。陈维崧以作者在场的
方式与上客对话,不是单独的一维视角,一方面体现主客交流的平等
性,另一方面充分地表达了自己的编选方法和骈文观。《今文选》序
是这方面的佳作,不仅答疑解惑,而且把全书的缘由和目的简洁明了
地阐发出来,达到了良好效果。

　　陈维崧有意识地在骈序中采用对话体结构以表达其心中所感,
如《陈迦陵俪体文集》卷六《吴园次林蕙堂全集序》、卷七《阎牛叟贯
花词序》、卷八《送汪存庵广文出都序》等。"对话体"骈文开拓了序
类骈文的新结构,这种体式是对传统骈序形式的新变,可以说是对骈
文体式的创造,而这新变正反映出清初骈文家追求个性、探索骈文创
作新道路的努力。

　　在中国骈文史上,"迦陵范式"是一种独特的骈文结构范型,同时
代的骈文家如吴绮《林蕙堂全集》卷三《空翠阁雅集序》和《黄玄龙先
生诗序》等②虽运用此模式,但篇幅短小,"自述"部分一笔带过,且在
全集中占比不大。毛奇龄《西河文集》"书"卷一《复沈九康臣书》《与
秦留仙翰林书》、"题词"之《陆荩思新曲题词》等③皆不循此格。所
以这一范式是对前代骈文融会贯通后形成的具有个性的文章结构,
在骈文史上具有独特性。"对话体"骈序更是陈维崧对骈文形式的创
造,文体形式的创造是清代骈文复兴的重要方面④,这是陈维崧对清

---

① 陈维崧《序》,陈维崧、冒禾书、冒丹书编选《今文选》卷首,序下署:"宜兴陈维
　崧其年撰。"清康熙元年(1662)刻本。
② 吴绮《林蕙堂全集》卷三,清康熙三十九年(1700)刻本,第66、13—14页。
③ 毛奇龄《西河文集》,《清代诗文集汇编》第87册影印清康熙五十九年(1720)
　萧山城东书留草堂刻本,上海古籍出版社,2010年,第122—123、471页。
④ 尹恭弘《骈文》,人民文学出版社,1994年,第146—147页。

代骈文复兴的重要贡献。

第二节　陈维崧骈文批评与尊体意识

明中叶开始,骈文渐受重视,至晚明骈俪之风愈盛,六朝文字受到推崇。张溥整理《汉魏六朝百三家集》便是一例。陈维崧十岁代祖父陈于廷作《杨忠烈像赞》,可见其骈体功夫。自幼喜作骈体的他对骈文有自己的看法,这些评论丰富了清初骈文理论。《学海类编》本《四六金针》题名陈维崧,《四库全书总目》之《四六金针》提要已言其伪,吕双伟《〈四六金针〉非陈维崧撰辨》①进一步论证其伪。故该书不入讨论之列。

陈维崧以为,骈散体制各有所长,惟个人才性所近选用之,不宜厚此薄彼。为长期备受冷落的骈文争应有地位。《陈迦陵散体文集》卷二《词选序》云:

> 客或见今才士所作文,间类徐庾俪体,辄曰此齐梁小儿语耳,掷不视。是说也,予大怪之。又见世之作诗者,辄薄词不为,曰为辄致损诗格。或强之,头目尽赤。是说也,则又大怪。夫客又何知。客亦未知开府《哀江南》一赋,仆射在河北诸书,奴仆《庄》《骚》,出入《左》《国》。即前此史迁、班掾诸史书,未见礼先一饭。而东坡、稼轩诸长调,又骎骎乎如杜甫之歌行与西京之乐府也。盖天之生才不尽,文章之体格亦不尽。②

---

① 吕双伟《〈四六金针〉非陈维崧撰辨》,《中国文学研究》2006 年第 4 期。
② 陈维崧著,陈振鹏标点,李学颖校补《陈维崧集》,上海古籍出版社,2010 年,第 54 页。

时人鄙弃骈俪，视之为齐梁小儿语。陈氏不以为然，举庾信《哀江南赋》和徐陵《在北齐与杨仆射书》两篇抒情、叙事的名作证明用骈体亦可以创构出流传后世的作品，为骈文正名。其在《陆丽京文集序》中不满时人轻视骈体：

> 缅夫结绳以降，推辂以还，五色相宣，八音代叶。是以《关雎》洋洋，师挚以之愉耳；姬文郁郁，宣尼于焉美心。固知典谟爻象之篇，雅颂国风之作，鲜不俪兹堂阈，均此川涂已。每叹时贤，动相猜贰，谓夫怀来贞亮之辈，蕴情愿愨之徒，便宜侠烈鸣高，玄风独上，何图骋此菁英，耽夫微末耶？嗟乎！是殆溺黄桴之音，而毁《咸》《茎》为不足陈；悦龋齿之容，而诋巧笑为不足录也。①

在他看来，不屑骈体者，犹如喜欢搷鼓声而不乐于《咸池》《六茎》精妙之音，喜欢龋齿而鄙弃绚丽笑容，可谓拾丑遗美。骈体与散体各有所宜，其修辞达意之旨同，各尽其才，宜骈则骈，宜散则散，并非势若水火。其《陆悬圃文集序》谓：

> 将使江萧染翰，弁龙门纪事之文；潘左操觚，序鹿洞谈经之作。则筵前授简，请以属之他人；座上挥毫，愿以俟夫君子。何则？燕函粤铸，递有尚家；北辙南辕，要难并诣。一疏一密，既意隔而靡宣；或质或文，复情暌而罕俪。然而诸家立说，趣本同归；百氏修辞，理惟一致。倘毫枯而腕劣，则散行徒增阘冗之讥；苟

---

① 陈维崧著，陈振鹏标点，李学颖校补《陈维崧集》，上海古籍出版社，2010 年，第 338 页。

骨腾而肉飞,则俪体讵乏经奇之誉。原非泾渭,讵类玄黄。①

充分肯定骈文存在之必要,并认为骈文和散文一样,可以抒情、叙事、推理。在清初骈文复兴之时,陈维崧以创作实绩和鲜明理论为骈体呐喊正名。

推崇徐庾是陈维崧骈文观的重要部分。前揭《词选序》以庾信《哀江南赋》和徐陵《在北齐与杨仆射书》为骈文辩护,陈氏将徐庾作为骈文家的典范。他的文集中常常化用或直接使用徐庾之原句,可知他深入钻研过两人的作品,并在写作中借鉴和使用。

表一　陈维崧化用徐、庾语典表②

	徐庾文及出处	陈维崧文及出处
徐陵	四姓良家,驰名永巷。五陵豪族,充选掖庭。(《徐孝穆集》卷八《玉台新咏序》,以下只标卷篇)	则有四姓良家,三河妙族。(《陈迦陵俪体文集》卷七《家皇士望远曲序》,以下只标卷篇)
	魏武虚帐,韩王故垒。(卷七《与李那书》)	魏帝虚帐,韩王故垒。(卷五《邓孝威诗集序》)
	自非生凭廪竹,源出空桑。(卷四《与杨仆射书》)	生凭廪竹,亦荷矜全;源出空桑,咸资顾复。(卷四《征万柳堂诗文启》)
	铿锵并奏,能惊赵軧之魂。(卷七《与李那书》)	铿锵金石,能惊赵軧之魂。(卷五《邓孝威诗集序》)

---

① 陈维崧著,陈振鹏标点,李学颖校补《陈维崧集》,上海古籍出版社,2010年,第333—334页。
② 该表所引徐陵《徐孝穆集》和庾信《庾子山集》皆据《四部丛刊初编》本。

续表

	徐庾文及出处	陈维崧文及出处
庾信	关尹津梁之织，郫地双丝；扶风彩文之机，仙园独茧。（《庾子山集》卷九《谢赵王赉丝布启》，以下只标卷篇）	仙园独茧，捣须新市青砧；郫馆双丝，濯用成都粉水。（卷四《谢园次赉衣启》）
	张壮武之心疾，羊南城之泪流。（卷一《伤心赋》）	已成张壮武之心疾，时类羊南城之泪流。（卷二《上芝麓先生书》）
	崔骃以不乐损年，吴质以长愁养病。（卷一《小园赋》）	岂比夫崔骃不乐，吴质工愁。（卷七《庄澹庵先生长安春词序》）
	北陆以杨叶为关，南陵以梅根作冶。（卷一《枯树赋》）	昔者关称杨叶，冶字梅根。（卷九《遂安方氏健松斋记》）

　　上表仅列举了部分陈维崧化用徐庾的句子，他甚至用庾信文集某些事件为典，如《陈迦陵俪体文集》卷十《顾夫人哀辞》："尉迟夫人，推北朝之声势。"即源于庾信《周仪同松滋公拓跋竞夫人尉迟氏墓志铭》。概之，陈氏虽没有明确提出以六朝或徐庾为典范，但在实际学习和创作中是以徐庾为楷模的。

　　陈维崧指出清初骈文创作弊端，强调骈文的"博"和"真"，追求"自标兴会"的创作实践。其《上龚芝麓先生书》云："意者干之以风骨，不如标之以兴会也。"①认为行文之中要激荡着时代风云和个人遭际，容纳广阔的背景和深沉的思考。陈维崧自己的骈文确实达到了这一高度，如《陈迦陵俪体文集》卷五《龚介眉湘笙阁诗集序》文末载吴伟业（梅村）评语："撮子山、义山之长，而能自标兴会，不袭铅

华。四六家在今日,当推其年为第一。"①即指出该文能够反映时代风会。他以为骈文创作要具备博识和真情,在《吴园次林蕙堂全集序》中借"君"(指吴绮)之口揭示晚明清初骈体制作的两种弊端,其一,"胸无故实,笥鲜缥缃,裸民诮雾縠为太华,颦女憎西施之巧笑",时人尊唐宋八家文,轻薄六朝俪体,实则是读书少,胸无故实,却讥别人文章博综。其二,"仅解虫镌,差工獭祭,悔读《南华》之卷,不精《尔雅》之篇。仿兰成碑版之作,只堪借面吊丧;效醴陵离别之言,仅可送人作郡。不知六诗三笔,每每以古郁称奇;四库五车,往往以沉雄入妙。徒组纰笙簧之是侈,将风云月露其奚为?是则刻云端之木雁,未必能飞;琢箭上之金徒,何曾解舞。成都粉水,弱锦濯而宁鲜?河北花笺,钝笔描而失丽。益成捋搽,劣得揣摩"②,当时多数人创制骈文,徒模其形,失其精神,实则败坏典雅的骈文。救治以上二弊,须以作者之"博学多识",加以真精神、真性情。

应用型骈文易滑入俗滥,陈维崧不满于当时寿序不切合寿主身份,但以通用祝辞铺陈,以为殊无足取。其《寿阎再彭先生六十一序》谓:

　　平流祝嘏,专尚铺张;薄俗祈年,惟工颂祷。语夫世德,人人皆七叶双貂;述彼家风,户户悉一门千石。楼台起处,无非阿阁之三休;甲第成时,多是长廊之中宿。金蕤玉鲙,荐自蓬池;冰兔霜蟾,来从桂殿。青琴擅舞,矜十五之纤腰;绛树能弹,诩一双之

---

① 陈维崧著,陈振鹏标点,李学颖校补《陈维崧集》,上海古籍出版社,2010年,第272页。

② 俱见陈维崧著,陈振鹏标点,李学颖校补《陈维崧集》之《陈迦陵俪体文集》卷六,上海古籍出版社,2010年,第319页。

纤手。曾无故实，但涉形容。①

　　书是清初骈文的重要文类，当时应用颇广②，这一文类本可以抒发情感、详叙事由，但当时创作多因袭模拟，干枯乏味。他在《周栎园先生尺牍新钞序》中认为造成这一弊端的原因有三：首先，书类多由门客幕僚代笔，鲜涉私情。即"寒暄笔札，都由吕览之门生；故旧书笺，尽出桓温之幕客。且也贵僚雍雅，惟传论性之篇；华札翩反，争讳言情之牍。其有拟繁钦应璩之书，效邢邵崔㥦之札者，呵为小子，目以外篇"。其次，寒门士子专攻科艺，又鲜有交游，难以具备创作骈文的条件。即"今者单门寒畯，缝掖素流，只工制举之书，但慕集贤之院。即使才同孝穆，文类子山，无益身名，徒资喔噜。加之遭逢踽踽，罕西园北府之游；徒侣寥寥，乏华屋渌池之彦"。第三，名公高官大多不擅词采，无人主持风雅。即"今则三台大帅，九姓名王，行人无侨札之才，傧介缺向婴之辈。纥库干自署，不识姓名；曹景宗作歌，难谐竞病。一时风会，殆何如乎；下至闺襜，又可知矣"③。

　　陈维崧不仅有自己的骈文理论，且仿《文选》编《今文选》，虽骈散兼收，但选录不少骈文，为习骈者提供范本，实践其骈文理念。该选由冒襄捐资助刻于清康熙元年（1662）。据卷首陈维崧《序》，知其为继《国玮集》而编。是书共八卷，有赋、表、疏、颂、启、问、书、序、谏、碑等文类，以赋、表、书、序为主。其《凡例》云："凡云选者，悉仿萧梁

① 陈维崧著，陈振鹏标点，李学颖校补《陈维崧集》之《陈迦陵俪体文集》卷八，上海古籍出版社，2010年，第412—413页。
② 洪伟、曹虹《清代骈文总集编纂述要》（《古典文献研究》第13辑，凤凰出版社2010年版）认为清初选本"所选文类以日常应用或应酬文为归趣，多选书启、寿序、诗文序、祭文诸体"。
③ 俱见陈维崧著，陈振鹏标点，李学颖校补《陈维崧集》，上海古籍出版社，2010年，第316页。

太子,凡云抄者,俱拟唐宋大家。"①选录陈子龙、夏允彝、赵而忭、睢思永、刘廷銮、彭师度、吴应箕、宋征舆、李雯、周亮工等人作品。该选将骈赋纳入骈文范围,预示着清初对骈赋与骈文关系的新认识,对清代骈赋与骈文关系的论争有影响。如清康熙八年(1669)刊行的由黄始编《听嘤堂四六新书》即选入赋类,道光五年(1825)印行的由许梿编的《六朝文絜》亦收赋类,《陈迦陵俪体文集》卷一即赋类。该书所选文章多能"自标兴会",以雄博见长,较好地践行了他的骈文思想。

第三节　陈维崧对清代骈文复兴的影响

陈维崧乃清代骈文开山者,发轫之功的的在焉。其骈文作品对清代骈文影响深远,主要表现在以下几方面:

首先,陈维崧骈文集和注本在康熙年间相继刊行,对当时骈文创作有一定影响。陈维崧卒于康熙二十一年(1682),康熙二十二年,其同乡友人蒋景祁即刻《陈检讨集》十二卷行世(即天藜阁刻本),该集是陈维崧的骈文集。康熙二十六年至二十八年间,其四弟陈宗石刻《陈迦陵文集》五十四卷,包括骈文集《陈迦陵俪体文集》十卷。康熙三十三年程师恭注本《陈检讨集》二十卷刊行,此本以天藜阁本《陈检讨集》为底本注释而成。在十余年时间里其骈文集即有三种版本行世,说明当时社会对其骈文有较大需求。而文集刻印必然对士子产生影响。乾隆之后,陈维崧骈文补注本、评本和翻刻本不断涌现②,影响甚巨。

---

① 陈维崧、冒禾书、冒丹书编选《今文选》卷首,清康熙元年(1662)刻本。
② 关于陈维崧骈文集的补注本和评本,参见昝亮《清代骈文研究》第五章《作家个案研究》之第一节《陈维崧骈文试论》第一部分"陈维崧骈文的版本与流传",杭州大学1997年博士论文。

其次，模拟陈维崧骈文者甚众，是其对清代骈文影响的又一表现。《四库全书总目》卷一百七十三云："徒以传诵者太广，摹拟者太众，论者遂以肤廓为疑。如明代之诟北地。实则才力富健，风骨浑成，在诸家之中，独不失六朝四杰之旧格。要不能以挦撦玉溪归咎于三十六体也。"①在四库馆臣看来，陈维崧骈文不但被广泛传诵，且被模拟学习。这一论断可举康雍时期的汪芳藻为例说明，汪芳藻（号蓉洲，毛际可门人，有《春晖楼四六》八卷，雍正七年刻本）创制骈体即从学习陈维崧骈文开始，毛际可《汪蓉洲骈体序》云：

> 汪子蓉洲执贽于余，以制举艺得名，近复研摩诗赋，而骈体雅称擅场……昭代人文化成，骈体之工，无美不备。自陈检讨其年一出，觉此中别有天地。比来模拟相寻，久习生厌。譬若桃源仙境，以渔人舣舟一见为奇，若人人问津，几于秦淮竞渡矣。蓉洲虽师范检讨，而起复顿宕皆有浑灏之气相为回旋，亦使人摩挲于神骨间而得之者也。②

汪蓉洲模范陈氏骈体，而又能避免干枯乏味之弊，良为难得。由此亦可略知陈维崧骈文对清初士子的影响。

清末民国时，杨寿枏《云在山房骈文诗词选》之《陈葆生诗序》末附有丁传靖（闇公）评语云："清新富艳又似迦陵，而无其俗调。葆生为其年检讨之后，故君文亦变格学迦陵。"③葆生乃陈实铭之字，号蹋

① 永瑢等《四库全书总目》，中华书局，1965年，第1524页。

② 毛际可《会侯先生文钞一集》卷八，《四库全书存目丛书》集部第229册，齐鲁书社，1997年，第790页。

③ 杨寿枏《苓泉居士自订年谱》附《云在山房骈文诗词选》，《近代中国史料丛刊续编》第17辑，文海出版社，1975年，第84—85页。

公,是陈维崧四弟陈宗石六世孙①。杨氏给陈维崧后人作序,特意模仿陈维崧骈文风格,亦视为其骈文影响的又一形式。

第三,陈维崧对清代骈文的影响从清代骈文选本的载录可见一斑。刻于康熙八年(1669)的《听嘤堂四六新书》②,是清初一部重要的骈文选集,据目录所载统计,其收录明中叶至清初骈文349篇,卷三收录陈维崧《冒无誉诗集序》《望远曲序》,卷五收录《征沈母周孺人寿诗引》(即《陈迦陵俪体文集》卷三《征沈韩倬太史母周太孺人八十诗启》),共三首。由李渔编辑的《四六初征》二十卷③,刊于康熙十年(1671),收陈文四首,即卷二《龚介眉湘笙阁诗序》《冒无誉诗序》、卷六《征沈母周太孺人八秩诗引》(即《陈迦陵俪体文集》卷三《征沈韩倬太史母周太孺人八十诗启》)、卷十九《望远曲序》。清初两个代表性的骈文选本主要选录陈氏诗文序和启,这反映了当时以应用酬酢为主的创作风气。

降至清代中叶,骈文选本的批评意识高涨,着眼于梳理骈文流变,曾燠辑《国朝骈体正宗》十二卷,有清嘉庆十一年(1806)刻本,据卷首目录统计,该书选录清初以讫乾嘉年间42位作家的171首作品,其中卷一为清初作品,入选者有毛奇龄、陈维崧、毛先舒、陆圻、吴兆骞、吴农祥6人,选文共18首④,而陈维崧文即有《刘沛元诗古文序》《周栎园先生尺牍新钞序》《上龚芝麓先生书》《与张岂山先生书》

---

① 参见叶嘉莹《记南开大学图书馆所藏手抄稿本〈迦陵词〉(代序)》附考,载《迦陵词》(上下册)卷首,南开大学出版社,2009年。

② 黄始辑评《听嘤堂四六新书》,《四库禁毁书丛刊》集部第135—136册,北京出版社,1997年。

③ 李渔辑《四六初征》,《四库禁毁书丛刊》集部第134—135册,北京出版社,1997年。

④ 曾燠辑《国朝骈体正宗》,《续修四库全书》第1668册,上海古籍出版社,2002年,第4—23页。

《答周寿王书》《与芝麓先生书》《上芝麓先生书》《与陈际叔书》8 首。是清初骈文入选最多的作家,占清初骈文的近一半。后来的骈文史著作在评论清初骈文时多引用该书卷一所录作品,如刘麟生《中国骈文史》第十章举例《上芝麓先生书》《周栎园先生尺牍新钞序》等①皆来自此选。其他如马俊良《丽体金膏》(清乾隆五十九年刻本)录陈文 1 首、陈云程《四六清丽集》(清嘉庆二年刻本)录陈文 9 首,皆以序、书为主。

　　清代道咸时期,黄金台编《国朝骈体正声》据程师恭注《陈检讨集》选录《方素伯集序》《吴天章莲洋集序》《赠陆翼王序》《董少楹诗集序》《娄东顾商尹集序》《闺秀商嗣音诗序》《家皇士望远曲序》《蒋京少梧月词序》8 首②。清末,武进屠寄辑《国朝常州骈体文录》,清光绪十六年(1890)刊本,载陈维崧《湖海楼文》一卷,选录有《滕王阁赋》《铜雀瓦赋》《白丁香花赋》《灵岩寺重建大殿碑》《刘沛元诗古文叙》《周栎园先生尺牍新钞叙》《吴天章莲洋集叙》《方素伯集叙》《龚琅霞湘笙阁诗集叙》《董少楹诗集叙》等 21 首③,包括赋 3、碑 1、序 6、书 6、启 2、诔 1、祭文 2。《国朝骈体正宗》所收陈文皆选入此书。清末王先谦编《骈文类纂》四十六卷,清光绪二十八年(1902)刻本,收录《湘笙阁诗集序》《林玉岩诗集序》《孙赤崖沈西草堂诗序》《戴无忝诗序》《家皇士望远曲序》和《王良辅百首宫词序》序文 6 首、《与芝麓先生书》1 首④,选目多承清中叶选本。

　　陈维崧骈文在清代被作为范本来学习模拟。从清代代表性骈文

①　刘麟生《中国骈文史》,上海商务印书馆,1936 年,第 124 页。
②　黄金台编《国朝骈体正声》第 1 册,浙江图书馆藏,清代稿本,第 33—42 页。
③　屠寄辑《国朝常州骈体文录》,《续修四库全书》第 1693 册,上海古籍出版社,2002 年,第 378—390 页。
④　王先谦编《骈文类纂》卷首《骈文类纂序目》,浙江古籍出版社,1998 年,第 3—25 页。

选本的选录看,清初以序、启为主,反映了当时骈文创作重应用的风尚。清中叶《国朝骈体正宗》选录陈文序、书共 8 首,正式确立陈维崧在清代骈文史上的创始之功,该书选目多为晚清《国朝常州骈体文录》《骈文类纂》等选本所采用。概之,有清一代,其骈文作品被当作范本被广泛学习研读。从选本视角足以窥见陈维崧在清代骈文复兴中的作用,其作品也经历了被经典化的过程。

第八章　吴绮骈文的抒情
自觉与风格形成

　　元明两代,骈文衰微,刘麟生云:"元以异族入主中夏,稽古右文,几成绝响;曲子最擅胜场,开文学史中新纪元;诗文犹有可观,至骈文则阒焉无闻,以四六论,可谓一浩劫也。明代文学称盛,而模仿之作居多,创造之意为少,以言骈文,粗制滥造,庸廓肤浅,虽有作品,难登大雅之堂。"①而称清代骈文:"亦往往能推陈出新,俨然有中兴之势焉。"②清初骈文承晚明崇尚偶俪之风而有实质性发展,涌现出一批骈文名家和优秀骈文作品。

　　《四库全书总目》卷一百七十三《陈检讨四六》提要云:"国朝以四六名者,初有维崧及吴绮,次则章藻功《思绮堂集》亦颇见称于世……譬诸明代之诗,维崧导源于庾信,气脉雄厚,如李梦阳之学杜;绮追步于李商隐,风格雅秀,如何景明之近中唐;藻功刻意雕镂,纯为宋格,则三袁、钟、谭之流亚。"③以陈维崧、吴绮、章藻功为清初骈文家代表,且形成自己风格,这是清初骈文创作自觉的表现。骈文受体制之限制易流于干枯、俗庸,清初骈文于作品中自觉融入真性情而别开生面,避免千篇一律、借面吊丧的弊病。可以说,清初骈文家的抒

---

① 刘麟生《中国骈文史》,上海商务印书馆,1936年,第111页。
② 刘麟生《中国骈文史》,上海商务印书馆,1936年,第123页。
③ 永瑢等《四库全书总目》,中华书局,1965年,第1524页。

情自觉(即作品中有意识地寄托丰富情感)促使众多骈文风格的形成。骈文呈现复兴之势,吴绮正是其中的典型代表。

第一节　吴绮性情与独钟骈体

魏晋时期品评人物之风盛行,三国魏刘邵的《人物志》对人的才性进行了系统论述,《人物志·九征篇》详论才之全和偏:

> 盖人物之本出乎情性……聪明者,阴阳之精,阴阳清和,则中叡外明。圣人淳耀,能兼二美,知微知章……五物之实,各有所济……五质恒性,故谓之五常矣。五常之别,列为五德……然皆偏至之材,以胜体为质者也。故胜质不精,则其事不遂。是故直而不柔则木,劲而不精则力,固而不端则愚,气而不清则越,畅而不平则荡。是故中庸之质,异于此类。①

在刘邵看来,天地间惟有圣人能兼阴阳,具中庸之质。其他人皆"偏至之材",并且天生如此,所以刘邵又说:"夫学所以成材也,恕所以推情也,偏材之性不可移转矣。"②这一品评思想表现在文学批评上即曹丕《典论·论文》所云:

> 盖奏议宜雅,书论宜理,铭诔尚实,诗赋欲丽:此四科不同,故能之者偏也;唯通才能备其体。文以气为主,气之清浊有体,不可力强而致。譬诸音乐,曲度虽均,节奏同检;至于引气不齐,

---

① 刘邵《人物志》卷上,《四部丛刊初编》本,第1—5页。
② 刘邵《人物志》卷上《体别篇》,《四部丛刊初编》本,第11页。

巧拙有素,虽在父兄,不能以遗子弟。①

以气(作者个性、气质等禀赋)论文之风格的前提是每个人都有"偏至之材",于文中表现为不同的风格,这是"不可力强而致"的天赋所造成的。此论充分肯定了作家的禀赋、个性对作品风貌特征的影响。

刘勰《文心雕龙·才略》云:"使气以命诗。"②宋代释惠洪《冷斋夜话》卷三引李格非语云:"文章以气为主,气以诚为主。"③直至明代,公安派袁宏道等人倡"独抒性灵"之说,皆强调作家才思性情对作品风貌的塑造,即作家禀性的决定作用。吴绮亦认为性情是文词之基,如《林蕙堂全集》卷三《丁雁水观察暨令弟韬汝〈棣华集〉序》云:"声期应节,其何取于聱牙;语贵宣情,复宁求于借面。"卷四《陶憺庵诗序》云:"而诗文难求于富贵,要之原本至情。"④

吴绮性情刚直,其《林蕙堂全集》卷一《与内子江夏君书》云:"悯其辞之多戆,以勖王章;戒其性之太刚,而箴文举。诚如卿语,何待人言。然妻菲无端,不必由于身致;而桂姜难改,要须出于性成。"江夏君即吴绮妻子黄之荼(字静宜),她在吴失官后,写信劝慰之,但吴氏仍坚持自己刚直之性难以改变,不管任官、赋闲皆一以贯之。吴氏在康熙八年(1669)因忤上官意而罢官,在《上龚大宗伯书》中满怀悲愤地诉说自己正道直行反遭免官,请龚鼎孳为自己遭诬申辩。其云:

留棠拔薤,凡古人循吏之能;瘢索毛吹,皆此日小臣之罪。

---

① 曹丕《魏文帝集》卷一,《汉魏六朝百三家集》本,明末刻本,第70页。

② 刘勰著,范文澜注《文心雕龙注》,人民文学出版社,1958年,第700页。

③ 惠洪《冷斋夜话》,《丛书集成新编》第78册,新文丰出版公司,1985年,第385页。

④ 吴绮《林蕙堂全集》卷三、卷四,清康熙三十九年(1700)刻本,第49、59页。本章引用吴绮作品,未注明出处者皆出自该版本。

> 只悔信书之误,益怜解事之迟。不有大贤,谁能隐曲。伏惟阁下,诚孚上帝,道济下民……悯受毁之太深,而谅以求全之毁;鉴好名之特甚,而雪其已玷之名。必能无愧于君师,始得自安于天地。起已枯之骨,薰以神香;召既去之魂,饵之仙药。衔花黄雀,恩深于弹射之余;拥树白麂,感切于放归之后矣。①

不仅如此,他坦率好客,《听翁自传》自评云:"翁性坦率,好宾客。与人言无所隐,有不如意者即怒骂,然胸中无留滞焉。"②同时人多称其好宾客,如王晫《今世说》卷四载:

> 吴名绮,江南歙县人。官湖州守。为治简静,放衙散帙,萧然洛诵,绳床棐几,灯火青荧,吏人从屏户窥之,不辨其为二千石也。喜与宾客游,四方名士,过从无虚日,卒以是罢官。③

王氏不仅认为吴氏好客,且将其"过从无虚日"的宴游归为罢官之因。当然,这只是被罢官的借口,其被免去湖州知府之职,主要是得罪上司之故④。

康熙八年(1669),吴绮被劾去官,吴伟业闻之,作《家园次罢官吴兴有感四首》,其一云:

> 世路嗟谁稳,栖迟可奈何! 官随残梦短,客比乱山多。闭阁

---

① 吴绮《林蕙堂全集》卷一,清康熙三十九年(1700)刻本,第62—63页。
② 吴绮《林蕙堂全集》卷首,清康熙三十九年(1700)刻本。
③ 王晫《今世说》,《清代传记丛刊》第18册,明文书局,1985年,第64页。
④ 杨燕《吴绮湖州为官时期文学活动考论》第一章第三节"吴绮罢官原因探微",南京师范大学2007年硕士论文。

凝香坐,行厨载酒过。却听渔唱响,落日有风波。①

吴伟业"落日有风波"云云,暗示吴氏罢官另有隐情。但时人更关注"官随残梦短,客比乱山多"这种豪放的文人形象,盖文人宴饮游赏符合诗酒人生的想象,且吴绮好宾客在当时是负有盛名的,王晫称"卒以是罢官"便是一例。不过吴绮的确性喜宴饮,其在湖州任知府期间接待宾客的状况,门人王方岐有详细记述:

> 以文章为寝食,以朋友为性命,以仕宦为邮传之地,以山水形胜为休沐之所。怜才好士,出于性成;片言倾倒,共相输写。未尝缓须臾而俟异日也。守湖之日,宾至如归,皆海内名士,当时好士者,在内推龚合肥,在外称吴吴兴。尝与宣城唐允甲、黄冈杜濬、山阳稽宗孟、桐城方亨咸、天都吴甲周饮于李公择之六客堂,又与吴学士伟业、张大令芳、吴侍御雯清暨名士修禊于爱山台,又与嘉禾曹司农溶、莱阳宋观察琬、福州谢司李天枢、娄东黄进士与坚集于洼尊亭,皆屏去驺从,解衣盘礴,谑浪歌呼,声进林薮,观者目为神仙中人,不复知为郡守也。②

吴绮刚直、坦易、喜好宾客,与其骈文风格关系密切。对此,清初诗人、吴氏好友杜濬曰:

> 吴子园次与余游好,称异性兄弟三十余年,俱喜为文章,各

---

① 吴伟业著,李学颖集评标校《吴梅村全集》卷十四《诗后集六》,上海古籍出版社,1990年,第382—383页。
② 王方岐《吴园次后传》,载闵尔昌纂《碑传集补》卷二十一,《清代传记丛刊》第121册,明文书局,1985年,第340—341页。

就其才性之所近以从事于古人。园次高华,为六朝;余疏拙,为八家……而园次之为六朝也,则专心致志,造次必于是,颠沛必于是,尽其才以为之,遂能抉古人之奥而极其独传之妙。①

魏禧云:

湖州(按:指吴绮)才美绝人表,顾岂不能为两汉、为唐宋八家习之工焉? 好而得其味,将有不肯以彼易此。②

杜濬指出吴绮创制骈体,乃"就其才性之所近"为之,且终其一生专力于骈文,"不肯以彼易此"。今所传《林蕙堂全集》有康熙三十九年(1700)刻本和乾隆三十九年(1774)、四十一年刻本,两个版本所有文章皆骈文,可称得上专以骈文名家者。这与吴氏性情刚直、执着、不趋流俗一致。务为高华之俪体文,与其好宾客、喜游宴不无关系,陈维崧《周栎园先生尺牍新钞序》云:"今者单门寒畯,缝掖素流,只工制举之书,但慕集贤之院。即使才同孝穆,文类子山。无益身名,徒资嗢噱。加之遭逢踽踽,罕西园北府之游;徒侣寥寥,乏华屋渌池之彦。事迹不足以供铺叙,爵里不足以寄选择。其所为难二也。"③陈氏认为贫寒之士缺乏交游宴集,难以写好骈体,并将之归结为清初"书"类骈文不振的原因之一。

　　吴绮好宾客、喜游宴适应骈文追求铺张、工丽的艺术需求。正如

---

① 杜濬《〈林蕙堂全集〉原叙》,吴绮《林蕙堂全集》卷首,清康熙三十九年(1700)刻本。
② 魏禧《〈林蕙堂文集〉原叙》,吴绮《林蕙堂全集》卷首,清康熙三十九年(1700)刻本。
③ 陈维崧著,陈振鹏标点,李学颖校补《陈维崧集》,上海古籍出版社,2010年,第316页。

前揭《听翁自传》所说："为文章好作孝穆、子山语。"吴绮的才学、性情特质使他的骈文风格清雅秀丽，于文章独钟骈体，他把自己所历所感寄之于骈词俪语，自成一种风格。

第二节　吴绮骈文渊源——追步李商隐

《四库全书总目》卷一百七十三《林蕙堂集》提要云："绮则出入于樊南诸集，以秀逸擅胜。"同书《陈检讨四六》提要云："绮追步于李商隐。"①清人认为吴绮骈体摹习李商隐，风格相近，这主要表现在典丽工巧的艺术特征和融真情实感入骈文的创作实践。两人骈文皆秀外慧中，情文并茂，为传世佳构。孙梅《四六丛话》卷二十五云："李文丽而情之恻怆自见。"②指出李商隐骈文的特征：秀丽和深情。李氏文素称典赡工整、辞藻华丽，如作于大中三年（849）十月的《上尚书范阳公启》云：

> 某幸承旧族，早预儒林。邺下词人，凤蒙推奖；洛阳才子，滥被交游……去年远从桂海，来返玉京。无文通半顷之田，乏元亮数间之屋。賃佣蜗舍，危托燕巢。春畹将游，则蕙兰绝径；秋庭欲扫，则霜露沾衣。勉调天官，获升甸壤。归惟却扫，出则卑趋。仰燕路以长怀，望梁园而结虑……谨启。③

其作于大中六年春的《献相国京兆公启二》云：

① 永瑢等《四库全书总目》，中华书局，1965 年，第 1521、1524 页。
② 孙梅《四六丛话》，《历代文话》第 5 册，复旦大学出版社，2007 年，第 4712 页。
③ 刘学锴、余恕诚《李商隐文编年校注》，中华书局，2002 年，第 1788 页。

若某者，幼常刻苦，长实流离。乡举三年，才沾下第；宦游十载，未过上农。顾筐箧以生尘，念机关而将蠹。其或绮霞牵思，珪月当情，乌鹊绕枝，芙蓉出水。平子四愁之日，休文八咏之辰……然犹斧藻是思，丹青不足，亟挥柔翰，屡赞神锋，讵成褒德之词，自是抒情之日。言无万一，读有再三。不谓恕以萧稂，加之金薤，频开庄驿，累泛融尊。揖西园之上宾，必称佳句；携东山之妙妓，或配新声。是以疑玄鹤之有私，意丹凤之犹党者，盖在此也。①

　　前文是李商隐受卢尚书征辟，表其为徐州节度使判官而作，李氏首叙自己接到其信，惶恐不已，陈述自己早年即以文辞被士林推誉，但历经幕僚生活，由桂州而京畿，今又盼望入卢氏（尚书）之幕府。卢氏道德垂范，政惠下民，镇抚大区，有功国家，自己愿意入幕效力。后文是李氏"由西川推狱回，杜悰迁淮南，往渝州界首迎送，旋即返梓"②之时，上书杜悰的投赠之作。该启首先感慨知音难遇，不意得到相国杜悰之赏识。又云自己虽有科第，仍沉沦下僚。在愁闷之时所作诗篇被京兆公所赏，杜氏主政剑南，有惠政，自己即将归东川节度使幕府，聊以启为辞。两文不仅用典恰切、对仗工稳、词采秀丽，且四六交互、富有诗意，可谓丽而有思。在干谒文字中具有浓郁的文学意味，宜乎反复涵咏。

　　吴绮胸怀坦荡、才情溢放，其《林蕙堂全集》卷三《江秋水园居唱和诗序》曰：

---

① 刘学锴、余恕诚《李商隐文编年校注》，中华书局，2002 年，第 1919—1920 页。
② 张采田编纂《玉溪生年谱会笺》卷四，《北京图书馆藏珍本年谱丛刊》第 12 册，北京图书馆出版社，1999 年，第 433 页。

江子秋水,性虮林溆,癖染烟霞。有谢幼舆之一丘,开蒋元卿之三径。亭中花发,不见俗人;池上诗成,每同词客。向值西园之会,言来东海之踪。笑杜牧之颠狂,逢花便住;爱渊明之萧散,得酒还留。曾未几时,遂同昨梦。倚栏明月,是当年薄幸之楼;绕槛清波,异昔日醉歌之墅。灯前红袖,谁怜往事都非;花底黄衫,尚喜豪情如旧。既经秋而涉岁,或卜昼以连宵。邀中散以弹琴,遇桓伊而弄笛。红笺小字,常为锦带之篇;紫袷高吟,竟赌金荃之句。音成山水,非无丝竹相关;坐有莺花,遂觉壶觞都韵。

又如卷一《栗亭赋》(为汪扶晨作)曰:

若乃丹梯前起,佳径横开,荷香曲沼,芰绕崇台,芳流环映,广榭崔嵬,可映芙蓉之镜,还倾芍药之杯。绿淇园而皆竹,芬孤山而尽梅。常对之而爱玩,尤朔滨之异材。至若高柳在后,交让可匹,既梳烟而带雨,复干云而蔽日。感琅玡之十围,羡渤海之百尺。莺啼春而自娇,蝈吟秋而转急。时即霁而恒阴,衣虽素而咸碧。遂枝映于比邻,长花飞于满室。

前文回忆与江千里参加西园之会的情形,全文秀润明丽,工致精巧,陈耀南《清代骈文通义》评曰:"调丽声谐。"①后文香艳可喜,览之如亲临林泉。汪征远(字扶晨)家于歙县,于黄山脚下潜溪口筑栗亭,读书其中。处于群山之间,坐拥书卷,春柳冬梅,恍然仙境。虽有不遇之嗟,何若林泉之胜。吴文在用典、选词、组句等方面颇有出蓝之胜,如同样表达主人之好客,吴文云:"向值西园之会,言来东海之踪。笑杜牧之颠狂,逢花便住;爱渊明之萧散,得酒还留。"李文云:"频开庄

① 陈耀南《清代骈文通义》,香港永安印务公司,1970 年,第 47 页。

驿，累泛融尊。揖西园之上宾，必称佳句；携东山之妙妓，或配新声。"
典丽工巧是李、吴文的共有特征，吴绮骈文踵武商隐而又向工整化、
秀丽化方向发展，形成秀逸风格。

骈文中注入浓烈情感是骈文风格形成的主要原因。李商隐自己
深知所作骈体具有感染力，其《樊南甲集序》云："有请作文，或时得
好对切事，声势物景，哀上浮壮，能感动人。"[1]余恕诚认为其骈文：
"写景状物，声情音韵皆具有感染力。"[2]如《祭徐姊夫文》云：

> 二十年以来，虽事暌而意通，迹遥而诚密。神当赐鉴，愚岂
> 敢忘！逮愚不天，再丁凶衅，泣血偷息，余生几何！君方赤绂银
> 章，浙东从务。道途悠邈，时序徂迁，讣吊缄之不来，忽讣书而俱
> 至。感旧怀分，情如之何！埋玉焚芝，固未可喻。呜呼！今来古
> 往，人谁不亡？于君之亡，其酷斯甚。藐然一女，才已数龄。乞
> 后旁宗，又未能立。贤弟扶服东路，遇疾洛师。徘徊十旬，淹不
> 得进。[3]

此段以四字句为主，夹杂六字句，真情从肺腑中流出，惺惺相惜之情、
沦落无助之感，令人潸然。明代著名文学批评家李贽说："天下之至
文，未有不出于童心焉者也。"[4]情感充沛、对仗工稳是商隐骈文的特
点和突出成就。被姜书阁评为"义山骈文，断以此篇为压卷之作"[5]

---

① 刘学锴、余恕诚《李商隐文编年校注》，中华书局，2002 年，第 1713 页。
② 余恕诚《樊南文与玉溪诗——论李商隐四六文对其诗歌的影响》，《文学遗产》2003 年第 4 期。
③ 刘学锴、余恕诚《李商隐文编年校注》，中华书局，2002 年，第 684—685 页。
④ 李贽《李氏焚书》卷三，《四库禁毁书丛刊》集部第 140 册，北京出版社，1997年，第 242 页。
⑤ 姜书阁《骈文史论》，人民文学出版社，2010 年，第 477 页。

的《祭小侄女寄寄文》，同样以骈俪工夫抒真挚情感，其他如《为彭阳公兴元请寻医表》《祭徐氏姊文》《祭裴氏姊文》等皆情文并茂，允为佳构。

吴绮与商隐一样多情善思，同时友人多言之，如陶之典《林蕙堂全集》序云：

> 集中诸体无不工，无不卒擅，其难工者，惟用情深而肆力博，陶冶入化，斯众美俱臻。所谓绝妙可喜者，无以复加也。吾故曰："必传之书，不可以不深观也。"①

陶氏认为吴氏文能"用情深而肆力博"，故为必传之书。释大汕《林蕙堂全集》序谓："有真性情然后有真文字。贯道义而为言，邂逅投分，久要不忘，可以自信其生平而人共信之者，惟听翁吴先生之遇余也……其文章益阂恢伟丽，台阁峥嵘，学博而情真，言近而旨远，掩王杨之风华，挹庾徐之芳泽，骎骎乎才与年懋矣……凡诵其诗，读其书，可以知先生之真性情、真文字。"②陶之典、大汕是吴绮好友，都言其文字为真性情之流露，当非虚誉。吴氏之深情注入骈体，使其骈文在清初别有生气。

除诗词外，吴绮将自己的遭际、友朋的聚散等一并寄于骈俪，如《林蕙堂全集》卷六《青来程君湘潭瘗骨纪序》云：

> 燎原莫救，白骼成丘；塞水难流，青磷遍野。使周文王而若

---

① 陶之典《〈林蕙堂全集〉序》，吴绮《林蕙堂全集》卷首，清康熙三十九年（1700）刻本。
② 释大汕《〈林蕙堂全集〉序》，吴绮《林蕙堂全集》卷首，清康熙三十九年（1700）刻本。

见，益厘如伤；非韩卫使之曾逢，仍同困觌。兹幸倡于程君青来，和于黄君希倩……昔汉水之蛇，曾衔珠实；即华阴之雀，犹献玉环。况系有情种就，岂遂无情；原自果报得来，何能不报。惜也，昔在一邑，获免夜台之悲；痛哉！今则四方，并作春闺之梦。夫安得两君子，化为亿万身。以俾此众冤氓，超出微尘劫乎？

又如《林蕙堂全集》卷一《上龚大宗伯书》云：

> 嗟乎！半生劳吏，无计剜疮；三载岩疆，仅成立骨。当莅官之际，不免子馁妻寒；及解任之余，尚有民悲士泣。而素丝被染，终古难湔；全璧遭瑕，百身奚赎。余生已矣，夫复何言。而最可痛者，留棠拔薤，凡古人循吏之能；瘢索毛吹，皆此日小臣之罪。只悔信书之误，益怜解事之迟。不有大贤，谁能隐曲。

顺治六年（1649）清兵屠城湘潭，尸堆如山，次年程奭（字青来）、黄希倩经商至此，出资将尸体掩埋。前文即针对此事而发，赞扬两君所行之善事，充满同情和淑世情怀。后文作于康熙八年（1669）自己罢官后不久，历述自己为官清正守法，反而遭到免职，冤生于内，情发于外，虽以四六行文，无割裂滞塞之弊，因感情充沛使然。其他如《林蕙堂全集》卷十二《瘗兰铭》、卷七《送卢菽浦之戍所序》等皆充满真情实感，从另一方面证明骈文亦可抒发至情，制为佳作，与古文发挥同等功能，所谓“文章之道，体制固非所论也。惟贵夫专，以尽其才，然后成家，则传可必焉”①。

---

① 杜濬《〈林蕙堂全集〉原叙》，吴绮《林蕙堂全集》卷首，清康熙三十九年（1700）刻本。

第三节　清初骈文抒情自觉的表现与风格形成

元明骈文衰微，明人已论之。万历三十二年甲辰（1604），翁正春给马朴的骈文集《四六雕虫》撰序，该序从骈文史角度对此有简明评论：

> 文之有四六也，则昉于六代乎？《书》以为经，《诗》以为纬，故实以为干，音律以为辅，骈丽以为饰。其制似方而非方也，方之而失则苦拘挛也；其句似离而非离也，离之而失则寡神情也。盖齐梁之间，徐庾致其藻；隋唐以还，杨骆裁其声。迨宋，庐陵、眉山诸君子遂一洗月露之旧而务为情至之语，体稍稍变矣。国朝作者如林，文章大备，独四六之学，眇辟堂奥。①

马朴是明代末期有名的骈文家，但在后世几乎被遗忘，《四六雕虫》三十一卷，"启"类居十五卷之多，类多酬应公文，称不上自树一帜者。沈德符《万历野获编》卷十"四六"条云："本朝既废词赋，此道亦置不讲。"②明代用四六较多的文类是表，但因设为场屋之文，故《四库全书总目》卷一百八十九《唐宋元名表》提要云："自明代二场用表，而表遂变为时文，久而伪体杂出……至于全用成句，每生硬而权柂；间杂俗语，多鄙俚而率易。冠冕堂皇之调，剽袭者陈肤；饾饤割裂之词，小才者纤巧。其弊尤不胜言。"③

骈文受到关注并使作家们投入热情进行创作起步于晚明，谢无

---

① 马朴《四六雕虫》卷首，明万历三十六年戊申（1608）刻本，第 4 页。
② 沈德符《万历野获编》，中华书局，1959 年，第 270 页。
③ 永瑢等《四库全书总目》，中华书局，1965 年，第 1717 页。

量云:"故元明间,惟为古文者不绝,骈文之不振,盖时势好尚则有然也。明季士习渐慕华采,清初乃有以四六名家者。"①所论甚确。李伶俐《论晚明骈文的复苏》②认为晚明时期骈赋创作已较普遍,出现了陈子龙、夏完淳等骈文作家。

随着阳明心学的流播,士林风气为之一变,士人追逐奢华,审美意识发生转移,学习对象上,由秦汉唐宋变为六朝。以复社、几社为代表的社团注重俪文藻采,张溥等人整理并重估六朝文,社会上浸润着六朝风华,这一审美取向培养了当时的少年才俊,骈文在清初顺康年间开花结果,大放异彩,职此之由。陈维崧、吴绮、吴兆骞、陆繁弨等人是其代表。

清初骈文家注重融情于骈俪之中,避免"獭祭鱼"的堆砌。这一努力是有其自觉性的,陈维崧和吴绮曾探讨过明清之际骈文弊端,陈维崧《吴园次林蕙堂全集序》云:

> 自俗学之师心,致前型之偭矩,原其流失,厥有二端……或则仅解虫镂,差工獭祭。悔读《南华》之卷,不精《尔雅》之篇。仿兰成碑版之作,只堪借面吊丧;效醴陵离别之言,仅可送人作郡。不知六诗三笔,每每以古郁称奇;四库五车,往往以沉雄入妙。徒组纴笙簧之是侈,将风云月露其奚为。是则刻云端之木雁,未必能飞;琢箭上之金徒,何曾解舞。成都粉水,弱锦濯而宁鲜;河北花笺,钝笔描而失丽。益成拊搏,劣得揣摩。此其为弊二也。③

---

① 谢无量《骈文指南》,上海中华书局,1918年,第79页。
② 李伶俐《论晚明骈文的复苏》,《中国文学研究》2000年第4期。
③ 陈维崧著,陈振鹏标点,李学颖校补《陈维崧集》,上海古籍出版社,2010年,第319页。

这段文字借"君"（吴绮）之口说出，知其为两人共识。即骈文"作者必须'博学多识'，且具有真精神、真性情"①，该文后面举徐陵、庾信、温庭筠、李商隐等骈文家为例，说明当今骈文创作必须纠正元明以来干枯堆砌之病，以骈偶语抒真性情，才能振兴骈体，上追徐庾，自成一家。清初骈文正是沿着抒情自我化的道路发展壮大、开宗立派的，梁章钜《退庵随笔》云：

> 有初唐之四六，王子安为之首，以雄博为宗，本朝之陈维崧似之；有中唐以后之四六，李义山为之首，以流丽为胜，本朝之吴绮似之；宋四六无专家，各以新巧为工，近南昌彭文勤公所辑《宋四六选》已具崖略，本朝之章藻功似之。②

梁氏认为清初吴绮、陈维崧、章藻功三人分别代表三种风格，摆落陈套，出以性情，上接六朝、三唐而自铸格调。

吴绮骈文是清初骈文抒情自觉的代表，首先表现在其骈体有诗之蕴藉。诗赋对骈文的影响，前贤已有所述，宋代王铚《四六话序》云："世所谓笺题表启号为四六者，皆诗赋之苗裔也。故诗赋盛，则刀笔盛，而其衰亦然。"③前揭魏禧《〈林蕙堂文集〉原叙》评其文云："若夫道情宣物，往往有难于显言之故，而征古喻今，隐约婉至，得风人比兴之义。"将诗之抒情方式和字面用到骈体中，特别在用典和对偶方面有显著互通性。如吴绮《送李箕山归隐沙村序》云：

---

① 张明强《陈维崧与清代骈文复兴》，《学术论坛》2013年第5期。
② 梁章钜《退庵随笔》卷十九，《二思堂丛书》第7册，清光绪元年（1875）刻本，第25页。
③ 王铚《四六话》卷首，《历代文话》第1册，复旦大学出版社，2007年，第6页。

予友李子箕山笃意好文，覃心学古。清音得之山水，而余及艺材；妙悟合乎图书，而旁通籀史……今以残秋，遇余邗上。九年赋别，华发都非；两地相思，素心犹在。留连听雨，何辞剪烛巴山；感慨停云，遂共联床并舍。酒边吹泪，各有当年；鬓上流霜，空余此日。人间可畏，将为庐阜之装；婚嫁虽完，暂返沙村之棹。①

首述李颖（一作李颍，字箕山）学博才丰，游历大半中国，所在皆名动当地。次段云李氏于今秋九月访己于江都，九年分别，一朝相见，感慨系之。遂用李商隐《夜雨寄北》之"西窗剪烛"和陶渊明《停云》之"停云，思亲友也"之典，表达朋友相见的欣慰和友谊。而后四句则以"隐居庐山"和"向长婚嫁"暗示李氏将归隐沙村，指出惜别之意。这几个典故在吴氏诗歌里亦常出现，如《林蕙堂全集》卷十八《至句曲寓瑞像院，喜菊人过谈》云："西窗烛似去年红，雪后重来夜语同。"卷十九《送藏山和尚还中泠，时以"梅花家语"见示，并惠新诗，依韵答之》二首其一："西窗夜雨原堪听，拂袖谁教返碧岑。"卷二十二《和毕正持夏夜书事》六首其五："几株老树千竿竹，尽作西窗夜雨听。"皆用"西窗剪烛"典。同书卷十六《午日集遗山秋浦楼得云留二字》二首其一："远游聊且住，令节慰停云。"卷十九《喜广霞乔梓自吴门，震修自毗陵至，偕赵翔九徐石霞邓少广诸同人小饮分韵》："倦游无事掩禅关，正忆停云感慨间。"皆用"停云"典。又同书卷十五《长椿夏日次芝麓先生〈杂咏〉二十首》其五："终须婚嫁了，放眼向山河。"卷二十《送家仲云归里》："向平婚嫁随时遣，阮籍行藏与世违。"则用"向长婚嫁"典。巧用典故不仅要求作者胸中储备大量材料，更需剪熔恰当，吴氏将诗之用典方法移入骈文中，达到了"征古喻今，隐约婉至"的效果。

---

① 吴绮《林蕙堂全集》卷七，清康熙三十九年（1700）刻本，第14页。

　　吴氏骈文用典明显具有诗性特征,将诗之抒情带入骈体之内。其《送李箕山归隐沙村序》运用典实抒发朋友相见之欣喜、惜别之深情,如行云流水,不觉此情竟现于骈偶之体。其他如《林蕙堂全集》卷一《康山读书赋》《上龚大宗伯书》、卷七《送宗鹤问之官秋浦序》等皆如是。

　　骈文和诗一样讲究对偶,对偶是骈体的本质特征。律诗不过八句,惟中间两联要求对偶,但骈文句式或"四—四""六—六"相对,或"四六—四六"隔句对,几乎全篇皆对。所以作家通篇排纂偶句,对骈文文体的自立起了至关重要的作用。为了抒情表意之便,吴绮将诗之对偶方法运用到骈体中,如《林蕙堂全集》卷四《漱香阁诗集序》:"八叉作赋,负司马之俊才;五噫和歌,得伯鸾之佳偶。"卷六《阎氏本支录序》:"弘文距司马之前,高致轶伯鸾而上。"与卷二十《亭皋诗集》之《戏拟无题》六首其二:"世有伯鸾应得汝,人非司马敢呼卿。"卷七《送毕正持归里省觐序》:"露咽玄蝉,方凄怀于草木;天高白雁,又送别于河梁。"与卷十五《赋得送秋兼送客,送友沂还广陵》四首其三:"雁失吴天信,蝉轻楚客裳。"卷七《送李南枝游宜春序》:"七载暮云,怀兹李白;一江春水,来共王猷。"与卷十五《和淡心访南村惠麓山房过憩寄畅园韵》三首其二:"一江春水隔,十载暮云稀。"卷七《送毕正持归里省觐序》:"然白发娱情,子以遂老莱之乐;而青山入梦,予益怀庄舄之思。"与卷十五《鹿柴庵同僧持作,时僧持将归白下》:"白发俱无语,青山不当家。"卷十六《月下》二首其二:"白发愁多故,青山梦未安。"等等,字面相近,用意大多一致。吴氏大力创作骈体①,一

①　吴绮文集主要有清康熙三十九年(1700)刻《林蕙堂全集》本(《四库全书》本据此本录入)和清乾隆三十九年(1774)、四十一年《林蕙堂全集》本,两个版本收录吴氏骈文互有出入,剔除重复,仅见于这两版本的就有374篇,这是目前所知清初创作骈文最多的作家。

些用于诗歌的字面移入骈俪,使骈文具有浓厚抒情气息。

其次,吴绮常常将自己所思所感寄之骈体。清初政治环境巨变,给士人入仕带来冲击,士之不遇在明末清初颇受关注。《林蕙堂全集》卷七《送宗鹤问之官秋浦序》云:

> 顾颠沛十年,予既心伤于按剑;而浮沉半世,君亦气尽于碎琴。病虽异而同怜,饮不欢而余醉。而才堪草创,未横七宝于殿前;而禄以代耕,仅得一毡于江上。嗟乎! 不遇好文之主,冯唐之白首何辞;非逢有道之时,叔夜之青眸安问。兹则德过太始,值天子之怜才;选迈平津,命云官而荐士。而马卿徒困,狗监难逢。宁少故人,寒莫怜于范叔;竟无知己,冷乃甚于郑虔。是谓文穷,足为道惜。①

吴氏深感于宗观(字鹤问)半生不遇,布衣四方。现今宗氏将赴学官任,吴氏以学官虽清贫却无俗事烦扰为慰,通篇表达对贤士在野的不满,情见乎词。他如《林蕙堂全集》卷一《黄金台赋》、卷三《家茂才一壑居士〈桐江草〉序》和《顾辛峰羚江草诗序》、卷十《永愁人诗集题词》等皆以沉痛之情表不遇之感。又《林蕙堂全集》卷一《上龚大宗伯书》用俪体抒其含冤遭罢的愤懑和痛楚,其叙友情、述离怀、表忠孝、讽贰臣都满怀情衷,能感动人。

中国古代诗歌主于抒情,诗人性情和创作技巧塑造了富有个性的诗风,如杜诗之沉郁顿挫、李诗之清新飘逸皆有所自来。较之骈文,亦有庾信之遒劲苍凉、徐陵之巧密华丽、王勃之巨丽、陆贽之剀切、李商隐之典缛等,皆自立一帜。清初继承了六朝、三唐时期寄情于骈文的作法,产生了众多不同风格的骈文家,如陈维崧之雄博、章

---

① 吴绮《林蕙堂全集》卷七,清康熙三十九年(1700)刻本,第16页。

藻功之巧密刻镂、毛奇龄之疏俊,而吴绮则以秀逸擅胜。追求个性是文学写作的一贯要求,骈文亦如此,宋代王铚《四六话》卷上云:

> 先子尝言:"四六须只当人可用,他处不可使,方为有工。"邵箎自陕西运使移知邓州,先子以启贺之云:"教实自西,浸被南明之国;民将爱父,伫兴前古之歌。"乃邵氏自陕移邓之启也。①

王铚所谓"工",即用典隶事必切合对象之身份事迹,每篇皆有新意,叙事抒情都有寄托。不能蹈袭模拟,千篇一律。如毛际可《陈其年文集序》所说:"尝见某公《赠广陵游子序》,炳曜铿锵,美言可市。适余友有西陵之行,遂戏易广陵为西陵,并稍更其'竹西歌吹'等语,则全篇皆可移赠。因叹此道雷同倚附,盖千手如一律也……遂绝笔不为者十年。"②毛氏所厌恶者,即骈文创作中的蹈袭之弊,导致骈文面目相似,无生动、新鲜可言。但他没有觉察到王铚之父王莘所说的骈文创作原则,在隶事切对、调声谐律中把叙述或描写对象具体而生动地表现出来,使之富于个性,既能有效表达情思和事理,又具备华美之词采。

吴绮《林蕙堂全集》卷三《顾辛峰羚江草诗序》云:

> 顾子高出虞山,奇同拂水。长才未遇,聊自隐于读骚;壮志难名,每独抒于觅句……以至长杨芳草,赋也弥工;走兔流乌,时哉不予。七星岩畔,李供奉语逼烟霞;三水江边,谢玄晖悲生日夜。莫不抑扬尽态,慷慨言情。楚泽含毫,寓奇怀于鹦鹉;河梁

① 王铚《四六话》,《历代文话》第 1 册,复旦大学出版社,2007 年,第 12 页。
② 毛际可《安序堂文钞》,《四库全书存目丛书》集部第 229 册,齐鲁书社,1997 年,第 548 页。

赠句,等丽制于鸳鸯。既摇笔以散珠,益襞笺而成锦。读之击节,惟唤奈何;倚以作歌,殊嗟未若。昔名如元叹,乃闻更有一邕;才似彦先,遂以能齐二陆。以兹方彼,何古非今耶?

吴绮于康熙二十二年(1683)游粤东,后在肇庆遇到顾辛峰,对其景况深表同情。顾氏怀才不遇,在肇庆做幕僚,七星岩、三水江都在肇庆附近,暗示顾氏游幕地点。而元叹是三国顾雍的字,彦先乃晋代顾荣字,连用两人名典以切顾姓。这段文字具体而微地展现了顾氏迫不得已作幕广东及高才落魄的悲凉处境。卷七《送卢菽浦之戍所序》《送辰六令益阳序》等亦如是。

吴绮骈文寄以深情并自出机杼,以诗法入骈体,以复古为创新,遂成秀逸一家。在中国骈文史上,吴绮成为李商隐之后以清丽秀逸名世的著名骈文家,为清代骈文复兴做出了独特的贡献。

清初其他骈文家亦有明显的抒情自觉意识,陈维崧将国破家衰的愤慨、颠沛流离的凄楚以及晚年仕隐之间的矛盾和抉择一寄于骈俪,如《陈迦陵俪体文集》卷二《与芝麓先生书》:

　　嗟乎!生也不辰,幼遭离乱。陆机去国,竟逢吴室之亡;伍员知几,预料越兵之入……仆之侘傺,巧历莫算。缘其遘闵,厥亦有三。仆家珥貂蝉,世叨恩泽。丹轮络绎,人传王谢之门;白尘连翩,世曰袁杨之裔。而壮逢沧贱,晚会流离。铁笼宗人,翻欲湛田单之族;葛衣公子,空思谒任昉之宾。岂衣冠之选,自昔原开;而门第之科,于今永闭。斯仆之自恨者一也……斯仆之自恨者二也……而日月不居,性灵坐夭。兰陵萧绎,忏彼文人;楚泽灵均,歌夫司命。斯仆之自恨者三也。以斯三故,积有百端。加以崔亭伯晏岁多忧,张平子闲居不乐。学元龙之豪气,难卧高楼;岂敬仲之后人,惯奔他国。江淹赋别,卫玠言愁,吁其悴矣,能不悲乎！①

此书首先回忆与龚鼎孳在南京的交往，自己频遭离乱，自别以来思公不已。接着列举三恨，陈述自己在清初的经历和痛苦。陈氏深感自己命途多舛，晚明时家世显赫，父祖皆当时名流，家产富足，沉浸于歌舞声华，彼时是名公子。而今王朝鼎革，祖父和父亲皆已离世，作为长子，家徒四壁，没有功名，既不能像父亲陈贞慧那样以遗民终身，又不能像祖父陈于廷那样博取功名、身居高位。对往日奢华生活和皇明时期的家族盛况的留恋，对自身不能摆脱贫困的焦虑和无奈，以及内心深处的仕与隐的矛盾，皆用骈俪表达出来，流露心声。

陈维崧于顺治年间即补诸生，自顺治十七年至康熙十七年（1660—1678）共参加七次乡试，都未考中②。康熙十七年，朝廷诏举博学鸿儒，陈氏应荐，遂不参加本年乡试，赴京准备博鸿考试，次年与试，获第一等第十名，授翰林院检讨。但京城高官云集，物价昂贵，陈氏无房产，居住条件极差，又不善逢迎，一直未能升迁，《陈迦陵俪体文集》卷五《汪季青诗稿序》叙述汪文柏居于浙江桐乡，与自己家乡相接，然而自己年年作客，不能见面，犹寄诗扇和镜子于己，两人多年无消息，忽接汪氏信函，惊喜其诗歌清奇。最后诉说登博学鸿儒科后居京做官的无奈和悲苦，情见乎词，其云：

　　仆也一官落拓，恨与年增；三载羁栖，才因兴减。藻思销歇，既输君十倍之才；宦况聊萧，甘让尔五湖之长。乃犹膏唇拭舌，序王裴辋水之诗；舐墨含毫，弁皮陆松陵之集。多恐青猿献诮，

---

① 陈维崧著，陈振鹏标点，李学颖校补《陈维崧集》，上海古籍出版社，2010 年，第 192—193 页。
② 周绚隆《陈维崧年谱》，人民出版社，2012 年，第 32—33 页。

将毋白鹤腾讥。君纵忘言,仆犹知愧。或者久要有在,请待来年;昔梦难忘,遥申一语。竟获右军誓墓,平子归田。红帘白舫,往来苕霅之间;酒幔茶楣,灭没凫鹥之队。与君倡和,定自成声;偕我流连,差堪作达。谓余不信,姑留息壤之盟;于我何求,敢订菟裘之约。①

与陈维崧、彭师度并称为"江左三凤凰"的吴兆骞才华横溢,顺治十五年(1658)三月因丁酉科场案下狱,次年遣戍宁古塔,生活于白山黑水的严寒之地,其流传下来的骈体虽不多,但悲凉慷慨,有雄壮之美,如《孙赤崖诗序》云:

> 盖闻缠绵湘吹,以去故而增凄;慷慨燕歌,由送离而结叹。是以旧山既远,促管流音;异国无归,繁弦萦臆。房陵一去,君王有山木之讴;军府长羁,伶官有土风之操。执珪怀越,尚藉悲吟;公子留秦,亦传哀唱。由来志士,遘此穷途,未有不凭柔翰以消忧,托长歌而申恨者也……仆旧托攀稊,近同迁贾。黄垆游燕,久限山河;紫塞军侨,更分乡县。揽泪痕于河上,空诉箜篌;郁愁气于车前,宁消杯酒。北部之贫已甚,南馆之会徒乖。永念生平,弥嗟弦括,却题短引,爰寄沉悲。呜呼! 兰忌当门,痛烦冤之何已;蓬悲出塞,怜飘寄之安穷。西气惊商,将听君诗而陨涕;北风干吕,谁披余制而伤神乎!②

吴氏与孙旸(字赤崖)同罹顺治十四年丁酉(1657)乡试案,吴属江南

---

① 陈维崧著,陈振鹏标点,李学颖校补《陈维崧集》,上海古籍出版社,2010年,第298页。
② 吴兆骞撰,麻守中校点《秋笳集》,上海古籍出版社,2009年,第261—263页。

乡试,孙属顺天乡试。两人同被流放,吴氏被流放宁古塔,孙氏被流放尚阳堡①。兆骞此序,有感于"由来志士,遭此穷途,未有不凭柔翰以消忧,托长歌而申恨者也",肯定孙旸被谪时所作诗歌的价值,对自己和孙氏无辜被放深有隐痛。吴氏读孙旸之诗悲而出涕,今览吴氏此序为之神伤。

陆繁弨亦善于用骈文抒发情愫,他把遗民生活和气节以及亲友亡故的悲痛经历用工整的偶语表露无遗,如《善卷堂四六》卷四《三叔父六十寿序》云:

> 虽然镆铘以砻错而加铦,松柏以雪霜而弥茂。忆家门之不造,藉叔德以图存。历久而光,有足称者。痛昔横山抗节之岁,复有离人;既而燕京诏狱之年,先我家督。斯时也,内无将母,出鲜从行。则是茕茕寝室,修灖何人;渺渺征途,橐馈谁寄。必且栖冰衔胆,想啜菽以难期;杀夭刳胎,比覆巢而尤酷。罗企生有忠无孝,定抱余悲;孔文举兄危弟安,势将争死。虽义烈之靡悔,讵家国以两全。幸而笃生叔父,克保寒门。乙酉酸辛,即随时而奉母;壬寅氛祸,复犯难以从兄……由是范滂正命,无遗恨于泉台;温生过江,不见讥于青史。而且说滕公之客,即是季心;脱堂阜之囚,岂惟鲍叔。骨肉离而复合,宗祊绝而更兴。揆厥所由,伊谁之力。②

陆氏于祝寿之际,充满感恩地旌扬了三叔父陆垍为陆家继绝振衰之

---

① 清初顺治十四年丁酉(1657)科场案详见孟森《心史丛刊》之《科场案》,中华书局,2006年,第34—78页。

② 陆繁弨著,吴自高注《善卷堂四六》,清乾隆三十五年(1770)陈明善刻本,第39—41页。

功，“乙酉酸辛”指弘光元年（1645）陆氏之父陆培自缢殉国的义事，而“壬寅氛祸”则指其伯父陆圻受庄廷鑨《明史》案牵连被逮至燕京狱中之事。患难知心，经霜见节，该文充满悲愤和苍凉，同时贯注了忠义之气。陆家遭遇灾难而不屈，陆繁弨本人终身不仕，以遗民自居，以气节自励。其他如《善卷堂四六》卷六《与昭令重举默社文会书》、卷八《与友人书》等皆以沉痛义烈之情申其遗民之志。

陆氏十一岁而孤，历经坎坷，对亲人、朋友感情深挚，其悼念之作凄恻悲恸，如《洪贞孙哀辞》云：

> 昔者张高生别，缭绕梦中；苏李远离，殷勤河上。况乎幽明永隔，生死长辞。欲命千里之驾，能到夜台；虽怀三岁之书，讵通泉路。怆怳懭悢，伤如之何。自丙午春始，茂人中殂，迨乎孟冬，贞孙继殒。而且步青玉折于燕京，骙沧兰枯于淮北。比之王生刘子，连岁而亡；陈徐应刘，一时并逝。今古同揆，痛螫尤甚。至于贞孙洪君，尤为早落。袁宏谓公瑾为龄促，今少十年；尼山以颜回为不幸，犹多七岁。以此思哀，哀可知已。①

悼念自己姻亲洪景高（字贞孙）之亡，追忆友人茂人、张坛（步青）、骙沧后先而卒，与曹丕感喟“徐陈应刘，一时俱逝”②同调，而洪氏尤为早逝。陆氏与洪家为世交，文中叙述自己与洪氏交往始末。两家结为婚姻不久，洪氏即卒，诚可痛矣。通篇悲情缠绵，两人之交谊、两家之世好、洪氏之不幸，让人唏嘘。其他如卷八《悼亡妇文》等皆融入深

① 陆繁弨著，吴自高注《善卷堂四六》卷八，清乾隆三十五年（1770）陈明善刻本，第11—12页。

② 曹丕《又与吴质书》，载《魏文帝集》卷一，《汉魏六朝百三家集》本，明末刻本，第50页。

沉情感,形成整赡劲健的风格。

章藻功师从陆繁弨,其骈文感情真挚,有出蓝之妙。《思绮堂文集》卷一《悼亡妇文》云:

> 百年何恃,血泪俱枯;三月方娠,胞胎乍堕。销形容于鸡骨,死孝昊堪;付性命于鸿毛,生机辄尽。膏肓二竖,灭性居多;首尾十年,合欢有几。夜台永隔,遍宇宙以茫然;宵幕空悬,等山河之邈若。呜呼! 他生未卜,知在谁家;再世相逢,便同陌路。掩妆台之明月,怕见残痕;动帏幔以凄风,恍闻剩响。何止日中日夕,期以不来;宁云织素织缣,新何如故……呜呼! 方哀永逝,旋出远游。顾鸾影而鸣空,镜真已破;信马蹄之归数,白且将炊。白昼黄昏,灵帏何托;青天碧海,敝褐焉之。痛乖隔于重泉,翘旁皇乎岐路。呜呼! 分飞蛺蝶,此时殊负韩凭;相向鸳鸯,他日还逢小吏。①

章藻功骈文以刻镂工巧著称,该文痛悼亡妻,结婚十年,苦多乐少,夫妻感情融洽,而遽然谢世,阴阳相隔,今生已矣,他生未卜,思念不已。该文以骈偶述哀伤,显示骈文寓深情于含蓄的审美特质。

傅作楫对章氏之深情作文有精彩评论,其《思绮堂文集》序云:

> 呜呼! 章子情何深,文何至也。因索所为自注《思绮堂集》读之,中有《祖母高太孺人传》,有《尊大人遗集后序》,不知李令伯《陈情表》、欧阳永叔《泷冈阡表》,千载后何以使人低徊於邑而不能已。则知章子捉笔时,是血是墨,早已泪落盈把矣! 他若

---

① 章藻功撰注《思绮堂文集》,《清代诗文集汇编》第 198 册,上海古籍出版社,2010 年,第 389—390 页。

赠友赋物诸篇,率皆至性流露,好语动人,非泛泛铺叙夸工斗丽之比。①

　　傅氏认为章藻功《思绮堂文集》卷三《祖母高太孺人传》和卷六《刻花隐亭遗集后序》堪与李密《陈情表》、欧阳修《泷冈阡表》相提并论,皆情至之文。其他如《思绮堂文集》卷一《叹逝文》、卷三《四十初度自序》、卷八《哭江都程老夫子文》、卷九《八哀文》等皆真情流露。

　　其他如毛奇龄、吴农祥、陆圻、王晦等皆有抒情佳作,他们共同构成了清初骈文家群体,且把个人化的情愫注入骈文,形成个性化风格,避免干枯堆砌,使清初骈文声情并茂,蔚然复兴。

第四节　比较视域下的清初吴绮骈文:秀逸风格的代表

　　姚鼐《复鲁絜非书》将古文风格分为阳刚之美和阴柔之美两大类②,清初骈文亦有两种风格,即以吴绮为代表的秀逸风格,偏重于阴柔之美;以陈维崧为代表的雄博一派,则有阳刚之气③。

　　吴、陈两人骈文在篇幅规模上有明显不同,章藻功《与吴殷南论

---

① 傅作楫《思绮堂文集》序,章藻功撰注《思绮堂文集》卷首,《清代诗文集汇编》第198册,上海古籍出版社,2010年,第346页。

② 姚鼐著,刘季高标校《惜抱轩诗文集》卷六,上海古籍出版社,1992年,第93—95页。按,姚鼐说"文者,天地之精英,而阴阳刚柔之发也。惟圣人之言,统二气之会而弗偏,然而《易》《诗》《书》《论语》所载,亦间有可以刚柔分矣"云云,这种论文思路明显本于刘邵《人物志》。

③ 清初骈文复兴初期,崇尚以四六为准则的骈文体制,清嘉道时主骈散合一说,故彭兆荪《小谟觞馆续集·文续集》卷一《答姚春木书》云:"然迦陵佳制,多在《湖海楼集》,世传《检讨四六》本属外篇。"(《续修四库全书》本)本章所论骈体仍以《陈迦陵俪体文集》为准。

四六书》云："吴园次班香宋艳,接但短兵;陈其年陆海潘江,未如强弩。"①章氏强调吴绮之秀丽与陈维崧之雄博,而"接但短兵"和"未如强弩"显示两人在篇幅字数上的差异②。吴氏《林蕙堂全集》所收之骈文绝大多数在 400 字左右,像卷八《秦太翁六十寿序》、卷九《徐母顾太夫人六十寿序》等 1100 字以上者甚少,至多不过 1218 字(卷八《大中丞汤荆岘夫子寿序》)。而陈维崧《陈迦陵俪体文集》所收骈文大多在 600 字左右,其卷四《征万柳堂诗文启》、卷八《叶母李太夫人六十寿序》、卷九《王母张宜人墓志铭》等皆在 1300 字以上,卷十《嘉定侯掌亭先生诔》多达 1544 字③。吴文如小家碧玉,陈文则似关西夫子。

吴绮《林蕙堂全集》卷一《杏花春雨楼赋》云:

> 若夫青阳御辰,白沙应节。柳垂缕而将烟,梅谢琼而无雪。时当人醉之天,岁值参昏之月。纪韶华于荆楚,家始闻莺;访风俗于洛阳,人皆扑蝶。尔乃欲霁非晴,犹寒渐暖。笼翠陌兮烟轻,弄青帘兮风软。霏霏欲湿,脂遂凝于千丝;的的能鲜,霞似蒸于万点。坊开碎锦,既若淡而若浓;彩染生绡,仍半深而半浅。

康熙三十年辛未(1691),吴氏自江都返归祖籍歙县,骈赋或作于此时。杏花春雨楼是汪洪度(字于鼎)和汪洋度(字文治)兄弟读书处,

---

① 章藻功撰注《思绮堂文集》卷八,《四库未收书辑刊》第 8 辑第 24 册,北京出版社,1998 年,第 448 页。
② "接但短兵"和"未如强弩"分别比喻吴绮和陈维崧骈文叙事明快、简要与反复陈述、曲尽其妙的不同,但从篇幅规模上亦可窥其一斑。一般说来,一种气势的形成需要一定规模的支撑,长篇更容易形成雄博的风貌。
③ 俱见陈维崧著,陈振鹏标点,李学颖校补《陈维崧集》,上海古籍出版社,2010 年。

群山环抱,时值春季,景色宜人,"若夫青阳御辰"一段连用"青阳""白沙""柳缕""梅琼""翠陌""青帝"等明丽字眼,使文章秀润有逸气。

而同样描写园居,陈维崧之《儋园赋》却是另一番风貌:

> 树则枯杉十亩,老柏千章。皮皴半裂,腹豁全僵。黄偏著雨,丹只酣霜。支离囷蠹,跋扈昂藏。蝌蚪纵横,半程邈李潮之隶;蛟螭拏攫,是竹王木客之装。石则九点恒青,一拳弥秀。篁借啼斑,玉由血绣。藓蚀红羊,苔缠碧兽。嬴政鞭余,娲皇炼就。怪同齐女之瘤,丑类丈人之偻。叱来仙子,堪为韵士之供;射自将军,可作高人之漱……乃攀峭阁,用眺层丘。倏八窗之竞辟,已万壑之争流。春人遍野,春山满楼,春荑被陇,春羽盈畴。冷节秋千,戏鼓酒旗之会;丛祠赛社,巫箫蛮管之游。茜袂成群,尽绵芊于岭岫;黛衫作队,频掩映夫松楸。能不结遥情之亹亹,而增逸兴之悠悠也哉!①

暮春,陈氏入徐乾学之儋园,首先瞩目的是树石,用"枯朽""老柏""皮皴""腹豁""著雨""酣霜"等词写树之情状,苍凉雄奇,连用"湘妃竹""梓树精化羊""神人驱石下海""女娲炼石补天""齐女宿瘤""佝偻丈人""黄初平牧羊""李广射虎没镞""漱石枕流"九个典故描述石之奇形怪状,接着写水、屋舍、桥,末而登阁兴怀。其驱使故实如丸在手,显示博综的特点。这与吴绮骈赋在词汇、典事的择取上明显不同。

骈序是清初骈文之大宗,佳作频出。吴绮《林蕙堂全集》卷三

① 陈维崧著,陈振鹏标点,李学颖校补《陈维崧集》,上海古籍出版社,2010年,第170—171页。

《何云墅转运集字诗序》云：

> 鹤郡重来，夜月吹箫之路；龙门新陟，春风倾盖之交。十载相思，人逢水部；三秋共对，曲听山香。北海瑶樽，杯底隋堤柳色；西园金管，槛前空阁梅花。爰出集字一编，命为弁言数语……若乃五音迭奏，并合宫商；杂彩相宜①，自成机杼。相其体制，风华不让齐梁；揽厥篇章，大雅无伤李杜。斯则王夷甫之玉立，自具神姿；宁独谢安石之碎金，徒夸宝屑而已哉！置之笥内，应函云母之封；付以筵前，可协雪儿之奏矣。

读之满口生香，所谓秀色可餐者。吴氏首先以十年前春风夜月之欢引出今秋共筵，筵上请吴为序。"夜月""春风""瑶樽""柳色""梅花"等辞藻与"王夷甫""谢安石""云母""雪儿"典故构成其秀逸风格，表达欣赏之情。而陈维崧《归田倡和诗序》云：

> 凡兹食息之伦，畴忘生成之感。或郉都耆宿，素蒙鲍叔之知；或吴国英年，久动蔡邕之叹。或金闺贵客，手题慕德之碑；或石户逸民，口诵衔恩之作。或金张许史之姓，庇宇车前；或东西南北之人，担簦阁下。甚至谈风论月，休上人之才情；绣虎描鸾，曹大家之述作。人为四咏，绪有百端。②

此序铺陈崇川（今南通）之城郭、土地，表达毕际有的吏能，措词征典雄健有力。称述参加送别毕际有的众人，以"管鲍之知""蔡邕称赏

---

① "宜"，文渊阁《四库全书》本《林蕙堂全集》作"宜"，似"宣"字更妥。
② 陈维崧著，陈振鹏标点，李学颖校补《陈维崧集》，上海古籍出版社，2010年，第312页。

王粲""金马门待诏""金张许史大族"等排比用典代指与会者门第高华、才情出众,也显示倡和盛况。香港学者陈耀南评此文云:"振采欲飞,负声有力。"①吴文用典选词侧重于秀艳,陈文侧重于清雄。

吴绮编选《宋金元诗永》二十卷,补遗二卷,吴、陈二人都作征刻启文,《林蕙堂全集》卷二《与江郢上征刻〈宋元诗〉启》云:

> 夏鼎商彝,代异而同为宝器;隋珠卞玉,人殊而悉具瑰姿……仆务破拘挛,不辞固陋。合三朝之歌咏,历数载以编摩。菁华各取其时,何碍菊松之前后;格调必裁于古,无分黍麦之低昂。幸见许于吟坛,将大公之艺苑。枣梨略具,赖江郎颇有同心;蒲柳难成,冀诸公广为垂手。始征资以成卷,终计卷以偿资。

陈氏《征刻吴园次〈宋元诗选〉启》则云:

> 何地无愁,有天长醉。英雄未老,藉选句以移情;岁月多闲,仗抄诗而送日。维时祝融煽虐,鹑火扬辉。流金铄石,如逢十日之年;望雨瞻云,若在无龙之国。爰约论文之侣,同过看奕之轩。忽有微凉,濯予烦暑……然欲私之箧衍,既恐令其破壁而飞;念将悬以国门,又难使彼不胫而走。不揣鄙人,质之大雅。但获稍加啬缩,便成文苑之奇观;倘其广致揄扬,尤属诗坛之嘉话。始则计卷以征资,后乃偿书而给直。②

吴氏意在破除重唐诗轻宋元诗的偏见,遂有该选,选成,征资以刻。

---

① 陈耀南《清代骈文通义》,香港永安印务公司,1970 年,第 49 页。
② 陈维崧著,陈振鹏标点,李学颖校补《陈维崧集》,上海古籍出版社,2010 年,第 246 页。

两启表达同样的意思,但文风迥异。吴文选词偏丽,如用"宝器""隋珠""卞玉""瑰姿"等词汇,似小家碧玉;陈文若陆海潘江,用张僧繇画龙点睛、吕不韦悬千金于咸阳门等典故,反复曲陈,犹关西大汉,有阳刚之美。

清初骈文创作繁兴,作者各尽其才,《四库全书总目》卷一百七十三比较吴、陈两人风格后云:"然异曲同工,未易定其甲乙。"①诚然,吴绮以秀逸擅胜,上追李商隐而更趋工巧;陈维崧则以雄博为宗,蹑足徐庾、四杰而自标兴会。两人同台竞技,各擅胜场。

①　永瑢等《四库全书总目》,中华书局,1965 年,第 1521 页。

第九章　吴农祥骈文成就
及其骈文史地位

　　吴农祥是清初著名骈文家,为文纵横辨博、驰骋百家,在骈文、古文、诗、词等方面皆取得了令人瞩目的成就。与陈维崧、毛奇龄、吴任臣、徐林鸿、王嗣槐合称"佳山堂六子"。章抚功《吴庆伯先生行状》云:"为文章才辩宏博,茹经涵史,驰骋百家,渟蓄浩荡,无有端涯。"①《文献征存录》卷九《吴农祥》云:"陈敱永荐谓'经国鸿业,固贾生、晁令之俦;即雕虫小技,亦相如、子云之亚。益都相公:古文则称农祥、汪琬,俪体称农祥及陈维崧,诗赋亦称农祥、毛奇龄,小词则推维崧、彭孙遹、越阄,又以农祥为首。"②1926年,王礼培作《流铅集》跋,谓:"吴征君农祥……文体远绍燕、许,绝非迦陵、西河所可拟议。读者当自辨之。"③对吴农祥骈文成就予以高度评价。

　　吴农祥著述丰硕,章抚功云:"诗不下万余首……盖自汉魏以迄三唐诗人以来,未有若先生文辞之富者,不知古人中谁可方比?……所著《舆图隶史》八十卷、《钱邑志林》四十卷……《澄观堂诗钞》三十

---

① 章抚功《吴庆伯先生行状》,清劳权抄校本,第3页。
② 钱林辑,王藻编《文献征存录》,《续修四库全书》第540册,上海古籍出版社,2002年,第369页。
③ 上海图书馆编《上海图书馆善本题跋真迹》第14册,上海辞书出版社,2013年,第131—132页。

卷。"①所列诗文杂著总 422 卷。方楘如《吴征君传》云："所著古今体诗一百三十四卷、古文一百四十卷、骈俪文四十卷、诗余二十四卷，他杂著又一百六十八卷。"②计有 506 卷。北京大学图书馆藏《流铅集》二册，卷端汪叔良《识》云："吴农祥先生著作甚富，惜未刊行，《杭州府志》所载书目，多至五百余卷，又已散佚。钱唐丁氏所收亦甚寥寥，丁氏《善本书室藏书志》已详言之。此书得之厂肆，犹自完备，吉光片羽，可不宝诸。癸酉夏月初月，梅花簃主人识。"③汪叔良的室名为梅花簃，是 20 世纪有名的藏书家。吴农祥一生勤于撰著，但家境贫寒，后世子孙亦无有树立者，其作品遂以稿本、抄本形式流传，散佚严重。目前学界对吴农祥的研究较少，兹全面考察吴氏家世、生平和著述，进而探讨其交游和骈文创作活动，揭示吴农祥的骈文成就，并确定其骈文史地位，最后分析吴氏与杭州骈文作家群的关系，呈现其在清初骈文发展中的承上启下的地位。

第一节　吴农祥家世、生平与著述考

关于吴农祥家世和生平的研究较少，白瑛珠《吴农祥杜诗评点研究》第一章《吴农祥生平著述研究》④，探讨了吴农祥家族迁徙情况及其父吴太冲的生平履历，分析了吴氏性格和处世之道等，并对其著述进行了初步考察，虽有偶误，却为全面研究吴农祥生平著述提供了基础。兹利用各种文献，对吴农祥家世、生平和著述加以详细考证，深

---

① 章抚功《吴庆伯先生行状》，清劳权抄校本，第 4—7 页。
② 方楘如《集虚斋学古文》卷十二，《清代诗文集汇编》第 228 册，上海古籍出版社，2010 年，第 702 页。
③ 吴农祥《流铅集》，《清代诗文集汇编》第 127 册，上海古籍出版社，2010 年，第 331 页。
④ 白瑛珠《吴农祥杜诗评点研究》，河北大学 2014 年硕士论文，第 3—11 页。

入认识吴氏其人其文,进而更全面看待清初作家的生平和创作。

一、吴农祥家世考述

吴农祥六世祖吴博被族人毒死,其家自海盐徙海宁,又徙居杭州钱塘,五传至吴农祥辈,然人口繁衍不多,有成就者更鲜。吴农祥《亡弟文学来庵圹志》:

> 吴氏自民济府君之难,徙居杭城,一传为前溪公,公生子二;再传为仰溪公;三传为惺阳公,公生子二;四传为先考若谷公;五传为祥兄弟。今一家门户,自徙会城,已逾百年,计其人口,数及提抱,止十余人,而贫困流离,不能朝夕。再从叔二人,已食贫,并先业弃之,从弟三人,两为文学,困于儒,为塾师,并食易衣。①

又吴农祥《显妣张淑人行实》云:“母尝指谓儿曰:‘……汝宗自武原、盐官迁武林。五服之内无几人骨肉,惟汝叔有儿三人,及汝二人而已。’”②吴农祥《明内阁诰敕中书舍人玉涵吴公行状》亦云:“府君由宋汴人迁于武林,而吾祖由海盐数迁而至武林,两家昭穆世次俱不可考。”③方楘如《吴征君传》:“其先自海盐、海宁,再徙而家于此。”④则吴氏迁钱塘,非直接从海盐迁居,中间曾居海宁(盐官)。

---

① 吴农祥《梧园诗文集》,《浙学未刊稿丛编》第 1 辑第 30 册,国家图书馆出版社,2018 年,第 426—427 页。
② 吴农祥《梧园诗文集》,《浙学未刊稿丛编》第 1 辑第 29 册,国家图书馆出版社,2018 年,第 585—586 页。
③ 吴农祥《梧园诗文集》,《浙学未刊稿丛编》第 1 辑第 30 册,国家图书馆出版社,2018 年,第 371 页。
④ 方楘如《集虚斋学古文》,《清代诗文集汇编》第 228 册,上海古籍出版社,2010 年,第 701 页。

章抚功《吴庆伯先生行状》云："先生讳农祥……浙之盐官人。三世祖自盐官徙海宁,又为海宁人。"①《壬寅消夏录》录"吴渔山写王丹麓听松小景卷",吴农祥《题丹麓小像》末署"盐官弟吴农祥"②,盐官即明清浙江海宁治所。

现列"吴农祥家族世系表",并详考吴农祥家族成员生平。

吴博,字民济,浙江海盐籍。博年少高才,为族人所忌,元旦会饮,被人下毒而死,妻殷氏葬其于钱塘,墓在玉岑山高丽寺西南。子吴棠,号前溪。孙吴范今、吴范型。吴太冲之高祖。生平详见《(康熙)钱塘县志》卷十五"处士吴博墓"条③。

殷氏,浙江海盐人,吴博妻子。吴太冲高祖母。博被人毒死,殷氏自知冤不能白,携孤子迁居钱塘丰宁里。吴氏之居钱塘自此始。子吴棠,有文名。生平详见《(康熙)钱塘县志》卷二十九④。

吴范今,一名金万、金,号仰溪。吴农祥《冢男容权厝志》:"其父农祥曰:'……余家自方翁府君以至儿八世,于儿为大宗。'"⑤则范今为吴棠长子,吴继志父,吴农祥曾祖父。享年七十九。生平详见《(康熙)钱塘县志》卷十五"处士吴博墓"条⑥、吴农祥《亡弟文学来庵圹志》⑦、

① 章抚功《吴庆伯先生行状》,清劳权抄校本,第1页。按,盐官即海宁代称,"自盐官徙海宁"或误。
② 端方《壬寅消夏录》,清代稿本。
③ 魏峚编纂《(康熙)钱塘县志》,《中国地方志集成》之《浙江府县志辑》第4册,上海书店,1993年,第349页。
④ 魏峚编纂《(康熙)钱塘县志》,《中国地方志集成》之《浙江府县志辑》第4册,上海书店,1993年,第490页。
⑤ 吴农祥《梧园诗文集》,《浙学未刊稿丛编》第1辑第30册,国家图书馆出版社,2018年,第434页。
⑥ 魏峚编纂《(康熙)钱塘县志》,《中国地方志集成》之《浙江府县志辑》第4册,上海书店,1993年,第349页。
⑦ 吴农祥《梧园诗文集》,《浙学未刊稿丛编》第1辑第30册,国家图书馆出版社,2018年,第423—430页。

吴农祥家族世系表

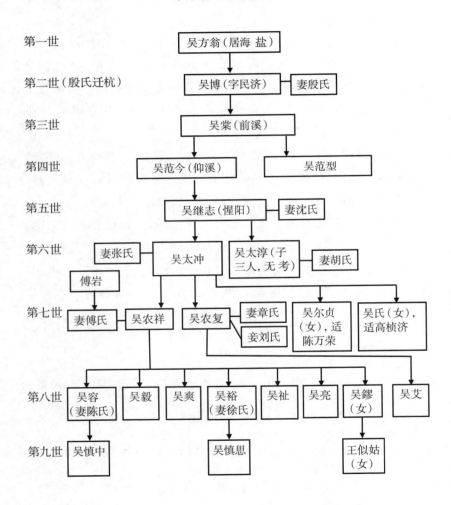

吴农祥《显妣张淑人行实》①、章抚功《吴庆伯先生行状》②、《崇祯四年辛未科进士三代履历》"吴太冲"条(明崇祯间致泽斋刻本)。

吴继志(1570—1643),字惺阳。妻沈氏。以岁贡为山东夏津县丞,负责治河,因讦误谪云南越州卫经历,以终养乞归。吴继志子二,长吴太冲,次文学吴太淳,吴继志对次子特别疼爱,临终,将主要家产分与次子。墓在萧台。有《河防要书》十卷。生平详见《(康熙)钱塘县志》卷二十《吴继志传》③和前揭吴农祥《显妣张淑人行实》。

吴继志妻沈氏(1569—1636),崇祯九年丙子(1636)卒,享年六十八。生平详见前揭吴农祥《显妣张淑人行实》。

吴太冲(1596—1655),字默寔,号若谷,晚号窅泉头陀。吴继志长子。妻张氏,妾钱氏。其祖从海宁路仲乡迁居钱塘丰宁里,遂为钱塘籍,亦称海宁人。太冲生而颖异,天启元年辛酉(1621)恩贡,入国子监读书。天启七年丁卯(1627),应天乡试中式,崇祯四年辛未(1631)登进士第,其卷本置三甲,崇祯帝读其策而善之,同年六月,选翰林院庶吉士。与同年娄东张溥、无锡马世奇、清江杨廷麟、保德王邵、会稽章正宸合称"辛未词林六君子"。崇祯九年八月,转任翰林院检讨。崇祯十三年庚辰,分校礼闱,所取多名士,如李际期、彭而述、冯士标、孟明辅等。充编纂《六曹章奏》,改翰林院编修,纂修《会典》,补东宫讲读。崇祯十四年辛巳(1641),崇祯帝选拔阁臣,言论不合,落选。同年七月,为南京国子监司业,在任期间,严格监规,所得如卢象观、魏学濂、黄淳耀、陆符等名士。十五年十一月,迁右春坊右中允兼翰林院编修。崇祯十六年,丁父忧归。崇祯十七年甲申,弘

---

① 吴农祥《梧园诗文集》,《浙学未刊稿丛编》第1辑第29册,国家图书馆出版社,2018年,第585—596页。

② 章抚功《吴庆伯先生行状》,清劳权抄校本。

③ 魏峫编纂《(康熙)钱塘县志》,《中国地方志集成》之《浙江府县志辑》第4册,上海书店,1993年,第395页。

光立,以礼部右侍郎兼翰林院学士召,不赴。顺治二年(1645),上书潞王,请斩马士英、阮大铖。潞王以相国印征,辞不受。其后剃发为僧,避难海宁接济寺等地,顺治三年(1646),李遇春劫之入城,杭州平定,归家居住。洪承畴以原官征,坚辞不就。吴农祥云"国变之后,先公频经收系,及五属征辟,府君奔走患难于刀涂剑林中不少避,数为当事言先公得疾不可起状"①。时人比之南宋之谢枋得。顺治十二年十月卒,葬杭州萧台。所撰有《息心窝全集》三十卷、《罢庵奏议》二十卷、《悟因录》四卷、《图书粹》六十卷、《易义发蒙》等。子吴农祥、吴农复。生平详见《(康熙)钱塘县志》卷二十《吴太冲传》②、《(康熙)仁和县志》卷十六《吴太冲传》③、《(民国)海宁州志稿》卷二十《吴太冲传》④、谈迁《国榷》⑤、《(康熙)杭州府志》卷二十九《吴太冲传》⑥。

按,吴太冲生卒年,毛奇龄《吴征君德配傅孺人墓志铭》云:"十一年,张淑人卒,明年宫允公又卒。"⑦吴农祥《显妣张淑人行实》载,

---

① 吴农祥《梧园诗文集》,《浙学未刊稿丛编》第 1 辑第 30 册,国家图书馆出版社,2018 年,第 371—372 页。

② 魏峎编纂《(康熙)钱塘县志》,《中国地方志集成》之《浙江府县志辑》第 4 册,上海书店,1993 年,第 403 页。

③ 赵世安纂辑《(康熙)仁和县志》,《中国地方志集成》之《浙江府县志辑》第 5 册,上海书店,1993 年,第 328 页。

④ 朱锡恩总纂《(民国)海宁州志稿》,《中国地方志集成》之《浙江府县志辑》第 22 册,上海书店,1993 年,第 849 页。

⑤ 谈迁著,张宗祥校点《国榷》,中华书局,1988 年,第 5511—5957 页。

⑥ 马如龙编纂《(康熙)杭州府志》卷二十九,清康熙二十五年(1686)刻本,第 16—17 页。

⑦ 毛奇龄《西河文集》之《墓志铭》卷十二,《清代诗文集汇编》第 88 册,上海古籍出版社,2010 年,第 74 页。

张淑人卒于顺治十一年甲午（1654）①，则吴太冲卒于顺治十二年
（1655）。吴农祥《明内阁诰敕中书舍人玉涵吴公行状》云："吾兄明
内阁诰敕中书舍人玉涵府君，以今顺治十二年太岁乙未七月二十五
日卒，而先公亦以是年十月初八日卒，相去不及四月。"②亦可证，且
明确记载吴氏卒于十月八日。白瑛珠《吴农祥杜诗评点研究》亦认为
吴太冲卒于顺治十二年（1655），是，但云"则吴太冲生年当于明神宗
万历二十五年，即1597年"③，或可商榷。吴农祥《为先公三十周年
斋期疏》云："今康熙二十四年，太岁乙丑，数孤子永诀之时，已三十
载；追府君在生之历，满九十年。"④吴太冲卒于顺治十二年（1655），
康熙二十四年（1685）为其卒后三十周年，若从生年来说满九十岁，可
知，吴氏生于万历二十四年（1596）。《（康熙）钱塘县志》卷二十《吴
太冲传》云"卒年六十"⑤，《（康熙）杭州府志》和《（康熙）浙江通志》
卷三十一《吴太冲传》所载同。太冲1655年卒，享年六十，上推其生
年亦是万历二十四年（1596）。吴农祥《显妣张淑人行实》云："母三
十三生祥……母生万历己亥八月二十八日。"⑥吴农祥母亲张氏生于
万历二十七年（1599），至吴农祥生年崇祯五年（1632）时为三十四
岁，非三十三，显然，吴氏对自己出生时父母的年龄有不同的计算方

---

① 吴农祥《梧园诗文集》，《浙学未刊稿丛编》第1辑第29册，国家图书馆出版
　　社，2018年，第595页。
② 吴农祥《梧园诗文集》，《浙学未刊稿丛编》第1辑第30册，国家图书馆出版
　　社，2018年，第371页。
③ 白瑛珠《吴农祥杜诗评点研究》，河北大学2014年硕士论文，第4页。
④ 吴农祥《流铅集》，《清代诗文集汇编》第127册，上海古籍出版社，2010年，第
　　369页。
⑤ 魏嵊编纂《（康熙）钱塘县志》，《中国地方志集成》之《浙江府县志辑》第4
　　册，上海书店，1993年，第403页。
⑥ 吴农祥《梧园诗文集》，《浙学未刊稿丛编》第1辑第29册，国家图书馆出版
　　社，2018年，第595页。

法,《吴农祥杜诗评点研究》据吴农祥《亡弟文学来庵圹志》所云"先张淑人数举子而殇,在京师生农祥,时先公三十六",推定生年,不确,当考虑这种特殊情况,否则与实际不合。

关于吴太冲学籍是钱塘县学还是仁和县学,不同文献记载歧异。《清波三志》卷上云:"(吴太冲)海宁籍,居清波门内,入仁和县庠为诸生。"①此处说太冲学籍在仁和县学,《(康熙)仁和县志》卷十一"选贡"条下,天启年间有吴太冲,注"辛酉贡元"②,则太冲当是仁和县学籍。然前揭《(康熙)钱塘县志》卷十"恩贡"条,在天启年间有吴太冲,同卷"副榜贡",在天启间有吴太冲,注云"元年辛酉科。时拟省元,主试不协,因抑置副榜第一,已充恩贡",据此则籍隶钱塘。《崇祯四年辛未科进士三代履历》(明崇祯间致泽斋刻本)"吴太冲"条云:"钱塘籍,海宁人。"则吴氏学籍隶钱塘县为是。

吴太冲妻张氏(1599—1654),钱塘丰宁里人。南宋张轼二十一世孙。祖父处士张慕南,父诸生张天与(?—1605),母蒋氏(1578—1636),张天与有女二,张氏为长女。节俭勤苦,持大体,与家人和睦,侍奉舅姑,得其欢心。顺治二年(1645),携吴农复入海宁朱朝瑛家、海盐曹元方家避难。生子四:农祥、农复、农时、农念,农时、农念殇,太冲妾钱氏生子农勤,早殇。女四,其一吴尔贞(字静轩)适海宁举人陈万荣(叔夏),其一适嘉兴诸生高桢济(未盈),四妹适海宁陈氏。生平详见前揭吴农祥《显妣张淑人行实》。

吴太淳,字子发,吴继志次子。妻胡氏,早卒。有儿三人。生平详见前揭吴农祥《显妣张淑人行实》、《(民国)杭州府志》卷一百四十

① 陈景钟辑《清波三志》,徐逢吉等辑撰《清波小志(外八种)》,上海古籍出版社,1999年,第121页。
② 赵世安纂辑《(康熙)仁和县志》,《中国地方志集成》之《浙江府县志辑》第5册,上海书店,1993年,第210—211页。

二《沈穆传》①。

　　傅岩（1591—1646），字野倩，号辛楣，祖籍浙江义乌，幼从祖父定居钱塘紫阳山，遂入钱塘籍。妻姜氏。少孤贫，好读书，天启元年辛酉（1621）恩贡，四年甲子，成举人，崇祯七年甲戌（1634）登进士第，同年授徽州歙县知县，有惠政，举江南循良第一，崇祯十二年，入京为江西道监察御史，因与上官不合，南归。弘光立，以礼部主事召，不赴。朱大典驻守金华，以岩监其军，遂全家赴金华，城急，岩与三子出城求援，遇乱兵，岩与次子傅龄发、三子傅龄熙殉难，长子傅龄文以先赴杭州，得不死。傅岩墓在杭州慈云岭下施家山。岩一女适锦衣卫指挥使朱珏，第三女适吴农祥。傅岩之住宅于清初被占用，设为浙江总督府邸。生平详见吴农祥《明监察御史原任文林郎即歙县知县辛楣傅公暨元配姜孺人合葬墓志铭》②、《（康熙）钱塘县志》卷二十《傅岩传》、卷二十九《傅氏传》③、《（嘉庆）义乌县志》卷十三《傅岩传》④、毛奇龄《吴征君德配傅孺人墓志铭》⑤、《傅岩文集》之《管庭芬

----

① 李榕等总纂《（民国）杭州府志》，《中国地方志集成》之《浙江府县志辑》第3册，上海书店，1993年，第414页。
② 吴农祥《梧园诗文集》，《浙学未刊稿丛编》第1辑第31册，国家图书馆出版社，2018年，第111页。关于傅氏卒年，吴农祥《流铅集》卷一《崎丽楼赋》云："崎丽楼者，余舅绣川辛楣傅公之居……乙酉，公父子殉节于绣川，此地没为浙江总督之官署者垂四十年。"（《清代诗文集汇编》第127册，上海古籍出版社，2010年，第338页）据此则傅岩卒于顺治二年乙酉（1645），误。
③ 魏峏编纂《（康熙）钱塘县志》，《中国地方志集成》之《浙江府县志辑》第4册，上海书店，1993年，第403—404、493页。
④ 诸自谷主修《（嘉庆）义乌县志》，《中国地方志集成》之《浙江府县志辑》第53册，上海书店，1993年，第716页。
⑤ 毛奇龄《西河文集》之《墓志铭》卷十二，《清代诗文集汇编》第88册，上海古籍出版社，2010年，第74页。

跋》①。

　　傅岩妻姜氏(1598—1657),吴农祥岳母,傅岩殉难后,与子傅龄文等在杭州生活,卒于顺治十四年(1657)。生平详见前揭吴农祥《明监察御史原任文林郎即歙县知县辛楣傅公暨元配姜孺人合葬墓志铭》和《流铅集》卷二《与总河尚书朱梅麓书》②。

　　吴农祥(1632—1708),生平事迹见后。

　　吴农祥妻傅仁玉(1633—1693),傅岩第三女。傅岩与吴农祥父吴太冲同是崇祯元年(1628)恩贡,选入国子监,两家交好,约为婚姻。顺治四年(1647),傅氏与其母姜氏、弟傅龄文至杭州,不久与农祥结婚。居家有礼,布衣蔬食,亲朋有难,慷慨助之。康熙三十二年(1693)十一月卒,年六十一,次年葬于钱湖之滨。生子九,四殇,二又早卒,长子吴容,次子吴毅,三子吴爽,四子吴裕,五子吴祉,六子吴亮。女八人,孙七人,女孙三人。生平详见吴农祥《慈竹赋(有序)》③、《文学刘葵符权厝志》《亡妻傅□□权厝志》④、毛奇龄《吴征君德配傅孺人墓志铭》⑤、《(民国)杭州府志》卷一百五十四《吴农祥妻傅氏传》⑥。

① 傅岩撰,陈春秀、颜春峰点校《傅岩文集》,中华书局,2019 年,第 288—292 页。
② 吴农祥《流铅集》,《清代诗文集汇编》第 127 册,上海古籍出版社,2010 年,第 343—344 页。
③ 吴农祥《梧园诗文集》,《浙学未刊稿丛编》第 1 辑第 26 册,国家图书馆出版社,2018 年,第 95—96 页。
④ 吴农祥《梧园诗文集》,《浙学未刊稿丛编》第 1 辑第 30 册,国家图书馆出版社,2018 年,第 439、447—456 页。
⑤ 毛奇龄《西河文集》之《墓志铭》卷十二,《清代诗文集汇编》第 88 册,上海古籍出版社,2010 年,第 74—75 页。
⑥ 李榕等总纂《(民国)杭州府志》,《中国地方志集成》之《浙江府县志辑》第 3 册,上海书店,1993 年,第 637 页。

　　吴农复（1634—1669），字敦仲，号来庵。吴太冲次子。妻章氏，又娶刘氏，文学刘葵符女。钱塘诸生，六次参加乡试而不第。性刚直，能孝友。康熙八年己酉（1669）卒，年三十六。亲友私谥"孝直先生"。一子吴艾，章氏出，女三，其小女为妾所出。著《来庵存稿》。生平详见吴农祥《亡弟文学来庵圹志》①、潘衍桐《两浙輶轩续录》卷一"吴农复"条②。

　　吴农复妻章氏（1640—1713），乃章正宸（妻沈氏）女，章无咎之妹。年三十而寡，教育儿子吴艾成立，守节四十五年。生平详见《（民国）杭州府志》卷一百五十一③。

　　吴容（1658—1688），字端公，小字端郎，吴农祥长子。钱塘邑庠生。早慧，五岁通《五经》，受业于沈昀、陈廷会。康熙十三年（1674）补诸生，其后五举乡试不第。容勤于攻读，寒暑不辍，终因过劳致病，康熙二十七年（1688）六月卒，康熙二十八年，葬于法相寺大道旁。曾预修《（康熙）浙江通志》和《（康熙）杭州府志》。妻陈氏，为举人陈万荣（1639—1684）之女。子吴慎中。容为文屏去时态，诗婉而多风，工书法，酷似李邕。著有《秋吟集》十卷。生平参见吴农祥《冢男容权厝志》④、《（康熙）钱塘县志》卷二十二《吴容传》⑤。

　　吴容妻陈氏（1660—1720），为举人陈万荣之女。容卒时，陈氏年

① 吴农祥《梧园诗文集》，《浙学未刊稿丛编》第1辑第30册，国家图书馆出版社，2018年，第423—430页。
② 潘衍桐辑《两浙輶轩续录》，《续修四库全书》第1685册，上海古籍出版社，2002年，第54页。
③ 李榕等总纂《（民国）杭州府志》，《中国地方志集成》之《浙江府县志辑》第3册，上海书店，1993年，第568页。
④ 吴农祥《梧园诗文集》，《浙学未刊稿丛编》第1辑第30册，国家图书馆出版社，2018年，第431—434页。
⑤ 魏峸编纂《（康熙）钱塘县志》，《中国地方志集成》之《浙江府县志辑》第4册，上海书店，1993年，第422页。

二十九,抚养子吴慎中(1678—1703)成立,慎中卒,又抚育两孙。守节三十三年。生平见李榕等总纂《(民国)杭州府志》卷一百五十一①、吴农祥《冢孙慎中哀词》②。

吴裕(1665—?),字僧弥,吴农祥第四子。妻徐氏(1665—1705),为徐林鸿长女。子二,长子吴慎思,次子吴慎徽。生平详见吴农祥《征君宝名徐君行状》《明锦衣朱夫人傅氏权厝志》《四子妇徐氏权厝志》③、《流铅集》卷十一《徐宝名六十寿序》④。

吴镠,吴农祥之长女,适王氏,四年而卒,有女一人,名王似姑(1675—1682)。生平见《流铅集》卷十五《外孙女王似姑哀词》⑤。

二、吴农祥生平考

(一)青少年时期(1632—1677)

吴农祥(1632—1708),字庆百,一作庆伯,号星叟,又号萧台、宜斋、大涤山樵。浙江钱塘人⑥。生于崇祯五年(1632)九月六日。吴

---

① 李榕等总纂《(民国)杭州府志》,《中国地方志集成》之《浙江府县志辑》第3册,上海书店,1993年,第568页。

② 吴农祥《梧园诗文集》,《浙学未刊稿丛编》第1辑第30册,国家图书馆出版社,2018年,第481—486页。

③ 吴农祥《梧园诗文集》,《浙学未刊稿丛编》第1辑第30册,国家图书馆出版社,2018年,第381—404、441、463—468页。

④ 吴农祥《流铅集》,《清代诗文集汇编》第127册,上海古籍出版社,2010年,第393页。

⑤ 吴农祥《流铅集》,《清代诗文集汇编》第127册,上海古籍出版社,2010年,第413—414页。

⑥ 颜光敏辑《颜氏家藏尺牍》附《姓氏考》之“吴农祥”云“浙江仁和人”(上海图书馆编《颜氏家藏尺牍》第8册,上海科学技术文献出版社,2006年,第131页),李岳瑞《春冰室野乘》“吴征君农祥遗事”条云:“吴征君农祥,字庆百,仁和人。”(上海广智书局,1911年,第177页)皆谓农祥乃仁和人,且《(康熙)仁和县志》亦为其立传,则其为钱塘或仁和人,所据或住地,或学籍所在。

氏原住钱塘丰宁坊黄泥潭旧居,清初被清军占据,遂迁居城西孩儿巷
梧园。康熙年间吴氏家贫,将梧园一部分质于邻家。后来其孙将梧
园全部售与他人。

　　按,吴农祥生于崇祯五年(1632),卒于康熙四十七年(1708)。
前揭章抚功《吴庆伯先生行状》和方斠如《吴征君传》记载明确,本无
可辨析者。然陆心源《三续疑年录》卷八载吴农祥生卒年为“生万历
三十年壬寅,卒康熙十七年戊午”,注依据为“《集虚斋集》”①,万历
三十年为1602年,康熙十七年为1678年,《集虚斋集》,当为方斠如
之文集,方氏《集虚斋学古文》卷十二录《吴征君传》,当为陆氏推定
生卒年所据,陆氏所言吴农祥生卒年显误。

　　吴农祥出生于秋季,《流铅集》卷十一《徐宝名六十寿序》云:“今
年九月,计历六旬。”又卷九《徐宝名诗集序》云:“(宝名)年同甲子,
未满七旬;岁纪壬申,仅先十日。”②可知徐林鸿(字宝名)与吴氏同年
生,且早十日。又据吴农祥《征君宝名徐君行状》③,徐氏生于辛亥
日,吴氏生于辛丑日,知吴生于九月辛丑,即九月六日。

　　吴家迁居钱塘丰宁里,即丰宁坊,至吴太冲时仍居于此,吴农祥
《募修丰宁坊文昌祠记》云:“余先公素居此地,以名节自矢,蒙诏书
征取行实以备史馆记录。今茅屋数楹,尚在荒烟乱草之间。余亦里
人也……康熙癸未三月初一日,丰宁坊弟子吴农祥题于奎章阁。”④

---

① 陆心源《三续疑年录》,《续修四库全书》第517册,上海古籍出版社,2002年,
　第337页。
② 吴农祥《流铅集》,《清代诗文集汇编》第127册,上海古籍出版社,2010年,第
　393、382页。
③ 吴农祥《梧园诗文集》,《浙学未刊稿丛编》第1辑第30册,国家图书馆出版
　社,2018年,第381—404页。
④ 吴农祥《梧园诗文集》,《浙学未刊稿丛编》第1辑第30册,国家图书馆出版
　社,2018年,第565—566页。

此文作于康熙四十二年(1703),吴氏已经七十二岁,其父所居住之房舍已在荒草中,农祥已经搬居他处。

陶元藻《全浙诗话》卷四十三"吴农祥"条云:"文藻按:庆伯所居梧园在杭城孩儿巷之西,地名西牌楼。吾犹及见其孙居老屋中,颓然一酒徒而已。问其著作,秘不示人。未几,老屋不能守,举室迁去,不可问矣。"①《北隅掌录》卷下载:"梧园在西牌楼,前明吴宫允太冲之别业也。国初时,吴氏黄泥潭老屋入圈屯中,惟图籍无恙。子农祥因构楼于园中,与弟农复登楼而去其梯,戒弗闻世上事,尽发所藏书读之。其楼即宝名楼也……朱朗斋丈(文藻)曰'吾犹及见其孙居园中,颓然一酒徒而已'。今已数易其主,售人为长生库,而宝名楼岿然独存。"②黄泥潭在钱塘县丰上坊,原名丰宁坊。吴家原住丰宁坊,因此处在清初被八旗驻军所占,迁居城西孩儿巷梧园,吴农祥与吴农复、徐林鸿读书于梧园宝名楼。吴农祥有《宝名楼记》③记其事。又《画图梧园记》云"余旧业在钱塘门东,有梧桐数十本,顾而乐之,因自名曰梧下。先生家贫,质之邻家"④,此记题下注"甲子",则康熙二十三年甲子(1684)时,吴农祥将梧园一部分质押给邻居。前揭《北隅掌录》卷下所云,至乾隆间其孙仍有生活在梧园者,其后售与他人。

关于吴农祥的号,除星叟外,又号萧台,如作于康熙四十一年壬

① 陶元藻辑,蒋寅点校《全浙诗话(外一种)》第4册,浙江古籍出版社,2017年,第1059页。

② 黄士珣《北隅掌录》,《丛书集成续编》第52册,上海书店出版社,1994年,第916—917页。

③ 吴农祥《梧园诗文集》,《浙学未刊稿丛编》第1辑第29册,国家图书馆出版社,2018年,第33—35页。

④ 吴农祥《流铅集》,《清代诗文集汇编》第127册,上海古籍出版社,2010年,第371页。

午(1702)的《题梁氏烟鬟(壬午)》末署"壬午孟夏,北郭弟萧台吴农祥题并跋"①,其作于康熙三十一年壬申(1692)的《孝慈庵记》,文末署"岁在玄黓涒滩立夏前一日,萧台吴农祥撰"②。康熙二十三年甲子(1684),吴农祥为章藻功《竹深处集》撰序,末署"康熙甲子九月,愚叔萧台吴农祥庆百序"③。一号大涤山樵,《北隅掌录》卷下云:"农祥……一号大涤山樵。"④又号宜斋,吴农祥有《宜斋记》云:"吴子自名其读书处曰宜斋……于是始知先公之教小子,为宜于力学,宜于修身,宜于全交,且宜于自处,而自恨见之不早也,以铭其斋。"⑤宜斋为其书斋名,亦用作号。吴农祥为徐釚《枫江渔父小像》题《沁园春》二首,末有"农祥""宜斋"两印⑥。

　　和许多名人的诞生伴随着神异一样,吴农祥出生前,其母张氏做了一个梦,梦中有自称北斗的七人付托一儿给自己,而后农祥出生了。

　　按,章抚功《吴庆伯先生行状》云:"先生未生时,母张太夫人梦伟衣冠七人,自称北斗,手一儿付夫人曰:'以是为而子。'已而举先生。生三岁,梦辄啼,觉自言,类永乐初靖难惨僇状,至五六岁乃止。"⑦

① 丁丙辑《武林坊巷志》第 2 册,浙江人民出版社,1986 年,第 184 页。

② 吴农祥《梧园诗文集》,《浙学未刊稿丛编》第 1 辑第 29 册,国家图书馆出版社,2018 年,第 31 页。

③ 章藻功《竹深处集》卷首,清康熙二十四年(1685)刻本。

④ 黄士珣《北隅掌录》,《丛书集成续编》第 52 册,上海书店出版社,1994 年,第 917 页。

⑤ 吴农祥《梧园诗文集》,《浙学未刊稿丛编》第 1 辑第 29 册,国家图书馆出版社,2018 年,第 37—39 页。

⑥ 邓实等编《美术丛书》第六集之《徐电发枫江渔父小像题咏》,上海神州国光社,1920 年,第 2 页。

⑦ 章抚功《吴庆伯先生行状》,清劳权抄校本,第 1 页。

　　农祥性机敏,一览成诵。幼时为其父同年友马世奇所知,谓"他日当以文冠世"。父执郑赓唐(号宝水)、钱喜起(号武山)、朱稷(号白楼)、钱朝彦(号定林)等杭州先达对其赞赏称扬。崇祯十七年(1644),年十三,就馆甥舍傅岩家,傅氏开宴宾客,傅氏进士同年友陈函辉出题,命坐客各制《芙蓉露下落赋》,农祥作赋,末尾附《芙蓉露下落诗》,陈氏叹赏,众客称赞,名声日起。

　　按,章抚功《吴庆伯先生行状》:"家有赐书,性兼异敏,一览成诵。父友郑宝水、钱武山、朱白楼、钱定林莫不到门。"①《(康熙)钱塘县志》卷二十二《吴农祥传》:"父友郑观察赓唐、钱太守喜起、朱明府稷、钱明府朝彦咸折行辈与交。"②其他事迹见方楘如《吴征君传》③。

　　顺治二年(1645),与父吴太冲逃难,曾住海宁(盐官)之接济寺。顺治间,补钱塘博士弟子员。

　　按,相关事迹见前揭章抚功《吴庆伯先生行状》。《吴农祥杜诗评点研究》云:"吴农祥是'故钱塘诸生'……吴农祥既已为入学之生员,必是为以后可进士及第做准备的……1644年四月,明代君主崇祯皇帝自缢煤山。"④白瑛珠以为吴农祥在明代已取得诸生资格,或可商榷。《明内阁诰敕中书舍人玉涵吴公行状》云:"予以寒门废族,不敢与诸生试,府君曰:'时局不同,不可执一,且吾叔以东南划江一案为世指名,朝廷五下弓旌之典,命州县抚督以礼敦请,吾叔以死自

① 章抚功《吴庆伯先生行状》,清劳权抄校本,第2页。
② 魏峴编纂《(康熙)钱塘县志》,《中国地方志集成》之《浙江府县志辑》第4册,上海书店,1993年,第417页。
③ 方楘如《集虚斋学古文》,《清代诗文集汇编》第228册,上海古籍出版社,2010年,第701页。
④ 白瑛珠《吴农祥杜诗评点研究》,河北大学2014年硕士论文,第5页。

誓,不去。而吾弟二人又复不与诸生试,将何以解当事疑乎?'"①《吴庆伯先生行状》亦说清初参加考试,补博士弟子。据此,吴氏在顺治年间才获得诸生资格,未言及明代是否已获诸生。然《流铅集》卷二《答澧州刘宫詹他山书》云:"今蒙孟津应五李公督学两浙,橄追铅椠,命复胶庠。"②吴氏此处所说,似自己在明末已是诸生,清初恢复诸生资格。李际期(字应五)在顺治三年至六年(1646—1649)任浙江提学③,其为诸生当在顺治三、四年间。

吴家自吴继志始,喜收藏图书,至吴太冲官翰林,多得赐书,藏书益丰富,在当时,与山阴祁氏、常熟钱氏并称。吴农祥与弟农复读书于梧园,不闻世俗之事,寒暑无间,遂博览群书,学业大进。顺治年间,沿明末旧习,社事活动炽盛,农祥遵吴太冲训诫,不参加东南文社活动。顺治十七年,朝廷下令禁止士子结社会盟,得无责。

按,方棸如《吴征君传》云:"初,征君祖经历君好聚书,且勤掌录,秘阁之抄逾万卷。及宫允鼎贵,则家益有赐书,轴带帙签,至与山阴祁氏④、海虞钱氏埒。"⑤

---

① 吴农祥《梧园诗文集》,《浙学未刊稿丛编》第 1 辑第 30 册,国家图书馆出版社,2018 年,第 380 页。

② 吴农祥《流铅集》,《清代诗文集汇编》第 127 册,上海古籍出版社,2010 年,第 345 页。

③ 《(康熙)浙江通志》卷二十二《职官》载,李际期顺治三年(1646)任浙江提学,顺治六年翟文贵为浙江提学,则李际期任浙江提学时间为顺治三年至六年(《中国地方志集成》之《省志辑》之《浙江》第 1 册,凤凰出版社,2010 年,第 564 页)。

④ 祁,原作"亓",《武林坊巷志》转录该文,即作"祁"(浙江古籍出版社,2018 年,第 5691 页)。按,明末清初山阴藏书家比较有名者为祁氏家族,未闻亓氏者,当以"祁"为是。

⑤ 方棸如《集虚斋学古文》,《清代诗文集汇编》第 228 册,上海古籍出版社,2010 年,第 701 页。

前揭章抚功《吴庆伯先生行状》云:"好古之士自远方至,娄东、云间、金沙、侯官皆造请邀致,坚谢不与。恪遵学士公遗训。"《吴征君传》:"社事之殷也,吴下士沿复社故态……各欲引征君,书币交户外者,屡且满。征君曰'是载祸见饷也,诸君子忘东京钩党事乎',不答书,亦不发视。其后天子果切齿诸为社事者,尽搜所刊录摧烧之,于今著为令。世咸以征君知几。"①

(二) 中年时期(1678—1680)

康熙十七年(1678),康熙帝下诏开博学鸿儒科,由工部尚书陈敱永举荐,吴农祥列入征召名单,浙江地方官府下牒催其入京应试,吴农祥得到荐举消息,即应征入京。在北京,大学士冯溥安排其住宿在竹林寺,与同时在京的应征名流陈维崧、毛奇龄、吴任臣、王嗣槐、徐林鸿常客冯溥宅,称"佳山堂六子"。

康熙十八年(1679)三月一日,参加博鸿试,四月榜发,报罢,遂南归,北京名流为之送行。

按,章抚功《吴庆伯先生行状》:"今天子崇尚实学……先生以司空陈公荐,有诏征诣京师,有司敦迫就道,先生未即行,前太守武山钱公贻书谓'君非用世才',止先生行。先生复书有'立身大节,当勉初终'之语。至京师,再辞疾,申状台省,不报。召试体仁阁……中有忌先生者,匿其卷,不得,因报罢……宰相欲复荐,先生不可……竟买棹归里。"②

方粲如《吴征君传》云:"会康熙戊午,天子开博学宏词科,征君以大司空陈敱永荐,被牒书,敦迫上道,至京师,辞于通进司者三,辞于吏部者二,皆不报。明年三月,试太和殿庭,上命大学士暨掌院学

① 方粲如《集虚斋学古文》卷十二,《清代诗文集汇编》第 228 册,上海古籍出版社,2010 年,第 702 页。
② 章抚功《吴庆伯先生行状》,清劳权抄校本,第 2—3 页。

士定甲乙,征君卷议在甲伍中,有日矣,已而不与。上又顾大学士等举所遗,举所遗则首以征君闻,已又不与。或曰是有以蜚语闻者,或曰是索其卷无有,故罢。其事秘,不可知也。征君之至京师也,大学士冯文勤公溥客之代舍。时称'佳山堂六子'。"①

《文献征存录》卷九《吴农祥》云:"入都,止竹林寺,不遇。"②

吴农祥是否主动应征博鸿,不同文献记载歧异,此关系吴氏出处大节,兹予以辨析如下:

钱喜起闻吴农祥被荐举参加博鸿,即写信戒其勿行,然吴氏临行之前作书回复钱喜起,其《辱征召答武山钱先生书》剖白自己心迹云:

> 岂期今日,遽负初心,冥行倒趋,尽丧畴昔,求名沽誉,不顾艰难乎?先生示以息机,开其省过……一曰狥虚声。昔先人之戒祥也,曰:汝其读书用老,勿以一得自衿,片言谬喜。故祥终身敬佩,矢愿仰瞻……竟负先人之旨,实贻生我之羞……又农祥俭岁无资,薄田俱废。乌啼枫叶,雁啄芦花,吏畏虎冠,人愁鱼服。户惨恒饥之色,室悽交谪之声。而欲襆被马头,单车鸦背,自泣积薪之困,谁怜索米之危。此举堪忧,私筹已熟。③

吴农祥的回信很明确地表示,自己愿意参加博学鸿儒科考试,并认为这是千载难逢的好机会。又列举自己徒有虚名、家境日益贫寒、靠借贷度日等理由,告诉钱氏自己也是迫于生计,不得不如此。正是生活

① 方楘如《集虚斋学古文》卷十二,《清代诗文集汇编》第 228 册,上海古籍出版社,2010 年,第 701 页。

② 钱林辑,王藻编《文献征存录》,《续修四库全书》第 540 册,上海古籍出版社,2002 年,第 369 页。

③ 吴农祥《流铅集》,《清代诗文集汇编》第 127 册,上海古籍出版社,2010 年,第 348 页。

日益困难,没有别的谋生出路,惟一能改变现状的办法就是参加朝廷举办的临时性扩招考试,进入仕途。至于前引章抚功和方犖如所言吴农祥推辞行为,乃为尊者讳而已。当时应征者大多有推辞的书信,如毛奇龄就有三篇推辞的劄子,这种推辞更多是一种姿态,一种仪式,表示自己谦虚的心情,甚至是为了抬高自己的声价,与顾炎武、傅山等人的坚拒不同。吴氏积极参加这次考试,志在必得,但出乎意料的是没能考中。他不仅没能藉此改变现状,反而丧失了三十余年来所坚持的名节,岂不痛心?

《吴农祥杜诗评点研究》云"吴农祥在强权面前既能坚持自己不入仕的原则,却又能做到不死磕硬碰"[1],这种说法似非吴农祥本意。吴氏于康熙十七年(1678)入京参加考试,虽然面临极大的心理矛盾,但追逐功名和仕宦已占据心中主要位置。至于事后未考中,而在叙述中有意消磨其当初积极应试的心情,似无必要。前揭《辱征召答武山钱先生书》已言及参加考试资格问题,康熙十八年,吴氏作《代同征上冢宰书》[2],对应征者资格审查等问题提出意见,若不关心功名仕宦,没必要亲自写信给朝中大员表达意见。

至于吴农祥参加博学鸿儒科考试报罢的原因,有多种说法,前引章抚功《吴庆伯先生行状》和方犖如《吴征君传》以为有忌之者隐藏其试卷而不得名次,一说有人说了他的坏话。具体原因当时已经不能知,今日亦惟有揣测。

《流铅集》卷二《答某掌院书》作于康熙十八年榜发后不久[3],是

①　白瑛珠《吴农祥杜诗评点研究》,河北大学 2014 年硕士论文,第 9 页。
②　吴农祥《流铅集》,《清代诗文集汇编》第 127 册,上海古籍出版社,2010 年,第343 页。
③　吴农祥《流铅集》,《清代诗文集汇编》第 127 册,上海古籍出版社,2010 年,第344—345 页。此文又载《梧园诗文集》稿本第 8 册,题《答叶阁学书(己未)》。

针对翰林院掌院学士叶方蔼的来信而作,该书首先叙述自己入京参加考试,追求功名而未能如愿,回去会被松菊所嘲。次言被人毁誉而落选博鸿。最后述及掌院怀疑是自己落选而心中不平,煽动落选者表达不满,自己实无此举。从中可以看出两个问题,第一,吴氏渴望考中,落选后有所不满;第二,吴氏当时认为报罢原因是有人谗毁他。不管哪一种原因,其不能获得名次,应是有人忌恨所致。

吴农祥不善于谋生,家境贫困,是他积极应征博学鸿儒科的重要原因。前引《吴征君传》云:"得钱辄付酒家,而识微见远。"

康熙十八年(1679),吴农祥报罢归家,归而大病,久不能愈。自康熙十九年八月至康熙二十年八月,卧病在床,其后乃起。毛奇龄《吴征君德配傅孺人墓志铭》载:"暨试,取上上卷,而既而斥之,不知故,相公再献之,不得。归而大病,孺人具慰之,病不已。自庚申八月至辛酉八月,卧床画空能作赋,日数万言……绳床褥絮皆败尽,而赖孺人救,亦竟起。"①

吴农祥应征博鸿而报罢,对其身心产生巨大打击,至康熙二十年才病起。可见吴氏内心的痛苦和挣扎,既丧失名节,又未获功名。

吴农祥与同里吴任臣,皆博学有才华,杭州人称"二吴"。《鹤征前录》"吴农祥"条云:"星叟博综能文,与志伊齐名,虎林呼为'二吴'。"②

(三)晚年时期(1681—1708)

自博鸿罢归后,吴农祥入浙江总督李之芳幕府,康熙十九年至二十一年期间,作《为李尚书祭国殇文》《为李尚书祭纛文》《代李尚书

---

① 毛奇龄《西河文集》之《墓志铭》卷十二,《清代诗文集汇编》第88册,上海古籍出版社,2010年,第75页。
② 李集辑,李富孙、李遇孙续辑《鹤征前录》,《丛书集成续编》第28册,上海书店出版社,1994年,第763页。

祭常水师提督文》等文。

按，《吴征君传》云："独尝一应李文襄公之芳聘，当是时，文襄以荡寇功督两浙，建牙于三衢以扼闽冲……久之，辞去。"①又章抚功《吴庆伯先生行状》云："尚书邺园李公闻先生名，请一见，先生亦以李有大功于浙，愿一往见。是时，闽乱方定，李开阃三衢……因乞归，李不可……李知不能屈，乃听公归。"②

《流铅集》卷十五《外孙女王似姑哀词》云："会余客三衢，似儿遂卒。以康熙乙卯八月二十日生，以辛酉十二月十八日卒。"则康熙二十年（1681）下半年吴氏客李之芳幕府于衢州。《流铅集》卷十六《为李尚书祭国殇文》《为李尚书收祭战骨文》皆作于康熙十九年，前揭毛奇龄《吴征君德配傅孺人墓志铭》言吴氏康熙十九年八月即卧病在床，抑或康熙十九年八月前吴氏即入李之芳幕府。《流铅集》卷十六《为李尚书祭纛文》《代李尚书祭常水师提督文》和卷七《贺制台李邺园凯还移镇序》皆作于康熙二十一年（1682），则康熙二十一年吴氏仍在李之芳幕。

李之芳于康熙二十一年十一月晋兵部尚书，次年二月交代给新任浙江总督施维翰后，离开杭州，入京供职③。综合以上所论，吴氏在康熙十九年和二十一年在李之芳幕府做幕僚。

康熙二十三年（1684），吴农祥不善理财，家境日以贫困，将梧园抵押给邻居，作《画图梧园记》。参见前揭《流铅集》卷七《画图梧园

---

① 方楘如《集虚斋学古文》卷十二，《清代诗文集汇编》第 228 册，上海古籍出版社，2010 年，第 702 页。

② 章抚功《吴庆伯先生行状》，国家图书馆藏，清劳权抄校本，第 5—6 页。

③ 参见李之芳《李文襄公奏疏》卷十《交代赴京疏》，《续修四库全书》第 493 册，上海古籍出版社，2002 年，第 404 页。

记》。《吴征君传》云："（征君）得钱辄付酒家。"①吴农祥《亡弟文学来庵圹志》云："乃念祥徒事诗书，不娴治生计，米盐琐屑及户役税务，皆兼身营之，辄不使兄知。每曰：'吾兄佳士，自应不习俗务；仆俗人，识俗务，兄事即我事也。'以是故，祥析产十余年，未尝知所筹算。"②知吴农祥不善于理财。

　　吴农祥晚年与陆堦、毛奇龄、徐林鸿为饮酒难老之会。与章士斐（章抚功、章藻功之父）关系尤笃。相关事迹见前揭方楘如《吴征君传》和章抚功《吴庆伯先生行状》。

　　康熙四十六年（1707），其家失火，所藏图籍尽毁，受此打击，遂生病。康熙四十七年七月十六日卒，年七十七。临终前嘱托其子吴毅，请章抚功为写传记，其后章氏撰《吴庆伯先生行状》。《吴征君传》云："初，征君之生也，母张夫人梦伟衣冠者七人抱一儿投之曰：以为而子，请其年，曰：二七。至是，果验。"又《吴征君传》附野史氏曰："……征君素强无疾，前卒之一年，家不戒于火，尽所尝读书燖焉。自是遂病，病或挟日不食，亦不语，曰'吾无与为质矣'。逾年，竟卒。其以书死生如此。"③

　　吴农祥喜奖掖后进，重情义，鄞县周容、太仓王昊殁于北京，农祥和朋友出资为经营其丧事。前揭方楘如《吴征君传》云："然征君不以自多，遇后生一字之工，三复不能已。其子之友婿方楘如者，把文谒之，亟叹以为当今无辈。"又见于章抚功《吴庆伯先生行状》。

　　吴农祥特立独行，不攀附权贵。父吴太冲所取士孟明辅、朱之

---

① 方楘如《集虚斋学古文》卷十二，《清代诗文集汇编》第 228 册，上海古籍出版社，2010 年，第 702 页。

② 吴农祥《梧园诗文集》，《浙学未刊稿丛编》第 1 辑第 30 册，国家图书馆出版社，2018 年，第 425 页。

③ 方楘如《集虚斋学古文》卷十二，《清代诗文集汇编》第 228 册，上海古籍出版社，2010 年，第 702 页。

锡、彭而述等致书招之,不应。章抚功《吴庆伯先生行状》云:"特立独行,不要声誉,不事请谒。司马明辅孟公、中丞禹峰彭公,皆学士庚辰所取士,连书招先生,且属方伯必罗致之。或却书不受,或造门而反。"①

方楘如《吴征君传》云:"国初通籍者,往往有征君门故,大司马孟■■、督河朱之锡、方伯彭而述,其著也。数以书招征君,谢勿往,或枉车骑过之,亦匿不肯见。而族兄■■守苏州六年,宾客阗咽,征君一以书问无恙而已,迄不至。他日邂逅于可中亭,族兄欲载与俱归,不可,则以缣置船中,征君遽舍船去,其介也如是。"②这里大司马指孟明辅,崇祯十三年庚辰(1640)进士,为吴太冲所取士。清顺治十一年(1654)三月,官兵部尚书③。检《(乾隆)苏州府志》卷三十五,清初任苏州知府吴姓且任职时间较长者惟吴道煌,从康熙二年(1663)四月至六年(1667)七月任知府,同书卷四十四有《吴道煌传》,谓吴氏乃宛平人,顺治六年进士④。

农祥妻傅氏指出其性格三个特点:有酒过,言直,不谨于结纳。吴氏早年以遗民自居,曾批评钱肃图为衣食奔走于清初官员之间,与遗民生活不类。然康熙十七年吴氏应征参加博学鸿儒科,改变气节,辜负初心,钱氏知道后只是说每人出处不同而已。从中可见吴氏苛责于人,言语直切。

毛奇龄《吴征君德配傅孺人墓志铭》:"宫允公鲜留遗,惟故第一

① 章抚功《吴庆伯先生行状》,国家图书馆藏,清劳权抄校本,第 5 页。
② 方楘如《集虚斋学古文》,《清代诗文集汇编》第 228 册,上海古籍出版社,2010 年,第 702 页。
③ 孟明辅生平详见管竭忠纂修《(同治)开封府志》卷二十六《孟明辅传》(清康熙修同治年间补刻本)、《清世祖实录》卷八十二(《清实录》第 3 册,中华书局,1985 年,第 647 页)。
④ 习寯纂修《(乾隆)苏州府志》,清乾隆十三年(1748)刻本。

区在圈屯中……康熙十七年,上开博学鸿儒科,司空荐征君于廷,巡抚复奉吏部咨,以征君应。而孺人难之,脱左手指环约征君指曰:'以君之才宜,何所不得,顾有大不宜于时者,妾有三言规,愿君回环而熟念之。一有酒过,一言直,一不谨于结纳。'征君以为然……暨试,取上上卷,而既而斥之,不知故,相公再献之,不得。归而大病,孺人具慰之,病不已。自庚申八月至辛酉八月卧床……而赖孺人救,亦竟起。"①吴农祥《宜斋记》②引述其父(先公)的话历论其性格,主要指出其言语直切和交友疏忽。

全祖望《鲒埼亭集外编》卷五《明监察御史退山钱公墓石盖文》:"初侍御归自海上也,杭人吴农祥晚出,欲为名高,移书谓侍御不当出而为索食之游,侍御以良友谢之。及农祥应词科之辟,人多笑之,侍御曰'士之出处各殊耳'。其浑厚如此。"③全祖望对吴农祥所撰明末清初人的传记多持批评态度,对吴农祥为人亦不齿。钱肃图是清初抗清大臣钱肃乐之弟,吴农祥早年批评其不应交接清朝官员以求生活,钱氏以为是良言。而康熙十七年(1678),吴农祥响应博学鸿儒科征召,不能坚持节操,其对钱氏的批评亦可用于批评自己。

吴农祥写作了大量明末清初人的传记,但是这些传记受到全祖望、徐德宗、汪琬等人的批评,以为吴氏拟史传记存在虚妄、讹错的问题。

---

① 毛奇龄《西河文集》之《墓志铭》卷十二,《清代诗文集汇编》第88册,上海古籍出版社,2010年,第74—75页。
② 吴农祥《梧园诗文集》,《浙学未刊稿丛编》第1辑第29册,国家图书馆出版社,2018年,第37—39页。
③ 全祖望撰,朱铸禹汇校集注《全祖望集汇校集注》,上海古籍出版社,2000年,第824—825页。全氏《续耆旧》卷四十三"钱侍御肃图"条亦有类似记载,云:"先生为人和平敦厚,初,钱唐吴农祥贻书,规先生不应以忠介之弟尚与时人往还,先生曰'良友哉'。及农祥出应词科之荐,门人请先生以喜报之,先生曰'士之出处各殊耳,勿招人之过以为高也'。"(《续修四库全书》第1682册,上海古籍出版社,2002年,第631页)

　　全祖望多次批评吴农祥传记虚妄不实，《鲒埼亭集》卷三十五《周蕉堂事辨诬》："吴农祥妄言，为蕉堂以受拷故凶终于心水，是未读蕉堂之诗者也，农祥自居于蕉堂生死之交，谓当蕉堂临没时，亲呵护其集以归其家，而谬戾至此。且蕉堂以戊子救心水，事毕即归。而农祥谓在辛卯翁洲破后者，尤非也。农祥所作拟史诸传，如朱孩未、章格庵、张苍水事，大半舛错，全无考证。然犹可曰'此皆前辈巨公，故不免耳视而目听'。若蕉堂则既冒托于生死之交，而亦从而诬之，郢书燕说，不幸而传，则文献之祸也已。"又《鲒埼亭集外编》卷三十《题田间先生墓表后》云："农祥所作残明诸公传多矣，信口无稽以欺罔天下，不知其何所见，而考据又疏，未尝核其岁月时地之确，可为绝倒。"又《鲒埼亭集外编》卷四十三《与赵谷林辨〈啸台集〉中纪苍水事迹书》："吴农祥《啸台集》，其文散漫冗长，固不足言，而所纪明季事尤失实。如谓刘阁部中藻与李尚书向中挥戈海上；瞿临桂死黔中；陈大樽之殉节，隆武赠官（大樽死于丁亥，隆武亡于丙戌）；章格庵为阁部（章官少宰）；信口妄言，欺世人之不知，愚不能屈指数也。请但以张侍郎一传言之……然则农祥并公《北征录》亦未见，而妄为公传，无惑乎其妄言也。至谓公屯田林门岛中被执，则不知公被执时已散兵。谓公子死白下，则不知其在京口。总之，无一语足据者，郢书燕说，混淆信史，吾不知其何意也。农祥自负博物，近则方文辀、杭大宗皆力推之，不知其言无足采也。"①《鲒埼亭集外编》卷十九《张督师画像记》亦指摘吴农祥传记虚妄。

　　全祖望的观点对后世影响较大，至今研究全氏史学成就者，往往举批评吴农祥传记虚妄的例子说明其史学观。如《文献征存录》卷九《吴农祥》云："全谢山谓'所作拟史诸传，如朱大典、章正宸、张煌言

①　全祖望撰，朱铸禹汇校集注《全祖望集汇校集注》，上海古籍出版社，2000年，第674—675、1362、1676—1677页。

事,大半舛错'。杭州瓶花斋吴氏藏之,未能刻也。"①

　　汪琬《尧峰文钞别录》卷二《前明吏部验封司郎中曹公墓志铭》云:"以志铭属琬。谨按公《自撰年谱》及《侍郎公志》,采掇其出处大节,与侍郎公牵连书之,以信后世。至于《行状》所述,猥琐不当书者,俱不及载云。"②《(民国)杭州府志》卷一百四十八《曹元方传》注云"吴农祥撰《行状》。"③吴氏所作行状即《明进士吏部验封司主事耘莲曹君行状》④,汪琬所说《行状》存在琐碎不当书者,即是对吴农祥的不指名批评。

　　徐德宗对吴农祥亦持批评态度。秦瀛辑《己未词科录》卷六:"瀛按,先生熟于明季掌故,甲申以后浙东西殉节及有名诸生皆为之传志。余在杭州,从它氏借抄其本,宝而藏之。而梨洲黄氏辄疵其记载失实,即如张忠烈苍水尚书一人本末,而梨洲及先生所撰述与全吉士《鲒埼亭集》中《神道碑》互有同异,何欤?"又卷十二引《二矶山人笔记》云:"吴农祥言:上尝询诸大臣,此外岂无遗漏?先生以奕包对,且操土音曰'臣若不举臣弟,当衔恨次骨'。先生必无是言,农祥亦因见遗而发愤懑之词耳。"⑤秦瀛外祖父徐德宗,字于朝,号二矶,著有《二矶山人诗集》等⑥。则《二矶山人笔记》当为徐氏所撰。

①　钱林辑,王藻编《文献征存录》,《续修四库全书》第 540 册,上海古籍出版社,2002 年,第 370 页。

②　汪琬著,李圣华笺校《汪琬全集笺校》,人民文学出版社,2010 年,第 2083 页。

③　李榕等总纂《(民国)杭州府志》,《中国地方志集成》之《浙江府县志辑》第 3 册,上海书店,1993 年,第 516—517 页。

④　吴农祥《梧园诗文集》,《浙学未刊稿丛编》第 1 辑第 30 册,国家图书馆出版社,2018 年,第 95—111 页。

⑤　秦瀛辑《己未词科录》,《续修四库全书》第 537 册,上海古籍出版社,2002 年,第 205、305 页。

⑥　徐德宗生平详见秦瀛《小岘山人集》卷五《貤赠内阁中书徐二矶先生墓表》,《续修四库全书》第 1465 册,上海古籍出版社,2002 年,第 234 页。

全祖望通过各种证据证明吴农祥传记存在虚妄、错误,未能核实传主的生平事迹,信笔为之。农祥生活于清初,撰写明清之际人的传记,就会遇到时讳、传闻、偏信及自身判断、择取问题,有些人物涉及自己家族,融入了自己的情感,在事件的叙述上采取有利于自己的视角等,都会导致传记的失实。吴氏传记没有广泛考察核实,所述传主生平有不符实际处。从汪琬的批评亦可看到吴氏在人物生平事迹的取舍上缺乏判断力。总之,吴农祥传记在人物事迹真实性上和事迹取舍上有不足,但也需要具体而论。

三、吴农祥著述考辨

吴农祥著述当时未刊行,后世基本以稿本、抄本形式流传,传本极少。嘉道时,钱塘陈文述《南屏怀吴庆百》注云:"庆百,名农祥,著录甚富,今皆不传。闻骈体文旧藏随园,求之不得。"①可见其流传之稀。吴氏作品长期存藏于极个别藏书家手中,未能刊刻,故后世影响日渐式微。然其一生勤于著述,流传到今天的著述非常可观,兹对其著作加以考辨,将来如能够将其全集整理出版,必为学界提供诸多新材料。

(一)吴农祥传世著述考

1.《梧园诗文集》不分卷,三十四册,吴农祥撰,清稿本,浙江图书馆藏。

浙江图书馆藏《梧园诗文集》三十四册,除了钱塘丁丙所藏原稿本二十九册外,又有增补。卷首载丁丙跋和吴庆坻跋。丁氏跋又见于丁丙《善本书室藏书志》卷三十七"梧园诗文集二十九册"条,有所节录,小字注"原稿本,萧山王小谷藏书"。其云:

---

① 陈文述《颐道堂诗选》卷二十一,《续修四库全书》第 1505 册,上海古籍出版社,2002 年,第 192 页。

同治乙丑，从三元坊包叟得集二十九册。一为赋、颂、表，二为表、序，三为序，四为序、寿序，五为序，六、七为寿序，八为记、诔、墓志铭、塔铭、碑、书，九为记、论、说、议、考、书、疏、引、跋、赞、诔、铭，十又为寿序，十一为传，十二为行实、行状，十三为启、疏，十四为行状、权厝志、哀辞、墓碣、行实、记，十五、六为寿序、墓志铭、祭文、杂著，十七为疏、哀辞、祭文、跋，十八、十九为《洎斋别录》，皆杂文。以下皆诗词：二十为《未忘集》，二十一为《金陵集》《心苏集》，二十二为《金陵集》《秋铃集》《未忘集》《心苏集》，二十三为《心苏集》《秋铃集》，二十四为《星叟集》《星叟雪鸿集》，二十五、六为《梧园集》，二十七、八、九为词。皆未编定之卷，较之原目已少三之二矣。余拟选而刊之，此愿不知何日偿也。①

同治四年乙丑（1865），丁丙从杭州三元坊得到《梧园诗文集》二十九册稿本，包括诗、文、词和杂著，虽有二十九册之多，与目录相比，仅存三分之一，可见吴农祥著述之丰。《八千卷楼书目》卷十七著录该书："《梧园诗文全集》不分卷，〔国朝〕吴农祥撰。稿本。"②

黄士珣《北隅掌录》卷下载："所著古今体诗一百三十四卷、古文一百四十卷、骈体文四十卷、诗余二十四卷，他杂著又一百六十八卷，今在萧山王小谷太史家。"③王小谷，即王端履，字小谷，王宗炎之子，萧山人。嘉庆甲戌进士，官翰林院庶吉士。王宗炎藏书颇多，亦收藏

① 丁丙《善本书室藏书志》，《清人书目题跋丛刊》本，中华书局，1990 年，第874 页。

② 丁丙、丁立中纂编，周膺、吴晶、周密点校《八千卷楼书目》，《杭州丁氏家族史料》第五卷，当代中国出版社，2016 年，第 422 页。

③ 黄士珣《北隅掌录》，《丛书集成续编》第 52 册，上海书店出版社，1994 年，第917 页。

毛奇龄等人著作,端履继承其父藏书,包括吴农祥作品。

　　《梧园诗文集》稿本由吴氏后人收藏,后归王端履,清末丁丙购得二十九册,已是残本。民国时,孙峻在南京市场购得丁氏所藏。今归浙江图书馆,为三十四册,增益了其他抄本,如第30—31册为兰里蒋氏抄本。故准确地说,这三十四册为稿抄本。《浙学未刊稿丛编》第1辑第26至36册据浙江图书馆藏本影印①。

　　《吴征君传》云:"诗余二十四卷。"②或指《梧园诗文集》之第二十七、八、九册所载之词。

　　2.《流铅集》十六卷,吴农祥撰,清卢文弨校,清稿本,北京大学图书馆藏。

　　该书为骈文集,封面题"吴农祥先生流铅集稿本二册",卷首有汪叔良《识》,作于1933年。该本在民国时为梅花簃主人汪叔良从厂肆中购得。目录首页右下方有"其硃笔改处皆卢先生所为,先生字绍弓,号抱经老人",此书经乾隆年间著名藏书家卢文弨(1717—1795)校定。书中钤有"袁廷梼印""寿阶""贞节堂图书印""汝桢私印""贯华堂""怀玉山庐""北京大学藏"等藏书印,是书曾递藏于乾嘉时期著名藏书家袁廷梼处(袁廷梼,字寿阶,"贞节堂图书印"是其藏书印)。该书每卷卷首署"明湖吴农祥庆百氏著,清溪方辒如文辒氏定,男裕僧弥校字",每半页12行,行32字,版心上方题"流铅集",中间为卷数,最下方标每卷页码。除个别篇章外,每篇下注明写作时间,有的作年标注不确。惟卷七《幸存楼记》和卷十三《存旧录跋》只存目录,正文无。《清代诗文集汇编》第127册据北京大学图书馆藏稿本影印。

――――――――――

① 徐晓军、李圣华主编《浙学未刊稿丛编》第1辑,国家图书馆出版社,2018年。
② 方辒如《集虚斋学古文》,《清代诗文集汇编》第228册,上海古籍出版社,2010年,第702页。

国家图书馆藏有清代刘履芬抄本（简称刘抄本），该书封面钤"苏州吴梅字瞿安别号霜厓　188□—1939　藏书"印章，目录首页有"刘履芬印""泖生""北京图书馆藏"三枚藏书印，刘履芬（1827—1879），字泖生。该抄本当为刘履芬所抄，后经吴梅递藏，今存国家图书馆。此本每半页10行，行21字，版心上方题"流铅集"，中间标卷数，下方标每卷页码。刘抄本总体上不如卢文弨校本精良，存在脱字、衍文等现象，当然刘抄本也偶有改正卢校本错讹之处。两个版本每卷卷首署名皆同，惟行款有差异。

《流铅集》皆以稿本、抄本流传，《中国古籍善本书目》集部除著录以上两本外，还著录上海图书馆所藏三种抄本：其一，卢氏抱经堂抄本，十六卷，残存十卷（一至三、六至十、十三至十四），有卢文弨跋。此抄本每半页11行，行21字，上下左右皆双栏，单鱼尾，版心中间上方题"流铅集"和卷数，中间下方题每卷页码。卷一首页署"明湖吴农祥庆百"。每卷末有卢文弨跋，卷十三末卢氏跋云："余拟每卷托一人抄录，乃于生处误送二卷，欲索一卷回，则生愿并任之。"卢氏计划每卷委托一人抄校，而后自己再校对一遍，卷末写一跋。卷一有"海宁杨芸士藏书之印""上海图书馆藏""武林卢文弨写本"三枚藏书印，则此书卢文弨抄校后，经海宁杨文荪（字芸士）庋藏，今归上海图书馆。其二，清抄本，十六卷，宫增祐跋。此本卷首载陈寿祺跋一则，末署"岁在丙辰仲冬初吉且朴手识"，丙辰为1916年，跋作于此时。又宫增祐跋一则，末署"嘉庆丁卯二月下浣八八叟节溪跋于力稿堂之西墅"。又章藻功序一篇，末署"时雍正四年岁次丙午季春上浣之吉通家子章藻功顿首拜撰"。吴庆坻《蕉廊脞录》卷五"吴农祥遗稿"条云："相传征君遗稿藏萧山王小谷太史家，丁氏八千卷楼藏征君手稿二十九册，其后丁氏书归江南图书馆，此本乃复出于金陵市上，孙康侯峻得之。余又见杨见心家有《流铅集》十六卷，一章藻功序，方文辀粲如选定，征君子裕僧弥校字。嘉庆丁卯泰州宫节溪增祐藏。跋云

'游京师时,王征君平圃所赠,平圃则得诸浙人云'。"①吴庆坻在杨复(字见心)家所见《流铅集》抄本,即为上海图书馆所藏宫增祜跋本。其三,清抄本,不分卷,王礼培跋。是本每半页 10 行,行 28 字,版心上方题"流铅集",中间题每篇篇名和页码。此抄本文字与《梧园诗文集》稿本同,乃据稿本直接抄录,且沿用稿本一些版式,各篇单独标页码,当是《流铅集》最初形态。王氏跋谓:"吴征君农祥……此《流铅集》,盖即其稿本,每篇多有笺条商订之处,又《匿影楼记》《代上施制台启》,或言'宁不刻,不可删',或言'熙朝弊政,俟载心史,万不可刻'。"②王礼培跋文前部分叙述农祥生平,基本沿用前揭李岳瑞《春冰室野乘》"吴征君农祥遗事"的内容,后面谈到《流铅集》抄本问题、书中存在违碍字眼等。此书有"上海图书馆藏""扫尘斋积书记""礼培私印"三枚印章,后两枚都是王礼培之印。

　　叶昌炽撰《缘督庐日记抄》卷十六云:"(丙辰十一月十四日)又得李审言书,附到旧钞样本两种,各二册……一为吴农祥《流铅集》,方文辀选定之本。欲售翰怡,求为介绍。吴《集》索百元。"③丙辰为民国五年(1916),此年李详(字审言)给叶昌炽书信,言有《流铅集》抄本二册欲售与刘承干(号翰怡),不知此次交易是否达成。

　　《吴庆伯先生行状》云:"《流铅集》二十卷。"④《吴征君传》云:"骈俪文四十卷。"⑤《(雍正)浙江通志》卷一百七十八《吴农祥传》

---

① 吴庆坻撰,张文其、刘德麟点校《蕉廊脞录》,中华书局,1990 年,第 152 页。

② 上海图书馆编《上海图书馆善本题跋真迹》第 14 册,上海辞书出版社,2013 年,第 131—132 页。

③ 叶昌炽《缘督庐日记抄》,《续修四库全书》第 576 册,上海古籍出版社,2002 年,第 872 页。

④ 章抚功《吴庆伯先生行状》,国家图书馆藏,清劳权抄校本,第 7 页。

⑤ 方蘖如《集虚斋学古文》,《清代诗文集汇编》第 228 册,上海古籍出版社,2010 年,第 702 页。

云：“《钱塘县志》：……《流铅集》四十卷。”①《（乾隆）杭州府志》卷五十九亦载：“《流铅集》四十卷。”②今所见的《流铅集》未有二十卷和四十卷者，或者分卷不同所致，或流传过程中有所删订欤？

3.《吴庆百征君文钞》不分卷，清兰里蒋氏印山楼抄本，二册，南京图书馆藏。

该书封面题“吴庆百征君文钞”，南京图书馆著录为《梧园文集》，但据此书封面和内容信息，没有与“梧园文集”有关者，当据首页题名著录。抄本第一册版心下方署“兰里蒋氏印山楼钞”。兰里蒋氏当是蒋炯，字葆存，号蒋存，仁和廪贡生。卷首丁丙《记》云：“（征君）先世居清波门，后居西牌楼梧园。所著诗文集凡数百卷，尽归萧山王氏③。劫后散坊肆，余购巨册凡二十有□，半手迹也。此从乱帙中检出，乃传抄本，与手稿中有重复者，然鳞甲虽残，弥□宝贵。同治十一年清和月中浣四日八千卷楼记。”此抄本先由蒋氏抄录，后归钱塘丁丙，今存南京图书馆。

《吴庆百征君文钞》共二册，第一册为诗文杂著序，单鱼尾，白口，版心上方题“卷”，无页码卷数等，每半页 10 行，行 24 字，有黑格，上下单栏，左右双栏。每篇题下皆未标作年，与《梧园诗文集》稿本第 5 册“序”对应篇目内容基本一致，惟个别篇目顺序不同。稿本多数题下有作年，此册无，则此抄本录自稿本。稿本文末有落款者，此抄本删去。

第二册包括书序、赠序、贺序和寿序，多数篇题下标注作年。版

---

① 嵇曾筠等总裁《（雍正）浙江通志》，《中国地方志集成》之《省志辑》之《浙江》第 6 册，凤凰出版社，2010 年，第 677 页。

② 邵晋涵总修《（乾隆）杭州府志》卷五十九，清乾隆四十九年（1784）刻本，第 5 页。

③ 萧山王氏，即萧山王端履（字小谷），前引黄士珣《北隅掌录》卷下和丁丙《善本书室藏书志》卷三十七皆谓藏于萧山王小谷家。

心无内容,每半页 10 行,行 24 字,无格线。文末皆无落款,《梧园诗文集》稿本对应篇目有落款者,此本删去。其中《沈母秦孺人八十寿序(乙卯)》《何母关太夫人八十寿序(癸亥四月)》《章母沈夫人八十五序》三篇有黑色格线,每半页 10 行,行 20 字,笔迹亦异。末尾一篇为残篇,版式与第一册同。第二册当为后订或重订,用纸、版式等有所不同。此册亦抄自稿本。

抄本第一册和第二册正文首页有红色方印"江苏省立第一图书馆藏书"。这两册为蒋氏从《梧园诗文集》稿本中选录的文章,与《梧园诗文集》稿本第 30 册和 31 册诗选一样,都是蒋氏印山楼抄本,最初为诗文选本,但在流传过程中分藏两处。

丁丙辑《武林坊巷志》一书,引用《吴庆百征君文钞》的文章,即出自此本。

4.《梧园诗选》十二卷,吴农祥撰,丁丙编选,清钱塘丁氏嘉惠堂抄本,二册,南京图书馆藏。

该书共二册,十二卷。第一册卷首目录题"梧园诗选目录",目录首页有两个红色藏书印"江苏省立第一图书馆藏书""嘉惠堂丁氏藏书之印",版心题"梧园诗选目录",线装书一页的下半页左下角黑色格线外题"嘉惠堂钞本"。目录七言律之《江阴》一首、《火内》一首、《望钟山》一首、《故侯旧第》一首、《梅冈方正学祠》一首、《台城》一首、《南唐后主祠》一首下注"以上数首系追悼故国之作,名《梦呓集》,约在《秋铃集》后"。是选从《未忘集》《金陵集》《秋铃集》等选录,并标明出自何集。

正文版心题"梧园诗选",左下角处题"嘉惠堂钞本"。诗歌分为乐府、五言古诗、七言古诗、五排、七排、五言律、七言律、六言律、七小律、五小律、五言绝、七言绝共十二类,每类正文首页题《梧园诗选》,第二列下方署名"仁和吴农祥著"。每半页 11 行,行 21 字,左右双栏。

第二册首页题"梧园诗选",下一行署"仁和吴农祥著",为七言排律,有"江苏省立第一图书馆藏书""嘉惠堂丁氏藏书之印"两枚印章。选录《寿徐母胡氏》(佳儿起舞尽斑斓)等。

此书是丁丙从《梧园诗文集》稿本中选录诗歌编纂而成。

5.《西湖水利考》一卷,《西湖水利续考》一卷,吴农祥撰,《武林掌故丛编》本,清光绪二十四年(1898)刻本。

《中国古籍总目》史部第6册著录①。这两卷是有关西湖水利的专文。钱塘丁丙从《梧园诗文集》稿本中辑出,编入《武林掌故丛编》第23集,清光绪年间刊行。1985年江苏广陵古籍刻印社,以及新文丰出版公司的《丛书集成续编》第223册和上海书店出版社的《丛书集成续编》第62册都据《武林掌故丛编》本影印。

6.《吴莘叟集》不分卷,吴农祥撰,清抄本,日本静嘉堂文库藏。

《中国古籍总目》集部著录该书②,日本所藏中文古籍数据库著录此书云:"《吴莘叟先生集》不分卷,清吴农祥撰,写,1册,静嘉堂文库,十万卷楼旧藏。"③《静嘉堂秘籍志》卷四十六云:"《吴莘叟集》,清吴农祥撰。不分卷。抄一本。"④则此书为陆心源所藏,今归日本静嘉堂文库。该书收录刘文炳、贺逢圣等二十六人传记,其中二十四人传为其独有,编入今人李岩点校之《吴星叟明人传稿》⑤。

7.《文献通考正续合纂》四十四卷,包括《文献通考纂》二十二

① 中国古籍总目编纂委员会编《中国古籍总目·史部》第6册,上海古籍出版社,2009年,第3485页。
② 中国古籍总目编纂委员会编《中国古籍总目·集部》第3册,中华书局,2012年,第1157页。
③ 吴农祥.吴莘叟先生集[EB/OL].[2019-08-28].http://kanji.zinbun.kyoto-u.ac.jp/kanseki?record=data/FASEIKADO/tagged/0747001.dat&back=1。
④ 河田罴撰,杜泽逊等点校《静嘉堂秘籍志》,上海古籍出版社,2016年,第1859页。
⑤ 吴农祥撰,李岩点校《吴星叟明人传稿》,中华书局,2019年。

卷,《续文献通考纂》二十二卷,清郎星、叶大纬、吴农祥、宋维祺同定,清康熙三年金匮山房刻本。

　　封面题"文献通考正续合纂",左下方题"金匮山房藏板"。卷首有顾豹文康熙三年(1664)序。《文献通考》为马端临所撰,《文献通考纂》每卷卷首题"宋鄱阳马端临贵与著,仁和郎星友月　钱唐叶大纬纬如　盐官吴农祥庆伯　睦陵宋维祺眉祝同定",《续文献通考》为明王圻所撰。两书合编,有删削。《中国古籍总目》史部第6册著录该书云"《文献通考正续合纂》四十四卷,清郎星等辑,清康熙三年金匮山房刻本"①,南京图书馆、山东省图书馆、吉林省图书馆、东北师范大学图书馆等有藏。另外日本东京大学东洋文化研究所等亦有收藏。《文献通考版本辑存》第190—195册影印此版本。《续修四库全书总目提要(稿本)》史部之政书类"文献通考正续合纂十二卷"条云:"清邱星②、叶大纬、吴农祥、宋维祺等同编……是书取宋马端临《文献通考》及明王圻《续文献通考》,为之删削,合成一编,故以'正续合纂'名之。"③此处谓十二卷,不知何据。

　　8.吴农祥批杜诗。

　　吴农祥批语散见于钱谦益笺注《(诸名家评定本)钱牧斋笺注杜诗》二十卷(时中书局,1911年)和刘濬编《杜诗集评》(《杜诗丛刊》本,台湾大通书局,1974年),详见《吴农祥杜诗评点研究》④。

　　9.吴农祥批校《文选》,批语见《文选纂注评林》。

　　《中国古籍善本书目》(集部)中册载:"《文选纂注评林》,梁萧统

---

① 中国古籍总目编纂委员会编《中国古籍总目·史部》第6册,上海古籍出版社,2009年,第3119页。

② "邱星",当是"郎星"之误。

③ 中国科学院图书馆整理《续修四库全书总目提要(稿本)》第11册,齐鲁书社,1996年,第109页。

④ 白瑛珠《吴农祥杜诗评点研究》,河北大学2014年硕士论文。

辑,明张凤翼纂注,明万历刻本,清沈叔埏录,清朱彝尊、吴农祥、何焯批校并跋。"①浙江博物馆藏。

(二)吴农祥已佚著述考

1.《宜斋诗》四十卷,《文集》八十卷,吴农祥撰。

《(康熙)钱塘县志》卷三十二:"《宜斋诗》四十卷,《文集》八十卷。"②

2.《金陵集》十卷,《心苏集》五十卷,《秋铃集》十卷,《南归集》三十二卷,《雪鸿集》十卷,《未忘集》八卷,《京江集》四卷,《绮霞集》二十四卷,《澄观堂诗钞》三十卷,吴农祥撰。

前揭《吴庆伯先生行状》著录。《(康熙)钱塘县志》卷三十二:"《南归集》十卷、《雪鸿集》八卷。"③与《吴庆伯先生行状》所载卷数不同。这几种皆为诗集。今存稿本《梧园诗文集》不分卷,包括《金陵集》《秋铃集》《未忘集》《心苏集》《星叟雪鸿集》,并未有明确分卷。

3.《诗古文词就正稿》七十二卷,又《啸台就正稿》二十六卷,吴农祥撰。

前揭《吴庆伯先生行状》著录。《(乾隆)杭州府志》卷五十九云:"《啸台就正稿》二十六卷。"④《诗古文词就正稿》七十二卷,不知是否包含《啸台就正稿》二十六卷。

---

① 中国古籍善本书目编辑委员会编《中国古籍善本书目》(集部),上海古籍出版社,1998年,第1557页。

② 魏峸编纂《(康熙)钱塘县志》,《中国地方志集成》之《浙江府县志辑》第4册,上海书店,1993年,第541页。

③ 魏峸编纂《(康熙)钱塘县志》,《中国地方志集成》之《浙江府县志辑》第4册,上海书店,1993年,第541页。

④ 邵晋涵总修《(乾隆)杭州府志》卷五十九,清乾隆四十九年(1784)刻本,第5页。

4.《蕉园杂记》三十二卷,吴农祥撰。

是书为人物传记。章抚功《吴庆伯先生行状》:"先生自廷试归,网罗当代之遗闻,搜辑胜朝之轶事,六七十年以来忠孝节义、名臣遗老,为传百余篇,曰《蕉园杂记》。盖欲藏之名山,缄之石室,以俟后世之知者,不以示人……《蕉园杂记》三十二卷。"①

5.《舆图隶史》(一名《舆图隶史汇考》)八十卷,吴农祥撰。

前揭《吴庆伯先生行状》载该书。《(康熙)钱塘县志》卷二十二《吴农祥传》:"所著书有……《舆图隶史汇考》八十卷。"②《舆图隶史》与《舆图隶史汇考》当为同一书,皆八十卷。

6.《钱邑志林》四十卷,《补录文献通考》八十卷,《绿窗读史》五十卷,《明史琐事》一百卷,《梧园杂志》二十卷,《唐诗辨疑》六十卷,《萧台集》二百四十卷,吴农祥撰。

《吴庆伯先生行状》:"会修《浙江通志》,又自撰《钱邑志林》,邑令梁公求之,靳不与。"③

《(康熙)钱塘县志》卷二十二《吴农祥传》:"所著书有《补录文献通考》八十卷、《绿窗读史》五十卷、《明史琐事》一百卷、《唐诗辨疑》六十卷④……《钱邑志林》四十卷、《梧园杂志》二十卷、《萧台集》二百四十卷。"⑤又卷三十二:"《唐诗辨疑》六十卷。"⑥秦瀛辑《己未

---

① 章抚功《吴庆伯先生行状》,国家图书馆藏,清劳权抄校本,第3—7页。

② 魏崝编纂《(康熙)钱塘县志》,《中国地方志集成》之《浙江府县志辑》第4册,上海书店,1993年,第417页。

③ 章抚功《吴庆伯先生行状》,国家图书馆藏,清劳权抄校本,第6页。

④ 《唐诗辩疑》六十卷,其他方志以及相关文献皆作《唐诗辨疑》,是。

⑤ 魏崝编纂《(康熙)钱塘县志》,《中国地方志集成》之《浙江府县志辑》第4册,上海书店,1993年,第417页。

⑥ 魏崝编纂《(康熙)钱塘县志》,《中国地方志集成》之《浙江府县志辑》第4册,上海书店,1993年,第541页。

词科录》卷六云："吴农祥……《萧台集》二百四十卷。"云出《浙江通志》①。《萧台集》二百四十卷，疑为一部包括诗文词的文集。

7.《啸台读史》五十卷，吴农祥撰。

《（乾隆）杭州府志》卷五十七著录②。《颜氏家藏尺牍》附《姓氏考》云："有《舆图隶史汇考》《啸台读史》《绿窗读史》……《云鸿》《流鉴》《啸台》等集。"③按，有关吴氏文献皆未见有《流鉴》专集，或为《流铅》之讹。《云鸿》亦当为《雪鸿》。吴农祥祖父和父亲皆葬于杭州萧台，此处题《啸台读史》，当与之有关。

8.《澄观堂集》，《斑衣园诗》，吴农祥撰。

《增修云林寺志》卷四："吴农祥，字星叟。仁和人。著《澄观堂集》，有《斑衣园诗》。"④《澄观堂集》与前揭《澄观堂诗钞》不知是否为同一部书，故分别列出。吴农祥《斑衣园》题联："（旧在九里松，传说为宋韩世忠别业）威仪开辇道，曲折向丹梯。"⑤则《斑衣园诗》或与此有关。

9.《词苑》六十卷，吴农祥撰。

《（康熙）钱塘县志》卷三十二："《词苑》六十卷。"⑥谭新红《清词话考述》下编第二部分"仅被征引之清代词话"，有"吴农祥《词苑》"

---

① 秦瀛辑《己未词科录》，《续修四库全书》第 537 册，上海古籍出版社，2002 年，第 205 页。

② 邵晋涵总修《（乾隆）杭州府志》，清乾隆四十九年（1784）刻本，第 42 页。

③ 上海图书馆编《颜氏家藏尺牍》第 8 册附《姓氏考》，上海科学技术文献出版社，2006 年，第 131 页。

④ 厉鹗等《增修云林寺志》，《四库全书存目丛书》史部第 247 册，齐鲁书社，1996 年，第 239 页。

⑤ 郑立于《郑立于文集》第六卷《西湖楹联》，浙江工商大学出版社，2016 年，第 193 页。

⑥ 魏崵编纂《（康熙）钱塘县志》，《中国地方志集成》之《浙江府县志辑》第 4 册，上海书店，1993 年，第 541 页。

条,对《词苑》有所考证①。

10.《惊喜集》,吴农祥编选。

此为吴农祥所编诗选集。《吴征君传》:"又录其弟菜如诗数篇,入所撰《惊喜集》中。"②

（三）吴农祥著述辨伪

1.《关氏支谱》不分卷,题吴农祥纂修,民国十三年（1924）抄本,1册,残本。

《上海图书馆馆藏家谱提要》著录该谱,题"吴农祥纂修"③。查检上海图书馆藏《关氏支谱》,卷首关维震《关氏支谱序》,末署"岁在甲子年孟夏中浣,后裔维震谨序,时年六十有四",甲子指民国十三年（1924）,该谱修于是年。卷首《关氏支谱总目》包括传状、撰著、世系、世次、坟墓、公账等六部分,但现存仅"传状"部分,末有关维震《志》。观残存部分,该谱为关维震所纂修,非吴农祥。维震在《关氏支谱序》等相关文字中未提及吴农祥修家谱之事,只是在"传状"部分录有吴农祥所撰《明进士关六铃先生行状》一首,此文应是关键（字六铃）卒后,关氏后人请吴氏所作,后编入家谱。则《关氏支谱》不当题名"吴农祥纂修",当是关维震纂修。关维震（1861—?）,仁和人,曾任慈溪训导二十年,对慈溪教育影响较大。

第二节　吴农祥交游与骈文创作活动

骈文创作离不开一定的时空,清初幕府和园林两大空间产生了

---

① 谭新红《清词话考述》,武汉大学出版社,2009年,第382—383页。
② 方楘如《集虚斋学古文》,《清代诗文集汇编》第228册,上海古籍出版社,2010年,第702页。
③ 上海图书馆编《上海图书馆馆藏家谱提要》,上海古籍出版社,2000年,第1154页。

大量骈文作品,骈文创作与诗歌抒怀咏志不同,大多作于日常交际应酬中,故交游与骈文创作密切关联。吴农祥与陈维崧、毛奇龄的经历类似,清初按照父亲的意愿,甘心做一名遗民,但随着家庭境遇的变化,于康熙十七年(1678)接受举荐,参加博学鸿儒科,虽然吴氏没有考中,而陈、毛皆登博鸿、官翰林,结果不同,但对他们人生都产生了转折性影响。吴氏结交多当时名流,包括父执、其父门生故吏、同辈友朋、各级官员等,以身份论,包括明遗民、明代殉国者、折节仕清者等,吴氏与之交往,创作了大量骈文。

一、与父辈的交游

1. 吴太冲

吴太冲生平见本章第一节"吴农祥家世考述"部分。作为吴农祥父亲,对他影响甚大。吴太冲是位坚定的明遗民,并要求农祥取得诸生后,不追求功名仕宦。《流铅集》卷一《慈竹赋(有序)》、卷六《为先公三十周年斋期疏》等①是为纪念父亲和缕述家史而作的骈文。

2. 傅岩

傅岩生平详见本章第一节"吴农祥家世考述"部分。傅岩是在明清之际的战乱中殉国的士人,与其他遗民和仕清者不同。作为明末仕宦家庭,吴家和傅家结为姻亲关系,两家在清初遭到打击,日益贫困。吴农祥《流铅集》卷一《崎丽楼赋》、卷二《与总河尚书朱梅麓书》、卷三《辱征召答武山钱先生书》等涉及傅岩的情况。傅岩的壮烈殉国和吴太冲的隐居不仕对农祥的人生选择影响甚大。

3. 钱喜起

钱喜起,字赓明,号武山,钱塘人。钱养度子。天启四年甲子

---

① 吴农祥《流铅集》,《清代诗文集汇编》第 127 册,上海古籍出版社,2010 年,第 340、368—369 页。本节所引《流铅集》内容未注明出处者,皆来自该版本。

（1624）举人，崇祯十三年庚辰（1640）进士，授南京工部屯田司主事，后守南昌，有惠政，丁母艰归。生平详见孙治《孙宇台集》卷十五《钱武山先生传》①、《（康熙）钱塘县志》卷二十《钱喜起传》②。

钱喜起是吴农祥前辈，明亡后以遗民终。吴农祥参加博鸿试，临行前，钱氏去信劝其珍惜名节，勿参加考试。吴氏回信即《流铅集》卷三《辱征召答武山钱先生书》，该文虽用骈体，却剖白心迹，字字真挚，虽说自己折节以求功名，但并非本心，是现实困窘所致。《辱征召答武山钱先生书》提及父执："昔祥先人之定交也，前辈仅石斋、鸿宝，同乡惟念台、屺瞻，年谱止勿斋、君常，婚姻则格庵、野倩。"③黄道周（石斋）、倪元璐（鸿宝）、刘宗周（念台）、葛寅亮（屺瞻）、徐汧（勿斋）、马世奇（君常）、傅岩（野倩）等皆明末殉国者，而姻戚章正宸亦参加抗清战争，后出家为僧。这些人物事迹影响着农祥的出处选择。

4. 周宗彝

周宗彝（？—1646），字五重，海宁硖石人。幼从倪元璐游。崇祯十二年（1639）举人。少受业于吴太冲、章正宸，为人有胆决、尚气节。南明鲁王授职方员外郎，大学士熊汝霖令守硖石镇，后兵败而死。清代入祀忠义祠。妻卜氏与二妾名朱衣、紫衣者，并自缢，弟启琦（字玮光）巷战力竭，被杀。生平详见许汝霖《德星堂文集》卷三《周孝廉传》④、

① 孙治《孙宇台集》，《四库禁毁书丛刊》集部第 149 册，北京出版社，1997 年，第 17 页。
② 魏峋编纂《（康熙）钱塘县志》，《中国地方志集成》之《浙江府县志辑》第 4 册，上海书店，1993 年，第 396 页。
③ 吴农祥《流铅集》，《清代诗文集汇编》第 127 册，上海古籍出版社，2010 年，第 348 页。
④ 许汝霖《德星堂文集》，《四库全书存目丛书》集部第 253 册，齐鲁书社，1997 年，第 86 页。

《嘉禾征献录》卷四十五《周宗彝传》①。

　　关于周宗彝卒年,不同文献记载歧异,《流铅集》卷十五《二忠哀词》:"岁在丙戌,海宁再破,孝廉周君宗彝五重、进士俞君元良仲骧死之。"据此,则周宗彝和俞元良卒于顺治三年丙戌(1646)。然清初许汝霖《德星堂文集》卷三《周孝廉传》载:"乙酉八月十五日,兄弟同蹈兵而死。"②许汝霖是海宁人,所记当有所据。但吴农祥在顺治三年避难海宁,是年海宁再次被清兵攻占,这是具有标志性意义的事件,吴氏亦不当记错。《清通鉴》记载,顺治二年,嘉兴等地归顺清朝,顺治三年五月,熊汝霖计划由海宁取海盐,抵乍浦,闻钱塘江上明军溃败,遂散③。清军第二次占领海宁在顺治三年,周宗彝战死亦应在此时。

　　吴农祥《二忠哀词》歌颂周宗彝和俞元良抗清殉国事迹,充溢正义感。在当时正面称颂抗清忠烈的文章不多,此文以骈文形式反复渲染周、俞二人以一介书生而奋起兵戎,死于行伍,表明对时局的态度。或许文中有违碍字眼,在《流铅集》中,《二忠哀词》与同卷《二良哀词》皆未注明作年。

5.冯溥

　　冯溥(1609—1691),字孔博,号易斋。山东益都(今山东青州)人,冯裕六世孙。清顺治三年(1646)进士,授翰林院庶吉士。康熙年间官刑部尚书,拜文华殿大学士。著有《佳山堂诗集》等。

　　冯溥长期在京师任职,喜招揽宾客,结交文士。康熙十七年

① 盛枫辑《嘉禾征献录》,《四库全书存目丛书》史部第 125 册,齐鲁书社,1997年,第 599—600 页。
② 许汝霖《德星堂文集》,《四库全书存目丛书》集部第 253 册,齐鲁书社,1997年,第 86 页。
③ 章开沅主编《清通鉴》,岳麓书社,2000 年,第 122 页。

（1678），应征参加博学鸿儒科的士人入京，吴农祥客居冯氏宅第，是时陈维崧、毛奇龄、吴任臣、王嗣槐、徐林鸿等亦常在冯溥家做客，合称"佳山堂六子"。

吴农祥抵达京师参加博鸿试，受到冯溥的热情款待，赠送银钱、绸缎、鱼肉等日常用品，《流铅集》卷五《谢除夕益都冯夫子赐银钱启》《谢冯益都夫子赐家织茧绸启》《谢益都夫子赐鲜鳆鱼启》等即为答谢冯氏馈赠而作。

此外，在京师期间，吴农祥与宋德宜、王昊等交往且有骈文作品传世。

二、与同辈、晚辈的交游

1. 徐林鸿

徐林鸿（1632—1701），字大文，一字宝名，浙江海宁人。诸生。康熙十八年（1679）试博学鸿儒科，罢归。工词翰。应征至京师时，与吴农祥、王嗣槐、吴任臣、毛奇龄、陈维崧同客大学士冯溥家，称"佳山堂六子"。卒于康熙三十九年庚辰（1700）十二月二十三日（公历1701 年 1 月 31 日）。生平详见朱彝尊《曝书亭集》卷七十六《征士徐君墓志铭》①、吴农祥《征君宝名徐君行状》②。

关于徐林鸿生卒年，吴农祥《徐宝名诗集序》云"年同甲子，未满七旬；岁纪壬申，仅先十日"③，吴农祥生于崇祯五年壬申（1632），徐林鸿生于同年。《流铅集》卷十一《徐宝名六十寿序》："今年九月，计

---

① 朱彝尊著，王利民等校点《曝书亭全集》，吉林文史出版社，2009 年，第719 页。
② 吴农祥《梧园诗文集》，《浙学未刊稿丛编》第 1 辑第 30 册，国家图书馆出版社，2018 年，第 381—404 页。
③ 吴农祥《流铅集》，《清代诗文集汇编》第 127 册，上海古籍出版社，2010 年，第382 页。

历六旬。"①题下注"辛未"，则该文作于康熙三十年（1691），徐氏六十，亦可推其生于崇祯五年（1632）九月。朱彝尊《征士徐君墓志铭》云："享年六十有九。"②则徐氏卒于康熙三十九年庚辰（1700）。吴农祥《征君宝名徐君行状》言其卒于康熙庚辰十二月二十三日，公历1701年1月31日，又云徐氏生于辛亥日，故推定其生于九月十六日。

　　吴农祥与徐林鸿关系密切，徐氏曾在梧园宝名楼读书十余年，两人相处融洽，感情深切，宝名楼之名即以徐林鸿之字命名。康熙八年（1669），徐氏无处可居，农祥作《为徐宝名募建草堂启》（《流铅集》卷五）为徐林鸿建房募集资金。康熙十七年，两人同时入京参加博鸿试，皆报罢而归。徐林鸿卒后，吴氏搜集诗集，作《徐宝名诗集序》（《流铅集》卷九），皆骈文。

　　2. 朱之锡

　　朱之锡（1624—1666）③，字孟九，号梅麓，浙江义乌人。幼从傅岩学习，顺治三年（1646）进士，选庶吉士。顺治八年，丁忧归乡，十年，服阕，同年十二月仍官内翰林弘文院编修。顺治十四年，任兵部尚书兼河道总督，康熙五年（1666），卒于任上。有《河防疏略》二十卷。生平参见《清实录》之《清世祖实录》④和《（嘉庆）义乌县志》卷

---

①　吴农祥《流铅集》，《清代诗文集汇编》第127册，上海古籍出版社，2010年，第392—393页。

②　朱彝尊著，王利民等校点《曝书亭全集》，吉林文史出版社，2009年，第719页。

③　朱承统续修《梅陇朱氏支谱》（清道光十年抄本），载朱之锡生卒年为"生明天启癸亥十二月初七日子时，卒康熙丙午二月廿二日戌时"，天启三年癸亥（1623）十二月七日，即公历1624年1月26日，则其生年在公历1624年。不同资料记载生年不同，当是公历和农历的差别。

④　《清实录》第3册，中华书局，1985年，第625、860页。

十三《朱之锡传》①。

朱之锡早年跟随吴农祥岳父傅岩学习，从这方面来说，吴家与朱氏颇有渊源。清初傅岩及其次子傅龄发、三子傅龄熙殉难，顺治九年（1652），傅岩长子傅龄文卒，而后傅岩夫人姜氏亦卒。因傅家宅邸于清初被占用为浙江总督府驻地，傅家人无家可归，借居亲朋处，姜氏卒后，惟有龄文妻子和幼子，贫而无依，难以为生。吴农祥写信给时任河道总督的朱之锡，希望能够收留傅家幼子，抚育成人，吴氏遂有《流铅集》卷二《与总河尚书朱梅麓书》，文中首叙朱氏贵而不忘师生之谊，次及傅家连遭不幸，家境贫困，又请朱氏帮忙搜集傅氏作品，最后请朱氏设法收留抚育傅家幼子。全文以四言句为主，感情真挚，是吴农祥骈文中的佳作。

3. 彭而述

彭而述（1605—1665），字子籛，号禹峰，河南邓州人。明崇祯十三年（1640）进士，次年官山西阳曲令，十六年，母亲病故，去官。清初历官分守上湖南道、广西桂林道、贵州按察使等，康熙三年（1664），官云南右布政使。著有《读史亭诗集》十六卷、《读史亭文集》二十二卷。生平详见《清史稿》卷二百四十七《彭而述传》②。

彭而述会试中式，为吴太冲所取士，因此建立师生关系。清初彭氏多在西南地区仕宦，屡立战功。彭而述于崇祯十七年曾至杭州，与吴太冲交往，《读史亭文集》卷十九有《与吴若谷师》③，详述此行，此时农祥年十三，当与之有所交际。顺治年间，彭氏曾写信给吴农祥，

---

① 诸自谷主修《（嘉庆）义乌县志》，《中国地方志集成》之《浙江府县志辑》第53册，上海书店，1993年，第710—711页。

② 赵尔巽等《清史稿》，中华书局，1977年，第9649—9650页。

③ 彭而述《读史亭文集》，《四库全书存目丛书》第201册，齐鲁书社，1997年，第241页。

请浙江左布政使许文秀给予其帮助,吴氏于顺治十七年秋作《答南阳彭中丞禹峰书》(《流铅集》卷二),表示不愿接受帮助。康熙十八年(1679),彭而述之子彭始抟入京参加会试落第,吴氏作《送彭孝廉归南阳序》(《流铅集》卷七)为其送行。

4. 曹元方

曹元方(1606—1687)①,曹嘉谟孙,曹履泰子。字介皇,号耘莲,隶籍海宁,故居在海盐,自称海盐人。清初,其海盐淳风里居所被毁,卜居海宁硖石村。崇祯十五年壬午(1642)举人,次年成进士。弘光朝,授常熟知县,隆武帝授吏部文选司主事、吏部验封司郎中,不久加御史衔,巡视江上师,未至而江上师败。清初隐居不仕。有《淳村集》十卷,国家图书馆藏《淳村文集拾遗》一卷。生平详见吴农祥《明进士吏部验封司主事耘莲曹君行状》②、《(光绪)海盐县志》卷十五《曹履泰传》和《曹元方传》③、《已畦集》卷十八《曹吏部传》④、汪琬《尧峰文钞别录》卷二《前明吏部验封司郎中曹公墓志铭》⑤。

曹元方是吴太冲弟子,与吴农祥关系较密切,清初往来频繁。《明内阁诰敕中书舍人玉涵吴公行状》云:"农祥尝侍先公膝下,问大人门下及族子可以托患难、寄生死者何人? 先公曰:'弟子则曹吏部元方,族子则中书毓昌,两人必不负我。我没后,汝必贫穷孤露,可往

① 吴农祥《流铅集》卷十一《前吏部曹耘莲八十寿序》,寿序作于康熙二十四年(1685),此年八十,可推知曹元方生于万历三十四年(1606)。

② 吴农祥《梧园诗文集》,《浙学未刊稿丛编》第 1 辑第 30 册,国家图书馆出版社,2018 年,第 95—111 页。

③ 王彬重修《(光绪)海盐县志》,《中国地方志集成》之《浙江府县志辑》第 21 册,上海书店,1993 年,第 847—848 页。

④ 叶燮《已畦集》,《清代诗文集汇编》第 104 册,上海古籍出版社,2010 年,第 488—489 页。

⑤ 汪琬著,李圣华笺校《汪琬全集笺校》,人民文学出版社,2010 年,第 2081—2083 页。

依之。'"①可见吴太冲十分信赖曹元方,以为可以托付子弟。吴氏与曹元方交往而作的骈文较多,《流铅集》卷三《答前吏部曹耘莲书》、卷五《谢前吏部曹耘莲惠精缪启》《谢曹耘莲惠砚启》、卷十三《海宁峡石惠力寺重建大殿碑》等皆涉及曹氏。

吴农祥与吴太冲所取士李际期、冯士标等亦有交往,且有骈文创作,不一一述及。

5.顾豹文

顾豹文(1618—1693),字季蔚,号且庵。浙江钱塘人。清顺治十二年乙未(1655)进士。授河南真阳县知县,历官至河南道监察御史、巡按郧阳。后裁撤巡按,入京候选,乞假归里。居两年,再入御史台,丁艰归里,筑愿圃以居。康熙十七年(1678),荐举博学鸿儒科,以老疾辞。有《三楚奏议》十卷、《六书古韵》二十卷、《愿圃日记》二十卷、《世美堂集》二十四卷。生平详见《(康熙)钱塘县志》卷十九《顾豹文传》、卷三十二《经籍》②、《己未词科录》卷五③。

顾豹文归里后,筑愿圃以居,吴农祥有骈赋《愿圃赋》④。康熙年间,顾氏屡次赠送吴氏物品,《流铅集》卷五《谢顾侍御且庵惠羊裘启》《谢顾侍御且庵惠饼启》等是答谢之骈启。康熙十九年,吴氏病重,急需药物,顾氏以药相赠,吴作《谢顾侍御且庵惠药物启》以谢。丁丙辑《武林坊巷志》收录吴农祥诸多诗词,其中不少是在顾氏愿圃聚会时而作。

---

① 丁丙辑《武林坊巷志》第7册,浙江人民出版社,1990年,第215页。
② 魏崶编纂《(康熙)钱塘县志》,《中国地方志集成》之《浙江府县志辑》第4册,上海书店,1993年,第383—384、540页。
③ 秦瀛辑《己未词科录》,《续修四库全书》第537册,上海古籍出版社,2002年,第191—192页。
④ 丁丙辑《武林坊巷志》第7册,浙江人民出版社,1990年,第679—684页。

6. 李之芳

李之芳（1622—1694），号邺园，山东武定人。明崇祯十五年（1642）举人，清顺治四年（1647）进士。康熙十二年（1673）六月，李之芳以兵部右侍郎出任浙江总督。康熙十三年，李之芳驻节衢州，抗击三藩之军。康熙二十一年八月一日，李之芳班师回到杭州。康熙二十一年十一月晋升为兵部尚书。康熙二十三年八月，转吏部尚书。康熙二十六年，授文华殿大学士，入阁办事，次年，休致归家。生平详见程光衵《李文襄公年谱》①。

康熙十九年至二十一年间，吴农祥入李之芳浙江总督幕府，作为幕僚，为李氏代作诸多骈文，《流铅集》卷七《贺制台李邺园凯还移镇序》、卷十六《为李尚书祭纛文》《为李尚书祭国殇文》《为李尚书收祭战骨文》等作于此时。

7. 梁允植

梁允植（？—1683），字承笃，号冶湄。真定人。康熙十一年，以恩贡生知钱塘县，三藩乱起，以县令辅佐浙江巡抚田逢吉调度军需，有才干。以同知摄钱塘知县，升福建延平府知府，卒于任。生平参见《（康熙）钱塘县志》卷九《官师》、卷十六《梁允植传》②。

吴农祥《流铅集》卷一《崎丽楼赋》叙述梁允植任钱塘知县时，曾将傅岩宅第用为浙江总督府衙之事上报给李之芳，刚好吴氏在李幕府，详言其故，李决定将三分之一还给傅家，消息一出，被杭州其他人士所议，以为傅岩乃抗清叛逆，不应归还云云，遂不果。康熙二十二年十月，梁允植卒于延平，次年，归葬，吴氏将迎其梓而不得，作文祭

---

① 程光衵《李文襄公年谱》，《续修四库全书》第 493 册，上海古籍出版社，2002年，第 167—200 页。

② 魏峔编纂《（康熙）钱塘县志》，《中国地方志集成》之《浙江府县志辑》第 4册，上海书店，1993 年，第 212、358 页。

之,即《流铅集》卷十六《遥祭延平太守冶湄梁公文》。

　　8. 邵远平

　　邵远平,字戒三,一字戒山,号蓬观子。浙江仁和(一说钱塘)人。邵经邦曾孙。初袭舅氏吴姓,称吴远。康熙三年(1664)进士,选内宏文院庶吉士。历官江西提学、光禄寺少卿。康熙十八年,举博学鸿儒科,授翰林院侍读,后转翰林院侍讲学士,官至少詹事。请假归家以终。撰《续弘简录元史类编》四十二卷、《戒山文存》不分卷、《诗存》二卷、《熙朝圣德诗》一卷、《河工见闻录》一卷。生平详见《文献征存录》卷六《邵远平》①、《(民国)杭州府志》卷一百二十五《邵远平传》②。

　　按,邵经邦当是邵远平曾祖,《弘简录》每卷卷首署“皇清翰林院侍讲学士四世孙远平校阅”,卷首邵远平《重刻弘简录序》:“重刻弘斋先生所辑《弘简录》既成,曾孙远平敬为之序。”③则四世孙是从邵经邦为第一世,至曾孙邵远平为四世。《文献征存录》卷六《邵远平》谓:“高祖经邦。”④或误。

　　吴农祥与辞官家居的邵远平交往颇多,康熙二十六年,邵远平赠送糟给农祥,农祥作《谢邵学士戒三惠糟启》(《流铅集》卷五)答谢。吴农祥《修仁和学宫启》即是为修仁和县学宫募集资金而作⑤,修仁

①　钱林辑,王藻编《文献征存录》,《续修四库全书》第 540 册,上海古籍出版社,2002 年,第 279 页。
②　李榕等总纂《(民国)杭州府志》,《中国地方志集成》之《浙江府县志辑》第 3 册,上海书店,1993 年,第 126 页。
③　邵经邦《弘简录》,《续修四库全书》第 304 册,上海古籍出版社,2002 年,第 181 页。
④　钱林辑,王藻编《文献征存录》,《续修四库全书》第 540 册,上海古籍出版社,2002 年,第 279 页。
⑤　丁丙编《武林坊巷志(一)》,《杭州文献集成》第 23 册,浙江人民出版社,2014 年,第 449—450 页。

和学宫之事在康熙二十四年,由邵远平负责,邵氏有《修仁和学宫记》记其事①。吴氏两篇启皆骈文。

吴农祥与其他仕清的官员如潘耒、嵇宗孟、项景襄、戈珽等交往应酬,多有骈文流传。

9. 沈商书

沈商书,字元伯,号横槎,浙江仁和唐栖人。沈士藻长子。好结纳,会宾客,工诗文,家道益落。拜一官,旋弃去②。晚年隐居西湖,年六十二卒。生平见《唐栖志》卷十二《沈商书传》③。

吴农祥与沈商书交往较多,为沈商书妻子顾氏撰八十寿序,寿序用骈文,即《流铅集》卷十二《沈母顾孺人八十寿序》,历述沈、顾的经历和品格。顺治十八年(1661)为沈商书妾唐蕊儿作《沈姬唐氏墓志》(《流铅集》卷十六),为骈文。

农祥亦与朱东观、张能信等明遗民交游,有骈文传世。

10. 傅龄文

傅龄文(1619—1652),字长质,傅岩长子。祖籍义乌,钱塘人。明末为诸生,清初弃去。龄文之妹傅氏嫁与吴农祥。有《花巢轶稿》八卷。生平详见吴农祥《明兵部赞画主事长质傅公暨元配洪孺人墓志铭》④、《(康熙)钱塘县志》卷二十二《傅龄文传》、卷三十二《经

---

① 丁丙编《武林坊巷志(一)》,《杭州文献集成》第 23 册,浙江人民出版社,2014年,第 450—451 页。

② 吴农祥《流铅集》卷十二《沈母顾孺人八十寿序》云"前兵曹横槎先生",则商书在明末曾任职兵部。

③ 王同辑《唐栖志》,《中国地方志集成》之《乡镇志专辑》第 18 册,上海书店,1992 年,第 177 页。

④ 吴农祥《梧园诗文集》,《浙学未刊稿丛编》第 1 辑第 31 册,国家图书馆出版社,2018 年,第 143—148 页。

籍》①。

前揭吴农祥《明兵部赞画主事长质傅公暨元配洪孺人墓志铭》
云："君生于明万历己未十月十七日,卒于今壬辰十月二十四日。"
《流铅集》卷八《傅长质仙枰阁集序》是为傅龄文《仙枰阁集》所作的
骈体序,序作于顺治九年(1652)。序文云"八载余生""都是八年之
创造",自顺治二年清军占领杭州,至顺治九年,刚好八年。亦推知傅
龄文卒于顺治九年壬辰。龄文卒后不久,吴氏收集其遗文,编为《仙
枰阁集》,并撰序。

11. 章藻功

章藻功(1656—1731年冬前),字岂绩,号绮堂、息庐主人。浙江
钱塘(今杭州)人。清初著名骈文家。幼承家学。师从陆堦、陆繁弨。
七岁能诗,康熙六年丁未(1667),十二岁始学时艺,能属文。康熙十
九年补诸生。康熙四十一年壬午考中举人,至此章氏已经参加八次
乡试。康熙四十二年癸未登进士第,授翰林院庶吉士。在官五六月,
即引疾归,事母终身。有二子,长子章继泳,前妻陈氏产,过继给长兄
章戡功为嗣,幼子章继洵,为继妻某氏所产。撰注《思绮堂文集》十
卷。生平见《思绮堂文集》②、《章氏会谱德庆四编》卷三《文林郎翰
林院庶吉士钱塘藻功公传》③。

吴农祥《流铅集》卷八《章岂绩花隐亭文集序》是给章藻功骈文
集所作的序文,该文又见章藻功《竹深处集》卷首④。该序是章藻功
请吴氏为其早年骈文集所作的。吴氏与章藻功父亲章士斐、章藻功

---

① 魏嵝编纂《(康熙)钱塘县志》,《中国地方志集成》之《浙江府县志辑》第4
　　册,上海书店,1993年,第415—416、539页。
② 章藻功撰注《思绮堂文集》,《清代诗文集汇编》第198册影印清康熙六十一
　　年聚锦堂刻本,上海古籍出版社,2010年。
③ 章贻贤辑撰《章氏会谱德庆四编》卷三,民国八年(1919)铅印本,第3页。
④ 章藻功《竹深处集》,清康熙二十四年(1685)刻本。

二兄章抚功关系密切,两家为通家。

据章抚功《吴庆伯先生行状》①,吴农祥以章抚功为知己,临终之时,嘱托其子吴毅,请章抚功为其写传。

12. 博尔都

博尔都(1649—1708),字问亭,号东皋渔父。清太祖努尔哈赤之后,培拜之孙,袭封辅国将军。有《问亭诗集》《白燕栖草》。生平见徐世昌《晚晴簃诗汇》卷九②。

博尔都风雅有学,善作诗歌,为当时所重。《清代诗文集汇编》第172册影印博尔都《问亭诗集》未见吴氏之序。康熙三十五年(1696),吴农祥应博氏之请为之撰序,即《流铅集》卷九《博将军问亭诗集序》。

吴氏还给索芬《无题诗》作《索太仆无题诗序》(《流铅集》卷九),索芬又名格尔芬,索额图长子③。

13. 陈万荣

陈万荣(1639—1684),陈之伸之子,陈黄永弟。字叔夏,号石斋。海宁人。妻吴尔贞(字静轩,吴太冲之女,吴农祥之姊妹)。康熙十六年丁巳经魁。生平见《(民国)海宁州志稿》卷二十六《选举中》④、《嘉兴历代才女诗文征略》之《海宁卷》"吴尔贞"条⑤。

陈万荣与吴农祥为姻亲关系,陈氏科举失利,病卒于京师。吴氏十分悲伤,为作《孝廉陈石斋诔》(《流铅集》卷十四)。

---

① 章抚功《吴庆伯先生行状》,清劳权抄校本,第1页。
② 徐世昌编,闻石点校《晚晴簃诗汇》,中华书局,1990年,第170页。
③ 索芬生平参见王卓华《稀见本清初诗歌总集〈离珠集〉及其文献价值》,《河南师范大学学报(哲学社会科学版)》2006年第4期。
④ 朱锡恩总纂《(民国)海宁州志稿》,《中国地方志集成》之《浙江府县志辑》第22册,上海书店,1993年,第733页。
⑤ 赵青《嘉兴历代才女诗文征略》,浙江大学出版社,2014年,第720页。

14. 慧幢法师

慧幢法师,清初僧人。吴农祥朋友。主持海宁碤石惠力寺。

吴农祥《流铅集》卷六《紫薇建大悲阁疏》和卷十三《海宁峡石惠力寺重建大殿碑》是为慧幢法师募修佛寺建筑而作的骈文。吴氏所交僧人颇多,如山屋禅师等,皆有骈文创作。

以上考察了吴农祥交游与骈文创作情况,以见交游与骈文之间存在互动关系,其意义可得而述。首先,文人交游与骈文创作关系密切,陈维崧《周栎园先生尺牍新钞序》云:"今者单门寒畯,缝掖素流,只工制举之书,但慕集贤之院。即使才同孝穆,文类子山,无益身名,徒资嗢噱。加之遭逢踽踽,罕西园北府之游;徒侣寥寥,乏华屋渌池之彦。事迹不足以供铺叙,爵里不足以寄选择,其所为难二也。"①宴饮交游是骈文创作重要的环境。吴农祥少年即获令名,在江浙受到推重,在岳父傅岩家聚会,作《芙蓉露下落赋》,得到陈函辉的赞赏。其后虽遵父训,潜心读书,但不时的宴集还是有的。交游与骈文创作活动呈现正相关关系。

其次,骈文作为一种文体,最明显的特征是应用性。流传至今的骈文大部分是应用文,特别是启、疏等文类。古人交往常常伴随文字往来,特别是祝寿和贺喜等场合,骈文以其典雅、庄重的文学形式,成为祝贺文字的首选文体,其颂而不谀的特点深受文士喜爱。

第三,古人干谒和受赠往往以文字来表达请求和感谢,骈文以其用典和对偶的特点能够将请求和感谢含而不露地表达出来,避免直接言说而产生尴尬。如吴农祥《流铅集》中诸多骈启即为日常馈赠而作。

此外,吴农祥骈文中涉及交往人员的生平事迹,可与其他史料印证或者补其他史料之未备。

---

① 陈维崧著,陈振鹏标点,李学颖校补《陈维崧集》之《陈迦陵俪体文集》卷六,上海古籍出版社,2010年,第316页。

第三节　吴农祥骈文的心灵书写与骈文风格

吴农祥的骈文成就,前人亦有评论,《文献征存录》卷九《吴农祥》云:"益都相公:古文则称农祥、汪琬,俪体称农祥及陈维崧。"①将吴农祥与陈维崧并称。王礼培《流铅集跋》谓:"吴征君农祥……文体远绍燕、许,绝非迦陵、西河所可拟议。读者当自辨之。"②王氏以为,吴农祥骈文远宗张说、苏颋,非陈维崧、毛奇龄可比,评价甚高。目前对吴农祥骈文进行专篇研究者有路海洋《被遗忘的清初骈体名家——吴农祥骈文刍论》③,该文以《流铅集》为据论述吴氏骈文主张、骈文风格特色和艺术成就。吴农祥骈文展示了一生心迹变化、内心矛盾和出处困境,而独特的句法和章法结构使骈文篇幅较长,加之才情浩荡无涯,形成浩博富丽的风格。兹在已有研究的基础上,探讨吴农祥骈文内容、风格和抒情化特征。

一、吴农祥骈文与深沉的心灵抒写

吴农祥将自己一生的用舍行藏、心灵轨迹在骈文中展示出来,有力地提高了骈文的质量和骈文的情感含量。与南宋辛弃疾把自我心灵史写入词中一样,吴农祥将讲究对偶和辞藻的文学体式作为陶写之具,在骈文中比较完整地呈现了个人的理想、哀乐和经历。

---

① 钱林辑,王藻编《文献征存录》,《续修四库全书》第 540 册,上海古籍出版社,2002 年,第 369 页。
② 上海图书馆编《上海图书馆善本题跋真迹》第 14 册,上海辞书出版社,2013 年,第 131—132 页。
③ 路海洋《被遗忘的清初骈体名家——吴农祥骈文刍论》,《江南大学学报(人文社会科学版)》2013 年第 5 期。

(一)早年遗民之志的表露

顺治二年(1645),清兵占领杭州,至顺治三年平定浙江,杭州处于清军控制之下,许多避难他乡的杭州籍人士回到杭州,吴农祥亦和父母一起居住杭州城中,在顺治和康熙初年,吴氏秉持遗民之志,过着隐居生活,在骈文中表达了遗民之思。

顺治十五年(1658),吴农祥回信给吴太冲的门生刘瑄,即《流铅集》卷二《答澧州刘宫詹他山书》,其云:"孤子结习全消,浮名尽遣。幸免虞人之弋,宁贻达者所讥。已复匿影薜萝,藏身藜藿……宜枉散材之寄,非关尺木之阶。闷然长辞,泣而不许。盖亦稍平众忌,差塞群疑耳。抑愚更有请焉,惟逝诮其狂者,共在地老天荒之会,同有亡家去国之悲。履虓虎以潜藏,服冥鸿而远逝。闻有三湘逸客,七泽遗民,倚竹柏为贞操,羡芰荷为高致。肆情标榜,纵饮歌呼。际兹沨洞之灾,好示激扬之智。吹嘘云壑,吐纳烟波,闲聆《五噫》之章,遐托三君之誉。审居清泰,当复不堪;颠守倾危,如何能免。伏愿屏弃酬应,杜塞聪明,斯亦处困之亨、遇灾而惧之术也。"①言自己补诸生不是为了仕进,而是为了消除清朝的疑虑,保全性命。吴氏遭遇国家沦亡,家业破败,希望以诸生终老,并批评那些以遗民气节邀取声誉的人,以为应该潜藏默处来保身。

顺治十七年,吴农祥以遗民自居,同情遗民,其《与总河尚书朱梅麓书》云:"夫朝市虽迁,忠贞勿改。国家所赖,宠辱无私……此遗民所以陨涕、烈士由之寒心者也。"②吴太冲门人彭而述来信请自己旧部下、时任浙江左布政使许文秀照顾、接济吴农祥,吴氏于顺治十七

①　吴农祥《流铅集》,《清代诗文集汇编》第127册,上海古籍出版社,2010年,第345—346页。
②　吴农祥《流铅集》,《清代诗文集汇编》第127册,上海古籍出版社,2010年,第344页。

年回信予以拒绝,表示自己甘于遗民生活,《流铅集》卷二《答南阳彭中丞禹峰书》:"来教以浙江左藩许公,足下旧属,足下垂念贫窭,思假声华,嘱以吹嘘,望其救济……祥风尘残魄,沟壑余生,旧业尽于鼓鼙,遗编失于罗织……特祥秉资愚鄙,赋性迂疏,既增贵贱之殊,复有异同之阻。若取盈升斗,争丐釜钟,或为爱我所怜,奚免通人之叱。理宜知省,义所不为也。"①

作于顺治四年(1647)的《与钱殷求先生论文书》,言自己隐居生活之景况,其云:"是以意绪荒芜,精神瞀惑,寻灭影销声之术,抱瓮经年;觅忘形杜德之机,荷锄避地。"②

康熙二十四年(1685),曹元方八十寿,吴农祥为之祝寿,称赞曹元方(号耘莲)坚秉遗民节操,不仕清廷,隐居乡村,吴氏《前吏部曹耘莲八十寿序》:"卓然中立,不惊虓虎之威;率尔知机,独羡冥鸿之智。回瞻海水,久易星霜;追数秋飚,退安山泽。为乾坤之傲吏,作宇宙之完人。则是恒笑杨雄,恨留连于天禄;雅传梅福,推隐逸之神仙。天报耆颐,人称苦节……而先生志笃余生,念羞再嫁。茕茕白兔,宁见绝于新知;拂拂青鸾,讵相关于末契。"③《流铅集》卷十一《慈溪张成义八十寿序》亦作于康熙二十四年,赞赏张能信(字成义)的抗清事迹和几十年坚持遗民气节,叙写了清初遗民的生存状态。

康熙三年(1664),吴农祥给曹元方回信,即表示家境逐渐贫困,儿女到了婚嫁年龄,无资以嫁娶,筹措资金的门路极少,面临极大的生存压力,其《答前吏部曹耘莲书》曰:"又言仆……而坚守蓬蒿,誓

---

① 吴农祥《流铅集》,《清代诗文集汇编》第 127 册,上海古籍出版社,2010 年,第346 页。
② 吴农祥《流铅集》,《清代诗文集汇编》第 127 册,上海古籍出版社,2010 年,第347 页。
③ 吴农祥《流铅集》,《清代诗文集汇编》第 127 册,上海古籍出版社,2010 年,第389—390 页。

甘藜藿。揆诸明哲,讵比通方……仆之迂拙,君所深知……加以儿童婚嫁,渐已长成,亲友提携,曾经稚弱。单门十口,仰首沾濡;四海一身,伤心救援……称贷之途既虚,取偿之道复绝。"①康熙十七年前,吴氏基本坚持遗民节操,然随着家口日繁,生计日拙,特别是弟吴农复于康熙八年(1669)去世后,经济状况日益窘迫,产生了强烈改变现状的愿望。

对明末殉难英烈的表彰也是其怀念明朝、追思故国的一种方式,蕴含着遗民之思。顺治十七年(1660),吴农祥作《黄石斋世仪堂手迹跋》云:"先生追随岛屿,漂泊楼船……及夫颓洞则宗社丘墟,燎原则国家灰烬。从容赴义,慷慨成仁。强敌为之裹创,遗民至于泣血……夫赤虹燕市,固多完节之臣;白马吴门,亦有从亡之客。当西贼纵横之日,直北军飞渡之时。胥赖俊人,能狗故主……如无志坚匪石,力事枕戈,剖心析肝,竭艰贞而补救;握拳透爪,历患难以匡扶……正气长留,英灵岂爽。"②吴氏见到朱朝瑛所藏黄道周(石斋)的手迹,忆及黄氏明末追随隆武帝抗清,最后壮烈殉国的事迹,表达了对黄道周英雄行为的怀念和钦佩。

《流铅集》十六卷,除了仅存目录的《幸存楼记》和《存旧录跋》两文外,只有两首未注明作年,即卷十五《二忠哀词》和《二良哀词》,盖有所忌讳。作于顺治三年的《二忠哀词》云:"岁在丙戌,海宁再破。孝廉周君宗彝五重、进士俞君元良仲骧死之……猗欤周君,忠能慷慨……伟矣俞郎,欣聆斯举,励丹诚以防锋镝,倚忠信而涉波涛。誓死牧圉,志生雉堞……二君任非部署,名在书生……知几者笑其无

① 吴农祥《流铅集》卷三,《清代诗文集汇编》第 127 册,上海古籍出版社,2010年,第 349 页。
② 吴农祥《流铅集》卷十三,《清代诗文集汇编》第 127 册,上海古籍出版社,2010 年,第 399 页。

成,肥遁者忧其不蚤。二君横探虎尾,直溯羊肠。至今辟纑妻孥,易衣兄弟,齐烹鼎俎,偕赴刀环。侍妾则俱列市朝,诸儿则共填沟壑。呜呼希矣。所恨游魂不返,烈骨都消,题识蔑存,音徽俱歇。平陵松柏,空闻鬼唱之声;吴苑梧楸,犹作神游之曲。"①周宗彝和俞元良死于顺治三年丙戌(1646),该文歌颂抗清而死的忠烈,充满正义,批评一些人指责周、俞二人不达时变,以卵击石,感慨二君之尸骨无存,游魂不安。这篇文章在清初比较特别,存在明显的违碍文字,可见当时吴氏的政治立场和家国情怀。

(二)兴亡之感与家国之痛

明末鼎革给士大夫以沉重打击,他们面对"天崩地解"②的现实,往往有兴亡之感。吴农祥将之寄于骈文。

吴氏岳父傅岩在金华抗清而战死,其家产被籍没,住宅用为浙江总督府驻地。康熙二十年(1681),因钱塘知县梁允植说明情况,总督李之芳同意将傅家旧宅三分之一分与傅氏后人,然此举遭到里人反对,以为傅岩乃反清人士,不该还其家产,最终,这三分之一的住宅亦化为丘墟。吴氏《崎丽楼赋(有序)》云:"崎丽楼者,余舅绣川辛楣傅公之居……乙酉,公父子殉节于绣川,此地没为浙江总督之官署者垂四十年。会真定梁公允植为钱塘令,而总督尚书则武定李公之芳,梁公具以其事上尚书,余适在尚书所,言其故,慨然曰'审尔,当还其家'……遂从其请,先以地基三之一归傅氏矣。未几而里儿煽惑,贾

---

① 吴农祥《流铅集》,《清代诗文集汇编》第 127 册,上海古籍出版社,2010 年,第 411 页。《梧园诗文集》稿本第 17 册《二忠哀词》题下注"丙戌"(《浙学未刊稿丛编》第 1 辑第 31 册,国家图书馆出版社,2018 年,第 483 页),则此文作于顺治三年丙戌(1646)。

② 黄宗羲《南雷诗文集》之《留别海昌同学序》,载沈善洪主编《黄宗羲全集》第 10 册,浙江古籍出版社,1993 年,第 627 页。

竖交通……于是艾席葭墙,蓬扉桑户,鞠为瓦砾,荡作丘墟矣。"①据
《流铅集》卷二《与总河尚书朱梅麓书》,傅岩妻子姜氏和傅岩长子傅
龄文卒后,孤儿无力抚养,只能请朱之锡设法为之抚育。明朝覆亡,
傅家家破人亡,作为傅岩之婿,吴氏将家国之痛写入骈文,寄托对国
家兴亡、家族兴衰的无限感喟。

　　吴农祥的旧宅在清初亦被圈作满洲城,吴家只能移居孩儿巷梧
园。《北隅掌录》卷下载:

　　　　梧园在西牌楼,前明吴官允太冲之别业也。国初时,吴氏黄
　　泥潭老屋入圈屯中,惟图籍无恙。子农祥因构楼于园中,与弟农
　　复登楼而去其梯,戒弗闻世上事,尽发所藏书读之。其楼即宝名
　　楼也……朱朗斋丈(文藻)曰"吾犹及见其孙居园中,颓然一酒
　　徒而已"。今已数易其主,售人为长生库,而宝名楼岿然独存。②

《杭州八旗驻防营志略》卷十五载:"顺治二年,大兵抵浙,清泰、望
江、候潮三门一带悉筑兵垒。五年,议以江海重地,不可无重兵驻防
以资弹压,于是下圈民屋之令。七年,以八旗驻防固山额真所统旗兵
与民杂处日久,颇有龃龉者,特命礼、工二部会议择地,令驻防兵营另
立一处。事下巡抚萧启元,谋度十余日,始定城西隅,筑城以居。"③
据《(康熙)浙江通志》卷二十二载,萧起元(与萧启元为一人)于顺治

①　吴农祥《流铅集》,《清代诗文集汇编》第 127 册,上海古籍出版社,2010 年,第
　　338 页。
②　黄士珣《北隅掌录》,《丛书集成续编》第 52 册,上海书店出版社,1994 年,第
　　916—917 页。
③　张大昌辑《杭州八旗驻防营志略》,《续修四库全书》第 859 册,上海古籍出版
　　社,2002 年,第 269 页。

三年至顺治十一年(1646—1654)任浙江巡抚①。吴农祥《金陵集》有
《移居杂感》二首,其一尾注:"旧宅三门:武林、钱塘、涌金,今以武林
归之民,横亘市肆,据内城三分之一矣。"其二尾注:"内城屯兵,下直
臬司,上抵潘伯。时中丞萧起元媚客,偕割与之。"②吴氏诗歌当作于
顺治七年(1650),自己的住宅被占作驻防营,被迫迁居梧园。两则材
料分别从清廷和杭州居民角度评价浙江巡抚萧起元,褒贬完全不同。

　　吴家和傅家一样,怀着亡国之痛和家破之伤,吴农祥在骈文中屡
有申说,对于清初杭州明遗民来说,都面临着家国之痛。《流铅集》卷
十《方文虎词序》云:"夫卫人既灭,邑以共滕;蔡王③云亡,疆于江汝。
从古芟夷之后,于今迭起之余。岂乏忠良,兼收智勇,而陵传神禹,徒
载峥嵘;碑转曹娥,仅闻呜咽。卧龙山迥,俨异代之宸游;放鹤峰高,
拾昔贤之遗迹。千年花鸟,暗解分离;百顷草虫,似怜叹息。"④抒发
了深沉的兴亡之感。其他如《流铅集》卷七《送徐息庵榆林序》、卷九
《徐亢子余闲草诗集序》、卷十《夏乐只乐彼园词余序》等皆述及兴亡
之感和家国之痛。

(三)生计困顿与不遇之感

　　康熙十年(1671),吴农祥四十岁,其弟农复已卒两年,家庭人口
繁多,经济压力巨大,现实生活的困境让他不得不考虑功名利禄问
题,腹有才华却未有功名,使吴农祥产生强烈的不遇之感。《流铅集》
卷一《槎客赋》即作于此时,其云:"乃有西都下士,东鄙遗民,诛茅弃

---

① 张衡编纂《(康熙)浙江通志》,《中国地方志集成》之《省志辑》之《浙江》第 1
册,凤凰出版社,2010 年,第 553 页。
② 丁丙辑《武林坊巷志》第 18 册,浙江古籍出版社,2018 年,第 5851 页。
③ "王",国家图书馆藏刘履芬抄本作"土",《梧园诗文集》稿本第 26 册作
"邑"。
④ 吴农祥《流铅集》,《清代诗文集汇编》第 127 册,上海古籍出版社,2010 年,第
386 页。

置,拾橡沉沦。抱弘图而莫达,郁壮志而难伸,溯狂歌于衰凤,继微言于获麟。甘寂寞而求路,索虚无而问津,隐铜街之卖畚,誓瑶砌之负薪。讵堪期于等级,聊迈往于风尘……于是帝子凝然若感,忽兮如忘。已留颜色,尚切神光,曰:'客何言之屡也。虽然,寡人敢铭斯语矣。寡人有宝马,试以赐客,以志今日之遇。'"①这首赋用帝子与客对话的形式展开,表达了不遇之思,是当时自我心灵的表白。倘若甘于遗民终身,没必要汲汲于不遇之情,此时吴氏已经有改变自己初心的想法,只是这一想法未必十分强烈而已。

康熙二十三年(1684),陈万荣(号石斋)参加完会试不久,卒于北京,农祥为之伤悼不已,在感叹陈氏不遇之时,也深悲自己参加博鸿未中,惺惺相惜,悲痛倍之。其《孝廉陈石斋诔》云:"仆也一登辟召,陶士行折八翼于天门;君兮两与计偕,零阳侯删双足于帝毂。老骥之壮心万里,何知渥水之神;枯鱼之垂涕五湖,岂念清江之使。命之衰矣,伤如之何?"②

吴农祥《薜荔赋》云:"客曰:'……今且形托崔巍,心憎壅肿。漫同野蓼之垂,骤比强桑之拱。房泛露而空浮,米飘池而卑冗……则必文脱膏危,身干液竭。种饮恨而全荒,苗衔嗟而半折。西域搜万里之奇,南方获十寻之节。慨气志之激昂,感音徽之歇绝。况乃长侍眠餐,近留耳目,见匪离离,音非谖谖。眚构邻家,灾延比屋。盉斫却而如迟,更锄之而未服哉!'"③该文通过吴子和客的对话表达不遇之感,薜荔志向远大而遭人鄙弃、嘲笑,不能实现愿望,吴氏以薜荔自

① 吴农祥《流铅集》,《清代诗文集汇编》第 127 册,上海古籍出版社,2010 年,第 337 页。
② 吴农祥《流铅集》,《清代诗文集汇编》第 127 册,上海古籍出版社,2010 年,第 407 页。
③ 吴农祥《流铅集》,《清代诗文集汇编》第 127 册,上海古籍出版社,2010 年,第 339—340 页。

比,在经历康熙十八年博学鸿儒科考试失利后,仍想博取功名,但直到写作此文的康熙二十六年还没有机会。

(四)博学鸿儒科与对清朝的认同

顺治十八年(1661),吴农祥已经称赞清朝,其《募修宝石山保叔塔疏》云:"我朝廷铸鼎且二十年,圣天子垂衣定千百国。"[①]康熙十二年(1673),吴农祥所作《顾母萧恭人七十寿序》(《流铅集》卷十二),即以清朝的视角叙述清军攻占辽东,经略中原和南方之事。这些文字或者是出于卖文为生而作,但也说明他逐渐向清朝官员和清廷靠拢。

康熙十七年,吴农祥得到陈敱永的举荐,地方政府催促其入京参加考试,吴氏接受征召,准备行装入京,父执钱喜起来信建议坚守遗民气节,吴氏离家赴京前作《辱征召答武山钱先生书》,阐明自己内心的矛盾,论述改变初心而应征的理由,其云:

> 接教殷勤,垂训恳切。捧诵颜恧,咀味涕流……岂期今日,遽负初心,冥行倒趋,尽丧畴昔。求名沽誉,不顾艰难乎。先生示以息机,开其省过……农祥见几勿蚤,闻道为难。遂使灵龟不及曳尾于泥涂,介雉未能栖身于原野。默循其失,退悔有三。一曰狥虚声。昔先人之戒祥也,曰"汝其读书用老,勿以一得自矜,片言谬喜",故祥终身敬佩,矢愿仰瞻……竟负先人之旨,实贻生我之羞……一曰杂交游……一曰昧进退……伏惟执事,属先人之畏友,是下走之典型。肯吐不讳之辞,弥切难忘之戒。且立身大节,当勉初终;处世殊方,尤占难易……今朝廷开非常之典,弘不次之规,妙制必举班扬,操行定严游夏……我等寒乞无阶,炎

① 吴农祥《流铅集》,《清代诗文集汇编》第127册,上海古籍出版社,2010年,第363页。

趋绝路……设逢胜国,仅录虚衔;今遇圣朝,庸收实效……又农
祥俭岁无资,薄田俱废……窃往前途,再图后命。先生能谅忱
恫,特达心期,惆怅烟霞,踌躇旦夕。百龄身世,敢陈膏火之煎;
千里梦魂,疑附归潮之信。①

面对钱喜起的告诫,吴氏虽表示悔过,但仍然决心参加博鸿试,不仅
违背了当初父亲吴太冲的期许,亦改变了坚持三十余年的遗民气节,
据前揭全祖望《鲒埼亭集外编》卷五《明监察御史退山钱公墓石盖
文》,早年吴氏批评钱肃图外出谋生、结交清朝官员,而此时的他不仅
要外出谋生,更是直接参加清朝制科考试,面对自己如此大的改变,
能不汗颜? 参加博学鸿儒科是吴氏人生的转折点,此前一直以遗民
自居,生活于遗民圈子,其后则折节以求功名,虽然最后以落榜结局,
但之后很快就开始游幕生涯,入浙江总督李之芳幕府,成为清朝高级
官员幕僚。这种境况,不知回想早年批评钱肃图的话,心中有何感
想。任何志节的坚守都需要坚毅的心志和一定的经济保障,否则大
部分时候会屈从于严酷的现实。吴农祥如此,陈维崧也是如此。

　　太仓王昊与吴农祥一样,应征参加博鸿试。入京后,王氏觉得不
少应征者追逐名声,奔走权贵之门,而权贵名流鲜有爱惜真才者,写
信给吴农祥,以标榜、奔竞相戒,吴氏作《答王维夏书》(《流铅集》卷
三),肯定王氏诚勉,对那些投机、奔竞者予以不齿。盖两人都是折节
以出试者,面对应征者名流云集,且不少依附权贵,对考试能否考中
不自信,互相通信以慰勉。

　　吴农祥《春思赋(有序)》作于康熙十八年(1679)春,博鸿考试
后,放榜之前,其云:

---

① 吴农祥《流铅集》卷三,《清代诗文集汇编》第 127 册,上海古籍出版社,2010
　　年,第 348—349 页。

　　康熙十七年,岁次戊午,天子采公卿之议,修聘举之仪。特赐臣僚,俾求屠钓。余亦谬以博学宏儒见征。远檄江淮,旁罗山泽。陆机入洛,枚乘游梁,待诏金马之门,通籍铜龙之署……争附风云之旷典,咸沾雨露之弘恩。而我皇望切栋梁,念深台阁……延绥妖孽恶楚氛,屡抚屡叛勤三军,挑刀走戟肆狂逞,斩竿伐木徒纷纭。渐闻圣主调兵食,五夜焦心各叹息……我来徒步谒至尊,蒲轮促召深宫恩。宁①论彩笔干气象,私凭青简感乾坤。②

　　康熙十七年(1678),康熙帝为了笼络汉族士大夫,以便在与三藩战争中处于更加有利的地位,下诏开博学鸿儒科,让在京官和各地抚督等举荐已有才名者,入京参加考试。吴农祥受到工部尚书陈敱永的举荐,入京与试,吴氏在此赋中表达了对清朝开制科的感激之情,通过描写元宵节欢庆、春日郊游、春日燕饮、籍田等场面,呈现出一派盛世气象。追求功名的愿望早已占据内心主流,他期望通过这次考试改变人生,这篇《春思赋》虽然为模仿王勃《春思赋》而作,但主题格调显然已经由王勃的惜春、不遇之情转变为感激、期待遇合的想象。

　　吴农祥《流铅集》卷二《代同征上冢宰书》作于康熙十八年(1679)博鸿考试之前,该文针对当时吏部尚书所拟定的资格审查条件提出不同看法,从中可以看出,吴氏特别想在此次考试中被录取,也从另一方面说明他对清朝的认同。同卷《答某掌院书》则作于博鸿考试放榜之后,由于自己未被录取,心中有所怨言,遭到翰林院掌院学士的指摘,故回信澄清自己没有煽动落榜应征者联合抗议之事。

① "宁",原作"家",据《梧园诗文集》稿本第1册改。
② 吴农祥《流铅集》卷一,《清代诗文集汇编》第127册,上海古籍出版社,2010年,第335—336页。

吴氏已经完全改变了原来以诸生终老的志节,积极靠拢和依附清政府,对自己落选而气愤不已。至于吴氏未被录取之原因,《流铅集》卷五《答陈司空索御试赋稿启》云:"事未协于人心,谤辄腾于众口……农祥笑同斥鷃,覆比醢鸡。天书播寸善于无穷,诽语掩平生而罔测。"①吴氏以为是有人诽谤导致落选。

康熙三十年(1691),徐林鸿六十,吴农祥作《徐宝名六十寿序》云:"由兼妙算,庸乏知音。圣主乘乾,真人启泰。命多士速蒲轮之驾,谕诸侯修竹节之符。盛世休征,熙朝旷典。"②在徐、吴二人都已六十岁之时,仍然对这次考试念念不忘,视为一生之荣耀所在。对于士人来说,若没有功名仕宦,又没有雄厚资本来行善助人,除了著述之外,鲜有事迹供人铺叙,虽然两人在博鸿考试中失利,但仍将之作为清朝对自己才华的认可,同时也是二人对清朝认同的转折点。

(五)出处选择与内心矛盾

清初人普遍面对出处选择问题,一部分士人有由甘心做遗民到折节追逐功名利禄的转变经历,陈维崧即为典型,吴农祥也是如此。戴名世《温溔家传》云:"赞曰:明之亡也,诸生自引退,誓不出者多矣,久之,变其初志十七八。"③时间的推移、家庭境遇的变迁,对于已经消亡的明朝,士人还是逐步接受了清朝这一现实。

吴氏于康熙九年(1670)所作的《海宁峡石惠力寺重建大殿碑》云:"吾友前史部耘莲曹君,身隐东陵,心驰北阙。看朱成碧,攀不逮于龙髯;见白为黄,泣难持于獭尾。姓名梅福,欲依旧国而无家;词赋扬雄,忍仕兴朝而窃禄。遂乃柴门高卧,恋兹地之烟霞;草履端居,傲

---

① 吴农祥《流铅集》,《清代诗文集汇编》第 127 册,上海古籍出版社,2010 年,第 358 页。

② 吴农祥《流铅集》卷十一,《清代诗文集汇编》第 127 册,上海古籍出版社, 2010 年,第 392 页。

③ 戴名世撰,王树民编校《戴名世集》卷七,中华书局,1986 年,第 201 页。

他家之风月……余也阅历风波,见飞劫火……庾开府闲述平生,精神眢乱;冯敬通迭陈往昔,出处乖违。"①文章称赞曹元方心恋明朝、甘做遗民。言及前人面对朝代更替时的出处选择,经历明清鼎革,吴氏自己也有着激烈的思想斗争。

顺治十七年(1660),吴农祥仍持遗民之操,《流铅集》卷七《送张友鸿司李滇南序》谓:"盖尝即君之事而论之。蛰伏十年,几隐南山之豹;浮沉两世,仍骞北海之鹍。舒卷殊途,行藏异辙。追洛滨之嬉戏,狎兴全非;溯吴市之忘机,旧游安在。"②这里,吴农祥送友人张一鹍(字友鸿,曾从吴太冲学习)赴云南任职,特别揭出自己与张氏在出处选择上的不同。

康熙十七年(1678),吴农祥应征入京,在玉虚观见到道士卞云生,她之前曾经是明代宫女,因战乱入观为道士。吴农祥面对卞云生,不由得想起宫女能够坚守节操,而自己改变了气节,入京参加博鸿试,对比之下,惭愧不已。吴氏《玉虚观赠女道士卞云生序》云:"而农祥因循不决,隐忍无期。难逃庾亮之楼,堪笑田横之岛。钿车北去,惊看红袖之内人;玳毂东来,又识白衣之故伎。不意群雄角鹿,忽逢毛女于秦时;尤怜四海瞻乌,幸拂铜仙于汉代。感而献吊,悲不去心。抚仆御而凄然,谢宾朋而寂若。庶知生惟巾帼,此为望帝之啼鹃;聊志葬列衣冠,永愧淮王之仙犬。"③

康熙二十四年,吴农祥作《谢前吏部曹耘莲惠精缪启》答谢曹元方的馈赠。吴氏康熙十七年折节参加博鸿试,至此已经七年,对于为

---

① 吴农祥《流铅集》卷十三,《清代诗文集汇编》第 127 册,上海古籍出版社,2010 年,第 403 页。

② 吴农祥《流铅集》,《清代诗文集汇编》第 127 册,上海古籍出版社,2010 年,第 373 页。

③ 吴农祥《流铅集》卷七,《清代诗文集汇编》第 127 册,上海古籍出版社,2010 年,第 376 页。

了改变贫困现状的吴氏来说,改变遗民志节不仅没有获得功名,亦没有改变家境贫困,仍时常请求朋友接济,甚至以借贷为生。该启云:"今某形神并用,出处都非。对交谪之怼妻,岂能无愧;抚恒饥之稚子,真复空怜。家一日而五迁,灶三旬而九食。虽或干求作计,假贷为生。"①面对朋友曹元方坚持遗民气节,吴氏不无愧色,出处都非。

二、吴农祥骈文的抒情特质

骈文自宋代以还与散文各分疆域,多出现在应用文体中,而散文多用于叙事、抒情。马朴是明代后期有名的骈文作家,但在后世几乎被遗忘,所著《四六雕虫》三十一卷②,"启"类居十五卷之多,类多酬应文。《四六雕虫》的骈文写作方式和文体类型很大程度上代表了元明骈文的创作特点,马朴把骈文作为单纯的应酬文字,属于日常交际艺术化的一种表现而已。但明末清初文坛"六朝转向"给骈文复兴提供了文学理论支撑和文学创作环境,吴绮的《林蕙堂全集》中就包含诸多具有浓厚抒情意味的篇章,该书所收录的吴氏文章皆骈文,他比较自觉地将内心情感融入骈文创作之中,具有强烈的抒情性。陈维崧、陆繁弨、毛奇龄等人骈文亦有抒情性比较浓厚的骈文名作,但能与吴绮并列,有意地将自我的心迹变化和情感好恶付之骈体的骈文家首推吴农祥,吴氏不仅将自我心灵变迁写入骈体,在句法和章法结构上也有意地彰显自我的人生感喟。

首先,吴农祥对遭遇不幸的亲友抱以深切同情,相关骈文具有浓烈的抒情性。如卷八《傅长质仙枰阁集序》作于顺治九年(1652),其云:

---

① 吴农祥《流铅集》卷五,《清代诗文集汇编》第 127 册,上海古籍出版社,2010年,第 359 页。
② 马朴《四六雕虫》,明万历三十六年戊申(1608)刻本。

　　呜呼！君一家并命，八载余生。甫逃白刃之威，欲践黄泉之誓。拊心呕血，顾影悲歌，念君亲则坚弃妻孥，怜兄弟则转辞朋友。数其哽咽，则东注天河；相厥形骸，则南填海水。茫茫大造，脉脉浮踪。趋蒿里而无门，走松城而失路。是岂人生所忍见、世境所堪闻者哉！独以遗骨纵横，羁魂饮恨；裹创扶曳，老母何归。明灭漆灯，照绣川而不去；凄迷枫径，接瀫水以长寒……英姿不死，思投豫让之衣；高节长存，未复臧孙之矢。暂留视息，仅假岁时……哀至欷歔，则顿忘寝食。才言社日，凄感路人；每逢①讳期，愁生邻母。九原可作，视一死而欣然；三尺如封，掷百身而莫赎。此则吾友长眠辖椟、永侍几筵之愿也。②

　　此段讲述了傅龄文（字长质）在父亲傅岩和两个弟弟傅龄发、傅龄熙战死后的精神状况和生存经历，国破家亡的悲惨场景让人痛心。本来战争之后仍有傅氏长子傅龄文存活下来，然八年之后就去世了，至此傅岩家成年男性皆已亡故。吴氏面对岳父家的悲惨遭遇，借骈文抒发深沉的哀思。

　　又如《流铅集》卷六《为先公三十周年斋期疏》（康熙二十四年作）云："呜呼！大事去矣，故国凄然。行楚泽而悲号，向周京而饮泣。珠囊已解，宝篆有归。穷考殷彝，旁搜芼逋。槛车就絷，阃室随行。临白刃而示丹心，赴黄泉而埋碧血。已而天怜灭顶，畀以生还；国慰羁魂，迫其再嫁……而我先公业捐眠餐，兼侵疾病，风饕雪虐，渐历春秋；地老天荒，遑知晨夕。小楼坐卧，问旧事而茫然；闭户支离，厌余

---

① "逢"，原文作"奉"，据清刘履芬抄本《流铅集》改。
② 吴农祥《流铅集》，《清代诗文集汇编》第127册，上海古籍出版社，2010年，第377—378页。

生之兀尔。是吾死所，奚必多言。"①吴农祥父吴太冲在南明弘光朝被授予礼部右侍郎兼翰林院侍读学士，不管是否接受这一任命，他的确参与了南明一些活动，只是鉴于清初形势，对此记载语焉不详。浙江平定后，吴太冲被清军逮捕，羁押杭州，不久被释放。清廷屡有征召，皆不赴。农祥此疏为纪念父亲去世三十周年而作，饱含哀痛地讲述了其父在清初的被逮和遗民生活的经历。

　　对于亡故而不得志的朋友，农祥作文加以追念。会稽方炳（字文虎）请吴农祥为其词集作序，因循未能蒇事，后听说方炳已卒，吴氏伤悼不已，作书与姻戚章无咎，其书即《流铅集》卷三《追作方文虎诗余序与会稽章无咎书》，其云："不谓其长途待聘，而短算即穷；雅志未酬，而修龄遽挫。鸾飘凤泊，此恨如何；蝉噪蛙鸣，从今不免。感而梦断，思之涕零。顷读遗言，急征宿诺。属因旧疾，兼抱牢愁，限以一江，迟将五载。"②吴氏表达了对方炳才华的欣赏，感慨不能尽其才而卒，面对宿诺，更为痛心。这与南朝刘孝标《重答刘秣陵沼书》③类似。

　　徐林鸿与吴农祥人生有诸多相似之处，生于同年，同生活于杭州，同负才名，同在吴家梧园读书十余年，又同参加康熙十八年（1679）之博学鸿儒科，两人又同报罢而归，以布衣终老。康熙三十九年，徐林鸿卒，次年，吴氏整理其诗集，为之作序，成《徐宝名诗集序》，其云："嗟乎宝名，余安忍序我老友之诗哉？……嗟乎宝名，音徽已矣，怅望如何。然追数源流，慨陈梗概。茫茫交集，不仅百端；泛泛徒

---

① 吴农祥《流铅集》，《清代诗文集汇编》第 127 册，上海古籍出版社，2010 年，第369 页。

② 吴农祥《流铅集》，《清代诗文集汇编》第 127 册，上海古籍出版社，2010 年，第351 页。

③ 萧统编，李善注《文选》卷四十三，上海古籍出版社，1986 年，第 1950—1951 页。

逢,止惟两绪……嗟乎宝名,所恨高贤既去,子影孤存。合浦之珠不还,丰城之剑已化。郢人斫鼻,讵许运斤;楚客移情,便当碎轸。思音容而莫定,绕梦寐以袅从。频摧太白之身,徒滴空青之泪。"①吴氏与徐氏惺惺相惜,连用五次"嗟乎宝名",非常悲伤。用骈文来表达丰富深沉的情感并不容易,必定有真情从胸臆中流出才可。

其他如《流铅集》卷三《辱征召答武山钱先生书》、卷十五《族子文学云麓墓志铭》等或剖白心迹,或悲悼亡故,具有强烈的抒情性。

其次,吴农祥骈文使用连排组句方式增强抒情效果。如《流铅集》卷一《春思赋》:"春旗春转直,春旛春复多,春郊多拾翠,春院喜停骖……春人须戏去,春事何匆遽,春棚恋夕阳,春信断人肠……春来并是春,春去几回新,送春长抱恨,无处不酸辛……春灯羽帐垂流苏,春衫击毂叩当垆,春烟迷翠管,春月浸冰壶,射雉春场青覆垅,钓鱼春笠绿盈厨。"②吴氏此赋仿照王勃《春思赋》而作,以"春"字开头的句子犹如五言绝句,抒写了春天的种种情事,所引最后一部分则五言、七言相间,呈现出春天的景色。这种连排句式增强了对春天的铺写,透露强烈的惜春之情。

《流铅集》卷九《索太仆无题诗序》云:"荷下田田,枣间纂纂。当垆女子,履际五丝;安坐丈人,帏连七宝。裙波襞地,群指巫山;钗焰然红,都疑洛水。是岂看朱成碧,妃白俪青矣哉!仆老恋蓬蒿,贫艰菽粟,旧游零落,远梦徘徊。"③这是吴农祥为索额图之子索芬之《无题诗》所作的序,使用四言连排句式将索芬诗歌的主要内容模出,感

① 吴农祥《流铅集》卷九,《清代诗文集汇编》第 127 册,上海古籍出版社,2010年,第 382 页。
② 吴农祥《流铅集》,《清代诗文集汇编》第 127 册,上海古籍出版社,2010 年,第 335—337 页。
③ 吴农祥《流铅集》,《清代诗文集汇编》第 127 册,上海古籍出版社,2010 年,第 382—383 页。

慨自己年老且贫,那些情爱欢乐只能在梦中萦绕。又如卷五《为潘眉白致同人助丧启》谓:"招魂升屋,雨冷青毡;缀足彻帷,烟迷白氎。虽彼霜崖峭拔,不受人怜;海岸孤骞,奚关世惜。乌鸢蝼蚁,与夺俱忘;虫臂鼠肝,变蓄宁计。然比邻停柩,见且抚膺;故旧执绥,闻而酸鼻。"①使用连排四言句将潘眉白的凄凉境况展现无余,饱含深情和感慨。

第三,吴农祥骈赋中安排"兮"字段,抒写深情。"兮"字段是骚体赋的主要特征,长于抒情,骈赋中置入"兮"字段落能融叙事、抒情于一体。《流铅集》卷一《槎客赋》云:"于是止麟车,却鸾扇,临平台,启秘殿,正星冠,理金钿。命帝辇兮时巡,促天厨兮高宴,谕五凤兮纷相迎,骋双驹兮独召见,激天听兮浮云,觌神姿兮飞电,怅一时兮恨晚,奏千言兮称善,横阁道兮占甲第于宸游,引市楼兮答千箱于殊眷。"②此处言帝子在天上巡游、召见等画面,用"兮"字段呈现帝子巡游过程中的情感体验。又同卷《慈竹赋(有序)》云:"惟慈竹之翁茸兮,幸托生于庭阿;抗丹茎其葱蒨兮,夹碧叶以猗傩……愧湫隘之难洁兮,欣便娟之匪他;朝静对而相感兮,夕停影以经过。"③吴氏叙述慈竹的生长环境以及生长状态,竹子生长于庭院角落,但能够枝叶交错,"交柯护本",通过对丛竹的描述隐喻家族内部要团结友爱。其他如《流铅集》卷一《春思赋(有序)》《崎丽楼赋(有序)》等皆如此。

① 吴农祥《流铅集》,《清代诗文集汇编》第 127 册,上海古籍出版社,2010 年,第 358 页。
② 吴农祥《流铅集》,《清代诗文集汇编》第 127 册,上海古籍出版社,2010 年,第 337 页。
③ 吴农祥《流铅集》,《清代诗文集汇编》第 127 册,上海古籍出版社,2010 年,第 340 页。

三、吴农祥骈文博综曲畅的风格

吴农祥有骈文专集《流铅集》十六卷,骈文自成一家,总体上呈现出博综曲畅的风格,主要表现在以下几方面:

首先,吴农祥骈文句法多变、长短不同句式交错互出,形成曲畅的风格。如《流铅集》卷一《春思赋(有序)》:"解语似知名,可怜不相识。卖向侯门近若无,栽自仙家巧难得。掠鬓炉烟一段娇,画眉镜彩千金值。春来①今几许,春游无处所,春心空彷徨,春侣徒延伫。闻道灯轮比昔迟,铜壶玉漏上元时。城驱紫燕东皇赛,路碾青牛太乙祠。市上灯工暗催促,五凤七龙势断续,十斛帘旌合浦珠,千竿桁带于阛玉。"②使用五言连排和七言连排句式将元宵节观灯的热闹和繁华详细叙写,"上元时""灯轮"等词语显豁地表明这是元宵节的盛况,反复曲畅,有宋体骈文的特征。

又《流铅集》卷六《为江右山屋禅师请藏经疏》开首云:

> 佛法流传中国,如慧日之丽天;大教遍满恒沙,譬慈云之覆海。本一切藏,涌现为四,广大境界无穷;从十二藏,复分为三,真如性海不测。命之掌护,纳诸娑竭龙宫;演以奉持,映作因陀帝网。汉永平之后,祖述者一百七十六人;唐开元以前,删集有五千四十八卷。苟无双修之定慧,则蚊蚋饱池水而不闻;若匪众妙以师资,又鹡鸰触泰山之蔑见。大矣哉! 东土西土,渴于失乳之儿;微矣哉! 南宗北宗,仰此慈悲之父。顾阿唯之多闻通达,始结金口之言;越摩腾之誓愿遍游,宛见玉毫之相。梵书诘屈,

---

① "来",底本空格,清刘履芬抄本作"光",今据《梧园诗文集》稿本第 1 册补。
② 吴农祥《流铅集》,《清代诗文集汇编》第 127 册,上海古籍出版社,2010 年,第 335 页。

四十二章;撰译遭屯,三十六国。峻疑山而莫悟,密占蝌蚪之函;怯骇浪以难安,调得凤皇之管……皓乎光明,居然纯备。①

这段言佛经从西方传入中土,经过翻译流布。长短句子错杂其间,不同对偶句式交互出现,如六六复式、四四六复式、四六复式、五九复式、七九复式、三四六复式、八六复式、四四复式、四四式等或短或长,单从组句方式上就显得博综繁富。

其次,吴农祥骈文用典工切,善于铺陈,形成博综繁富的风格,然其弊亦坐此,失之繁冗。如《流铅集》卷七《画图梧园记》:"至生梧子,实结桐花。小似绿珠,明于红豆。鲜同菱芡,光浮琥珀之樽;软类莲房,影乱芙蓉之府。当其离离承蕚,荾荾垂条,味溢三危,香盈百和……此则晨炊未定②,藉以疗饥;宿醉难醒,由之解渴者矣。"③此记主要为了纪念自己宅第梧园。吴农祥因为贫困,把梧园质押给邻居,心中非常失落,朋友为之画了一幅梧园图,吴氏作记。所引部分为描写梧桐之子实的内容,并非整篇文章的核心部分,但吴氏却使用典故从多方面反复烘托,形容梧桐子实的外形和功用,显得有些冗长。清代姚燮评此文谓"词亦工而不免于费"④,正道出吴氏骈文的这一特点。

吴农祥赋作亦有博综曲畅的特征,如其为辞官家居的顾豹文别

---

① 吴农祥《流铅集》,《清代诗文集汇编》第 127 册,上海古籍出版社,2010 年,第 367 页。

② "定",底本和清刘履芬抄本为空格,钱林辑,王藻编《文献征存录》卷九《吴农祥》作"举"(《续修四库全书》第 540 册,上海古籍出版社,2002 年,第 370 页)。今据《梧园诗文集》稿本第 8 册补。

③ 吴农祥《流铅集》,《清代诗文集汇编》第 127 册,上海古籍出版社,2010 年,第 371 页。

④ 曾燠选,姚燮评,张寿荣参《国朝骈体正宗评本》,清光绪十年(1884)花雨楼刻本,第 50 页。

墅愿圃所作的《愿圃赋》①,赋序由客与主人对话结构,其内容和赋正文有重复,该赋为长篇,欲上追汉大赋,然用对偶句式,又是骈赋,具有大赋的博综和宋体赋的曲畅。

第三,吴农祥骈文在题材选取上往往求全求多,针对某些问题反复陈述。如《流铅集》卷四《代人上施制台启》是一篇长文,主要是欢迎新任浙江总督施维翰的启文,文章首先叙写期盼施氏能够整肃浙江兵民,又言战争之后首先恢复民生、严惩不法,其后列举赋税繁重、风俗浮夸等浙江地方问题,接着言及清兵占领浙江以来,地方上法纪败坏问题,后用大幅内容叙述浙江官军裁撤问题,以及地方官吏徇私枉法、诬告成风问题,最后又言及赋税严苛、官员无能、考选官吏办法过严等问题,希望施氏主政浙江,能够与民休息,恢复生产,整顿吏治。吴氏这篇启文针对浙江所存在的问题,能够反复阐明,不吝笔墨,有利于时人理解骈文这种“非注难明”的文体,在特定时期的特定场所起到了既含蓄文雅又明白晓畅的交际应酬的目的。当然,这种风格也存在一些缺陷,倘若把握不好,容易形成文意重复、堆砌词藻的弊端。

汪琬《尧峰文钞别录》卷二《前明吏部验封司郎中曹公墓志铭》云:“以志铭属琬。谨按公《自撰年谱》及《侍郎公志》,采掇其出处大节,与侍郎公牵连书之,以信后世。至于《行状》所述,猥琐不当书者,俱不及载云。”②曹元方行状即吴农祥《明进士吏部验封司主事耘莲曹君行状》③,汪琬批评吴氏所撰曹氏《行状》有些内容是琐细不当写入的,与曹氏人生出处大节无关紧要,即短于剪裁。吴氏骈文亦存在

---

① 丁丙辑《武林坊巷志》第 7 册,浙江人民出版社,1990 年,第 679—684 页。
② 汪琬著,李圣华笺校《汪琬全集笺校》,人民文学出版社,2010 年,第 2083 页。
③ 吴农祥《梧园诗文集》,《浙学未刊稿丛编》第 1 辑第 30 册,国家图书馆出版社,2018 年,第 95—111 页。

此病。

第四，吴农祥骈文在章法安排上也富有特点。如《流铅集》卷十一《前吏部曹耘莲八十寿序》一文，除了开头和结尾两部分采取总括的方式描写曹氏识见通达、守节自持，并庆祝其八十大寿外，其他部分基本按照其生平顺序展开，然对曹氏遗民之志多次渲染，其云：

> 卓然中立，不惊虓虎之威；率尔知机，独羡冥鸿之智。回瞻海水，久易星霜；追数秋飚，退安山泽。为乾坤之傲吏，作宇宙之完人。则是恒笑扬雄，恨留连于天禄；雅传梅福，推隐逸之神仙。天报耆颐，人称苦节……而先生志笃余生，念羞再嫁。茕茕白兔，宁见绝于新知；拂拂青鸾，讵相关于末契……而先生则以久思窃药，还惜嫦娥；未得浮槎，真惭博望。大地之山川浮动，浪说今年；小天之星斗推迁，不知何日……质江南之庾信，徒负生平；劫渭北之崔悰，更推豪举。①

曹元方（号耘莲）一生最为人所称道的就是明亡后保持遗民节操，始终不渝。吴氏为作寿序，在谋篇布局上多处强调其遗民之志，抓住曹氏出处大节，聚焦主题。

第四节 吴农祥与清初杭州骈文作家群

明末清初杭州文风甚盛，云间派代表陈子龙于明末任绍兴司李，对毛先舒、毛奇龄、陆圻、陆培、柴绍炳等人倍加赞赏②，云间文风浸

---

① 吴农祥《流铅集》，《清代诗文集汇编》第 127 册，上海古籍出版社，2010 年，第 389—390 页。
② 参见本书第五章《陈子龙的骈文风格与明清之际骈文递嬗》第四节。

润到杭州。清初毛先舒、毛奇龄、陆圻、柴绍炳等人或有骈文专集，或有骈文专卷，擅长骈文创作，在明清之际的文学发展中起到承前启后的作用。吴农祥作为杭州作家的一员，自小受到侈丽文风的影响，成为清初富有创造力的骈文家，他生于崇祯五年（1632）九月，卒于康熙四十七年（1708），承接明末骈文绪余，开启清代骈文的盛况，同样具有承前启后的作用。

与陈维崧、吴绮等人交游遍海内相比，吴农祥交游圈集中在杭州，主要为杭籍人士和在杭仕宦者。除此之外，其与骈文家的交往则集中在康熙十七年（1678）和十八年，参加博学鸿儒科期间。吴农祥与杭州骈文作家群的交往对清代骈文发展具有重要意义。

吴农祥自孩童时即显露才华，受到先辈郑赓唐（号宝水）、钱喜起（号武山）、朱稷（号白楼）、钱朝彦（号定林）等人称赏，傅岩和陈函辉等亦对其叹赏不置。其同辈友人王嗣槐、孙治、毛奇龄等多活动于杭州，而陆培、陆繁弨父子、章士斐、章藻功父子与吴氏交往密切。后来仁和杭世骏善于写作骈文，亦推崇他。吴农祥在杭州骈文家群体中起到承前启后的作用。

王嗣槐是清初骈文家，与吴农祥一起被荐举参加博学鸿儒科，王氏未考中，但被授予内阁中书，留京任职，吴氏则报罢而归。王嗣槐《桂山堂诗选》卷十一《题竹林寺前酒家示吴庆伯徐大文二子》①，即为王氏与吴农祥、徐林鸿在北京竹林寺居住时交往而作。吴农祥与陈维崧、毛奇龄、吴任臣、王嗣槐、徐林鸿等合称"佳山堂六子"，六人擅长骈文写作，且都负有盛名，云集在冯溥家聚会，相互之间切磋技艺、比较高低，产生了大量骈文。

王嗣槐《桂山堂文选》卷八、卷九皆骈文，包括序、题词、引、书启、

---

① 王嗣槐《桂山堂诗选》，《清代诗文集汇编》第 73 册，上海古籍出版社，2010年，第 538 页。

碑记、表、露布等,卷十赋则包括诸多骈赋。王嗣槐虽然没有骈文专集,然其骈文创作数量和文类在清初是比较多的。王氏与吴农祥交往,同参加博鸿,同是杭州籍贯,相互之间有所交流和互动。

孙治,字宇台,浙江仁和人。清初不仕。所著《孙宇台集》四十卷,包括箴、启、颂等骈文,虽不以骈文名家,也是骈文能手。《孙宇台集》卷三十四载《八月有怀江南桂花寄吴庆伯》①,当作于孙氏北方谋生怀念江南桂花时,写此诗寄给吴农祥。孙治与吴农祥同为杭州人,同样未能仕宦清廷,两人虽不能称为至交,但作为普通朋友在文字交往中也互相切磋写作技术。

吴农祥与毛奇龄的交往颇多,毛奇龄虽为萧山籍,但因病辞官南归后,有一段时间租住在杭州,且与杭州人士交往密切,此处视其为杭州骈文家群之一员。毛奇龄与吴农祥关系密切,其《吴征君德配傅孺人墓志铭》云:"吴征君孺人以康熙三十二年十一月卒,其明年将筮藏于钱湖之滨。征君自为《状》示予何如,予曰'宁有周季自为文而犹待问者'。翼日,孝子毅、裕复持《状》造予,请铭,以予与征君同文会,且同征京师,故通家也。"②康熙三十三年(1694),吴农祥请毛奇龄为其妻傅氏撰墓志铭,即为《吴征君德配傅孺人墓志铭》。按照毛氏所说,毛、吴二人早年同参加文会,其后同入京参加博鸿,为通家好。毛奇龄有《春夜燕集益都相公邸第,即席和韵,同王舍人、陈、吴二检讨、徐林鸿、咸清、吴农祥三征君暨公子慈彻、协一》四首③,此次聚会为春夜燕集,地点在大学士冯溥家,康熙十八年四月一日,博学

---

① 孙治《孙宇台集》,《四库禁毁书丛刊》集部第 149 册,北京出版社,1997 年,第 143 页。
② 毛奇龄《西河文集》之《墓志铭》卷十二,《清代诗文集汇编》第 88 册,上海古籍出版社,2010 年,第 74 页。
③ 毛奇龄《西河文集》之《七言律诗》卷六,《清代诗文集汇编》第 89 册,上海古籍出版社,2010 年,第 532—533 页。

鸿儒榜发,其后才有相关考中人员的职衔,则题目中的人员官职当为后来追加,因春天尚未放榜,陈维崧等人的官职尚未授予。参加聚会者有毛奇龄、王嗣槐、吴任臣、陈维崧、徐林鸿、徐咸清、吴农祥,除徐咸清外,其他六位即为"佳山堂六子",毛奇龄、陈维崧、吴农祥皆以骈文名家,其他几位也是擅长骈文者。康熙十八年博学鸿儒科的举办,为众多骈文名家聚集交流、互相争胜提供了舞台,推动了清初骈文的发展。

吴农祥晚年与毛奇龄仍然交往频繁,与毛奇龄、徐林鸿等人为饮酒之会,定期参加聚会,方楘如《吴征君传》云:"晚与陆堦、毛奇龄、徐林鸿为饮酒难老之会。"①

吴农祥与杭州后起骈文家关系密切,通过奖掖、提携后进,为其文集撰序等方式影响其骈文创作。如章藻功即为康熙、雍正时期骈文名家,有骈文专集《竹深处集》不分卷和《思绮堂文集》十卷。《竹深处集》刻于康熙二十四年(1685),卷首有吴农祥《竹深处集序》,该序又载《流铅集》卷八,题《章岂绩花隐亭文集序》②,序文历述骈文发展历史,指出骈文要有真精神,批评骈文创作的弊端,称扬章氏骈文,并勉励之。

吴农祥与章藻功之父章士斐为好友,章抚功《吴庆伯先生行状》云:"尝叹曰:'吾畴昔交游不少,皆不能无龃龉,初终无间者,章先生淇上一人而已。'谓不肖先子也。"③章抚功是章士斐次子,与吴氏关系最契,吴氏卒后,以传记嘱之抚功。康熙四十七年(1708),章藻功曾请吴氏为章士斐《花隐亭遗集》撰序,序未成而吴氏卒。章藻功

---

① 方楘如《集虚斋学古文》卷十二,《清代诗文集汇编》第 228 册,上海古籍出版社,2010 年,第 702 页。

② 吴农祥《流铅集》,《清代诗文集汇编》第 127 册,上海古籍出版社,2010 年,第 380—381 页。

③ 章抚功《吴庆伯先生行状》,清劳权抄校本,第 6—7 页。

《思绮堂文集》卷六《刻花隐亭遗集后序》云:"可惜延陵,又已负生前之许。"原注:"尝乞序于吴庆伯先生,许之,未逾月而先生殁。"①吴农祥与章士斐父子为通家,往来密切,其为文风格对章藻功当有影响。

　　吴农祥与杭州陆培、陆繁弨家族交往亦密切,对陆繁弨的骈文创作有影响。《流铅集》卷八《章岂绩花隐亭文集序》云:"岂绩又受业于吾友大行鲲庭之子拒石之门。"②则陆繁弨(字拒石)为吴氏之友,也是章藻功的老师,与吴农祥有交往。陆繁弨有感于父亲陆培(字鲲庭)明末自缢殉难,终身不仕清朝,长期生活在杭州,与吴农祥生活于同一城市,且年龄相若,相互交往中应该有所影响。陆繁弨有《善卷堂四六》十卷,清乾隆年间吴自高注本③,陆氏在骈文中表达深沉的遗民之思,在清初骈文家中属于坚定的明遗民,与吴农祥骈文中的遗民之思有相通之处。陆培之兄陆圻是明清之际的骈文名家,《威凤堂文集》专门有俪语部,吴农祥对此当很熟悉。概之,吴农祥与陆氏家族之陆圻、陆培、陆堦、陆繁弨等皆有往来,两家亦为通家关系。

　　杭世骏是雍乾时期的骈文家,对吴农祥非常推崇,《鲒埼亭集外编》卷四十三《与赵谷林辨〈啸台集〉中纪苍水事迹书》:"吴农祥《啸台集》,其文散漫冗长,固不足言,而所纪明季事尤失实……总之,无一语足据者,郢书燕说,混淆信史,吾不知其何意也。农祥自负博物,近则方文辂、杭大宗皆力推之,不知其言无足采也。"④杭世骏,字大

---

① 章藻功撰注《思绮堂文集》,《清代诗文集汇编》第 198 册,上海古籍出版社,2010 年,第 628 页。

② 吴农祥《流铅集》,《清代诗文集汇编》第 127 册,上海古籍出版社,2010 年,第 380 页。

③ 陆繁弨著,吴自高注《善卷堂四六》,《四库全书存目丛书》集部第 257 册,齐鲁书社,1997 年。

④ 全祖望撰,朱铸禹汇校集注《全祖望集汇校集注》,上海古籍出版社,2000 年,第 1676—1677 页。

宗,是雍乾时期的骈文名家,《国朝骈体正宗》卷三选其文三首①,在清代骈文史上有一定地位。杭世骏推崇吴农祥,未必都在骈文成就一端,但应包含其骈文无疑,由此可见吴氏对杭州后来骈文作家的影响。

　　吴农祥在清初杭州骈文家群中具有独特地位,承接明末骈文风习,其骈文具有特有的时代烙印,与同时期活跃于杭州的骈文家如毛奇龄、王嗣槐、孙治、陆繁弨等互相切磋骈文艺术,对章藻功等人的骈文创作加以提携和导引,对雍乾时期的杭世骏等人的骈文创作有所影响。乾隆中后期以降,骈文审美风格发生变化,清初骈文不受重视,而吴氏骈文作品或藏于后代手中,秘不示人,或弄于藏书家书库,不能广为传抄,更未能刊行流布,故在清代中后期影响减弱。曾燠辑《国朝骈体正宗》十二卷,刊行于嘉庆十一年(1806),卷一收录吴农祥《画图梧园记》一篇②,清代道、咸时期,黄金台编《国朝骈体正声》于吴氏亦仅选此文③,而所选这一篇当非从《流铅集》或《梧园诗文集》中辑出,可见其文集以稿本、抄本流传,未能刻印,大大限制了在后世的阅读和传播。当今吴氏《流铅集》和《梧园诗文集》得以影印出版,必将对吴氏骈文研究起到推动作用。

---

① 曾燠辑《国朝骈体正宗》卷首,《续修四库全书》第 1668 册,上海古籍出版社,2002 年,第 2 页。
② 曾燠辑《国朝骈体正宗》,《续修四库全书》第 1668 册,上海古籍出版社,2002 年,第 22—23 页。
③ 黄金台编《国朝骈体正声》第 1 册,浙江图书馆藏,清代稿本,第 93 页。

第十章　陆繁弨巧密
工整的骈文风格

朱彝尊《〈播芳文粹〉跋》云："然其所录，不尽皆醇。惜吾友宜兴陈维崧其年、华亭钱芳标葆馚、吴江叶舒崇元礼、钱唐陆繁弨拒石、嘉兴李符分虎皆以骈体名家，诸君悉逝，莫为削其繁而举其要也。"①在清初众多骈文名家中，陆繁弨其人其文皆不可绕过。陆氏骈文在当时已名誉天下，魏禧云："今天下工四六之文，余所见其最工而名天下者凡三人，宜兴陈文学其年、钱塘陆处士拒石、湖州守江都吴公薗次，皆清新雅令，得古人之机轴。"②而且他本人也颇自信，王晫《今世说》卷三载："陆儇胡自许俪语，为海内少双。"③不仅如此，陆繁弨门人亦多以骈文名，最著者莫过于章藻功，《两浙輶轩录》卷五"陆繁弨"条云：

> 陆繁弨，字拒石，号儇胡。仁和人。陛子。著《善卷堂诗文集》。黄模曰：先生为前明行人鲲庭先生子，鲲庭殉节横山，先生穷居著书，与叔梯霞偕隐河渚，俱以孝义为乡里表率。文

① 朱彝尊著，王利民等校点《曝书亭全集》之《曝书亭集》卷五十二，吉林文史出版社，2009年，第543页。
② 魏禧《林蕙堂文集原叙》，吴绮《林蕙堂全集》卷首，清康熙三十九年（1700）刻本。
③ 王晫《今世说》，《清代传记丛刊》第18册，明文书局，1985年，第53页。

章尤善骈体,得其讲画名家者,如章藻功及弟仲昭,此外亦指不胜屈。①

陆氏不仅骈体名海内,而且以明遗民自居,充溢遗民情怀,其品行气节更为时人和后世称许。清末民初学者张其淦撰《明代千遗民诗咏二编》卷八"陆拒石"条云:

> 拒石骈体文,不减陈迦陵。真有六朝韵,处士非虚声。迦陵已出山,拒石仍坚贞。不为浮名误,作诗寄南屏。诗僧既蒙难,诗人是余生。但效陶潜醉,何必入化城。②

张氏该诗以繁弨与陈维崧(号迦陵)对比,以为两人骈文在伯仲之间,而陆氏隐居不仕,不汲汲于名利,以明遗民终老。陈氏则晚年折节,参加博学鸿儒科考试,并任翰林院检讨,毁弃名节,高下立判。该文在贬陈扬陆之中寄托自己的遗民之志。

陆繁弨幼承家学,兼洽师辈之教诲和友朋之切劘,奠定了良好的骈文创作功底。其秉父亲遗言,不图仕进,以遗民自任,专力于骈俪创作,形成巧密工整的骈文风格,在清初独树一帜。

---

① 阮元辑《两浙輶轩录》,《续修四库全书》第 1683 册,上海古籍出版社,2002年,第 262 页。按,此处说陆繁弨是陆陛子,误,繁弨是陆培子,陆陛乃其季叔父。
② 张其淦撰,祁正注《明代千遗民诗咏二编》,《清代传记丛刊》第 66 册,明文书局,1985 年,第 676 页。

第一节　家学与师友：骈文创作的教育背景

一、承其家学，振藻摛采

陆繁弨(1635—1684)，字僾胡①，改字拒石，浙江钱塘人。陆培之子。弘光元年(1645)培殉国难，繁弨随母隐居河渚，受父祖的濡染，其以孝义为乡里表率，能世其家，诗书不坠，尤工骈体。其《家谱论》云：

> 崇祯以前数十年，西陵无工诗者。自余伯景宣公起，与执友骧武陆公一唱而一和，诗教郁然并兴……予小子束发受诗，垂十年所，承家世之余烈，奉教于先生长者有日矣。特才具本愚下，矻矻不休，藉令事不半古，比方作者，亦安敢以夸前人、轻当代之士耶？又日者，先君大行公家居，与伯父振起风雅……流风至今未衰。②

繁弨感受到父辈才行在社会上产生巨大声誉，他们的节概、文采足以垂世。孙治《孙宇台集》卷九《陆夫人五十寿序》云：

---

① 关于陆氏字号，乾隆刻本《善卷堂四六》卷首陆宗楷《陆繁弨传》、清康熙六十一年(1722)刻本《思绮堂文集》卷一《序陆拒石夫子善卷堂遗集后》题注和前揭阮元辑《两浙輶轩录》卷五皆云字拒石，而《两浙輶轩录》卷五又云：号僾胡。上海图书馆藏康熙刻本《善卷堂集》卷一首页署"武林陆繁弨拒石撰"，其下有批注云："本字僾胡。"康熙刻本朱彝尊编《明诗综》卷八十一下云："繁弨，字僾胡，一字拒石。"知陆氏字僾胡，后更字拒石。
② 陆圻《威凤堂文集》诗部《哭骧武九首》末附犹子拒石《家谱论》，《四库未收书辑刊》第7辑第20册，北京出版社，1998年，第57—58页。按，《家谱论》乃陆氏佚文。

当是时(按,指陆培弘光元年自缢殉难,夫人陈氏坠楼未死之时),繁弨数岁,方负床耳! 惟夫人拥树,以至今日;承其家学,以起令名。夫岂偶然者耶?①

又卷十五《亡友柴汪陈沈四先生合传》之《陈廷会传》云:

弘光南迁后,陆大行培将殉国难……大行既死,其夫人延之,教其子繁弨。凡六经、子、史无不晓畅……故繁弨能承家学,终始执节,奋迹为儒者。②

在孙治看来,陆繁弨承父辈训诲,从游于师长之间,为文喜作骈体,自号海内少双。这无不得益于家族的审美风尚和创作示范。

陆氏曾修家谱,总结父祖绪言,力振家风。侄孙陆宗楷《陆繁弨传》云:"况乎载述家风,重修旧谱……敬慎如斯,规条具在。洵足扬夫祖德,因知大有父风也。"③不仅如此,他在实际学习和创作中亦以传承家风为己任,其《沈方邺诗序》云:"仆始束发,即与名流。才惭班固,犹有家风;学谢郑元,非无师授。冶亭梦笔之客,幸已缔交;柴桑插柳之人,尤称衿契。"④可见父祖的教育和追逐华丽的家族氛围对他产生了深刻影响,雕刻在他心灵深处,塑造着他的文学思想和审

---

① 孙治《孙宇台集》,《四库禁毁书丛刊》集部第 148 册,北京出版社,1997 年,第 746 页。
② 孙治《孙宇台集》,《四库禁毁书丛刊》集部第 149 册,北京出版社,1997 年,第 18 页。
③ 陆宗楷《陆繁弨传》,《善卷堂四六》卷首,《四库全书存目丛书》集部第 257 册,齐鲁书社,1997 年,第 374 页。
④ 陆繁弨著,吴自高注《善卷堂四六》,《四库全书存目丛书》集部第 257 册,齐鲁书社,1997 年,第 558—559 页。本章引用陆繁弨作品未注明出处者皆据此本。

美情趣。

　　陆氏生于钱塘大族,祖父陆运昌(?—1641),原名鸣勋,字梦鹤。崇祯七年(1634)进士,历官永丰令、吉水令,有政声。撰《元圃集》二十卷。与弟鸣时、鸣煃并称"陆氏三龙门"。毛奇龄《陆三先生墓志铭》载其家族盛况:

　　　　先生陆氏,讳堦,钱塘人。梯霞者,二十字也。父梦鹤公,讳运昌,明崇祯甲戌进士,官吉水知县。与其弟兖中公,讳鸣时,官兵部郎中;梦文公,讳明煃①,官理刑推官,俱以文章气节指名于世……时杭州一郡,唯公兄弟三人衰然列社首,而他皆不与,人之造其庐者,比之河津之有三门山,曰"此陆氏三龙门"云。乃吉水公生五子,长丽京,讳圻;次鲲庭,讳培;先生其三也。崇祯己卯,举两浙乡试。先生偕两兄合梓其社业行世,而鲲庭君于是年中式,一时购鲲庭行书,并两人社业并行之,号"三陆体"。当是时,先生有两弟,曰紫躔,曰左城,皆名士,而年未成也。人第指三君继三龙门后,遂以三陆艳称之。②

陆氏祖父辈兄弟三人皆有功名,降及父辈,运昌生子六,一子陆埪早夭,其余五子:陆圻、陆培、陆堦、陆垣、陆陛。他们生活在启、祯年间,当时士子日趋追逐浮华。张岱云:

───────────

① "明煃",当是"鸣煃"之误,《(康熙)钱塘县志》卷二十二《陆堦传》(《中国地方志集成》之《浙江府县志辑》④,上海书店,1993年,第418页)、《(雍正)浙江通志》卷一百七十八《陆堦传》(影印文渊阁《四库全书》第524册,台湾商务印书馆,1986年,第13页)皆作"鸣煃",是。

② 毛奇龄《西河文集》之墓志铭十五,《清代诗文集汇编》第88册,上海古籍出版社,2010年,第101页。

蜀人张岱，陶庵其号也。少为纨绔子弟，极爱繁华，好精舍，好美婢，好娈童，好鲜衣，好美食，好骏马，好华灯，好烟火，好梨园，好鼓吹，好古董，好花鸟，兼以茶淫橘虐，书蠹诗魔，劳碌半生，皆成梦幻。①

与歌舞声色相应，文坛亦标举偶俪，掀起摹习齐梁之风，骈体一时竞起。王夫之云：

自万历末，时文日变，始承禅学之余，继以庄列管韩之险涩，已乃效苏曾而流于浮冗，迨后则齐梁浮艳，益趋淫曼。（《姜斋文集》卷二《石崖先生传略》）

又云：

崇祯间，齐梁风靡，骈丽为虚华。（《姜斋文集》卷二《文学刘君崑映墓志铭》）②

在"崇祯之季，文日以盛"③的氛围里，陆繁弨父辈生活豪奢，为文声音藻采并举，形成骈俪文风，伯父陆圻博览群书，承其家学，"名冠西泠十子"④。曾子愉《威凤堂文集》叙云："刿丽京负过人之才，读等身

---

① 张岱著，栾保群注《嫏嬛文集》卷五《自为墓志铭》，故宫出版社，2012 年，第229 页。

② 分别见王夫之《王船山诗文集》，中华书局，1962 年，第 19、35 页。

③ 彭士望《耻躬堂文钞》卷五，《四库禁毁书丛刊》集部第 52 册，北京出版社，1997 年，第 95 页。

④ 杭世骏《道古堂文集》卷四十七《林阮林墓碣》，《续修四库全书》第 1426 册，上海古籍出版社，2002 年，第 659 页。

之书,承梦鹤先生家学渊源,又复竹林相切,埙篪叠奏。"①圻擅长骈
体,以徐庾、四杰为归,柴绍炳《威凤堂偶录序》云:

> 丽京之于骈语致词,婉缛工巧甚矣,曰:"吾志以徐、庾、四杰
> 为归。"②

又朱彝尊《静志居诗话》卷二十一"陆圻"条云:

> 其诗文采组六朝,医方酒令,触口悉成俪语。③

康熙间刻本《威凤堂文集》八卷,包括"俪语部"一卷,骈文以气行,能
自成风格。圻对侄子繁弨骈文大加赞扬,《今世说》卷五引陆丽京语
说:"西陵俪语,家有灵蛇。若儇胡秀如春采,仲昭绚若朝霞,故当并
推。"同书又载:"陆拒石,年十五,作《春郊赋》,词藻流美,笔不停缀。
丽京云:'王筠芍药逊其敏,正平鹦鹉让其工。'"④伯父的鼓励无疑激
发了他的创作热忱,并更加注重技巧的锤炼,《善卷堂四六》句法工
稳,有出蓝之妙,渊源有自。

　　其父陆培,字鲲庭,"少时丰神英毅,博学擅江右,文成,四方目之

---

① 陆圻《威凤堂文集》卷首,《四库未收书辑刊》第 7 辑第 20 册,北京出版社,
　　1998 年,第 3 页。
② 柴绍炳《柴省轩先生文钞》卷六,《四库全书存目丛书》集部第 210 册,齐鲁书
　　社,1997 年,第 271 页。
③ 朱彝尊著,姚祖恩编,黄君坦校点《静志居诗话》,人民文学出版社,1990 年,
　　第 666 页。
④ 王晫《今世说》,《清代传记丛刊》第 18 册,明文书局,1985 年,第 76 页。

术技巧纯熟,更因容纳深广的思想内容,为同处易代之际的清初士人
所关注,仅注本就至少出现过九个①。康熙二十六年(1687),倪璠注
《庾子山集》十六卷刊行,此前吴兆宜《庾开府集笺注》十卷(以下称
吴注本)业已面世,吴氏"所笺《庾开府集》合众手以成之"②,其中卷
二《哀江南赋》注即引用陆繁弨注 89 条③,而刻于康熙二十一年的徐
树谷、徐炯辑注本《哀江南赋注》一卷(以下称徐注本)④则共引陆注
95 条,注释内容大体一致,互有增删。陆氏补注在清初注本系列中
颇有特色,兹将吴注本《哀江南赋注》和徐注本引陆注作一比较:之中
仅见于徐注本者有 8 条,仅见于吴注本者 2 条。有四处存在文字差
异,或引用者有所修改,或陆氏本人注成后有所修改,如徐注本"雷池
栅浦,鹊陵焚戍"注云:

> 陆氏曰:雷池,在今安庆府望江县南十里,滨大江,亦曰雷江
> 口,县治即古大雷戍。鹊陵,即鹊头山,在今池州府铜陵县北十
> 里,临大江。景自郢州败,还建康,皆必经之路。栅浦,筑栅于
> 浦。焚戍,焚断其戍也。⑤

这两句注在吴注本中无"景自郢州"之后文字。又如"王子滨洛之
岁,兰成射策之年",徐注本云:

---

① 申屠青松《清初〈哀江南赋〉注本考论》,《西北工业大学学报(社会科学版)》
　2007 年第 3 期。
② 永瑢等《四库全书总目》卷一百四十八,中华书局,1965 年,第 1276 页。
③ 庾信撰,吴兆宜注《庾开府集笺注》,影印文渊阁《四库全书》第 1064 册,台湾
　商务印书馆,1986 年,第 29—57 页。
④ 徐树谷、徐炯辑注《哀江南赋注》,《丛书集成续编》第 183 册,新文丰出版公
　司,1989 年。按,该本卷首署名有钱塘陆氏,小字注:名繁弨,字拒石,补注。
⑤ 徐树谷、徐炯辑注《哀江南赋注》,《丛书集成续编》第 183 册,新文丰出版公
　司,1989 年,第 42 页。

陆氏曰：王氏旧注，兰成，信小字，本宋叶廷珪《海录碎事》。归元公疑其附会，然参之唐人，如张燕公《过信宅》诗云："兰成追宋玉，旧宅偶辞人。"元微之《送友封》诗云："兰成宅里寻枯树，宋玉台前别故人。"由来已久，此解未可遽非也。①

而吴注本云：

繁弨曰：兰成，信小字，本宋叶廷珪《海录》，唐陆龟蒙《小名录》无之，不足为据。然如张燕公《过信宅》诗云："兰成追宋玉，旧宅偶辞人。"元微之《送友封》诗云："兰成宅里寻枯树，宋玉台前别故人。"此解盖已久矣。②

据此，吴注本在徐注本基础上有所修改。陆氏是在王洄、王湑的两王氏注本和归庄注本的基础上进行补注的。所以徐炯说："其后吴江进士叶元礼尝注是赋，未就而没，求其本不得。最后而得乡先生两王氏注，又得归氏补注，又得吴江吴氏注，钱塘陆氏补注，凡五家。"③

① 徐树谷、徐炯辑注《哀江南赋注》，《丛书集成续编》第183册，新文丰出版公司，1989年，第34页。
② 庾信撰，吴兆宜注《庾开府集笺注》，影印文渊阁《四库全书》第1064册，台湾商务印书馆，1986年，第34页。
③ 徐树谷、徐炯辑注《哀江南赋注》，《丛书集成续编》第183册，新文丰出版公司，1989年，第29页。按，清乾隆三十五年（1770）刻本《善卷堂四六》卷二题《哀江南赋序》，此为徐氏《哀江南赋注》所作序，当改为《哀江南赋注序》。该序"总四家之新注"吴自高注云："按，注《哀江南赋》者，王宛仲、季写、归元公、叶元礼、陆拒石四先生。"前引徐炯序所言，未得到叶元礼之注本，所以"四家之新注"不包括叶元礼注，又王洄宛仲、王湑季写、归庄元公、叶舒崇元礼、陆繁弨拒石总五人，非四先生，该注实误。四家新注当指两王氏注、归氏注、吴江吴氏注、陆氏注。

《哀江南赋注》陆注署名异同表（吴注本和徐注本）

原文 ＼ 注释	徐注本（《丛书集成续编》本）	吴注本（文渊阁《四库全书》本）
乃解悬而通籍，遂崇文而会武	吴氏曰：《汉·陈汤传》："刘向疏云：'解悬通籍。'"（35 页）	繁弨曰：……《汉·陈汤传》："刘向疏云：'解悬通籍。'"（35 页）
论兵于江汉之君，拭玉于西河之主	陆氏曰：《史记·吴起传》："魏武侯浮西河而下。"（同上）	舒崇曰：《史记·吴起传》："魏武侯浮西河而下。"（同上）
淮海维扬，三千余里	吴氏曰：《书》："淮海维扬州。"（42 页）	繁弨曰：《书》："淮海维扬州。"（42 页）
下陈仓而连弩，渡临晋而横船	吴氏曰：《汉书》："韩信击魏，陈船欲渡临晋，而伏兵从夏阳袭安邑，遂虏魏王豹。"（47 页）	繁弨曰：……《汉书》："韩信击魏，陈船欲渡临晋，而伏兵从夏阳袭安邑，遂虏魏王豹。"（48 页）

　　从上表可知，陆氏补注存在著作权之争，未遽定论其归属，但清初《哀江南赋》注本、注家突增现象值得深思，申屠青松《清初〈哀江南赋〉注本考论》（《西北工业大学学报（社会科学版）》2007 年第 3 期）对此有所讨论，通过对陆氏补注的全面研读，结合清初时代背景，仍有几点需要注意。

　　首先，注本激增乃受康熙年间博学鸿儒科的影响。康熙十七年（1678），清政府诏举博学鸿儒，"次年三月初一日，上御体仁阁，临轩命题，学士捧黄纸唱给，首题《璇玑玉衡赋》，有序，用四六；次题《省耕诗》，五言二十韵"①，试题内容偏重于骈文和赋。徐树谷、徐炯辑注《哀江南赋注》刊行于康熙二十一年，倪璠注《庾子山集》和吴兆宜注《庾开府集笺注》皆于此后不久陆续刻印，不能说两者无任何关联。

---

① 王应奎撰，王彬、严英俊点校《柳南随笔》卷四，中华书局，1983 年，第 64 页。

毛际可《陈其年文集序》云：

> 岁戊午，国家以博学宏词征召天下士，其文尚台阁，或者以
> 为非骈体不为功。一时名流云集，皆意气自豪。而余内顾，胸中
> 索然，一无足恃。①

康熙十八年（1679）后，社会上对骈文范本的需求更大，《哀江南赋》
作为骈赋的典范，受到士子的追捧，五家注之，并印以行世，参与者亦
会因此得到一定经济利益。

其次，陆繁弨补注抉发《哀江南赋》本义，时有发明。如"畏南山
之雨，忽践秦庭；让东海之滨，遂餐周粟"注云：

> 陆氏曰："南山"句，信自谓朱雀桁之败也；"秦庭"句，谓奔
> 还江陵乞元帝入援也；"东海"句，谓魏周禅受之际也，引田太公
> 迁康公于海上事，曰让，饰词也；"周粟"句，自言终仕于周也。②

而倪璠注云：

> 《淮南子》曰："申包胥累茧重胝，七日七夜，至于秦庭，以见
> 秦王，曰：'使下臣告急。'秦王乃发军击吴，果大破之，以存楚
> 国。"元帝都江陵，本楚地。西魏都长安，故曰秦庭。信之至秦，
> 亦欲存楚也……"让东海之滨"者，盖指魏、周禅受也，《史记》：

---

① 毛际可《安序堂文钞》卷五，《四库全书存目丛书》集部第229册，齐鲁书社，
1997年，第548页。
② 徐树谷、徐炯辑注《哀江南赋注》，《丛书集成续编》第183册，新文丰出版公
司，1989年，第31页。

"田大公和迁齐康公于海上。"云"让"者,微词也。"遂餐周粟"者,宇文氏国号日周,故假夷齐、周粟为比。言元帝畏秦兵之下,使己聘魏,忽践秦庭也。及江陵既陷,身留长安,见周受魏禅,遂终仕于周也。①

陆、倪二人之注多有雷同,甚至用词亦近似,倪注后出,或参考陆注。但两人对"秦庭"句的解释不同,陆氏认为指庾信被派往江陵,请求湘东王出兵平叛,以东周诸侯国之间的纷争例之梁内部各王之间的斗争。而倪氏将之解读为国际间的较量,视"秦庭"为长安,指庾信出使西魏。两说皆可通,宜并存之。《四库全书总目》评论《庾开府集笺注》云:"然其经营创始之功,终不可没。与倪注并录存之,亦言杜诗者,不尽废千家注意也。"②吾于陆氏补注亦云。

第三,寄寓身世之感。补注《哀江南赋》不仅寄托亡国之痛,亦因陆氏、陆家与庾信个人、庾氏家族的相似经历而产生共鸣。庾信《哀江南赋》历叙自己显赫家世,遭侯景之乱被迫颠沛流离,最终羁留周朝,而父亲已死,故国已亡,可不哀哉!陆氏生于钱塘大族,幼年亲睹父辈奢华和神采,会明清易代,清兵入浙,父亲殉难,伯父出游,家族骤陷困顿。又历《明史》案的摧残,全家系狱,人事兴衰,困踬极矣。遂秉父言,以遗民终身。相似的经历使他对庾信有了更深的理解,从而有"了解之同情"。其《哀江南赋序》云:

夫开府擅奇丽之才,写穷愁之运。丁年奉使,宗国为墟。江陵固先帝之仇,石头亦篡主之所。遭时百六,屈体魏周。琐尾流

---

① 庾信撰,倪璠注,许逸民校点《庾子山集注》卷二,中华书局,1980年,第97—98页。
② 永瑢等《四库全书总目》卷一百四十八,中华书局,1965年,第1276页。

离，一篇三致。虽然，君子身逮承平，任兼文武。方当折冲樽俎，指顾风云。南销问鼎之心，北沮投鞭之气。岂令虎踞雄城，一朝多垒；雀航小战，遽尔投戈……嗟国恨之未申，惜家声之已堕。以文救过，抑何取焉。不知亡国之咎，不责黍离之篇；降将之辜，岂废河梁之作……较之苗贲皇事晋而图荆，公孙鞅适秦而攻魏。指故国为仇方，视旧君如戎首。吴甾薰莸，直同霄壤……附屈子《离骚》之后，非所敢望；比右丞《凝碧》之诗，则已优矣。①

陆氏批评庾信不能捍卫国家，致遭亡国之变，但对其晚年心怀故土、不以故国为仇寇表示理解，肯定庾文富于词采，又蕴含深愁。这与陆氏怀念明朝、追忆童时的美好时光及家族盛况的情绪一致。另一方面，又不满于变节仕清者反过来迫害同类。虽写古人，实涉现实。

二、骈文中的遗民之思

　　屡坚隐居之志，劝友朋能秉节终身，是陆繁弨遗民之思的主要表现形式。堂名"善卷"，据《慎子·外篇》载："舜以天下让善卷，卷曰：'昔唐氏之有天下，不教而民从之，不赏而民劝之，天下均平，百姓安静，不知怨，不知喜。今子盛为衣裳之服以眩民目，繁调五音之声以乱民耳，丕作皇韶之乐以愚民心，天下之乱从此始矣。吾虽为之，其何益乎？予立宇宙之中，冬衣皮毛，夏衣绨葛，春耕种，形足以劳动；秋收敛，身足以休食。日出而作，日入而息，逍遥于天地之间而心意自得。吾何以天下为哉！悲夫，子之不知予也。'"②"立宇宙之中"后

① 陆繁弨著，吴自高注《善卷堂四六》卷二，《四库全书存目丛书》集部第 257 册，齐鲁书社，1997 年，第 419—421 页。
② 慎到《慎子内外篇》，《四部丛刊初编》本，第 21 页。

的文字又见于《庄子·让王》①，仅有个别字句稍异。善卷是舜时的
隐士，不愿仕宦，甘于林泉，繁弨以其名字命为堂号，即寓不仕清朝之
意。陆氏虽不图仕进，但性喜骈偶，故以骈语抒其微志。如《善卷堂
四六》卷十《辞免入学启》云：

> 启：为"废孤不堪褒举，谨据实陈谢，乞回特恩，以遂微志"
> 事。窃惟褒贤录后，故推爱于屋乌；引分辞荣，谅难羁乎林鹿。
> 虽缁衣之好，雅示周行；而瓮牖之资，惭胜鲁服。先人过叨夫俎
> 豆，贱子敢玷于宫墙……至以弨忝属清门，猥称贤胄。不遗童稚
> 之末，许备子衿之员。事出非常，期寒灰之载煖；恩施异旧，令朽
> 木以重雕。拜命惊魂，闻风骇汗。弨遭家不造，寡母为依……痛
> 亡父之绪言，身终土室；悯衰慈而托命，念迫桑榆。徒欲委巷插
> 柳，荒园荷畚。牧猪废圃，负米穷乡。迹自溷于编氓，名讵班于
> 俊秀。南山种豆，原非失职兴嗟；东序采芹，未敢从公色喜。②

此启首先表明自己不愿入学，以遂遗民之志。次云顺治十一年甲午
（1654），先父陆培入祀乡贤，檄命自己入学为生员，不敢从命。追述
自己家庭遭遇，面对如今景况，早已忘情于功名。承父遗言，终生以
遗民自居。最后坚辞学使张安茂之招，请其收回成命。该文为乃师
柴绍炳代作，但经过繁弨修改，表达了他的心志，援古况今，反复曲
陈，情见乎词，将陆氏遗民之志和家族变迁之痛，以及对清朝的疑虑
一并揭出。

① 陈鼓应注译《庄子今注今译》（最新修订重排本），中华书局，2009 年，第
　792—793 页。
② 陆繁弨著，吴自高注《善卷堂四六》，《四库全书存目丛书》集部第 257 册，齐
　鲁书社，1997 年，第 559—562 页。

繁弨不仅自己坚守遗民身份，亦劝友人奉之终身。如《善卷堂四六》卷七《与友人书》云：

> 及见《赠沈敬修兄弟》作，属辞构意，未惬鄙心。略陈所怀，庶同言志。仆闻星窥帝座，尚全侯霸之交；月犯少微，宁愧郤恢之友。趋舍殊途，不乖旧好。至于仆辈数人，梅林访古，鹤渚旌心。义薄云天，辞严金石……不意足下，心羡华貂，情縻好爵。虽无汤聘，竟效空桑；未获文车，遂离磻水。既绝枕流之志，益深泣玉之心……至于今日，小山名赋，自引王孙；而大隐新辞，翻招处士。作灵妃之褰修，为李陵之说客。此属投纶，何嫌赠缟；欲通胶柱，更拟弹冠……若谓一失青云，坐贻白首。欲起仲山于街卒，招次都于弋阳。海滨二老，并列姬朝；林下七贤，同趋晋阙。此犹过周人而理璞，持腐鼠以饷鹓。[1]

陆氏见到某友人写给沈叔培（字敬修）、沈叔铉兄弟的诗，劝其抓住机会，出山任官。于是写了这封信重申自己和沈氏兄弟优游林泉之志。以"趋舍殊途，不乖旧好"批评友人不知沈氏兄弟之心而劝其出仕，有失知己之明，亦非各言其志之意。《善卷堂四六》卷六《与昭令重举默社文会书》亦云："于是与敬修、武令六七人，吊古梅林，定交鹤屿。箕山高隐，执牛耳以相从；艺苑英才，捧珠盘而谁属。竟成高宴，更励文心……自去岁首春，便从废辍……近闻元亮，催科甚急，往役为劳……至于武令，殚心射策，属意制科。山巨源之高旷，何敢绝交；谢

---

① 陆繁弨著，吴自高注《善卷堂四六》，《四库全书存目丛书》集部第 257 册，齐鲁书社，1997 年，第 512—514 页。

客儿之风流,且无入社。"①据"至于武令,殚心射策,属意制科"云云,则该信似作于康熙十七年(1678)朝廷下诏举博学鸿儒之后不久。徐汾,字武令,本默社成员,与陆氏、沈氏兄弟隐居河渚,但后来有意科名,陆氏重举默社时将其摈斥在外。

　　表彰忠孝节烈是陆繁弨遗民认同的隐含形式。伍子胥是春秋末年著名政治家、军事家,历代人对其有不同的评价,被谭献评为"不愧八代高文、唐以后所不能为者"②的《善卷堂四六》卷九《吴山伍公庙碑文》对伍氏予以推崇,"推此心也,知其赐剑之宠,等于铸金;浮江之荣,烈于封墓。此则牧恭走马,不足拟其枕戈;弘演纳肝,无以方其裹革。求忠出孝,百世一人",陆氏认为伍子胥忠于吴国,建立功勋,虽遭馋受疑,不改其志。"虽复银涛夜卷,适足写其壮怀;白马晨来,正可鸣其得志。裂颈屠肠,非不幸矣"③,赞扬伍氏忠心事国。陆繁弨借古讽今,批评屈节仕清者,肯定以明遗民自厉者,这一价值取向亦是对自身的认同。其《辞免入学启》云:

　　　　靡假畴咨,特颁手教。以故父某名列先朝,行孚后学。仗秀节而履霜,攀堕弓而踊地。亭亭骨鲠,谊靡悔于雊经;肃肃典型,怀徒悬于虎贲。忆交欢缟纻,宿草余哀;当景邈湖山,生刍降礼。④

---

① 陆繁弨著,吴自高注《善卷堂四六》,《四库全书存目丛书》集部第 257 册,齐鲁书社,1997 年,第 503—505 页。
② 谭献著,范旭仑、牟晓朋整理《复堂日记》,河北教育出版社,2001 年,第 142 页。
③ 陆繁弨著,吴自高注《善卷堂四六》,《四库全书存目丛书》集部第 257 册,齐鲁书社,1997 年,第 548、549—550 页。
④ 陆繁弨著,吴自高注《善卷堂四六》,《四库全书存目丛书》集部第 257 册,齐鲁书社,1997 年,第 560 页。

文中对其父陆培壮烈殉国的义举称赏不已,父亲受到后世认可,入祀乡贤,而自己高居林下,隐居守节,他与父亲的出处虽异,本质实同,都以节概名世。

沈约有《修竹弹甘蕉文》①,以修竹与甘蕉为喻,表明进正直、斥邪佞的立场。陆氏仿之有《绿竹弹芭蕉文》,陆文虽取法于沈文,但融入了深沉的家国兴亡之感,其云:

> 臣闻疆理之制定,则并兼者有诛;强弱之势分,则侵凌者致罚。是以族亡卫地,齐桓为之兴师;家尽淇园,汉主于焉奏曲。乃知盛业本于扶倾,而严刑加于怙势也……不图邻境,有芭蕉一本。唯彼异心,爰居接壤。密尔强藩,实深反侧。盖占晋繇者,必致辨于薰莸;咏王风者,亦严分于雉兔。非我族类,岂容淆乱。②

结合清初形势,所谓"非我族类"云云,暗指满清甚明。清初陆培殉国,陆圻、陆堦、陆垣、陆陛皆不图仕进。陆氏家族崇祀明腊,其节义闻于乡里,著于史册,载于骈俪,足垂不朽。

第三节　巧密工整的骈文风格

陆繁弨以骈文名家,清康熙年间昆山徐炯为之刻《善卷堂集》四卷、《集外文》一卷。乾隆三十五年庚寅(1770)武进陈明善刻《善卷堂四六》十卷,乃桐城吴自高据康熙刻本为之注,从雍正十二年至乾

---

① 沈约撰,陈庆元校笺《沈约集校笺》,浙江古籍出版社,1995年,第106页。
② 陆繁弨著,吴自高注《善卷堂四六》卷九,《四库全书存目丛书》集部第257册,齐鲁书社,1997年,第553页。

隆七年（1734—1742），历时九年始告成书。《四库全书存目丛书》集部第 257 册收录该刻本，之后陆氏骈文刻本皆出自乾隆本。乾隆刻本共收骈文 91 首，与康熙刻本相比，增加卷十《拾遗》4 首，但卷十《集外文》之《辞免入学启》非陆文（见本章第一节辩证）。则今知传世陆文共 90 首，皆骈体。

毛先舒称陆氏骈文为"西陵三绝"之一，王晫《今世说》卷五载：

> 毛稚黄尝言：西陵有三绝，林玉逵文，搏挽神光，云行雨步；陆儇胡骈体，行控送于绝丽，能使妙义回环而来；张祖望诗，苍溿顿挫，如大漠风莽莽无极。①

毛氏认为，陆文能于藻丽中富含深意。今人陈耀南《清代骈文通义》第三章《举作者》"陆繁弨"条云：

> 拒石自许骈文海内无双，然则丽京有侄矣……由是观之，儇胡有才，良足自负，而曾氏《正宗》号称佳选，其于拒石众制，片简未收，何哉？②

陈氏认为繁弨能承伯父陆圻绪余，积有才气，其骈俪于叙事、抒情、议论皆有章法，足与清初名家并辔同驱，而曾燠《国朝骈体正宗》竟无一篇及之，殊为漏略。毛、陈二人俱以为陆氏骈文能自树一帜，称誉于世。但没有明确指出其骈文的鲜明特点，陆繁弨门人章藻功对此有深刻体认，其《思绮堂文集》卷一《序陆拒石夫子善卷堂遗集后》云："夫子气足孤行，文能对举。有庾信之清新，而加之泉涌；得徐陵之巧

---

①　王晫《今世说》,《清代传记丛刊》第 18 册, 明文书局, 1985 年, 第 76 页。
②　陈耀南《清代骈文通义》, 香港永安印务公司, 1970 年, 第 51—52 页。

密,而益以云浮。"①陆氏侄孙陆宗楷《陆繁弨传》云：

> 寄声华于江鲍,俪体弥工;遭运会于唐虞,善卷有集。片云舒卷,都成叠嶂之奇;独茧旋抽,岂是同功之样。连茵并驾,如驰骤以单行;役史驱经,实清空而一气。遍观六朝作者,孰不三舍避之。②

以单行之气运排偶之文,即"气足孤行,文能对举""连茵并驾,如驰骤以单行"是骈文创作的最高标准③。驱遣故实,随意而来,偶对俪语,如丸在手,如此则与散文同功,而艺术之美则远过之。陆繁弨幼承家学,长从"西陵十子"游,相互切磋文艺,其骈文在对仗、用典、章法等方面别出机杼,自铸新词。

首先,陆氏将古文法度移入骈体,使骈文气脉贯通,避免滞塞之弊。明末制艺有参古文法为之者,曾异撰《纺授堂文集》卷五《复潘昭度师书》云：

> 某窃谓今日制义之途有二：其一,以古文为时文;其一,以时文为时文。以古文为时文者,如戊辰之某某,庶几近之⋯⋯请历

---

① 章藻功撰注《思绮堂文集》,《四库未收书辑刊》第 8 辑第 24 册,北京出版社,1998 年,第 87—88 页。

② 陆繁弨著,吴自高注《善卷堂四六》卷首,《四库全书存目丛书》集部第 257 册,齐鲁书社,1997 年,第 374 页。

③ 章藻功"气足孤行,文能对举"说对清中后期骈文理论有所影响,朱一新谓："潜气内转,上抗下坠,其中自有音节,多读六朝文则知之。"(《无邪堂答问》卷二,中华书局,2000 年,第 92 页)王先谦《骈文类纂序例》说："参义法于古文,洗俳优之俗调。选词之妙,酌秾纤而折中;行气之工,提枢机而内转。故能洸洋自适,清新不穷。俪体如斯,可云绝境。"(《虚受堂文集》卷十五,清光绪二十六年刻本)皆强调骈文当以气为主,方能出新意,开境界。

　　数国朝诸巨公,其以古文为时文者,如归震川、汤义仍、郝楚望、
孙淇澳、王季重诸公是也。①

明代后期即有"以古文为时文"之说,且以归有光、汤显祖、孙慎行等
人为代表。清初科举形式未变,仍八股取士,此说仍流行士子间,戴
名世《汪武曹稿序》云:

　　　　而武曹所自为之文,要自横绝一世,所谓以古文为时文者,
　　吾于武曹见之……顷者余与武曹执以古文为时文之说,正告天
　　下,而真能以古文为时文者,武曹而外,余未之多见也。②

戴氏认为汪份(字武曹)的时文真能参以古文法度,在当时并不多见。
当时士子习艺,创制时文参以八家文者不少,且自明代后期既形成风
气,故稍后方苞等编纂《钦定四书文》之《正嘉四书文》卷二归有光
《吾十有五而志于学》一章后有评云:"以古文为时文,自唐荆川始,
而归震川又恢之以闳肆。如此等文,实能以韩欧之气达程朱之理,而
吻合于当年之语意,纵横排荡,任其自然。后有作者,不可及也
已。"③方说沿曾异撰之论而又进一步明确"以古文为时文"的创始
者。《钦定四书文》是专门为士子举业而编的教材,这一时文作法至
此得到总结。
　　从明末至清初,士子研修时艺难免不受"以古文为时文"说的影
响,陆繁弨幼习时文,善于偶对,其师柴绍炳《与沈甸华书》云:"足下

① 曾异撰《纺授堂文集》,《四库禁毁书丛刊》集部第 163 册,北京出版社,1997
　　年,第 562 页。
② 戴名世撰,王树民编校《戴名世集》卷四,中华书局,1986 年,第 100—101 页。
③ 方苞等《钦定四书文》,影印文渊阁《四库全书》第 1451 册,台湾商务印书馆,
　　1986 年,第 88 页。

身为名教之宗,忠孝不假,一隅通蔽,犹望返观。近世贤士大夫如武山先生训子于出处之际甚严,亦复不废时文,月课旬考。□□□□陆子儇胡俱秉介石之操,尝习为比偶。"①陆氏自小濡染比偶作法,虽隐居终身而不废丽思藻采。其于骈文创作,将"以古文为时文"之法移置为"以古文为骈文",即"能以韩欧之气"达于骈俪之体,使骈文内容与形式完美结合。如《善卷堂四六》卷五《毛母孙孺人寿序》首叙毛母孙孺人寡居守节、孤处悲忧之情:

> 贞蕤振谷,讵屈严霜;劲节凌霄,不雕秋露。是以曹大家之淑媛,定享高年;杜京兆之贞妻,偏登上寿。同郡毛母孙孺人者……年始及笄,即行反马;婚才十稔,旋感孤鸿。固人事之极屯,天属之惨遘也。然使长卿在日,本号绸缪;高柔未亡,夙称爱玩。则是绮室调琴,都是合欢之日;夜台分首,方为集蓼之时。②

孙孺人婚后十年即遭丈夫去世,悲不胜言,倒叙其夫妻和睦生活,以衬寡居之惨烈。设想孙氏望夫不至,自拟孤居,而终成单鹄。本以佳儿娇女幸存为慰,而深悲于儿女夭折。夫死子去,惨痛极矣。其云:

> 乃孺人三星始曜,即攀思妇之花;五日为期,每作望夫之石。初自拟于离鸾,终又悲夫单鹄。是知餐尽秋荼,殊无甘境;坐从黄蘖,惟有苦怀。又或悲凉织室,尚拥佳儿;摇落婤闺,幸存娇女。绣文组绘,便可慰其牢愁;缉柳编蒲,亦足消其骚怨。岂知

① 柴绍炳《柴省轩先生文钞》卷十,《四库全书存目丛书》集部第 210 册,齐鲁书社,1997 年,第 403 页。
② 陆繁弨著,吴自高注《善卷堂四六》,《四库全书存目丛书》集部第 257 册,齐鲁书社,1997 年,第 470 页。

中郎之弱息无闻,伯道之支流已绝。悲来截发,拟陶母而无从;
肠断灵衣,较潘姨而更酷。飘飘夕月,独拥寒机;袅袅西风,偏吹
素幛。不须理瑟,自足凄心;何必闻猿,方当堕泪。可谓萃寡妇
之悲情,集贞姬之荼毒者矣。①

此段描述孙孺人丧夫失子之悲,由失望而希望而绝望。气脉流畅,情
感贯注,陈耀南评云:"参议论于叙事,设小喜以衬大悲,章法井然;志
深笔长,故不必乞灵于堆砌也。"②

最后陆氏说明自己与寿主的关系,并祝其长寿百岁,其云:"仆与
孺人犹子穉黄先生,幸辱纪群之交,窃高郝钟之谊。兹当设帨,原拟
称觞;聊假霜毫,奉扬彤管。庶几文传苦节,或同百岁之歌;写尽英
徽,足当千秋之祝。"③寿序从开头至末尾,以孙孺人丧夫失子之痛为
主轴,彰显其坚守贞节、虽苦不改的节操。全文以骈偶行之,以悲痛
之情贯之,层次清晰,章法有似散文,可窥其参义法于古文的特点。

又如《善卷堂四六》卷七《答沈敬修见招游仙书》中间部分:

> 盖仆始号垂髫之日,即当集蓼之期。且为攀柏之人,暂作种
> 瓜之客。栏外合欢,岂云躅忿;庭中萱草,差足忘忧……同享遐
> 龄,庸非至愿。正恐东方远逝,劳慈母之悲摧;许迈求仙,动贤妻
> 之怨望……习道虽高,忘情孰甚。或织锦之风,定蒙讥于天上;
> 而绝裾之恨,亦贻笑于人间也。况夫升天有日,服职殊烦。身居
> 丹阙,谁知王远之劳;罚在寒山,难免刘纲之苦。淮南初去,几谪

① 陆繁弨著,吴自高注《善卷堂四六》,《四库全书存目丛书》集部第257册,齐
　鲁书社,1997年,第470—471页。
② 陈耀南《清代骈文通义》,香港永安印务公司,1970年,第52页。
③ 陆繁弨著,吴自高注《善卷堂四六》,《四库全书存目丛书》集部第257册,齐
　鲁书社,1997年,第471页。

尘中;徐甲思还,便归泉里。倘茹苦于蓬壶,且息肩于尘壤。①

陆氏收到沈叔培劝其游仙学道的信,以此书答之。上引为中间部分,层层递进,先云自己幼年丧父,百忧集身,炼丹长寿非己所愿,次进一层说明拒绝游仙的原因,即远行修道,抛母弃妻,忘情人世,有失孝道,乖悖人伦。"况夫升天有日"一段退一步讲,即使修道成仙,仍会承受苦难,与其如此,不如在人间。行文意脉流畅,逻辑清晰,论证有力,气势雄健。以孤行之气,运排偶之体,"能使妙义回环而来"。

其次,陆文用辞清华而意味弥新。如《善卷堂四六》卷一《沈宏度诗序》云:

> 观夫华封击壤,导芳风于前;《伐檀》《考槃》,踵清音于后。沿及小山,流连丛桂;嗣闻陶令,啸咏黄花。岂非辟肥遁之艺林,启隐沦之文囿者哉!同郡沈子宏度,江左伏鸾,南山雾豹。桐江台上,不待披裘;渭水溪边,非关钓玉。而乃属意风诗,寄情比兴。辽海科头之暇,但解谈经;箕山洗耳之余,唯勤问字。朝华夕秀,飞入毫端;秋月春云,生乎腕下。可谓贞非绝俗,德不掩言者矣……使逢吴札,方命宫商;倘遇尼山,必参雅颂。岂有介推身隐之嫌,萧统闲情之论。②

用"清音""丛桂""雾豹""朝华夕秀""秋月春云"等词汇构成"清丽"特点,而又益以"桐江披裘""渭水垂钓""陶潜咏菊""淮南招隐"等

---

① 陆繁弨著,吴自高注《善卷堂四六》,《四库全书存目丛书》集部第 257 册,齐鲁书社,1997 年,第 515—517 页。

② 陆繁弨著,吴自高注《善卷堂四六》,《四库全书存目丛书》集部第 257 册,齐鲁书社,1997 年,第 386—387 页。

典故,使描写对象沈氏显得清高绝俗。

　　繁弨为沈叔铉诗集撰序能紧切其身份,塑造鲜明的形象。两宋之际的王铚《四六话》卷上云:"先子尝言:'四六须只当人可用,他处不可使,方为有工。'邵篪自陕西运使移知邓州,先子以启贺之云:'教实自西,浸被南明之国;民将爱父,伫兴前古之歌。'乃邵氏自陕移邓之启也。"①该序已达到这一目标,"观夫华封"一段以古来隐士能文喻沈氏富诗才、工咏歌。"同郡沈子宏度"一段承上述其隐居咏诗,词采秀逸。从隐士谈起终归于隐而有文,塑造了生动的隐士形象。这也是陆繁弨的一个基本认识,他一向认为隐士亦可咏歌,发为藻采,所以作为隐士的他幼习比偶,虽不应举子业,但不废时艺之制,长而肆力于骈文创作,皆可证其对隐士能文的态度。

　　又如陆氏《汪韫石诗序》云:

　　　　此则晨花夜月,长绕庭闱;鹫岭金湖,日从欢谑。往还白社之间,朝夕篮舆之下。犹且分阴可吝,爱日无涯。而乃浪迹泾河,间关陇右。隔阔之怀,如何可已。然使有避仇之举,而项伯离乡;因忧乱之思,而梁鸿去国……今则热不因人,饥来驱我。关河万里,指为负米之途;云水千盘,暂阻斑衣之乐。攀玉树以横分,望银河而不渡。坐恒三叹,肠且九回。宜其乌鸟之感,一寓篇章;孝友之思,溢于翰墨。②

此序汪韫石行旅诗,将昔日欢宴与今日觅食四方作比,情感激越,格调清雄。其他如《善卷堂四六》卷二《晋游草序》亦以清词丽句抒其

①　王铚《四六话》,《历代文话》第 1 册,复旦大学出版社,2007 年,第 12 页。
②　陆繁弨著,吴自高注《善卷堂四六》卷三,《四库全书存目丛书》集部第 257 册,齐鲁书社,1997 年,第 433 页。

客旅情怀，"以晋游之安危，视诗歌之哀乐，用事清切，足见匠心"①。

　　第三，繁弨骈文句式齐整，以四字句为主，夹以五字、六字、七字、八字句，而仍以四字句、六字句为多。这种句式安排富有节奏和音乐美，《文心雕龙·章句》云：

　　　　若辞失其朋，则羁旅而无友，事乖其次，则飘寓而不安。是以搜句忌于颠倒，裁章贵于顺序，斯固情趣之指归，文笔之同致也。若夫笔句无常，而字有条数，四字密而不促，六字格而非缓。或变之以三五，盖应机之权节也。②

刘勰认为四字句、六字句能够节奏适中，便于宣读，经过组合，使文章有音乐感。骈文至徐陵、庾信后，渐变成四六文，与四六句式的汉语语音特性不无关系。

　　陆文句式富有整齐美，能够巧妙安排句式，寓变化于整齐之中，如《善卷堂四六》卷一《柴氏古韵通序》云：

　　　　逮诗易之道显，而四声可寻；金石之奏形，而五音不杂。本自然之含吐，即是金科；有一定之疆隅，不劳玉瑁。譬之冬裘夏葛，自有攸宜；北辙南辕，断难一致。故虽黄农以降，未有韵书；夔旷之伦，亦无声谱。鸣球戛石，总绝传讹；周雅楚骚，从无干纪。乃知虞巡协律，非能别创新奇；周治同文，只是不差唇吻而已。

　　　　自文体递变而古韵微，方言杂糅而正声乱。左古右今，变雅徇俗。遂使萧何操律，欲绳虞夏之时；史游撰章，反议籀斯之体。

①　陈耀南《清代骈文通义》，香港永安印务公司，1970 年，第 52 页。
②　刘勰撰，范文澜注《文心雕龙注》，人民文学出版社，1958 年，第 571 页。

溃防之故,滥觞有由。盖缘敛唇抵腭,任其游移;握椠怀铅,甘于蒙混。公羊入坐,即唱齐音;谢傅含毫,便依鼻咏。以至江阳不辨乎异同,青侵罔严夫开闭。仄平无准,岂徒雌霓之讹;展转相因,有似绿缘之谬。凡此纠纷,莫知纪极。①

以上文字的句式组合为:五五复联式、六四复联式、四四复联式、四四复联式、四四复联式、四六复联式、八八单联式、四四单联式、四六复联式、四四单联式、四四复联式、四四复联式、七七单联式、四六复联式、四四单联式。这段共五十句的文字,四字句就有三十句,占将近七成。参以五、六、七、八言句式,使文字整齐不失错落。其他如卷四《沈冠东先生寿序》开首叙述沈希毕县政清简,民乐从之,后来颂声自起,亦几乎全用四字句,颇有《诗经》遗韵。虽然陆氏骈文并不是每篇的四字句都占七成,但多用四字句是其文的显著特点,这种组句成章的方式,与抒情、议论的明快风格有密切关系,使其文有诗的特质。

其"诗易之道显,而四声可寻;金石之奏形,而五音不杂"用五五复联式,这种句式在骈文中比较少见,莫道才《骈文通论》第四章第二节"骈文的句型模式"把骈文句式分三类"齐言单联型""齐言复联型""杂言复联型"②,在"齐言复联型"里例举各种句式,未及五五复联式结构,当予以补充。

陆文的长言句式亦不少,如七七单联式有"碧玉兴偷嫁之讥,绿珠逢堕楼之惨"(《善卷堂四六》卷七《与友人书》)等③,八八单联式有"既感庄氏虚舟之义,略申孔门言志之风"(《善卷堂四六》卷六《拟

---

① 陆繁弨著,吴自高注《善卷堂四六》,《四库全书存目丛书》集部第 257 册,齐鲁书社,1997 年,第 376—378 页。

② 莫道才《骈文通论(修订本)》,齐鲁书社,2010 年,第 69—87 页。

③ 陆繁弨著,吴自高注《善卷堂四六》,《四库全书存目丛书》集部第 257 册,齐鲁书社,1997 年,第 510 页。

周处士报徐陵书》），"居荆则输贡于王朝，在鲁则比功于学植"（《善卷堂四六》卷九《绿竹弹芭蕉文》）等①。概之，陆文以四言句为主而参以五、六、七、八言句，使文章结构呈现整齐美，具有诗之旋律。

第四，对仗工切，用典浑化。章藻功论其师骈文艺术云："陆龙苟鹤，率尔精研；石虎海鸥，偶然假借。仗以工而较切，典实旧而翻新。至于韵和班香，色匀何粉。听南熏之奏，即已解其烦纡；见西子之容，无不知其美好。"②章氏指出陆文对仗工稳，能用旧典出新意。关于对仗，《文心雕龙·丽辞》云：

> 故丽辞之体，凡有四对：言对为易，事对为难，反对为优，正对为劣。言对者，双比空辞者也；事对者，并举人验者也；反对者，理殊趣合者也；正对者，事异义同者也。③

繁弨工于偶对，善用反对句式，如《答沈敬修书》云：

> 向蒙委序，本仆素怀；虽未神来，窃已心许。殊忘布鼓之羞，敢效野芹之献。一自纷纭，十年迟滞。遂邀嘉谕，责以践言。高诵未终，汗颜无量。且誉每过情，文多曲庇。辞场壁垒，若自屈于偏师；文阵指挥，忽见推于儒将。坐闻流水，浪许钟期；一读三都，谬称元晏。自顾何人，滥膺斯目。至于操觚未就，拂纸无期。

---

① 陆繁弨著，吴自高注《善卷堂四六》，《四库全书存目丛书》集部第 257 册，齐鲁书社，1997 年，第 489、553 页。

② 章藻功撰注《思绮堂文集》，《四库未收书辑刊》第 8 辑第 24 册，北京出版社，1998 年，第 88 页。

③ 刘勰撰，范文澜注《文心雕龙注》，人民文学出版社，1958 年，第 588 页。

非有吝于糠秕,敢自同乎金玉。此中淹留,抑亦多故。①

"殊忘布鼓"二句、"辞场壁垒"四句和"非有吝于糠秕"二句皆以反对
出之。以"布鼓雷门"和"野芹献君"同举以表示愿为沈氏写序之意;
"自居偏师"与"见推儒将"同表在文坛受人推崇之意;"糠秕"与"金
玉"并列反用以自谦,三处反对都以自己之卑陋和他人之揄扬为比。
他如"非因辟谷,赢得细腰;生就轻身,飞来玉掌。留仙不住,几从汉
苑之风;入梦犹劳,愁化楚台之雨"(《善卷堂四六》卷三《送姜铁夫重
访萧姬序》)、"远惭名父,空悬赵括之书;少长清门,翻堕青箱之业"
(《善卷堂四六》卷一《家季叔丹凤堂集序》)、"当风缭绕,非因秦掾而
来;入座氤氲,岂与令君俱去"(《善卷堂四六》卷七《谢沈敬修惠香
书》)等②咸用反对。

　　用典是骈文主要特征之一,陆文言典多采自《诗经》、杜诗等,兹
列表如下:

陆繁弨文言典例举表

原句	言典出处
我思古人,良有以也。(《善卷堂四六》卷二《张齐仲诗序》,第405页)	《诗经·邶风·绿衣》:"我思古人,实获我心。"③ 曹丕《又与吴质书》:"古人思秉烛夜游,良有以也。"④

---

① 陆繁弨著,吴自高注《善卷堂四六》卷六,《四库全书存目丛书》集部第257
册,齐鲁书社,1997年,第494页。
② 陆繁弨著,吴自高注《善卷堂四六》,《四库全书存目丛书》集部第257册,齐
鲁书社,1997年,第438、394—395、520页。
③ 程俊英、蒋见元《诗经注析》,中华书局,1991年,第67页。
④ 曹丕《魏文帝集》卷一,《汉魏六朝百三家集》本,明末刻本,第51页。

续表

原句	言典出处
户照三星,半醉葡萄之酒。(《善卷堂四六》卷二《沈御泠诗余序》,第 408 页)	《诗经·唐风·绸缪》:"绸缪束楚,三星在户。"①
岂哀音之激楚,皆神听以和平。(《善卷堂四六》卷二《晋游草序》,第 410 页)	《诗经·小雅·伐木》:"神之听之,终和且平。"②
锦缆牙樯,赏心非一。(同上)	杜甫《秋兴八首》其六:"锦缆牙樯起白鸥。"③

　　繁弨将诗歌中原词原句移入骈文,使骈文具有诗意,便于表达情感,且使文章具有典雅之风。

　　其用事典亦多恰切,如《沈冠东先生寿序》云:"仆闻王乔从政,双凫飞来;葛洪在官,丹砂立致。"④以东汉时叶县令王乔双凫事和东晋葛洪求为勾漏令炼丹事隐喻沈希毕(字冠东)官广西容县令。又如《小青焚余序》云:"汝南女子,不嫁安东;邯郸才人,翻归厮养。"⑤以周浚求络秀为妇与邯郸才人嫁给厮养卒二事借喻小青所嫁非偶,皆用典精切。

---

① 程俊英、蒋见元《诗经注析》,中华书局,1991 年,第 318 页。
② 程俊英、蒋见元《诗经注析》,中华书局,1991 年,第 454 页。
③ 杜甫著,仇兆鳌详注《杜诗详注》卷十七,中华书局,1979 年,第 1493 页。
④ 陆繁弨著,吴自高注《善卷堂四六》卷四,《四库全书存目丛书》集部第 257 册,齐鲁书社,1997 年,第 449 页。
⑤ 陆繁弨著,吴自高注《善卷堂四六》卷二,《四库全书存目丛书》集部第 257 册,齐鲁书社,1997 年,第 411 页。

第十一章　章藻功生平及其对骈文语言的革新

章藻功是清初著名骈文家,对清初骈文进行了自觉的革新,形成自我风格,其作品在当时即备受关注,他善于属对,耽于骈体。《上大司成书》云:

> 然而十室不如,一经可守。少时学语,诵王杨卢骆之文;壮岁抽思,效屈宋齐梁之体。方吹竽而鼓瑟,敢望同音;即弄墨以然脂,颇能属对。而或哂为轻薄,不是心交;许以清新,依然皮相。梦花欲落,曾无推接之人;刻叶将成,偏有揶揄之鬼。于焉献璞,刖足犹疑;从此焚书,掉头且去。①

康熙二十六年(1687),章藻功第二次入京谋出路,居京三年。"大司成"指曹禾,此封干谒书信,历述自己幼习骈语、诵王杨卢骆之文,壮岁之后喜作骈文,却不为时流所赏,自己感到孤立无助,请曹禾荐引。康熙三十五年,章氏第三次入京参加顺天乡试,作《上祭酒汪东川先生书》,同样表达了对创作骈文的自信:

① 章藻功撰注《思绮堂文集》卷二,《清代诗文集汇编》第 198 册影印清康熙六十一年聚锦堂刻本,上海古籍出版社,2010 年,第 404 页。本章引用章藻功作品未注明出处者皆出自此本。

顾如许头颅,妄冀取青拾紫;未丰毛羽,还思对白抽黄。徐庾温邢,引为同调;王杨卢骆,托在知音。①

康熙二十二年(1683)秋,毛际可主持《浙江通志》纂修,章藻功也参加了编修工作,竣工临别之际,请毛际可为其《竹深处集》作序,序云:"嗟乎!余交游海内以骈体擅长者,如阳羡陈其年、西陵陆拒石,数年以来皆化为异物,方忧风雅沦丧,谁克嗣音,而俯仰之间复得吾岂绩,天之生才岂偶然欤?"②将时年二十八岁的章藻功视为继陈维崧、陆繁弨之后的后起之秀。如果说毛序更多的是鼓励后学的话,许汝霖的评价则可见出章氏文集的影响。许汝霖是章藻功的会试座主,其在《思绮堂文集》序中说:"章子岂绩以四六擅名于时久矣,《思绮堂》一集不胫而走者三十年,海内操觚家有志于妃青俪白者,莫不辗转购之,秘为鸿宝。"③许氏盛赞其集风行海内三十年,可见其影响之大。

章氏最为得意者,莫过于康熙四十二年癸未(1703)参加馆选时得到康熙皇帝的垂询,翰林院掌院学士吴涵等大臣一致推其"四六最好",《思绮堂文集》卷五《上座主掌院吴公陈情启》"荐四六于九重,绘黄组紫"原注云:

康熙四十二年四月十五日,上御保和殿馆选,引见诸进士,至藻功启奏毕,上注视久之,问掌院吴公曰:"若何如?"公对曰:"是名士,四六最好。"复问:"果然?"复奏曰:"果然。"又问满掌院揆,又问熊、张两大学士,俱奏对如吴公云云。

---

① 章藻功撰注《思绮堂文集》卷四,《清代诗文集汇编》第198册,上海古籍出版社,2010年,第516页。

② 章藻功《竹深处集》卷首,清康熙二十四年乙丑刻本。

③ 许汝霖《思绮堂文集》序,《思绮堂文集》卷首,《清代诗文集汇编》第198册,上海古籍出版社,2010年,第345页。

原注又见《思绮堂文集》卷六《五十初度自序》、卷七《寄副宪劳介岩先生书》和卷九《自题小照赋》,可见他因骈文声誉得到康熙帝之肯定,得与馆选,甚为荣耀。后来家居致力于自注文集,虽有许汝霖鼓励的因素,也与他对自己骈文必能传世的信念有关。

乾隆年间修《四库全书》,《四库全书总目》将清初四六分为三派,章藻功是"工切细巧派"宗主,《〈玉芝堂集〉提要》云:

> 为四六之文者,陈维崧一派以博丽为宗,其弊也肤廓;吴绮一派以秀润为宗,其弊也甜熟;章藻功一派以工切细巧为宗,其弊也刻镂纤小。①

其后梁章钜《退庵随笔》承《四库全书总目》的思路又有所扩延:"有初唐之四六,王子安为之首,以雄博为宗,本朝之陈维崧似之;有中唐以后之四六,李义山为之首,以流丽为胜,本朝之吴绮似之;宋四六无专家,各以新巧为工,近南昌彭文勤公所辑《宋四六选》已具崖略,本朝之章藻功似之。"②梁氏不仅认为章氏骈文以新巧为工,且具有宋代骈文的特征。台湾学者张仁青承袭《四库全书总目》和梁章钜的观点,认为章氏骈文"格律精严,雕琢曼藻,故是南宋本色"③,将其列入宋四六派。

清末学者朱庭珍《筱园诗话》卷二云:"陈其年以四六名世,与吴园次、章藻功称骈体三家。"④明确将章藻功与陈维崧、吴绮并称为骈

---

① 永瑢等《四库全书总目》卷一百八十五,中华书局,1965 年,第 1682 页。
② 梁章钜《退庵随笔》卷十九,《二思堂丛书》第 7 册,清光绪元年(1875)刻本,第 25 页。
③ 张仁青《中国骈文发展史》,浙江大学出版社,2009 年,第 473 页。
④ 朱庭珍《筱园诗话》,《清诗话续编》第 4 册,上海古籍出版社,1983 年,第 2355 页。

体三家。章氏骈文以新巧胜,有宋四六之风格,但他一生致力于骈体创作,对骈文有诸多创新,如采用反常化的语言、多样化的句型和比较叙事结构,创制白战体骈文,对清初骈文语言和体制有创造性发展,与陈维崧、吴绮、陆繁弨称"清初骈文四大家"。

第一节　章藻功生平与家世考

一、章藻功若干重要行实考辨

(一)章藻功,号绮堂。

按,《康熙四十二年癸未科进士三代履历便览》"章藻功"条:"章藻功,绮堂。"①章藻功字岂绩,绮堂乃是其号。

(二)章藻功生于顺治十三年丙申(1656)九月七日,卒于雍正五年(1727)至九年(1731)冬之间,年七十余。

按,关于章藻功生年,江庆柏《清代人物生卒年表》据《思绮堂文集》卷六《五十初度自序》定为顺治十三年②,是,但未给出具体出生月日。章氏《思绮堂文集》卷八《寄祝少宰汤西厓六十寿启》题注:"余与汤同丙申年生,汤正月七日,余九月七日。"则章氏生于顺治十三年丙申九月七日,又卷十《题掌院汤西厓遗札册》"年并丙申,计后先于生齿"原注亦可证。《康熙四十二年癸未科进士三代履历便览》"章藻功"条云:"丙午年九月初七日生,钱塘县人。"③则章氏生于康熙五年丙午(1666),此为科举所报官年,与实年相差十岁。

关于章氏卒年,《清代人物生卒年表》未能考出。查慎行《敬业

---

①《康熙四十二年癸未科进士三代履历便览》,清代北京洪家刻本,第16页。
② 江庆柏编著《清代人物生卒年表》,人民文学出版社,2005年,第730页。
③《康熙四十二年癸未科进士三代履历便览》,清代北京洪家刻本,第16页。

堂诗续集》卷五《诣狱集》题下注："起丙午十一月，尽丁未四月。"丙午指雍正四年（1726），此卷第一首题《十一月十九日雪后舟发北关》，诗后注云："时率子姓辈少长九人同赴诏狱。"知查慎行受弟查嗣庭案株连，于雍正四年十一月十九日舟发浙江临平镇，同卷隔三首即《过宝应示章绮堂同年》题注："章亦同赴诏狱。"①此处绮堂乃章藻功之号，则章藻功与查慎行一同被逮至京审问，当是同受查嗣庭文字狱案牵连。雍正五年五月七日此案审结，查慎行被放归故里，而"其应行拿解之犯，行令该抚查明，一并发遣"②，章藻功当于结案后不久被发配。又《两浙輶轩录》卷十九录许宏祚诗《忆章信园戍粤西之柳州》云："大吏可能怜逐客，孤臣犹许葬乡邱。"注："近得家书，知绮堂先生已于去冬归葬。"③则章藻功于雍正四年十一月被押解入京，雍正五年遭流放，其戍地在柳州（此时章氏已经七十二岁，其子章继泳谪戍柳州，章氏应同戍此地）。汪惟宪《许秀才小传》载：

　　　　许秀才贻丰，讳宏祚，钱塘诸生……没年五十有八，可谓穷矣……雍正壬子年乡试，余业已屏迹场屋，且抱病不能出户，秀才则致书强余赴试，余不果，闻秀才犹席帽青衫，随少年踏槐花，又复黜落，郁郁逾月，一病不起。④

据此推定许宏祚生于康熙十四年（1675），卒于雍正十年（1732）。前

---

① 查慎行撰，张玉亮、辜艳红点校《查慎行集》第 6 册《敬业堂诗续集》，浙江古籍出版社，2014 年，第 1344—1345 页。

② 张书才编选《查嗣庭文字狱案史料》（下），《历史档案》1992 年第 2 期。

③ 阮元辑《两浙輶轩录》，《续修四库全书》第 1683 册，上海古籍出版社，2002 年，第 628 页。

④ 汪惟宪《积山先生遗集》卷三，《四库未收书辑刊》第 9 辑第 26 册，北京出版社，1998 年，第 751—752 页。

揭许氏诗注"绮堂先生已于去冬归葬",则章藻功归葬在雍正九年冬或之前,其去世更于归葬前。综上,章氏卒于雍正五年至九年冬之间。

（三）康熙间为岁贡生。康熙四十一年壬午（1702）秋,章藻功参加浙江乡试,主考官傅作楫从落选试卷中拔取之,中第三十六名举人,章氏从康熙二十年至四十一年已经参加八次乡试。四十二年癸未（1703）春参加会试,主考官许汝霖拔取之,中会试第七十三名,殿试获二甲三十八名进士。四月十五日,参加馆选,受康熙帝垂问,得与馆选,官翰林院庶吉士,是年冬引疾归里侍母。

按,章氏乡试、会试中式情况参见《思绮堂文集》卷五《谢乡试座主侍御傅公启》《谢会试座主少宗伯许公启》和《上座主掌院吴公陈情启》。又《康熙四十二年会试录》之《中式举人一百六十二名》云："第七十三名章藻功,浙江钱塘县岁贡生,《诗》。"①《康熙四十二年癸未科进士三代履历便览》"章藻功"条云："《诗》三房……壬午,三十六名。会试,七十三名。殿试,二甲三十八名。钦授翰林院书庶吉士。"②

（四）康熙四十四年,康熙南巡驻跸杭州西湖,四月六日召试在浙进士出身者五十余人,各作《赋得野望湖边远碧横》七律一首,取四人,章藻功名列第四。四月九日,皇帝召见,赐御书唐人施肩吾《兰渚泊》绝句一首。

按,章藻功《康熙四十四年四月初九日皇上南巡驻跸西湖行宫恩赐御书恭记》云："云出轻蓝,分给尚书之札;湖横远碧,颁来天子之题。"原注："四月初六日,行宫召试进士出身者五十余人,赋得御制'野望湖边远碧横'之句七律一首,留取四名,一徐倬,二查嗣瑮,三陈

----

① 《康熙四十二年会试录》,清康熙四十二年（1703）刻本。
② 《康熙四十二年癸未科进士三代履历便览》,清代北京洪家刻本,第16页。

恂,四章藻功。"又云:"迈刘德升草行之法,写施肩吾兰渚之诗。"原
注:"赐诗计二十二字,'家在洞水西,身作兰渚客。天尽无纤云,独坐
空江碧。唐句。'按,诗为施肩吾之作。"①路海洋《章藻功骈文刍论》
谓:"康熙还曾对章氏骈文赐书褒奖,可见其在当时的地位、影响。"②
不确。前揭章氏《思绮堂文集》卷五《上座主掌院吴公陈情启》"荐四
六于九重,绘黄组紫"原注,只说明康熙四十二年(1703)馆选时,康
熙帝询问章藻功怎么样,吴涵、揆叙等人认为其"四六最好",并没有
赐书褒奖其骈文之事。康熙四十四年赐御书唐诗,是因章氏写七律
而得选,非因其骈文成就。

(五)康熙四十七年戊子(1708),章藻功因争论程明光不应入乡
贤,得罪时任福建浙江总督的梁鼐,梁氏上章参劾章氏,寻后悔,遂与
程家谋,罗织罪名以诬章氏和郑元庆,后经吴涵、汤右曾、龚翔麟、邵
远平等人辩白,事乃解。

按,章氏一生持身谨慎,一以儒学道统自任。其父章士斐于康熙
二十五年入祀乡贤祠③。他对于入祀乡贤者之品行极为重视,程明
光品行恶劣,不宜入祀乡贤,坚争之,因以贾祸。其《哭石门座主吴老
夫子文》云:

> 至若俎鱼豆羹,冒与烝尝;岂同屋鼠社鼷,难为熏灌(原注:
> 有匪类程明光冒滥乡贤,余力争之,因以中祸)。乃宵人滥窃,罔
> 恤公评;而污吏昏庸,偏徇私听。铅不妨于一割,犹云铁错于前;
> 金莫问其四知,竟尔玉焚于后(原注:总督梁某疏参后,仓遽谓慕

① 章藻功撰注《思绮堂文集》卷六,《清代诗文集汇编》第 198 册,上海古籍出版
　社,2010 年,第 597、598 页。
② 路海洋《章藻功骈文刍论》,《广西社会科学》2012 年第 7 期。
③ 参见章藻功撰注《思绮堂文集》卷一《为先博士祀乡贤谢学台王公状》,《清代
　诗文集汇编》第 198 册,上海古籍出版社,2010 年,第 381—384 页。

给事曰:"吾误矣。"既而染指于程,巧为罗织)。而夫子救全弥切,曲折以护覆巢;矜惜倍常,婉转而怜破甑。身支离而卧榻,代陈衔石之冤;手缩慄以裁笺,特辩含沙之影(原注:夫子卧病床蓐间,邀督、抚两台入内,细辩藻功受谤之诬,更力疾手书以告诸当路者)。①

　　总督梁某指梁鼐,梁氏康熙四十五年(1706)五月丁丑,迁福建浙江总督②,至康熙四十九年八月,丁母忧归里守制③。梁氏因章藻功不附己议,坚执程明光品行卑污,不得入乡贤,故上章劾之,旋后悔,程氏贿赂关节,与梁氏罗织罪名加诬章氏,因会试座主吴涵等辩白,得以免罪。又《思绮堂文集》卷八《题郑芷畦谷口读书图》:"比来如旧,献纻有缘;漫说不平,弹棋共局。"原注:"戊子岁,予与郑子为宵人罗织,同在无妄中。"即指章氏争乡贤获诬之事,则此事发生在康熙四十七年戊子,恰在梁鼐任总督期间,在吴涵去世(吴卒于康熙四十八年)之前。

　　此事对章藻功影响极大,久久不能释怀,在文集中屡有述及,如

----

① 章藻功撰注《思绮堂文集》卷六,《四库未收书辑刊》第8辑第24册,北京出版社,1998年,第356—357页。按,有匪类程明光,聚锦堂本作"时有匪类程某"。《四库未收书辑刊》影印中国科学院图书馆藏本,该本与聚锦堂本用同一底板,但对个别字句和注释有所修改,其中对某些涉及政治性的事件和人名进行了改动,如卷三《谢江无忌贻十寒诗尚启》(删去原《谢汪无己贻十寒诗扇启》题注:"汪名曰祺,号无己,浙江钱塘人。")和《江无忌焚余诗序》,在聚锦堂本中题《谢汪无己贻十寒诗扇启》和《汪无己焚余诗序》,汪曰祺即汪景祺原名,字无己。雍正三年(1725)受年羹尧案牵连,雍正大兴文字狱,汪于十二月被枭首示众,头悬于路边。影印中国科学院图书藏本当是雍正三年之后重印本,否则不必挖改敏感人名,其他如康熙十四子等信息也被删改。
② 赵尔巽等《清史稿》卷八《圣祖本纪三》,中华书局,1977年,第269页。
③ 王先谦《东华录》"康熙四十九年"条,《续修四库全书》第370册,上海古籍出版社,2002年,第522页。

《思绮堂文集》卷六《穷责文》、卷九《送傅座主归西川兼以儿觥志别谨序》《上大中丞朱可亭先生书》《自题小照赋》、卷十《与王孝升论送主乡贤书》《题掌院汤西厓遗札册》等。

（六）雍正四年（1726）十一月，章藻功受查嗣庭文字狱案牵连，被逮入京。次年审结，与儿子章继泳等被流放至柳州，卒于戍地。

按，据前引查慎行《敬业堂诗续集》卷五之诗和注，章藻功于雍正四年十一月和查氏一起被押解入京，此不赘述。雍正五年五月七日，查嗣庭案审结，涉案人员按血缘亲疏和情节轻重或被戮尸，或被监候斩，或被罚为奴隶，流放远地，或被流放三千里。章氏当属流放三千里者。又据前引许宏祚诗，章氏卒于贬所柳州，卒后获准葬于家乡杭州。

据以上考辨，结合《思绮堂文集》相关记载，拟章藻功小传如下：

章藻功（1656—?），字岂绩，号绮堂、息庐主人。浙江钱塘（今杭州）人。生于顺治十三年（1656）九月七日，卒于雍正五年至九年间。幼承家学，七岁能诗。康熙六年丁未（1667），十二岁始学时艺，能属文。尝从名师陆塏学习，康熙九、十年间，从著名骈文家陆繁弨学。十二年，参加由钱塘令梁允植主持的县试，考取第二名。十九年获得诸生资格。康熙二十二年秋，受浙江巡抚王国安聘请，随毛际可参加《浙江通志》的编纂，结交名流，名声渐起。康熙二十四年和二十六年两次进京谋出路，皆未果。三十年，入福建学使幕，三十二年归杭州，卜居城东之横河桥，号息庐。三十五年，第三次赴京，此行乃为参加顺天乡试，落选。三十六年三月赴山东学使陆鸣珂幕，后又客山东按察使王然幕。康熙四十一年七月归杭州，参加浙江乡试，中第三十六名举人，次年登二甲三十八名进士，得与馆选，授翰林院庶吉士。四十二年冬，因仲兄章抚功不供养母亲沈氏，章氏辞官归里奉母。四十四年，康熙于西湖行宫赐御书唐人施肩吾诗一首。四十七年，因争程明光不当入乡贤，得罪总督梁鼐，梁氏与程氏谋，罗织罪名诬告之，因吴涵、汤右曾等人辩白得解。此后客居河南、山东、福建、江苏等地。雍正四年(1726)受查嗣庭文字狱案牵连,被逮入京,次年流放至广西柳州,卒于贬所。妻陈氏,产子章继泳,于康熙十九年(1680)过继与大兄章戡功,继妻某氏,产章继洵。藻功以骈文名世,有《竹深处集》不分卷,康熙二十四年刊刻,撰注《思绮堂文集》十卷,康熙六十一年行世。

二、章藻功家世考述

章藻功《族谱序》载,章藻功先辈出自章仔钧,仔钧在五代时仕闽国为检校太傅,称太傅公,妻练夫人,追封越国夫人,所谓"高曾祖父,代传皆越国之遗",即自称是练夫人后裔。又"欲述德以未详,等黄渥仅传七世"原注:"迁杭始祖讳钺公,兄弟三人,及今七世,支流可考。兹查族谱中有讳钺者,终鲜兄弟,尚俟核正。"①章氏父亲章士斐十岁而孤,受到叔父章一槐的胁迫,又遭兵乱,章藻功慨叹家谱沦亡,世系不考。兹以可考者,自迁杭始祖章钺,列其世系,证其生平,以见诗书传家理念及家学在人才培养中的重要地位。

章一桂母徐氏　徐氏生二子,长一桂,次一槐。溺爱幼子,一桂殁后,任其荡尽章氏家产②。

章一桂(1586—1623)　字孟芳。钱塘人。明诸生。章士斐之父。继娶高氏,婚后次年一桂即去世。临殁,执其孤士斐手曰:"吾不幸早世,然累世忠厚,后必有兴者,汝善承之。"卒年三十八,时士斐才

---

① 章藻功撰注《思绮堂文集》卷八,《清代诗文集汇编》第198册,上海古籍出版社,2010年,第712、713页。
② 参见《(康熙)钱塘县志》卷二十二《章士斐传》(《中国地方志集成》之《浙江府县志辑》第4册,上海书店,1993年,第416页)和章藻功撰注《思绮堂文集》卷三《继祖母高太孺人传》。

钱塘章氏世系表

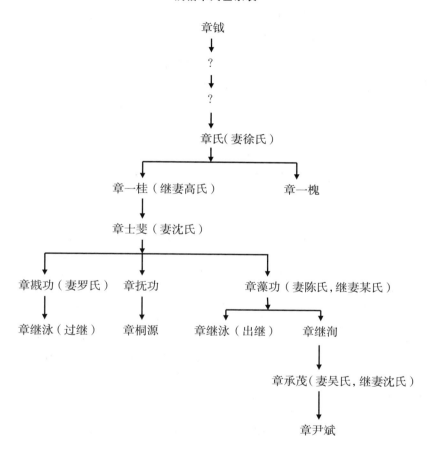

章钺

?

?

章氏（妻徐氏）

章一桂（继妻高氏）　　章一槐

章士斐（妻沈氏）

章戡功（妻罗氏）　章抚功　　章藻功（妻陈氏，继妻某氏）

章继泳（过继）　章桐源　　章继泳（出继）　章继洵

章承茂（妻吴氏，继妻沈氏）

章尹斌

十岁①。

　　章一桂继妻高氏（1602—1677）　明大学士高仪曾孙女②，章一桂继室。天启二年（1622），年二十一岁适一桂，次年一桂病逝，抚养继子士斐成立。一桂去世后，弟章一槐迫其母子迁出祖居，僦于城中一屋，母子俩与姑徐氏贫困相依。康熙十三年（1674）春患足疾，不履地者四年。康熙十六年十月九日卒，守节五十四年③。

　　章一槐　字仲芳，一桂弟。受母徐氏爱怜，一桂卒后，耽于赌博，输尽家产。不能友爱兄弟，护养犹子④。

　　章士斐（1614—1674）　字淇上，号南庵。章一桂之子，章藻功之父。生于万历四十二年（1614）甲寅正月初九日，卒于康熙十三年甲寅二月二十三日⑤。九岁丧母，十岁丧父，十三岁又遭祖母徐氏之丧，由继母高氏抚养。叔父章一槐在其父一桂去世后，赌博输尽家

①　章一桂生平见龚嘉俊修《（光绪）杭州府志》卷一百四十二《章一桂传》（《中国方志丛书·华中地方》第199号，成文出版社，1974年，第2708页），章一桂卒时，章士斐十岁，士斐生于1614年，知一桂卒于1623年，卒年三十八岁，推定生于1586年。又章藻功撰注《思绮堂文集》卷一《为先博士祀乡贤谢学台王公状》"零丁孤苦，十岁方周；哭泣悲哀，三丧并举"原注："先博士南庵公九岁失母，又一岁失父，十三岁更承重祖母之丧。"亦可证。

②　章藻功撰注《思绮堂文集》卷一《服伯大兄传》"崇祯癸未五月五日生于外高祖文端公赐第"原注："继祖母高，为明相国文端公讳仪女孙。"而卷三《继祖母高太孺人传》云："继祖母高，明大学士文端公讳仪曾孙女也。"同出章藻功本人之手，一说高氏是高仪女孙，一说是高仪曾孙。

③　章藻功撰注《思绮堂文集》卷三《继祖母高太孺人传》，《清代诗文集汇编》第198册，上海古籍出版社，2010年，第449—451页。

④　参见《思绮堂文集》卷一《为先博士祀乡贤谢学台王公状》和卷六《刻花隐亭遗集后序》。

⑤　章藻功撰注《思绮堂文集》卷六《刻花隐亭遗集后序》"生不逢辰，没才周甲"原注："先君子生于万历甲寅年正月初九日，没于康熙甲寅年二月二十三日，寿六十有一。"（《清代诗文集汇编》第198册，上海古籍出版社，2010年，第626页）。

业,士斐与母高氏不得已租居城中一小屋,贫无所食,或三旬九食。性喜读书,居祖母丧,辄就棺下灯烛读书,冬日衣不暖体,邻人怜之,馈之饼饵。性峻洁,不肯趋炎附势,表亲高仁趾请章氏一起冒湖州籍关说入学,章氏拒之。

　　崇祯五年(1632),章士斐年十九,受知于钱塘令魏士章,浙江督学许豸(字玉斧)评价甚高。崇祯末,钱塘令顾咸建对士斐非常赏识,考课诸生,拔置第一。顺治年间,浙江巡按御史王元曦、杨侍御先后征辟,皆不就。康熙十二年癸丑(1673),杭州知府嵇宗孟聘修《杭州府志》,不就。赴天台县知县赵廷锡之招,修《天台县志》。事继母孝,《章氏会谱德庆四编》卷二载《章士斐传》即题《故明庠生钱塘孝子淇上公传》①,以孝闻名。其实士斐文名颇著,崇祯十四年(1641),二十八岁时,沈西麓奇其才,以女妻之。有三子,长章戡功,次章抚功,次章藻功,皆沈氏所产。士斐交游多名士,如吴伟业、严沆皆与之交好。著述丰厚,著有《花隐亭文集》五十卷、《花隐亭诗集》三十卷,纂修《固始县志》《天台县志》,有《订补〈治平略〉》行世②。

　　章士斐妻沈氏(1620—1707)③　乃沈西麓之女,事姑高氏孝。士斐不治产业,专力读书,家贫甚,黾勉维持。康熙十三年,士斐卒,高氏哭之,眼睛失明,沈氏供养不乏,为之送终。卒年八十八。产三

---

① 章贻贤辑撰《章氏会谱德庆四编》卷二,民国八年(1919)铅印本,第1页。

② 参见《(康熙)浙江通志》卷三十七《章士斐传》(清康熙二十三年刻本)、《(康熙)钱塘县志》卷二十二《章士斐传》(《中国地方志集成》之《浙江府县志辑》第4册,上海书店,1993年,第416页)、章藻功撰注《思绮堂文集》卷一《为先博士祀乡贤谢学台王公状》和卷六《刻花隐亭遗集后序》。

③ 章藻功撰注《思绮堂文集》卷六《寿萱记》"而我母沈太夫人者,生自庚申"原注:"太夫人生于明万历庚申之岁。"万历庚申即1620年。龚嘉俊修《(光绪)杭州府志》卷一百五十四《章士斐妻沈氏传》云:"氏年八十八。"(《中国方志丛书·华中地方》第199号,成文出版社,1974年,第2934页)由生年推之,卒于康熙四十六年(1707)。

子,戢功、抚功、藻功①。

章戢功(1643—1680)　字服伯。生于崇祯十六年癸未(1643)五月五日,卒于康熙十九年庚申(1680)七月十五日,年三十八。母沈氏孕二十四月生,小字章端。四岁入学,九岁能文,受到杭州知府嵇宗孟、仁和知县丁世纯(章藻功《服伯大兄传》称丁邑侯,康熙五年至十九年惟有仁和知县丁世纯姓丁,当指此人)的称赞。但屡困童子试,康熙十九年,浙江提学道刘霶拔其为生员,榜发,戢功已去世十日矣。编辑《唐书》六十二卷,撰《戢穀亭》传奇行世。善画,师法董、巨。妻罗氏。戢功卒,无子,以三弟藻功长子章继泳为嗣②。

章戢功妻罗氏　年二十嫁与章戢功,事祖姑与姑各得欢心。戢功卒,无子,以藻功子继泳为后。苦节四十年卒,年七十六③。

章抚功　字仁艳,号半杰老人。章藻功之仲兄,康熙五十二年癸巳(1713)恩贡④。富于才华,与大兄戢功、弟藻功并称。万经曰:"仁艳与兄服伯、弟岂绩继淇上先生文章极盛之后,而伯叔皆能建轮拔戟,自为一队,以雄于艺苑,斯亦奇矣。后辞世十有五年,其子桐源刻其《清啸堂集》,诗始行于世。"⑤抚功有《清啸堂诗集》二十卷、《文集》十卷,撰《吴庆伯先生行状》一卷。编《汉世说》,收入《四库全书

---

① 龚嘉俊修《(光绪)杭州府志》卷一百五十四《章士斐妻沈氏传》,《中国方志丛书·华中地方》第199号,成文出版社,1974年,第2934页。

② 参见章藻功撰注《思绮堂文集》卷一《服伯大兄传》和《(康熙)钱塘县志》卷二十二《章戢功传》(《中国地方志集成》之《浙江府县志辑》第4册,上海书店,1993年,第420页)。

③ 龚嘉俊修《(光绪)杭州府志》卷一百五十一《章戢功妻罗氏传》,《中国方志丛书·华中地方》第199号,成文出版社,1974年,第2865页。

④ 吴颢原本,吴振棫重编《国朝杭郡诗辑》卷九"章抚功"条,清同治十三年(1874)钱塘丁氏刻本,第9页。

⑤ 阮元辑《两浙輶轩录》卷十"章抚功"条,《续修四库全书》第1683册,上海古籍出版社,2002年,第390页。

存目丛书》。

　　章氏兄弟幼时相处融洽,长兄戡功友爱兄弟。但长兄去世后,妯娌之间产生矛盾,兄弟分产,且抚功不尽力供养母亲沈氏,章藻功中进士,入选翰林院庶吉士,才五六月便辞官归里奉养母亲,实非得已。《思绮堂文集》卷五《上座主掌院吴公陈情启》云:"伏念老母,年称八十,逾又四龄;子剩二三,弱先一个。不因人热,仲兄醒亦为狂;莫知我艰,少子贫而且病。"又卷六《吴母朱太夫人八十寿序》云:"而藻功尚有贤兄,难乞休于终养。"注:"按例,独子乃许终养。"按照当时乞假归养例,惟有独子才能准许辞官奉母,但章藻功官翰林才五六月却向翰林院掌院学士吴涵申请归养,况此时章氏贫困,急需俸禄以给家用,何以亟亟辞归? 从仲兄"醒亦狂"等语推定,抚功未能尽力奉母,章藻功不得不辞职归里。这对于一直追求功名的他无疑是个打击,但在富贵和孝养二者之间,章氏选择了归家尽孝,足见其人品。

　　章藻功　生平行实见本节第一部分"章藻功若干重要行实考辨"。

　　章藻功妻陈氏　陈氏乃著名学者陈祚明次女,明末殉难陈潜夫侄女。康熙十六年(1677)左右与章氏结婚,生子章继泳。康熙十九年,章戡功殁,继泳三岁,过继与戡功。因生母太夫人卒,哀痛患病卒。与章氏相处首尾十年,卒后章藻功颇为哀伤,作《悼亡妇文》以志己痛。生平详见《思绮堂文集》卷一《悼亡妇文》。

　　章继泳(1678—?)　字性涵①,号信园。章藻功长子,康熙十九年过继给章勘功为嗣。参与《思绮堂文集》注释编订工作。雍正元年

---

①　汪惟宪《积山先生遗集》卷三《许秀才小传》云:"闻友人章君性涵被谴,秀才急谢馆事,徒步送其家人至京师。"(《四库未收书辑刊》第9辑第26册,北京出版社,1998年,第752页),许宏祚与章继泳为知己,"性涵"疑是章继泳之字,此处叙章藻功父子被押解入京的情形。

癸卯（1723），恩科乡试举人。雍正五年，因查嗣庭文字狱案牵连，随父谪戍广西柳州。雍正七年，友人许宏祚护送其妻、仆至柳州戍所①。撰《一灯楼文集》四卷、《诗集》八卷，《南北朝世说》二十卷②。

章继洵　字眉一，章藻功次子，有子章承茂。钱塘庠生③。

章桐源　名字不详。前揭《两浙輶轩录》卷十"章抚功"条引万经语云："其子桐源刻其《清啸堂集》，诗始行于世。"知其为抚功之子。

章承茂（1736—1777）　字佩九，号退园、醒斋。章藻功之孙，章继洵之子。《两浙輶轩录》卷三十二"章承茂"条引沈梅《退园遗稿跋》云：

> 退园亦号醒斋，温雅博洽，多才技，天性纯孝，早失怙恃，长怀孺慕，遭家多故，能自树立。尝游五羊，为冈州书院山长。又历青徐诸处，遇佳山水及古迹辄有题咏。其诗清旷闲雅，多感慨，积千余篇，手自删定三百余篇……退园为翰林讳藻功孙、庠生讳继洵子。初娶吴南江第三女，生一子，未三岁而吴没，继娶

---

① 据《两浙輶轩录》卷十九许宏祚《忆章信园戍粤西之柳州》（《续修四库全书》第1683册，上海古籍出版社，2002年，第628页），知继泳戍于柳州。杭世骏《道古堂文集》卷十五《送许贻丰之广西序》详述许宏祚护送章继泳妻、仆入柳州之义举，且云："贻丰方将提笔入试举场。"（《续修四库全书》第1426册，上海古籍出版社，2002年，第344页）许氏因送章氏妻、仆入柳州，不能参加本年乡试。许宏祚卒于雍正十年参加乡试后月余，继泳于雍正五年被谪戍柳州，故杭氏之序必作于雍正七年，其间惟有此年举行乡试，故许氏送章氏之妻在雍正七年。

② 参见龚嘉俊修《（光绪）杭州府志》卷八十九、九十二、一百一十二（《中国方志丛书·华中地方》第199号，成文出版社，1974年，第1741、1780、2174页）和章藻功撰注《思绮堂文集》卷一《服伯大兄传》。

③ 参见《两浙輶轩录》卷三十二"章承茂"条（《续修四库全书》第1684册，上海古籍出版社，2002年，第256页）和章藻功撰注《思绮堂文集》卷首参订姓氏。

予三兄次女,三载而退园卒,年四十二……子侄女弱龄失所天,茕茕孑立,永矢靡他,抚其孤不啻己出。子名尹斌,今年才九龄,忆退园卒于丁酉五月,距今年庚子五月已三周星矣。①

沈氏跋之"丁酉"指乾隆四十二年,即 1777 年,是年承茂卒,上推之,生于乾隆元年丙辰。

章承茂妻吴氏(？—1774)　吴氏乃吴南江第三女,生子章尹斌,产后未三年而殁。

章承茂继妻沈氏　沈氏是沈梅三兄之次女,婚后三载,承茂即卒,茕茕孑立,誓不他适,抚其遗孤尹斌,不异己出。

章尹斌(1772—？)　章承茂子,吴氏所生。吴氏卒后,由继母抚养。据沈梅《退园遗稿跋》知乾隆四十五年庚子(1780),尹斌九岁,则其生于乾隆三十七年壬辰(1772)。以上三人生平俱见《两浙輶轩录》"章承茂"条所引《退园遗稿跋》。

第二节　字洁语生:骈文语言的革新

《四库全书总目》卷一百七十三《陈检讨四六》提要云:"藻功欲以新巧胜二家,又遁为别调……藻功刻意雕镂,纯为宋格,则三袁、钟、谭之流亚。"②四库馆臣以六朝、唐代骈文为正鹄,以此衡量清初骈文,所谓"别调"者,正是章藻功不蹈陈言、独出机杼之处,实际上是对骈文的创新。《思绮堂文集》卷七《谢徐师鲁许注〈思绮堂文集〉启》引用徐树敏之评云:

---

① 阮元辑《两浙輶轩录》卷三十二,《续修四库全书》第 1684 册,上海古籍出版社,2002 年,第 256 页。
② 永瑢等《四库全书总目》,中华书局,1965 年,第 1524 页。

　　谓予《思绮堂集》者,言出一家,文超四杰。若唐之工丽,复神足而机流;似宋之轻清,更词妍而气浑。转折于思路将穷之际,吐吞于文情无意之间。典以旧而翻新,对必工而能变。句虽偶出,义属散行。可谓独运灵心,特开生面者也。

徐氏之评,虽有过誉,但指出其骈体新变的特征和"独运灵心,特开生面",确为有见。乡试座主傅作楫于康熙五十七年(1718)为《思绮堂文集》作序云:"世尝谓散行、排偶两体判不相类,甚或左排偶而右散文,似不谙个中三昧者。试观章子是集,措词雅,对仗工,而其开合顿宕,起伏照应,盘旋空际,一气折行,何尝不可作韩欧大家读耶!"①傅氏所评与徐评"句虽偶出,义属散行"如出一辙。

　　章氏曾评价其师陆繁弨骈文,谓其具备"气足孤行,文能对举"②的艺术境界,这种境界也是章藻功所追求的。他通过对骈文句法和句式的创新,构成刻意雕镂的反常化语言组合,达到陌生化效果的文本实践,使骈文成为真正自足的文学艺术。

一、组句方式和反常化语言安排

　　章藻功创作骈文,有着非常自觉的创新意识,用语、用典不袭陈言,勿与雷同。甚至个别字句非注难明,他的创作手法契合了作为纯粹艺术的审美要求,运用反常化的手法,将平常的语句序列加以调整、变形,使句式组合复杂化,增加了读者感受的难度,延长欣赏时间。俄国学者什克洛夫斯基《作为手法的艺术》对此有精彩评述:

---

① 傅作楫《思绮堂文集》序,章藻功撰注《思绮堂文集》卷首,《清代诗文集汇编》第 198 册,上海古籍出版社,2010 年,第 346 页。
② 陆繁弨著,吴自高注《善卷堂四六》卷首,《四库全书存目丛书》集部第 257 册,齐鲁书社,1997 年,第 369 页。

　　〈……〉那种被称为艺术的东西的存在，正是为了唤回人对生活的感受，使人感受到事物，使石头更成其为石头。艺术的目的是使你对事物的感觉如同你所见的视象那样，而不是如同你所认知的那样；艺术的手法是事物的"反常化"（остранение）手法，是复杂化形式的手法，它增加了感受的难度和时延，既然艺术中的领悟过程是以自身为目的的，它就理应延长；艺术是一种体验事物之创造的方式，而被创造物在艺术中已无足轻重。①

什克洛夫斯基所云"反常化"手法在章藻功骈文中表现突出，《思绮堂文集》常见三种组句方式，即析词为句（把古书上某词拆析、填充，组成新句）、合句成句（词）（将原文两句以上某些字、词组成新词或句）、错置为句（将原文字句改变顺序以成新句），从而建构独特的语言系统。下面分列三表，各举数例，以见其"语生"的特点。

析词为句例举

	原文	出处②
1	别鹤是惊心之操，求凰非入耳之音。（《思绮堂文集》卷一《毛贞女坠楼诗序》）	《琴操》："商陵牧子娶妻五年无子，父母欲为改娶，其妻中夜悲啼，牧子感之而作《别鹤操》。"
2	先生水以为如，虽摇勿浊；泉终不易，纵饮非贪。（同上《上督学杨湄崧先生启》）	《前汉·郑崇传》："臣门如市，臣心如水。"

---

① 维托克·什克洛夫斯基等著，方珊等译《俄国形式主义文论选》，生活·读书·新知三联书店，1989年，第6页。
② 《思绮堂文集》十卷是章藻功自注本，其注释典故未必是最早之出处，但仍是章氏自己创作时所据之出处，故所引出处皆采自章氏自注。合句成句和错置为句两表同。

续表

	原文	出处
3	雪<u>如可映</u>，则修月多功；<u>风故能培</u>，则冲天有势。（同上《上赵玉圃先生书》）	《南史·孙伯翳传》："父康，起部郎，家贫，常<u>映雪读书</u>。"《庄子》："风之积也不厚，则其负大翼也无力，故九万里，则风斯在下矣，而后乃今<u>培风</u>。"
4	坟皆是柳，认华屋之徒存；<u>里只为蒿</u>，乘素车而长往。（同上《叹逝文》）	《古今注》："<u>蒿里</u>，丧歌也。田横自杀，门人为之悲歌，谓人死魂魄归于<u>蒿里</u>。"
5	梦泽为之乳斗，岂其<u>儿果然痴</u>；弘农乃以避刘，未必<u>虫皆是庋</u>。（同上卷五《阱虎赋》）	《癸辛杂志》："虎不食小儿，<u>儿痴</u>，不知虎之可惧，故不得而食。"《秦策》："虎者，<u>庋虫</u>。"
6	矧<u>孩以提</u>，未弱而幼；<u>发可曾髫</u>，<u>乳还余臭</u>。（同上卷七《幼而无父曰孤赋》）	《孟子》："<u>孩提</u>之童。"《后汉·伏湛传》："<u>髫发</u>厉志，白首不衰。"注："髫发，谓童子垂发也。"《汉·高帝纪》："汉王问：'魏大将谁也？'曰：'<u>柏直</u>。'王曰：'是口尚<u>乳臭</u>。'"

合句成句（词）例举

	原文	出处
1	仲氏<u>字虫语鸟</u>，敢坠家声；藻功宋鹊<u>韩卢</u>，那堪物色。（《思绮堂文集》卷一《上赵玉圃先生书》）	《文心雕龙》："鸟鸣似语，<u>虫叶成字</u>。"《孔丛子》："申叔问曰：'犬马之名，皆因其形色，惟<u>韩卢宋鹊</u>独否，何也？'子顺答曰：'卢，黑色；鹊，白色。非色而何？'"
2	自昔<u>朱均</u>统系，失有皇图；栾却公卿，降为皂隶。（同上《为先博士祀乡贤谢学台王公状》）	《史·五帝本纪》："尧知子<u>丹朱</u>之不肖，不足授天下。"又："舜子<u>商均</u>亦不肖，舜乃豫荐禹于天。"

续表

	原文	出处
3	明知太傅教儿,<u>佩带韦弦</u>何必;闻说大夫祀祖,<u>湘盛蘋藻</u>为多。(同上《祭吴母王太夫人文》)	《汉中士女志》:"杜泰姬,南郑人,赵宣妻也。生七男七女,其教男也,曰:'中人情性,可上下也,在其检也。昔西门豹<u>佩韦</u>以自宽,宓子贱<u>带弦</u>以自急,故能改身之恒,为天下名士。'"《诗·召南》:"于以采<u>蘋</u>,南涧之滨。于以采<u>藻</u>,于彼行潦。于以<u>盛</u>之,维筐及筥。于以<u>湘</u>之,维锜及釜。"
4	<u>累三五不坠之手</u>,<u>吞八九不芥于胸</u>。(同上卷三《茹武卜西湖诗序》)	相如《子虚赋》:"<u>吞若云梦者八九于其胸中,曾不蒂芥</u>。"
5	惟深林幽谷,不改其芳;即<u>沃茗莳沙</u>,以成其性。(同上卷四《爱兰序为张沧岩尊人作》)	黄山谷《修水记》:"兰似君子,蕙似士大夫,兰蕙丛生,<u>莳以沙石则茂,沃之以汤茗则芳</u>,性所同也。"
6	<u>适谓才而堪谓力</u>,群推展骥之能;月以可而年以成,早信割鸡之用。(同上卷八《赠江都令同年李环溪序》)	韩昌黎文:"凡<u>适于用之谓才,堪其事之谓力</u>。"

错置为句例举

	原文	出处
1	盖<u>靡他而</u>之死,业已灰心;况知我以无生,何妨粉骨。(《思绮堂文集》卷一《毛贞女坠楼诗序》)	《诗·墉风》:"<u>之死矢靡他</u>。"
2	高山流水,几处知音;<u>居索群离</u>,从兹阔别。(同上《赠冯青门序》)	《礼·檀弓》:"吾离群而<u>索居</u>,亦已久矣。"
3	<u>摇风漂雨</u>,毁室安之;<u>明月稀星</u>,敝庐斯寄。(同上卷三《陆梯霞夫子淑配纪老夫人寿序》)	《诗·豳风》:"<u>风雨所漂摇</u>。"魏武帝歌:"<u>月明星稀</u>,乌鹊南飞。绕树三匝,何枝可依。"

续表

	原文	出处
4	迎以镂轮画毂，杂宝取重乎衔龙；幸夫实**肉盈肌**，流丹勿嫌于射鸟。（同上卷五《张趾肇无题诗序》）	《飞燕外传》："既幸，流丹浃藉，嬺私语飞燕曰：'射鸟者不近女邪？'飞燕曰：'吾内视三日，<u>肉肌盈实</u>矣。'"
5	<u>丹修青饰</u>，栋宇不刊；山高水长，祠堂可记。（同上卷八《请建范忠贞公祠堂启》）	傅亮《为宋公修张良庙教》："可改构栋宇，<u>修饰丹青</u>。"

　　章藻功骈文组句方式主要有以上三类，这三种句式常常并用，如《思绮堂文集》卷二《汤硕人冰雪词序》云："然天渊之戾跃，或者殊途；而岵屺之望瞻，将毋同调。"其中"天渊之戾跃"取自《诗经·大雅·旱麓》："鸢飞戾天，鱼跃于渊。"①章文将两句合为一句，且错置其顺序。若不熟悉《诗经》原句，或不知所云。"岵屺之望瞻"出自《诗经·魏风·陟岵》："陟彼岵兮，瞻望父兮……陟彼屺兮，瞻望母兮。"②又如卷一《寄侍御严覉庵书》："田真作石，载芟载柞都非；灶不流珠，是粥是饘何有。"四六双联分别用析词为句、合句成词的组句方法，"田真作石"出于《左传·哀公十一年》："子胥谏曰：'……得志于齐，犹获石田也，无所用之。'"③"是粥是饘"典出《孔子家语》："饘于是，粥于是，以糊其口。"④

　　章氏甚至在整个段落连续"以旧翻新"，如《思绮堂文集》卷二《修钱塘县孔子庙碑》云：

---

① 程俊英、蒋见元《诗经注析》，中华书局，1991年，第770页。
② 程俊英、蒋见元《诗经注析》，中华书局，1991年，第297页。
③ 杨伯峻编著《春秋左传注》，中华书局，1990年，第1664页。
④ 杨朝明、宋立林主编《孔子家语通解》，齐鲁书社，2009年，第125页。

今天子武偃文修,同风炳若;制明礼述,倬汉章然。际喜起
而明良,世轶唐虞而上;由塾庠而序学,人依邹鲁之中。尧舜汤
文武以来,孔子之见闻有自;汉唐宋元明以后,兴朝之尊礼弥加。
重四字之王言,瞻万世之师表。如纶如绋,则日丽宫墙;式玉式
金,则泽流泮辟。

其中"武偃文修""倬汉章然""际喜起而明良"在古代典籍中甚少见,
即使在骈文一体亦罕觏,章氏"刻意雕镂",使平常句式发生变形,改
变原来字词的组合次序,有意地建构出全新的用词范式,形成自成
一家的语言风格。他大量运用语典、事典,加以重新组合,甚至有些
文章全篇引用《诗经》等经典,有集字文的雏形(这在本节"用典"部
分考察)。

二、联句方式和多样化的句式模型

章藻功创新骈文语句的同时,亦用力于联句方式的构建,其骈文
句式模型多样,特别善以长句入文,这些句式模型的运用使以四六为
主的骈文结构生发出新的面貌。错落句式易于表达丰富情感,扩大
了骈文抒情、叙事的功能。兹将《思绮堂文集》中"四—六"句式组合
之外的长句模式列举如下,以见其骈文句型的多样化,并分析其
意义。

(一)单联句型

1. 七七单联式

书痴则几忘马足,传癖则细录蝇头。(卷一《服伯大兄传》)

凫雁式歌其静好,鸤鸠遗憾于均平。(卷三《陆梯霞夫子淑配纪
老夫人寿序》)

联手足而盟兄弟,出肺肝以质鬼神。(卷五《吴紫莓四十初度序》)

2. 八八单联式

冠獬豸而捧简生风,乘骢马而熬波积雪。(卷二《修钱塘县孔子庙碑》)

不避曲针腐芥之嫌,愿追持杖将车之会。(卷四《赠吴元朗序》)

采菲莩而化被草木,若鸟兽而信及豚鱼。(卷六《康熙四十四年四月初九日皇上南巡驻跸西湖行宫恩赐御书恭记》)

3. 九九单联式

筑塘廿里而关政归仁,持节四明而海氛息警。(卷三《为前督学许平远先生祀六一祠请示禁约启》)

使之震恐者猛于平时,为其奔突者穷于此日。(卷五《阱虎赋》)

荼都是苦而荼本非甘,梅可曾和而盐将焉作。(卷八《查烈妇序》)

4. 十十单联式

不教麟鹿而并获夫艾豻,岂有蒺藜而借阴于桃李。(卷五《谢会试座主少宗伯许公启》)

试绕指而知百炼者不柔,即刖足而谓三献者何罪。(卷七《寄副宪劳介岩先生书》)

读其文者仰斗山之在望,诵其诗者沾膏馥而有余。(卷九《裘蔗村太史诗文全集序》)

(二)双联句型

1. 四五双联式

自礼内则,为新妇所藏;若汉官仪,非尚书不握。(卷四《爱兰序为张沧岩尊人作》)

2. 四七双联式

羊裘安在,投竿分贵贱之交;鸡絮何来,磨镜走死生之友。(卷二《德聚堂祝文》)

因物解推,衣衣我而食食我;及时春夏,风风人而雨雨人。(卷三《为前督学许平远先生祀六一祠请示禁约启》)

孩方落地,一旬之口血未干;谁与补天,百寸之肝肠并裂。(卷七《霜筠录序》)

3. 四八双联式

饥方欲死,尚有临文触讳之嫌;贪不可为,且多了事正痴之累。(卷三《四十初度自序》)

如君奇士,不比六盲四塞之难;而我鄙人,得窥户万门千之丽。(卷五《十省客游诗序》)

直超晋始,服一台二妙以中心;若论唐初,退八体六文而北面。(卷六《康熙四十四年四月初九日皇上南巡驻跸西湖行宫恩赐御书恭记》)

4. 四九双联式

雷同可耻,俾风雅颂而得所指归;冰释何疑,即文辞志而皆以意逆。(卷二《柳州诗义序》)

作羹洗手,则两姑之上更有老姑;举案齐眉,则三岁而还绝无多岁。(卷七《霜筠录序》)

同一事也,反用拆用而用事乃新;同一词也,侧对借对而对词特妙。(卷八《与吴殷南论四六书》)

5. 四十双联式

仰邀锡类,可以为子然后可以为人;尚冀钧甄,与之言忠必先与之言孝。(卷五《上座主掌院吴公陈情启》)

死如可作,应晤对于流丹耸翠之间;魂而有灵,共响答于雾列星驰之会。(卷六《登滕王阁书王子安序后》)

6. 四·十一双联式

孟轲母诫,而大经大法较夏禹而功多;韩愈人文,而共尊共传至欧阳而名显。(卷一《为先博士祀乡贤谢学台王公状》)

7. 五六双联式

顾一千里外,获通肺腑之交;而二十年前,早播齿牙之论。(卷八

《题张雪樵抱膝图》)

道白马之论，难强索于谢安；读黄绢之辞，尚待思于魏武。(卷十《书王介眉丁酉遗墨后》)

8. 五七双联式

顾序因人重，吴蜀魏特号三都；而诗与年增，甲乙丙又成一集。(卷四《李丹壑先生野香亭续集序》)

况野分星次，斗危与氐尾悬殊；即谷变陵迁，秦汉非唐虞仍旧。(卷五《十省客游诗序》)

而纡青拖紫，年来皆不再之时；况绿暗红稀，春望是可怜之日。(卷八《严仪一近诗题辞》)

9. 五八双联式

注神仙之籍，刘其姓而名以海蟾；讹里巷之传，蟾则物而人曰刘海。(卷五《谢吴履忠贻竹刻刘海蟾启》)

彼赤子何知，辄投鸟覆寒冰之际；而穷民无告，半在虎丘画舫之余。(卷七《三芝集序》)

10. 五九双联式

自考亭而外，兴朝之锡命罕见其俦；由赵宋以来，名世之遭逢适当其运。(卷五《书吴令王似斋详请范文正公从祀孔庙文后》)

11. 五十双联式

彼淤泥不染，爱莲者其濂溪周夫子乎；若奕叶为光，爱兰者则陶庵张先生也。(卷四《爱兰序为张沧岩尊人作》)

12. 六七双联式

自此从容曳履，资翼为明听之贤；然而辅佐垂裳，需屏翰藩垣之寄。(卷二《寄汪悔斋先生书》)

愿作义山之嗣，既已忝香山于前；倘论献之之书，未免落羲之之后。(卷四《赠吴元朗序》)

即天伦之嘉庆，华卦之多不加三；信地道之恒贞，洪范之福宜备

九。（卷六《吴母朱太夫人八十寿序》）

13. 六八双联式

似此空归鱼额,勿作幽忧怨悱之言;他时入直螭头,定无夸大矜张之色。（卷四《赵丙臣下第诗序》）

从九京而笑语,彼咨嗟叹息者无端;历万种之酸辛,乃欣喜流传者曷故。（卷六《林节妇传》）

赦章惇于死后,忽迁怒于异姓之男;贷林甫于生前,更惩恶于他州之妇。（卷八《霹雳词》）

14. 六九双联式

上八位下八位,三千界奚有上下之分;彼一时此一时,五百年曾无彼此之别。（卷七《藏李龙眠画十六阿罗汉记》）

我仓之积渐盈,价不必平而斗升自给;天庾之储罔缺,计惟其足而上下有余。（卷八《请建范忠贞公祠堂启》）

从容勒冶铭钟,载赓于荡荡巍巍之际;摆脱名缰声锁,相见于融融泄泄之初。（卷十《题陈节九出塞图》）

15. 六十双联式

等第失诸方寸,则宿学者将由是而辱名;去取差以毫厘,则孤寒者或因之而易业。（卷五《谢会试座主少宗伯许公启》）

盼六飞之南幸,献寿者八千岁而计春秋;搜两韵于东阳,作颂者十五平而分上下。（卷六《陈叔毅遗集序》）

16. 六·十一双联式

上累千茎白发,望父望夫望子而始愿全虚;俯怜一寸丹心,问天问人问己而卒难取信。（卷五《谢乡试座主侍御傅公启》）

伤事姑之弗逮,承欢者供外王母饮乳而甘;幸奉舅以方长,养志者佐贤夫子舞斑而戏。（卷十《王步元沉珠集序》）

17. 七四双联式

一人食而诸人饱,可信斯言;三年蓄而九年耕,已无是事。（卷一

《寄侍御严篾庵书》)

三百篇声音所属,为起膏肓;数千年词赋相承,此堪羽翼。(卷二《柳州诗义序》)

长者云反风之事,莫信斯言;相知致失火之书,恐难为贺。(卷三《为友人焚后构居启》)

18. 七六双联式

历元会运世之数,覆载配其无疆;享位禄名寿之全,富贵生而自有。(卷四《上衍圣公请毁三教堂书》)

纪北斗泰山之赞,道为学者常尊;读南华秋水之篇,名以宗师无忝。(卷五《谢会试座主少宗伯许公启》)

画以铁而钩以银,联额咸征有道;声则金而振则玉,棹歌尽属无私。(卷十《上朱大中丞请浚西湖状》)

19. 七七双联式

尧舜汤文武以来,孔子之见闻有自;汉唐宋元明以后,兴朝之尊礼弥加。(卷二《修钱塘县孔子庙碑》)

民方乐洁冰恩露,二千里投笔何为;君亦云虐雪饕风,五六月披裘不免。(卷四《跋延津令赵慎庵和独石亭诗后》)

由院部而陈殿陛,哀鸣直彻乎九霄;自燕齐以越江淮,奋飞难还于两浙。(卷五《上座主掌院吴公陈情启》)

20. 七八双联式

即百岁笑颜无恙,逮亲存而乌哺为劳;或二子继述俱贤,岂父在而熊丸独累。(卷三《送许不弃归闽序》)

就许劭而评月旦,三千人服藻鉴之明;得傅说而应星辰,十五载晋柏台之位。(卷五《谢会试座主少宗伯许公启》)

21. 七九双联式

活亿万民之性命,此身留召父杜母之生;听十一郡之讴歌,有口传白叟黄童而遍。(卷八《请建范忠贞公祠堂启》)

22. 七十双联式

毛苌之训诂斯存，不得鲁诗齐诗韩诗之说；欧阳以亡逸者少，大约删章删句删字之间。（卷二《柳州诗义序》）

23. 八四双联式

二百四十五年之事，上继春秋；四百九十九篇之文，下讫楚汉。（卷六《采菽堂评选战国策后序》）

辅臣能以君臣之义，效于数年；陛下不使父子之情，尽于一日。（卷七《藏检讨赵公儿觥记》）

24. 八五双联式

人说曾经揽笔梅花，则是赋皆工；君云乍且停车枫林，则有诗可摘。（卷九《题宋友小照》）

25. 八六双联式

和羹而试酸咸甘苦，使之无味可遗；攻玉而分白黑赤黄，要以有瑕不掩。（卷三《谢大司成汪东川先生惠〈山堂肆考〉启》）

几经兵燹而到于今，似是百灵之护；许大乾坤而归于此，能毋什袭而藏。（卷七《端洗阁藏画诗小序》）

26. 八七双联式

李邺侯之绿白青红，插架而于焉标识；陆务观之雨风雷电，悬巢而藉以寝兴。（卷六《信园赋》）

27. 九四双联式

窾者必浮而员者必转，其理自然；天不能死而地不能埋，其文斯在。（卷四《赵丙臣下第诗序》）

矫敝于马羸车败之间，为之倡率；敷功于坤转乾旋之顷，易以来从。（卷九《上大中丞朱可亭先生书》）

28. 九六双联式

构吴蜀魏而疏于藩溷，著笔纸者十年；读序赋记而壮其文辞，得湖山于千里。（卷六《登滕王阁书王子安序后》）

萃二百九十载之英贤,直似相通肺腑;计三万六千场之日月,可知如许头颅。(卷十《沈为久守岁集唐诗题辞》)

29. 九七双联式

有若姒逾霜而娣骤雪,死后争坚洁之操;则知夫说礼而妇敦书,生前解倡随之义。(卷四《贞节合传》)

30. 十一·四双联式

于太史则张敏高惠之神交,每因岐路;于先生则李膺孔融之仰止,曾未通家。(卷三《张后村先生寿言》)

31. 三·三·四双联式

或则疏,或则浚,九派同流;亦既治,亦既安,一劳久逸。(卷六《康熙四十四年四月初九日皇上南巡驻跸西湖行宫恩赐御书恭记》)

32. 三·三·九双联式

星以出,星以入,邑同单父而何暇弹琴;日而作,日而息,世等勋尧而几曾击壤。(卷十《与同年嘉兴令卞屺山书》)

33. 四·四·七双联式

督学王公,俯鉴舆情,乡先生待虚其位;中丞赵公,克彰潜德,家大人藉发其光。(卷十《与王孝升论送主乡贤书》)

34. 六·四·四双联式

迟之迟而又久,天时地利,合配为难;子复子而生孙,支庶本宗,纷争各异。(卷十《集义社募疏》)

35. 六·五·六双联式

感壶飧于不死,而矢诸旧德,岂缘二士之私;俨庙食以如生,则功在先贤,用慰万民之望。(卷三《为前督学许平远先生祀六一祠请示禁约启》)

36. 六·五·七双联式

幸康强于一刻,而吾亲色笑,难必诸一刻之余;计寿考于百龄,而人子瞻依,不过得百龄之半。(卷八《题鲍西枚爱日图》)

以上举例可以看出,章氏骈文用句从三字句至十一字句皆有,错综变化以出奇。清初为骈文复兴期,骈文创作多以四字句、六字句交替变化,章藻功行文多用长句,甚至以三句对三句的双联句型在文中时有出现,这是作者自觉翻新句型的结果。莫道才《骈文通论》第四章《骈文的结构形式和句型模式》第二节《骈文的句型模式》胪列各种骈文模式①,但《思绮堂文集》中出现的"四·十一""五九""五十""六十""六·十一""七八""七十""八五""八七""九六""九七""十一·四""六·四·四""六·五·七"等双联句式未举出,当予以补充。使用之前骈文中不常出现的句式,无疑会增加读者阅读的难度,延长欣赏时间。与注重生新语句一样,章藻功对于句型的翻新同样使其骈文更趋新巧。

章藻功《谢乡试座主侍御傅公启》末段云:

嗟乎! 灰或死而不然,敢仇田甲;桐适焦于方爨,特感中郎。树桃李以及时,收桑榆而未晚。合三百五篇之六义,指归未睹其全;聚七十二人于一堂,名次适当其半。岂非宾兴有礼,同谢恩于高厚之中;师道攸存,独矢报于寻常之外者乎。嗟乎! 鱼因弃食,化者其余;枭可更鸣,徙而不恶。第处士之虚声无补,而书生之习气未除。倘作和梅,愿调五味;请观焚草,欲赞一辞。佐帝尧帝舜之勋华,出子夏子游之文学。则从龟觅印,就雀求环。总属虚谈,难酬实德。用将四六,羔跪乳以为资;待写万千,兔秃毫而莫馨。②

---

① 莫道才《骈文通论》(修订本),齐鲁书社,2010 年,第 69—87 页。
② 章藻功撰注《思绮堂文集》卷五,《清代诗文集汇编》第 198 册,上海古籍出版社,2010 年,第 582 页。

这段文字表示对乡试主考官傅作楫的感激。康熙四十一年（1702）秋，章藻功第八次参加乡试，终于考中，心中之喜悦可想而知。此文以"八六双联式""四八双联式"和两个"八八单联式"置于四字、六字句式之间，不仅使行文有疏脱之气，也是章氏激动、感恩心情的外在表现。

金秬香《骈文概论》云："摛词以刻露为工，隶事以切合为密，属对以精巧为能。宣和以后，多用全文长句为对，此又宋四六之自成一格者也。"①章藻功勇于练字琢句，用语新，构句奇，准之宋四六，庶几近之。但章氏在宋四六工切基础上更进一步，具有工切巧密的特征，且把生语、长句运用得普遍和纯熟，形成生新巧切的语言风格，是清初宋四六派的代表。

三、用典和"字贵乎洁"

章藻功幼承家学，十二岁始习时艺，至四十八岁登进士第，三十余年致力于科举事业，对《四书》《五经》不可谓不熟。其《思绮堂诗删自序》云："仆自挽须问父，解读唐诗；毁齿从师，熟吟杜集。三百篇之成诵，四始初通；十二岁而属文，六经兼及。"②章氏从小刻苦读书，熟精杜诗、《诗经》《论语》《孟子》，在创制骈文时便化用所诵习经典语句，其文章表现为字洁和典雅的特点。

《思绮堂文集》十卷，化用《论语》语句者有 416 次，化用《孟子》语句者有 397 次，化用《诗经》语句更多，甚至多以原句入文，仅化用《诗经·大雅》和《诗经·小雅》就达 498 次。章氏自谓熟吟杜集，集中引杜诗达 457 次。如卷四《上衍圣公请毁三教堂书》引《论语》句

---

① 金秬香《骈文概论》，上海商务印书馆，1933 年，第 109 页。
② 章藻功撰注《思绮堂文集》卷二，《清代诗文集汇编》第 198 册，上海古籍出版社，2010 年，第 440—441 页。

典至 15 次,其云:

> 文章性道,常思先代诒谋;安富尊荣,敢负大廷锡命。上之
> 仰承功德,应固守其藩篱;下之俯念身家,慎旁挠乎根本。或且
> 不无轩轾,以俟权衡。可道可名,犹为真实;无营无念,大抵空
> 虚。归儒者墨后于杨,至道者齐难于鲁。况乎语言必讳,辄敢犯
> 宣圣之名;翻译不通,直作比丘尼之号。此固彰明较著,殆有甚
> 焉;若其苟且因循,是可忍也。藻功武林僻处,久矣传疑;孔里经
> 过,渐而征信。撞钟以叩,谨陈四六之书;鸣鼓而攻,愿附三千之
> 数。呜呼!鲁曾坏壁,丝竹犹闻;秦且登床,衣裳欲倒。麾倚墙
> 而莫谊,人何敢倍吾师;鼾卧榻以难容,公必不忘而祖。①

此为上衍圣公孔毓圻之书信,请孔氏毁掉三教堂,独尊孔子,但书上
后杳无音讯。引文是其末尾部分,"文章性道""至道者齐难于鲁"
"是可忍也""鸣鼓而攻"等四处化用《论语》,且有"安富尊荣"等四
处化用《孟子》。该信比较郑重,大量引用"四书"文字,显得简洁
典雅。

《思绮堂文集》卷十《与王孝升论送主乡贤书》化用《孟子》语句
达 9 次,如:

> 说者谓至圣毋为已甚,大贤何所不容。镜故无疲,妍媸自
> 判;流虽不择,清浊攸分。果而不欲上人,是则焉能浼我。抑知
> 猴冠入座,揖让簪缨;貂珥盈门,逢迎舆皂。负豕不憎其臭,养鱼
> 辄内之温。傺己以显扬,置亲于涂炭。虽有此不乐也,曾是以为

---

① 章藻功撰注《思绮堂文集》,《清代诗文集汇编》第 198 册,上海古籍出版社,
2010 年,第 500 页。

孝乎?①

上文"至圣毋为已甚""是则焉能浼我""置亲于涂炭""虽有此不乐也"四处化用《孟子》语典,其中"大贤何所不容"和"曾是以为孝乎"则化用《论语》。章氏引用《论语》《孟子》语词之频度比较高。

章藻功对语句有自觉追求,即"字洁语生",其《与吴殷南论四六书》云:"字贵乎洁,语贵乎生。典以驯雅而取精,仗以空灵而作对。"②"字洁"是章氏骈文大量化用经典语句,特别是《六经》语句的必然结果,而"语生"则是其特有的组句方法和联句方式的语言表现。章氏《吴来敏诗序》云:

> 物莫贵于自然,事每矜其独造。兴观群怨,有各出之性情;虞夏商周,无相沿之礼乐。果真措语,不肯雷同。从此谋篇,便应月异。③

他明确表示,自己谋篇措词不袭陈言,反对雷同。其《赵丙臣丁丑诗序》亦表达同样观点:"轩如霞举,气自爽来;耻与雷同,语从空凿。"④反常化的组句方式、多样化的联句模型和化用经典语句是章氏骈文语言生新的主要原因,也是其创作的主要手段,从而构成了特立独行

---

① 章藻功撰注《思绮堂文集》,《清代诗文集汇编》第 198 册,上海古籍出版社,2010 年,第 793 页。
② 章藻功撰注《思绮堂文集》卷八,《清代诗文集汇编》第 198 册,上海古籍出版社,2010 年,第 725 页。
③ 章藻功撰注《思绮堂文集》卷三,《清代诗文集汇编》第 198 册,上海古籍出版社,2010 年,第 479 页。
④ 章藻功撰注《思绮堂文集》卷四,《清代诗文集汇编》第 198 册,上海古籍出版社,2010 年,第 533 页。

的新巧骈文风格。

第三节　白战体骈文与比较叙事结构

一、白战体骈文

　　创作手法的革新是清代骈文复兴的主要标志之一,也是骈文发展的内在要求。"在艺术技巧上讲究趋避,是诗人们不断追求有所创新的手段之一。无论在主题、题材或表现方法上都有一个趋避的问题。趋新避旧,趋生避熟,往往能使得艺术获得新的生命"①,章藻功将白战体②诗歌的艺术手法移入骈文,形成白战体骈文,这是章氏骈文的一大特色。章藻功用骈文赋写对象时,通篇以暗示、烘托的方法呈现所描写的对象,不著对象一字,而又处处有对象物存在。如《笑赋》云:

　　　　方且逢阮籍于穷途,遇杨朱于迷路。贾生太息者六,危言而汉主勿闻;卞和所献者三,痛哭而楚王不寤。宜或泣而或歌,将如怨而如慕。何至号咷以后,便接余欢;几于谑浪之中,翻成新赋。顾西子以矉增美,而硕人以倩传情。不惜千金以买,能令百媚之生。既迷下蔡,又惑阳城。悦褒姒以征兵,周

_____

① 程千帆、张宏生《"火"与"雪":从体物到禁体物——论"白战体"以及杜、韩对它的先导作用》,《中国社会科学》1987年第4期。该文之后被收入《程千帆全集》第九卷《被开拓的诗世界》,河北教育出版社,2000年。

② 白战体,又称禁体物体,得名于苏轼《聚星堂雪》:"白战不许持寸铁。"指诗歌全篇必须禁止使用体物语。关于白战体诗的源流、得失,详见程千帆、张宏生《"火"与"雪":从体物到禁体物——论"白战体"以及杜、韩对它的先导作用》,《中国社会科学》1987年第4期。

亡有兆；讶萧同之窥客，齐患斯萌……亦何为而喷饭，乃遂至
于绝缨。溪以陶潜而过，河因包拯而清。晏晏之言，宁殊哑
哑；狒狒之性，偏异猩猩。九万里而飞，虽不至于控地；五十步
而止，曾何解乎曳兵。则一月之中，开口将毋已过；而五年以
后，解颜莫信其庚也。①

此乃骈赋，赋"笑"而全篇禁用"笑"字，先以悲苦起篇，继而引出赋
"笑"之意。之后征引各种与笑有关的语典和事典，言因"笑"而产生
的种种情事，或因此而得意，或因而贾祸，甚至遭亡国之难。又谈到
忠臣、明君、将军、旅人等等与笑有关的故实，"笑"之故实中寓有鉴
戒、宽恕、荒唐等，以人生在世，笑口难开作结。赋物之中融入劝诫，
得风人之旨。《笑赋》通篇不云"笑"，用暗示、烘托、渲染的艺术手法
将世间种种之笑展现于前，准之白战体诗，称之为白战体骈文，这是
章氏有意为之，他的另一篇咏物作《桐赋赠刘南村》亦为此体，其云：

岂伊不若公之三槐，岂伊不若卿之九棘。翘瞻柏署，尊荣信
御史之官；入直花砖，清要是翰林之职。而如桑如穗，民自然歌；
以李以桃，县何妨植。讵云漏月以征奇，何似排云而孤特也。贡
初闻于大禹，韵未响乎神农……至若宫说愁梧，斋闻变柏。润元
雨于柯间，托晓露于叶隙。歌声未歇，忆吴平之随军；价值须酬，
问义方之买宅。置瓮如云，生山与石。谚是重而是轻，色且青而
且白。此则非关吏治，萧子良之赋未遑；何预人情，简文帝之诗

① 章藻功撰注《思绮堂文集》卷二，《清代诗文集汇编》第 198 册，上海古籍出版
　社，2010 年，第 420—421 页。

无益也。①

因所赠之人刘玉树,本为桐城人,初仕桐乡县丞,又代理桐庐知县,所以作《桐赋》以相赠。全文禁用"桐"字,以槐、棘、柏等引出桐,接着以桐可作鸣琴,预兆祥瑞,可作木人,洗却冤狱,为良牧所用,以理县政。植之可富民,木材能制琴。次云桐木孤直,为危苦所托,作思友之具。末云,雨滴桐叶,可有怨苦,可逗离情,这些皆萧子良、简文帝所未咏及。文章使用古代关于"桐"之故实,层次分明地颂扬了刘玉树治理有方、能移风俗,期待其能像桐之品质一样为政卓异。因为白战体骈文颇有游戏之味,在围绕烘托、渲染"桐"的同时,章氏不忘咏物背后的赠言之义,勉励刘玉树清正廉洁、造福于民。

章氏文集中的白战体骈文仍不少,如《思绮堂文集》卷四《谢孙松坪惠笔启》禁用"笔"字,全文处处暗示"笔",又从不直接描写其形态色泽,其形象却隐隐显现于目前。其云:

> 江文通取诸郭璞,纪少瑜得自陆倕。昔征梦而见为奇,今登受而难于报。九分二握,纯以兔毫;三束五重,贵于麟角。洵合悬蒸之度,特留正直之名。遇逸少而必珍,是蔡邕之所宝……用史官之记,即管即心;避文士之端,非锋非舌。请看今夕,定应为我生花;留待他年,或得陪君视草。②

其他如《思绮堂文集》卷八《画龙小引示儿子继泳继洵》从开首至结

---

① 章藻功撰注《思绮堂文集》卷三,《清代诗文集汇编》第 198 册,上海古籍出版社,2010 年,第 452—453 页。
② 章藻功撰注《思绮堂文集》卷四,《清代诗文集汇编》第 198 册,上海古籍出版社,2010 年,第 536—537 页。

末皆以衬托方式描写"龙"的形状、变化和寓意。卷四《孤山放鹤赋》《谢张沧岩惠炭启》、卷五《阱虎赋》等等,虽未能如以上所举例之纯粹,也可归入此类。

二、比较叙事结构

古文中用正反对比的方法以叙事较为常见,而于骈体使用比较方法叙事,虽有难度,却有其优势在。骈文一体是典型的"戴着镣铐跳舞"的艺术,有严格的体式要求,如对仗、押韵、平仄等,若单纯歌颂或贬抑,不易详尽描述事情始末以及所叙对象之价值。比较叙事虽增加了骈文的长度,但能深入叙事,增强骈文的表现功能。从正反两方面反复曲陈以叙事达意是章藻功骈文的另一特色。如章氏《寄副宪劳介岩先生书》云:

> 于焉塞嘿,将毋仰愧台乌;偶尔嘶鸣,或且贻讥仗马。戆直无闻于汲黯,痛哭奚望乎贾生。每上不必言之言,遂成毋庸议之议。犹且矜夸官守,建白为多;岂真剀切条陈,贴黄难尽。
>
> 先生历次卿之通任,跻副相之崇班。克任所难,独规其大。江浙之灾荒太甚,岁既鲜收;海洋之搬运尤多,日惟不足⋯⋯实弭患于未形,图维及早;亟陈疏而何待,迫切弥真。得先生簪笔之忠,致天子转圜之听。①

"于焉塞嘿"一段详述御史庸流们一味迎合时流,或作无关痛痒的奏疏,或建平淡无奇之策议,不关政本,何恤民瘼。"先生历次卿之通任"一段则历叙劳之辨敢言,担任御史之职后,上疏陈情,屡有建白,

---

① 章藻功撰注《思绮堂文集》卷七,《清代诗文集汇编》第 198 册,上海古籍出版社,2010 年,第 687—688 页。

为公不顾小己，显示劳氏为御史有直声，与那些御史庸流们相较，不啻天壤。正反比较更能见出劳氏之政绩卓异、品行高尚。

又如陈说《新安女史征》撰作之必要，亦通过比较新安贞节女与《世说新语》等书所载女史之事迹，说明是书有关风俗、妇道，裨益教化，汪洪度编撰之，功莫大焉。其《新安女史征序》云：

> 盖夫黄山白岳，聚星宿之精灵；青女素娥，得坤舆之正气。或扼虎以成其孝，或瘗鹤而信其贞。或托六尺于颠危，所难能者义女……他若誓丹心于同穴，偻指难胜；甘白首而离居，秃毫莫罄……言辞舛谬，礼教乖张。而刘义庆载在贤媛，范蔚宗登诸列女。岂是伦常之则，将毋教化之羞。抑有二族三才，扬芬史册；五陵四姓，竞说豪华。侈纸上之陈言，减闺中之生气。作之者，声音笑貌，难可形容；读之者，风雨晦明，何曾叹息。冀表章而奚自，致湮没之实多。为将匪石之心，用寄如椽之手。则《新安女史》一编，斯真不朽者也。[1]

用对比叙事手法，凸显汪氏编《新安女史征》一书的价值。

康熙五十六年（1717），朱轼出任浙江巡抚[2]，修筑海塘，整顿吏治，提倡节俭，杭俗为之一变。章藻功有感于此，上书以述其政，《上大中丞朱可亭先生书》云：

> 溯东西浙习俗之衰，自南北宋存亡之际。君臣晏逸，只事盘游；权贵豪华，惟争富丽。听之者不雨而雷，从之者如云又水。

---

① 章藻功撰注《思绮堂文集》卷九，《清代诗文集汇编》第 198 册，上海古籍出版社，2010 年，第 750—751 页。

② 赵尔巽等《清史稿》卷八《圣祖本纪三》，中华书局，1977 年，第 291 页。

千庑则连甍比屋,百廛则溢郭阗城。炊金将馔玉纷陈,赵女与齐
僮竞集。山水都非真色,楼台成妖冶之形;风月不必良辰,杯斝
极流连之乐……日高黄伞,云拥朱轮,认牛尾以为麟,笑虎皮之
是马。任教僭侈,将毋名器之羞;倘预班行,抑亦搢绅之玷。嗟
乎! 中则正而满则覆,信也非诬;亡为有而虚为盈,难乎其继。

从南宋至今,朝代更替,杭州奢靡华侈之俗未曾改变,这是从杭俗奢
侈方面铺陈。接下来从正面写朱轼莅临后,正风俗之功。其云:

伏遇可亭朱老先生,学本紫阳,气钟碧落。不吐不茹之概,
得圣之清而备圣之和;可久可大之征,惟仁者静而兼仁者寿……
当更张而更化,敢仍前弊云云;信有德者有言,须识新颁种种。
聊复变齐以鲁,行将示俭于奢。矫散于马羸车败之间,为之倡
率;敷功于坤转乾旋之顷,易以来从。月可年成,被二南于周召;
风移俗易,进三代以唐虞。①

以简洁的笔墨称颂朱轼功绩。若没有"溯东西浙习俗之衰"一段的反
面叙写,仅从风俗节俭、朴淳等方面着笔,则有谀颂之嫌。《思绮堂文
集》卷七《谢昆皋时艺序》、卷九《谈震方柴米油盐酱醋图》和《朱大中
丞淑配毛夫人祭文》等皆用对比叙事的结构,这种章法结构有利于叙
事明确,让典雅之骈文在正反表意中达到与古文同样的效果。

---

① 章藻功撰注《思绮堂文集》卷九,《清代诗文集汇编》第 198 册,上海古籍出版
社,2010 年,第 772—773 页。

结论 明清之际骈文的
骈文史地位及意义

　　骈文是中国特有的文学形式,讲究对偶、用典和辞藻,与散文比,显示出典雅雍容的气质。自魏晋开始,文学作品逐渐趋向华丽,初步形成了骈文体制,南北朝时期,特别是齐梁陈和隋唐时期,几乎所有文类都讲究对偶和格律,是骈偶化最为昌盛的时代。沿及宋代,骈文和散文各分畛域,犹如宋词和宋诗大体有所侧重一样,骈文更多地应用于仕宦交际和日常酬应,大多数是应用文,散文则侧重记事、抒情。元朝因之,至明初诏禁四六对偶,骈文遂衰微不振。明末通俗骈文兴起并成为当时交际普遍采用的文学形式。清初出现了众多骈文名家,如陈维崧、吴绮、毛奇龄、吴农祥、陆繁弨、章藻功等,他们不仅写作通俗骈文,且写作典雅骈文,预示着骈文发展的新方向。清代中叶骈文的质量和数量都非常可观,出现了堪与六朝、三唐骈文相媲美的名作,至晚清,更是流派纷呈,虽趣尚各殊,然佳作迭出,且有大量骈文选本推动了骈文批评和骈文文统的建构,波及民国,仍时有骈文集和重要骈文理论著作问世,如李详、孙德谦等。由此观之,明清之际骈文是中国骈文史上重要的转折期,上起元明骈文之衰,下开清代骈文之盛,有其独特的地位、价值和意义。

　　首先,明末清初骈文生产有其特定的时代背景。明代万历中期以降,社会上出现追逐奢华的思潮,渗透到文坛则表现为崇尚华丽文风。文坛的"六朝转向"促使文人投入精力阅读和写作骈文,流行于南宋的通俗应酬骈文受到前所未有的重视,各种通俗骈文选注本相继问世,推动通俗骈文的繁荣。与此同时,《文选》的选注本、删节本、白文本等被编纂刊行,与当时复兴古学思潮相融合,为骈文由俗趋雅开创了条件。明末清初,朝代鼎革,战乱频仍,经世致用思想和博古通今观念得到普遍认同,博通的思想使文人能够拥有广博的知识储备,为骈文写作奠定了基础,而经世致用思想则让骈文家关注现实,关心社会民生,使骈文具有时代感和情感深度。这两种因素也促使清初产生了众多的骈文专家,为清代骈文的进一步兴盛提供了典范。

明清之际骈文家主要以江浙为中心,特别集中在杭州府、松江府、苏州府、常州府等地,这是对六朝江南骈文文统的接续。清初骈文家地理分布深刻影响着有清一代地域骈文作家群的生成,终清一代形成了以江浙为中心,以常州、苏州、松江、杭州、扬州、绍兴等府为基地的骈文格局,而《国朝松江骈体文见》《国朝常州骈体文录》《苏州骈体文征》等的编纂,体现了骈文创作的地域性和地域骈文派的骈文成就。

其次,从空间角度考察明清之际骈文活动很有意义。园林雅集、幕府集会、其他文会等文事活动有力地推动了明清之际骈文创作的繁荣,而骈文的大量创制反过来又使得文人生活艺术化,骈文批评日益走向成熟。园林、幕府等是骈文生成场所,有时也作为骈文创作的对象。明末清初是清代骈文复兴的初盛期,园林雅集、幕府集会等文事活动与骈文创作形成共生互动的良好态势,使清初骈文承晚明渐兴之势而振起。骈文作品涉及社会生活的各种领域,在质和量上都有显著提高,为清代中叶骈文全盛奠定了坚实基础。

第三,明清之际骈文选本和骈文别集包含丰富的骈文思想和骈文辨体理论。从审美上说,这一时期的骈文选本的总体倾向是以"适用"为美。从骈文文类上看,明末清初表、启、书等曾经在南宋非常流行的骈文文类重新开始盛行,以仕宦和日用为主的通俗骈文得到推重。明清之际对骈文文类进行重新选择，宋代流行的骈文文类如青词、乐语等，在明清之际处于边缘状态。而寿序、哀辞成为新增骈文文类，并发展为骈文大宗。帐词流行于明代中叶而在明清之际衰微。有些骈文文类的涵盖范围随着时代变迁有所变化，如杂著。

从市场导向的角度看，明清之际诸多骈文选本、骈偶句选本以及骈文写作指南问世，形成市场化的骈文选本编排方式和评点方法。而明清之际应试的骈文文类较多，产生了大量用于应试的骈文选本和八股文选本，并多有评点，这些选本显然是书商为牟利而生产的。市场导向下的骈文图书编纂有其鲜明特点，如出版系列图书、选录名人作品、请名流作序、封面推广等，并形成了专门的出版机构和编辑队伍。

第四，明清之际骈文经典化为考察中国骈文经典化提供了诸多启示。骈文选本是骈文经典和骈文经典作家产生的主要载体；骈文经典和经典骈文家的确立和消除的深层次原因是骈文思想发生变化；骈文话、模拟、评点是骈文经典化的有效路径；清人注清骈是清代骈文的突出特征，表明清代骈文家具有对本朝和自己骈文的自信，将之视作经典进行注释，供读者阅读。这是清代骈文应用广泛且具有创作实绩的表现。

第五，明清之际产生了著名骈文家，形成了自己的风格，在中国骈文史上具有一席之地。如陈子龙骈文之参错疏畅、陈维崧骈文之"迦陵范式"和博综富健、毛奇龄骈文之疏俊排宕、吴绮骈文之秀逸、吴农祥骈文之博综曲畅、陆繁弨骈文之工整巧密、章藻功骈文之陌生化语言革新等，都能树立坛坫、自成一家，对清代中后期骈文发展产生影响。

参考文献

参考文献包括本书引用的图书、论文等文献,惟正文中个别表格载录的书籍,多为统计所需,非正式征引,暂不阑入。

一、著述类(以书名首字母为序)

A

《爱古堂俪体文》,徐瑶撰,清光绪间刻本。

《哀江南赋注》,徐树谷、徐炯辑注,《丛书集成续编》第 183 册,新文丰出版公司 1989 年版。

《(康熙)安庆府志》,张楷纂订,《中国地方志集成》之《安徽府县志辑》第 10 册,江苏古籍出版社 1998 年版。

《安序堂文钞》,毛际可撰,《四库全书存目丛书》集部第 229 册,齐鲁书社 1997 年版。

《安雅堂稿》,陈子龙著,明崇祯间刻本。

《安雅堂书启》,宋琬撰,《四库全书存目丛书补编》第 2 册,齐鲁书社 2001 年版。

B

《八股文鉴赏》,龚笃清撰,岳麓书社 2006 年版。

《八千卷楼书目》,丁丙、丁立中纂编,周膺、吴晶、周密点校,《杭州丁氏家族史料》第五卷,当代中国出版社 2016 年版。

《白茅堂集》,顾景星撰,《清代诗文集汇编》第 76 册,上海古籍出版社 2010 年版。

《班兰台集》,班固撰,影印明末刻《汉魏六朝百三家集》本,《四库提要著录丛书》集部第 174 册,北京出版社 2010 年版。

《抱犊山房集》,嵇永仁撰,《清代诗文集汇编》第 145 册,上海古籍出版社 2010 年版。

《北隅掌录》,黄士珣撰,《丛书集成续编》第 52 册,上海书店出版社 1994 年版。

《碑传集补》,闵尔昌纂,《清代传记丛刊》第 120—123 册,明文书局 1985 年版。

C

《采衣堂集》,毛万龄撰,康熙间刻本。

《蔡元培全集》第七卷,蔡元培著,高平叔编,中华书局 1989 年版。

《苍梧词》,董元恺撰,《续修四库全书》第 1725 册,上海古籍出版社 2002 年版。

《草堂嗣响》,顾彩辑,清康熙四十八年(1709)辟疆园刻本。

《操斋集》,蔡衍锟撰,影印清康熙间刻本,《清代诗文集汇编》第 208 册,上海古籍出版社 2010 年版。

《柴省轩先生文钞》,柴绍炳撰,《四库全书存目丛书》集部第 210 册,齐鲁书社 1997 年版。

《(康熙)常州府志》,于昆修,陈玉瑲纂,《中国地方志集成》之《江苏府县志辑》第 36 册,江苏古籍出版社 1991 年版。

《车书楼纂注四六逢源》,曾汝鲁辑注,《四库禁毁书丛刊补编》第 43 册,北京出版社 2005 年版。

《陈迦陵文集》,陈维崧撰,《四部丛刊初编》本,上海商务印书馆 1922 年版。

《陈检讨集》,陈维崧撰,程师恭注,《四库提要著录丛书》集部第 358 册,北京出版社 2010 年版。

《陈维崧集》，陈维崧著，陈振鹏标点，李学颖校补，上海古籍出版社
　　2010 年版。

《陈维崧年谱》，周绚隆著，人民出版社 2012 年版。

《陈忠裕公全集》，陈子龙撰，清嘉庆八年（1803）簳山草堂刻本。

《陈子龙全集》，陈子龙著，王英志编纂校点，人民文学出版社 2011
　　年版。

《陈子龙诗集》，陈子龙著，施蛰存、马祖熙标校，上海古籍出版社
　　1983 年版。

《程千帆全集》，程千帆著，河北教育出版社 2000 年版。

《（道光）城武县志》，袁章华主修，《中国地方志集成》之《山东府县志
　　辑》第 82 册，凤凰出版社 2004 年版。

《耻躬堂文钞》，彭士望撰，《清代诗文集汇编》第 32 册，上海古籍出
　　版社 2010 年版。

《（光绪）重修华亭县志》，龚寿图等修，《中国地方志集成》之《上海府
　　县志辑》第 4 册，上海书店出版社 2010 年版。

《崇祯四年辛未科进士三代履历》，明崇祯间致泽斋刻本。

《樗庄文稿》，沈维材撰，《四库未收书辑刊》第 10 辑第 21 册，北京出
　　版社 1998 年版。

《春冰室野乘》，李岳瑞著，上海广智书局 1911 年版。

《春晖楼四六》，汪芳藻撰，清联萼堂刻本。

《春秋左传注》，杨伯峻编著，中华书局 1990 年版。

《春融堂集》，王昶撰，《清代诗文集汇编》第 358 册，上海古籍出版社
　　2010 年版。

《春申潮》，张乃清著，上海人民出版社 2009 年版。

《词致录》，李天麟辑，《四库全书存目丛书》集部第 327 册，齐鲁书社
　　1997 年版。

《存笥小草》，冒日乾撰，《四库禁毁书丛刊》集部第 60 册，北京出版

社 1997 年版。

D

《戴名世集》,戴名世撰,王树民编校,中华书局 1986 年版。

《憺园文集》,徐乾学撰,《续修四库全书》第 1412 册,上海古籍出版社 2002 年版。

《道古堂文集》,杭世骏撰,《续修四库全书》第 1426—1427 册,上海古籍出版社 2002 年版。

《德星堂文集》,许汝霖撰,《四库全书存目丛书》集部第 253 册,齐鲁书社 1997 年版。

《东城杂记》,厉鹗撰,《丛书集成新编》第 95 册,新文丰出版公司 1985 年版。

《东华录》,王先谦撰,《续修四库全书》第 369—375 册,上海古籍出版社 2002 年版。

《东江集抄》,沈谦撰,清康熙十五年(1676)沈圣昭刻本。

《东林列传》,陈鼎撰,影印文渊阁《四库全书》第 458 册,台湾商务印书馆 1986 年版。

《读史亭文集》,彭而述撰,《四库全书存目丛书》第 201 册,齐鲁书社 1997 年版。

《遁庵全集》,蔡复一撰,《四库禁毁书丛刊补编》第 60 册,北京出版社 2005 年版。

《钝吟杂录》,冯班著,何焯评,李鹏点校,中华书局 2013 年版。

E

《俄国形式主义文论选》,维托克·什克洛夫斯基等著,方珊等译,生活·读书·新知三联书店 1989 年版。

《二谷山人集》,侯一元撰,《明别集丛刊》第 2 辑第 91 册,黄山书社 2016 年版。

《二丸居集选》,黎景义撰,《四库禁毁书丛刊》集部第 16 册,北京出版社 1997 年版。

F

《樊榭山房集》,厉鹗著,董兆熊注,陈九思标校,上海古籍出版社
　1992 年版。

《访书见闻录》,路工著,上海古籍出版社 1985 年版。

《风华阁俪体》,谢芳连撰,清光绪二十四年(1898)任光奇刻本。

《(光绪)丰润县志》,牛昶煦等纂修,《中国方志丛书·华北地方》第
　150 号,成文出版社 1968 年版。

《扶荔词》,丁澎撰,《续修四库全书》第 1724 册,上海古籍出版社
　2002 年版。

《扶荔堂文集选》,丁澎撰,《清代诗文集汇编》第 78 册,上海古籍出
　版社 2010 年版。

《浮山文集前编》,方以智撰,《续修四库全书》第 1398 册,上海古籍
　出版社 2002 年版。

《复堂日记》,谭献著,范旭仑、牟晓朋整理,河北教育出版社 2001
　年版。

《复社纪略》,眉史氏撰,载《东林始末》,《中国历史研究资料丛书》
　本,上海书店 1982 年版。

《复社纪略》,陆世仪撰,《续修四库全书》第 438 册,上海古籍出版社
　2002 年版。

《傅岩文集》,傅岩撰,陈春秀、颜春峰点校,中华书局 2019 年版。

G

《高燮集》,高燮著,高铦、高锌、谷文娟编,中国人民大学出版社 1999
　年版。

《谷城山馆文集》,于慎行撰,《四库全书存目丛书》集部第 147—148
　册,齐鲁书社 1997 年版。

《古代骈文精华》,许逸民选注,人民文学出版社 1992 年版。

《古今翰苑琼琚》，杨慎辑，孙镰增辑，《四库全书存目丛书补编》第 4
册，齐鲁书社 2001 年版。

《古今四六古集》七卷、《古今四六今集》六卷，张应泰辑，明万历四十
六年（1618）刻本。

《古今四六濡削选章》，李国祥辑，《四库全书存目丛书补编》第 29—
30 册，齐鲁书社 2001 年版。

《古学汇纂》，周时雍辑，《四库禁毁书丛刊补编》第 40—41 册，北京
出版社 2005 年版。

《顾亭林诗文集》，顾炎武著，华忱之点校，中华书局 1983 年版。

《广阳杂记》，刘献廷撰，汪北平、夏志和点校，中华书局 1957 年版。

《广虞初新志》，黄承增辑，柯愈春编纂《说海》本，人民日报出版社
1997 年版。

《桂坡词》，毛奇龄撰，孔传铎辑《名家词钞》本，清抄本。

《桂山堂文选》十卷、《桂山堂诗选》二卷，王嗣槐撰，《清代诗文集汇
编》第 73 册，上海古籍出版社 2010 年版。

《国朝常州骈体文录》，屠寄辑，《续修四库全书》第 1693 册，上海古
籍出版社 2002 年版。

《国朝杭郡诗辑》，吴颢原本，吴振棫重编，清同治十三年（1874）钱塘
丁氏刻本。

《国朝骈体正声》，黄金台编，浙江图书馆藏，清代稿本。

《国朝骈体正宗》，曾燠辑，《续修四库全书》第 1668 册，上海古籍出
版社 2002 年版。

《国朝骈体正宗评本》，曾燠选，姚燮评，张寿荣参，清光绪十年
（1884）花雨楼刻本。

《国榷》，谈迁著，张宗祥校点，中华书局 1988 年版。

H

《海陵文征》，夏荃辑，清道光二十三年癸卯（1843）刻本。

《(民国)海宁州志稿》,朱锡恩总纂,《中国地方志集成》之《浙江府县志辑》第 22 册,上海书店 1993 年版。

《(光绪)海盐县志》,王彬重修,《中国地方志集成》之《浙江府县志辑》第 21 册,上海书店 1993 年版。

《涵芬楼文谈》,吴曾祺撰,《历代文话》第 7 册,复旦大学出版社 2007 年版。

《汉书》,班固撰,中华书局 1962 年版。

《汉魏六朝百三家集题辞注》,张溥著,殷孟伦注,人民文学出版社 1960 年版。

《杭世骏集》,杭世骏著,蔡锦芳、唐宸点校,浙江古籍出版社 2015 年版。

《杭州八旗驻防营志略》,张大昌辑,《续修四库全书》第 859 册,上海古籍出版社 2002 年版。

《(康熙)杭州府志》,马如龙编纂,清康熙二十五年(1686)刻本。

《(乾隆)杭州府志》,邵晋涵总修,清乾隆四十九年(1784)刻本。

《(光绪)杭州府志》,龚嘉俊等主修,《中国方志丛书·华中地方》第 199 号,成文出版社 1974 年版。

《(民国)杭州府志》,李榕等总纂,《中国地方志集成》之《浙江府县志辑》第 1—3 册,上海书店 1993 年版。

《鹤征前录》,李集辑,李富孙、李遇孙续辑,《丛书集成续编》第 28 册,上海书店出版社 1994 年版。

《鸿苞》,屠隆撰,《四库全书存目丛书》子部第 88—90 册,齐鲁书社 1995 年版。

《弘简录》,邵经邦撰,《续修四库全书》第 304—308 册,上海古籍出版社 2002 年版。

《鸿雪斋俪体》六卷,汪卓撰,清康熙五十七年(1718)黄惟恭刻本。

《湖海楼全集》,陈维崧撰,《清代诗文集汇编》第 96 册,上海古籍出版社 2010 年版。

《(乾隆)华亭县志》,冯鼎高等修,王显曾等纂,《中国方志丛书·华中地方》第 462 号,成文出版社 1983 年版。

《怀麓堂集》,李东阳撰,《明别集丛刊》第 1 辑第 64—65 册,黄山书社 2013 年版。

《皇朝骈文类苑》,姚燮选,清光绪七年(1881)张寿荣刻本。

《皇朝文鉴》,吕祖谦编,《四部丛刊初编》本。

《皇明表程文选》,陈仁锡辑,《四库禁毁书丛刊补编》第 51 册,北京出版社 2005 年版。

《皇明馆课》,陈经邦辑,《四库禁毁书丛刊补编》第 48—49 册,北京出版社 2005 年版。

《皇明馆课经世宏辞续集》,王锡爵等辑,《四库禁毁书丛刊》集部第 92—93 册,北京出版社 1997 年版。

《皇明经世文编》,陈子龙等辑,《续修四库全书》第 1655—1662 册,上海古籍出版社 2002 年版。

《皇明通纪集要》,陈建辑,《四库禁毁书丛刊》史部第 34 册,北京出版社 1997 年版。

《黄陶庵先生全集》,黄淳耀撰,《明别集丛刊》第 5 辑第 80 册,黄山书社 2016 年版。

《黄漳浦文集》,黄道周著,悉尼国际华文出版社 2006 年版。

《黄宗羲全集》第 10 册,沈善洪主编,浙江古籍出版社 1993 年版。

《喙鸣文集》,沈一贯撰,《四库禁毁书丛刊》集部第 176 册,北京出版社 1997 年版。

《会侯先生文钞一集》,毛际可撰,《四库全书存目丛书》集部第 229 册,齐鲁书社 1997 年版。

J

《积山先生遗集》,汪惟宪撰,《四库未收书辑刊》第 9 辑第 26 册,北京出版社 1998 年版。

《几社壬申合稿》,杜骐征等辑,《四库禁毁书丛刊》集部第 34—35 册,北京出版社 1997 年版。

《己未词科录》,秦瀛辑,《清代传记丛刊》第 14 册,明文书局 1985 年版。

《己未词科录》,秦瀛辑,《续修四库全书》第 537 册,上海古籍出版社 2002 年版。

《集虚斋学古文》,方楘如撰,《四库全书存目丛书》集部第 263 册,齐鲁书社 1997 年版。

《集虚斋学古文》,方楘如撰,《清代诗文集汇编》第 228 册,上海古籍出版社 2010 年版。

《嘉禾征献录》,盛枫辑,《四库全书存目丛书》史部第 125 册,齐鲁书社 1997 年版。

《嘉兴历代才女诗文征略》,赵青撰,浙江大学出版社 2014 年版。

《(崇祯)嘉兴县志》,《日本藏中国罕见地方志丛刊》本,书目文献出版社 1991 年版。

《迦陵词》,陈维崧撰,南开大学出版社 2009 年版。

《佳山堂诗集》,冯溥撰,《四库全书存目丛书》集部第 215 册,齐鲁书社 1997 年版。

《甲秀园集》,费元禄撰,《四库禁毁书丛刊》集部第 62 册,北京出版社 1997 年版。

《江辰六文集》,江闿撰,《四库禁毁书丛刊》集部第 130 册,北京出版社 1997 年版。

《蕉廊脞录》,吴庆坻撰,张文其、刘德麟点校,中华书局 1990 年版。

《解春集文钞》,冯景撰,《清代诗文集汇编》第 182 册,上海古籍出版社 2010 年版。

《捷用云笺》,陈继儒辑,《四库未收书辑刊》第 3 辑第 30 册,北京出版社 1998 年版。

《近百年湖南学风　骈文通义》,钱基博著,上海古籍出版社 2012
　　年版。

《今世说》,王晫撰,《清代传记丛刊》第 18 册,明文书局 1985 年版。

《今文选》,陈维崧、冒禾书、冒丹书编选,清康熙元年(1662)刻本。

《进贤堂稿》,黎元宽撰,《四库禁毁书丛刊》集部第 145—146 册,北
　　京出版社 1997 年版。

《精选分注当代名公启牍琅函》,许以忠辑,虞邦誉注,明末金陵书坊
　　王凤翔刻本。

《查慎行集》,查慎行撰,张玉亮、辜艳红点校,浙江古籍出版社 2014
　　年版。

《经义考》,朱彝尊撰,影印文渊阁《四库全书》第 677—680 册,台湾
　　商务印书馆 1986 年版。

《静嘉堂秘籍志》,河田罴撰,杜泽逊等点校,上海古籍出版社 2016
　　年版。

《静志居诗话》,朱彝尊著,姚祖恩编,黄君坦校点,人民文学出版社
　　1990 年版。

K

《(同治)开封府志》,管竭忠纂修,清康熙修同治年间补刻本。

《康熙四十二年癸未科进士三代履历便览》,清北京洪家刻本。

《康熙四十二年会试录》,清康熙四十二年(1703)刻本。

《孔子家语通解》,杨朝明、宋立林主编,齐鲁书社 2009 年版。

《叩钵斋四六春华》,李之涘、汪建封辑,清康熙二十九年(1690)
　　刻本。

《叩钵斋应酬全书》,李之涘、汪建封辑,《四库禁毁书丛刊补编》第 38
　　册,北京出版社 2005 年版。

《叩钵斋纂行厨集》,李之涘、汪建封辑,《四库禁毁书丛刊补编》第

38—39 册,北京出版社 2005 年版。

L

《濑园文集》,严首升撰,《四库禁毁书丛刊》集部第 147 册,北京出版
社 1997 年版。

《嫏嬛文集》,张岱著,栾保群注,故宫出版社 2012 年版。

《郎潜纪闻初笔二笔三笔》,陈康祺撰,晋石点校,中华书局 1984
年版。

《乐志堂诗集》,谭莹撰,《续修四库全书》第 1528 册,上海古籍出版
社 2002 年版。

《冷斋夜话》,惠洪撰,《丛书集成新编》第 78 册,新文丰出版公司
1985 年版。

《历朝赋格》,陆葇评选,《四库全书存目丛书》集部第 399 册,齐鲁书
社 1997 年版。

《历代骈文精华注译评》,吴云主编,长春出版社 2010 年版。

《历代骈文名篇注析》,谭家健主编,黄山书社 1988 年版。

《历代骈文选》,黄钧、贝远辰、叶幼明选注,湖南文艺出版社 1986
年版。

《李商隐文编年校注》,刘学锴、余恕诚著,中华书局 2002 年版。

《李审言文集》,李详著,李稚甫编校,江苏古籍出版社 1989 年版。

《李氏焚书》,李贽撰,《四库禁毁书丛刊》集部第 140 册,北京出版社
1997 年版。

《李太仆恬致堂集》,李日华撰,《四库禁毁书丛刊》集部第 64—65
册,北京出版社 1997 年版。

《李太仆恬致堂集》,李日华撰,《明别集丛刊》第 4 辑第 85—86 册,
黄山书社 2016 年版。

《李雯集》,李雯撰,王启元整理,复旦大学出版社 2017 年版。

《李文襄公年谱》,程光袺撰,《续修四库全书》第 493 册,上海古籍出

版社 2002 年版。

《李文襄公奏疏》，李之芳撰，《续修四库全书》第 493 册，上海古籍出版社 2002 年版。

《丽体金膏》，马俊良辑，清乾隆五十九年甲寅（1794）石门马氏大酉山房刻《龙威秘书》本。

《梁书》，姚思廉撰，中华书局 1973 年版。

《梁章钜科举文献二种校注》，陈水云、陈晓红校注，武汉大学出版社 2009 年版。

《梁〈昭明文选〉越裁》，洪若皋辑评，《四库全书存目丛书》集部第 287—288 册，齐鲁书社 1997 年版。

《两浙輶轩录》，阮元、杨秉初等辑，浙江古籍出版社 2012 年版。

《两浙輶轩录》，阮元辑，《续修四库全书》第 1683—1684 册，上海古籍出版社 2002 年版。

《两浙輶轩录补遗》，阮元、杨秉初等辑，《续修四库全书》第 1684 册，上海古籍出版社 2002 年版。

《两浙輶轩续录》，潘衍桐辑，《续修四库全书》第 1685—1687 册，上海古籍出版社 2002 年版。

《蓼斋集》，李雯撰，《清代诗文集汇编》第 23 册，上海古籍出版社 2010 年版。

《聊斋志异》（会校会注会评本），蒲松龄著，张友鹤辑校，中华书局 1962 年版。

《列朝诗集》，钱谦益辑，《四库禁毁书丛刊》集部第 95—97 册，北京出版社 1997 年版。

《林蕙堂全集》，吴绮撰，影印清康熙三十九年（1700）刻本，《四库提要著录丛书》集部第 286—287 册，北京出版社 2010 年版。

《林蕙堂全集》，吴绮撰，影印清乾隆三十九年（1774）、四十一年（1776）衷白堂刻本，《清代诗文集汇编》第 68 册，上海古籍出版社

2010 年版。

《林屋文稿》，宋征舆撰，《四库全书存目丛书》集部第 215 册，齐鲁书
　　社 1997 年版。

《苓泉居士自订年谱》附《云在山房骈文诗词选》，杨寿枏撰，《近代中
　　国史料丛刊续编》第 17 辑，台北文海出版社 1975 年版。

《灵岩山志》，张一留辑，《中国佛寺志丛刊》第 46 册，广陵书社 2011
　　年版。

《六朝文絜》，许梿评选，清道光五年（1825）享金宝石斋刻本。

《六朝文絜笺注》，许梿评选，黎经诰笺注，上海古籍出版社 1982
　　年版。

《流铅集》，吴农祥撰，影印清代稿本，《清代诗文集汇编》第 127 册，
　　上海古籍出版社 2010 年版。

《流铅集》，吴农祥撰，清刘履芬抄本。

《刘梦得文集》，刘禹锡撰，《四部丛刊初编》本。

《刘禹锡集笺证》，刘禹锡著，瞿蜕园笺证，上海古籍出版社 1989
　　年版。

《刘申叔先生遗书》，刘师培著，宁武南氏刻本，1936 年版。

《柳南随笔》，王应奎撰，王彬、严英俊点校，中华书局 1983 年版。

《柳亭诗话》，宋长白撰，《续修四库全书》第 1700 册，上海古籍出版
　　社 2002 年版。

《柳洲词派》，金一平著，同济大学出版社 2002 年版。

《娄东诗派》，汪学金辑，《四库未收书辑刊》第 9 辑第 30 册，北京出
　　版社 1998 年版。

《楼山堂集》，吴应箕撰，《续修四库全书》第 1388—1389 册，上海古
　　籍出版社 2002 年版。

《论学绳尺》，魏天应编选，林子长笺解，影印文渊阁《四库全书》第
　　1358 册，台湾商务印书馆 1986 年版。

《论学绳尺》，魏天应编选，林子长笺解，影印文津阁《四库全书》第
　　1362 册，商务印书馆 2006 年版。

《论语译注》，杨伯峻译注，中华书局 2009 年版。

《绿萝山庄文集》，胡浚撰注，《清代诗文集汇编》第 242—243 册，上
　　海古籍出版社 2010 年版。

《吕晚村先生论文汇抄》，吕留良撰，《历代文话》第 4 册，复旦大学出
　　版社 2007 年版。

M

《埋忧续集》，朱翊清撰，清同治十三年（1874）刻本。

《毛孺初先生评选即山集》，沈承撰，毛孺初辑评，《四库禁毁书丛刊》
　　集部第 41 册，北京出版社 1997 年版。

《毛诗正义》，孔颖达撰，影印阮元校刻《十三经注疏》本，中华书局
　　1980 年版。

《毛西河先生曼殊留视图册遗迹》，毛奇龄编，鲁燮光辑，鲁燮光编
　　《萧山丛书》十一种本，清鲁氏壶隐居抄本。

《美术丛书》第 6 集，邓实等编，上海神州国光社 1920 年版。

《媚幽阁文娱二集》，郑元勋辑，《四库禁毁书丛刊》集部第 172 册，北
　　京出版社 1997 年版。

《梅村诗话》，吴伟业撰，《清诗话》本，上海古籍出版社 1978 年版。

《梅陇朱氏支谱》，朱承统续修，清道光十年（1830）抄本。

《梅中丞遗稿》，梅之焕撰，《明别集丛刊》第 5 辑第 23 册，黄山书社
　　2016 年版。

《孟龙川集》，孟思撰，《四库未收书辑刊》第 6 辑第 21 册，北京出版
　　社 1998 年版。

《明代千遗民诗咏二编》，张其淦撰，祁正注，《清代传记丛刊》第 66
　　册，明文书局 1985 年版。

《明代文学复古运动研究》，廖可斌著，上海古籍出版社 1994 年版。

《明代文学思想史》,罗宗强著,中华书局 2013 年版。

《明会典》,申时行等修,中华书局 1989 年版。

《明末清初的学风》,谢国桢著,上海书店出版社 2006 年版。

《明末云间三子研究》,姚蓉著,广东高等教育出版社 2004 年版。

《明清以来长江流域社会发展史论》,陈锋主编,武汉大学出版社
　　2006 年版。

《明清之际士大夫研究》,赵园著,北京大学出版社 1999 年版。

《明史》,万斯同撰,《续修四库全书》第 324—331 册,上海古籍出版
　　社 2002 年版。

《明史》,张廷玉等撰,中华书局 1974 年版。

《明实录》,台北"中央"研究院历史语言研究所 1962 年版。

《明诗纪事》,陈田辑撰,上海古籍出版社 1993 年版。

《明诗综》,朱彝尊编,清康熙四十四年(1705)序刻本。

《明诗综》,朱彝尊选编,中华书局 2007 年版。

《明文钞六编》,高嵣编,《华东师范大学图书馆藏稀见丛书汇刊》第
　　30—31 册,北京图书馆出版社 2006 年版。

《明文得》,孙维祺辑评,《四库禁毁书丛刊》经部第 10 册,北京出版
　　社 1997 年版。

《鸣鹤堂文集》,任源祥撰,《清代诗文集汇编》第 63 册,上海古籍出
　　版社 2010 年版。

《名家表选》,陈垲辑,《四库全书存目丛书补编》第 13 册,齐鲁书社
　　2001 年版。

《牧斋初学集》,钱谦益著,钱曾笺注,钱仲联标校,上海古籍出版社
　　1985 年版。

N

《南北朝文评注读本》,王文濡评选,上海进步书局 1916 年版。

《南州草堂集》,徐釚撰,《续修四库全书》第 1415 册,上海古籍出版

社 2002 年版。

《拟山园选集》,王铎撰,《四库禁毁书丛刊》集部第 87—88 册,北京
　出版社 1997 年版。

《宁澹斋全集》,杨守勤撰,《四库禁毁书丛刊》集部第 65 册,北京出
　版社 1997 年版。

P

《批点分格类意句解论学绳尺》,魏天应辑,林子长笺解,《四库提要
　著录丛书》集部第 141 册,北京出版社 2010 年版。

《骈体南针》,汪传懿辑,清同治五年(1866)重刻本。

《骈体文钞》,李兆洛选辑,上海书店 1988 年版。

《骈体文作法》,王承治编,《历代文话续编》(中),凤凰出版社 2013
　年版。

《骈文》,尹恭弘著,人民文学出版社 1994 年版。

《(评注)骈文笔法百篇》,王仁溥编,上海进化书局 1922 年版。

《骈文概论》,金钜香著,上海商务印书馆 1933 年版。

《骈文概论(外一种)》,瞿兑之等著,海南出版社 1994 年版。

《骈文观止》,张仁青编撰,台北文史哲出版社 1986 年版。

《骈文观止》,莫道才主编,文化艺术出版社 1997 年版。

《骈文衡论》,谢鸿轩著,广文书局 1973 年版。

《骈文精萃》,周振甫编选,山西古籍出版社 1996 年版。

《骈文类纂》,王先谦编,浙江古籍出版社 1998 年版。

《骈文史论》,姜书阁著,人民文学出版社 2010 年版。

《骈文通论》(修订本),莫道才著,齐鲁书社 2010 年版。

《骈文学》,刘麟生著,上海商务印书馆 1934 年版。

《骈文学》,张仁青著,台北文史哲出版社 1984 年版。

《骈文与散文》,蒋伯潜、蒋祖怡著,上海世界书局 1941 年版。

《骈文指南》,谢无量著,上海中华书局 1918 年版。

《（广注）骈文自修读本》，张廷华辑，上海世界书局1921年版。

《凭山阁留青二集选》，陈枚辑，《四库禁毁书丛刊》集部第155册，北京出版社1997年版。

《凭山阁留青广集》，陈枚辑，《四库禁毁书丛刊补编》第53册，北京出版社2005年版。

《凭山阁增辑留青新集》，陈枚辑，陈德裕增辑，影印清康熙四十七年（1708）刻本，《四库禁毁书丛刊》集部第54—55册，北京出版社1997年版。

《鄱阳仲公李先生文集》，李存撰，《北京图书馆古籍珍本丛刊》第92册，书目文献出版社1988年版。

《曝书亭全集》，朱彝尊著，王利民等校点，吉林文史出版社2009年版。

Q

《弃草文集》，周之夔撰，《四库禁毁书丛刊》集部第112—113册，北京出版社1997年版。

《启功全集》，启功著，北京师范大学出版社2010年版。

《启隽类函》，俞安期等编，《四库全书存目丛书》集部第349—351册，齐鲁书社1997年版。

《七录斋合集》，张溥撰，曾肖点校，齐鲁书社2015年版。

《钱牧斋全集》，钱谦益著，钱曾笺注，钱仲联标校，上海古籍出版社2003年版。

《（康熙）钱塘县志》，魏㟧编纂，《中国地方志集成》之《浙江府县志辑》第4册，上海书店1993年版。

《谦斋遗集》，蔡仲光撰，影印清咸丰三年癸丑（1853）笃庆堂刻本，《清代诗文集汇编》第43册，上海古籍出版社2010年版。

《钦定大清会典事例》，昆冈等修，刘启瑞等纂，《续修四库全书》第798—814册，上海古籍出版社2002年版。

《钦定皇朝通志》,影印文渊阁《四库全书》第 644—645 册,台湾商务印书馆 1986 年版。

《钦定科场条例》,杜受田等修,英汇等纂,《续修四库全书》第 829—830 册,上海古籍出版社 2002 年版。

《钦定四书文》,方苞等编,影印文渊阁《四库全书》第 1451 册,台湾商务印书馆 1986 年版。

《钦定四书文选》,方苞辑,《四库提要著录丛书》集部第 208 册,北京出版社 2010 年版。

《琴张子萤芝集》,张明弼撰,《四库禁毁书丛刊》集部第 108 册,北京出版社 1997 年版。

《清稗类钞》,徐珂编撰,中华书局 1984 年版。

《清白堂稿》,蔡献臣撰,《明别集丛刊》第 4 辑第 56 册,黄山书社 2016 年版。

《清闳全集》,姚希孟撰,《明别集丛刊》第 5 辑第 33—35 册,黄山书社 2016 年版。

《清波三志》,陈景钟辑,徐逢吉等辑撰《清波小志(外八种)》,上海古籍出版社 1999 年版。

《清朝野史大观》,影印上海中华书局 1936 年版,江苏广陵古籍刻印社 1994 年版。

《清词话考述》,谭新红著,武汉大学出版社 2009 年版。

《清词探微》,张宏生著,上海古籍出版社 2008 年版。

《清词序跋汇编》,冯乾编校,凤凰出版社 2013 年版。

《清代常州骈文研究》,曹虹、陈曙雯、倪惠颖著,江苏人民出版社 2010 年版。

《清代江南骈文发展研究》,路海洋著,中国社会科学出版社 2016 年版。

《清代科举考试述录及有关著作》,商衍鎏著,百花文艺出版社 2004

年版。

《清代骈文评注读本》，王文濡评选，上海文明书局 1917 年版。

《清代骈文史》，杨旭辉著，人民出版社 2013 年版。

《清代骈文通义》，陈耀南著，香港永安印务公司 1970 年版。

《清代骈文研究》，吕双伟著，上海古籍出版社 2018 年版。

《清代乾嘉骈文研究》，颜建华著，光明日报出版社 2011 年版。

《清代人物生卒年表》，江庆柏编著，人民文学出版社 2005 年版。

《清代诗学史》第一卷，蒋寅著，中国社会科学出版社 2012 年版。

《清代学术思想的变迁与文学》，马积高著，湖南人民出版社 2002
　　年版。

《清代硃卷集成》，顾廷龙主编，成文出版社 1992 年版。

《清经世文编》，贺长龄、魏源等编，影印光绪十二年思补楼刻本，中华
　　书局 1992 年版。

《清秘述闻三种》，法式善等撰，中华书局 1982 年版。

《清人诗文集总目提要》，柯愈春著，北京古籍出版社 2001 年版。

《清诗别裁集》，沈德潜编，中华书局 1975 年版。

《清史稿》，赵尔巽等撰，中华书局 1977 年版。

《清实录》第 3、4、5、6 册，中华书局 1985 年版。

《清通鉴》，章开沅主编，岳麓书社 2000 年版。

《清朝文献通考》，清高宗敕撰，《万有文库》本，上海商务印书馆 1936
　　年版。

《（光绪）青浦县志》，陈其元等主修，清光绪五年己卯（1879）尊经阁
　　刻本。

《虬峰文集》，李驎撰，《四库禁毁书丛刊》集部第 131 册，北京出版社
　　1997 年版。

《秋塍文钞》，鲁曾煜撰，《四库全书存目丛书》集部第 270 册，齐鲁书
　　社 1997 年版。

《秋笳集》，吴兆骞撰，麻守中校点，上海古籍出版社 2009 年版。

《秋室集》，杨凤苞撰，《续修四库全书》第 1476 册，上海古籍出版社 2002 年版。

《求是堂文集》，文德翼撰，《四库禁毁书丛刊》集部第 141 册，北京出版社 1997 年版。

《丘中郎集》，丘迟撰，《汉魏六朝百三家集》本，明末刻本。

《全闽诗话》，郑方坤编，福建人民出版社 2006 年版。

《全清词·顺康卷》，南京大学中国语言文学系《全清词》编纂研究室编，中华书局 2002 年版。

《全清词·顺康卷补编》，张宏生主编，南京大学出版社 2008 年版。

《全清散曲》，凌景埏、谢伯阳编，齐鲁书社 1985 年版。

《全宋文》，曾枣庄、刘琳主编，上海辞书出版社、安徽教育出版社 2006 年版。

《全浙诗话（外一种）》，陶元藻辑，蒋寅点校，浙江古籍出版社 2017 年版。

《全祖望集汇校集注》，全祖望撰，朱铸禹汇校集注，上海古籍出版社 2000 年版。

《群书考索·续集》，章如愚撰，影印文渊阁《四库全书》第 938 册，台湾商务印书馆 1986 年版。

R

《（康熙）仁和县志》，赵世安纂辑，《中国地方志集成》之《浙江府县志辑》第 5 册，上海书店 1993 年版。

《人物志》，刘邵撰，《四部丛刊初编》本。

《壬寅消夏录》，端方撰，清代稿本。

《日知录集释（全校本）》，顾炎武著，黄汝成集释，栾保群、吕宗力校点，上海古籍出版社 2006 年版。

S

《三千五百年历日天象》,张培瑜编,大象出版社 1997 年版。

《三续疑年录》,陆心源撰,《续修四库全书》第 517 册,上海古籍出版社 2002 年版。

《(光绪)山东通志》,影印民国四年排印本,上海商务印书馆 1934年版。

《善本书室藏书志》,丁丙撰,《清人书目题跋丛刊》本,中华书局 1990年版。

《善卷堂集》,陆繁弨撰,清康熙刻本。

《善卷堂四六》,陆繁弨撰,吴自高注,影印清乾隆三十五年(1770)陈明善刻本,《四库全书存目丛书》集部第 257 册,齐鲁书社 1997年版。

《上海地名志》,《上海地名志》编纂委员会编,上海社会科学院出版社 1998 年版。

《上海图书馆馆藏家谱提要》,上海图书馆编,上海古籍出版社 2000年版。

《上海图书馆善本题跋真迹》,上海图书馆编,上海辞书出版社 2013年版。

《赏雨茅屋外集》,曾燠撰,《续修四库全书》第 1484 册,上海古籍出版社 2002 年版。

《(乾隆)绍兴府志》,平恕等总修,《中国地方志集成》之《浙江府县志辑》第 39 册,上海书店 1993 年版。

《社事始末》,杜登春撰,《昭代丛书》戊集续编卷十六,清道光间沈氏世楷堂刻本。

《社事始末》,杜登春撰,《丛书集成新编》第 26 册,新文丰出版公司 1985 年版。

《沈约集校笺》,沈约撰,陈庆元校笺,浙江古籍出版社 1995 年版。

《慎子内外篇》,慎到撰,《四部丛刊初编》本。

《升庵集》,杨慎撰,影印文渊阁《四库全书》第 1270 册,台湾商务印书馆 1986 年版。

《升庵文集》,杨慎撰,《明别集丛刊》第 2 辑第 30—31 册,黄山书社2016 年版。

《圣宋名贤四六丛珠》,叶蕡编,《续修四库全书》第 1213—1214 册,上海古籍出版社 2002 年版。

《圣宋名贤五百家播芳大全文粹》,叶棻、魏齐贤编,《中华再造善本·唐宋编》第 426 种,北京图书馆出版社 2006 年版。

《圣祖仁皇帝御制文集》,清圣祖御制,张玉书等编,影印文渊阁《四库全书》第 1298—1299 册,台湾商务印书馆 1986 年版。

《说八股》,启功、张中行、金克木著,中华书局 2000 年版。

《诗集传》,朱熹注,王华宝整理,凤凰出版社 2007 年版。

《诗经注析》,程俊英、蒋见元著,中华书局 1991 年版。

《(乾隆)石阡府志》,罗文思修,《故宫珍本丛刊》第 222 册,海南出版社 2001 年版。

《石笥山房文集》,胡天游撰,《续修四库全书》第 1425 册,上海古籍出版社 2002 年版。

《世经堂初集》,徐旭旦撰,《四库未收书辑刊》第 7 辑第 29 册,北京出版社 1998 年版。

《世说新语笺疏》,刘义庆著,刘孝标注,余嘉锡笺疏,中华书局 2007年版。

《世载堂杂忆》,刘禺生撰,钱实甫点校,中华书局 1960 年版。

《师竹堂集》,王祖嫡撰,《四库未收书辑刊》第 5 辑第 23 册,北京出版社 1998 年版。

《恕铭朱先生汇选当代名公四六新函》十二卷,朱锦选,天津图书馆藏,明末沈御相等刻本。

《书目答问补正》,张之洞撰,范希曾补正,上海古籍出版社 2001

年版。

《思古堂集》,毛先舒撰,《四库全书存目丛书》集部第 210 册,齐鲁书
　　社 1997 年版。

《四库全书总目》,永瑢等撰,中华书局 1965 年版。

《(张梦泽先生评选)四六灿花》,毛应翔等辑,《故宫珍本丛刊》第
　　620 册,海南出版社 2000 年版。

《四六初征》,李渔辑,《四库禁毁书丛刊》集部第 134—135 册,北京
　　出版社 1997 年版。

《四六丛话》,孙梅撰,《历代文话》第 5 册,复旦大学出版社 2007
　　年版。

《四六雕虫》,马朴撰,明万历三十六年戊申(1608)刻本。

《四六法海》,王志坚编,《四库提要著录丛书》集部第 170 册,北京出
　　版社 2010 年版。

《四六狐白》,瞿九思等撰,李少渠辑,明万历间李少渠刻本。

《四六话》,王铚撰,《历代文话》第 1 册,复旦大学出版社 2007 年版。

《四六金针》,题陈维崧撰,影印道光十一年(1831)六安晁氏木活字
　　《学海类编》本,上海涵芬楼 1920 年版。

《四六清丽集》,陈云程辑,清嘉庆二年(1797)刻本。

《四六全书》,李日华辑,鲁重民增定,《四库禁毁书丛刊补编》第 35—
　　36 册,北京出版社 2005 年版。

《四六新函》,钟惺辑注,《四库禁毁书丛刊补编》第 44 册,北京出版
　　社 2005 年版。

《四六余话补》,成芸撰,《雪岩五种》本,《山东文献集成》第 2 辑第 32
　　册,山东大学出版社 2007 年版。

《四六鸳鸯谱》十二卷,《四六鸳鸯谱新集》十二卷,阴化阳、苏太初
　　辑,《四库禁毁书丛刊补编》第 39—40 册,北京出版社 2005 年版。

《四六枝谈》,沈维材撰,清乾隆四年(1739)刻本。

《四六纂组》,胡吉豫辑,《四库未收书辑刊》第 4 辑第 30 册,北京出版社 1998 年版。

《四益宦骈文稿》,孙德谦撰,民国二十五年(1936)铅印本。

《四友斋丛说》,何良俊撰,中华书局 1959 年版。

《思绮堂文集》,章藻功撰注,《四库未收书辑刊》第 8 辑第 24 册,北京出版社 1998 年版。

《思绮堂文集》,章藻功撰注,《清代诗文集汇编》第 198 册,上海古籍出版社 2010 年版。

《松窗梦语》,张瀚撰,盛冬铃点校,中华书局 1985 年版。

《(崇祯)松江府志》,方岳贡等修,《日本藏中国罕见地方志丛刊》本,书目文献出版社 1991 年版。

《(康熙)松江府志》,郭廷弼修,清康熙间刻本。

《(嘉庆)松江府志》,宋如林修,孙星衍、莫晋纂,《续修四库全书》第 687—689 册,上海古籍出版社 2002 年版。

《宋濂全集》,罗月霞主编,浙江古籍出版社 1999 年版。

《宋南渡词人群体研究》,王兆鹏著,凤凰出版社 2009 年版。

《宋史》,脱脱等撰,中华书局 1977 年版。

《宋诗纪事补遗》,陆心源撰,《续修四库全书》第 1708—1709 册,上海古籍出版社 2002 年版。

《宋四六丛珠汇选》,王明嶅、黄金玺辑,《四库全书存目丛书》子部第 172 册,齐鲁书社 1995 年版。

《宋四六选》,彭元瑞、曹振镛编,清乾隆四十一年(1776)刻本。

《(乾隆)苏州府志》,习寯纂修,清乾隆十三年(1748)刻本。

《苏州骈体文征》,曹允源辑,苏州图书馆藏,清代稿本。

《遂初堂诗集》十六卷、《遂初堂文集》二十卷,潘耒撰,《四库全书存目丛书》集部第 249—250 册,齐鲁书社 1997 年版。

《隋书》,魏征、令狐德棻撰,中华书局 1973 年版。

《孙宇台集》,孙治撰,《四库禁毁书丛刊》集部第 148—149 册,北京
　　出版社 1997 年版。

《孙月峰先生评文选》,萧统编,孙镳评,闵齐华注,《四库全书存目丛
　　书》集部第 287 册,齐鲁书社 1997 年版。

T

《唐代幕府与文学》,戴伟华著,现代出版社 1990 年版。

《唐代使府与文学研究》(修订本),戴伟华著,广西师范大学出版社
　　2007 年版。

《唐栖志》,王同辑,《中国地方志集成》之《乡镇志专辑》第 18 册,上
　　海书店 1992 年版。

《唐宋十大家全集录》,储欣辑,《四库全书存目丛书》集部第 404—
　　405 册,齐鲁书社 1997 年版。

《唐宋元名表》,胡松辑,《四库提要著录丛书》集部第 152 册,北京出
　　版社 2010 年版。

《汤显祖诗文集》,汤显祖著,徐朔方笺校,上海古籍出版社 1982
　　年版。

《唐寅集》,唐寅著,周道振、张月尊辑校,上海古籍出版社 2013 年版。

《听嘤堂翰苑英华》,黄始辑评,《四库禁毁书丛刊补编》第 52 册,北
　　京出版社 2005 年版。

《听嘤堂四六新书》,黄始辑评,《四库禁毁书丛刊》集部第 135—136
　　册,北京出版社 1997 年版。

《听嘤堂四六新书广集》,黄始辑评,清康熙九年(1670)刻本。

《(道光)桐城续修县志》,廖大闻等主修,《中国地方志集成》之《安徽
　　府县志辑》第 12 册,江苏古籍出版社 1998 年版。

《通雅》,方以智著,影印清康熙姚文燮浮山此藏轩刻本,中国书店
　　1990 年版。

《屠隆集》,屠隆著,浙江古籍出版社 2012 年版。

《退庵随笔》,梁章钜撰,清光绪元年(1875)《二思堂丛书》本。

W

《王船山诗文集》,王夫之著,中华书局 1962 年版。

《晚出〈古文尚书〉公案与清代学术》,吴通福著,上海古籍出版社 2007 年版。

《晚晴簃诗汇》,徐世昌编,闻石点校,中华书局 1990 年版。

《万历野获编》,沈德符撰,中华书局 1959 年版。

《汪辟疆文集》,汪辟疆著,上海古籍出版社 1988 年版。

《汪琬全集笺校》,汪琬著,李圣华笺校,人民文学出版社 2010 年版。

《魏叔子文集》,魏禧著,胡守仁、姚品文、王能宪校点,中华书局 2003 年版。

《魏文帝集》,曹丕撰,《汉魏六朝百三家集》本,明末刻本。

《威凤堂文集》,陆圻撰,《四库未收书辑刊》第 7 辑第 20 册,北京出版社 1998 年版。

《温恭毅公文集》,温纯撰,《明别集丛刊》第 3 辑第 79 册,黄山书社 2016 年版。

《文翰类选大成》,李伯玙编辑,《四库全书存目丛书》集部第 293—296 册,齐鲁书社 1997 年版。

《文俪》,陈翼飞辑,《四库全书存目丛书补编》第 25 册,齐鲁书社 2001 年版。

《文脉》,王文禄撰,《历代文话》第 2 册,复旦大学出版社 2007 年版。

《文体明辩》,徐师曾编,《四库全书存目丛书》集部第 310—312 册,齐鲁书社 1997 年版。

《文献征存录》,钱林辑,王藻编,《续修四库全书》第 540 册,上海古籍出版社 2002 年版。

《文心雕龙注》,刘勰著,范文澜注,人民文学出版社 1958 年版。

《文选》,萧统编,李善注,上海古籍出版社 1986 年版。

《文选学》，骆鸿凯著，中华书局 1989 年版。

《文选尤》，邹思明辑评，《四库全书存目丛书》集部第 286 册，齐鲁书
　　社 1997 年版。

《文学经典理论研究》，樊宝英主编，山东画报出版社 2007 年版。

《文学理论》，勒内·韦勒克、奥斯汀·沃伦著，刘象愚等译，文化艺术
　　出版社 2010 年版。

《文章辨体》，吴讷编，《四库全书存目丛书》集部第 291 册，齐鲁书社
　　1997 年版。

《文章辨体汇选》，贺复征辑，影印文渊阁《四库全书》第 1402—1410
　　册，台湾商务印书馆 1986 年版。

《文章类选》，朱橚编选，《四库全书存目丛书》集部第 290 册，齐鲁书
　　社 1997 年版。

《文章欧冶》，陈绎曾撰，《历代文话》第 2 册，复旦大学出版社 2007
　　年版。

《五百家播芳大全文粹》，魏齐贤、叶棻同编，影印文渊阁《四库全书》
　　第 1352—1353 册，台湾商务印书馆 1986 年版。

《武林坊巷志》第 2 册，丁丙辑，浙江人民出版社 1986 年版。

《武林坊巷志》第 7 册，丁丙辑，浙江人民出版社 1990 年版。

《武林坊巷志（一）》，丁丙编，《杭州文献集成》第 23 册，浙江人民出
　　版社 2014 年版。

《武林坊巷志》，丁丙辑，浙江古籍出版社 2018 年版。

《梧园诗文集》，吴农祥撰，影印清稿、抄本，《浙学未刊稿丛编》第 1
　　辑第 26—36 册，国家图书馆出版社 2018 年版。

《吴庆伯先生行状》，章抚功撰，清劳权抄校本。

《吴梅村全集》，吴伟业著，李学颖集评标校，上海古籍出版社 1990
　　年版。

《吴绮年谱》，汪超宏著，浙江大学出版社 2011 年版。

《吴文恪公文集》,吴道南撰,《明别集丛刊》第 4 辑第 13 册,黄山书
　　社 2016 年版。

《(乾隆)吴县志》,姜顺蛟等修,施谦纂,清乾隆十年(1745)刻本。

《吴兴华诗文集·文卷》,吴兴华著,上海人民出版社 2005 年版。

《吴星叟明人传稿》,吴农祥撰,李岩点校,中华书局 2019 年版。

《无邪堂答问》,朱一新著,吕鸿儒、张长法点校,中华书局 2000 年版。

X

《惜抱轩诗文集》,姚鼐撰,刘季高标校,上海古籍出版社 1992 年版。

《皙次斋稿》,梁熙撰,《清代诗文集汇编》第 79 册,上海古籍出版社
　　2010 年版。

《西方正典:伟大作家和不朽作品》,哈罗德·布鲁姆著,江宁康译,译
　　林出版社 2011 年版。

《西河合集》,毛奇龄撰,清康熙五十九年(1720)萧山城东书留草堂
　　刻本。

《西河毛太史评点西厢记》,毛奇龄论定参释,清康熙十五年(1676)
　　学者堂刻本。

《西河文集》,毛奇龄撰,影印康熙五十九年庚子(1720)萧山城东书
　　留草堂刻本,《清代诗文集汇编》第 87—89 册,上海古籍出版社
　　2010 年版。

《西堂文集》,尤侗撰,《续修四库全书》第 1406—1407 册,上海古籍
　　出版社 2002 年版。

《霞举堂集》,王晫撰,《清代诗文集汇编》第 144 册,上海古籍出版社
　　2010 年版。

《湘绮楼全集·文集》,王闿运撰,《续修四库全书》第 1568—1569
　　册,上海古籍出版社 2002 年版。

《鸳鸯小启》,连继芳著,陈于京等注,明万历三十七年粤中袁三余等
　　刻本。

《小匡文抄》,毛先舒撰,《四库全书存目丛书》集部第 211 册,齐鲁书
　　社 1997 年版。

《小谟觞馆续集》,彭兆荪撰,《续修四库全书》第 1492 册,上海古籍
　　出版社 2002 年版。

《小岘山人集》,秦瀛撰,《续修四库全书》第 1464—1465 册,上海古
　　籍出版社 2002 年版。

《萧山茂材录》,鲁燮光辑,《萧山丛书》第 3 册,清鲁氏壶隐居抄本。

《萧山毛氏宗谱》,毛黼亭纂修,清道光二十六年(1846)爵德堂刻本。

《(康熙)萧山县志》,邹勷、留俨纂修,《中国地方志集成》之《浙江府
　　县志辑》第 11 册,上海书店 1993 年版。

《萧山县志稿》,杨钟羲等总纂,《中国地方志集成》之《浙江府县志
　　辑》第 11 册,上海书店 1993 年版。

《筱园诗话》,朱庭珍撰,《清诗话续编》本,上海古籍出版社 1983
　　年版。

《谢国桢全集》,谢国桢著,北京出版社 2013 年版。

《新编汪中集》,汪中著,田汉云点校,广陵书社 2005 年版。

《新刻分类摘联四六积玉》二十卷,章斐然辑,国家图书馆藏,明万历
　　刻本。

《心史丛刊》,孟森撰,中华书局 2006 年版。

《虚受堂文集》,王先谦撰,《续修四库全书》第 1570 册,上海古籍出
　　版社 2002 年版。

《徐渭集》,徐渭撰,中华书局 1983 年版。

《徐孝穆集》,徐陵著,屠隆评,《四部丛刊初编》本,上海商务印书馆
　　1922 年版。

《续耆旧》,全祖望辑,《续修四库全书》第 1682—1683 册,上海古籍
　　出版社 2002 年版。

《续修四库全书总目提要(稿本)》,中国科学院图书馆整理,齐鲁书

社 1996 年版。

《学人游幕与清代学术》，尚小明著，社会科学文献出版社 1999 年版。

《潠书》，毛先舒撰，《四库全书存目丛书》集部第 210 册，齐鲁书社 1997 年版。

Y

《揅经室集》，阮元撰，邓经元点校，中华书局 1993 年版。

《颜氏家藏尺牍》，上海图书馆编，上海科学技术文献出版社 2006 年版。

《颐道堂诗选》，陈文述撰，《续修四库全书》第 1504—1505 册，上海古籍出版社 2002 年版。

《诒美堂集》，祝以豳撰，《明别集丛刊》第 4 辑第 32 册，黄山书社 2016 年版。

《已畦集》，叶燮撰，《清代诗文集汇编》第 104 册，上海古籍出版社 2010 年版。

《艺术哲学》，丹纳著，傅雷译，《傅雷译文集》第十五卷，安徽文艺出版社 1989 年版。

《遗民诗》，卓尔堪编，萧和陶点校，华东师范大学出版社 2013 年版。

《（嘉庆）义乌县志》，诸自谷主修，《中国地方志集成》之《浙江府县志辑》第 53 册，上海书店 1993 年版。

《易余籥录》，焦循撰，《丛书集成续编》第 29 册，新文丰出版公司 1989 年版。

《（光绪）永平府志》（二），游智开纂修，《中国地方志集成》之《河北府县志辑》第 19 册，上海书店出版社 2006 年版。

《庸闲斋笔记》，陈其元撰，《续修四库全书》第 1142 册，上海古籍出版社 2002 年版。

《由拳集》，屠隆撰，《四库全书存目丛书》集部第 180 册，齐鲁书社 1997 年版。

《尤侗集》，尤侗著，杨旭辉点校，上海古籍出版社 2015 年版。

《御赐齐年堂文集》，王晦撰，《四库未收书辑刊》第 8 辑第 25 册，北京出版社 1998 年版。

《（合璧本）玉海·辞学指南》，王应麟撰，京都中文出版社 1977 年版。

《庾开府集笺注》，庾信撰，吴兆宜注，影印文渊阁《四库全书》第 1064 册，台湾商务印书馆 1986 年版。

《玉溪生年谱会笺》，张采田编纂，《北京图书馆藏珍本年谱丛刊》第 12 册，北京图书馆出版社 1999 年版。

《渔洋山人感旧集》，王士禛辑，上海古籍出版社 2014 年版。

《庾子山集》，庾信著，屠隆评，《四部丛刊初编》本，上海商务印书馆 1922 年版。

《庾子山集注》，庾信撰，倪璠注，许逸民校点，中华书局 1980 年版。

《缘督庐日记抄》，叶昌炽撰，《续修四库全书》第 576 册，上海古籍出版社 2002 年版。

《愿学堂登高倡和诗》，许三礼等撰，《清代诗文集汇编》第 98 册，上海古籍出版社 2010 年版。

《园冶》，计成撰，《续修四库全书》第 879 册，上海古籍出版社 2002 年版。

《元稹集》，元稹著，冀勤点校，中华书局 1982 年版。

Z

《在陆草堂文集》，储欣撰，《四库全书存目丛书》集部第 259 册，齐鲁书社 1997 年版。

《增定国朝馆课经世宏辞》，王锡爵、沈一贯辑，《四库全书存目丛书补编》第 18 册，齐鲁书社 2001 年版。

《（嘉庆）增修宜兴县旧志》，李先荣原本，阮升基增修，宁楷等增纂，《中国地方志集成》之《江苏府县志辑》第 39 册，江苏古籍出版社

1991 年版。

《增修云林寺志》,厉鹗等撰,《四库全书存目丛书》史部第 247 册,齐
　鲁书社 1996 年版。

《旃风堂偶集》,陆培撰,明崇祯十六年(1643)刻本。

《詹铁牛文集》,詹贤撰,《四库禁毁书丛刊》集部第 167 册,北京出版
　社 1997 年版。

《章氏会谱德庆四编》,章贻贤辑撰,民国八年(1919)铅印本。

《张燮集》,张燮著,中华书局 2015 年版。

《张忠烈公存集》,张铨撰,《明别集丛刊》第 5 辑第 26 册,黄山书社
　2016 年版。

《昭忠录》,《丛书集成新编》第 100 册,新文丰出版公司 1985 年版。

《赵忠毅公诗文集》,赵南星撰,《四库禁毁书丛刊》集部第 68 册,北
　京出版社 1997 年版。

《(康熙)浙江通志》,施维翰等总裁,张衡编纂,《中国地方志集成》之
　《省志辑·浙江》第 1—2 册,凤凰出版社 2010 年版。

《(雍正)浙江通志》,嵇曾筠等监修,沈翼机等编纂,影印文渊阁《四
　库全书》第 519—526 册,台湾商务印书馆 1986 年版。

《(雍正)浙江通志》,嵇曾筠等总裁,《中国地方志集成》之《省志辑》
　之《浙江》第 3—8 册,凤凰出版社 2010 年版。

《浙江图书馆古籍善本书目》,浙江图书馆古籍部编,浙江教育出版社
　2002 年版。

《震川先生集》,归有光著,周本淳校点,上海古籍出版社 1981 年版。

《郑立于文集》,郑立于著,浙江工商大学出版社 2016 年版。

《政学合一集》,许三礼撰,《四库全书存目丛书》子部第 165 册,齐鲁
　书社 1995 年版。

《枝巢四述　旧京琐记》,夏仁虎著,辽宁教育出版社 1998 年版。

《制义丛话　试律丛话》,梁章钜著,陈居渊校点,上海书店出版社

2001 年版。

《中国古代文学地理形态与演变》，梅新林著，复旦大学出版社 2006
　　年版。

《中国古籍善本书目》（集部），中国古籍善本书目编辑委员会编，上
　　海古籍出版社 1998 年版。

《中国古籍总目·集部》，中国古籍总目编纂委员会编，中华书局、上
　　海古籍出版社 2012 年版。

《中国古籍总目·史部》，中国古籍总目编纂委员会编，上海古籍出版
　　社 2009 年版。

《中国古籍总目·子部》，中国古籍总目编纂委员会编，上海古籍出版
　　社 2010 年版。

《中国近三百年学术史》，梁启超著，中国社会科学出版社 2008 年版。

《中国历代文学家之地理分布》，曾大兴著，湖北教育出版社 1995
　　年版。

《中国骈文发展史》，张仁青著，浙江大学出版社 2009 年版。

《中国骈文发展史论》，叶农、叶幼明著，澳门文化艺术学会 2010
　　年版。

《中国骈文概论》，瞿兑之著，上海世界书局 1934 年版。

《中国骈文史》，刘麟生著，上海商务印书馆 1936 年版。

《中国骈文通史》，于景祥著，吉林人民出版社 2002 年版。

《中国骈文选》，朱洪国选注，四川文艺出版社 1996 年版。

《中国文学史》，袁行霈主编，高等教育出版社 2005 年版。

《中国中古文学史　汉魏六朝专家文研究》，刘师培著，商务印书馆
　　2010 年版。

《中华古今骈文通史》，谭家健著，社会科学文献出版社 2018 年版。

《周节妇志姜诗遗迹》，鲁燮光辑，《萧山丛书》本，清鲁氏壶隐居
　　抄本。

《朱东润传记作品全集》，朱东润著，东方出版中心 1999 年版。

《朱子全书》，朱熹撰，朱杰人等主编，上海古籍出版社、安徽教育出版社 2002 年版。

《竹深处集》不分卷，章藻功撰，清康熙二十四年乙丑（1685）刻本。

《庄子今注今译》（最新修订重排本），陈鼓应注译，中华书局 2009 年版。

《左忠毅公集》，左光斗撰，《四库禁毁书丛刊》集部第 46 册，北京出版社 1997 年版。

二、硕博论文类（以完成时间为序）

《清代骈文研究》，昝亮，杭州大学 1997 年博士论文。

《明清文选学述评》，王书才，中国社会科学院研究生院 2003 年博士论文。

《清代乾嘉骈文研究》，颜建华，浙江大学 2004 年博士论文。

《清代骈文理论研究》，吕双伟，浙江大学 2006 年博士论文。

《陈子龙新诗风研究》，吴思增，华东师范大学 2006 年博士论文。

《吴绮湖州为官时期文学活动考论》，杨燕，南京师范大学 2007 年硕士论文。

《陈子龙年谱》，魏振东，广西师范大学 2007 年硕士论文。

《陈子龙研究》，张亭立，华东师范大学 2007 年博士论文。

《毛奇龄学术简论》，张贺，华东师范大学 2008 年硕士论文。

《〈昭明文选〉评点研究》，赵俊玲，复旦大学 2008 年博士论文。

《毛奇龄与清初〈四书〉学》，胡春丽，复旦大学 2010 年博士论文。

《毛奇龄研究》，周怀文，山东大学 2010 年博士论文。

《毛奇龄骈文研究》，何书勉，南京师范大学 2011 年硕士论文。

《清初西泠派及其诗学思想研究》，蓝青，山东大学 2012 年硕士论文。

《清初“西泠十子”及其诗学观研究》，颜朋，东华理工大学 2013 年硕士论文。

《〈五百家播芳大全文粹〉编纂流传考》,仝十一妹,北京大学 2013 年
　　硕士论文。

《吴绮骈体文研究》,张文静,安徽大学 2013 年硕士论文。

《吴农祥杜诗评点研究》,白瑛珠,河北大学 2014 年硕士论文。

《明代骈文研究》,李慈瑶,浙江大学 2015 年博士论文。

《明代中叶江南骈文研究》,贺玉洁,西北大学 2019 年博士论文。

三、期刊论文类(以发表时间为序)

《南北学派不同论》,刘师培,《国粹学报》第一年乙巳(1905)第 2、6、
　　7、9 号。

《明末陈卧子先生传》,高燮撰,《申报》1910 年 7 月 1 日第 6 版。

《陈卧子先生传》,高燮撰,《国学丛选》第 12 集,上海有正书局
　　1920 年。

《诂经精舍志初稿》,张崟,《文澜学报》第 2 卷第 1 期,1936 年。

《科举考试的回忆》,商衍鎏,《广东文史资料》第 3 辑(内部发行),
　　1962 年。

《中国诗文与中国园林艺术》,陈从周,《扬州师院学报(社会科学
　　版)》1985 年第 3 期。

《词赋才高一代雄　千秋青史见孤忠——明末名士陈子龙》,王守稼、
　　缪振鹏,《上海社会科学院学术季刊》1986 年第 1 期。

《"火"与"雪":从体物到禁体物——论"白战体"以及杜、韩对它的先
　　导作用》,程千帆、张宏生,《中国社会科学》1987 年第 4 期。

《读〈国朝常州骈体文录〉》,吴兴华,《文学遗产》1988 年第 4 期。

《从〈诗经〉〈楚辞〉看我国南北文学的差别》,章培恒,《中国文化》
　　1989 年第 1 期。

《论清代骈文复兴》,王凯符,《北京师范学院学报(社会科学版)》

1990 年第 4 期。

《方以智撰刊〈通雅〉年代考述》，李葆嘉，《辞书研究》1991 年第 4 期。

《查嗣庭文字狱案史料》（下），张书才编选，《历史档案》1992 年第 2 期。

《清代骈体文的复兴与考据学》，马积高，《湖南师范大学社会科学学报》1993 年第 5 期。

《论晚明骈文的复苏》，李伶俐，《中国文学研究》2000 年第 4 期。

《陈子龙词补辑八首》，刘勇刚，《中国典籍与文化》2002 年第 2 期。

《陈子龙十八首佚诗辑存》，叶石健，《古籍研究》2002 年第 3 期。

《新发现的吴梅村的一篇佚文》，叶君远，《文艺研究》2002 年第 5 期。

《樊南文与玉溪诗——论李商隐四六文对其诗歌的影响》，余恕诚，《文学遗产》2003 年第 4 期。

《清代诗学与地域文学传统的建构》，蒋寅，《中国社会科学》2003 年第 5 期。

《清代文选学与清代骈文复兴》，颜建华，《南京航空航天大学学报（社会科学版）》2004 年第 1 期。

《明代中期文坛的"四变而六朝"——以黄省曾与李梦阳文学观念之异同为中心》，李清宇，《北方论丛》2004 年第 2 期。

《〈文章辨体〉的文体分类数目考》，仲晓婷，《上饶师范学院学报》2005 年第 5 期。

《明代六朝派的演进》，雷磊，《文学评论》2006 年第 2 期。

《清初诗坛对明代诗学的反思》，蒋寅，《文学遗产》2006 年第 2 期。

《〈四六金针〉非陈维崧撰辨》，吕双伟，《中国文学研究》2006 年第 4 期。

《稀见本清初诗歌总集〈离珠集〉及其文献价值》，王卓华，《河南师范大学学报（哲学社会科学版）》2006 年第 4 期。

《"博学鸿词"研究的回顾与展望》，张亚权，《江海学刊》2006 年第

5 期。

《论陈维崧骈文特征及对清代骈文复兴的意义》，陈曙雯，《柳州师专
　　学报》2007 年第 2 期。

《〈壬申文选〉与〈昭明文选〉——从二者之比较看明季云间派的骈文
　　创作及其文学史影响》，朱丽霞，《东方丛刊》2007 年第 2 期。

《清初〈哀江南赋〉注本考论》，申屠青松，《西北工业大学学报（社会
　　科学版）》2007 年第 3 期。

《云间派创作与清代骈文中兴》，朱丽霞，《文学遗产》2007 年第 4 期。

《论明代金陵六朝派的发端与发展》，张燕波，《南京大学学报（哲
　　学·人文科学·社会科学）》2008 年第 3 期。

《爱山台修禊始末及影响》，黄语，《厦门教育学院学报》2008 年第
　　4 期。

《从〈诗经〉、“楚辞”看先秦时代南北文化的差异》，刘红红、张玉春，
　　《广东社会科学》2009 年第 1 期。

《秋波临去——〈西厢记〉莺莺像考》，董捷，《饰》2009 年第 2 期。

《论明代的嶂词》，刘湘兰，《学术研究》2009 年第 7 期。

《清代词韵学建构的开山之作——论沈谦〈词韵〉的词史意义》，胡小
　　林，《襄樊学院学报》2009 年第 10 期。

《清代常州骈文集群形成的地域机缘》，曹虹，《文学遗产》2010 年第
　　4 期。

《晚明四六文流行下的〈四六法海〉》，吕双伟，《中国文学研究》2010
　　年第 4 期。

《清代骈文总集编纂述要》，洪伟、曹虹，《古典文献研究》第 13 辑，凤
　　凰出版社 2010 年。

《毛奇龄〈兼本杂录〉述略》，谢冬荣，《文津学志》第 3 辑，国家图书馆
　　出版社 2010 年。

《江南与岭南：从文人游幕看清初文学的传播与文坛生态》，朱丽霞，

（哲学社会科学版）》2018 年第 4 期。

《论〈四六灿花〉的选文宗旨及其骈文批评》，贺玉洁，《广西师范大学学报（哲学社会科学版）》2018 年第 4 期。

《论"西陵十子"对云间派的承变》，蓝青，《成都大学学报（社会科学版）》2018 年第 5 期。

《毛奇龄佚文考释》，胡春丽，《古籍研究》（总第 68 卷）2018 年第 2 期，凤凰出版社 2018 年。

《新辑毛奇龄佚作考释》，胡春丽，《薪火学刊》第六卷，复旦大学出版社 2019 年。

《新辑毛奇龄佚文佚诗考释》，胡春丽，《新经学》第 6 辑，上海人民出版社 2020 年。

后 记

2011年9月，我负笈入南京大学文学院，跟随张宏生师攻读中国古代文学博士学位，2014年9月毕业后入职贵州师范大学文学院，至今虽已是教授，但仍乏建树，心中恧焉。

读博期间，在宏生师的指导下，我选择"清初骈文研究"作为博士论文题目，并完成毕业论文答辩。2015年在博士论文基础上申报并获批国家社科基金项目"明清之际骈文研究"，2020年7月完成结项，结项等级为良好。从博士论文撰写到国家社科基金项目结项，都离不开宏生师的指导和帮助，恩师的品格和学术造诣常常激励我克服困难，取得些许成绩。

书中一些内容先以论文形式发表于报刊，当时的编辑和审稿专家提出了宝贵意见，在此表达谢意。在这部书的撰写过程中，南京大学武秀成先生、曹虹先生，苏州大学罗时进先生，清华大学周绚隆先生，广西师范大学莫道才先生，辽宁大学于景祥先生等给予了指导和帮助，南京师范大学钟振振师亦时时关心研究进度，湖南师范大学吕双伟先生主持的国家社科基金重大项目"明清骈文文献整理与研究"（18ZDA251）课题组提供了学术指导和支持。前辈对我的鼓励和提携让我受益匪浅。特此致谢！

书稿交付中华书局后，罗华彤主任给予了鼎力支持，不胜荣幸。资深编辑吴爱兰老师认真负责，在出版过程中提出了专业的修订意见，避免了一些错误，保证了本书的质量，对此表示由衷的谢意。

这部书的完成,若从 2013 年撰写博士论文开始,至今已经十年,古人十年磨一剑,庶几似之。然我深感学业不精,多老生常谈,未别开生面,一新耳目。至于书中的不足和缺失,请专家和读者批评指正。

本书的出版得到贵州师范大学文学院管新福院长以及研究生院领导的支持,并由贵州师范大学学科建设专项经费资助。在此表示感谢。

张明强

2023 年 3 月 16 日

2023 年 9 月 27 日修订